anagramma

1094

Della stessa autrice:

Devil's Night Series
(*Il mio sbaglio più grande. Corrupt*, *Mille ragioni per odiarti. Hideaway*, *L'errore che rifarei. Kill Switch*, *Mille ragioni per sfuggirti. Nightfall*)

Fall Away Series
(*Mai per amore*, *Da quando ci sei tu*, *La mia meravigliosa rivincita*, *Non riesco a dimenticarti*, *Odiami come io ti amo*)

Birthday Girl
Wrong Love
Punk 57. Insieme siamo perfetti
Io ti proteggerò. Credence
Falls Boys

Titolo originale: *Nightfall*

Traduzione dalla lingua inglese di Giulia Annibale, Paolo Ippoliti e Anna De Vito

Titolo originale: *Fire Night*

Traduzione dalla lingua inglese di Marta Mazzocchi

Seconda edizione: maggio 2023

ISBN 978-88-227-7478-1

www.newtoncompton.com

Realizzazione a cura di The Bookmakers Studio editoriale, Roma
Stampato nel maggio 2023 presso Puntoweb s.r.l., Ariccia (Roma)

Penelope Douglas

Mille ragioni per sfuggirti
Nightfall

Fire Night

Newton Compton editori

Wendy era cresciuta e di questo non dovete rammaricarvi. Wendy era una di quelle persone che sono contente di crescere. Anzi, diventò grande di sua volontà, un giorno prima delle altre ragazze.

J.M. BARRIE, *Peter Pan*

Per Z. King

Capitolo 1

Emory

Presente

Era debole, ma lo sentii.

Acqua. Come fossi dietro una cascata, sul fondo di una caverna.

Che diavolo era?

Sbattei le palpebre, risvegliandomi dal sonno più profondo di sempre. Gesù se ero stanca.

Tenendo la testa appoggiata al cuscino, mossi il braccio e accarezzai con la mano un fantastico piumone, incredibilmente morbido.

Mi toccai la faccia e mi accorsi di non avere gli occhiali. Poi feci vagare lo sguardo intorno a me. Ero sempre più confusa, mentre mi rendevo conto di essere comodamente rintanata nel bel mezzo di un ampio letto, in cui il mio corpo occupava tanto spazio quanto una singola M&M rimasta sola nel pacchetto.

Non era il mio letto.

Osservai la stanza lussuosa intorno a me – bianco, oro, cristallo e specchi ovunque, di un'opulenza regale come non mi era mai capitato di vedere – e una paura istantanea mi mozzò il respiro.

Non era la mia stanza. Stavo sognando?

Mi alzai a sedere, la testa che pulsava e ogni muscolo teso come se avessi dormito per una intera settimana.

Abbassai lo sguardo e vidi i miei occhiali appoggiati sul comodino, con le aste perfettamente chiuse. Li afferrai e li indossai, cominciando a passare in rassegna il mio corpo: ero stesa sul letto con addosso ancora i miei pantaloni neri aderenti e la camicetta bianca che avevo messo quella mattina.

Ammesso che fosse ancora lo stesso giorno.

Le scarpe erano sparite ma d'istinto lanciai un'occhiata oltre il bordo del letto e vidi le mie sneakers appoggiate lì, perfettamente affiancate sopra un lussuoso tappeto bianco con la filigrana d'oro.

Sudai freddo nel guardarmi intorno in quella stanza sconosciuta, lambiccandomi il cervello nel tentativo di capire cosa diavolo stesse succedendo. Dove mi trovavo?

Scivolai giù dal letto, le gambe tremanti.

Ero stata alla ditta, a lavorare sui progetti per il DeWitt Museum. Byron ed Elise avevano ordinato per pranzo del cibo da asporto per loro, io invece ero uscita e – strinsi tra pollice e indice il ponte del naso, la testa che pulsava – e poi…

Ah, non ricordavo. Cos'era successo?

Individuata una porta di fronte a me, non persi neppure tempo a esplorare la stanza o a scoprire dove portassero le altre due, di porte. Afferrai le scarpe e barcollai verso quella che ipotizzai essere l'uscita. Mi ritrovai in un corridoio, la sensazione del pavimento di marmo freddo sotto i piedi nudi era piacevole.

Continuai comunque a scorrere la mia lista.

Non avevo bevuto.

Non avevo visto nessuno di sospetto.

Non avevo ricevuto strane telefonate o pacchi. Non avevo…

Provai a deglutire un paio di volte: finalmente riuscivo a generare abbastanza saliva. Dio. Ero assetata. E anche, una fitta mi prese allo stomaco, affamata. Da quanto tempo ero lì?

«C'è nessuno?», dissi piano, pentendomene immediatamente.

A meno di non aver avuto un aneurisma o di aver sviluppato un'amnesia selettiva, non ero certo lì per mia volontà.

Ma se ero stata rapita o imprigionata, la porta della mia stanza non doveva essere chiusa a chiave?

Sentii la bile pungermi la gola mentre ogni film horror che avevo guardato proiettava un diverso scenario nella mia testa.

Ti prego, niente cannibali. Ti prego, niente cannibali.

«Ciao», disse una voce flebile ed esitante.

Seguii il suono, scrutando lungo il corridoio, oltre la balaustra, dall'altro lato del piano superiore, dove si trovava un'altra fila di stanze. Una figura si muoveva in un corridoio scuro, avvicinandosi lentamente.

«Chi è?». Mi feci avanti di un millimetro, sbattendo le palpebre ancora pesanti di sonno.

Era un uomo, pensai. Camicia button down, capelli corti.

«Taylor», disse alla fine. «Taylor Dinescu».

Dinescu? Come la Dinescu Petroleum Corporation? Non poteva essere la stessa famiglia.

Mi leccai le labbra e deglutii di nuovo. Avevo davvero bisogno di trovare dell'acqua.

«Perché non sono chiuso nella mia stanza?», chiese lui a me, uscendo dall'oscurità ed entrando nel flebile fascio di luce lunare che entrava dalle finestre.

Piegò la testa, i capelli scompigliati, un lembo della sua camicia Oxford stropicciata che pendeva dai pantaloni. «Non ci è permesso stare con le donne», disse, e sembrava confuso quanto me. «Stai con il dottore? Lui è qui?».

Di cosa diavolo parlava? *Non ci è permesso stare con le donne*. Avevo sentito bene? Sembrava fuori di sé, come se fosse fatto di qualcosa o fosse rimasto chiuso nella sua cella per gli ultimi quindici anni.

«Dove mi trovo?», chiesi.

Fece un passo nella mia direzione e io ne feci uno indietro, arrabattandomi per infilare le scarpe mentre saltavo su un piede solo.

Lui chiuse gli occhi, inspirando mentre si avvicinava. «Gesù», disse quasi senza fiato. «È da un po' che non sento questo profumo».

Quale profumo?

Lui aprì gli occhi e notai che erano di un blu penetrante, esaltato dai capelli rosso scuro.

«Chi sei? Dove mi trovo?», sbraitai.

Non riconoscevo quel ragazzo.

Lui scivolò verso di me. C'era qualcosa di animalesco nei suoi movimenti, con quello sguardo predatorio sul viso che mi faceva rizzare i peli delle braccia.

All'improvviso si fece vigile. *Cazzo*.

Mi guardai intorno per cercare qualcosa da usare come arma.

«Il luogo è cambiato», disse, mentre io arretravo di un passo per ognuno di quelli che muoveva lui nella mia direzione. «Ma il nome rimane lo stesso: Blackchurch».

«Cosa sarebbe?», chiesi. «Dove siamo? Sono ancora a San Francisco?».

Lui si strinse nelle spalle. «Non posso rispondere. Potremmo essere in Siberia o a dieci miglia da Disneyland», rispose. «Noi saremmo gli ultimi a saperlo. Tutto quello che sappiamo, è che siamo in un luogo remoto».

«In che senso *sappiamo*?».

Chi altro c'era? E dove si nascondevano?

E dove diavolo mi trovavo io? Cos'era Blackchurch? Suonava vagamente familiare ma in quel momento non riuscivo a concentrarmi.

Come poteva non sapere dove fossimo? In quale città o zona? O persino Paese?

Mio Dio. *Paese*. Ero ancora in America, vero? Doveva essere così.

Mi sentivo male.

Ma l'acqua. Quando mi ero svegliata avevo sentito il suono dell'acqua e, tendendo le orecchie, avevo sentito un battito sordo e costante non lontano. Eravamo vicino a una cascata?

«Non c'è nessuno qui con te?», chiese lui, come se non riuscisse a credere che mi trovavo davvero lì. «Non dovresti trovarti così vicino a noi. Non lasciano mai che le femmine si avvicinino a noi».

«Quali femmine?»

«Le infermiere, le donne delle pulizie, lo staff…», disse lui. «Vengono una volta al mese per fare rifornimento, ma noi siamo costretti in camera finché non se ne vanno. Ti hanno lasciata qui, per caso?».

Persi la pazienza e strinsi i denti. Ne avevo abbastanza delle domande. Non avevo idea di cosa stesse dicendo e il cuore mi batteva così forte nel petto che mi faceva male. *Non lasciano mai che le femmine si avvicinino a noi.* Mio Dio, perché? Mi ritirai verso la scala, camminando all'indietro così da non perderlo di vista, e iniziai a scendere mentre lui avanzava verso di me.

«Voglio usare il telefono», dissi. «Dov'è?».

Lui si limitò a scuotere la testa e io ebbi un tuffo al cuore.

«Non ci sono neanche i computer», disse.

Inciampai sul gradino e dovetti reggermi al muro per trovare l'equilibrio. Quando alzai lo sguardo lui era lì, che mi osservava dall'alto in basso, le labbra che fremevano in un ghigno.

«No, no…», scivolai giù di qualche altro gradino.

«Non preoccuparti», disse con un tono rassicurante. «Volevo solo annusarti. Sarà lui a volere il primo morso».

Lui? Guardai verso il basso, in fondo alle scale, e vidi una griglia piena di ombrelli. Belli appuntiti. *Quelli andranno bene.*

«Non abbiamo donne, qui». Continuò ad avvicinarsi sempre di più. «O almeno, non abbiamo donne che possiamo toccare».

Indietreggiai ancora. Se fossi scattata per afferrare un'arma, lui sarebbe stato in grado di afferrarmi? Mi avrebbe presa?

«Niente donne, niente comunicazione con il mondo esterno», proseguì. «Niente droghe o alcol e neanche fumo».

«Cos'è Blackchurch?», chiesi.

«Una prigione».

Mi guardai intorno e vidi pavimenti di costoso marmo, lampade e tappeti, preziose rifiniture in oro e statue.

«Una bella prigione», borbottai.

Qualunque cosa fosse diventata, chiaramente un tempo era stata la casa di qualcuno. Una villa o… un castello, o qualcosa del genere.

«È irrintracciabile», sospirò lui. «Dove pensi che i CEO e i senatori mandino i loro figli problematici quando hanno bisogno di sbarazzarsene?».

«Senatori…», ripetei, mentre una scintilla mi si accendeva nella memoria.

«Ci sono persone importanti che non possono permettere che i loro figli, i loro eredi, finiscano sui giornali perché sono stati arrestati o sono in riabilitazione o sono stati sorpresi a fare cosacce», spiegò lui. «Quando diventiamo un peso, ci mandano qui a sbollire. A volte per mesi». A quel punto, sospirò. «Alcuni di noi per anni».

Figli. Eredi.

E in quel momento capii.
Blackchurch.
No.
No, stava mentendo. Ricordavo di aver sentito parlare di quel posto, ma si trattava di una leggenda metropolitana che gli uomini ricchi usavano per minacciare i loro figli e tenerli in riga. Una residenza isolata in un luogo imprecisato, dove i figli venivano mandati come punizione, ma con la facoltà di essere alla mercé uno dell'altro. Era come *Il signore delle mosche*, ma in abito da sera.
Però non esisteva. Non davvero. Oppure sì?
«Ce ne sono altri?», chiesi. «Altri come te, qui?».
Sulle sue labbra si allargò un sorriso malvagio che mi fece gelare il sangue.
«Oh, alcuni», cantilenò. «Questa notte, Grayson tornerà con la partita di caccia».
Mi fermai di colpo, come stordita.
No, no, no...
Aveva detto *senatori*...
Grayson.
Merda.
«Grayson?», mormorai, più che altro verso me stessa. «Will Grayson?».
Era qui?
Ma Taylor Dinescu, figlio del proprietario di quella che ricordavo essere la Dinescu Petroleum Corporation, ignorò la mia domanda. «Abbiamo tutto quello che ci serve per sopravvivere, ma se vogliamo carne, dobbiamo cacciarla da noi», spiegò.
Questo era quello che Will e gli altri stavano facendo là fuori. Si stavano procurando carne.
Non so se fu l'espressione sul mio volto o qualcos'altro, ma Taylor iniziò a ridere. Un disgustoso chiocciare che mi fece stringere i pugni.
«Perché ridi?», ruggii.
«Perché nessuno sa che sei qui, vero?», mi stuzzicò con aria deliziata. «E chiunque lo sappia voleva lasciarti qui. Ci vorrà un mese prima che torni la squadra del rifornimento».
Chiusi gli occhi per una frazione di secondo. Quello che implicavano le sue parole era chiaro.
«Un mese intero», ripeté.
I suoi occhi si abbassarono sul mio corpo e io mi resi conto della piena implicazione della situazione in cui mi trovavo.
Ero nel mezzo di chissà dove, con chissà quanti uomini che per chissà quanto tempo erano rimasti senza alcuna sorgente di vizio o di contatto con l'esterno, uno dei quali aspettava solo di potermi avere a portata di mano per torturarmi.

E, secondo Taylor, non avevo grandi speranze di ricevere aiuti per il prossimo mese.

Qualcuno si era dato molto da fare per assicurarsi che il mio arrivo passasse inosservato. Davvero non c'era nessuno a governare la proprietà? La sicurezza, la sorveglianza, chiunque avesse dell'autorità sui prigionieri…

Strinsi i denti. Non avevo idea di cosa avrei dovuto fare, ma dovevo farlo in fretta.

Poi però sentii qualcosa e lanciai uno sguardo a Taylor mentre all'esterno risuonavano latrati e ululati.

«Cos'è?», chiesi.

Lupi? Il suono si stava avvicinando.

Lui alzò gli occhi di colpo, guardando la porta d'entrata alle mie spalle e poi di nuovo verso di me. «La squadra di caccia», rispose. «Devono essere tornati in anticipo».

La squadra di caccia.

Will.

E chissà quanti altri prigionieri che potevano essere viscidi e minacciosi quanto lui…

Ora gli ululati erano fuori dalla casa e io guardai Taylor, incapace di calmare il respiro. Cosa sarebbe successo quando sarebbero entrati e mi avrebbero vista?

Ma lui si limitò a sorridermi. «Ti prego, scappa», disse. «Moriamo dalla voglia di divertirci un po'».

Sentii il cuore fermarsi. Non stava succedendo. *Non stava succedendo.*

Ripresi a indietreggiare, scendendo la scala, con gli occhi fissi su di lui che avanzava verso di me; un liquido bollente mi scorreva nelle vene.

«Voglio parlare con Will», dissi.

Forse voleva farmi del male, ma non l'avrebbe fatto. Giusto?

Se solo potessi parlargli…

Ma Taylor rise, i suoi occhi blu danzavano con desiderio. «Non può proteggerti, tesoro». Poi il pavimento al piano di sopra emise uno scricchiolio e Taylor alzò la testa, guardando verso il soffitto. «Aydin è sveglio».

Aydin. Chi?

Ma non mi interessava rimanere a scoprirlo. Non sapevo se sarei davvero stata in pericolo con questi ragazzi, ma naturalmente non avrei dovuto preoccuparmene se riuscivo a scappare.

Saltai giù dalle scale, girai attorno alla balaustra e scattai verso il retro della villa mentre l'ululato di Taylor mi seguiva lungo il corridoio buio e il sudore freddo mi imperlava la fronte.

Tutto questo non stava succedendo. Doveva esserci una sorveglianza. Mi rifiutavo di credere che mammina e papino potessero spedire lì i loro eredi e merce di valore senza qualche genere di assicurazione che sarebbero stati al sicuro. Cosa sarebbe successo se qualcuno si fosse ferito? O si fosse ammalato gravemente?

Questo era… uno scherzo. Uno scherzo sfarzoso e assolutamente immorale. Era quasi la Notte del Diavolo e lui stava riuscendo a tirarmici dentro. Alla fine.

Blackchurch non era reale. Alle superiori, Will nemmeno credeva che questo posto esistesse.

Attraversai delle stanze, alcune con una porta, altre con due, altre con nessuna, mentre il corridoio si frantumava in altri corridoi e io non avevo idea di dove stessi andando. Correvo e basta.

La suola di gomma delle mie sneakers cigolava contro il pavimento di marmo e un odore stantio mi solleticava il naso. Non c'era niente di accogliente.

I muri passarono dal color crema al granata al nero, carta da parati ammuffita che pendeva da alcune parti del soffitto altissimo e tende che si staccavano da finestre alte dieci volte me.

Ma lampade e luci brillavano, spargendo un bagliore cupo su ogni ufficio, studio, salotto e stanza dei giochi che oltrepassavo.

Fermandomi di colpo, entrai nella seconda stanza a destra e corsi in fondo al corridoio, grata per il silenzio ma allo stesso tempo innervosita. Poco fa erano fuori dalla porta. Ora dovevano essere in casa. Allora perché non udivo rumori?

Dannazione.

Sentivo i muscoli bruciare, i polmoni svuotati, e non riuscii a trattenere un gemito mentre incespicavo dentro l'ultima stanza in fondo al corridoio e correvo alla finestra. La aprii e l'aria fredda entrò a gonfiare le tende. Rabbrividii vedendo la vasta foresta, quasi nera nella notte al di là della finestra.

Abeti canadesi. Cercai con lo sguardo, osservando le piante. C'erano abeti rossi e anche pini bianchi. L'odore umido del muschio mi colpì ed esitai. Non ero più in California. Quelle tre piante venivano da terre ben più a nord.

E non eravamo a Thunder Bay. Non eravamo neanche nelle vicinanze di Thunder Bay.

Lasciai la finestra aperta e arretrai, riflettendo. Il freddo nell'aria penetrò attraverso la mia camicetta a maniche corte e non avevo idea né di dove fossi, né quanto lontano dalla civiltà mi trovassi, né in quali individui mi sarei imbattuta senza disporre di protezione alcuna.

Uscii di corsa dalla stanza, premendomi contro il muro e attraversando silenziosa il corridoio, gli occhi attenti. *Pensa, pensa, pensa…*

Dovevamo essere vicini a una città. C'erano dipinti alle pareti, preziosissimi oggetti antichi, enormi lampadari e ci dovevano essere voluti moltissimi soldi per rifornire e arredare quel posto.

Non era sempre stata una prigione.

Nessuno avrebbe investito tanto in qualcosa che una combriccola di stronzetti avrebbe potuto completamente sfasciare. Era la casa di qualcuno e non l'avrebbero costruita a leghe di distanza dalla città. Una casa come quella era per intrattenere. C'era una sala da ballo, dannazione!

Mi torsi le dita. Non mi importava niente di chi mi avesse fatta finire lì. In quel momento, avevo solo bisogno di un posto sicuro.

E poi lo sentii.

Una chiamata – un ululato – sopra di me. Mi fermai, il sangue congelato. Alzando la testa, seguii il suono mentre si spostava dalla mia sinistra alla mia destra. Il cuore mancò un battito quando sentii scricchiolare per il peso le assi del pavimento del piano superiore.

Simultaneamente. In più punti.

Erano di sopra, ed erano più di uno. Taylor mi aveva vista correre via. Perché erano saliti?

E tutto ad un tratto ricordai cos'altro c'era di sopra: Aydin.

Taylor aveva parlato di lui come se fosse una minaccia. Volevano andare prima da lui?

L'eco di una voce risalì lungo il corridoio e io aguzzai le orecchie, la finestra alle mie spalle mi chiamava.

Poi risuonò un altro urlo, molto più in basso, probabilmente all'ingresso, e ancora un ululato da qualche parte intorno.

Mi voltai, confusa. Cosa stava succedendo? Avevo i nervi a fior di pelle e mi sforzai di deglutire mentre la bile mi bruciava lo stomaco.

Si stavano dividendo.

Lupi. Mi fermai, ricordando l'ululato sentito fuori. Era come fossero lupi. Un branco che si separava per circondare la preda e testarne i punti deboli. Attaccavano ai lati e da dietro.

Gli occhi mi si riempirono di lacrime, ma alzai il mento e le respinsi. *Will.*

Da quanto tempo era lì? Dov'erano i suoi amici? Mi aveva fatta portare qui per vendetta? Ma che cazzo…

Anni prima, gli avevo detto di non forzarmi. L'avevo avvertito. Non era colpa mia. Si era fatto chiudere lì da solo.

Entrai in una sala da biliardo, staccai una mazza da cricket dal muro e scivolai silenziosamente via, la schiena premuta contro il muro e lo sguardo che saettava pronto a cogliere ogni segnale della loro presenza. Sentivo brividi percorrermi le braccia e, nonostante il freddo, avevo la pelle del collo coperta di un sottile strato di sudore. Tesi le orecchie e rimasi in ascolto, poi mi mossi silenziosa.

Dal soffitto provenne un tonfo e io trattenni il respiro, alzando di colpo lo sguardo verso l'alto mentre proseguivo dietro le scale.

Cosa stava succedendo?

Una sfumatura azzurra, come una luce lunare che penetrava dalla finestra, illuminò il marmo scuro del pavimento e io la seguii, diretta verso il retro della casa.

Inspirai e un odore acre mi punse il naso. Era sterile, come di varechina. Taylor aveva detto che le donne delle pulizie e lo staff se n'erano appena andati.

Mi tremarono le gambe e sentii il cuore martellarmi nel petto. Mi sentii come se fossi già accerchiata, e neanche lo sapevo.

«Qui!», urlò qualcuno.

Sussultai, svoltai un angolo e mi premetti contro il muro.

Lanciando uno sguardo oltre il bordo, vidi delle ombre scure muoversi lungo la parete, dove trovarono la finestra aperta.

«Sta scappando!», urlò uno di loro.

Lasciai andare il respiro e strinsi i pugni. *Sì!* Pensavano che mi fossi arrampicata fuori dalla finestra.

I loro passi rimbalzarono sul pavimento: corsero verso l'ingresso – o almeno lo speravo – e sparirono nell'ombra, io mi coprii la bocca con la mano.

Grazie a Dio.

Non attesi oltre. Corsi e corsi, fino a trovare le cucine, nell'angolo sud-ovest della magione. Lasciai le luci spente e raggiunsi il frigorifero. Lo aprii e cesti di frutta e verdura dondolarono per il movimento improvviso.

Esplorai l'interno del frigorifero con lo sguardo e mi si spalancò la bocca di fronte alle sue dimensioni. Ci si poteva entrare dentro. Pensai alle parole di Taylor: aveva detto che dovevano cacciare da soli la carne, eppure lì c'era una tonnellata di cibo.

Avanzai di un passo e l'improvviso cambio di temperatura mi fece rabbrividire; osservai i ripiani pieni di cibo, che sembrava essere stato sistemato lì da poco. Formaggi, pane, affettati, burro, latte, zucca, cetrioli, pomodori, uva, banane, mango, lattuga, mirtilli, yogurt, hummus, bistecche, prosciutto, interi polli, hamburger…

E questo senza contare tutto il cibo che avevano nella dispensa.

Perché dovevano cacciare?

Senza indugiare oltre, afferrai la borsa di rete appesa allo scaffale e rovesciai il contenuto, poi lo sostituii velocemente con due bottiglie d'acqua, una mela e del formaggio. Forse avrei dovuto prendere più cose, ma in quel momento non potevo trasportare di più.

Uscita dal frigo, strinsi la borsa e corsi alla finestra, sollevandomi sulle punte dei piedi per vedere la luce delle torce danzare sul vasto prato.

Fui sul punto di sorridere. Avrei avuto il tempo di trovare un cappotto o un maglione e uscire da quel posto prima che tornassero.

Mi girai sui talloni, mossi un passo in avanti e in quel momento lo vidi, una sagoma scura contro lo stipite della porta della cucina.

Mi bloccai e il cuore mi salì in gola.

Mi fissava. O almeno, immaginai che mi stesse fissando, perché il suo volto era nascosto nell'ombra.

Sentii i polmoni congelarsi, doloranti.

E poi ricordai... *lupi.* Ti circondano.

Tutti, tranne uno. Lui arriva di fronte.

«Vieni qui», disse con la sua voce bassa.

Le mani mi tremarono. Conoscevo quella voce. E anche quelle parole, le stesse che mi aveva detto quella notte.

«Will».

Entrò nella cucina, la luna gettava un bagliore soffuso sul suo viso, e qualcosa dentro di me gridò di dolore.

Alle superiori era robusto ma ora...

Deglutii, cercando di inumidire la mia bocca asciutta.

Un leggero spruzzo di pioggia luccicò tra i suoi capelli color cioccolato, arruffati ma tagliati da poco. Non l'avevo mai visto con la barba prima d'allora, lo faceva sembrare più duro e più pericoloso, in modi che non credevo potessero donargli tanto.

Il suo petto era più largo e le braccia, in quella felpa nera col cappuccio, erano più forti. Alzò una mano e usò un tovagliolo per pulire il sangue che gli copriva le dita. Dei tatuaggi decoravano il dorso delle sue mani, scomparendo sotto le maniche.

L'ultima volta che l'avevo visto non aveva i tatuaggi.

La notte in cui era stato arrestato.

Da dove veniva il sangue? Dalla caccia?

Mentre avanzava lentamente, io indietreggiai. Ma avvicinandosi non guardava me, si osservava le mani e le puliva.

La mazza da cricket. Dov'era?

Strinsi gli occhi e li riaprii lentamente. *Merda.* Era rimasta sul fondo del frigorifero mentre mettevo il cibo nella borsa.

Lanciai uno sguardo al frigorifero, valutando la distanza.

Scrutando i banconi, vidi tre vasetti di vetro e mi allungai per afferrarli, lanciandone uno sul pavimento tra di noi. Si infranse, spargendo ovunque scaglie di vetro, e Will si fermò per un istante, gli occhi che ridevano mentre continuavo a indietreggiare facendomi strada verso il frigo.

«Questa volta non finirà con te nel mio sacco a pelo», mi avvertì.

Presi un altro vasetto e lo lanciai sul pavimento, arretrando ancora un po', coprendo ulteriore distanza. Se fosse corso verso di me, sarebbe scivolato sul vetro.

«Non fare promesse che non puoi mantenere», lo provocai. «Non sei ancora l'alfa».

Una delle sue sopracciglia scure si inarcò, ma non si fermò e continuò ad avanzare.

Sentivo la vena del collo martellare, lo stomaco aggrovigliato ma… mentre il vetro scricchiolava sotto la sua scarpa e il suo sguardo rimaneva fisso nel mio, il pulsare tra le mie gambe mi fece quasi urlare.

«Sai perché sono qui?», chiesi.

«Sei stata cattiva?».

Strinsi i denti e rimasi in silenzio.

Sul suo volto si allargò un sorriso perfido e sapevo che eravamo arrivati al punto. Non credevo sarebbe successo così, ma sapevo che sarebbe successo.

«Lo sai», dissi. «Non è vero?».

Lui annuì. «Non vuoi che ti spieghi?»

«Servirebbe?».

Scosse la testa.

Io inspirai. *Già, lo sospettavo.*

Si era fatto due anni e mezzo di prigione per causa mia. E non solo lui. Anche il suo migliore amico Damon Torrance, e anche Kai Mori.

Per un attimo abbassai lo sguardo. Sapevo che non lo meritava, ma sapevo anche che se fossi potuta tornare indietro, non avrei fatto nulla di diverso. Gli avevo detto di stare lontano da me. L'avevo avvertito.

«Mi piacerebbe non averti mai incontrato», dissi, quasi sussurrando.

Lui si fermò, il vetro che grattava sotto le sue suole. «Credimi, il sentimento è reciproco».

Indietreggiai e in quel momento mi sfiorai la gamba con la mano e mi accorsi di avere qualcosa in tasca. Continuai il mio cammino verso il frigo, ma sfilai quella cosa in metallo dalla tasca: era un coltellino svizzero con il manico nero.

Da dove veniva?

Io non avevo coltelli.

Lasciai andare la borsa e feci scattare la lama, tendendola di fronte a me, ma lui balzò in avanti e mi afferrò il polso, facendo leva sulle mie dita perché si aprissero. Lottai cercando di tenere l'arma, ma lui era troppo forte. Urlai quando mi resi conto di non poter più resistere, e il coltellino cadde a terra rimbalzando sul marmo.

Facendomi ruotare, mi afferrò per il colletto e mi attirò a sé, bloccandomi tra il suo corpo e il bancone della cucina.

Mi guardò negli occhi e io inspirai a fondo, una ciocca dei suoi capelli mi sfiorava le labbra.

«Ti piacciono gli alfa?», disse per provocarmi.

Lo guardai con aria di sfida. «Vogliamo quello che vogliamo».

Mi guardò truce. Quelle parole erano più familiari di quanto volesse ricordare e, se non fossi stata così spaventata, avrei riso.

Mi sollevò e mi gettò sulla sua spalla, ringhiando. «È tempo che tu ne conosca uno, allora».

Capitolo 2

Emory

Nove anni prima

«Perché te ne vai?».
Rimasi lì, a evitare gli occhi della mia allenatrice mentre stringevo il laccio della tracolla che mi attraversava il petto.
«Non ho tempo», le risposi. «Mi dispiace».
Mi azzardai a guardare nella sua direzione e vidi il suo sguardo severo da sotto i corti capelli biondi che le coprivano gli occhi. «Hai preso un impegno», obiettò. «Abbiamo bisogno di te».
Spostai il peso sui piedi, coperta di vergogna.
Faceva schifo, lo sapevo.
Ero brava a nuotare. Avrei potuto aiutare la squadra e lei si era impegnata molto per allenarmi nel corso dell'anno. Non avrei voluto mollare.
Ma doveva farselo andare bene. Non lo potevo spiegare, anche se non farlo significava che lei avrebbe preso il mio silenzio come una prova di irresponsabilità ed egoismo.
Le voci delle ragazze che si preparavano fuori dall'ufficio riempirono la stanza degli armadietti e io mi sentii addosso gli occhi della donna che aspettava una risposta.
Però era tutto inutile. Non avrei cambiato idea.
«Sta succedendo qualcosa?», chiese.
Strinsi il laccio della tracolla, il tessuto rigido mi tagliava la mano. Poi feci un respiro profondo e spinsi gli occhiali sul naso, raddrizzando la schiena. «Nessuno mi darà una borsa di studio per il nuoto», sbottai. «Devo impiegare il mio tempo in qualcosa che mi manderà all'università. Purtroppo è stata una perdita di tempo».
Prima che potesse rispondere, o che l'espressione sul suo volto rendesse tutto più doloroso, mi voltai e spinsi la porta, lasciando il suo ufficio.
Sentii le lacrime bloccarmi la gola, ma le spinsi giù.
Faceva schifo. E avrei pagato per questo. Non era finita. Lo sapevo.
Ma non avevo scelta.

Il dolore alla schiena esplose, attraversai altera lo spogliatoio e spinsi la porta con forza, sentendo il dolore al polso risalire tutto il braccio, poi uscii in corridoio.

Mi sforzai di ignorare il disagio mentre camminavo nel corridoio quasi vuoto.

Ero sollevata che non mi avesse chiesto perché non lasciavo anche la banda, allora. Neanche quella mi avrebbe fatta entrare all'università. E non ero così brava.

Era soltanto l'unica cosa rimasta a tenermi fuori casa e non dovevo indossare un costume da bagno per poter partecipare.

Mi morsi un labbro, fissai il pavimento ed ebbi l'impressione che un rimorchio da dieci tonnellate mi si fosse attaccato alle spalle. Raggiunsi il mio armadietto senza guardare dove stessi andando, avevo fatto quel percorso un milione di volte. *Mantieni la calma*. Il tempo avrebbe continuato a scorrere. La vita sarebbe andata avanti. Io stavo andando nella direzione giusta.

Continua ad andare.

Alcuni studenti girovagavano per i corridoi, arrivati prima per via delle attività dei club o di altri sport. Digitai la combinazione. Mancava ancora un po' prima che iniziasse la lezione, ciò significava che potevo andare ad ammazzare il tempo in biblioteca. Era meglio che stare a casa.

Svuotai la borsa dei libri di fisica e matematica che avevo finito la sera prima e presi dall'armadietto il mio raccoglitore, il libro di letteratura, la mia copia di *Lolita* e il manuale di spagnolo. Tenni tutto con un braccio mentre scavavo nella mensola superiore alla ricerca dell'astuccio.

Lui scoprirà che ho mollato. Forse avrei avuto qualche giorno di pace, poi sarebbe accaduto; sentii un nodo chiudermi lo stomaco. Sentivo ancora il sapore metallico del taglio in bocca risalente a due giorni prima.

Lui l'avrebbe scoperto. Non avrebbe voluto che lasciassi il nuoto e spiegargli il perché lo avrebbe solo fatto arrabbiare di più.

Sbattei le palpebre un paio di volte. Il dolore bruciante alla cute dell'altra notte sembrò di nuovo attraversarmi lo scalpo, facendomi dimenticare penne e matite.

Non avevo urlato quando aveva tirato.

Ma ero arretrata. Mi tiravo sempre indietro.

Sentii delle risate spegnersi da qualche parte lungo il corridoio, voltai lo sguardo e vidi degli studenti perdere tempo appoggiati agli armadietti. Ragazze con la loro uniforme della scuola, le gonne arrotolate in modo da essere ben più corte delle tre dita sopra il ginocchio che ci erano permesse, e le camicette troppo strette sotto le giacche blu navy.

Le guardai con disappunto.

Le teste vicine, sorridevano e scherzavano con i ragazzi, e l'intero gruppo sembrava vuoto e piatto come una pozzanghera. Mai profondo abbastanza per provare a essere qualcosa di più di ciò che fosse.

Erano superficiali, noiosi, fastidiosi, ignoranti e insipidi. Lo erano tutti i ragazzi ricchi.

Guardai Kenzie Lorraine appoggiarsi a Nolan Thomas, la sua bocca che si muoveva su quella di lui come se dovessero fondersi. Sussurrò qualcosa sulle labbra del ragazzo e i suoi denti bianchi fecero capolino attraverso quel piccolo ghigno prima che lui le facesse scivolare la mano intorno alla vita, appoggiandosi all'armadietto. Il mio cuore mancò il battito per un istante. Trovai l'astuccio e lo feci scivolare distrattamente nella borsa, senza togliere loro gli occhi di dosso.

Superficiali, noiosi, fastidiosi, ignoranti e insipidi.

Sbattei le palpebre e, nel guardarli, la mia espressione si addolcì.

Felici, eccitati, coraggiosi, selvaggi e come se fossero in paradiso.

Mostravano diciassette anni.

E all'improvviso, per un attimo, sperai di essere loro. Chiunque tranne me. Non c'era da stupirsi se non piacevo a nessuno in questa scuola. Anche io ero stanca di me stessa.

Non sarebbe stato splendido essere davvero felice solo per cinque minuti?

Gli amici di lei erano là intorno, parlavano con quelli di lui, ma io vedevo solo loro due e mi chiedevo come ci si sentisse. Anche se non era vero amore, doveva essere bello sentirsi voluti.

Ma proprio in quel momento, Nolan aprì gli occhi. Guardò verso di me, incontrando subito il mio sguardo, come se avesse saputo che ero rimasta lì tutto il tempo. Sentii la vena del collo pulsare e rimasi pietrificata.

Merda.

Tuttavia, lui non smise di baciare Kenzie e sostenne il mio sguardo mentre si muovevano insieme. Poi… mi fece l'occhiolino e io riuscii a immaginare il suo sorriso anche attraverso il bacio.

Roteai gli occhi e distolsi lo sguardo. *Grandioso.* Emory Scott era una pervertita. Queste sono le parole che avrebbe detto. Proprio ciò di cui avevo bisogno.

Mi voltai di nuovo verso l'armadietto, imbarazzata, e chiusi la porta.

Mi faceva male tutto. Inarcai la schiena, cercando di allungare i muscoli, ma quando mi voltai per andarmene arrivò un pugno che mi fece cadere i libri dalle braccia.

Trattenni il respiro, colta di sorpresa, e d'istinto arretrai di un passo.

Miles Anderson mi lanciò un'occhiata passandomi accanto, ma anche le sue labbra si curvarono in un sorriso.

«Vedi qualcosa che ti piace, idiota?», mi punzecchiò.

Io strinsi le labbra, cercando di ritrovare il controllo sul battito del cuore, ma mentre i suoi amici lo seguivano ridendo, sentii che lo spavento improvviso mi aveva fatto rivoltare lo stomaco.

I suoi capelli biondi gli coprivano arruffati la fronte e i suoi occhi blu scendevano lungo la mia uniforme. Sapevo esattamente cosa stava valutando.

Il motivo a scacchi fuori moda della mia gonna di seconda mano.

Il bottone mancante sul polsino della mia camicetta, troppo grande di due taglie.

Il blazer blu scolorito, da cui sbucavano pezzi di filo dei rattoppi che avevo dovuto fare dopo che la precedente proprietaria me l'aveva passato.

Le scarpe usurate, per aver dovuto sempre camminare visto che non avevo una macchina; il fatto che non mi truccassi mai né facessi niente con i miei capelli neri, che rimanevano solo lì a pendere sulle mie braccia e sulla mia faccia.

Così diversa da lui. Da tutti loro.

Inutili merde. Lasciai che Anderson si divertisse, perché quello era l'unico momento in cui aveva un po' di potere. Una cosa per cui potevo ringraziare i Cavalieri.

Odiavo come questa scuola fosse il loro personale parco giochi, ma quando loro erano nei paraggi, Miles Anderson non faceva queste stronzate. Potevo scommettere che stesse contando i giorni che mancavano al loro diploma, così avrebbe potuto prendere il controllo della squadra di basket.

E della Thunder Bay Prep.

A denti stretti, mi inginocchiai e raccolsi i libri da terra, infilando tutto nella borsa.

Ma all'improvviso sentii un velo di sudore coprirmi la faccia e mi sentii a disagio. Mi costrinsi ad alzarmi, sospirai e corsi nel bagno più vicino, su per le scale e in fondo al corridoio.

Sentii lo stomaco riempirsi di qualcosa, il bruciore della bile che mi risaliva la gola che si faceva più intenso. Mi buttai addosso alla porta, la spinsi e mi infilai in uno dei box, piegandomi sulla tazza del water in preda ai conati.

Barcollai, il rigurgito risalì quanto bastava per poterne sentire il sapore acido, ma non avrebbe proseguito oltre. Tossii, gli occhi che mi si riempivano di lacrime mentre inspiravo in cerca d'aria.

Spinsi indietro gli occhiali, le mani strette alle pareti del box mentre, respiro dopo respiro, cercavo di calmarmi.

Mi sfregai gli occhi. *Merda.*

Qualche volta avevo risposto.

Quando non me ne importava e quando non mi sentivo davvero minacciata.

Mi asciugai le ciglia e scaricai lo sciacquone per abitudine, uscendo dal box e dirigendomi al lavandino. Aprii l'acqua e infilai le mani sotto il getto, poi però mi fermai. L'energia per spruzzarmi l'acqua in faccia era sparita. Mi limitai a chiudere il rubinetto e uscire dal bagno, asciugandomi le mani sulla gonna.

Ero troppo stanca e la giornata era a malapena iniziata.

Ma nel momento esatto in cui aprii la porta, qualcuno era lì, e io mi fermai di colpo guardando Trevor Crist. Lui mi sorrise e io lo fissai, stringendo il laccio della mia borsa.

Era solo una matricola, due anni più giovane, ma era alto quanto me e non assomigliava affatto a suo fratello. Occhi finti di plastica che non si appaiavano al suo sorriso, capelli di colore biondo scuro acconciati in modo perfetto, quasi quanto era perfetta la posizione della sua cravatta.

Aveva l'aria di chiamarsi Chad. Che cavolo voleva?

Mi porse un quaderno azzurro e io riconobbi le annotazioni stropicciate, i fogli liberi all'interno, i tratti di evidenziatore giallo. Lanciai un rapido sguardo in fondo al corridoio, verso il mio armadietto.

Dovevo averlo lasciato a terra quando quell'idiota mi aveva fatto cadere tutto.

Presi il quaderno e lo infilai nella borsa. «Grazie», borbottai.

«Ho recuperato tutto, ma non so se nel giusto ordine», disse. «Alcuni dei fogli sono usciti».

Lo sentii a malapena. Il corridoio si stava riempiendo di studenti e il professor Townsend si avviava verso l'aula per la prima lezione.

«Trevor Crist». Il ragazzino mi porse la mano.

«Lo so».

E lo superai, ignorando la sua mano.

Percorsi qualche metro nel corridoio, tenni aperta la porta seguendo un altro studente all'interno e frugai con lo sguardo la classe alla ricerca del posto a sedere più sicuro. All'angolo, nelle retrovie e vicino alle finestre, c'era un banco vuoto circondato da studenti in tutte le direzioni: Roxie Harris vicino a me, Jack Leister di fronte a me e Drew Hannigan subito accanto.

Corsi a prendermelo.

Scivolai sulla sedia, le gambe del tavolo che strusciavano sul pavimento mentre gettavo la mia borsa a terra.

«Bleah», gemette Roxie accanto a me, ma io la ignorai ed estrassi le mie cose dalla borsa.

Lei iniziò a mettere via le sue.

La classe cominciò a riempirsi. Chiacchiere e risate che si riversavano all'interno mentre il professor Townsend stava in piedi, torreggiante sopra la cattedra, a leggere i suoi appunti.

Roxie non ebbe nemmeno il tempo di sgombrare il banco prima che arrivassero. Attraversarono la soglia, alti, magnetici e sempre insieme.

Mi voltai verso la finestra, chiudendo gli occhi dietro le lenti e trattenendo il respiro mentre rapida tiravo fuori dalla tasca gli auricolari e me li infilavo nelle orecchie.

Qualunque cosa pur di sembrare inavvicinabile.

Per favore, per favore, per favore…

Ma la mia preghiera arrivava troppo tardi. Potei quasi sentire gli occhi di Roxie, Jack e Drew sollevarsi mentre prendevano la loro roba e sgombravano i banchi senza che neppure fosse loro chiesto, come se fosse colpa mia se questi ragazzi insistevano nel circondarmi dovunque fossi seduta.

Kai Mori scivolò nel posto che era stato di Jack, di fronte a me, mentre Damon Torrance prese quello in diagonale.

Non c'era bisogno che li guardassi per vedere i loro capelli scuri, e neppure capire chi fosse chi, perché Kai profumava di muschio ambrato e di oceano, mentre Damon puzzava come un posacenere.

Michael Crist si era probabilmente infilato da qualche parte nei paraggi, ma fu l'ultima figura a passarmi accanto e a sedersi accanto a me – nel posto che avrebbe dovuto essere di Roxie – a farmi battere forte il cuore.

Potevo sentire i suoi occhi su di me anche se guardavo fuori dalla finestra.

Se avessi saputo che avremmo condiviso delle lezioni, quando la direzione aveva deciso di farmi passare a inglese avanzato qualche settimana prima, una settimana in anticipo rispetto al programma, avrei detto di no. Qualunque cosa avesse voluto mio fratello.

Ero piuttosto sicura che mi avessero spostata perché l'anno precedente ero stata *difficile* e pensavano che propormi una sfida mi avrebbe messo un tappo in bocca.

Avrebbero presto realizzato che non sarebbe stato così.

«Non hai l'uniforme», sentii bisbigliare una qualche ragazza.

Poi sentii la voce di Will Grayson scaldarmi il collo. «Sono sotto copertura», le disse.

«A quel pezzo di merda viene duro per te o qualcosa del genere», aggiunse Damon. «Tutte le volte che ti vede, vuole farti sua».

Strinsi le dita attorno al mio quaderno e alla matita.

«In sua difesa», si intromise Kai, «sei stato tu a mettere il biglietto con scritto "Scusa, ho colpito la tua macchina" e il suo numero di telefono sui veicoli di tutta la città».

Damon sbuffò, poi scoppiò a ridere, mentre Will si fece sfuggire una risatina autocompiaciuta.

Stronzi. Il telefono di mio fratello aveva squillato tutta la notte per via di questo scherzo. E quando è seccato, lo fa notare.

«Quindi, cosa dici, Em?», mi punzecchiò Will, come se non riuscisse mai a esimersi dal farlo. «Tuo fratello si scalda per me? Di certo vuole farmi il culo».

Rimasi in silenzio, aprendo distrattamente il quaderno mentre le persone si sedevano al loro posto e parlavano attorno a noi.

In questa scuola, tutti odiavano mio fratello. I loro soldi e le loro conoscenze non avevano effetto sulla sua volontà di agente di polizia di elargire multe per eccesso di velocità, di investigare sulle denunce per schiamazzi e di far sgombrare feste appena aveva il sentore che stesse succedendo qualcosa.

Mio fratello era considerato un idiota perché faceva il suo lavoro, e quando non potevano arrivare a lui, venivano da me.

Vidi Will prendere qualcosa dalla tasca e lo guardai scartare per metà una caramella, portarla alla bocca e staccarla dalla carta usando i denti.

I suoi occhi non mi lasciarono mai.

«Togliti le cuffie», ordinò masticando.

Strinsi gli occhi.

«E smettila di fingere di ascoltare la musica, è il motivo per cui non riesci ad avere a che fare con le persone che ti circondano», disse.

Ogni muscolo del mio corpo si tese e quando mi rifiutai di fare come diceva, lanciò l'involucro sul pavimento e si piegò, tirando il filo e togliendomi gli auricolari dalle orecchie.

Colta di sorpresa, mi raddrizzai sulla sedia.

Ma non mi feci piccola piccola. Non con lui.

Ora… aveva la mia maledetta attenzione.

Afferrai il filo che pendeva sul pavimento, mi alzai dal banco, raccolsi quaderno e borsa e feci per andarmene.

Ma poi le sue mani furono su di me e mi tirarono giù perché mi sedessi sulle sue ginocchia.

Tutto quello che tenevo in mano cadde sul pavimento e fuoco liquido prese a scorrermi sotto la pelle.

No.

Strinsi i denti e lo spinsi via mentre Kai sospirava e Damon faceva schioccare la lingua, senza che nessuno dei due facesse niente per fermarlo.

Lottai, ma lui si limitò a stringere la presa, allontanando il viso dai miei attacchi.

Will, Kai, Damon e Michael. I quattro Cavalieri.

Adoravo i soprannomi che i piccoli gangster in erba davano a sé stessi alle superiori, ma qualcuno avrebbe dovuto dire loro che non fai così tanta paura se devi informare tutti di quanto sei spaventoso.

Tutte le scuole avevano tipi del genere, comunque. Un po' di soldi, mamma e papà con delle conoscenze e un bel faccino, ma senza un cuore all'altezza del resto. Niente di tutto questo era davvero colpa loro, immaginavo.

La loro colpa era sfruttare a pieno la situazione a proprio vantaggio. Non sarebbe stato divertente se qualcuno avesse detto loro di no? Se qualcuno di loro avesse mai pagato per i propri sbagli? O se uno di loro avesse mai rifiutato drink, droghe o ragazze?

Ma no. Stessa storia. *Superficiali, noiosi, fastidiosi, ignoranti e insipidi.*

E mentre altri avrebbero potuto mettere in piedi qualche patetica protesta prima di arrendersi, io non ne ero interessata.

E lui questo lo odiava.

Avrei potuto urlare. Attirare l'attenzione dell'insegnante. Fare una scenata. Ma lui avrebbe ricevuto le risate che desiderava ricevere e io avrei attirato l'attenzione che non volevo attirare.

«Cancellati quel cazzo di sguardo dalla faccia», mi minacciò.

Strinsi i denti, senza fare niente di quello che diceva.

Lui abbassò la voce in un sussurro. «So che potrei sembrare quello gentile e che probabilmente tu pensi che mi senta in colpa per quello che a volte ti faccio passare, e che un giorno mi sveglierò e rivaluterò la mia vita e il suo scopo, ma non succederà. La notte dormo come un bambino».

«Ti svegli ogni due ore e piangi?», chiesi.

Qualcuno sbuffò alle mie spalle ma io non distolsi lo sguardo da quello di Will, che mi guardò strizzando gli occhi. La scuola era sempre stato il luogo dove potevo avere una tregua.

Poi ero arrivata alle superiori.

Feci girare il polso nella sua stretta, cercando di staccarlo da me. «Lasciami andare».

«Perché i tuoi polsini sono bagnati?».

Abbassò lo sguardo e mi costrinse a sollevare il braccio, così da controllare da vicino.

Non risposi.

Tornò a guardare me. «E hai gli occhi arrossati».

Sentii un nodo in gola, ma strinsi i denti e mi liberai il polso con uno strattone.

Solo che prima che potessi alzarmi dalle sue ginocchia, mi afferrò il mento con una mano e mi avvolse la vita con l'altro braccio, trattenendomi. Mi premette contro il suo corpo, sussurrando così piano che nessun altro avrebbe potuto sentire.

«Non sai che potresti avere tutto quello che vuoi?». I suoi occhi cercarono i miei. «Farei del male a chiunque per te».

Il peso sul mio petto era così pesante che faceva quasi male respirare.

«Chi è?», chiese. «Con chi devo prendermela?».

Sentivo gli occhi bruciare. Perché faceva così? Si era addolcito e mi tentava con la fantasia che non ero sola e che forse ci sarebbe stata speranza.

Il suo profumo mi fece vacillare. Bergamotto e cipresso blu. Alzai lo sguardo sui suoi capelli castani, folti e perfettamente acconciati, sopra le sopracciglia scure e intorno a una pelle perfetta. Ciglia nere definivano occhi del colore di foglie che circondavano una laguna in qualche stupida isola da qualche parte del mondo e, per un momento, mi persi.

Solo per un momento.

«Dio, ti prego», dissi alla fine. «Fatti una vita, Will Grayson. Sei patetico».

Mentre sollevava il mento, i suoi occhi bellissimi si fecero di colpo più duri. Mi spinse via dalle sue ginocchia e verso il mio banco. «Siediti».

Sembrava quasi ferito e io fui sul punto di ridere. C'era rimasto male che io non fossi abbastanza stupida da cascare in queste stronzate. Cos'aveva in mente? Guadagnarsi la mia fiducia, attirarmi al ballo di inizio anno e rimanere a guardare mentre mi riversavano addosso sangue di maiale?

No, non abbastanza originale. Will Grayson aveva più immaginazione. Questo, almeno, glielo concedevo.

«D'accordo, iniziamo», disse il professor Townsend, schiarendosi la gola.

Raccolsi il quaderno e la borsa dal pavimento e scivolai di nuovo sulla sedia, infilando gli auricolari in tasca.

«Prendete i vostri libri», ci ordinò mentre dava un piccolo sorso al suo caffè e voltava la pagina del giornale sulla sua scrivania.

Will rimase fermo, guardando di fronte a sé in silenzio e, per un attimo, mentre scrutavo i muscoli della sua mandibola contrarsi, vacillai.

Non importa. Alzai gli occhi al soffitto e presi la mia copia di *Lolita* mentre anche il resto della classe recuperava la propria. Tranne Will, perché non si era disturbato a portare una borsa o dei libri.

«Abbiamo parlato del fatto che nel libro Humbert è un narratore inaffidabile». Townsend bevve un altro sorso di caffè. «Di come sembriamo gli eroi della nostra storia, dal momento che siamo noi a raccontarla».

Sentii Will avvicinarsi e sospirare. Mi concentrai sulla nuca di Kai Mori, affascinata come al solito da quanto fossero precise e pulite le linee della rasatura dei suoi capelli.

Facevo fatica a concentrarmi.

Townsend continuò. «E di come spesso giusto o sbagliato siano solo una questione di prospettiva. Per una volta, il cane da caccia è il cattivo della storia. Per il cane da caccia, il cattivo è il lupo. Per il lupo, l'umano. E così via».

Oh, per piacere. Humbert Humbert era un deviato.

E un criminale. Volpe, cane da caccia, lupo, non importava.

«Crede di essere innamorato di Lo». L'insegnante girò intorno alla cattedra e si appoggiò contro il lato frontale, il giornale arrotolato nel pugno. «Ma non è neppure del tutto inconsapevole del proprio crimine. Dice», aprì il libro, leggendo direttamente da lì, «"Sapevo di essermi innamorato di Lolita per sempre; ma sapevo anche che non sarebbe stata Lolita per sempre."». Alzò gli occhi sulla classe. «Cosa intende?»

«Che sarebbe cresciuta», rispose Kai. «E che non l'avrebbe più attratto sessualmente, perché è un pedofilo».

Sorrisi a me stessa. Kai era il mio preferito dei Cavalieri, se proprio ne avessi dovuto scegliere uno.

Townsend accolse l'osservazione di Kai, ma subito dopo si rivolse a un'altra studentessa.

«Sei d'accordo?».

La ragazza si strinse nelle spalle. «Penso che intenda che tutti cambiamo e che anche lei sarebbe cambiata. Ma non perché sarebbe diventata più vecchia. Più che altro perché crescendo si sarebbe allontanata, e questa cosa lo spaventa».

Il che era probabilmente quello che Humbert intendeva davvero, ma mi piaceva di più la versione di Kai.

Il professore annuì, poi fece un cenno con il mento verso un altro studente.

«Michael?».

Michael Crist alzò lo sguardo, sembrava smarrito. «Cosa?».

Damon sbuffò divertito e io scossi la testa.

Townsend abbassò le palpebre con aria impaziente, prima di ripetere la domanda. «Cosa pensi che intendesse quando dice che la ragazza non sarà per sempre Lolita?».

Michael rimase in silenzio per un momento e io mi chiesi se avrebbe risposto.

«Lui ama l'idea di lei», disse alla fine a Townsend, in un tono che non ammetteva repliche. «Quando lei si sarà allontanata da lui, il sogno di lei sarà ancora lì, a tormentarlo. Questo è quello che vuole dire».

Be'. Non un'osservazione del tutto fuori luogo. E io che credevo che Kai sarebbe stato l'unico tra loro a leggere davvero il libro.

Townsend si spostò, sfogliando un'altra pagina e leggendo. «Lei dice: "Lui mi ha spezzato il cuore, tu hai solo spezzato la mia vita". Cosa gli sta dicendo?».

Tutti rimasero in silenzio.

Il professore osservò la stanza cercando un segnale di risposta in ognuno di noi. «Tu hai solo spezzato la mia vita», ripeté.

Sentii la gola pungere e abbassai lo sguardo. *Tu hai spezzato la mia vita.*

Uno studente sospirò dal suo banco vicino alla porta. «Lei ha volontariamente soddisfatto il suo desiderio», obiettò. «Sì, è stato sbagliato, ma questo è un problema oggi. Una donna non può decidere dopo un rapporto se è stato contro la sua volontà oppure no. Lei ha avuto rapporti con lui di propria volontà».

«I minori non possono dare consenso», puntualizzò Kai.

«Cosa? Quindi quando compi diciotto anni diventi per magia maturo a livello mentale ed emotivo?», replicò Will, entrando all'improvviso nella conversazione. «Succede da un momento all'altro, è così?»

«Era una bambina, Will». Kai si girò sulla sedia, rispondendo all'amico. «Nella sua testa, Humbert chiede la nostra compassione e molti lettori gliela danno, perché lui dice di farlo. Perché siamo pronti a perdonare a chiunque qualunque cosa, se veniamo attratti».

Rimasi a fissare il banco senza sbattere le palpebre.

«Non è attratto da Lo», continuò Kai. «È attratto dalle ragazzine. Non è stato un incidente isolato. Lei è vittima di un abuso».

«E lei lo lascia per andare a farsi un giro con un pornografo infantile, Kai», sbottò Will. «Se fosse vittima di abusi, perché non ha avuto l'intelligenza di non cacciarsi di nuovo in quella situazione?».

Sfregai il pollice contro la copertina del libro, sentendolo scivolare sulla superficie lucida. Mi tremò il mento, gli occhi bruciavano un po'.

«Voglio dire, perché avrebbe dovuto farlo?», chiese Will.

«È quello che sto dicendo», si intromise un altro studente.

Sentivo le parole sulla punta della lingua. Volevo dire loro che la stavano facendo troppo semplice. Che era più facile giudicare una ragazza di cui non si sa niente piuttosto che accordare a qualcuno la dignità del proprio percorso. Che era più conveniente non considerare che c'erano cose di cui non sappiamo niente e cose che non capiremo mai, perché siamo stati superficiali, arroganti e ignoranti.

Che tu sei rimasta perché…

Perché…

«L'abuso può sembrare amore».

Sbattei le palpebre, la voce era così vicina che sentii le orecchie formicolare. Lentamente, alzai gli occhi per guardare il profilo di Damon Torrance, la sua camicia stropicciata e la cravatta avvolta attorno al collo.

L'intera classe si fece silenziosa e io lanciai un'occhiata a Will accanto a me. Vidi le sue sopracciglia corrucciate mentre guardava la nuca del suo amico.

Il professor Townsend si avvicinò. «L'abuso può sembrare amore…», ripeté. «Perché?».

Damon rimase così immobile che sembrava non stesse respirando.

Guardò il professore, deciso. «Le persone affamate mangerebbero qualunque cosa».

Mentre le sue parole aleggiavano nell'aria, io mi immobilizzai e per un secondo mi sentii scaldare. Forse non era del tutto privo di cellule cerebrali.

Sentii uno sguardo su di me e, voltandomi, vidi lo sguardo di Will fisso sulle mie gambe.

Guardai in basso e notai che avevo stretto le dita attorno all'orlo della gonna, i graffi e i lividi visibili sulle cosce. Sentii il battito accelerare e tirai di nuovo giù la gonna fino alle ginocchia.

«Andate all'ultimo capitolo, prego», ordinò Townsend. «E tirate fuori la dispensa».

Ma sentivo i lividi pulsare di dolore e all'improvviso non riuscivo a respirare.

Sai che potresti avere tutto quello che vuoi? Farei del male a chiunque, se me lo chiedessi.

Sentii il mento tremare. Dovevo uscire da quel posto.

L'abuso può sembrare amore...

Scossi la testa, ficcando le mie cose di nuovo nella borsa, alzandomi e infilandomela sopra la testa mentre percorrevo a passo di carica il corridoio, diretta alla porta.

«Dove sta andando?».

Voltai la testa verso il professore. «A finire il libro e a dare delle risposte valide in biblioteca».

Continuai a camminare, scacciando le lacrime che sentivo premere sugli occhi.

«Emory Scott», chiamò il professore.

«Altrimenti, potrebbe spiegare a mio fratello perché i miei voti ai test attitudinali saranno una merda», dissi, camminando all'indietro con lo sguardo su di lui, «perché stanno dominando il novantotto percento di tutte le conversazioni in questa classe». Feci un gesto verso i quattro Cavalieri. «Mi scriva per messaggio i compiti aggiuntivi, se ne abbiamo».

Aprii la porta con una spinta mentre sentivo la classe farsi silenziosa.

«Emory Scott», abbaiò il professore.

Lanciai un'occhiata alle mie spalle verso Townsend e lo vidi tenere in mano un foglio con una nota in rosso.

«Sai cosa fare», mi rimproverò.

Tornando indietro, gli strappai la nota dalle dita. «Almeno combinerò qualcosa», replicai.

Ufficio del preside o biblioteca, non faceva differenza.

Uscendo dalla stanza, non potei fare a meno di voltarmi a guardare Will Grayson. Lo vidi curvo sul suo posto, il mento appoggiato sulla mano e le dita a coprire un sorriso.

Sostenne il mio sguardo finché non lasciai la stanza.

Camminando lungo il marciapiede non alzai lo sguardo neanche per girare a sinistra e seguire il viottolo che conduceva a casa mia. Durante gli ultimi passi, serrai gli occhi a lungo e con forza, la testa che vagava fra gli alberi, mentre il vento pomeridiano arruffava le foglie. Amavo quel suono.

Il vento era inquieto. Dava l'impressione che stesse per accadere qualcosa, ma in un modo che mi sarebbe piaciuto.

Aprii gli occhi e dopo aver salito i gradini guardai a destra, ma nel vialetto non c'era ancora la Cruiser, la macchina di mio fratello. L'ansia che sentivo nello stomaco si placò leggermente, i muscoli si rilassarono appena.

Almeno avevo un po' di tempo.

Che giornata di merda. Avevo saltato il pranzo andandomi a nascondere in biblioteca e, dopo che le lezioni erano terminate, mi ero sforzata di partecipare alle prove con la banda, senza voler essere lì ma neppure desiderando tornare a casa. I morsi della fame mi squassavano lo stomaco ma per lo meno allentavano il dolore in tutto il resto del corpo.

Mi voltai a guardare la strada, osservando il viale tranquillo decorato di aceri, querce e castagni che esplodevano nel loro tratto finale di arancioni, gialli e rossi. Le foglie cadevano a terra danzando, mentre il vento le liberava scuotendole e da qualche parte proveniva l'odore del mare e di un falò.

La maggior parte dei ragazzi come me doveva prendere l'autobus fino a Concord per frequentare la scuola pubblica lì, visto che la popolazione di Thunder Bay era troppo esigua per avere due scuole superiori, ma mio fratello voleva il meglio per me, quindi ero rimasta alla Thunder Bay Prep.

Nonostante non avessimo molti soldi, lui pagava una parte, io studiavo e lavoravo parecchio e il resto della retta mi era stata abbonata perché mio fratello era un funzionario pubblico. La ricchezza e il privilegio che la mia scuola privata decantavano si supponeva fossero segno di un'educazione migliore. Ma io non vedevo risultati. Facevo ancora schifo in letteratura e l'unica lezione che mi piaceva davvero era lo studio individuale – un corso indipendente, senza supervisione – perché così potevo essere *soooooooola*.

Da sola, imparavo molto.

Non mi interessava il fatto che non riuscissi a integrarmi o che non fossimo ricchi. Avevamo una bellissima casa. Fine secolo, tre piani (be', quattro contando la cantina), mattoni rossi in stile vittoriano con rifiniture grigie. C'era spazio più che sufficiente ed era stata della nostra famiglia per tre generazioni. I miei bisnonni l'avevano costruita negli anni Trenta e mia nonna ci aveva vissuto da quando aveva sette anni.

Entrai e calciai subito via gli stivali, chiudendomi la porta alle spalle, poi corsi di sopra.

Oltrepassai la camera di mio fratello, mi tolsi di dosso la borsa e la lasciai cadere appena dentro la stanza, prima di continuare lungo il corridoio, alleggerendo il passo.

Mi fermai di fronte alla camera della nonna e mi appoggiai allo stipite. L'infermiera, la signora Butler, alzò lo sguardo dal suo romanzo in formato economico, un altro thriller ambientato in guerra a giudicare dalla copertina, e sorrise. La sua sedia smise di dondolare.

Le risposi con un sorriso tirato, poi guardai verso il letto. «Come sta?», chiesi all'infermiera mentre avanzavo verso mia nonna senza far rumore.

La signora Butler si alzò dalla sedia. «Tiene duro».

Guardai in basso e vidi il suo ventre tremare appena e le labbra incurvarsi impercettibilmente a ritmo con il respiro. Le rughe piegavano ogni centimetro del suo volto ma sapevo che, se l'avessi toccata, la sua pelle sarebbe stata più soffice di quella di un bambino. Il profumo di ciliegie e mandorle mi travolse e io le accarezzai i capelli, annusando lo shampoo che la signora Butler aveva usato per farle il bagno.

*Grand-m*ère. La persona che per me significava tutto.

Rimanevo per lei.

Abbassai lo sguardo e notai le unghie colorate di uno smalto rosso vino, che l'infermiera doveva averle dipinto quel giorno non riuscendo a convincere mia nonna a optare per un bel color malva tenue. Non riuscii a trattenere un sorriso.

«Ho dovuto metterle la maschera dell'ossigeno per un po'», aggiunse la signora Butler. «Ma ora sta meglio».

Annuii, guardandola dormire.

Mio fratello era convinto che sarebbe morta da un momento all'altro, visto che riusciva ad alzarsi dal letto sempre meno.

Eppure continuava a resistere. Grazie al cielo.

«Le piacciono i dischi», mi disse la signora Butler.

Guardai la pila di vinili. Alcuni erano stati infilati alla rinfusa nelle loro custodie ed erano appoggiati accanto al vecchio giradischi. Avevo trovato tutto in un mercatino il weekend precedente. Sapevo che sarebbe piaciuto a una figlia degli anni Cinquanta come lei.

Be', non era nata negli anni Cinquanta. Era più anziana. Ma in quegli anni era stata ragazza.

La signora Butler raccolse la sua borsa ed estrasse delle chiavi. «Tu te la caverai?».

Annuii ma senza guardarla.

Lei se ne andò e io rimasi ancora un po' con la nonna; mi assicurai di avere le sue pillole e il bicchiere pronti all'uso, poi aprii la finestra di qualche centimetro lasciando entrare un po' d'aria fresca, cosa che la signora Butler ci aveva raccomandato di non fare, visto che gli allergeni nell'aria potevano aggravare il suo problema respiratorio.

Ma la nonna diceva: «All'inferno!». Questo era il suo periodo dell'anno preferito e ne amava i suoni e gli odori. Non volevo farla sentire infelice solo perché costretta a condurre una vita infelice.

Collegai il mio cellulare con la webcam della stanza della nonna, lasciai la porta semichiusa, presi la borsa dalla mia stanza e scesi di sotto, per mettere a bollire l'acqua sul fornello. Appoggiai il telefono sul tavolo della cucina, tenendolo d'occhio in caso la nonna potesse avere bisogno di me, e tirai fuori i libri, iniziando dalle cose semplici.

Accesi il computer e compilai la richiesta per tutti i libri di cui avrei avuto bisogno per la mia ricerca di storia dalla biblioteca pubblica, chiesi a Meridian City alcuni volumi che Thunder Bay non possedeva, e alla fine buttai giù una bozza. Terminai il quiz online e tutti i compiti di fisica, completai la lettura di spagnolo prima di concedermi una pausa dallo studio per affettare e saltare le verdure, e infine ripresi con letteratura.

Letteratura... Ancora non avevo svolto un compito di domande a risposta aperta, che avrei dovuto consegnare il giorno successivo.

Non che non mi piacesse la materia. E neanche che non mi piacessero i libri.

Solo che non mi piacevano i vecchi libri. Terza persona, strani paragrafi lunghi un chilometro e un mucchio di stupidi studiosi che cercavano di convincermi che ci fosse un significato profondo dietro alla prolissa descrizione di un mobile qualunque di cui non mi importava nulla. Ero abbastanza sicura che gli autori nemmeno sapessero di cosa stessero scrivendo perché probabilmente nei loro momenti creativi erano strafatti di laudano.

O di cordiale o d'assenzio o di qualunque cosa tipica dell'epoca.

Ci nutrivano di questa merda, come se al giorno d'oggi non si scrivessero più buone storie, e noi dovevamo essere tutti d'accordo. Cos'avrebbe dovuto trovare Caitlyn l'autolesionista, che sedeva tre banchi dietro di me, leggendo *La casa dei sette abbaini*? Dai, avete capito.

Certo, *Lolita* non era così vecchio. Faceva solo schifo ed ero piuttosto sicura che facesse schifo anche nel 1955. *Chiederò alla nonna*.

Misi a bollire la pasta e a cuocere peperoni e cipolle, alzai il fuoco per la carne e mischiai tutto prima di metterlo in forno. Dopo aver condito l'insalata, misi il timer e tirai fuori le schede, leggendo la prima domanda.

Poi però lampeggiò una luce. Alzai lo sguardo e dalla finestra vidi la macchina entrare nel vialetto. La pioggia scintillava di fronte ai fanali e io saltai in piedi, chiusi i libri, impilai i fogli e infilai tutto dentro la borsa.

Sentii l'ansia annodarmi lo stomaco.

Merda. A volte faceva il doppio turno, oppure rimaneva a sbrigare delle faccende, e io ricevevo la benedizione di una notte senza di lui.

Ma non era quella notte, così pareva.

Strinsi le cosce, sentendomi come se dovessi farmela addosso, e lanciai la borsa nella sala da pranzo che non usavamo mai. Velocemente preparai la tavola e mentre la porta si apriva, mi girai su me stessa e feci finta di mescolare l'insalata.

«Emory!», chiamò Martin.

Non riuscii a fare a meno di sentire lo stomaco affondare – cosa che succedeva tutte le volte –, ma mi stampai sulla faccia un sorriso smagliante e sporsi la testa attraverso la porta aperta della cucina che dava sul corridoio.

«Ehi!», cinguettai. «Sta piovendo di nuovo?».

In quel momento, mi resi conto di aver lasciato aperta la finestra in camera della nonna. *Cazzo*. Avrei dovuto trovare un istante e correre a chiuderla prima che il pavimento si inzuppasse, fornendo a Martin una scusa.

Io dovevo sempre togliermi le scarpe all'entrata. Lui no.

Piegai la testa all'indietro, raddrizzandomi ed espirando a lungo. Sollevando l'insalata con due forchette, allargai le labbra in un sorriso. «Stavo pensando di andare a fare una corsa intorno al paese, più tardi», gli dissi, appoggiando la ciotola sul tavolo.

Lui si fermò, allentando la cravatta e guardandomi di sbieco. «Tu?»

«Posso correre», mentii in risposta. «Per qualche minuto».

Lui si fece sfuggire una risata e si diresse al frigo, prese il latte e si versò un bicchiere.

«Ha un buon odore». Portò il bicchiere fino al tavolo e si sedette. «Hai finito i compiti?».

Il suo distintivo argentato scintillò sotto la luce delle lampadine e sembrò che si espandesse sempre di più sulla sua uniforme nera.

Martin e io non eravamo mai stati vicini. Aveva otto anni più di me e, al mio arrivo, ormai si era già abituato alla vita di figlio unico; quando i nostri genitori erano morti cinque anni prima, lui aveva dovuto prendersi carico di tutto. Almeno aveva avuto la casa.

Mi schiarii la gola. «Quasi. Ho alcune domande di letteratura da ricontrollare, lo farò dopo aver lavato i piatti».

Non le avevo finite tutte, in realtà, ma cercavo sempre di abbellire la realtà. Ormai era come una seconda natura.

«Com'è andata oggi?», chiesi velocemente, togliendo la pasta dal forno e posandola sul tavolo.

«È andata bene». Si servì da solo mentre io dividevo l'insalata in due porzioni nelle ciotole, poi mi versai dell'acqua. «Al dipartimento va tutto bene e mi hanno offerto il trasferimento a Meridian City, ma a me…».

«A te piace tutto pulito e in ordine», scherzai. «E Thunder Bay è la tua nave».

«Mi conosci così bene».

Accennai un sorriso, ma le mie mani tremavano mentre sollevavo una forchettata di lattuga. Non avrebbero smesso finché non fosse uscito per andare al lavoro la mattina.

Lui scavò nel suo cibo e io mi costrinsi a ingoiare un boccone, intanto il silenzio riempiva la stanza, ben più assordante del suono delle gocce che colpivano la finestra.

Se non avessi parlato, avrebbe trovato lui qualcosa da dire e non era ciò che volevo. Il mio ginocchio rimbalzava su e giù sotto il tavolo. «Vuoi altro sale?», chiesi, la voce così zuccherosa che mi venne da vomitare.

Mi allungai verso la saliera ma lui mi interruppe. «No», disse, «grazie».

Abbassai la mano e continuai a mangiare.

«Com'è andata la tua giornata?», si informò.

Guardai le sue dita, strette attorno alla forchetta. Aveva smesso di mangiare, la sua attenzione era su di me.

Deglutii. «Bene. Noi, ehm…». Il cuore mi batteva all'impazzata, il sangue che mi pompava nelle vene. «Abbiamo avuto un'interessante discussione durante letteratura, e la mia ricerca di scienze è…».

«E l'allenamento di nuoto?».

Mi zittii.

Diglielo e basta. Falla finita. Tanto verrà comunque a saperlo.

Invece mentii. «È andato bene».

Cercavo sempre di nascondermi prima dietro una bugia. Potendo scegliere tra scappare e combattere, io preferivo scappare.

«Davvero?», insistette.

Io guardavo il mio piatto, il sorriso svanito mentre raccoglievo il cibo. Sapeva.

I suoi occhi mi scavarono un solco nella pelle, la sua voce era come una carezza. «Mi passi il sale?», chiese.

Chiusi gli occhi. La calma surreale nella sua voce ricordava la sensazione che si avverte prima che scoppi una tempesta. Il modo in cui l'aria si carica di ioni, le nuvole scendono e tu puoi sentirla arrivare dall'odore nell'aria. E ormai conoscevo i segnali.

Allungandomi, presi la saliera e la spinsi lentamente verso di lui.

Ma colpii il suo bicchiere, rovesciando sul tavolo il latte che cominciò a sgocciolare oltre il bordo.

Alzai di colpo gli occhi su di lui.

Mi fissò, sostenendo il mio sguardo per un istante, poi spinse il tavolo lontano da sé.

Io scattai in piedi ma mi afferrò per il polso, costringendomi a sedermi di nuovo.

«Non ti alzi da tavola prima di me», disse calmo, stringendomi il polso con una mano e raddrizzando il suo bicchiere prima di prendere la mia acqua e spostarla di fronte al suo piatto.

Trasalii, gli occhiali mi scivolavano sul naso e io stringevo le dita a pugno, il sangue si accumulava sotto la pelle perché la sua stretta mi bloccava la circolazione.

«Non lasciare mai più questa tavola senza il mio permesso».

«Martin…».

«L'allenatrice Dorn mi ha chiamato oggi». Fissò il nulla davanti a sé, portando la mia acqua alle sue labbra. «Ha detto che hai lasciato la squadra».

Il polsino sbottonato della camicetta bianca della mia uniforme copriva la sua mano, ma ero certa che avesse le nocche bianche. Provai a girare il polso per via del dolore, ma mi fermai immediatamente, ricordando che l'avrebbe solo fatto arrabbiare di più.

«Non ho mai detto che potevi mollare», continuò. «E tu hai mentito, come una stupida».

«Martin, ti prego…».

«Finisci la cena, Em», mi disse.

Per un attimo lo fissai, rassegnandomi al fatto che, di nuovo, sarebbe successo in ogni caso, non importava quanto provassi a fermarlo.

Non si poteva fermare.

Abbassando gli occhi sul piatto, alzai la forchetta, la presa con la sinistra meno sicura che con la destra, e raccolsi dal piatto dei fusilli con il sugo di carne.

«Tu usi la destra, idiota».

Mi fermai. Potevo ancora sentire le sue dita avvolte saldamente attorno al polso.

Ci volle solo un momento, poi lo sentii guidare la mia mano sopra il tavolo e aiutarmi a prendere la forchetta. Lo feci e la portai lentamente alla bocca, la sua mano ancora avvolta attorno al polso mentre i rebbi appuntiti dell'utensile argentato venivano verso di me. Era una situazione di cui non avevo mai avvertito paura prima di quel momento.

Esitai e alla fine… aprii la bocca. Fui sul punto di vomitare per la forza con cui vi spinse dentro la forchetta, quasi sfregandomi le tonsille.

Ingoiai il cibo, poi spinsi fuori la forchetta sentendo la resistenza del suo braccio.

Ed eravamo pronti a ripartire per il secondo round. Mi mancava il respiro.

«Qual è il *tuo* problema, esattamente?», sussurrò. «Non va mai bene niente. Mai. Perché?».

Mi costrinsi a ingoiare il boccone giusto in tempo perché un altro mi fosse spinto in gola. Mentre la forchetta mi entrava in bocca, lui spinse la mia mano e di fronte alla minaccia di essere pugnalata, il mio cuore si fermò per un attimo e un gemito mi uscì dalle labbra.

«Pensavo che sarei entrato e tu mi avresti fatto sedere e mi avresti spiegato, ma no». Mi fissò truce. «Cerchi di nascondermi le cose, come al solito, come gli involucri delle caramelle quando avevi dieci anni, o la sospensione di tre giorni quando ne avevi tredici». Abbassò ancora di più la voce, ma le sue parole mi facevano quasi male alle orecchie.

«Non mi sorprendi mai, vero? C'è un modo giusto e uno sbagliato di fare le cose, Emory. Perché tu le fai sempre nel modo sbagliato?».

Era una spada a doppio taglio. Faceva domande ed esigeva risposte, ma qualunque versione dessi sarebbe stata sbagliata. Ad ogni modo, io lo affrontavo.

«Perché non fai mai niente come ti ho insegnato?», insistette. «Perché sei così dannatamente stupida che non riesci a imparare nulla?».

La forchetta si mosse velocemente, raccogliendo altro cibo e sollevandosi verso la mia bocca, le punte che mi graffiavano le labbra mentre le aprivo, appena in tempo. La bocca mi si riempì di cibo, ma non ingoiavo abbastanza velocemente prima che altro ci venisse ficcato dentro.

«Genitori morti», borbottò. «Una nonna che non vuole morire. Una perdente come sorella…».

Lasciò il mio polso e mi afferrò il colletto, alzandosi in piedi e trascinandomi con lui. Lasciai la forchetta e la sentii cozzare contro il piatto mentre mi spingeva contro il bancone.

Masticai e buttai giù. «Martin…».

«Cos'ho fatto per meritarmelo?», mi interruppe. «Tutte queste zavorre che mi bloccano… Sempre costanti. Sempre un peso».

Il legno scavava nella mia schiena mentre sembrava che il cuore dovesse schizzarmi fuori dal petto.

«Vuoi essere una qualunque per tutta la vita?», abbaiò, guardandomi arrabbiato con gli occhi verdi di mia madre e i capelli scuri e lucenti di mio padre. «Non sai vestirti, non sai sistemarti i capelli, non sai farti degli amici e, a quanto pare, non sai fare niente per aiutare te stessa a frequentare una buona università».

«Posso entrare in una buona scuola», mi lasciai sfuggire prima che riuscissi a trattenermi. «Non mi serve il nuoto».

«Ti serve quello che io dico che ti serve!», urlò alla fine.

D'istinto alzai gli occhi al soffitto, preoccupata che la nonna potesse sentire.

«Io ti mantengo». Mi afferrò i capelli con una mano e con l'altra mi colpì sulla testa.

Sussultai e sobbalzai.

«Vado agli incontri con gli insegnanti». Un altro schiaffo mi fece voltare di colpo la testa e persi l'equilibrio.

No.

Ma mi tirò di nuovo indietro per i capelli. «Metto il cibo in tavola». Un altro schiaffo, come una puntura di vespa sulla faccia, e io urlai, i miei occhiali volarono sul pavimento.

«Io pago per l'infermiera e le medicine». Alzò la mano di nuovo e io mi rannicchiai, facendomi scudo con le braccia mentre mi colpiva ancora e ancora. «E questo è il ringraziamento?».

Mi si riempirono gli occhi di lacrime, ma appena riuscivo a prendere il respiro, la sua mano calava di nuovo su di me.

E di nuovo. E di nuovo. E di nuovo.

Basta. Volevo dirglielo. Volevo urlare.

Invece strinsi i denti.

Sibilai per il dolore, sussultai, mi rannicchiai.

Ma non piansi. Non più.

Lo feci solo quando se fu andato.

Di nuovo mi afferrò per il colletto, stringendo con forza, la stoffa che mi sfregava il collo. «Tornerai», mi sbuffò in faccia. «Ti scuserai e tornerai nella squadra».

Non riuscii a guardarlo negli occhi. «Non posso».

Mi spinse contro il bancone e fece un passo indietro, slacciandosi la cintura.

Sentii un nodo formarsi in gola. *No.*

«Che cos'era?», chiese. «Cos'hai detto?».

La rabbia gli contorceva il volto e la sua pelle sembrava ribollire di furia, ma gli piaceva. Si lamentava di mia nonna e di me – mi sputava continuamente in faccia quale fardello fossi per lui – ma non mi voleva davvero far fuori. Aveva bisogno di questo.

«Non posso», sussurrai, incapace di aggiungere altro, la mia voce tremava terribilmente.

Lui tirò di scatto la cintura fuori dagli anelli dei pantaloni e io sapevo cosa stava per arrivare. Non c'era modo di fermarlo, perché non voleva.

«Lo farai».

Rimasi lì, a metà tra la volontà di piangere e quella di scappare. Ma se gli avessi reso le cose difficili la mia punizione sarebbe stata soltanto più dolce. Fanculo.

«Non lo farò».

«Lo farai!».

«Non posso indossare il costume per via dei lividi!», esclamai di colpo.

Lui si fermò, la cintura che pendeva dalla sua mano. Non lo sentivo neppure respirare.

Oh sì.

Questo era il motivo per cui avevo lasciato nuoto. La mia faccia non era l'unica cosa di cui dovevamo preoccuparci che la gente potesse vedere. La mia schiena, le braccia, le cosce... *La gente non è stupida, Martin...*

Ero in parte curiosa di alzare lo sguardo e vedere qualunque cosa gli passasse sul viso – sempre che qualcosa ci passasse. Forse preoccupazione? Rimorso?

Qualunque cosa sentisse, doveva capire che non saremmo più tornati indietro. Adesso era reale. Non bastavano le scuse, i regali, i sorrisi e gli abbracci, non avrei mai perdonato quello che mi aveva fatto.

Quindi, perché fermarsi ora, Martin?

Scattando verso di me, mi afferrò il polso, ruggì e mi lanciò verso il tavolo. Strizzai gli occhi mentre mi piegavo a metà, con i palmi delle mani e la fronte appoggiati sul piano del tavolo.

Con il primo colpo cercai di combattere le lacrime. Ma quando la cintura calò su di me ancora e ancora non riuscii più a trattenere le urla che mi salivano dalla gola. Era infuriato e colpiva più duramente del solito. Faceva male.

Eppure, non avrebbe più sollevato l'argomento. Sapeva che avevo ragione.

Non potevo indossare un costume.

Dopo che se ne fu andato, rimasi ferma per un istante, tremando per il dolore che mi fendeva la schiena.

Dio, fai solo che smetta.

Mentre scivolavo di lato mi misi a piagnucolare, grata del fatto di riuscire a non urlare, e mi allungai per prendere il cellulare e controllare se la nonna fosse ancora addormentata.

Lacrime rimasero appese alle ciglia.

Era sempre meno lucida, quindi era diventato più facile nasconderle questa merda. *Grazie a Dio.*

Sentii al piano di sopra l'acqua della doccia di mio fratello iniziare a zampillare. Non sarebbe tornato giù per un bel po'. Domani ci saremmo svegliati, ci saremmo incrociati in silenzio prima di uscire per il lavoro o la scuola, e lui nel pomeriggio sarebbe rincasato prima per cucinare la cena, una volta tanto. Sarebbe stato gentile e tranquillo e avrebbe iniziato a chiacchierare sul fare visita a qualche università a cui potevo essere interessata – argomenti su cui non si sarebbe mai soffermato e su cui non avrebbe avuto alcuna intenzione di soffermarsi una volta che fosse arrivato il giorno stabilito per il viaggio.

Avrei potuto respirare per un po' prima che la novità del nostro *meraviglioso rapporto tra fratelli* fosse sbiadita, e lui fosse pronto a ricominciare.

Come una dipendenza.

Come una malattia.

Ma ora, non sapevo. Questa settimana era stata dura. C'era stato poco tempo per riprendersi tra questa volta e quella precedente.

Nella confusione che provavo, trovai gli occhiali e lentamente mi misi a pulire tutto il disordine che avevamo creato, finii di lavare i piatti e misi da parte gli avanzi prima di spegnere la luce e afferrare la mia borsa.

Presi il telefono, mi avvicinai alle scale, salii il primo gradino e improvvisamente mi fermai.

Lei era ancora addormentata. Forse per il resto della notte. Potevo guardarla dal telefono ovunque volessi.

Non me ne sarei dovuta andare, comunque. Mi faceva male la schiena, i miei capelli erano un macello e ancora non avevo tolto l'uniforme.

Ma invece di salire e finire i miei compiti, arretrai, come se avessi messo il pilota automatico. Presi le scarpe, scivolai fuori dalla porta e mi misi a correre, senza neanche fermarmi per infilare le sneakers. La pioggia mi frustava i capelli, i vestiti, le gambe, correvo lungo la strada e i miei piedi nudi sguazzavano nella pioggia che si accumulava sul marciapiede. Svoltai l'angolo e mi diressi verso il paese.

Non mi importava di aver lasciato aperta la sua finestra. Lei amava la pioggia. *Lascia che la senta.*

Non mi interessava che la borsa e i libri e i compiti si stessero probabilmente inzuppando.

Svoltai nuovamente a destra e vidi un riquadro luminoso brillare in alto. Mi fermai, finalmente in grado di respirare. Inspirai una volta, poi ancora, l'aria fredda nei polmoni e la pioggia che mi incollava i vestiti alla pelle mi fecero quasi sorridere.

Sopra di me brillava l'insegna del cinema e sapevo, prima ancora di leggerla, che avevano in programma una maratona di pellicole sui mostri che sarebbe durata tutta la notte. *King Kong*, *Frankenstein*, *Marabunta*, *La Mosca*…

Durante il mese di ottobre, il cinema chiudeva soltanto tra le otto di mattina e mezzogiorno per pulire e provvedere al rifornimento di cibo, e per le rimanenti venti ore celebrava nuove uscite e vecchie glorie. Una sorta di festival dell'horror lungo un mese.

Raggiunsi la biglietteria, infilai le scarpe, ora zuppe e con i lacci che pendevano, infilai la mano nella borsa e tirai fuori dei contanti.

«Mi dia il biglietto per tutta la notte», dissi alla ragazza, allungandole una stropicciata banconota da dieci attraverso la fessura.

Non sarei rimasta lì tutta la notte, ma almeno potevo rimanere quanto volevo.

Afferrai il mio biglietto e mi affrettai a entrare, superai lo stand del cibo e mi diressi al piano superiore, sulla balconata.

Camminai velocemente, aprii le porte, gettando sguardi intorno a me in caso mio fratello avesse scoperto che ero uscita e mi avesse seguito, poi mi addentrai lungo il corridoio. Degli animali squittirono sullo schermo e io mi sedetti velocemente su una poltroncina, guardandomi intorno per assicurarmi di essere al sicuro.

Non solo ero al sicuro, ma ero sola. Non c'era nessuno tranne me.

Mi rilassai un po'.

Era una sera infrasettimanale e il giorno dopo ci sarebbe stata la scuola. Aveva senso che il cinema fosse vuoto. Comunque, era strano che continuassero a proiettare i film anche se nessuno comprava i biglietti.

Appoggiai a terra la borsa e l'aprii, felice che dentro tutto fosse ancora asciutto. Tirai fuori il cellulare e controllai di nuovo mia nonna.

Era ancora sdraiata al buio nel suo letto, il monitor nella stanza mandava dei bip costanti che non sollevavano alcun allarme.

Qualche volta, lasciarla sola con Martin mi preoccupava, ma a lui non importava di avere a che fare con lei più di quanto dovesse.

Tenni il telefono in mano e tornai ad accomodarmi sulla poltroncina, torcendomi per il dolore che avevo quasi dimenticato mentre alzavo gli occhi sullo schermo dove proiettavano *Godzilla*.

Un piccolo sorriso mi inarcò gli angoli della bocca.

Mi piace Godzilla.

Prima di rendermene conto, avevo comprato dei popcorn e me ne stavo seduta a guardare lo schermo, gli occhi incollati su ogni inquadratura, mentre mio fratello sbiadiva, la scuola sbiadiva, Will Grayson sbiadiva e la lezione di letteratura sbiadiva.

Perché Godzilla era grandioso!

E *Lolita* mi faceva venire mal di testa.

Capitolo 3

Emory

Presente

«Will?». Mi sollevai su mani e ginocchia, tastando il pavimento di pietra e percependo del sudiciume con le mani.

Dove mi aveva portata?

Sbattei le palpebre nell'oscurità, cercando di distinguere qualcosa, ma era troppo buio. Mi toccai il viso. Dove diavolo erano i miei occhiali?

Merda.

Potevo vedere discretamente anche senza gli occhiali o le lenti a contatto che usavo qualche volta, ma non con il buio, che rendeva tutto più difficile. Mi alzai dal pavimento, le pietre irregolari penetravano nelle suole delle mie scarpe.

Mi guardai intorno, spostando i capelli dietro le orecchie. Non c'era nulla a penetrare l'oscurità. Non una scheggia di luce. Niente luna. Niente lampade. Niente.

Avevo combattuto ed ero stata fatta a pezzi e poi colpita e l'ultima cosa che ricordavo era che avevamo attraversato una porta, sceso delle scale, girato un angolo e di colpo tutto si era fatto scuro.

Will, mio Dio. Erano passati anni da quando era uscito di prigione. Perché aveva aspettato fino a questo momento?

Respirai nell'aria fredda, pregna dell'odore della terra e dell'acqua, e mi voltai.

Lui era cambiato. Sembrava esattamente lo stesso e totalmente diverso allo stesso tempo.

I suoi occhi…

Avrebbe lasciato che mi accadesse qualcosa?

«Ti ho detto che non mentivo», disse qualcuno e io mi irrigidii.

Quella nella stanza sembrava la voce di Taylor Dinescu, ma non riuscivo a vedere niente e nessuno.

«Lo sapevo», disse un altro uomo, nella direzione opposta. «Le ragazze hanno un odore diverso. Si sentiva ovunque, in casa, quando sono entrato».

Mi voltai per fronteggiare la nuova voce, ma un'altra parlò alla mia sinistra. «Io dico di lasciarla scappare», li schernì. «Morirà comunque, là fuori».

Mi voltai verso di lui, respirando a fondo e tendendo una mano. Dov'erano?

Dove diavolo erano?

«Prima di fare amicizia con lei, Rory?», chiese l'altro che non conoscevo. «Andiamo. Mi annoio. È la benvenuta, per quanto mi riguarda. Tu non sei annoiato?»

«No», rispose Rory in tono sbrigativo. «Sta andando tutto come deve andare».

Nella stanza risuonarono delle risate e Taylor scherzò: «Forse a te basterà quello che c'è qui, bello, ma a me no di certo».

«Dove sono i miei occhiali?», esclamai. «Accendete la luce, cazzo!».

«Detto fatto», disse quello che non era Taylor, Rory o Will. «Ecco».

Di colpo ci fu un bagliore a poca distanza da me e io sbattei le palpebre diverse volte per abituarmi alla luce, mentre una sagoma nera accendeva una candela. Vidi muri di mattoni e qualcuno di fronte a me, che reggeva qualcosa.

Arretrai, trattenendo il respiro, poi notai i miei occhiali nelle sue mani e li afferrai. «Allontanati da me», dissi, spostandomi.

«Rilassati, piccola», tubò. «Avevamo solo paura che li rompessi. Non vogliamo che tu ti perda niente».

Qualcuno sbuffò e io infilai gli occhiali facendo scattare la testa a destra e a sinistra per osservare tutto quello che mi circondava.

Il soffitto di legno era basso, l'acqua sgocciolava bagnando i muri di mattoni e la stanza era piena per metà di botti di vino vuote, mentre il resto dello spazio era occupato da ripiani per bottiglie. Una rampa di scale portava a delle aperture poste sul soffitto alle mie spalle e un forno borbottava acceso in un angolo. Eravamo in una cantina. E questa casa doveva averne più d'una.

Lanciai un'occhiata alle porte.

«Micah». Il ragazzo che mi aveva dato gli occhiali si avvicinò di nuovo, porgendomi la mano. «Moreau».

Arretrai velocemente, scrutandolo a partire dalla mano.

Micah Moreau? Osservai i capelli neri scarmigliati scendergli sul collo e attorno alle orecchie, i penetranti occhi azzurri e la fossetta sulla sua guancia sinistra che compariva quando sorrideva. Doveva aveva poco più di vent'anni.

Moreau, Moreau…

«Come Stalinz Moreau?», chiesi, incapace di prendere fiato.

Era suo padre?

Lui si limitò a fare un sorriso tirato e a fare spallucce.

Merda. Quanto dev'essere terribile un ragazzo se neanche un criminale incallito riesce a stare dietro a suo figlio?

Fece un gesto alle sue spalle indicando un biondino dinoccolato con le guance scavate e una pelle migliore della mia. «Rory Geardon» spiegò. «E hai già conosciuto Taylor».

Mi voltai a guardare Taylor, seduto su una pila di cassette dietro a Will, appoggiato alla sua spalla, che mi sorrideva.

Incontrai lo sguardo di Will che, contro le cassette, teneva le mani infilate nella tasca centrale della sua felpa col cappuccio.

Una delle porte era accanto a lui e io mi diressi verso quella direzione. Lui si allontanò dalle casse e mi afferrò, io mi spinsi contro il suo corpo e sentii qualcosa nella sua tasca.

Mi fermai e un attimo dopo capii. *Il mio coltello.*

Cioè il coltello che avevo addosso quando mi ero svegliata. Non l'avevo mai visto prima e non sapevo come fosse arrivato nella mia tasca, ma lo volevo indietro.

Infilai le mani nella sua felpa, presi il coltello e arretrai, sfoderando la lama e guardandomi intorno.

Gli altri ragazzi ridacchiarono.

«Sei stato tu a portarmi qui?», esclamai rivolta a Will.

Da quanto tempo *lui* era qui?

Ma non attesi una risposta.

Urlai soltanto: «Lasciatemi andare!».

Inspirai. La piccola stanza, l'oscurità e nessuna via d'uscita mi congelavano il sangue nelle vene. Spinsi indietro un singhiozzo.

«Ti odio», dissi. E questo era proprio per lui.

Taylor saltò giù dalle casse e si avvicinò a me e io mi gettai verso di lui, ma qualcuno mi afferrò da dietro per il polso.

Mi mossi intorno, agitando la lama, e Micah barcollò all'indietro sibilando.

Il sangue cominciò a scendere dal suo braccio e io arretrai, reggendo il coltello e assicurandomi di averli tutti di fronte a me.

«Merda!», imprecò Micah.

«Ve l'avevo detto di lasciarla morire là fuori», sbottò Rory, afferrando il braccio di Micah e alzandolo mentre sanguinava.

«Lasciatemi uscire da qui!», urlai di nuovo.

Poi però tutti alzarono lo sguardo, guardarono oltre le mie spalle e si immobilizzarono.

Raddrizzai la schiena. *Cosa?*

Ma non ebbi il tempo di immaginare. Qualcuno mi afferrò la mano che reggeva il coltello e con l'altra mi serrò la gola.

Boccheggiai, urlando, e lasciai cadere a terra il coltello.

Mi voltò, continuando a tenermi per il collo. Piegando la testa vidi dei capelli color oro, pettinati all'indietro, e zigomi alti che incorniciavano occhi d'ambra.

Giovane, ma più grande degli altri. Forse dell'età di Will.

Gli angoli delle sue labbra si curvarono e, mentre osservavo le sue spalle larghe, l'ombra di barba sul mento e la vena che gli pulsava sul collo, il mio cuore batté così forte che fece male.

«Pensavo che avessero delle strutture separate per le giovani signore», scherzò, abbassando gli occhi sul mio corpo. «Stanno cercando di assicurarsi che sappiamo ancora come comportarci male?».

Qualcuno sbuffò alle mie spalle e io premetti le mani sul suo petto, cercando di spingerlo via mentre sentivo un rumore raschiante provenire dal pavimento. Probabilmente qualcuno aveva raccolto il mio coltello.

I capelli mi coprivano il viso e gli occhiali e avevo così tanta sete.

Lui mi lasciò andare e io scattai indietro, mettendo distanza tra me e ognuno di loro.

«Perdonami», disse. «Era solo uno scherzo».

Mi girò intorno e si fermò davanti a Micah Moreau, gli alzò il braccio e lo ispezionò.

Lanciai un'occhiata a Will, ma lui si limitò a guardare in basso e a usare il mio coltello per grattare via con aria assente il sangue che aveva sotto le unghie, come se io non fossi lì.

«Starai bene». Tornai a guardare il tipo che parlava con Micah, lo vidi alzargli il braccio per fermare il flusso di sangue. «Mantienilo pulito».

Chi era questo tizio? Era forse...?

Era *quello che comandava*?

Osservai i suoi vestiti, vidi una camicia Oxford bianca dall'aspetto impeccabile, infilata in pantaloni neri eleganti con una cintura di pelle lucente. Indossava scarpe di pelle nera e ogni cosa gli calzava a pennello, come fosse stata cucita su misura per lui.

Era vestito meglio degli altri ragazzi, eppure si era incluso nel gruppo con le parole di poco fa.

Stanno cercando di assicurarsi che sappiamo ancora come comportarci male?

Anche lui era un prigioniero. Era l'alfa di cui aveva parlato Will.

Micah annuì prima di lanciarmi un'occhiata torva. E l'alfa tornò indietro, di nuovo rivolgendosi a me.

«Mi scuso da parte loro». Premette la mano al petto. «Sinceramente».

Ma io lo spinsi indietro prima che potesse avvicinarsi di più, la sua camicia bianca ora macchiata dalla mia sporcizia. «Allontanati da me». Poi guardai Will. «Will!», ruggii.

Lui rimase fermo, il suo sguardo si alzò a incontrare il mio senza un solo pensiero al mondo.

«Will!», Gesù, reagisci!

Al diavolo tutto questo. Corsi verso le scale, facendo oscillare le doppie porte per uscire.

«Non lo farei», disse l'alfa. «È così freddo, penso tu non sappia come cacciare e credimi se ti dico che potresti camminare un giorno in ogni direzione e non vedere altro che le tue impronte, finché alla fine ti arrenderai e riporterai qui il tuo culo ghiacciato perché non hai altra scelta».

Ringhiai, spingendo e gettandomi di peso contro la porta, ma tutto quanto riuscii a sentire furono delle catene, che dall'altro lato tenevano chiusi i battenti.

«Ridaglielo», lo sentii dire alle mie spalle.

Guardai alle mie spalle e lo vidi parlare con Rory, che ora aveva il mio coltello e lo faceva girare nelle mani, lo ispezionava.

Lui strinse gli occhi. «Ha fatto Micah a fette», obiettò.

L'alfa si avvicinò a lui, lo guardò negli occhi e non aggiunse una parola. Rory strinse le labbra e marciò avanti, lanciandomi il coltello infoderato.

Io lo afferrai, scendendo dalle scale tenendolo saldamente in pugno.

«Sono Aydin», disse l'alfa guardandomi. «Aydin Khadir. Nessuno ti toccherà di nuovo. Hai la mia parola».

«La tua parola...». Mi misi quasi a ridere. «Conta qualcosa quando tutto quello che so di te è che sei stato abbastanza spregevole da essere rinchiuso qui?».

Lui fece un sorriso, si avvicinò a una porticina di metallo e l'aprì.

Dentro ruggivano le fiamme. Lui si abbassò, prese alcuni ciocchi e li lanciò nella stufa.

«Potresti conoscermi», rispose, prendendo l'attizzatoio e punzecchiando il legno. «La mia famiglia probabilmente possiede una delle tante fabbriche di sfruttamento in Vietnam dov'è stata realizzata quella tua camicetta scadente di Target».

Taylor rise e io raddrizzai la schiena.

Rimasi a guardare Aydin che toglieva un pezzo di carne dall'involto fatto della stessa carta bianca da macellaio che avevo visto sulle mensole della cella frigorifera al piano di sopra.

Prendendola con le dita, la posizionò su una grata di metallo e la fece scivolare nel forno di mattoni. Indietreggiai mentre le fiamme lo divoravano. Quel forno sembrava grande abbastanza da contenere una persona intera.

Mi sentii tesa.

«Nessuno ti toccherà», disse, guardando le fiamme prima di riportare lo sguardo su di me. «Finché non vorrai che lo facciamo».

Risatine riempirono la stanza e io mi leccai le labbra, nervosa.

«Perché sono qui?», chiesi.

Ma lui si prese gioco di me. «Giusto», disse. «Perché ciascuno di noi è qui? Siamo tutti innocenti».

Rory e Micah risero e io feci un piccolo passo avanti, il coltello stretto in mano.

«Non sono una prigioniera», gli dissi. «Non sono ricca. Tutto quello che ricordo è che ho lasciato il mio ufficio a San Francisco per pranzo e mi sono svegliata qui. Dove siamo?».

Aydin rimase a guardare le fiamme, la luce che danzava sul volto.

«Lei conosce Will», disse Taylor.

«Davvero?», Aydin lanciò un'occhiata oltre la spalla, verso Will. «È tua parente? Ti prego, dimmi di no».

Will rimase indietro, le mani di nuovo affondate nella tasca, appoggiato alle casse. Il fuoco si rifletteva nei suoi occhi mentre mi fissava.

«Will», lo pregai.

Ma lui rimase in silenzio.

«Non sembra che ti conosca», rimarcò Aydin.

Scossi la testa. «Ci dev'essere un modo per contattare la sicurezza o le persone che dirigono questo posto o…».

Aydin prese la bistecca che sfrigolava sulla grata e si sedette al tavolo di legno, afferrando coltello e forchetta e tagliando la carne.

«Abbiamo una cucina, ovvio, ma la carne è molto più buona cucinata quaggiù». Mi guardò, invitandomi a condividerla. «Devi essere affamata. Non siamo del tutto incivili. Vieni qui».

Prese una brocca e versò un bicchiere d'acqua. Sembrava buonissima e sentii la bocca seccarsi ancora di più.

«Il tuo nome?», chiese, spingendo bicchiere e piatto verso di me.

Chiusi la bocca.

Ma Will parlò per me. «Si chiama Emory Scott», rispose.

Gli scoccai un'occhiataccia. Un ghigno gli danzò sul volto.

«Da Thunder Bay anche lei?», chiese Aydin.

E Will annuì.

Taylor riprese il proprio posto a sedere sulle casse, sospeso oltre le spalle di Will, mentre tutti mi fissavano.

Mi avvicinai a Will ancora un po', troppo arrabbiata perché me ne importasse qualcosa.

«Sempre un gregario», lo provocai. «Mai il capo. E sempre pronto a legarti a chiunque ti voglia bene».

Lui mi fissò.

«I tuoi amici sono andati avanti», gli dissi. «Si sono presi Thunder Bay. Si sono fatti una famiglia. Probabilmente sono felici di essersi liberati dell'anello debole». Il mio sguardo bruciava su di lui. «Persino Damon sembra felice, a giudicare dalle notizie che mi arrivano da casa. Non fa più passi falsi e sembra cavarsela bene senza di te».

I muscoli della sua mandibola si contrassero e io sorrisi.

Già, non gli è piaciuto.

«Damon…», mormorò Aydin, guardando Will. «Torrance?».

Will rimase in silenzio.

«E Michael Crist e Kai Mori, giusto?», continuò Aydin. «Sono geloso che tu abbia delle persone a cui importa abbastanza da inviarti aiuto, se solo questo aiuto non fosse una femmina e non fosse arrivata con un anno di ritardo».

Tutti ridacchiarono.

Nessuno mi aveva inviata. Qualcuno mi aveva rapita.

«Gli ci è voluto abbastanza», aggiunse Taylor. «E noi siamo stati qui tutto il tempo, a prenderci cura di lui».

«Ora è uno dei nostri», disse Aydin rivolto a me. «Il nipote del senatore ha elevato la qualità della sua compagnia, mia cara. Non siamo giocattoli per fare alla guerra».

«No, siete prigionieri che fingono di avere un qualunque potere».

Lui annuì, per nulla impressionato. «Approfondiremo questo argomento un'altra volta. Mangia».

Il cibo era lì, il profumo permeava l'aria e vidi Micah fissarlo più di una volta.

Aydin tagliò la sua bistecca e prese un morso. Dov'era il loro cibo? Guardai Will, ma lui non fece che fissarmi.

«Non rimarrò qui per un mese», dissi.

Aydin continuò a mangiare e bevve un sorso d'acqua per mandare giù.

«Le cose accadono in fretta nella foresta», disse, tagliando un altro boccone. «Cacciare, pescare, camminare. Lontani come siamo dal mondo, una semplice ferita può significare la morte». Alzò gli occhi su di me. «Una semplice ferita può lasciarti a languire in un dolore terribile».

Masticò il suo cibo e spinse via il piatto, ingoiando.

«Micah ha avuto un attacco d'ansia quando è arrivato», spiegò guardando il ragazzo. «Te lo ricordi? Abbiamo dovuto lasciarlo qui per un giorno interno, perché la sua isteria ci stava facendo andare fuori di testa».

Lanciai un'occhiata a Micah, che guardava a terra. L'avevano chiuso lì? Perché aveva avuto un attacco di panico? Sarebbe potuto morire.

Pregai Will con lo sguardo ma lui non mi guardava più. Non guardava più nulla, fissava il pavimento, come Micah.

«Mi dispiacerebbe che capitasse a te nel momento sbagliato», disse Aydin, raggiungendomi. «Quando la gente di servizio si presenterà di nuovo, potresti essere qui nei sotterranei, senza che si accorgano della tua presenza fino al mese successivo».

Sentii il cuore affondare fino allo stomaco. Ancora non sapevo perché gli altri fossero rinchiusi lì, ma ora mi rendevo conto di cosa rendesse lui una minaccia.

Mi si avvicinò e i ragazzi alle mie spalle smisero di ridere.

«Rimarrai con noi», sussurrò Aydin. «Ci prenderemo cura di te finché non arriveranno».

Alzai lo sguardo su di lui, la sfumatura scura nei suoi occhi d'ambra sembrò farsi più tagliente insieme alla sua minaccia.

«Voglio parlare da sola con Will», dissi, cercando di suonare calma.

Aydin guardò Will. «C'è qualcosa che tu puoi sentire e noi non possiamo?».

Gli occhi di Will saettarono da me a lui, ed esitò un momento prima di rispondere: «No».

Aydin si voltò con un ghigno e io capii.

Capii.

Non potevo rimanere lì. Doveva esserci una città nei paraggi. E l'avrei trovata, anche se avessi dovuto camminare per tre giorni finché il mio corpo non fosse morto di disidratazione.

Lentamente, mi spostai attorno ad Aydin, arretrai senza togliere gli occhi di dosso dai ragazzi e mi diressi verso la porta. «Vuoi divertirti?», chiesi a Taylor. «Dammi cinque minuti di vantaggio, allora».

Con un gran ghigno in faccia guardò prima Aydin poi me. «Due», mormorò con dolcezza.

Saltò giù dalle casse. Will, Rory e Micah si voltarono verso di me e Aydin, quindi rimasero dietro di lui, ad aspettare.

E poi…

Mi fiondai verso la porta, la aprii di colpo e corsi via, presi le vecchie scale di pietra e raggiunsi la porta in cima.

Loro ulularono alle mie spalle, accendendomi il fuoco sotto i piedi, e io mi guardai intorno senza sapere dove fosse la porta d'ingresso, ma vidi la cucina e corsi in quella direzione.

Passai attorno all'ampia isola e arrivai alla porta sul retro, la attraversai e poi dovetti saltare sul prato, caddi sulle ginocchia e rotolai giù dall'altura umida e bassa. L'oscurità incombeva ovunque.

Il ghiaccio mi penetrò nella pelle.

Aveva ragione. Faceva freddo.

Rimettendomi in piedi, feci leva sui talloni e iniziai a correre. Corsi via, senza guardarmi indietro per non espormi ad altri rischi, quindi mi addentrai nel folto degli alberi davanti a me.

Annaspando, lanciai un'occhiata alla mia sinistra e vidi un'enorme cascata riversarsi dal bordo di una rupe. Rallentai e sgranai gli occhi: il picco si innalzava, sormontato dalle balconate della magione.

Mio Dio. Continuai a correre senza credere a quello che stavo vedendo. Dove cavolo mi trovavo?

La cascata scendeva in una gola che non riuscivo a vedere, ma io mi limitai a scuotere la testa e ad accelerare, al punto che il mio corpo urlava di dolore. Addentrandomi nel folto del bosco, passai attraverso i cespugli. Mi rammaricai di avere addosso una camicetta bianca.

Svoltai attorno a una macchia d'alberi e decisi di rimanere vicino al margine della foresta, sul bordo del dirupo. C'erano buone possibilità che in basso ci fosse un fiume che raccoglieva l'acqua della cascata, e se c'era acqua c'erano città.

Incespicando sulle rocce, i rami mi frustavano le braccia e non mi presi nemmeno la briga di guardare avanti. Spinsi gli occhiali sul naso, il coltello ancora stretto nella mano, e cercai di respirare profondamente.

Era maledettamente freddo. Dov'eravamo? Era soltanto metà ottobre, c'era una cascata nel cortile e alberi che non avevo mai visto in nessuno dei posti in cui avessi vissuto.

Canada? C'erano abeti, pini bianchi... Alberi tipici del nord-est del continente americano.

Subito dopo l'università ero stata parte di un team incaricato di rinnovare una vecchia casa a Saint John. Il proprietario era stato irremovibile sul reintrodurre la flora locale nella proprietà.

Dio, come ero arrivata qui?

Sentii delle urla in lontananza sferzare l'aria e sussultai. Stavano arrivando.

Mi addentrai ancora di più mentre i loro ululati si facevano sempre più vicini e il sudore mi copriva la schiena nonostante il freddo. Potevo quasi sentire le loro mani su di me mentre correvo. Mi gettai a terra, affrettandomi a nascondermi dietro un cespuglio.

Non riuscivo a smettere di annaspare in cerca d'aria, il cuore batteva come se volesse uscirmi dal petto. Non ce l'avrei fatta a seminarli.

Mi sarei nascosta finché non si fossero arresi e poi sarei fuggita.

Foglie smosse e passi che mi superavano. Non li vidi attraverso il cespuglio, ma riuscii a sentirli.

Corsero, i loro passi si attutirono in lontananza e io rimasi ancorata al mio posto.

«Emory!», chiamarono, ma le loro voci non erano nelle vicinanze.

Sorrisi.

«Emoryyy!», cantilenarono.

E ancora, le loro voci si dissolsero sempre più lontane.

Lentamente, presi il coltello dalla tasca, raccolsi le gambe sotto di me e mi sollevai abbastanza da sbirciare oltre il cespuglio, solo per controllare la loro posizione.

Non vidi nessuno. *Sì*.

Mi sarei nascosta qui – o da qualche altra parte, se avessi dovuto – e sarei fuggita quando se ne fossero andati. Quel posto era enorme, non potevano coprirne ogni angolo.

Me ne sarei andata, a qualunque costo.

Mi accucciai nuovamente per tornare nel mio nascondiglio ma in quel momento vidi Micah, che si precipitava verso di me.

«Buu!», esclamò.

Urlai, persi l'equilibrio, agitai le braccia e caddi all'indietro. Rotolai giù per il breve declivio e afferrai il terreno per fermarmi, ma continuavo a scivolare.

Merda!

Urlai, le gambe oltrepassarono il bordo di qualcosa e io caddi dal bordo del burrone, ma una mano mi afferrò il polso giusto in tempo.

Scalciai e guardai giù, vidi il fiume molto più in basso e alzai l'altra mano per afferrare chiunque mi avesse salvata.

«Rory!», esclamò Micah, che per trattenermi stava scivolando con me. «Taylor!».

Quando ci sentii scivolare entrambi sussultai. Sarebbe caduto anche lui. Non poteva resistere.

Qualcuno si gettò accanto a lui e Rory mi afferrò l'altro braccio.

Rimasi lì appesa mentre mi reggevano, sapendo che avrebbero potuto lasciarmi in qualunque momento, e non ero più tanto sicura che avrei preferito morire di fame o per essere rimasta troppo a lungo nella foresta. *Non lasciatemi andare.*

Taylor, Will e Aydin scivolarono giù dal declivio alle loro spalle e si fermarono attorno a noi tre. Aydin sembrava non aver perso la calma di quando eravamo in cantina, come se non avesse versato una sola goccia di sudore per cercarmi.

Piegò la testa, guardandomi appesa. «Mettetela nella mia stanza», disse agli altri.

Capitolo 4

Emory

Nove anni prima

«Cosa avete fatto a lezione di letteratura ieri?».
Elle Burkhardt si tirò su i pantaloni della divisa, fissandomi mentre toglievo la cravatta e iniziavo a sbottonarmi la camicia.
Mi lasciai indosso la maglietta bianca a maniche lunghe che portavo sotto e presi la giacca della banda dalla gruccia appesa all'armadietto.
Lo spogliatoio delle ragazze era pieno – le cheerleader, quelle della banda, quelle della squadra di hockey su prato – tutte che cercavano di accaparrarsi uno spazio, tra chi voleva uscire in cortile e chi doveva tornare a casa.
«Ho finito di leggere *Lolita*», le borbottai.
«Sai cosa intendo».
Le lanciai un'occhiata.
Quella mattina avevo saltato la lezione di letteratura, il che avrebbe provocato l'ennesimo scontro con mio fratello non appena lo avesse scoperto, ma proprio non ce la facevo a ritrovarmi davanti Will e la sua banda di idioti, dopo lo sfogo del giorno prima.
Piuttosto, ero andata a nascondermi in biblioteca.
«Lasciamo che facciano del loro peggio, finché possono», dissi infilandomi il cappotto, il cui tessuto pesante mi sfregava sulla schiena e mi bruciava la pelle. «La vita alla fine rimette tutti a posto, e lo farà anche con loro».
Non è che avessi paura dei Cavalieri, e neppure temevo eventuali ripercussioni per averli affrontati in classe il giorno prima. Sapevo soltanto di non potermi permettere una scenata dopo così poco tempo, così, piuttosto che dargli la soddisfazione di vedermi seduta in silenzio, non mi ero nemmeno fatta vedere.
Raccolsi i capelli e li legai in una lunga coda, presi gli occhiali dalla panca e li infilai. Il poster sulla parete dello spogliatoio divenne d'improvviso più nitido.

Votate per Ari!

La regina del ballo di inizio anno!

Il ballo di inizio anno. Gemetti. Chiudermi un capezzolo nella portiera di un'automobile sarebbe stato di sicuro meno doloroso.

O frequentare una palestra.

O leggere *La campana di vetro* tra una sessione di testate contro il muro e l'altra.

Elle infilò le mani nell'armadietto e tirò fuori il deodorante, poi se lo spruzzò sotto le ascelle. «Vieni da Sticks stasera, vero?».

Mi tolsi le scarpe da ginnastica, presi i pantaloni stirati dalla gruccia e iniziai a indossarli, prima di aprire la zip della gonna e di lasciarla cadere a terra. «Tu che dici?»

«Troppi compiti, zero divertimento?».

Annuii, finendo di infilarmi i pantaloni e abbottonandoli. Quella ragazza mi conosceva bene.

Avvicinandomi le feci cenno col mento e aprii lo sportello del suo armadietto, indicando l'adesivo da paraurti della Trojan che ci aveva appiccicato dentro. «Qualcuno di noi non ha i genitori con l'accesso diretto all'ufficio ammissioni della University of Southern California».

Ci chiudemmo nei nostri cappotti blu e bianchi, poi mi infilai un paio di scarpe nere e mi accorsi di avere i suoi occhi su di me, mentre si intrecciava i capelli biondi.

«Ogni tanto ti è concesso di rilassarti». La sua voce era calma ma sicura. «Non è che il resto di noi è da meno solo perché ci piace divertirci, sai?»

«Dipende da cosa intendi per divertimento, credo».

Mi sedetti e iniziai ad allacciarmi le scarpe, ma la vidi fermarsi e feci una pausa, riflettendo su come dovevano aver suonato le mie parole.

La guardai ammiccando, più o meno. «Mi spiace», dissi. «Non intendevo dirlo».

Cavolo, se ero stata scortese. Ma perché mi comportavo in quel modo? Elle e io non eravamo amiche, ma eravamo in buoni rapporti. Lei ci provava, almeno, nonostante glielo rendessi difficile.

«E poi mi diverto», la beffeggiai. «Chi l'ha detto che non mi diverto?».

Continuò a intrecciarsi i capelli. «Dipende da cosa intendi per divertimento, credo», replicò.

Risi, grata che avesse voglia di tenermi testa. Sapevo come ero. Criticona, antipatica e ottusa, ma c'era un motivo.

Ero gelosa.

Le persone felici non facevano male agli altri, e anche se non mi pentivo di come mi ero comportata il giorno prima a lezione con Will e i suoi amici, le persone come Elle non se lo meritavano.

Volevo che qualcuno mi capisse.
«Hai mai visto una pubblicità della Lamborghini in TV?» chiesi, guardandola negli occhi.
Scosse la testa.
«Non le fanno», le dissi. «Perché quelli che si possono permettere le Lamborghini non perdono tempo a guardare la TV».
«Perciò, prima o poi vuoi comprarti una Lamborghini, e questo è il motivo per cui lavori così sodo e non ti diverti mai?»
«No», risi, recuperando dal pavimento i pezzi dell'uniforme scolastica. «Il mio jet privato mi porterà via da questa città molto più velocemente di un'auto. Vi saluterò calorosamente e non dovrò più pensarci».
Le cheerleader invasero il corridoio, tutte dirette in palestra. La squadra di football era in trasferta, ma quella di basket aveva un'amichevole contro i Falcon's Well.
«Cercherò di non prenderla sul personale», rispose Elle.
Le sorrisi, sperando che davvero non lo facesse. Volevo andarmene il più lontano possibile per una serie di ragioni, e una volta andata, soltanto un motivo avrebbe potuto farmi tornare.
«Non c'è niente che ami qui a Thunder Bay?», mi chiese.
Abbassai per qualche istante lo sguardo, poi alzai gli occhi su di lei. «Perché pensi sia ancora qui?».
Aprii l'armadietto e le feci cenno verso l'interno dello sportello, dove invece dell'adesivo della Trojan – e di qualsiasi altro adesivo – c'era una sola foto 10x15 di mia nonna e me, a un picnic nel parco, nel giorno del mio undicesimo compleanno.
La mia pelle, nel top blu, era più scura del solito colore olivastro, perché quell'estate avevo trascorso più tempo al sole. Le guance rosa per aver tanto sorriso e per il fatto che non avevo il benché minimo pensiero al mondo, tranne dover decidere in che modo trascorrere il tempo l'indomani, e non importava di che dimensione fossero gli occhiali che avevo sul naso, erano comunque troppo grandi per la mia faccia. Ero goffa e felice; poi improvvisamente pensai a quanto poco la donna che vedevo in quella foto somigliasse a quella sdraiata nel suo letto a casa e sentii le lacrime affiorare.
Ma guardai Elle, sorridendo appena. Mia nonna era l'unico motivo per cui sarei tornata in città.
Infatti, l'idea di andarmene all'università e lasciarla sola, sempre che rimanesse in vita, la trovavo quasi insopportabile.
Mi sfregai gli occhi sotto le lenti e infilai la divisa nell'armadietto.
Guardai verso l'alto e notai qualcosa.
Che cos'era? Aguzzai lo sguardo, allungai la mano e presi l'animaletto di peluche dallo scaffale superiore.
Mi soffermai, confusa. Come ci era arrivato lì?

Controllai se qualcuno mi stesse osservando e incrociai lo sguardo di Elle.

«Ce l'hai messo tu?».

Osservò prima il pupazzo e poi me, e scosse la testa. «No. Non so nemmeno cosa sia. Un varano di Komodo?».

Studiai il pupazzo grigio e morbido, esaminando artigli, zanne, coda, le squame lungo la spina dorsale, il grugnito dipinto in volto…

«È Godzilla», sussurrai, prima di scoppiare a ridere.

Chi ce l'aveva messo?

E poi restai di stucco. Avevo visto il film *Godzilla* la sera prima. Pensavo di essere da sola al cinema. Mi aveva visto qualcuno?

Non si trattava di una coincidenza, vero?

«Cos'è questo?». Elle prese il foglietto e la barretta energetica legata alla zampa del pupazzo. Lesse il messaggio: «Il sole tramonta alle 6:38 di sera».

La guardai sconcertata.

Alzò le spalle. «L'ha scritto qualcuno che sa che è Yom Kippur», disse.

In un posto piccolo come quello, tutti sapevano chi fosse ebreo.

E chi fosse nero. E chi povero.

A Thunder Bay eravamo una minoranza e dunque era facile distinguerci.

Chiunque poteva avercelo messo e fui quasi tentata di tenermi la barretta. Non avevo controllato a che ora tramontasse il sole per sapere quando avrei potuto mangiare, e avevo dimenticato di portarmi qualcosa da sgranocchiare dopo la partita. Avevo fame.

Ma in quel momento vidi una striscia di cartoncino nero legata alla coda di Godzilla e sciolsi il nastro.

Valido per uno
Emory Scott
L-348

Lo lessi e lo rilessi con la mano che tremava, riconoscendo il cartoncino nero col bordo argentato e il numero di serie che identificava tutti i biglietti che venivano venduti. Era un evento annuale.

Si trattava della…

«Ma davvero?», sbottò Elle, togliendomi il biglietto dalle mani e restando a fissarlo. «Un invito da un ragazzo più grande?».

Aprii la bocca per parlare ma non riuscii a dire nulla. Gli eventi *lock-in* si tenevano ogni anno a ottobre: gli studenti senior si chiudevano nell'edificio e non potevano uscirne fino al mattino seguente. L'evento dell'anno sarebbe stato proprio quella sera. Dopo la partita di basket. I non-senior potevano accedere soltanto se invitati da qualcuno che stava per diplomarsi, e ognuno di loro poteva invitare soltanto una persona.

Quindi un senior aveva usato il suo pass per invitare me?

Doveva trattarsi di uno sbaglio.

«Prendilo tu», le dissi.

Non ci sarei andata per nulla al mondo. Si trattava di una trappola pronta a scattare.

Lei lo tenne per qualche istante tra le mani, poi me lo riconsegnò sospirando. «Sarei tentata, ma tu ne hai più bisogno di me».

Lo accartocciai, pronta a tirarlo nell'armadietto, ma Elle me lo tolse dalle mani e me lo mise dentro la giacca, infilandolo tra due bottoni.

«In riga!», gridò la direttrice.

Cercai di scacciare via Elle. «Piantala», dissi tra i denti. «Non ci vado».

«In caso cambiassi idea», cinguettò. Poi si mise a sussurrare. «Voglio dire, di cosa ti preoccupi? Non è mica che resti davvero chiusa là dentro con loro».

Loro. Voleva dire i senior.

Ma quando glielo sentii dire, me ne vennero in mente soltanto quattro.

Le lanciai un'occhiataccia, gettai Godzilla nell'armadietto e tirai fuori il flauto.

«Lui è davvero troppo carino!», provò a dire Elle, ma le uscì fuori un grugnito, come se si riferisse a un bambino buono da mordicchiare.

Ridacchiai tra me e me. Non ero sicura di chi stesse parlando, ma potevo indovinarlo.

Will Grayson corse lungo il campo, dribblò la palla e la passò al centro prima di ripartire, afferrarla e lanciarla nel canestro.

La palla passò nella rete e si aggiunsero due punti sul cartellone: la folla andò in visibilio. Michael Crist gli diede il cinque e caricò attraverso il campo, sfilando davanti ai tifosi della squadra avversaria per poi rubare di nuovo la palla e darla a Kai.

«Wow!». Intorno a me urlarono tutti estasiati.

Mi asciugai il sudore sulla fronte, e vidi Will alzarsi la maglia e fare la stessa cosa.

Non riuscii a evitare di far cadere lo sguardo sul suo addome scoperto, i pantaloncini che gli facevano sembrare la pelle più dorata, con i muscoli delle cosce che si vedevano anche da lì.

Arrossii e distolsi lo sguardo. Il blu avio gli stava benissimo.

Provai a distrarmi come facevo durante le partite di football, ma anche se non stavo guardando il campo, sentivo la voglia di farlo. Will Grayson era il miglior attaccante che avessimo mai avuto, meglio di Crist che era già in lista per una borsa di studio di atletica di cui non aveva bisogno in vista dell'università.

Perché Will non ne aveva fatto richiesta? Doveva essere un bel colpo di fortuna avere un talento come il suo, era in grado di spalancare ogni porta ma, alla fine, non aveva bisogno di alcun aiuto per spalancare le porte, no? Probabilmente aveva già un'eredità da qualche parte e il suo futuro era già pianificato.

Suonò il fine partita e controllai il cartellone, per accertarmi di quello che già sapevo. Avevamo vinto. Una vittoria schiacciante.

Peccato non fosse una partita vera, ma solo una piccola messinscena prima del regolare inizio di stagione a novembre.

Con qualche esitazione, alzai di nuovo lo sguardo e lo trovai in mezzo al campo. Si asciugava il sudore dal volto mentre parlava con Damon Torrance, i capelli bagnati dietro al collo più scuri di quelli in cima alla testa.

E poi… si voltò e incrociò il mio sguardo.

Gli si stampò un sorriso sul volto, come se sapesse che lo avevo fissato tutto il tempo, e io arrossii imbarazzata.

Distolsi lo sguardo.

Che cretina.

Scesero tutti dagli spalti e la folla si disperse. Guardai l'orologio e vidi che erano passate da poco le sette. Non avevo più gli attacchi di fame, ma avevo l'acquolina in bocca al solo pensiero di quella barretta, e ormai potevo anche mangiare.

Non ero così idiota da ingerire cibo che mi era stato dato da uno sconosciuto. Magari Martin mi avrebbe lasciata in pace, così avrei potuto prendere qualcosa da mangiare prima che facesse ritorno in paese.

«Scott!» gridò qualcuno.

Alzai lo sguardo e vidi la direttrice, la signora Baum. Mi feci largo tra la folla di studenti per raggiungerla.

Si avvicinò. «Cambiati e metti via lo strumento», mi disse a bassa voce, «poi sbrigati a tornare in palestra a ripulire prima della festa».

«Sì, signora».

Le fui grata che non lo avesse urlato ad alta voce. Nessuno aveva bisogno di ricordarsi che ero una studentessa lavoratrice.

Diretta allo spogliatoio, superai Elle che stava parlando con due membri della banda. «Divertiti», le dissi.

Sorrise. «Meglio che ti sbrighi, prima che chiudano le porte».

Poi inarcò le sopracciglia.

«Non è che chiudano davvero le porte», replicai. «Sarebbe troppo rischioso in caso d'incendio».

Mi fece la linguaccia, giocosamente, e sorrisi di rimando, girandomi sui tacchi e dirigendomi di nuovo verso gli spogliatoi.

Dopo essermi rimessa l'uniforme, riappesi la divisa della banda, misi lo strumento nell'armadietto e proprio mentre stavo per chiudere lo sportello vidi la barretta.

Socchiusi la bocca, sciogliendola dal nastrino rosso legato al piede di Godzilla e controllando la confezione alla ricerca di buchi, come facevo con i dolcetti di Halloween.

Sembrava intatta.

Avevo lo stomaco vuoto e d'improvviso provai fame di nuovo.

La infilai nella tasca davanti della mia felpa nera. *Appena arrivo in palestra la butto.*

Chiusi lo sportello dell'armadietto e incamminandomi mi cadde lo sguardo sul biglietto accartocciato a terra.

Mi chinai, lo raccolsi e lo lessi ancora. *Dev'essermi caduto dalla divisa.*

Per un istante, fui tentata. Volevo tanto essere quel tipo di ragazza. Quella che non vede l'ora di partecipare a un *lock-in* con ragazzi carini, tanta musica e care amiche.

Il desiderio mi attraversò e si estinse, così infilai anche il biglietto nella tasca della felpa. L'avrei gettato via assieme alla barretta. Comunque prima che Martin fosse riuscito a vederlo.

Mi affrettai in palestra.

«Okay, uno», stava contando Bentley Foster. «Due… Tre!».

Un'ora dopo, in palestra non c'erano più bicchieri vuoti e scatole di popcorn, le tribune erano in ordine, i canestri rialzati, ed erano stati spazzati tutti i pavimenti. Restammo in due a sistemare i tappetini da wrestling, prendendoli uno per lato, e al tre alzandoli e disponendoli sul campo da basket, con un cuscino per i sacchi a pelo e delle coperte.

Poco tempo dopo il pavimento era coperto interamente dai tappetini blu e mi faceva male lo stomaco all'odore degli hamburger e dei nachos che arrivava dalla cucina.

Controllai l'orologio alla parete. Erano passate le otto.

Incrociai lo sguardo della direttrice. «Siamo a posto?», le chiesi.

«Vai a piedi?».

Annuii.

«Allora incamminati», disse. «Passa un buon fine settimana. E stai attenta».

«Grazie». Tornai sui miei passi mentre gli altri disponevano brocche di bevande e succhi di frutta. «Buon fine settimana anche a lei».

Mi diressi verso gli spogliatoi per riprendere l'uniforme e la borsa a tracolla quando la sentii urlare a qualcuno alle mie spalle: «Aprite le porte!».

Senza dubbio fuori doveva essersi formata una folla di studenti, che al mattino avevano caricato in macchina i sacchi a pelo, e che dopo la partita avevano fatto un salto a mangiare qualcosa per fare ritorno lì prima del *lock-in*.

Entrai nello spogliatoio: le porte di ingresso si aprirono, facendo entrare la folla.

«Scott!», urlò la Baum.

Mi fermai e mi voltai.

Era ancora ferma dove l'avevo lasciata, parlava nel walkie-talkie, poi mi rivolse di nuovo l'attenzione. «L'allenatrice Dorn è su nella sua aula. Ha detto di volerti vedere prima che tu vada».

Esitai qualche istante e sospirai. «D'accordo», risposi e tornai di nuovo sui miei passi, spingendo la porta infastidita.

Dovevo andarmene di lì. Era buio, stavo morendo di fame, e poi non chiudevano davvero le porte durante il *lock-in*, vero? Ero sicura che non sarebbe stato nemmeno legale farlo, ma non si può mai dire.

Senza fermarmi al mio armadietto, uscii dallo spogliatoio e imboccai il corridoio, scivolando attraverso gli studenti che cercavano di entrare in palestra. Girai a sinistra e salii le scale buie mentre i loro passi e le chiacchiere sparivano in lontananza.

La professoressa Dorn non era solo l'allenatrice di nuoto ma insegnava anche biologia al terzo piano. Avevo frequentato biologia due anni fa. Cosa voleva?

Era ancora perché avevo lasciato la squadra?

La paura mi gelò il sangue. Sapeva che c'era qualcosa di strano nel motivo per cui avevo lasciato. Potevo leggerglielo sul volto.

In cima alle scale, afferrai la maniglia, la spinsi e mi trovai al terzo piano; mi guardai intorno.

Non c'era nessuna luce accesa, a eccezione delle lanterne che brillavano all'esterno. Piccole gocce di pioggia punteggiavano le finestre che davano sul cortile in basso.

Grandioso. Sarei arrivata a casa zuppa.

La porta si chiuse alle mie spalle e di colpo il *lock-in* era lontano chilometri.

«Coach?», chiamai, percorrendo il corridoio verso la sua aula.

Arrivata alla porta, mi fermai e guardai dentro. Gli sgabelli erano ribaltati sopra i banchi neri da lavoro e verso la cattedra vidi il computer spento, la sedia accostata e l'aula completamente al buio.

«Coach?», dissi più forte. «Sono Emory Scott».

Tornando nel corridoio, mi voltai. «C'è nessuno?».

Ma non ci furono risposte.

Mi impuntai e percorsi tutto il corridoio, sbirciando nelle aule che oltrepassavo, tutte buie e vuote. Tutti erano a casa o giù al piano terra.

Girai un angolo, poi un altro. Trovai la porta della sala insegnanti accostata.

Avvicinandomi di soppiatto l'aprii un altro pochino. «C'è nessuno?», chiesi. «Coach, è qui?».

Avevo la pelle d'oca. Tutto quello che vedevo era buio.

Ma che cavolo…?

Poi, un'ombra si mosse attraverso il muro di fronte a me e io trattenni il respiro.

Deglutii. «Coach?», dissi con un tono soffocato.

La pioggia batteva sui vetri dietro di me e io sapevo che c'era qualcuno nella stanza.

Spinsi appena la porta ma chiunque fosse lì mi doveva aver sentito.

Nessuno rispose.

Al diavolo. Ci avevo provato. Mi avrebbe parlato lunedì.

Di corsa, mi precipitai in fondo al corridoio lanciandomi contro la porta che conduceva all'altra tromba delle scale.

Ma quella non si mosse.

Afferrai la maniglia e l'abbassai di nuovo, la porta oscillò ma non si aprì.

«No, no, no...», spinsi di nuovo e provai con quella accanto, calciando e ruggendo. «Non chiudono davvero le porte!», ricordai a me stessa con un certo sarcasmo.

Merda!

Correndo nella direzione opposta, passai velocemente di fronte alla sala insegnanti e a chiunque ci fosse dentro, mi diressi al laboratorio, lo sorpassai e provai con la porta da cui ero venuta.

Scossi la maniglia, la strattonai e la spinsi, ma non si aprì. Cavolo! Mi avevano chiusa dentro automaticamente dopo che ero entrata o...

Scossi la testa, non volendo prendere in considerazione l'altra opzione.

Infilai le mani nella tasca della felpa e, quando tirai fuori quello che conteneva, tutto quello che stringevo in mano era la barretta e il biglietto per il *lock-in*.

«Dov'è il mio telefono?».

Inspirai, l'aria mi solleticava il naso mentre scavavo nella memoria.

Il mio armadietto. Avevo lasciato il telefono nella borsa, dentro l'armadietto.

Comunque, non avrei potuto chiamare a casa. Non ancora. Martin era l'ultima spiaggia.

Potevo chiamare l'ufficio.

O Elle.

Chiusi gli occhi. «Merda». Non conoscevo il suo numero. Non conoscevo il numero di nessuno. *Un amico farebbe comodo in questo momento, sei una perdente.*

Doveva esserci la chiamata rapida per la reception, memorizzata sul telefono di una delle aule. Pregai che ci fosse qualcuno.

Corsi al laboratorio di biologia, entrai spalancando le porte, afferrai la cornetta appesa al muro e iniziai a schiacciare sulla tastiera.

Non vedevo nulla. Alzai l'interruttore.

Ma non successe nulla. «Cosa?», mormorai, confusa.

Spinsi di nuovo l'interruttore, su e giù, per un paio di volte, guardando verso le luci del soffitto e sperando di vedere uno sfarfallio, ma erano andate. La stanza era buia.

Strinsi i denti e le cosce, perché sentivo di essere sul punto di pisciarmi addosso. Spinsi gli occhiali sul naso e schiacciai di nuovo i tasti del telefono, cercando di azzeccarli.

Prima di poter avviare la chiamata, qualcosa luccicò alla mia sinistra e abbassando lo sguardo vidi dei segni a terra: qualcuno con delle grosse scarpe bagnate era passato di lì.

Smisi di respirare, seguii le tracce ma constatai che sparivano nel corridoio. Mi voltai e vedendo la finestra aperta sull'altro lato della stanza, con la pioggia che si riversava sul tetto e contro il vetro, feci cadere il telefono.

Ero appena entrata a cercare la Dorn. E quella finestra, poco fa, non era aperta.

Lasciai cadere il telefono e indietreggiai fino al corridoio, con lo sguardo fisso.

«Non è divertente!», sbottai. «E non sono spaventata!».

Girando la testa a destra e a sinistra, continuai a indietreggiare verso le finestre che circondavano il terzo piano, gettandomi occhiate alle spalle per controllare se ci fosse qualcuno fuori in cortile.

Ma non c'era nessuno. Solo buio, pioggia e alberi.

Quindi, le luci erano state staccate. Le porte si erano improvvisamente chiuse. Qualcuno di spaventoso si stava divertendo nei dintorni, probabilmente lo stesso maniaco che mi aveva inviato l'invito al *lock-in*.

Will Grayson, cazzo.

Raddrizzai le spalle e scrutai a destra e sinistra.

«Sono lusingata che tu non abbia niente di meglio da fare col tuo tempo che questo», sbottai. «Andiamo. Sono quasi elettrizzata. Andiamo».

Era una stronzata. Io avevo altro da fare. Dovevo andare a casa.

Ma no. Tutti avevano a disposizione tempo per divertirsi. Il tempo degli altri invece non era importante.

«Pensi di potermi spaventare?», dissi, senza urlare più perché sapevo che era vicino. «Sei noioso».

Non sapevo come rispondere a un attacco o proteggermi, ma nulla mi avrebbe colta di sorpresa.

Forse non avrei vinto, ma non avrei urlato.

Rientrando nel laboratorio di scienze, passai attorno allo stipite della porta e feci per raccogliere la cornetta che avevo lasciato a pendere, ma afferrai solo l'aria. Tastando il muro, cercai il telefono. Poi alzai lo sguardo e vidi che cornetta e cavo erano spariti.

Ma che cavolo...? Il mio cuore mancò un battito. Ce l'avevo in mano pochi secondi prima.

Controllai velocemente la stanza. Sapevo che c'era qualcuno. Cercai di individuarlo in uno degli angoli scuri o di vedere un paio d'occhi spuntare da uno degli scaffali per i libri.

Forse la maschera rossa di Michael Crist o le spalle larghe di Kai Mori, lo stupido ghigno di Damon Torrance o la felpa nera con cappuccio di Will Grayson.

Ma non sarei rimasta ad aspettare. Uscii e corsi verso la stanza degli insegnanti, poi nel bagno delle ragazze, dove saltai sul termosifone e sbloccai la finestra. La aprii e sporsi le braccia all'esterno, cui fece seguito la mia testa.

Cercai di sollevarmi, le gambe si agitavano mentre cercavo di trovare un appoggio contro il muro per darmi più spinta, ma mi faceva male la schiena e gli addominali bruciavano per lo sforzo.

Se le mie gracili braccia fossero riuscite a sollevare più di un mirtillo, sarebbe stato fantastico. *Dio, sono patetica.*

Sbuffai, usando ogni residuo di forza per sollevarmi, ma sentii un rumore e mi fermai.

Voltandomi verso il tetto della palestra, vidi Michael Crist nel campo da basket esterno, che dribblava la palla e tirava a canestro sotto la pioggia.

Se era fuori, non era dentro.

Erano tutti là fuori? Se qui con me, a farmi impazzire di paura, non c'erano i Cavalieri, allora chi…

Di colpo, la porta del bagno si aprì alle mie spalle e io non riuscii a capire se qualcuno fosse entrato o uscito, tuttavia mi ricomposi, saltai giù dal termosifone e mi voltai a fronteggiare chiunque fosse.

La porta si chiuse, di fronte a me non c'era nessuno, ma un clic perforò il silenzio e il mio sguardo si posò sulla porta.

Quella chiusa.

C'era qualcuno qui dentro. Qualcuno…

Non riuscii a deglutire.

Se non erano Will e soci, questo cambiava le cose.

Spinsi i battenti e aprii la porta, corsi nel corridoio, dirigendomi al laboratorio di chimica. Aveva una finestra, come il laboratorio di biologia, e io sarei potuta strisciare sul tetto e poi agitarmi, urlare aiuto, qualunque altra cosa. Era meglio stare all'aperto piuttosto che lì con chissà chi.

Una risata esplose da qualche parte, riecheggiando nel corridoio, e io notai altre tracce di suole bagnate sul pavimento, alcune che conducevano al bagno dove mi trovavo e altre che portavano verso di me.

Lanciando uno sguardo alle mie spalle, vidi un'ombra scura muoversi attraverso il vetro nell'altro corridoio e la porta del bagno si aprì di nuovo mentre una seconda figura ne emergeva.

Sentii lo stomaco rovesciarsi. Ma che cavolo stava succedendo?

Mi precipitai nel laboratorio di chimica, chiusi a chiave la porta e scostai le tende.

La pioggia cadeva, riversandosi sul tetto e sbattendo contro i vetri, ma qui il suono era più forte.

Strinsi gli occhi.

Molto forte. *Come nel laboratorio di biologia.*

Voltandomi, vidi che anche qui una delle finestre era aperta: la pioggia batteva contro il tetto e inzuppava i piani di lavoro contro il muro.

Abbassai lo sguardo e il mio cuore mancò un battito quando vidi altre impronte.

Solo che questa volta non lasciavano l'aula.

Seguendo le tracce attorno ai banchi, mi diressi in fondo alla stanza e lì mi fermai, poiché mi accorsi che sparivano nell'angolo buio.

Cercai di inspirare a fondo, ma non riuscivo a smettere di tremare.

Afferrai un paio di pinze dal vassoio appoggiato sul tavolo e le strinsi in pugno, poi afferrai una beuta e indietreggiai, per lanciarla verso l'angolo.

Si infranse contro una libreria, mancando di parecchio il mio obiettivo: tiravo da schifo. Così presi un altro becher e lo lanciai verso chiunque fosse nella stanza, ma questa volta colpii il muro.

Non mollai, afferrai un cilindro graduato e sollevai il braccio ma…

Lui fece un passo avanti, la sua figura scura sembrava più grande di quanto mi aspettassi.

Io arretrai e inspirai, alzando lo sguardo.

Jeans, felpa col cappuccio nera e una maschera da paintball bianca con una riga rossa sul lato sinistro.

Will.

Riuscii quasi a rilassarmi. Finché il mio sguardo non cadde sui suoi guanti. Pelle nera. Strinse i pugni, facendo scricchiolare il tessuto che luccicava nella luce della luna.

Guardai la porta, ma sapevo che era inutile. Kai e Damon, immaginai, erano là fuori da qualche parte.

Lanciai un'occhiata a Will mentre lui muoveva un lento passo verso di me.

«Non sono spaventata», gli dissi.

Lui piegò la testa.

«Sono infastidita». Strinsi la mia arma tra le mani. «Adesso dovrò andare a casa sotto la pioggia».

Sferrai il cilindro contro di lui, lo sfiorai ma lui lo deviò con un gesto della mano prima che lo colpisse in volto.

Si infranse a terra e io indietreggiai, afferrai un'altra beuta da un tavolo mentre lui si avvicinava. «Tu hai un problema con mio fratello, quindi risolvitela con lui. Non essere un codardo».

Continuò ad avanzare verso di me e io lanciai la beuta. Lo colpì sul petto, fermando la sua avanzata, ma non si infranse. Cadde a terra e andò in mille pezzi.

Lui proseguì, il vetro scricchiolava sotto i suoi stivali, e io lo guardai continuare a muoversi, mentre sollevava la mano guantata, facendola scivolare sul tavolo nero del laboratorio.

Sentivo il cuore galopparmi nel petto, lo stomaco stretto in un nodo, la paura mi aveva invaso. Alzai lo sguardo verso il suo volto. Nel buio, gli occhi erano a malapena visibili attraverso i piccoli fori nella maschera.

Mi fermai, di colpo persa in quei fori vuoti.

Lui fece un altro passo e io sentii una scarica attraversarmi il cuore, il corpo che si scaldava.

Comunque, non mi mossi.

Non potevo.

Un altro passo. Mi aveva quasi raggiunta.

Perché non mi stavo muovendo?

Sentii il battito accelerare di più ogni secondo e la sensazione mi fece quasi sorridere, perché era piacevole.

Qualcosa si innalzò dentro di me, un mattone sull'altro finché non divenni un muro e per ogni secondo in più che passavo lì dentro la stanza sembrava girarmi attorno come un ciclone.

E io e lui eravamo nell'occhio.

Cosa stavo facendo? E se non fosse stato uno scherzo?

Ancora un altro secondo. Solo un altro secondo. Volevo reagire.

Ad ogni istante che passava, i miei polmoni lavoravano di più per inalare aria e io volevo solamente che lui facesse un passo – un altro passo – per avvicinarsi a me. Finché…

Finché mi raggiunse, fermandosi a due centimetri da mio corpo e fissandomi, così vicino che anche se mi fossi voltata per correre, non sarei mai riuscita a scappare.

Sentivo le farfalle nello stomaco e le ginocchia tremanti.

Cercai di deglutire ma non ci riuscii. «Questa è la parte dove ridacchio», dissi, cercando invano di sembrare dura, «o dove ti imploro?».

Di nuovo piegò la testa di lato, come se mi stesse studiando.

Mi sforzai di fare un sorriso, nonostante le mani mi tremassero di paura. «Fermati, mi stai spaventando», mi lagnai, imitando il tono di una delle sue Barbie. «Oh, no. Cosa farò? Non essere troppo duro con me, *paparino*». Sbattei le ciglia. «Ma lo ammetto, mi piace quando sei duro con me. Cooosì duro». E, per finire, gemetti.

Poi gli sorrisi e inarcai un sopracciglio. È questo che si aspettava da me?

«Tu… non mi spaventi», ripetei.

Allungando la mano, afferrai un set di provette e piegai il braccio, lanciandole attraverso una finestra. Grugnii mentre si infrangevano:

speravo che il vetro cadesse sul lucernario della palestra, segnalando a qualcuno che ero quassù.

Il suono della pioggia sembrò riempire la stanza insieme all'aria fredda, il vento soffiava tra i miei capelli. Alzai lo sguardo, fissandolo nei suoi occhi: magari ne aveva abbastanza e il gioco era quasi finito.

Ma lui si limitò a ricambiare il mio sguardo.

Poi, come accettando una sfida, spinse a terra un'intera fila di becher, beute e imbuti che si trovavano sul bancone.

Il suono degli oggetti che andavano in frantumi mi urtò i timpani, ma non ne diedi segno. Allungando una mano, afferrai un altro sostegno e lo spinsi sul pavimento. Ogni fiala e contenitore si infranse sul suolo tra noi due, mentre io arretravo e lui avanzava.

Sorpassando il tavolo da lavoro successivo, allungò il braccio a sinistra e gettò a terra un altro set di chimica. Io mi allungai a destra e ne gettai un altro tra noi mentre lui continuava a camminare, il vetro che scricchiolava sotto le sue suole.

Si mosse più velocemente, lui a sinistra e io a destra, i supporti di metallo si infrangevano sul pavimento tra di noi, riempiendo la stanza di caos. Di nuovo. Sinistra, destra, sinistra, destra. Continuammo, lui accelerando, io arretrando per afferrare il supporto successivo, mentre qualcosa mi riempiva lo stomaco, sentivo i muscoli contrarsi e un sorriso salirmi alle labbra.

Lui mi si avvicinò e io barcollai all'indietro, inciampando e perdendo l'equilibrio. Quasi caddi all'indietro, ma con un braccio mi circondò la vita giusto in tempo, mentre l'altra si reggeva al tavolo come supporto.

Mi gettai un'occhiata alle spalle e notai le schegge di vetro sul pavimento, esattamente dove sarei caduta.

Tornai a guardarlo, fissai gli occhi nei suoi e strinsi le dita attorno alle sue spalle.

Poi lo sentii. Ancora sorridevo.

Stavo sorridendo. Un po'.

Merda.

Lentamente, cancellai il sorriso dal mio volto ma non riuscii a distogliere lo sguardo. Sentii un'ondata di senso di colpa per quanto avevamo combinato, sapendo che non avrei potuto ripagarlo, ma la preoccupazione se ne andò con la stessa velocità con la quale era sopraggiunta, perché tutto ciò che riuscivo a sentire era il *qui ed ora*.

Pioggia e vento soffiavano nella stanza, io allungai le mani tremanti, sollevai la maschera dal suo volto e la lasciai cadere a terra.

Lui continuò a stringermi mentre facevo scivolare il cappuccio giù dalla sua testa e guardavo quegli occhi di colore verde scuro.

«Non ho mai cercato di spaventarti», disse Will, gocce di pioggia luccicavano sul suo volto e sui capelli bagnati. «Volevo solo vedere qualcosa...».

Lo guardai, perché non riuscivo a parlare nonostante mi sforzassi. Non sapevo cosa non andasse in me, io…

Volevo andarmene, ma…

Non volevo davvero andarmene.

Mi era piaciuto.

Invece, mi voltai per sfuggire alla sua presa, caddi all'indietro atterrando sulle mani, lontano dai vetri.

Nel suo volto balenò un sorriso, si mise a carponi anche lui e mi guardò con aria maliziosa.

Di nuovo sentii il ritmo del cuore accelerare, il vetro scricchiolava sotto i suoi palmi, e sostenni il suo sguardo, scivolando piano all'indietro mentre lui si spingeva verso di me.

Ma proprio in quel momento, si mosse alla velocità della luce, sfrecciando nella mia direzione. Io sussultai, saltai in piedi, e lui fece lo stesso, ma prima che riuscissi ad allontanarmi si gettò sul mio corpo spingendomi contro il muro.

Esalai un respiro, cercando di scacciare ogni possibilità di sorriso dal mio volto, ma non riuscii a trattenere una piccola risata. Il cuore mi batteva così forte.

Il suo corpo era premuto contro il mio, potevo sentire i suoi occhi su di me, piegò il mento e sfiorò il mio naso con il suo.

«Stai… stai… stai lontano da me», balbettai, cercando di non ridere.

Sentii una goccia di sudore scendermi lungo la schiena. Il suo corpo, premuto sul mio, rendeva quasi difficile respirare.

Mi prese il mento tra le mani e lo sollevò, cercando di spingermi a guardarlo.

Sentii il suo calore avvolgermi e la pulsazione tra le mie cosce farsi più intensa.

Non volevo che andasse da nessuna parte.

E odiavo che fosse così.

Chiudendo e riaprendo le palpebre con lentezza, ingoiai il nodo che mi si era formato in gola e puntai verso di lui uno sguardo duro. «Sei uno stronzo», dissi, afferrandogli i polsi. «Noioso e prevedibile, e forse questa merda funzionerà con gli altri ma non con me».

Scostai di colpo le sue dita dal mio mento e lo spinsi sul petto, allontanandomi.

Lui non mi voleva. Voleva usarmi e non importava quanto volessi indulgere in una fantasia fatta di divertimento ed eccitazione, sarei stata io quella a subire le conseguenze. Non lui.

Voleva portarmi a letto, così poi avrebbe potuto ridere di me quando avrebbe raccontato a tutti che pessima scopata fossi stata, oppure avrebbe sbattuto in faccia a mio fratello che lui era riuscito a farmi aprire le gambe. Erano queste le uniche cose a cui fosse interessato.

No. Non l'avrei lasciato vincere.

«Apri le porte», gli dissi.

Lui però mi guardò per un istante e, invece di dirigersi verso il corridoio e verso la porta bloccata che dava sulla scala, si avvicinò alla parete vetrata, il vento e la pioggia a malapena tenuti a distanza dal vetro rotto.

«Apri le porte», ripetei, facendomi al suo fianco.

«Perché?», chiese.

Mi accigliai. «Perché?».

Cosa intendi dire?

«Non cercavo di spaventarti», disse, osservando la pioggia che si scaricava sul tetto. «Ma perché mai non ci sono riuscito?»

«I veri mostri non indossano le maschere, William Grayson III», ribattei. «Somigliano alle persone normali».

Continuò a fissare la pioggia e non rispose.

«Ora apri le porte». Mi voltai. «Sei patetico e stai sprecando il mio tempo».

Mi avviai verso la porta dell'aula ma in quel preciso istante sentii la sua voce alle mie spalle.

«Non ti lasceranno tornare a casa con questo tempo», disse.

«Non possono fermarmi».

«*Io* non ti lascerò tornare a casa con questo tempo», chiarì. «Questa notte dormirai qui».

Gli lanciai un'occhiata da oltre la spalla, appoggiando una mano sulla maniglia. «Prova a costringermi».

E prima ancora che potessi girare la maniglia, lui tirò fuori il telefono dalla tasca e toccò qualcosa sullo schermo.

«Fermati, mi stai spaventando», disse la mia voce registrata. «Oh, no. Cosa farò? Non essere troppo duro con me, *paparino*».

Per un attimo smisi di respirare, ogni muscolo del mio corpo perse di forza. Abbassai la mano.

«Ma lo ammetto, mi piace quando sei duro con me. Cooosì duro».

Chiusi gli occhi, sentendo il mio gemito provenire dal telefono. *Merda*.

Mi voltai, aveva quel sorrisino soddisfatto. Era ovvio che avesse registrato il suo scherzo. Tenevano sempre traccia delle loro stronzate su quello stupido telefono.

Me n'ero quasi andata. Ma loro potevano postare quella roba online perché tutti potessero riderne. Mio fratello si sarebbe arrabbiato, perché la sua mente avrebbe creduto a qualunque storiella sembrasse aderente alle parole della registrazione.

La cosa non mi toccava, ci ero abituata.

Poi però Will disse: «La porta è aperta. Vai a prendere della pizza». Prese la maschera dal pavimento. «Puliremo quest'aula».

Esitai, guardando tutto quel vetro rotto e pensando a quanto si sarebbe arrabbiato mio fratello quando avesse scoperto che avevo contribuito a fare questo casino. Anche se mi stavo difendendo, più o meno, non volevo che si facesse qualche idea su quello che era successo, semplicemente perché mi avrebbe incolpata.

Chiusi gli occhi. *D'accordo.*

Uscii, corsi nel corridoio e attraversai le porte per raggiungere le scale.

Avrei dovuto essere a casa. Avrei dovuto essere con mia nonna.

E lui voleva giocare con me solamente per dimostrare che poteva farlo.

Ma... una notte passata fuori casa era una cosa rara. Almeno, potevo rilassarmi, sapendo che Martin non sarebbe stato lì. Avevo gli auricolari e un libro.

Non avrei comunque concesso nient'altro a Will. La festa del *lock-in* era piena di testimoni. Che ci provasse.

Calciai i sassi del vialetto per tutta la strada che conduceva alla palestra, ignorai la pizza e piantai il sedere sulle gradinate.

Sul telefono aprii l'applicazione degli e-book cercai di continuare a leggere *Notte eterna*, mentre attorno a me fervevano musica e attività.

Ma dopo dieci minuti avevo a malapena finito un paragrafo.

E alla fine, quando lui e i suoi amici tornarono di sotto, mi distrassi dal libro poiché mi aspettavo che lui venisse da me e provasse un altro dei suoi giochetti.

Parlare con me, infastidirmi, provocarmi.

Ma non lo fece.

Mi lasciò in pace.

Per un attimo rimasi colpita, un po' confusa. Mi aspettavo che cercasse di farmi arrabbiare o di costringermi a partecipare alla loro caccia al tesoro o qualcos'altro. Ma mi lasciò semplicemente lì a sedere, i minuti si fecero ore, per la precisione due ore.

Proprio come pensavo. *Per dimostrare che poteva...*

La direttrice della banda chiamò mio fratello e gli chiese il permesso di farmi rimanere più a lungo a lavorare in cucina, quella notte, per aumentare le ore di alternanza studio-lavoro. E siccome si sarebbe fatto tardi, sarei rimasta a dormire a scuola.

Martin si sarebbe probabilmente detto d'accordo, visto che *stavo lavorando*, ma neanche per un istante credetti che la direttrice avesse inventato da sola quella bugia.

Perché io non aiutavo nelle cucine.

Rimasi semplicemente seduta, cercando di leggere dal mio telefono. Ogni tanto, mentre passava del tempo con i suoi amici o danzava lentamente con qualche ragazza, Will mi lanciava un'occhiata per assicurarsi che fossi rimasta dove mi aveva lasciata.

Gli piaceva farmi sudare. Ecco di cosa si trattava.

Controllo.
Prima di rendermene conto, le luci si fecero soffuse e Will mi trascinò verso il suo sacco a pelo, posizionato proprio tra Michael, Kai e Damon.
Gemetti. Dovevo davvero stare lì?
«Prendilo». Mi spinse e io barcollai. «Avrò abbastanza caldo anche senza».
Come se mi importasse della tua comodità. Seriamente?
Si stese sul tappetino accanto al sacco a pelo – nero con un motivo a scacchi rosso e nero – e io rimasi lì, accigliata.
Tenendo le scarpe addosso, mi infilai nel sacco a pelo, vedendo Crist alla mia destra, Torrance ai miei piedi e Kai sopra di me. Michael si tolse la maglietta. Il suo torso lungo e atletico in bella mostra accanto a me, come se non sapesse che eravamo ancora in pubblico.
Mi voltai rapidamente, arrossendo.
Mi spostai verso Kai – quello buono – quando qualcuno mi afferrò il piede e mi trascinò indietro. Guardai Will, ma lui sorrise tra sé mentre le luci della palestra si spegnevano e tutti si sistemavano. Risatine attraversarono l'aria e gli accompagnatori iniziarono a fare la ronda per assicurarsi che tutti tenessero le mani a posto.
Ma certo, chiudiamo in una stanza tutti insieme un centinaio di adolescenti in piena tempesta ormonale. Che idea del cazzo.
Sentii lo stomaco gorgogliare e lanciai un'occhiata a Will. Vidi che aveva gli occhi chiusi, il braccio dietro la testa a mo' di cuscino e le labbra piegate in un sorriso.
L'aveva sentito. Qualcuno mi aveva portato della pizza poco prima, mentre sedevo sulle gradinate, forse su richiesta di Will, ma io gli avevo detto di sparire.
Ora me ne pentivo. Non mangiavo da ventiquattr'ore.
I minuti passavano, le chiacchiere si facevano più blande e Bryce iniziò a russare dall'altro lato della palestra. Arion Ashby indossò la sua maschera da notte e qualcuno degli studenti infilò i costosi auricolari che cancellavano i rumori.
Ero troppo affamata per dormire e la barretta nella mia tasca mi chiamava.
Voltai la testa per guardare Will. I suoi capelli si erano asciugati e anche se non li avevo mai visti così in disordine, gli stavano comunque bene, perché era un dono di natura. Sopracciglia dure, naso dritto ma labbra soffici e, dietro quelle dolci palpebre addormentate e le ciglia lunghe, gli occhi più belli che avessi mai visto.
Perché ragazzi tanto belli non potevano essere anche gentili?
Sbattei le palpebre, abbassai lo sguardo. Ma certo, mi aveva dato il suo sacco a pelo. E probabilmente la barretta e anche Godzilla, anche se per farlo aveva dovuto forzare il mio armadietto.

«Quindi, cosa stavi cercando di fare?», domandai a voce bassa.

«Quando?».

Lo guardai e vidi che aveva gli occhi chiusi. «Di sopra hai detto che non stavi cercando di spaventarmi», gli dissi. «Quindi, cosa stavi cercando di fare?».

Il suo petto si alzava e abbassava a intervalli regolari, ma lo vidi esitare per un istante. «Cercavo di capire se ti piacesse», sussurrò.

Se mi piacesse cosa? Lui?

Essere seguita? Il pericolo? Il rischio?

Be', non era così.

Ma non riuscii a fare a meno di chiedere: «E… a quale conclusione sei giunto?».

L'angolo della sua bocca si piegò in un sorriso, ma non aprì le palpebre e non rispose. «Dormi».

Tornai con gli occhi al soffitto e vidi la pioggia cadere sul lucernario.

Doveva lasciarmi in pace. Arrendersi. Se continuava a provocarmi, avrei fatto qualcosa di stupido soltanto perché sapevo cosa mi aspettava.

Strinsi le dita attorno al sacco a pelo.

C'erano dei momenti in cui avrei voluto fare qualcosa di scandaloso. Voglio dire, certo, volevo un ragazzo. Volevo divertirmi.

Ma non potevo portare qualcuno nella mia vita. Era un incubo e dovevo sforzarmi di tenerne insieme i pezzi, dovevo farlo per la nonna.

Infastidisci qualcun altro, Will Grayson. Non voglio la tua attenzione.

Senza riuscire a fermarmi, voltai di nuovo la testa e osservai l'espressione pacifica sul suo volto addormentato. Il collo sembrava così liscio e soffice che pensai a cosa sarebbe potuto succedere nel laboratorio di chimica se non l'avessi respinto.

Me ne sarei pentita ma mi sarebbe piaciuto, forse.

Guardai le sue ciglia e il modo in cui ricadevano sulla pelle sotto gli occhi.

Pensai che ero in grado di capire le persone che si lasciavano usare, anche per una notte soltanto, perché poteva significare non essere soli, per una volta.

Mi voltai di lato e lo guardai dormire, ma in quel momento i miei occhi colsero qualcosa e, abbassando lo sguardo, vidi Damon, disteso sulla pancia, che mi fissava. Con la testa appoggiata alla mano, alzava le dita e trascinava il pollice lungo la gola, guardandomi senza sbattere le palpebre neanche una volta, il suo sguardo davvero tagliente.

Di fronte al disprezzo nei suoi occhi, strinsi ancora di più il sacco a pelo. Poi mi voltai di nuovo a fissare il soffitto. Avevo afferrato il concetto. *Non sei speciale, quindi non farti illusioni, ragazza.*

Infilai la mano in tasca e strinsi la barretta.

Ma non avevo più fame.

Capitolo 5

Will

Presente

La osservai attraverso lo specchio semiriflettente mentre lei era dall'altro lato, e muoveva lo sguardo a destra e a sinistra, su e giù, osservando la stanza di Aydin.

Vide il bagno e infilò di corsa la porta, aprì il rubinetto e riempì un bicchiere di acqua. Piegò indietro la testa e bevve tutto, poi riempì di nuovo il bicchiere e bevve ancora.

Alla fine, sbattei le palpebre, stringendo i pugni mentre la guardavo, con i suoi pantaloni a pinocchietto neri e attillati e la sua piccola camicetta aderente, abbottonata fino al collo. Era proprio vestita come un architetto, se non fosse stato per le Adidas bianche che indossava al posto di un paio di tacchi.

Sorrisi divertito ricordando le parole che aveva detto in classe una volta. «Non ha senso arrivare con stile, se non riesco ad arrivare affatto».

Non era cambiata. Per quale cazzo di motivo era qui?

Lasciai che i miei occhi scorressero sul suo corpo, conscio del fatto che non mi avrebbe visto osservare i suoi capelli neri, scompigliati e selvaggi per via della caduta. Le guance arrossate, rosa contro la pelle dorata – erano ancora così belle – e potevo scommettere che il suo collo sottile poteva ancora stare perfettamente nella mia mano.

Sentii l'acquolina in bocca e il mio cazzo iniziò a drizzarsi.

Tornando nella stanza, portò con sé un altro bicchiere d'acqua e lo appoggiò sulla cassettiera prima di iniziare a esplorare. Aveva i vestiti chiazzati di fango e una foglia tra i capelli mentre si torceva le mani.

Micah e Rory l'avevano lanciata lì dentro un'ora prima, mentre Aydin e Taylor si erano allontanati per andare da qualche parte.

Aydin però sarebbe tornato. Guardai il suo letto, il più grande in quella casa, con le lenzuola bianche e pulite e il suo lussuoso piumino d'oca.

Avvicinandosi, lei portò al naso un cuscino e inspirò il profumo.

Strinsi gli occhi, il nodo nella mia gola si stringeva.

Si allontanò, poi tornò indietro e lo annusò di nuovo. Strinsi i denti.

Fece cadere il cuscino sul letto e continuò a girare per la stanza, aprendo cassetti e ante, scorrendo gli appunti medici e i disegni sulla scrivania, piegandosi a ispezionare i vasi contenenti gli animali morti che galleggiavano nella formaldeide.

Poi, prese una delle ossa sparse sulla scrivania, l'alzò e la ruotò.

Fu presa da un sussulto non appena capì di cosa si trattasse, e la lanciò sul tavolo.

Sorrisi.

Prese il coltello che Aydin le aveva permesso di tenere e lo strinse in pugno prima di ingoiare un altro bicchiere d'acqua e poi dirigersi alla porta chiusa, strattonandola.

Ma non si aprì.

Cosa pensava di fare?

Cosa dovevo fare io? Me la sarei vista con lei, ma non ora.

Questo cambiava le cose.

Lei prese a camminare avanti e indietro, inspirando a fondo e scaldandosi, ma d'un tratto si fermò. E guardò nella mia direzione.

Piegai la testa, lei stringeva gli occhi e si avvicinava lentamente allo specchio sul muro, fermandosi proprio di fronte.

Lo specchio quadrato era largo circa un metro per lato e lei sembrava vederci attraverso, ma i suoi occhi non trovarono mai i miei.

Non poteva vedermi, eppure aveva capito che non si trattava di un semplice specchio. Non potevi fregarla a lungo.

Si mise a ispezionare la cornice dello specchio, cercando di staccarlo dal muro o scostarlo abbastanza da vedere oltre, e io mi avvicinai fino a che potei.

Raddrizzando la schiena, allungò l'indice e toccò la superficie, avvicinandosi poi per controllare se il riflesso toccava la punta del dito. Un piccolo test per determinare se lo specchio fosse semiriflettente o no.

Le mie labbra si piegarono in un ghigno.

Il suo petto sprofondò e si raggelò.

Oh oh.

Rimase immobile per un istante, poi… si alzò e guardò attraverso lo specchio, cercando chiunque la stesse osservando.

Alzai le dita verso il vetro. Guardavo i suoi occhi incredibili, a meno di trenta centimetri dal suo volto. Ingoiai il sapore amaro che avevo in bocca.

Nove anni.

Nove anni, e ancora volevo scoparla.

Solo che ora non sarei stato dolce e gentile. Le cose erano cambiate.

«Devi accettarlo», disse, fissando lo specchio.

Aguzzai l'udito.

«Perché sei troppo debole per capire come vincere quello che vuoi. È il motivo per cui sei qui».

Fece un passo indietro, poi sferrò un calcio contro il vetro con una smorfia sul volto.
Rimasi a guardare.
«Andiamo Will», mi pregò. «Smettila di esitare e fatti sotto».
Calciò il vetro ancora e ancora, mostrando i denti, e per poco non sorrisi di nuovo ricordando quella notte nel laboratorio. Come ci aveva sfidati, pronta ad affrontare il pericolo.
Così dura. Così arrogante. Mi piacevano testarde. Mi piacevano le donne che prendevano il controllo.
Poi però parlò di nuovo, inspirando appena. «Non è colpa mia», disse. «Non è colpa mia se tu hai riposto tutta la tua felicità in qualche fantasia che ti sei creato nella testa in cui io ti amo e la vita è perfetta perché stiamo insieme».
Il mio divertimento scomparve, strinsi la mascella.
«Ho fatto quello che dovevo e lo farei di nuovo», ruggì, la voce si spezzò. «Lo farei di nuovo».
Boccheggiò in cerca d'aria e chiuse gli occhi, appoggiando la testa allo specchio e colpendolo con un pugno. «Lo farei di nuovo», disse con la voce incrinata dalle lacrime.
Appoggiai i palmi sui suoi e la guardai, distante solo pochi centimetri, accarezzandole la guancia con il pollice.
«Non preoccuparti, piccola», mormorai. «Questa volta me lo meriterò».
Sentii l'eccitazione scaldarmi il ventre e chiusi le dita a pugno, come se potessi stringere la sua figura.
Qualcuno bussò e la porta si aprì. Aydin entrò reggendo un vassoio.
Il mio cuore cominciò a martellare mentre lo guardavo che avanzava con un'espressione di malizia in quei suoi occhi dorati.
«Hai fame?», le chiese.
Lei alzò la testa di scatto e si voltò, come se non l'avesse sentito bussare. Sfoderando il coltello, lo tenne stretto al fianco, arretrando per porre più distanza tra loro.
Lui appoggiò il vassoio e le posate d'argento, e alzò lo sguardo su di lei infilando le mani in tasca. «Ho detto che non ti avrei fatto del male».
«Non me lo ricordo».
«No?». Sorrise. «Be', era quello che intendevo».
Aveva detto che nessuno l'avrebbe toccata. Non erano sinonimi, avevo imparato.
Lui la guardò e io piegai le braccia al petto, aspettando un movimento.
Ma lui si limitò a inspirare e voltarsi.
«Mangia», disse, dirigendosi verso la porta. «E fatti un bagno, puzzi».
Indicò la vasca di porcellana bianca nell'angolo della stanza.

«Oppure sarò io a farti il bagno», la avvertì guardandola da oltre la spalla. «E ci saranno altri quattro come me a tenerti giù».
Chiuse la porta, girò la chiave nella serratura e, per un momento, lei rimase lì, posando lo sguardo dalla porta a me, poi di nuovo verso la porta e verso di me. Quindi, prese la sedia della scrivania e la incastrò sotto la maniglia della porta, come se questo potesse tenerci fuori. Alla fine, prese il vassoio e lo sollevò all'altezza del suo viso.
Annusò la pasta.
Non avrebbe avvelenato il suo cibo. Che divertimento sarebbe stato? Aveva appena cominciato con lei.
Chiusi gli occhi e mi voltai.

Afferrai la cornice della finestra da entrambi i lati e fissai la notte immensa e silenziosa dall'alto della casa.
Michael.
L'avevano mandata qui. Lo sapevo. Ma perché? Per motivarmi?
Dovevano essere stati loro, e se davvero potevano far arrivare qualcuno fin qua, perché non era venuto uno di loro?
Avevo i miei piani con lei, ma ora c'erano in gioco fattori più complessi, e questo non era il momento giusto.
Cazzo.
Strinsi la cornice, il legno gemette sotto la mia stretta.
Sapevano quello che aveva fatto? Dovevano saperlo per forza, se Rika, Banks e Winter erano d'accordo.
Era quasi bello. Immaginavo che mi avrebbero trovato, o che almeno mi avrebbero cercato, anche a costo di metterci una vita.
Sfortunatamente, niente di tutto questo era necessario. Sapevo esattamente cosa facevo e, anche se la cosa mi infastidiva, non potevo biasimarli per aver dubitato che avessi il controllo della situazione.
Sentii le scale scricchiolare e una voce alle mie spalle mentre qualcuno entrava nella stanza. «Puoi finirlo?», chiese Aydin.
Mi voltai a guardarlo e lo vidi in cima alle scale che portavano alla mia mansarda. Si avvicinò con la camicia in mano, reggendo il mio sguardo come un serpente.
Era sempre come un serpente, nato per uccidere, che quando colpisce non ti dà nemmeno il tempo di accorgerti di cosa stia accadendo, non prima che sia finita.
Annuii, togliendomi la maglietta e lanciandola sul letto. Afferrai il mio kit e lo raggiunsi alla panca foderata di pelle che avevo sistemato contro il muro.
Lui appoggiò la camicia e si distese, piegò l'altro braccio dietro la testa, mentre io versavo l'inchiostro in un piccolo piatto.
Mi sedetti e presi l'ago, lo legai a una matita, poi immersi la punta nell'inchiostro. Mi avvicinai, piegandomi sulla sua spalla destra.

«Quindi, cosa dovrei fare con lei?», chiese.

Esitai per un istante, poi premetti lo strumento a tre aghi, incidendo la pelle mentre l'inchiostro penetrava nella ferita.

Non risposi, perché sapevo che era meglio non farlo.

«Non l'hai aiutata», rifletté, per nulla distratto dal dolore. «Ma lei si aspettava chiaramente che lo facessi».

Premetti ancora e ancora, immergendo gli aghi nell'inchiostro ogni manciata di secondi, mentre concludevo l'ultima riga e la riempivo.

Il suo petto si alzava e abbassava con regolarità, senza mostrare alcun segno di dolore. Mi ero fatto tatuare da alcuni professionisti, ma molti tatuaggi me li ero fatti da solo in questo modo e sapevo che dava dolore.

Comunque – proprio come con Damon – con Aydin era dolore o niente.

«È una guerriera», disse.

Alzò lo sguardo al soffitto a volta del mio piccolo rifugio, in cui mi ero trasferito dopo la prima notte passata in questo posto. Le stanze bianche con i tappeti bianchi e tutto il resto bianco che c'erano di sotto mi mettevano i brividi. Volevo il mio spazio e volevo che fosse buio.

In più, quassù le finestre davano sul tetto. Mi piaceva la vista.

«È una cosa che mi piace di lei», continuò. «Almeno finché non si impiccherà con quel poco di corda che le darò. L'hai notato?». Mi guardò. «È come se non avesse davvero realizzato la gravità della sua situazione. Intrappolata, senza modo di sopravvivere se le venisse in mente di fuggire, per di più in compagnia di cinque uomini che vogliono avere quel tipo di divertimento di cui sono stati privati per così tanto e, se dovesse lamentarsi, ci penserà il denaro a risolvere le cose».

Strinsi i denti, premendo più forte gli aghi. I suoi muscoli si contrassero sotto la mia mano, ma lui non smise di guardarmi.

«Com'è che si chiama?», chiese con voce dolce. «Emory?».

Sentii le braccia bruciare prima di rendermi conto che ogni muscolo del mio corpo era teso. Buttai giù il nodo che mi si era formato in gola.

«Quegli occhi…», mormorò. «Castani, con pagliuzze dorate. Sono bellissimi. Mi domando che aspetto abbiano quando ti guardano mentre scopa».

Fissai così intensamente la sua spalla e il disegno che aveva voluto che gli tatuassi, che mi sorpresi a constatare che la sua pelle non avesse preso fuoco.

«Come potrei farla venire?», chiese, guardandomi.

Strinsi la presa sul mio strumento.

«Alcune donne hanno bisogno di un lavoretto di pollice sul clitoride quando sei dentro di loro, lo sai?», mi provocò. «Le piace che gli uomini glielo facciano?».

Strinsi i denti, bucandogli la pelle con un piccolo *pop*. Sibilò appena di dolore, poi però sorrise, compiaciuto di avermi colpito.

«I nostri padri non ci hanno mandati qui per imparare a comportarci bene, Will. Si godrebbero anche loro la sua compagnia, con o senza il suo permesso». Fece una pausa, poi continuò. «Ci hanno mandati qui per punirci di non aver badato abbastanza alla discrezione. Per imparare a non essere approssimativi», spiegò.

Mio padre non mi aveva mandato qui. E non capivo come un padre potesse spedire il proprio figlio in un posto così perché, se anche fosse riuscito a uscirne, una cosa era certa: il sangue non è amore e l'amore è l'unica cosa che ispira lealtà.

Guardai Aydin, che fissava di nuovo il soffitto. Nel tempo che avevo trascorso qui, avevo decifrato Micah, Rory, persino Taylor, ma Aydin…

Era quello che si trovava qui da più tempo e, a questo punto, probabilmente si era spinto troppo oltre per poter tornare indietro.

«Quando avevo vent'anni, ero a un matrimonio in un resort», mi disse, con uno sguardo distante, «e ho visto uno dei soci d'affari di mio padre drogare sua moglie, farla stendere su un letto e poi indietreggiare, mentre lasciava mio padre salire su di lei e scoparsela, solo per concludere un affare».

Mi fermai e vidi qualcosa di simile al dolore attraversargli lo sguardo. Ma in un attimo fu scomparso.

«Dopo un po', ti rendi conto di non poter sfuggire a tutto questo», aggiunse, «quindi puoi continuare a combattere questo schifo, o puoi reinventarlo». Di nuovo voltò lo sguardo su di me. «La più grande differenza tra me e mio padre è che a me non importava se qualcuno vedeva il sangue sul muro».

Per un attimo non riuscii a muovermi.

Em…

Abbassai lo sguardo e terminai il disegno.

«Non preoccuparti», mi disse. «Non sono come mio padre. O Taylor. O Damon Torrance. Io non costringo, né obbligo». Abbassò la voce. «Se sarà lei a volerlo, ti farà più male».

Poi allungò una mano e si afferrò il cazzo attraverso i pantaloni. Gli aghi nella mia mano tremarono per un istante, mentre sentivo la tentazione salirmi nelle viscere.

Avevo in pugno Micah e Rory. Taylor poteva essere controllato.

Nessuno avrebbe toccato Emory. Dovevo uccidere Aydin qui e ora.

Era lì disteso, che mi guardava e aspettava una mia mossa. Mi stava offrendo un'opportunità, mi stava sfidando, ma…

Alla fine, sorrise e si sedette, prendendo un asciugamano pulito dal tavolo e tamponandosi il sangue dalla spalla.

«Tutto è parte di un piano più grande», disse. «Che sia Dio, o il destino, o qualunque altra cosa, lo credo davvero, Will». Lasciò cadere l'asciugamano e mi guardò. «Saremo sempre importanti l'uno per l'altro».

Alzai gli occhi, incapace di nascondere una smorfia.

Lui mi afferrò la nuca, mi diede una pacca rassicurante, poi indicò con un cenno della testa il sacco nero per l'immondizia che tenevo accanto a me per avvolgere il tatuaggio. «Finisci il lavoro», disse. «Sarà una grande nottata».

Capitolo 6

Will

Nove anni prima

Avrei dovuto toccarla.

Feci un tiro dalla sigaretta e lasciai di nuovo cadere l'accendino di Damon nello scomparto portabevande, soffiando il fumo fuori dal finestrino del guidatore.

Ma no. Non me l'avrebbe lasciato fare.

Mi sfregai una tempia e chiusi gli occhi. Mi stava uccidendo. Mi uccideva da anni.

I veri mostri non indossano le maschere, William Grayson III. Le mie labbra si piegarono in un sorriso. Era imprevedibile, però, vero? Non riuscivo a smettere di pensare alla scorsa notte e a quello che era successo durante il *lock-in*.

Feci un altro tiro e soffiai fuori il fumo mentre stringevo forte il volante.

«Ti sta facendo incazzare?», chiese Michael accanto a me e io sentii il sarcasmo nella sua voce, mentre si rilassava sul sedile del passeggero del mio fuoristrada.

Mi voltai e lo vidi fissare i miei pugni dalle nocche bianche, avvolti attorno al volante.

«Niente mi fa incazzare», borbottai di fronte alla sua testa inclinata e ai suoi occhi a mezz'asta. «Ma quando guido, davanti stiamo io e Damon», puntualizzai. «Almeno nelle rare occasioni in cui *tu* mi fai guidare di notte».

«L'unica ragione per cui stai guidando è che così possiamo portare il barile all'assemblea», mi disse. «Se tu non avessi un fuoristrada...».

«Allora sarei inutile?», finii al posto suo.

Lui rise.

Ma non mi contraddisse.

«Quel tiro da tre punti dall'ala non è stato certo inutile», scherzò Kai dal retro.

Gli lanciai un'occhiata dallo specchietto retrovisore, ma lui teneva la faccia sepolta in un qualche opuscolo.

Scossi la testa e mi voltai verso il finestrino. Avevo i miei talenti. Almeno ero andato bene durante la partita della scorsa sera.

«Era ora, cazzo», borbottò Michael.

Soffiai fuori una nuvola di fumo e seguii il suo sguardo, vedendo Damon uscire dalla cattedrale e attraversare la strada.

Spostai la sigaretta nella mano sinistra e misi in moto.

«Esci». Damon aprì la portiera del passeggero e fece scattare il pollice verso Michael. «Subito».

Ma Michael rimase fermo, con aria divertita.

Damon inarcò un sopracciglio. «Puoi sederti sulle mie ginocchia se vuoi», gli disse. «Ma io rimango qui».

Ridacchiai tra me e me. Michael conosceva le regole.

Quando lui guidava, ovvero quasi sempre, era Kai a sedergli accanto. Quando guidavo io, a comandare eravamo io e Damon.

Dopo essersi girato i pollici per un istante, Michael si arrese. Saltò giù dal fuoristrada. I due si fissavano come se stessero facendo a gara a chi si incazzava prima.

«Speravo quasi che lottassi un po' di più», lo provocò Damon.

«Ti fa eccitare, eh?», ribatté Michael.

Damon sorrise e saltò su, mentre Michael fece il giro e salì dal retro.

«Perché ci hai messo tanto?», mi lagnai io, mettendo in marcia il fuoristrada. «Che diavolo hai fatto là dentro per tutto questo tempo?».

«Ci va ogni mercoledì sera», puntualizzò Kai. «Fanno delle riunioni di un qualche club di castità femminile per maggiori di anni diciotto, o qualcosa del genere?»

«Andiamo», si lamentò Damon. «È fin troppo facile per me. Non devono avere diciotto anni».

«O essere donne», aggiunse Kai.

Sbuffai mentre Damon si voltava per sferrare un amichevole pugno a Kai. «Bastardo».

Kai si limitò a ridere e a cercare di farsi scudo.

Scossi la testa, togliendo il freno e tornando sulla strada.

Ma Damon esclamò: «Aspetta, aspetta, fermo».

Frenai di colpo e vidi Griffin Ashby, il sindaco della città, sfrecciare di fronte al fuoristrada.

Merda. Ci ero andato vicino.

Ci guardò, con addosso il suo completo grigio e la sua camicia gialla come la cravatta, e strinse gli occhi su Damon attraversando la strada.

Damon sostenne il suo sguardo, ma quando lo sguardo di Ashby si colorò di disprezzo, Damon alzò il medio per provocarlo.

Ashby distolse lo sguardo, saltò sul marciapiede e sparì nella taverna White Crow.

Feci ruggire il motore e mi avviai lungo la strada. «Cosa succede tra te e lui?».

Damon sospirò, prese una sigaretta dal pacchetto e se la infilò tra le labbra. «Ho rovinato sua figlia».

«Arion?», chiese Michael. «Pensavo avessi detto che aveva il quoziente intellettivo di una patata lessa».

«Non lei», borbottò Damon, accendendosi la sigaretta. L'altra figlia di Ashby doveva avere solo quattordici anni o giù di lì. Non avevo mai visto lei e Damon insieme.

Ora però fumava rivolto verso il finestrino aperto e se avevo capito qualcosa di Damon era che quando faceva il vago, lo faceva di proposito.

Dirigendomi verso le colline, guidai lungo la superstrada buia. Il sole era tramontato da un'ora e adesso il cielo era quasi del tutto nero.

Kai voltò una pagina del suo opuscolo. «Cos'è?», chiesi.

«Catalogo di corsi». Voltò un'altra pagina, questa volta con più forza. «Un cazzo di catalogo di corsi».

«Vieni alla Westgate con me», disse Michael.

«O alla Penn University con me», disse Damon.

Sorrisi. «O alle Fiji, con me».

«Verrai alla Penn University con me», replicò Damon.

Improbabile.

Feci cadere la cenere fuori dal finestrino e presi un'altra boccata. L'università era distante mesi ma la decisione doveva essere presa. Se non fossi stato un Grayson, non sarei mai stato in grado di entrare a Princeton, ma l'accordo era stato preso e io sarei partito per il New Jersey in estate, che mi piacesse oppure no.

Non riuscivo a pensare a un posto dove avrei desiderato di meno essere, ma neppure a un'alternativa migliore in cui stare. Questo era il mio problema. Come diceva mio padre: «Finché non riuscirai a prendere una decisione, la prenderemo noi per te».

Sembrava che spiaggiarmi in qualche isola polinesiana non fosse un obiettivo abbastanza nobile.

Kai lanciò il catalogo accanto a sé sul sedile. «Mio padre vuole che me ne stia per conto mio. Dice che abbiamo bisogno dei nostri spazi».

«Vuole che stai lontano da tutti noi o solo da Will e me?», chiese Damon, in tono ironico.

Già, Katsu Mori non aveva una grande opinione di noi. Damon creava problemi e io ero… niente. Almeno, Michael era ambizioso. Era un leader e il padre di Kai lo rispettava, come valida influenza sul figlio.

Ma Kai rispose con altrettanta ironia. «Non fare così», disse con voce dolce. «Quando ti sei aggiustato di fronte a lui alla vista di mia madre, ha trovato lusinghiero il fatto che approvi i suoi gusti in fatto di donne».

«Era in costume da bagno, Kai!», puntualizzò Damon, voltandosi verso Kai. «Voglio dire, che cazzo, Cristo!».

Risi di gusto ricordando quel giorno della scorsa estate quando eravamo tutti a casa di Kai.

«E tutti voi pensate che io non abbia vergogna», disse Damon. «Se non fosse tua madre…».

«Mio padre ti staccherebbe comunque il cazzo passando per lo stomaco e tirandotelo fuori dalla bocca», ribatté Kai.

Damon rimase in silenzio, sistemandosi sul sedile e infilandosi la sigaretta in bocca. «Cocco di papà».

Kai scosse la testa ma io vidi il sorriso sparire dal suo volto mentre guardava fuori dal finestrino.

«Forse potremmo rimanere in zona e andare alla Trinity», disse Michael, «così possiamo stare tutti vicini alla mamma di Kai».

Sbuffai e tutti noi ridemmo mentre Kai roteava gli occhi.

Presi una boccata dalla sigaretta, mentre la consapevolezza iniziava a farsi più chiara. Era lontana mesi, ma stava arrivando. Università diverse. Stati diversi.

Nuove persone.

Questo era quello che mi spaventava di più. Le persone ci cambiano. Alcuni diventano importanti mentre altri lo diventano meno e, presto, spariscono.

Lei sarebbe sparita.

Mi voltai verso il finestrino, mentre l'inevitabile mi pesava sulle spalle come un macigno.

«Okay, la Notte del Diavolo», Michael si schiarì la gola. «Probabilmente le catacombe, ma tenete a mente il cimitero», ci disse. «Penso di cambiare un po' quest'anno. Ci sono alcune tombe e quel campanile nel bosco. Che cosa state pensando voi per i vostri scherzi?».

Ancora non avevo architettato niente. Niente di buono, almeno.

«Sto pensando di allontanarmi dalla città», rispose Kai. «Meridian City. Il distretto di Whitehall, forse. O il teatro dell'opera? Forse affittare un intero piano di un hotel?».

«Ma il punto è essere qui con la nostra gente», suggerì Damon. «Nel nostro territorio».

Kai rimase in silenzio e lo vidi aprire di nuovo il suo catalogo, mormorando: «Era solo un'idea».

Feci passare lo sguardo da uno all'altro, quasi godendomi quel modo in cui non riuscivano quasi mai ad andare d'accordo. Kai era pronto per il domani. Damon non voleva mai lasciare il presente.

La maggior parte delle volte, io non avevo la più pallida di dove fossi, meno che mai di dove avrei voluto essere.

Mi venne in mente un'idea, comunque. «La baia», dissi. «Di notte».

Damon annuì. «Potrebbe essere un'idea».

Lo guardai. «Delle voci dicono che quel posto non sarà aperto ancora a lungo».

«Ancora meglio».
«Troppo rischioso», si intromise Michael. «Le persone ubriache si instupidiscono e le persone stupide sulle montagne russe mi romperebbero il cazzo».
Andiamo. Sarebbe stato divertente. Solo noi e pochi altri: sempre su invito.
Ma, come sempre, le mie idee vennero accantonate.
«Penserò a qualcosa», disse Kai. «Qualcosa che ci permetterà di terminare la serata tutti interi e tra le coperte insieme a qualcuno di piacevole».
«Cazzo, sì», replicò Damon. «È esattamente quello che dovevi dire».
Scossi la testa, ricordando quali fossero le nostre priorità. Dietro la curva, iniziai a salire verso il cimitero, ma in quel momento nello specchietto retrovisore comparvero delle luci blu e rosse e dei fari che si avvicinavano da dietro.
«Oh cazzo», ruggii. «Quel figlio di puttana».
Dannazione.
Schiacciando il freno con più forza del necessario, accostai al guardrail e mi fermai, sentendo il suono della ghiaia che scricchiolava sotto di noi.
«Will…», iniziò Kai.
«Me ne starò zitto», lo rassicurai, già sapendo cosa stesse per dire. Presi l'erba dal cruscotto e la passai a Damon. «Liberatene».
«Amico, ma che cazzo fai?», abbaiò Kai.
Ma lo ignorai. «Falla sparire, ora», ripetei a Damon, spegnendo il motore. «E non lanciarla fuori dal finestrino. Poi rica…»
«Cavolo!», sbottò lui, la mise nello scompartimento per i guanti e lo chiuse di scatto.
«Chiudilo a chiave». Gliele lanciai.
«Pensi che lui lo sappia?», gli occhi di Damon incontrarono i miei mentre chiudeva velocemente lo scomparto.
Guardai nello specchietto retrovisore e vidi l'ufficiale Scott avvicinarsi con la torcia accesa.
«Penso che Em sia più sveglia di così», dissi.
Non si sarebbe lamentata per la scorsa notte e il *lock-in*. Fare la spia sarebbe stato un colpo basso al proprio orgoglio. Non avevo idea del perché lo sapessi. Eppure lo sapevo.
«Pensi che sappia cosa?», insistette Michael. «Cos'avete fatto? Dannazione. Combinate sempre cazzate quando non sono nei paraggi».
«Non le abbiamo fatto del male», lo rassicurò Damon.
«L'abbiamo solo fatta pisciare un po'addosso», aggiunse Kai.
Trattenni un sorriso proprio nel momento in cui Scott batteva sul vetro del finestrino.

Lo aprii e lanciai il filtro della mia sigaretta sull'asfalto, schivando di pochissimo l'agente.
Lui si fermò, voltò lo sguardo verso le ultime ceneri accese della sigaretta e poi tornò su di me. Puntò la torcia all'interno.
«Sei qui per vedere di nuovo quella mia foto?», lo provocai.
Ma lui non stava ridendo. «Patente e libretto, per favore».
Per fare scena, esitai un istante, poi mi allungai sul cruscotto e presi libretto e assicurazione, infine estrassi la patente dal portafoglio.
Gli allungai entrambi. «Te lo assicuro, Scott. Non sono cambiate dalla scorsa settimana».
Lui sembrò non sentirmi e teneva la torcia puntata verso la mia patente come se non l'avesse vista una dozzina di volte negli scorsi tre mesi, e poi la rivolse al libretto e l'assicurazione, come se ignorasse che non sarebbero scadute fino al mio prossimo compleanno.
«Sai quanto veloci stavate andando?», chiese, studiando la mia assicurazione.
«Non veloce».
«Avete bevuto?», domandò, per nulla colpito.
«No».
Fece una pausa, continuando a sfogliare i miei documenti. «Avete fumato?»
«Qualche volta», risposi.
Damon sbuffò e Michael si schiarì la gola per coprire una risata.
Scott si raddrizzò e fece un passo indietro per scrutarmi meglio. «Esci, voglio dare un'occhiata al fuoristrada».
Non riuscii a trattenermi. «Be', il vano portaoggetti è chiuso a chiave, lo stesso vale per il fuoristrada. Io conosco i miei diritti, quindi so che ti serve un mandato per questo», canticchiai, sfruttando il titolo della canzone di Jay-Z.
Tutti iniziarono a ridere. Damon si scuoteva accanto a me e nello specchietto vidi Kai piegarsi, la testa tra le mani per nascondersi.
Mi era sempre piaciuta quella canzone di Jay-Z. Almeno, non ero male per far fare due risate.
L'ufficiale Scott mi guardò mordendosi il labbro come se avesse tanto voluto avere un motivo valido. Era il tipo di persona che avrebbe scaricato la pistola su un uomo, con la scusa che il cellulare nella sua mano sembrava un'arma.
Le risate si placarono e io mi voltai verso di lui.
«Mi dispiace», gli dissi. «Sono un idiota».
Abbassai la voce e lo invitai ad avvicinarsi.
«So come mi vedi», dissi. «Ignorante, arrogante, frivolo… ma voglio essere un buono. Lo giuro. Avere degli obiettivi, lavorare duro, essere onesto, giusto…», feci una pausa. «Come Emory. Tua sorella, no?».
Lui strinse gli occhi e io potei vedere le sue spalle tendersi.

«Sai», continuai. «È fantastico pensare che nonostante tutti gli anni che sono passati da quando la tua famiglia è a Thunder Bay io ancora non la conosca bene come vorrei». Mi voltai verso i miei amici. «L'avete sentito, vero, ragazzi? Una ragazza che non conosco».

Dal fuoristrada provennero delle risate.

Mi voltai verso di lui vedendo che aveva afferrato la minaccia.

Iniziavamo a capirci.

«Tutte le ore che passiamo insieme nei corridoi della scuola», lo provocai. «Tutte le ore sul pullman per le trasferte e il ritorno. E tutte le sere per l'allenamento di basket e le sue prove con la banda».

«Ti serve un sacco di tempo per conoscere qualcuno», aggiunse Kai. «A Turner sono bastati solo cinque minuti per mettere incinta Evie Lind».

«Qualcuno di noi dura un po' di più», scherzai.

«Sappiamo che è così». Michael mi batté una mano sulla spalla.

Oh sì, è così.

Tornai a rivolgermi a Scott e vidi l'angolo dei suoi occhi prendere una piega furiosa.

Io strinsi i miei. «Te lo prometto», ruggii con voce cavernosa, «per quanto possa non piacerti, ho molto altro in serbo se tu non...», presi la patente e il porta documenti dalla sua mano e sussurrai, «smetterai di prendertela con me».

Di solito ero una persona tranquilla, ma la sua ossessione verso di me stava esaurendo la mia pazienza. Non se la prendeva costantemente con Michael, Damon o Kai. Lo faceva con me perché era convinto che fossi il più stupido.

Credevano che, siccome mi piaceva essere gentile, non sapessi essere cattivo.

Invece, ne ero perfettamente in grado.

Prendendo le chiavi dalla mano di Damon, accesi il motore, lanciai un ultimo sguardo a Scott e partii, tornando sulla superstrada e alzando il volume della musica mentre il vento soffiava attraverso l'abitacolo.

«Fai attenzione», disse Michael dopo un minuto. «È stato divertente e tutto, ma gli uomini come lui sono poco lungimiranti. Non credo che la smetterà. Fai attenzione alla sua prossima mossa».

«Che si fotta». Strinsi il volante. «Cosa potrà mai farmi?».

Nessuno aggiunse altro, uscimmo dalla superstrada per entrare nel cancello aperto del cimitero. Il mio interesse per Emory Scott non aveva niente a che fare con suo fratello, sfortunatamente. Avrei voluto fosse così facile.

Ma non mi dispiaceva neppure l'idea di prendere due piccioni con una fava. Quanto avrebbe dato di matto se una notte l'avesse trovata con me?

Quel pensiero mi fece sorridere.

Percorrendo i viali, vidi delle auto con i fari accesi e mi diressi verso di loro, accostando dietro alla Camaro nera di Bryce.

Saltammo giù dal fuoristrada, Michael e Kai presero dal retro un contenitore termico e insieme ci incamminammo lungo il prato, passando oltre alberi e cespugli fino a raggiungere il resto della squadra, già radunato attorno alla tomba.

«Ehi, bello», salutai Simon e feci un gesto col mento verso gli altri.

Altri saluti echeggiarono dal cerchio di persone. Michael e Kai appoggiarono a terra il contenitore e alcuni della squadra si gettarono subito a prendere una birra.

Abbassai lo sguardo. «Ma che cazzo…»

Delle bandierine marcatrici erano piantate nel terreno, allineate nell'erba in una forma a rettangolo delle dimensioni di una bara.

«Lo disseppelliscono», disse Bryce aprendo una lattina. «Lo fanno sul serio».

Mi voltai, guardando accigliato la nuovissima tomba di quel pezzo di merda di McClanahan, completa di arroganti colonne e pompose vetrate.

«Non l'avrebbe voluto», disse Damon.

Tornai a guardare la tomba di Edward McClanahan, la vecchia lapide verde per il tempo trascorso, la pioggia, la neve. Gli anni della sua vita a malapena visibili. Ma noi sapevamo quanti fossero. Dal 1936 al 1954. Diciotto. Giovane, proprio come noi.

E avrebbe avuto diciotto anni per sempre.

I suoi parenti ancora in vita volevano che la sua leggenda si spegnesse e con essa la notorietà acquisita dalla famiglia, quindi si erano costruiti una tomba, pensando di nasconderlo dietro mura di pietra e un cancello.

«Non lo porteranno da nessuna parte», dissi.

Michael intercettò il mio sguardo e un sorriso consapevole gli salì alle labbra. Presi il cellulare dalla tasca e lo accesi per iniziare a filmare, documentando il nostro annuale pellegrinaggio alla tomba di McClanahan, come sempre, sin da quando eravamo matricole.

Damon mi lanciò una birra e le aprimmo insieme.

«A McClanahan», disse Michael.

«McClanahan», si aggiunsero tutti gli altri, alzando le lattine in aria.

«Il primo Cavaliere», disse Damon.

«Fa' che sia una buona stagione», disse un altro.

Michael, il capitano della squadra, si guardò intorno. «Offerte?», ci spronò.

Jeremy Owens si girò e prese da terra un abito di tulle rosa con un bustino di seta scadente. Sembrava un costume da ballerina.

«Più o meno». Lanciò sulla tomba la replica del vestito per il ballo di inizio anno della ragazza di McClanahan.

Simon prese un sorso di birra. «Tutto quello che vorrei sapere è quale fosse l'aspetto di quella stronza spiaccicata sulle rocce».

«Non lo sapremo mai», disse Michael. «Solo che quando è arrivato il momento, lui ha fatto quello che doveva. Si è sacrificato per il bene della squadra. Per la famiglia. Quando arriverà il momento per noi, sapremo fare lo stesso? Lui era un re».

Non *era* un cazzo di re. *È* un cazzo di re: per noi era ancora una parte viva e attiva della città.

«Fa' che sia una buona stagione», recitò Kai, alzando la sua birra.

«Ricordaci ciò che è necessario», aggiunse qualcuno.

Poi tutti si unirono.

«Per la squadra».

«Per la famiglia».

Mossi la videocamera attorno al cerchio, riprendendo tutti.

«Fa' che sia una buona stagione», dissero.

«Fa' che sia una buona stagione».

E di nuovo.

E di nuovo.

Alcuni versarono della birra sulla tomba e sul vestito, le candele accese per devozione che sfarfallavano nella brezza leggera.

Non spiegavamo mai a nessuno questo rito. Era un po' come per quelle persone che non credevano in Dio ma continuavano ad andare in chiesa.

C'era qualcosa da dire per tradizione. Un rituale.

Faceva bene alla squadra.

La squadra di basket si radunava qui da decenni all'inizio di ogni stagione. Non saremmo mai mancati.

Un'ora dopo, un piccolo falò bruciava dentro le rovine di St. Killian, il barile mezzo vuoto e risate e urla che rimbombavano dalle catacombe.

Damon sedeva su una sdraio fatiscente, guardando nelle fiamme mentre due ragazze parlavano tra loro e lo tenevano d'occhio da lontano, vicino al santuario.

Aspettavano.

«Mi sarebbe piaciuto potesse crescere», dissi, lanciando un ramoscello nel fuoco. «Mi domando come sarebbe ora».

«McClanahan?», chiese Damon.

«Già».

Lui rimase in silenzio, le fiamme che gli brillavano negli occhi. «Non sarebbe stato speciale se non fosse morto».

«Era speciale anche prima di quello». Era un capitano, come Michael. Era un leader, un altruista. Un combattente...

Nessuno sapeva davvero cosa fosse successo quella notte.

«Non sarebbe stato speciale», ripeté Damon. «Tutti cambiano. Noi tutti cresciamo».

«Non io».
Lui rise in uno sbuffo divertito. «Dovrai essere qualcuno, un giorno».
«Sarò Indiana Jones».
Lui si limitò a sorridere ma tenne gli occhi sul fuoco. Non cercava mai di riportarmi alla realtà, non quanto facevano Michael e Kai. Non avevo idea di cosa volessi o di chi sperassi di diventare. Volevo solo la mia gente e volevo la ragazza dei miei sogni.
Le ragazze ridacchiarono di nuovo e gli occhi di Damon scattarono verso di loro.
«Vieni con me?», sospirò.
Seguii il suo sguardo, osservai le loro gambe e i capelli e quanto sarebbe stato facile divertirsi un po', ma…
«Non lo so», dissi. «Pensi mai a fare questa roba nel comfort del tuo letto?».
Ero stanco di giocare nelle catacombe, ma a Damon non piaceva giocare da solo. Aveva bisogno di me.
E mi piaceva che qualcuno avesse bisogno di me.
«Perché nessuno ha mai il permesso di entrare nella tua stanza?», chiesi. «Non io. Non Michael. Non Kai. Di sicuro nessuna ragazza. Non possiamo andare tutti in un posto comodo?».
«Vuoi vedere il mio letto?», mi punzecchiò Damon.
«Vorrei essere sicuro che non si tratti di una bara».
Lui ridacchiò ma… non rispose. Cosa nascondeva?
Guardai di nuovo le ragazze ma il mio sguardo le attraversò come se neppure fossero lì.
Non avevo voglia, non quella notte. Non avevo voglia di giocare in quel posto.
Preferivo ripensare alla notte precedente, anche se tutto quello che io e quella ragazza avevamo fatto era stato scontrarci.
Sorrisi a me stesso. Si era addormentata con addosso gli occhiali. Io glieli avevo tolti. Mi piaceva il modo in cui la sua cravatta era sempre un po' lasca, i polsini troppo lunghi e mai abbottonati e la sua pelle era diventata la mia cazzo di ossessione. Specialmente quella del collo.
Odiavo la scuola, ma morivo dalla voglia che fosse lunedì. Quando mi ero alzato, lei se n'era già andata e dopo la scorsa notte volevo avere il suo sguardo su di me.
Sarebbe cambiato qualcosa? Forse i suoi occhi taglienti si sarebbero addolciti?
«Non sei abbastanza per lei», disse Damon, spezzando il silenzio.
Lo guardai. Come sapeva quello a cui stavo pensando?
«Non sarai mai abbastanza buono per lei», puntualizzò. «Meglio che tu lo sappia da subito».
«Un amico mi aiuterebbe a ottenere quello che voglio», dissi.
Rimase in silenzio e io lo studiai.

«Ma tu non vuoi che io abbia ciò che desidero», disse. «Non vuoi che Michael o Kai abbiano quello che desiderano».

«Nemmeno io dovrei avere quello che desidero», ribatté. «Avere quello che si desidera rischia di farti perdere quello che hai, e niente dovrebbe mettersi tra di noi». Alzò lo sguardo e incontrò il mio. «Niente sarà perfetto quanto questo. Non mi piacciono i cambiamenti».

Di nuovo si voltò a guardare il fuoco.

«Michael ha sempre il controllo della situazione», continuò, la voce sempre più dura. «Mi piacerebbe mostrargli quello di cui ha veramente bisogno. E mi piacerebbe vedere Kai confuso e turbato. Davvero sconvolto. Così niente di quello che ho potrà mai sfuggirmi. Si comportano come se non gli servissimo. Mi piacerebbe che sapessero che invece è così».

Sapevo quello che Damon faceva per affondare gli artigli in quelli attorno a lui.

«Vuoi scoparti anche me?», dissi a bassa voce, un sorrisetto che mi piegava gli angoli della bocca.

Lui ghignò senza guardarmi. Ma, con mia sorpresa, rispose: «Qualche volta».

Mi bloccai.

«Ogni tanto penso a lei che ci guarda», continuò. «Penso che le piacerebbe e, per questo, si odierebbe».

Damon non vedeva la persona. Era attratto dal controllo. Dal far fare alle persone quello che di norma non avrebbero fatto. Era un tarlo. Come un amo per i pesci, scavava nelle teste della gente e ci rimaneva, anche molto dopo che se n'era andato.

E i suoi amici erano per lui la cosa di maggior valore. Sarebbe morto per noi ma la parte spaventosa era che questo poteva non essere il peggio.

«Non sarà mai per te quello che siamo noi», mi disse, «perché è troppo spaventata, troppo orgogliosa e troppo noiosa». Si fermò e finalmente si voltò verso di me. «Non ti amerà mai come meriti, perché non ti rispetta. Sei troppo superficiale per lei».

Sentii le viscere contorcersi, ancora e ancora, creando un vuoto. Perché sapevo che aveva ragione, e vaffanculo.

Cosa avrebbe visto lei in me?

E perché mi importava? Io ero William Grayson III. Il nipote di un senatore. Il miglior tiratore nella squadra di basket, e tra dieci anni sarebbe stata lei a venire da me, pregandomi di concederle dei fondi per provare la sua stupida teoria sulla fattibilità delle fattorie organiche sui tetti con microclima proprio, o qualche altra stronzata del genere.

Non avevo bisogno di lei.

Presi le chiavi dalla tasca, senza che mi importasse di dove Kai e Michael fossero andati a cacciarsi. Tutti avrebbero trovato la strada di casa.

Mi voltai. «Devo andare».

«Will».

Ma non mi fermai. Uscii, saltai sul fuoristrada e mi allontanai da lì, tornando sulla superstrada, e non mi importava se quel pezzo di merda se la sarebbe di nuovo presa con me.

Mi sfregai le mani in faccia e scossi la testa mentre l'intera conversazione mi risuonava nella testa.

Emory Scott mi odiava, ma odiava quasi tutti. Quindi, avrei dovuto impegnarmi. E allora? Se non fosse stato così ne sarei rimasto deluso. Non rispettava neanche Michael, Kai o Damon. Non avrebbe dovuto farmi male.

Ma lo faceva.

Mi era sempre piaciuta.

L'avevo sempre cercata.

E nel corso degli anni, mentre ci passavamo accanto in corridoio o la sentivo in classe vicino a me, era diventata una figa da impazzire, in modi che nessuno sembrava notare, tranne me.

Cristo, non aveva peli sulla lingua. Mi piacevano il suo atteggiamento e la sua rabbia, perché io ero sempre caldo e avevo bisogno di ghiaccio.

Questo mi fece sorridere.

Ma vedevo anche cose che nessun altro notava. Il modo in cui riusciva a scivolare giù dal bordo del marciapiede o finire dritta contro una cassetta delle lettere, perché i suoi occhi erano persi negli alberi sopra la sua testa invece di guardare dove stesse andando.

Come spingeva la sedia a rotelle di sua nonna lungo le strade di Thunder Bay, sorridenti mentre mangiavano insieme un gelato. Emmy le teneva la mano per tutto il tempo che passavano sedute.

Il modo in cui lavorava sodo e faceva tutto da sola, senza che nessuno le tenesse compagnia durante i suoi progetti creativi in giro per la città.

C'era molto che la gente non vedeva. Non sarebbe dovuta stare sola per tutto il tempo.

Ma Damon aveva ragione. Non sarebbe mai stata al mio fianco. Non avrebbe mai abbassato la guardia.

Svoltai, oltrepassai la strada di casa sua e andai dritto in paese, fermandomi al gazebo che aveva iniziato a costruire prima che la scuola iniziasse. Aveva convinto la città a lasciarle realizzare quel progetto: costruire un gazebo nel parco, al centro della piazza.

Sembrava che se ne stesse lì a lavorare quando non era a scuola o alle prove della banda. Mi fermai accanto al marciapiede di fronte a Sticks, alzando lo sguardo sul parco e sui raggi di luce che iniziavano a illuminare il cielo ma non ancora i tetti.

Non era qui.

Era sabato. Probabilmente era rimasta lì tutto il giorno e l'avevo mancata.

Misi in moto e oltrepassai la cattedrale, diretto verso casa, ma in quel momento la vidi.

Si infilò il cappuccio della felpa, i suoi lunghi capelli scuri che spuntavano dai lati mentre stringeva la borsa al petto.

Continuai a guidare ma non smisi di lanciare sguardi verso di lei.

Gli occhiali le nascondevano gli occhi che teneva piantati sullo schermo del telefono.

Damon era stato lì dentro due ore fa. Anche lei? Quanto tempo aveva passato là dentro questa notte?

Pensavo fosse ebrea. E se non era così, mi dovevo sentire molto stupido per il regalo di Yom Kippur che avevo lasciato nel suo armadietto.

Continuai a guidare, guardandola scomparire nello specchietto, ed ebbi voglia di tornare indietro da lei, ma sapevo che non avrebbe accettato un passaggio da parte mia.

Non avrebbe accettato niente da me.

Pochi minuti dopo, stavo scendendo i gradini delle catacombe, ascoltando i bisbigli che provenivano dall'interno. Sapevo quale fosse la stanza preferita di Damon.

Mi appoggiai allo stipite e lo vidi lanciare via la maglietta prima che la sua bocca scendesse sulla ragazza che aveva fatto stendere sul tavolo.

I suoi occhi incontrarono i miei. L'altra ragazza era ancora vestita e se ne stava a cavallo di una panca, in un angolo.

Damon sorrise e si raddrizzò. «Porta il tuo culo qua dentro».

Capitolo 7

Emory

Presente

Alzai di scatto la testa, le palpebre pesanti di sonno e la testa che pulsava.

Il mio sguardo si riempì di bianco e mentre voltavo la testa a destra e a sinistra la consapevolezza prese a farsi largo.

Non era stato un sogno. Mi trovavo davvero a Blackchurch.

Controllai subito la porta dall'altro lato della stanza e vidi che era ancora chiusa, con la sedia incastrata sotto la maniglia. Sospirai e mi alzai dall'angolo in cui mi ero raggomitolata in modo da tenere d'occhio tutta la stanza.

Non avevo intenzione di addormentarmi.

Mi misi a cercare un orologio, ma non lo trovai.

Quanto a lungo avevo dormito? Mi sfregai gli occhi, scostai una tenda e vidi che fuori era ancora buio. La foresta si stendeva dietro la prima linea degli alberi, il vasto spazio completamente buio sotto una luna coperta dalle nuvole.

Se fossi rimasta là fuori, sarei stata ancora in vita?

Lasciai andare la tenda e lanciai un'occhiata allo specchio semiriflettente alla mia destra. Mi chiesi se mi stessero osservando. Tutte le stanze ne avevano uno?

E per quale motivo?

Il pavimento sopra di me scricchiolò e io alzai lo sguardo al soffitto mentre le assi gemevano sotto il peso di qualcuno.

Dove diavolo eravamo? *Pensa, pensa.* Il fogliame, gli alberi, il muschio sulle rocce e l'aria, carica di umidità… In Canada, forse?

E non potevamo essere così distanti dalla civiltà come loro credevano. Osservando la lussuosa boiserie, le porte decorate, l'illuminazione e i lampadari che avevo notato nella casa mi ero convinta di una cosa: Blackchurch non era sempre stata una prigione. Non sarebbe stata funzionale.

Qualcuno l'aveva costruita come abitazione privata, e una magione di queste dimensioni doveva essere stata costruita perché ci abitasse qualcun altro oltre alla famiglia. Era stata realizzata per divertimento.

E un posto così grande non poteva andare avanti senza l'aiuto della gente del luogo: servitori, carpentieri, contadini…

Sentii i morsi dolorosi della fame e guardai la pasta che Aydin Khadir mi aveva lasciato sulla panca in fondo al suo letto. Il sugo si era depositato e gli spaghetti erano ingialliti e opacizzati, ma mi venne comunque l'acquolina in bocca.

Mi ero rifiutata di mangiarla, nel caso fosse stata drogata; era una preoccupazione piuttosto fondata, visto che probabilmente ero stata drogata nel momento in cui mi avevano portata qui, ma… Avevo anche dormito senza che nulla accadesse, quindi non stavano aspettando che abbassassi la guardia.

Questa era la sua stanza, aveva detto. Se fosse stato molto tardi sarebbe tornato indietro per dormire. Dov'era adesso?

Lasciai perdere il cibo e mi voltai a cercare il coltello. Lo raccolsi dal pavimento dove l'avevo lasciato cadere quando mi ero addormentata. Stringendolo, corsi in bagno, dove riempii un bicchiere d'acqua. Bevvi e mi asciugai la bocca, poi mi avviai verso la porta passando accanto al suo tapis roulant.

Esitai un istante prima di scostare la sedia e girare lentamente la maniglia.

Sentii la pulsazione nel collo farsi più intensa, anche se sapevo di non essere più in pericolo fuori dalla stanza che dentro. Se fossero voluti entrare, l'avrebbero fatto. Avevo sistemato la sedia in quel modo solo come avvertimento nel caso si fossero introdotti nella stanza.

Ma avevo bisogno di cibo che non fosse preparato da qualcun altro e dovevo esplorare meglio quel posto.

Sporgendomi nel corridoio, guardai a destra e a sinistra, quasi aspettandomi di trovare una guardia appostata alla mia porta, ma la notte fuori dalle finestre che circondavano il foyer oscurava muri e pavimenti. I bei riflessi del lampadario di vetro erano l'unica cosa a illuminare il secondo piano.

Non c'era nessuno.

Questo era strano. Erano così convinti che non avrei provato a scappare di nuovo?

Mi voltai a destra e, controllando il muro, individuai la fessura tra i pannelli. Voltandomi ancora una volta per assicurarmi di essere sola, feci un passo nel corridoio e affondai le unghie nella fessura, cercando di spostare il pannello.

Sapevo che si poteva aprire. Forse non c'era nessuno a guardarmi dall'altra parte dello specchio, tuttavia una stanza doveva pur esserci, dannazione!

I miei sforzi non servirono a nulla così, invece di tirare, spinsi con entrambe le mani. Sentii le molle scattare e vidi la porta aprirsi immediatamente.

Sentii il cuore mancare un battito e quasi sorrisi.

Aprii del tutto la porta e guardai dentro la piccola stanza: vidi una sedia appoggiata sul pavimento di cemento, circondata da pareti di cemento. Entrai e mi diressi allo specchio, voltandomi per guardare nella stanza di Aydin. Da lì si vedeva nella sua interezza.

Scossi la testa. *Incredibile.* Will era qui dentro, ore fa? Mi stava guardando? C'era qualcun altro?

Così tante domande, ma più di tutte… c'erano altre stanze segrete? Ed erano già qui quando Blackchurch era stata la casa di qualcuno?

O erano state installate quando era stata trasformata in prigione?

Perché, in quel caso, voleva dire che c'era davvero qualche tipo di sorveglianza. Forse qualcuno li controllava più spesso di una volta ogni trenta giorni. Se c'erano stanze segrete, allora c'erano anche passaggi segreti, perché le persone potessero entrare e uscire di nascosto.

Uscii dalla stanza e chiusi la porta, controllando di nuovo il pianerottolo. Le ombre delle foglie sugli alberi all'esterno danzavano sulla balaustra che incombeva sul foyer, e il suono della pioggia che cadeva fuori circondava la casa come un metronomo: costante e continua.

Inspirando, l'odore di vecchi libri e legno bruciato mi colpì il naso. Scendendo le scale tenni il coltello saldamente stretto al mio fianco.

Volevo andare dappertutto. Vedere ogni sala, esplorare ogni armadio, perlustrare il territorio, ma non avevo idea di che ora fosse o quale stanza fosse occupata in quel preciso momento.

Scesi l'ultimo gradino, attraversai il foyer oltrepassando un salotto buio e vuoto e una sala da pranzo alla mia destra, poi una sala da ballo e infine una biblioteca a sinistra.

Le candele sfavillavano in cima ad antichi candelabri d'argento alti quanto me, sistemati attorno al foyer, e io mi fermai di fronte a uno di essi, osservandolo.

Quel posto aveva l'elettricità. Perché creare atmosfera?

Presi la scatola dei fiammiferi appoggiata al tavolo lì accanto e ne rubai un paio che mi infilai in tasca.

Muovendomi a passi leggeri per la casa, mi diressi a destra, verso la cucina, ma un grido riecheggiò lungo il corridoio, provenendo da sinistra.

Mi bloccai e rimasi a guardare. Sentii un grugnito e mi si rizzarono i peli sulle braccia.

«Lascia perdere, Will!», ringhiò qualcuno.

Strinsi gli occhi, avvicinandomi a piccoli passi verso la voce, anche se sapevo che sarei dovuta fuggire.

Oltrepassai una sala d'attesa e un ufficio. Continuai a percorrere il corridoio finché non vidi del movimento alla mia sinistra.

Mi voltai e scorsi una palestra, simile alla sala wrestling della mia vecchia scuola. Un'ampia stanza con il pavimento fatto di tappetini, circondata da attrezzi: tapis roulant, ellittiche, pesi...

Taylor Dinescu stava facendo flessioni su un tappetino. Alzò lo sguardo e i suoi occhi incontrarono i miei.

I capelli scuri sudati erano incollati alla testa e il petto e la schiena nudi luccicavano. Sentii lo stomaco contorcersi di fronte a quello sguardo mentre il ritmo delle sue flessioni aumentava e aumentava. Continuò a guardarmi per tutto il tempo, come se fossi un bocconcino da divorare.

Sentii il cuore battermi in gola e mi voltai, poi un grugnito provenne da un punto lontano del corridoio.

«Dannazione!». E ci fu uno schianto.

Sussultai, stringendo il manico del coltello. Che diavolo? Seguii il rumore e mi fermai di fronte a una porta sfondata. Guardai all'interno.

«Lascia perdere!», urlò Micah mentre cadeva su uno scrittoio di legno scuro, i libri sugli scaffali che finivano a terra alle sue spalle.

Aveva le guance rigate di lacrime ma gli occhi accesi di fiamme mentre spingeva via Will.

Mi avvicinai appena.

Del sangue colava dal naso di Micah. Indossava dei pantaloni neri, mentre Will portava i jeans. Erano entrambi senza maglietta, le loro figure illuminate solo dalla luce di una piccola lampada.

Will afferrò il collo di Micah e lo attirò a sé, fronte contro fronte, mentre Micah tremava.

Sentii una piccola morsa al cuore. Cosa c'era che non andava in lui?

Will lo fissava mentre i loro respiri si sincronizzavano, facendosi più intensi e rumorosi, come se si stessero preparando a qualcosa. Poi Will afferrò il braccio di Micah con una mano mentre con l'altra gli stingeva il lato del collo e spinse forte. Risuonò un basso e vuoto *pop*. Micah urlò.

«Ah!».

Rabbrividii.

«Figlio di puttana!», urlò lui mentre la sua spalla tornava in sede. Ingoiò il dolore e spinse lo scrittoio facendolo cadere sul pavimento.

Gesù. Cosa diavolo era successo?

Il sudore copriva i capelli neri di Micah, che gli ricadevano sugli occhi, le orecchie e lungo il collo. Lui si appoggiò al muro, boccheggiando in cerca d'aria mentre il colore spariva dal suo viso.

Non sapevo quanti anni avesse ma, in quel momento, sembrava un dodicenne indifeso.

Will gli porse una ciotola con una posata.

Ma Micah la rifiutò. «Sto per vomitare».

In quel momento, afferrò un cestino di rame, si piegò e ci riversò dentro il contenuto del suo stomaco.

Per un attimo distolsi lo sguardo, poi sentii altri ringhi e grugniti provenire da un punto ancora più lontano del corridoio, ma non riuscii a vedere nulla.

Micah si pulì la bocca e mise da parte il cestino, mentre Will appoggiava la ciotola sul piccolo tavolo.

«Mangialo quando sarai pronto», gli disse.

«Non posso prendere il tuo cibo».

Will prese una benda elastica e prese a svolgerla, probabilmente per fasciare il braccio di Micah.

Ma Micah rifiutò anche quella. «No», disse. «Non voglio che lo veda».

Chi? E vedere cosa? Che era ferito?

In quel momento, Micah alzò lo sguardo e incontrò il mio, scoprendo il mio nascondiglio.

Mi rialzai mentre Will seguiva il suo sguardo e notava la mia presenza.

Si avvicinò, colpì la porta con un calcio, aprendola di colpo di fronte a me. Sbattei le palpebre, sorpresa.

Idiota.

Rumore di trambusto dal corridoio, poi un ruggito. Guardai verso la cucina e di nuovo verso la stanza, calibrando le mie opzioni mentre sentivo le ginocchia ondeggiare.

Sarei dovuta tornare in cucina. Nessuno mi controllava e, per quanto ne sapeva Aydin, stavo ancora dormendo. Avrei potuto prendere delle provviste ed essere due miglia a valle del fiume prima che se ne accorgesse.

Ma…

Sentii un altro grido perforare l'aria e la mia curiosità ebbe la meglio.

Continuando lungo il corridoio, seguii i suoni e voltai l'angolo. Davanti a me vidi lampi di blu e bianco e vapore che si alzava in aria dalla porta in fondo.

Nascosta dietro lo stipite, sbirciai all'interno e fui stupita di vedere una piscina.

E per di più riscaldata, a giudicare dal vapore che si sollevava dalla superficie.

Sbuffai. *Ragazzi ricchi…*

Due uomini si rotolavano sul tappetino steso sul pavimento di piastrelle bianche, e io mi avvicinai appena. Udii Aydin parlare con Rory mentre lo teneva premuto contro il tappetino.

«Chiedilo», lo punzecchiò. «Lui può averlo. Tutto quello che devi fare tu è chiedere».

Rory Geardon scattò, afferrando Aydin per il collo e cercando di spingerlo via, ma Aydin lo fece voltare, il suo petto nudo contro la schiena di Rory mentre gli sussurrava qualcosa all'orecchio.

Rory mostrò i denti, il dolore che gli si dipingeva negli occhi per qualunque cosa stesse dicendo Aydin. Ricordai il match di wrestling di Will, e fu come avere un déjà vu.

In quel momento sentii il legno scricchiolare accanto a me, e distogliendo a fatica lo sguardo dal combattimento guardai verso il muro, avvertendo una vibrazione alle mie spalle.

Sembrava lo stesso movimento che avevo percepito al piano di sopra.

Mi raddrizzai, pronta a sporgermi e ascoltare di più, poi però vidi un'ombra dietro di me e mi voltai verso Taylor, a sua volta seguito da Will e Micah, tutti diretti alla piscina.

Mi superarono a passo deciso, ognuno lanciandomi un'occhiata prima di fare un passo all'interno. Io indietreggiai, guardando Rory ringhiare sotto l'attacco di Aydin.

«Tutto il piacere che hai ricavato dal loro dolore», gli disse Aydin. «Sapevi che ti sarebbe costato qualcosa, un giorno. Non è così?». Gli morse l'orecchio, tirando mentre ogni muscolo di Rory si tendeva.

Aydin lo lasciò.

«Ma no», continuò l'alfa, «tu combatti solo quando sai di poter vincere. Come sulle ragazze che nemmeno sapevano stessi andando lì per loro. Eri consapevole che non sarebbe durato per sempre, giusto?».

Di cosa stava parlando? È per questo che Rory si trovava qui?

Taylor sorrise, godendosi la scena. Micah rimase al limitare del tappetino, con l'aria indifesa, mentre guardava verso il basso con gli occhi rossi.

Ragazze che non sapevano nemmeno stessi andando da loro.

Cosa intendeva?

«Ammettilo, amico», Aydin si piegò sul suo orecchio. «Sono. Un. Disturbato. Del. Cazzo».

Rory fece resistenza, cercando di voltarsi – di trovare una via d'uscita – ma dal taglio sul suo sopracciglio il sangue colava nell'occhio, e si limitò a rimanere in silenzio.

«Sono un», recitò Aydin, spronandolo, «disturbato del cazzo». Poi abbassò la voce in un sussurro feroce che tutti potemmo sentire. «Mentalmente disturbato».

Rory si lasciò sfuggire un gemito e strinse gli occhi come se fosse spaventato dalla possibilità che fosse vero.

Guardai Will. Il suo sguardo era agganciato alla scena ma dovette percepire i miei occhi su di sé, perché guardò nella mia direzione, il volto senza espressione ma gli occhi duri.

Perché non lo aiutavano? L'unico che sembrava godersi la scena era Taylor. Era così che Micah si era ferito? Combattendo con Aydin?

«Non ti lasceranno mai andare via», disse Aydin al ragazzo sotto di sé. «Io sono la tua famiglia, ora».

Rory sussultò, per niente felice di questo, e Aydin lo spinse via, alzandosi e avvicinandosi al piccolo tavolo all'angolo della piscina.

Prese una bottiglia di Johnny Walker Blue, si versò un bicchiere di scotch e lo bevve mentre tutti lo fissavano.

Pensavo che Taylor avesse detto che non avevano liquori lì.

Will si avvicinò e Aydin appoggiò il bicchiere. «Chiedi», gli disse.

Ma Will afferrò la bottiglia e Aydin afferrò lui, una mano sulla sua nuca e l'altra che gli stringeva la gola.

«Guardami», disse a Will, mentre i loro nasi quasi si toccavano.

Poi, lo sguardo di Aydin scattò verso di me, un sorriso amaro gli salì alle labbra e io sentii le viscere sprofondare.

Lui controllava tutto.

Spinse via Will, abbassò le mani e lo schiaffeggiò in faccia.

«Chiedi», ripeté.

Will barcollò, dandomi la schiena, ma dopo un momento si alzò di nuovo, drizzandosi in tutta la sua altezza.

Aydin scosse la testa e si lanciò contro di lui, schiaffeggiandolo di nuovo dallo stesso lato, spingendo Will finché non perse l'equilibrio. Poi lo fece girare e piegare su mani e ginocchia.

Sentii le lacrime salirmi agli occhi e fissai Will mentre cercava un momento per prendere il respiro. Poi si alzò di nuovo e fronteggiò Aydin, immobile e duro come l'acciaio.

Cosa diavolo stava facendo? Will sapeva combattere. Ma non ci stava neanche provando.

Cosa gli stava succedendo?

Aydin fece un passo avanti, trovandosi naso a naso con lui e fissandolo negli occhi. «Sta soffrendo», gli disse. «Chiedimelo o battimi, e potrai avere tutta la bottiglia».

La bottiglia. Guardai lo scotch.

Poi Micah. Rory e Will stavano cercando di prendere il liquore di Aydin per alleviare il dolore di Micah.

Vidi i muscoli della mascella di Will contrarsi, e Aydin non aspettò la sua risposta. Strinse i pugni, si piegò, caricò e colpì Will sulla mandibola, poi gli afferrò la testa e la trascinò di colpo verso il ginocchio.

Boccheggiai quando vidi il sangue uscire dal naso di Will. Lui cadde di nuovo in ginocchio. Feci per correre verso di lui ma lo vidi alzare una mano per fermarmi, senza neppure guardare nella mia direzione.

Inspirò, strizzando gli occhi mentre si puliva il sangue dalla bocca e rimaneva lì a terra, cercando di raccogliere le gambe sotto di sé.

Alla fine, tremando, si alzò in piedi.

Aydin si limitò a ridacchiare e allontanarsi, e si versò un altro drink.

«Non posso fare affari con qualcuno che non vuole stare al gioco», disse.

Will rimase lì sanguinante e io mi spostai appena, cercando di incontrare i suoi occhi.

Ma proprio quando pensavo che anche lui avrebbe guardato me, Will distolse lo sguardo e uscì dal tappetino.

Cosa gli era successo? Non era il leader nemmeno alle superiori, ma non aveva mai lasciato che qualcuno lo trattasse di merda.

«Dormito bene?», chiese Aydin.

Sbattei le palpebre, realizzando che si stava rivolgendo a me.

«Taylor pensava che avremmo dovuto stanarti da quella stanza», disse con aria divertita, prendendo un asciugamano e asciugandosi il sudore dalla faccia. Poi lo lanciò su una sedia lì vicino mentre il suo sguardo scendeva sulla mia mano e sul coltello che stringeva.

«Puoi anche rilassarti», mi disse. «Non te ne andrai».

«Non rimarrò».

Lui rise e si slacciò la cintura.

«Negazione. È la prima fase. Me la ricordo bene», disse divertito, lasciando cadere i pantaloni sul pavimento e rimanendo con addosso i boxer. «Avere a che fare con la perdita della libertà e della facoltà di scegliere è proprio come avere a che fare con la perdita di un amico o un parente. "Non sta succedendo. Questa non è la mia vita. Ci dev'essere un modo per uscire…"».

Mi guardò, compiaciuto, poi si tolse anche il resto dei vestiti rimanendo completamente nudo.

Sentii il calore salire lungo il collo, ma strinsi i denti e tenni gli occhi fissi su quel suo stupido ghigno, mentre gli altri stavano in cerchio attorno a lui, in silenzio.

«Sei sporca». Sospirò, ingoiando un altro sorso di scotch. «Ti avevo avvertito che se non ti fossi fatta un bagno te l'avremmo fatto noi».

«Devi provarci, fenomeno», sbottai. «Io non ti ascolto».

«Oh, che delizia». Sorrise, girandosi e immergendosi fino alla vita nella piscina. «Speravo davvero che avresti fatto la difficile».

Guardai la porta da cui ero venuta, desiderando di essermi diretta in cucina come avevo ipotizzato di fare.

«Ci sono altre persone in questa casa?», chiesi.

Si spruzzò dell'acqua in volto e sul petto. «Perché lo pensi?»

«Qualche minuto fa, nella tua stanza, ho sentito del movimento al piano di sopra», dissi.

Forse, se li avessi distratti coinvolgendoli in una ricerca, avrei potuto raggiungere la cucina. Potevo anche non uscire di lì per quella notte, ma avrei recuperato del cibo.

«E di nuovo, nei muri qui sotto», dissi. «Ma voi siete tutti qua».

Non avevo incontrato nessuno mentre scendevo e sembrava che fossero tutti già al piano di sotto quando ero arrivata.

«Avete mai sentito niente, prima?», chiesi.

Che dire della stanza di sorveglianza, probabilmente solo una delle tante, e dei movimenti in aree della casa dove non c'era nessuno?

Ma lui sapeva dove stavano andando i miei pensieri. «Non c'è nessun aiuto qui per te».

Si immerse completamente, poi risalì e nuotò fino al lato opposto, quindi si lisciò i capelli mentre il vapore si muoveva sinuoso attorno al suo corpo.

Incapace di controllarmi, abbassai lo sguardo. Le curve e gli avvallamenti del suo busto atletico, la pelle ambrata che dava l'idea fosse stato baciato dal sole su qualche isola mediterranea invece che dal freddo, in una casa desolata nel mezzo del nulla, e la V che dai suoi fianchi scendeva fino all'acqua avrebbe fatto felice molte donne, e uomini.

E non avevo dubbi sul fatto che ne fosse consapevole.

«Vieni qui», disse dolcemente.

Gli scoccai un'occhiata e lo vidi scivolare attraverso l'acqua fino al bordo che mi era più vicino, simile a un dio in terra.

Peggio per lui, io non adoravo nessuno.

«Perché controlli il cibo?», chiesi, rimanendo esattamente dov'ero.

«Perché dovrei controllare il cibo?», rispose e guardò alle mie spalle. «Taylor?».

Mi voltai e vidi Dinescu avvicinarsi. Io mi allontanai.

«Perché stiamo sopravvivendo», rispose lui per Aydin. «Quando non puoi andare al supermercato né ordinare da un ristorante, devi assicurarti che la gente non mangi troppo».

«Oppure, controllare le necessità di base aiuta a controllare la gente», ribattei, spostando lo sguardo da Taylor a Aydin.

Era una tattica di base, comune tra i dittatori. Quando le persone passavano la giornata a combattere per il cibo, per un rifugio, per la sicurezza, non avevano tempo o energia per combattere altre ingiustizie. Tienili poveri, arrabbiati e stupidi.

«In ogni caso», dissi, squadrandolo da capo a piedi, «non mi sembri denutrito».

Al contrario di Will, che aveva dato la sua razione a Micah. Quanto spesso aveva fatto qualcosa del genere?

Ma Aydin si limitò a sorridere. «Se rimani nelle mie grazie, non lo sarai neanche tu».

Avrei preferito mangiare lamette di rasoio.

Aydin uscì dalla piscina. Taylor gli lanciò un asciugamano e io lo osservai mentre si asciugava la faccia, nudo, perché poteva.

«Tu vuoi andartene da qui con una borsa di cibo e acqua, vero?», indovinò. «Forse un maglione?».

Sì.

«Allora ti spiego una cosa», disse. «Quello che mangiamo qui ce lo guadagniamo. Puoi combattere anche tu. Se vinci, puoi andare. O quanto meno provarci», aggiunse. «Ma se perdi, ti accompagnerò nella tua stanza con un bagno privato e dei vestiti puliti finché non arriverà la squadra delle pulizie fra ventinove giorni».

Si arrotolò l'asciugamano intorno alla vita e si avvicinò.

«O, se preferisci, possiamo trovare un altro accordo». I suoi occhi si spostarono sul mio corpo. «Le donne hanno il loro uso, dopotutto».

Taylor, alla mia sinistra, rise sotto i baffi e io guardai Aydin, cercando di tenere i nervi saldi, anche se le mie viscere sembravano fare i salti mortali.

Combattere? Gesù, era così preoccupato per la taglia del suo cazzo di fronte a quella di tutti gli altri che li faceva lottare – o pregare – per qualunque cosa volessero o di cui avessero bisogno.

Pensava che potessi avere una chance?

«Pronta ad arrenderti?», chiese, l'ombra di un sorriso sulle labbra.

Rimasi ferma a ponderare le mie opzioni. Potevo tenere duro, vincere la sua fiducia, raccogliere provviste quando nessuno guardava, e poi scappare una notte, quando avrebbero abbassato la guardia.

Sarebbe stata una strategia intelligente.

Però neppure sapevo se, rimanendo, mi avrebbero fatto passare un inferno. Non potevo rischiare.

«Tutto quello che devo fare è vincere?», incalzai.

Prima che lui potesse rispondere, Will piegò in avanti il corpo flesso e pronto.

«Un altro passo», ruggì Aydin voltandosi verso Will, «e lei non avrà più una scelta. Possiamo esplorare tutta una nuova serie di soluzioni perché possa guadagnare la sua libertà».

Will si fermò, respirando pesantemente, e nei suoi occhi vidi passare il primo barlume di preoccupazione da quando ero arrivata.

«È giusto così, vero, Micah?», pungolò Aydin. «E Rory?».

Entrambi i ragazzi erano in piedi a lato della scena, sanguinanti, sudati, sconfitti. «Giusto», mormorarono con gli occhi bassi.

Taylor fece un passo avanti, passandosi un asciugamano attorno al collo e girandomi attorno con addosso solo i suoi pantaloni sportivi neri.

Osservai il suo petto ampio, le braccia spesse e i muscoli dell'addome che si contraevano mentre camminava.

Mi voltai lentamente, seguendo il suo movimento.

Mi serviva un solo colpo buono. La mandibola era il punto a cui mirare. Se lo colpivo lì, sarebbe caduto come un cerbiatto morto.

«Se stai mentendo», dissi, voltandomi verso Aydin, «sapranno che le tue parole non valgono nulla».

Lui annuì. «Se vinci, te ne vai». Poi agitò la mano, il segnale d'inizio. «Taylor?».

«No, io». Will si avvicinò ad Aydin. «Lascia che sia io a combattere con lei».

«Ma poi come potresti stare a guardare?», ribatté lui.
Non voleva davvero che Will rispondesse. Sapeva – gli piacesse o no – che Will ci sarebbe andato piano e io iniziavo a pensare che lo scopo di Aydin fosse quello di ferire anche Will.
Poi due mani mi colpirono al petto. Rimasi senza fiato e volai all'indietro, cadendo sul sedere.
Merda.
Sentii il dolore irradiarsi dall'osso sacro e inspirai, con una nuova sensazione di déjà vu.
«Invece di vincere, forse dovresti preoccuparti di riuscire a stare in piedi», disse Taylor, ridendo, con un tono estremamente provocatorio.
Mi fece tornare in mente Martin, e quel suono scavò dentro il mio stomaco come se fosse un cacciavite.
Mi alzai in piedi, con Will da qualche parte al mio fianco, le gambe pronte a scattare da un momento all'altro.
Ma non avevo bisogno di lui.
Caricai il pugno, mirando dritta alla mascella di Taylor, ma lui lo schivò e mi afferrò il polso con una mano, colpendomi in faccia con l'altra.
«Ah!», ansimai, mentre la guancia mi andava a fuoco.
Mi afferrò per i capelli, il mio scalpo urlava di dolore, e mi colpì con un pugno nello stomaco. Caddi sulle ginocchia e di nuovo la sua mano mi colpì in viso. Sentii il sangue riempirmi la bocca, gli occhi pieni di lacrime mi offuscavano la vista.
No.
Strinsi i denti per trattenere il pianto, ma poi mi ricordai che non c'era mia nonna al piano di sopra, nessuno avrebbe sentito.
«È abbastanza», sentii urlare Will.
Contrassi i muscoli delle cosce, sforzandomi di smettere di tremare. Will non mi aveva mai vista prenderle. Non sapeva cosa potevo sopportare.
E Taylor Dinescu era nulla.
Aprendo gli occhi, vidi il suo pacco proprio di fronte a me, così feci scattare il palmo della mano, ruggendo e usando tutta la forza che avevo, colpii il suo cazzo e poi mi spostai velocemente fuori dalla sua portata.
Lui ululò e cadde con un ginocchio a terra. Io mi tolsi gli occhiali e lo caricai mentre era dolorante. Gli saltai sulla schiena, allacciandogli le braccia attorno al collo e premendo forte quanto potevo, senza curarmi dei sussurri e delle risatine nella stanza.
Taylor si piegò con tutto il mio peso sulle spalle e riuscì a rimettersi in piedi, il respiro corto e meno sicurezza di sé.
«Ci sono andato piano con quei colpi», disse tra i denti.
«Credimi quando ti dico che so come incassare», risposi.
Lui scattò e io volai all'indietro, urlando alla vista del pavimento che

si avvicinava. Caddi sulla schiena, con il suo peso che mi schiacciava, e tossii e annaspai in cerca d'aria, le costole dolenti.

«Maledetta stronza», sbottò.

Rotolò via, alzandosi, e io aprii gli occhi giusto in tempo per vedere il suo piede calare sulla mia testa.

Sgranai gli occhi e mi scostai con il cuore in gola, proprio mentre il suo calcagno mi colpiva in un occhio.

Cazzo.

Chiusi gli occhi di colpo. Potevo sentire il sangue scendermi sullo zigomo.

«Che cazzo», urlò Will. «È abbastanza!».

«È abbastanza, Emory?», si intromise Aydin. «Ti stai arrendendo?».

Non ebbi occasione di rispondere. Taylor salì su di me, colpendomi con ripetuti schiaffi, e riuscii a malapena a prendere il respiro prima che piantasse una mano sulla mia bocca e mi tappasse il naso.

Cercai di inspirare, il sangue mi copriva la faccia, ma non riuscii a far entrare neanche un po' d'aria. Sentii i polmoni stringersi, il cervello spegnersi e, tutto d'un tratto, ero a casa con Martin, come fosse ieri. Distrutta, agitai le mani mentre il mio corpo gridava per avere ossigeno. Colpii il petto di Taylor, gli graffiai la faccia, artigliai il collo, scalciai e mi agitai sotto la sua presa.

Ma le sue cosce si strinsero attorno a me e io mi dimenavo ancora, intrappolata. Non riuscivo a respirare. Non potevo muovermi. Le lacrime mi riempirono gli occhi e intanto sentivo il battito del cuore nelle orecchie.

No, no, no…

Si piegò, avvicinandosi al mio orecchio. «Potrei essere dentro di te fra tre secondi», sussurrò. «E lo sarò quando…».

Sferrai il pugno, colpendolo dritto alla mascella. La sua testa rimbalzò all'indietro, l'intero corpo sembrò crollare.

Allentò la presa quanto bastava e io mi tolsi le sue mani dalla faccia, inspirando a fondo mentre lo spingevo via da me.

Scattai in piedi, mi girai e feci un passo indietro. Vidi Taylor seduto sul tappetino, che si toccava la mascella e mi fissava.

Ma ancora non ripartiva all'attacco.

Mi voltai a guardare Aydin. «Apri la porta», ordinai.

Lui inclinò la testa ma non fece una piega.

Io individuai la bottiglia sul tavolo e, strappato un lembo dal bordo della camicia, corsi a prenderla.

La afferrai, ci infilai dentro la stoffa e indietreggiai verso la porta, prendendo uno dei fiammiferi dalla tasca, poi mi piegai per accenderlo, sfregando la testa sulla fessura ruvida tra le mattonelle.

Guardai la stanza piena di ragazzi mentre il sangue mi scendeva dal sopracciglio e dall'angolo della bocca.

Incontrai lo sguardo di Will, sperando che notasse la simmetria nel trucco della Molotov. Era una cosa che conosceva bene.

«State indietro!», ordinai, reggendo la bomba e l'innesco.

Aydin si fece comunque avanti, avvicinandosi. «Pensi che non ti affronterei io di persona, se dovessi?»

«Penso che anche tu voglia qualcosa da me», dissi, «quindi, meglio che tu rimanga nelle mie grazie».

Lui rise. «Oh, fase due», disse divertito. «Rabbia. La aspettavo».

Invece di preoccuparsi per il fatto che avrei potuto bruciare l'intera casa con quella bottiglia, sembrava eccitato. Taylor si alzò dal tappetino. Ora mi fronteggiavano tutti e cinque, muovendosi verso di me, mentre io indietreggiavo in direzione del corridoio.

Lo stavo facendo davvero? Me ne stavo andando? Niente cibo, vestiti, aiuto? Lui non si muoveva. Non mi avrebbero lasciata fuggire.

Qualunque cosa volessi fare, dovevo farla in quell'attimo.

Appiccai il fuoco al pezzo di stoffa, alzai la bottiglia sopra la testa sentendo il liquido ondeggiare all'interno, e loro si fermarono, con l'aria di chi voleva caricarmi e ritirarsi allo stesso tempo.

Fanculo. Lanciai la bottiglia. Il vetro si ruppe e le fiamme divamparono, consumando il corridoio, e mentre loro indietreggiavano, io mi voltai e corsi all'entrata principale.

Avrebbero dovuto fare il giro largo. C'era una porta sul retro del locale della piscina, loro potevano uscire di lì; non riuscivo a credere di aver fatto davvero una cosa simile, ma questa ero io. Se avevo la possibilità di fuggire, fuggivo sempre.

Corsi alla porta d'entrata e la aprii ma in quel momento Taylor era lì, a bloccarmi, proprio sul primo gradino.

Sussultai, indietreggiando, e lui si lanciò contro di me mentre il resto di loro urlava da fuori.

Loro… avevano già fatto il giro della casa. *Merda*. Ci volle solo un attimo per decidere. Mi voltai e corsi su per le scale, ricordandomi di aver visto un balcone che sormontava la cascata da qualche parte al secondo piano. Se riuscivo ad arrivarci, potevo scivolare lungo una grondaia e scappare.

Con Taylor alle calcagna e gli altri che già stavano rientrando, mi precipitai verso il pianerottolo del secondo piano, ma qualcuno mi afferrò per i capelli e mi tirò indietro.

Mi voltai di scatto, spinsi via Taylor, ma persi l'equilibrio e caddi al di là della balaustra, mentre il suo pugno mi sorreggeva stringendomi per il colletto e le gambe si agitavano nell'aria a cinque metri da terra.

«Ah!», urlai, aggrappandomi alle sue braccia. Mentre mi reggeva, incontrai i suoi occhi blu, rabbiosi. Sentii il rumore dell'estintore che domava il fuoco al piano di sotto, poi la camicia iniziò a strapparsi.

Sussultai.

Taylor ruggì per lo sforzo di sollevarmi ma... perse la presa, lanciando le mani in avanti nel tentativo di afferrarmi di nuovo. Rory comparve in quel momento, correndo verso di me proprio mentre precipitavo.

Scivolai, iniziai la discesa, Rory mi afferrò ed entrambi volammo nell'aria verso il pavimento.

Quando il mio fianco impattò sulla dura superficie di marmo, gridai e alzai lo sguardo vedendo il ragazzo biondo che si era gettato per me. Cadde proprio al mio fianco, il suo collo fece uno scatto all'indietro e io mi gettai per afferrargli la nuca appena prima che colpisse il suolo.

Entrambi respirammo a fondo, la sua testa accoccolata tra le mie mani, accanto a me. Lo vidi sbattere le palpebre e incontrare finalmente il mio sguardo.

Poi li chiuse, e notai il sollievo dipingersi sul suo volto.

«Gesù Cristo», disse Will, correndo verso di noi.

Mi afferrò la testa tra le mani, ispezionandola.

«L'incendio è spento», proclamò Micah, poi corse da Rory, reggendogli il viso e facendo scorrere le mani sul suo torso e sulle braccia. «Niente di rotto?», chiese.

Rory scosse la testa e io vidi Micah sfregare il pollice sulla guancia di Rory.

Feci vagare lo sguardo, cercando di riconnettermi con il mio corpo, ma non sarei riuscita a dire se fossi ancora tutta intera. Mi faceva male tutto.

«Emmy, santo cielo...», Will mi guardava truce, i suoi occhi scorrevano sul mio corpo.

Ma prima che potesse aggiungere altro, Aydin si avvicinò e mi sollevò tra le braccia, negli occhi qualcosa a metà tra il disprezzo e la preoccupazione. «Prendetele cibo e acqua», ordinò a qualcuno. «E prendete il mio kit, bende pulite e dell'alcol».

Mi trasportò su per le scale e io vidi Will e Micah sistemarsi le braccia di Rory attorno al collo, per aiutarlo a camminare. Ci seguirono.

Will incontrò i miei occhi al di là della spalla di Aydin e anche se potevo capire cosa stesse pensando, non distolse lo sguardo.

«Sei una guerriera», disse Aydin. «Mi piaci».

Cosa? Lo guardai, troppo dolorante persino per roteare gli occhi.

«Hai visto le ossa nella mia stanza, oggi?», chiese Aydin.

Non risposi.

«Erano di qualcuno che aveva pensato di poter fuggire», spiegò. «Abbiamo trovato quello che era rimasto di lui tre mesi più tardi, mentre eravamo fuori a cacciare».

Un altro prigioniero che aveva tentato la fuga.

Era di sicuro un osso umano. Un femore. L'avevo capito nel momento stesso in cui l'avevo preso in mano.

E l'avevo lasciato altrettanto velocemente.

Non sapevo se fosse morto a causa di un animale o altro, e non lo chiesi.

Poi ricordai un'altra cosa che aveva detto. *Il suo kit. Bende.*

E inoltre c'erano tutte quelle cose nella sua stanza. Biologia. Disegni. Annotazioni.

«Sei un dottore?», domandai, iniziando a capire.

«Quando voglio».

«Da quanto tempo sei qui?».

I suoi occhi incontrarono i miei. «Due anni, un mese e quindici giorni».

Ingoiai il nodo che mi si era formato in gola. L'idea di Will chiuso qui dentro tanto a lungo faceva male.

«Usa la testa», mi disse, trasportandomi nella sua stanza come se fossi senza peso. «Ne avrai bisogno per sopravvivere, Emory Scott, perché tra noi non è finita».

Nonostante tutto, mi venne quasi da sorridere.

Ma non lo feci.

No. Non era così che sarebbe finita.

Avevo ventinove giorni.

Capitolo 8

Emory

Nove anni prima

Sollevai un libro dopo l'altro, i fogli sparsi volavano ovunque, mentre cercavo la dispensa con i compiti su *Lolita* in fondo all'armadietto. Vecchi appunti di matematica, stropicciati e strappati, coprirono il pavimento, mentre estraevo uno alla volta i libri, sfogliandoli alla ricerca dei miei compiti.

Merda.

Ero in ritardo di una settimana con la consegna. Dove diavolo era finita quella dispensa?

Sentii le lacrime bruciarmi gli occhi. Non riuscivo a credere di stare per piangere per una cosa simile. Avrei semplicemente dovuto consegnare in tempo, invece di procrastinare. *Questo è quello che si ottiene.*

Dovevo averla persa quando quel coglione di Anderson mi aveva fatto cadere i libri dalle mani, l'altro giorno. Tutto si era sparso sul pavimento del corridoio affollato, con gli studenti che calciavano le mie cose mentre passavano.

L'avevo persa. Townsend me ne avrebbe data un'altra.

Rovistando in quel macello, raccolsi tutti i vecchi fogli che erano finiti sul pavimento e li infilai nell'armadietto, quindi mi alzai e presi i libri dallo scaffale. Controllai anche lì, nella vana speranza che il mio compito si trovasse ancora da qualche parte.

«Tutto okay?».

Mi voltai e vidi Elle che si avvicinava, con lo zaino su una spalla e la custodia della tromba sull'altra.

«Sì», dissi, ricominciando la mia ricerca.

«Be', se ne sono andati via quasi tutti», disse. «Si sta facendo buio».

Continuò a camminare ma si voltò verso di me.

«Ti serve un passaggio?», chiese.

«No, grazie».

«Bene, ci vediamo domani».

«Notte», le dissi senza neanche guardarla.

Cosa avrei fatto? Le lezioni erano finite da due ore. I professori erano andati via, la banda anche, gli allenamenti erano finiti da almeno venti minuti. Era troppo tardi per trovare Joseph Carville, il compagno della banda che frequentava la mia stessa classe, per vedere se potevo fare una copia del suo compito con la fotocopiatrice della biblioteca.

Ma era probabile che avesse consegnato il suo la settimana precedente.

Chiusi di colpo l'armadietto. Il silenzio del corridoio vuoto non fece che far rimbombare di più i miei pensieri.

Era colpa mia e non avrei neppure potuto biasimare Martin se si fosse arrabbiato vedendo un compito mancante nel mio registro. Sembrava quasi che mi piacesse provocarlo.

Testarda fino al punto di essere autodistruttiva. Sembrava che lo chiedessi.

Piegandomi, presi la borsa dal pavimento, ma invece di dirigermi all'entrata e verso casa, tornai indietro da dove ero venuta – scesi le scale in fondo al corridoio e verso lo spogliatoio.

«Dai», sentii dire qualcuno. «Puoi fare meglio di così».

Sembrava la voce di Damon Torrance. Passai di fronte alla sala wrestling e, sbirciando all'interno, lo vidi premere un altro ragazzo sul tappetino, mentre la squadra di basket sollevava pesi lì vicino e i suoi amici gli stavano intorno, osservando divertiti.

Continuai a camminare.

Poi però sentii una voce. «Perché non te la prendi con qualcuno della tua taglia?».

Rallentai e poi… mi fermai. La sua voce mi aveva fatto venire i brividi alle braccia. Esitai un istante, poi tornai indietro, sentendo dei tonfi sul tappetino mentre sbirciavo al di là dell'angolo.

Will grugnì, premuto sulla schiena di Damon mentre lo teneva schiacciato al pavimento. Il povero ragazzino di prima era in piedi e sorrideva per il fatto che quel cretino stava avendo una dose della sua stessa medicina.

Damon scattò, si liberò le braccia, ma Will le afferrò e le tenne strette tra i loro corpi, usando il proprio peso per bloccarle.

«Ti sto lasciando fare», disse Damon digrignando i denti.

«Certo che sì». Il corpo di Will tremò per una risata, e il suo sorriso sembrava così felice e leggero. Iniziai a sorridere anche io ma mi fermai, ricordandomi la mia posizione.

Dovette percepire la mia presenza, perché alzò lo sguardo e incontrò il mio.

Sentii le pulsazioni del cuore aumentare, ma non fuggii.

Era strano. Mi aveva lasciata in pace sin dal *lock-in*. Erano passati giorni, ma non mi aveva rivolto una singola parola durante la lezione di letteratura e neppure uno sguardo quando ci eravamo incrociati nei corridoi.

Non mi dispiaceva. Non volevo la sua attenzione.

Voltandomi, continuai sulla mia strada verso lo spogliatoio, spingendo le porte e accendendo la luce.

Mi infilai il pezzo inferiore del costume nero e il pezzo superiore a maniche lunghe, poi raccolsi i capelli in una coda bassa. Presi un asciugamano pulito dal carrello e mi diressi alla piscina interna, lasciando le luci spente perché il faro di emergenza era sempre acceso e quello sarebbe bastato. Non volevo attirare l'attenzione di qualcuno da fuori, segnalando che ero lì mentre non avrebbe dovuto esserci nessuno.

Appoggiando l'asciugamano alla panchina, calciai via le ciabatte per poi raggiungere il bordo della piscina, stirando le braccia e le spalle mentre saltellavo su e giù per scaldarmi i muscoli.

L'odore del cloro nell'aria mi solleticò le narici e sentii il sangue scorrere alle gambe, anticipando quanto sarebbe avvenuto.

Mi era mancato. Mi mancava l'acqua.

Salendo sul blocco di partenza, abbassai gli occhialini, mi piegai, afferrai il bordo della piattaforma e presi qualche rapido respiro.

Poi, dopo aver inspirato a fondo, presi lo slancio e mi tuffai, iniziando a nuotare non appena penetrai nell'acqua.

Il gelo mi trafisse come aghi infilati in ogni poro della pelle, ma soffiai fuori l'aria dal naso e presi a spingere, una bracciata dopo l'altra, proseguendo a stile libero, con ritmo costante, fino all'altro capo della vasca.

Non ero lì per correre, ma volevo sudare. Tenendo gli occhi bassi, inclinavo la testa per respirare ogni tre bracciate prima di infilarla di nuovo sott'acqua.

Individuato il segno nero sul fondo vasca, feci un'altra bracciata, una capriola, poi spinsi con le gambe e tornai nella direzione da cui ero venuta.

Avrei potuto dire che la banda e il nuoto erano solo scuse per starmene fuori di casa. Che il mio progetto nel parco fosse un'altra cosa che utilizzavo per evitare di rientrare. Che tutte queste attività erano perfette perché potevo svolgerle da sola senza che altri, specialmente i miei coetanei, interferissero.

Ma la verità era che mi piaceva mostrare alla gente quello che ero capace di fare. Alla città, con il gazebo. Ai pochi studenti e genitori che si presentavano alle gare di nuoto, quando ero ancora nella squadra. All'intera scuola quando attraversavo il campo da football suonando il flauto.

Ogni piccola cosa che puoi fare ti rende più forte. *Ho questo, quindi non ho bisogno di te. Ho quest'altro, quindi non mi servi.*

Qualche volta, mi piaceva illudermi del fatto che avere una cosa o essere in grado di farne un'altra mi rendesse troppo impegnata e importante per poter dare rilievo a tutto quello che non avevo e a tutto quello che non sarei mai stata.

Per esempio, una persona che sorride.
Per esempio, degli amici.
Per esempio, qualcuno che mi facesse ridere e mi baciasse su tutta la faccia, non solo sulle labbra.
Nah. Essere in grado di fare i cento metri stile libero in cinquantotto secondi, ecco cos'era la vita. Questo mi faceva felice. Non avevo bisogno di quelle altre cazzate.
Avvicinandomi velocemente all'altro lato della vasca, feci una capriola, spinsi e partii nell'altra direzione, presa dal mio ritmo, mentre le preoccupazioni e lo stress si dissipavano come nebbia al sole.
Piegai la testa, presi un respiro, infilai la testa in acqua e in quel momento vidi un'altra faccia guardarmi dal fondo della vasca.
Urlai, le bolle che mi uscivano dalla bocca come un maledetto geyser.
Ma che diavolo?
Sussultando, mi agitai per riemergere, ma prima che potessi arrivare in superficie, qualcosa mi avvolse la caviglia e mi tirò giù.
Urlai più forte, le mie grida uscivano sommerse mentre mi agitavo.
Poi, inspirai. Uno spruzzo d'acqua mi entrò in gola, feci scattare un piede e calciai l'idiota con tanta forza che il dolore mi attraversò la gamba a partire dalla punta del piede.
Boccheggiando e sputacchiando, tornai in superficie, tossendo mentre cercavo di fuggire.
Ma in quel momento... qualcun altro mi afferrò. «Ehi, ehi, ehi», disse, trascinandomi verso di sé e tenendomi con una mano attorno alla vita e l'altra sotto una coscia. «Calmati».
Tossii, riuscendo a prendere solo piccoli, brevi respiri mentre i miei polmoni si riempivano. Mi asciugai gli occhi.
«Togliti...», dissi con voce rotta, sbattendo le palpebre. Will Grayson mi stava stringendo. «Di mezzo».
Ma tossivo troppo forte per sembrare risoluta e lui semplicemente sbuffò divertito.
Lo spinsi via. «Lasciami andare».
«Si stanno solo divertendo, Emmy».
Mi lasciò andare e io mi voltai, vedendo Michael e Kai immersi fino alla vita che parlavano con Diana Forester, mentre Damon colpiva l'acqua col pugno e mi lanciava un'occhiata truce. Dalla narice sinistra gli scendeva una goccia di sangue. Si avvicinò alla pedana per prendere un asciugamano.
Coglione. Sarei potuta annegare.
Una bionda spuntò alle spalle di Will, guardandoci prima di prendergli la mano. «Devo essere a casa per le dieci», disse. «Vieni a passare un po' di tempo con me».
I suoi occhi rimasero su di me. «Stai bene?».
Gli scoccai un'occhiata di derisione e mi avviai verso il bordo vasca.

«Allora vai a casa», mi ordinò, voltandosi.

Tornai indietro, mentre ancora cercavo di riprendere il respiro. «Ero qui per prima».

Lui spostò lo sguardo dalla ragazza a me, sorridendo con gli occhi. «Serviti».

La lasciò andare e marciò verso di me. Io indietreggiai fino a sbattere contro il bordo della piscina. Si fermò e armeggiò con qualcosa sott'acqua.

In un istante, si piegò e tirò fuori dall'acqua i pantaloni neri di maglia che indossava nella sala wrestling. Poi li lanciò sopra la mia testa e finirono sul pavimento.

Smisi di respirare.

Cori di fischi riecheggiarono nella stanza e io lo guardai negli occhi, gli istanti che diventavano un'eternità, mentre aspettava che io facessi qualcosa. Pensai quasi che lo volesse davvero.

Invece, mi voltai e afferrai la scaletta.

Ma lui mi prese per un braccio e mi tirò indietro. Il mio corpo impattò contro il suo petto.

Mi voltai e lo spinsi, ma lui si mosse a malapena.

Sentii la rabbia accendermi le viscere. La sua mano era ancora avvolta attorno al mio braccio e, per un istante, fui sul punto di abbassare lo sguardo verso l'acqua per vedere se davvero era nudo.

Alzando la mano, gli colpii la faccia e lo spinsi sul petto, allontanandolo. La ragazza di prima era sparita, non avevo idea di dove fosse andata.

«Afferrami di nuovo e non mi importerà nulla delle conseguenze», ringhiai.

Voltandomi, ripresi a salire sulla scaletta.

Ma in quel momento, alle mie spalle, disse: «Rimani».

«No». Uscii dalla piscina, l'acqua mi scendeva sul corpo mentre i loro fischi sprezzanti si alzavano nella stanza.

«Perché no?», chiese.

«Perché non avete rispetto». Mi voltai a guardarlo. «Mi stavo allenando, qui. Tutte le vostre ville hanno la piscina. Uscite e andate a casa. Perché non lo fate?».

Lui mi scrutò bene e quando stavo per andarmene urlò: «Ragazzi!». I suoi occhi rimasero su di me. «Mi fate un favore? Uscite e andate a casa».

«Eh?», disse qualcuno.

«Cosa?», fece un altro.

«Dico davvero», disse loro. «Andate a casa. Ora».

Strinsi gli occhi. *Oh, che gesto nobile.* Mostrare i muscoli per provare che aveva la forza di un bullo da parco giochi e la caratura morale di un calzino di spugna.

Roteai gli occhi e presi il mio asciugamano dalla panchina.

Sentii l'acqua ondeggiare dietro di me e dei borbottii che si spensero poco alla volta mentre la porta dello spogliatoio si apriva e chiudeva.

Quando mi voltai, c'era solo Will, che mi guardava ed era rimasto dove l'avevo lasciato, dentro la piscina.

«Perché non ti piaccio?», chiese.

Lo ignorai, strizzandomi i capelli.

«E cosa ti è successo alle gambe?», chiese ancora.

Sentii salire la tensione ma non abbassai lo sguardo per vedere a cosa si riferisse. Le mie gambe erano costellate di piccole ferite ma le mie braccia, il torso e la schiena erano messe peggio. Mi ero assicurata di coprire tutto con il costume a maniche lunghe.

Infilai le infradito, ma sentii del movimento nell'acqua e mi voltai. Lo vidi piegato sul bordo. Mi guardava.

«Perché uscivi dalla cattedrale, lo scorso sabato notte?».

Inarcai un sopracciglio. *Stalker.*

Lanciandomi l'asciugamano sulla spalla, mi tolsi gli occhialini e mi avviai verso il corridoio.

«Rimani», disse di nuovo.

E qualcosa nel modo in cui lo disse smosse qualcosa in me, un po'. Lentamente, mi fermai.

Rimani.

Non avevo dubbi sul fatto che avrei amato tutto dello stare con lui per un'ora. Se ci fosse andato piano, forse due.

Avrei lasciato che mi facesse impazzire, che mi portasse via, perché ogni giorno di più avevo bisogno che qualcuno lo facesse. Avevo bisogno di andarmene lontano.

Ma…

«Cosa faremo?», chiesi in tono calmo.

Quando non rispose, mi voltai.

«Giocheremo?», chiesi. «Mi farai sorridere?».

Non rispose, rimase solo a guardarmi, il suo petto si alzava e abbassava a ritmo sempre più sostenuto.

«Cosa vuoi che succeda?», insistei. «Come andrebbe se rimanessi qui con te?».

Lasciai cadere l'asciugamano e gli occhialini e mi avvicinai a lui, accucciandomi accanto al bordo e fissandolo.

«Forse scherzerei con i tuoi amici e rideremmo tutti insieme», gli dissi, immaginando cose che non sarebbero mai accadute, e lui lo sapeva. «Tu mi toccheresti e mi sussurreresti cose all'orecchio. Loro capirebbero l'antifona e ci lascerebbero soli, e io non potrei resisterti. Non avrei voglia di resisterti, giusto?».

I suoi occhi si fecero più taglienti, ma rimase ad ascoltare.

«Tu mi spingeresti contro il muro», con il mento indicai quello accanto allo spogliatoio delle ragazze, «e io ti lascerei prendermi, perché le tue attenzioni mi fanno sentire così bene».

Non dubitavo che quella parte sarebbe stata vera.

«E, domani, cammineremmo lungo il corridoio, mano nella mano, e tutti saprebbero che ci amiamo. Giusto?».

Piegò la testa e socchiuse gli occhi, capendo dove volevo arrivare.

Mi lasciai sfuggire una risata. «Andiamo, Will», dissi. «Non ho niente che tu possa volere. Non sono una persona felice. Mai. Non siamo compatibili. Per me la tua vita è banale, lontana dalla realtà, e penso che il tuo punto di vista su *Lolita* fosse ripugnante e, peggio, pericoloso».

Lui strinse la mascella, i suoi occhi verdi mi lanciarono uno sguardo sprezzante.

«Odio i tuoi amici», continuai. «Non voglio averli intorno. Tranne Kai, forse. Uno dei tre ragazzi asiatici in una scuola tutta di bianchi, anglosassoni e protestanti dovrebbe capire almeno un po' come sia essere me».

Ero abbastanza sicura che l'unico altro ragazzo ebreo si fosse diplomato l'anno scorso.

«E tu non hai niente che io voglia», continuai. «Procedi per inerzia attraverso ogni cosa, dimmi, da dove viene la tua personalità? Non voglio divertirmi con te, perché non c'è niente o nessuno che non useresti. E io non ti rispetto».

Lui piegò la testa verso il basso. Mi fissava arrabbiato.

«Tra vent'anni, sarete tutti come i vostri padri: potenti, ricchi, con una sfilza di amanti, al fianco di mogli che si drogano per riuscire a dimenticare la loro presenza». Mi alzai, fissandolo dall'alto. «Ma anche come padrone dell'universo, Will Grayson III non dimenticherà mai che sono stata una tacca sulla cintura che non è riuscito ad avere. Non ti lascerò vincere stavolta. Almeno, questo lo posso fare».

Feci per allontanarmi, ma prima di capire cosa stesse succedendo, lui saltò fuori dall'acqua, mi afferrò un braccio e mi trascinò in piscina.

Urlai e annaspai, ma non lasciò che finissi sott'acqua, stringendomi al suo corpo e avvolgendomi tra le braccia. Alzai lo sguardo su di lui, ansimando, e lui guardò verso di me, le nostre labbra distanti pochi centimetri.

Gocce d'acqua brillavano tra i suoi capelli e le sue ciglia, e per un istante persi ogni volontà. Abbassai gli occhi sulla sua bocca. Morbida e forte e meravigliosa quando la usava per sorridere.

Sentii le lacrime salirmi agli occhi. Non potevo fermarlo.

Non farlo. Ti prego.

Non ero una persona felice. Mai. *Non sarò in grado di fermarti.*

Mi strinse e io aprii la bocca per protestare, ma invece di baciarmi si limitò a stringermi tra le braccia, premendomi la testa contro la sua spalla e avvolgendomi le braccia attorno così strette che mi parve fosse lui quello sul punto di crollare.

Mi bloccai, incerta sul da farsi. Potevo vedere ogni muscolo del suo corpo contrarsi mentre mi stringeva e inspirava a fondo.

Lentamente, chiusi gli occhi. Nel suo abbraccio, ogni traccia della voglia di combattere mi abbandonò.

Era passato tanto tempo dall'ultima volta che mi ero sentita così. Mia nonna non era più abbastanza lucida per potermi abbracciare.

Sentii le braccia pungere. Volevo toccarlo. Dio, volevo stringerlo.

Ma prima che riuscissi a trovare il coraggio di respingerlo o di abbracciarlo, lui sussurrò: «Io non sono così». Si sollevò e guardò verso di me, quasi naso contro naso. «E ci vediamo domani sera sul pullman, Emory Scott».

Mi lasciò andare e nuotò verso il bordo, lasciandomi nel freddo della piscina.

Cosa?

L'aria era gelida. Lo guardai issarsi sulla scaletta e mi girai giusto in tempo, voltandogli le spalle mentre il suo corpo nudo usciva dall'acqua.

Merda.

Incapace di fermarmi, mi arresi al richiamo e sbirciai oltre la mia spalla.

Ma era troppo tardi. Si stava avvolgendo un asciugamano attorno alla vita, muscoli e ossa della schiena minacciosi, e tutto di lui mi parve perfetto. Senza rivolgermi una seconda occhiata, aprì la porta dello spogliatoio maschile e sparì all'interno.

Oh. Cosa stava facendo? Perché non la smetteva e basta? Nuotai fino al bordo, raccolsi le mie cose e mi diressi verso lo spogliatoio delle ragazze senza pensare ad asciugarmi.

Perché non mi lasciava in pace? I ragazzi come lui non volevano… qualcos'altro? O qualcun altro?

Stava riuscendo a scalfirmi. A farmi pensare che mi stessi sbagliando su di lui, o qualcosa del genere. Per anni, aveva avuto questo atteggiamento da *quello che vedi è quello che avrai*, e ora voleva convincere il mondo che ci sbagliavamo.

Non mi servivano i problemi. Ne avevo di molto più grandi di lui e non avevo bisogno di questo.

Mi vestii, mi fermai di fronte al mio armadietto e prima di rendermene conto ero a metà strada verso casa, persa nei miei pensieri, rivivendo nella mente ogni istante passato con lui.

Mi sembrava di avere un nodo in gola grande quanto una pallina da golf e non riuscivo a smettere di sentire la sensazione delle sue braccia attorno a me.

Era stato bello.

Non dovevo volere di più. Tutto quello che avevo detto su di lui era vero. Era superficiale e mi stava usando. Fine della storia. Non potevo dimenticarmene.

Ma c'era stato un momento, mentre mi stringeva, in cui lui era stato me e io lui, e non eravamo soli. Mi ero sentita come se avessi sempre dovuto essere lì.

Chiusi gli occhi mentre camminavo, le lacrime mi bagnavano le ciglia.

Cercavo un significato dove non ce n'era, perché non mi restava altro. Tutto ciò non era reale e lui non sentiva davvero quelle cose. *Ricordatelo, Em.* Non dimenticarlo. Per pochi secondi, avevo visto quello che volevo vedere.

Dirigendomi verso la piazza e il breve declivio del parco, guardai il gazebo che stavo costruendo: le travi erano ancora bagnate di pioggia ma l'odore era inebriante. Mi piaceva l'odore del legno.

Girando intorno alla struttura, vidi che era ancora in ottime condizioni, le fondamenta tenevano e non avevano subito nessun atto vandalico.

Delle gomme stridettero sull'asfalto e io mi voltai verso Sticks. Era affollato e quattro auto nere correvano verso i parcheggi. Il fuoristrada di Will era pieno di gente.

Le gomme stridettero ancora, il fumo si levò nell'aria e la gente urlò mentre lo stereo sparava a tutto volume.

«Come va?».

Mi voltai e vidi Trevor Crist con in mano un pallone da football. Lo lanciò al suo amico rimasto più indietro sul marciapiede.

«Ehi», mormorai, tornando a guardare Sticks.

Will uscì dal posto del guidatore e si sfilò la maglietta dai jeans, mentre Damon gli si avvicinava alle spalle. Sembrò sussurrargli qualcosa all'orecchio. Non riuscivo a vederli in viso.

I ragazzi lasciarono il marciapiede ed entrarono da Sticks.

«Vedila così», sentii dire Trevor. «Quando si diplomeranno, la Notte del Diavolo sarà solo un ricordo. Grazie al cielo, cazzo. Giusto?».

Mi voltai verso di lui. «Non continuerai le tradizioni di famiglia?».

Trevor era tre anni più giovane di Michael. Aveva ancora molto tempo da passare a scuola.

Ma lui sbuffò. «Intendi, l'annuale sagra della salsiccia in cui mio fratello e i suoi amici riescono a farsi succhiare il cazzo da tutta la città, perché non riescono a ricordarsi come essere uomini durante gli altri trecentosessantaquattro giorni dell'anno?». Scosse la testa. «No».

Sbuffai divertita. Forse l'avevo giudicato male. Era anche lui un figlio di papà, ma era audace.

«Quando cresceranno e si renderanno conto di essere delle nullità», continuò, «riderò e farò festa. Oppure quando verranno arrestati per tutte le stronzate che combinano».

«Che bravo fratello».

Lui si strinse nelle spalle, ma sorrise un po'. Forse, dopotutto, non era così male.

E capivo da dove venisse tutto ciò. Io non avrei pianto se mio fratello fosse finito nei guai.

In lontananza, Will prese il telefono e fece un passo in mezzo al ritrovo, e sembrava stesse filmando una zuffa tra due ragazzi.

«Comunque è vero, no?», riflettei a voce alta. «Sul rischio di venire arrestati, intendo. Filmano tutto col telefono. È piuttosto imprudente».

Trevor seguì il mio sguardo. Tutti sapevano che i Cavalieri filmavano le loro bravate. C'erano prove di tutti i piccoli reati e degli scherzi che avevano combinato.

«Se qualcuno provvedesse», continuai, «e diffondesse quei video nel posto giusto, non ci sarebbe modo di ignorare il loro comportamento, sai? Immagini che scandalo?».

I posti che avevano derubato? Vandalizzato? Le ragazze minorenni – e forse anche i ragazzi – e, ehi, forse c'erano persino donne sposate in quel telefono. La città sarebbe impazzita.

Per un attimo rimase in silenzio ma, quando mi voltai a guardarlo, i suoi occhi erano puntati sulla folla dentro Sticks. Gli ingranaggi del suo cervello si misero in moto, l'espressione sul suo volto era seria.

«Sono troppo sicuri di sé, questo è certo», continuò.

Annuii. «Falso senso di sicurezza e tutto quanto».

Registravano video – probabilmente scattavano pure fotografie – perché si sentivano invincibili. Anche se qualcuno l'avesse scoperto, avrebbe mai comportato qualcosa di più di uno schiaffetto sulla mano e del forte imbarazzo dei genitori?

I soldi risolvevano tutti i problemi.

Trevor rimase lì, scrutandoli attraverso la sala da biliardo.

«Impara una lezione da questo», gli dissi. «Non lasciare prove delle cazzate che fai. Internet vivrà per sempre. Capito?».

Annuì con aria assente, non ero sicura mi avesse sentito.

«Ci vediamo», disse, girandosi per tornare dal suo amico.

Guardai al di là della strada, sentendo la musica che proveniva da lì. Sapevo di aver fatto la scelta giusta. Il mio posto non era tra loro. Ti immagini? Io? Che, tipo, mi diverto?

Non avrei fatto che chiedermi quale fosse il punto. Io non riuscivo a non essere seria e lui non era mai serio.

Voltandomi, presi la borsa ma la chiusura si sollevò e vidi una dispensa all'interno.

La presi, la voltai e vidi la scritta "Guida allo studio di *Lolita*" in prima pagina.

«Eh?», mormorai. L'avevo cercata ovunque! Anche in questa borsa, e nei due armadietti, a casa, nella spazzatura…

Che cazzo...

Ma mentre guardavo la dispensa, con il mio nome scritto in cima, vidi che le domande erano state completate. Tutte. In chiare lettere maiuscole, a matita.

La sfogliai, ispezionando ogni pagina, leggendo ogni risposta. Vidi che il compito era completo e i testi davvero notevoli, persino per me, anche se un paio di risposte mi irritarono.

Abbassai le mani, guardando in lontananza. Ero sicura che Godzilla e la barretta venissero da Will, ma anche questa era stato infilata nel mio armadietto. Ed era successo quella sera. La dispensa non era nella mia borsa prima che andassi in piscina.

Non poteva in nessun modo essere stato lui. A meno che non avesse convinto una ragazza a farlo al suo posto.

Non sembrava la grafia di un ragazzo, comunque.

Alzai gli occhi e individuai la sua maglietta nera e i suoi capelli color cioccolato in piedi vicino a uno dei tavoli da biliardo di Sticks.

Non avrebbe dovuto cercarmi, perché ero io ad avere una domanda che richiedeva una risposta.

Ci vediamo domani sera sul pullman, Will Grayson.

Capitolo 9

Emory

Presente

Aprii gli occhi sbattendo le palpebre, la stanza sfocata intorno a me si fece lentamente più chiara. Sembrava che un furgone intero mi pesasse sulla schiena. Mi girai, sollevando la testa dal cuscino.

Stesi il braccio lungo l'altra metà del letto vuoto.

Era solo un sogno.

Fissai il soffitto, continuando a sentirlo accanto a me nel letto. Ma sapevo che non c'era. Ora era più vicino che mai, eppure sentivo la sua mancanza come mai prima.

Gli occhi mi si riempirono di lacrime ricordando come fosse stare con lui e quanto volessi di nuovo provare quella sensazione.

Ieri mi aveva a malapena guardata. E lui mi guardava sempre.

Dio, chi mi aveva fatta arrivare a Blackchurch? Mio fratello non aveva l'autorità sufficiente per una cosa simile. Avevo sentito che si era sposato, ma erano anni che non lo vedevo. Quindi, perché ora?

No, doveva essere stato qualcun altro. Qualcuno che voleva dare a Will la possibilità di vendicarsi e a cui di me non importava niente.

C'erano molte possibilità.

Alzandomi, sussultai per il dolore al ventre e mi piegai, passando la lingua sul taglio che mi spaccava il labbro. Non sapevo il perché, ma curiosamente il dolore non mi infastidiva. Quasi mi piaceva. Era familiare. Mi ricordava che ero viva.

Per quanto fosse strano, negli ultimi anni – libera e indipendente com'ero – non avevo provato una sensazione simile, da molto tempo.

Uscendo dal letto, trovai i miei occhiali sul comodino e li infilai, per poi abbassare lo sguardo sui miei boxer e sulla canottiera. Aydin mi aveva spogliata quando mi aveva infilata nel letto, offrendomi dei pantaloni presi dal suo cassetto. Mi guardai intorno nella stanza, incerta su dove avesse dormito lui. Evidentemente la scorsa notte, dopo avermi medicato, era rimasto fuori.

Mi avvicinai allo specchio e osservai il mio riflesso.

I capelli mi ricadevano attorno al volto e sulle braccia, annodati, selvaggi e scompigliati. La narice sinistra era coperta di sangue rappreso e la pelle intorno al mio occhio destro era viola. La guancia era arrossata nel punto in cui ero stata schiaffeggiata e il labbro era tagliato. La parte superiore del braccio destro era avvolta da una benda bianca.

Allungando una mano, toccai il mio riflesso sullo specchio, percependolo. Ricordando.

Sentii ogni pelo delle braccia rizzarsi. Ogni centimetro di pelle mormorare. L'aria scorse tra le mie dita e i muscoli delle mie gambe si contrassero. Mi drizzai, alta e forte.

Piegai le dita premute sullo specchio. Ero viva.

Una volta ero una combattente.

Chiusi gli occhi, premetti di nuovo il palmo contro lo specchio, e mi parve di sentire il calore provenire dall'altro lato.

Qualcuno di loro mi stava controllando? C'era Will dall'altra parte?

«Ciao», disse una voce.

Aprii gli occhi e mi voltai verso la porta. Micah era lì con addosso dei pantaloni cargo neri e le braccia ingombre di cose.

Mi allontanai dallo specchio, afferrando un lenzuolo per coprirmi, mentre lui entrava nella stanza a piedi nudi.

«Dei vestiti», disse, indicando la pila nella sua mano sinistra. Poi appoggiò un vassoio. «E in caso fossi affamata…».

Diedi un'occhiata al succo, alla frutta, a una piccola baguette e a una fetta di quello che sembrava formaggio brie, e sentii lo stomaco brontolare. Aydin mi aveva fatto portare della zuppa la notte precedente, ma non riuscivo a ricordare l'ultima volta che avevo mangiato qualcosa di sostanzioso. E stavo morendo di fame.

Lasciai il lenzuolo, presi il pane, lo spezzai, tagliai del formaggio con il coltello da burro e lo spalmai sul pane.

Alzandolo alla bocca, strappai un boccone con i denti e presi a masticare.

Gesù. Sentii l'acquolina in bocca. Ero così affamata che nel sentire quel sapore mi venne quasi la nausea. Con un mugolio presi altro formaggio e bevvi il succo.

«Vuoi fare un bagno?», chiese.

Guardai mentre si toglieva la T-shirt. I suoi addominali erano flessuosi e i capelli gli ricadevano sugli occhi, scompigliati in modo sexy.

Il cibo mi andò di traverso e tossii. «Con te?».

Lui ridacchiò, infilando la maglietta nella tasca posteriore dei pantaloni. «Te ne preparo uno. Sembri a pezzi», spiegò. «Come ti senti?».

Aprii la bocca per rispondere "bene", o "me la cavo", ma sorprendentemente mi limitai ad annuire. «Bene».

Presi un altro morso e mangiai anche un pezzo di mela.

Mi sentivo bene.

Strano.

Avvicinandosi alla vasca nell'angolo della stanza – non era nel bagno, forse perché il precedente proprietario della casa voleva vedere la moglie farsi il bagno davanti al letto – Micah aprì il rubinetto, infilò la mano sotto il getto e regolò la temperatura.

«Rory mi ha detto quello che hai fatto», sedendo sul bordo della vasca per guardarmi. «Grazie».

Nelle mie ventiquattro ore passate in quel posto avevo visto abbastanza per capire che non tutto era come sembrava. Rory era quello che ieri aveva parlato in cantina. Quello che non mi voleva qui, che sperava morissi da qualche parte là fuori e a cui le cose piacevano così come stavano perché qui aveva tutto quello di cui aveva bisogno.

«Tu e lui…?».

Non terminai la frase, lasciando che fosse lui a completarla.

Sorrise e si voltò a guardare l'acqua, ma io colsi il rossore sulle sue guance.

Mangiai dell'altra mela e finii il pane prima di bere tutto il succo che mi aveva portato. Era tutto buono, probabilmente perché ormai sapevo che era cibo sicuro. Se avessero voluto drogarmi, l'avrebbero già fatto.

«Che ora è?», chiesi.

«Forse mezzogiorno». Si strinse nelle spalle. «Non lo so. Qui il tempo non ha importanza».

Mi pulii la bocca con il fazzoletto e studiai la sua figura. «Sai da quanto tempo sei qui?»

«Poco più di un anno, a giudicare da quante volte la squadra di rifornimento è venuta a portarci il cibo e a pulire», disse. «Siamo tutti qui da un po'. Rory è stato l'ultimo, circa sette mesi fa».

Niente orologi. Niente calendari. Nessuna connessione con la vita all'esterno. L'unico modo per contare i mesi era contare il numero dei rifornimenti.

Era come essere sempre in attesa di qualcosa che neppure sapevi se sarebbe arrivata, meno che mai quando.

«Non sembra che tu abbia bisogno di stare qui», dissi.

Lui gettò dei sali da bagno nella vasca e prese un asciugamano e un panno da un tavolo lì accanto.

Con Stalinz Moreau come padre, pensavo che Micah sarebbe stato diverso.

Lui fissò l'acqua. «Mio padre non si fa vedere in pubblico da nove anni», spiegò. «Vive in uno yacht che si muove costantemente di porto in porto, e l'unico modo in cui io e i miei cinque fratelli e sorelle possiamo vederlo è prendere un elicottero e seguirlo quando ci manda delle coordinate».

L'avevo sentito da qualche parte. Era un metodo intelligente. Se fornisci armi ai terroristi e alle fazioni avversarie nei Paesi del terzo mondo, mettendo in pericolo la *stabilità* della tirannia già al potere, diverse persone ti vogliono morto.

«La gente pensa che la ricchezza sia sinonimo di scelta e libertà», continuò. «Ma non sai quanto invidiavo quei ragazzini sporchi e scalzi che vedevo in alcuni dei peggiori quartieri che ho attraversato crescendo». Mi guardò. «È bello non morire di fame, ma io non voglio vivere come lui. Non voglio il potere. Non me ne frega nulla dei soldi. Li ho avuti e ora vorrei solo trovare un po' di pace».

Mi avvicinai. «Quindi, sei la pecora nera?».

Mi rivolse un sorriso triste. «Che deve imparare una lezione sulla lealtà alla famiglia, e a non comportarsi come una femminuccia». Stava senza dubbio recitando le parole di suo padre.

Quindi, eravamo tutti bloccati lì. Forse, allora, non ero così sola.

Entrai nella vasca tenendo addosso i vestiti. Il calore dell'acqua mi mandò meravigliosi, gloriosi brividi per tutto il corpo.

Lui sorrise del mio gesto di pudore, ma non ero pronta al fatto che se ne andasse.

Mi sedetti, chiudendo gli occhi per quanto l'acqua calda era piacevole. Capendo cosa volevo, mi fece piegare la testa all'indietro e fece scorrere l'acqua sui miei capelli, riempiendo più volte il recipiente.

Aprii gli occhi e guardai lo specchio dall'altra parte della stanza, mentre l'acqua mi scorreva sulla schiena e sul petto, inzuppandomi la canottiera.

«Cosa succede quando arriva la squadra di rifornimento?», chiesi.

«Riforniscono».

Ma dai?

«Sai cosa intendo», dissi.

Se dovevo davvero rimanere in quel posto a lungo, avrei usato quel tempo con saggezza. Dovevo mappare la casa, esplorare il terreno, cercare del cibo, dell'acqua, forse un'altra arma.

Micah alzò il polso, mostrandomi il suo braccialetto di bronzo.

Lo studiai, rendendomi conto in quel momento che tutti ne avevano uno. Non lo avevo notato il giorno precedente, ma ora che me n'ero accorta, ricordai che l'avevo visto addosso a tutti.

«Ci traccia», disse. «E non si può togliere. Credimi, ci abbiamo provato tutti».

Ma io non ne avevo uno.

«Quando la squadra arriva, il bracciale vibra», spiegò. «Prima viene la squadra di sicurezza, e se ci facciamo trovare tutti in una stanza come bravi bambini, mettono semplicemente un lucchetto alla porta per tenerci chiusi dentro. Se non è così, ci trovano e ci chiudono loro stessi nelle nostre stanze. Quando le porte si aprono di nuovo, loro se ne sono andati, il frigo è pieno, i bagni puliti, il guardaroba rifornito e ogni mobile risplende. Come se ogni mese ricominciassimo da capo».

«Una nuova possibilità di non rompere niente, rovesciare niente né sanguinare sul pavimento, eh?».

Lui sbuffò. «Già».

«Potete parlare con loro quando arrivano?»

«Possiamo provare». Rimosse la benda ormai zuppa dal mio braccio. «Ma alla fine i responsabili non sono quelli che vengono qui. Questa è una squadra che fa solo il suo lavoro».

Insaponò il panno e mi pulì con delicatezza il sangue dal braccio.

«E Aydin ha ragione nel dire che dovresti comportarti bene, perché là fuori non potresti sopravvivere», continuò, «fossi in te, non spererei che quelli ti possano salvare, quando arriveranno».

Mi irrigidii. «Perché lo dici?»

«Be', devono aver notato sin dall'inizio che sei stata portata qui, no?».

Sentii il cuore mancare un colpo e mi fermai a riflettere.

Era plausibile che mi avessero vista arrivare o che fossero stati loro a portarmi. Aveva ragione. Se anche Aydin non mi avesse chiuso nella cantina per farmi passare inosservata, come aveva minacciato di fare, avrebbero potuto comunque non curarsi di me, quando fossero tornati tra un mese. Avrebbero anche potuto non salvarmi.

«Come ho detto», ripeté, «è un lavoro».

Be', non me ne sarei stata lì a non fare niente. Qualcuno mi aveva portata in questo posto con uno scopo, e non era stato Will.

Guardai di nuovo verso lo specchio, immaginando che Will mi stesse osservando mentre Micah infilava il guanto di spugna dentro la mia canottiera e mi lavava la schiena.

«Come fanno a capire se sei pronto per tornare a casa?», chiesi. «Voglio dire, qualcuno sarà stato rimandato a casa da quando siete arrivati, giusto?»

«Uno», disse lui. «Ma poi è stato rimandato indietro».

Il pavimento scricchiolò e io piegai la testa di lato: vidi Rory appoggiarsi allo stipite della porta e guardarci mentre masticava una fetta di mela. Il suo sguardo si spostò da Micah a me e io sentii l'elettricità scorrere tra loro.

«E a me non è dispiaciuto affatto», aggiunse Micah che, con la voce piena di ironia, lanciava occhiate all'altro ragazzo.

Spostai lo sguardo da uno all'altro. La vibrazione che emanavano mi fece bollire il sangue.

Ero piuttosto certa che quei due avrebbero potuto essere felici di rimanere a Blackchurch per il resto della loro vita, se potevano stare insieme.

«A Rory dispiacerebbe se tu mi aiutassi con i capelli?», chiesi a Micah.

Lui sorrise, con aria diabolica, prese lo shampoo e se lo versò sulla mano.

Chiusi gli occhi mentre lo spalmava sui miei capelli per insaponarli. Sapevo che Rory ci stava guardando e immaginavo Will fare lo stesso al di là dello specchio.

Abbandonai la testa all'indietro, mentre lui versava dell'acqua sul mio capo, ancora, e ancora, poi mi sciacquò i capelli. Le gocce scorrevano lungo il mio corpo. La stoffa bianca della canottiera sfregava contro le punte ritte dei miei capezzoli.

Le sue dita scesero lungo i miei capelli, spremendo fuori l'acqua, e io quasi rabbrividii. Era così piacevole.

Tutto quello che sentivo erano gli occhi che mi guardavano al di là dello specchio. Afferrai il bordo della vasca. Mi piaceva.

«Penso che sia meglio che vada», disse Micah alla fine.

Aprii gli occhi. Rory era ancora appoggiato alla cornice della porta, ma aveva smesso di mangiare e fissava Micah con occhi penetranti.

«Ora lui ha bisogno di me più di quanto ne abbia tu», scherzò Micah.

Sentii le cosce fremere. *Dannazione.*

«Grazie», sospirai. Non ero pronta a fare a meno della sua attenzione.

Ma capivo.

«Quando vuoi».

Lui si avviò verso la porta, la maglietta ancora infilata nella tasca dei pantaloni, poi si voltò per chiudere.

«Oh, il regalo è da parte di Aydin», disse, indicando il pavimento accanto alla vasca.

Lanciai un'occhiata al di là del bordo e vidi una vecchia scatola di legno rettangolare. La presi e feci scattare il gancio arrugginito. Sollevando il coperchio, vidi un portamina, un curvilineo, una squadra, una gomma e un compasso.

Lanciai un'occhiata a Micah. Erano strumenti da disegno.

«Puoi spostarti dove vuoi nella casa», mi disse. «Nessuno ti torcerà un capello, dice Aydin». Poi sorrise e aggiunse: «A meno che tu non ce lo chieda».

Chiuse la porta. La risata di Rory riecheggiò nel corridoio.

Capitolo 10

Emory

Nove anni prima

Cinquecento persone battevano con i piedi sulle tribune, ognuno a tifare per la propria squadra. Vidi Will tirare un altro canestro da due punti dai margini dell'area.

Le urla riempirono l'aria quando la palla cadde dentro il canestro. Noi della banda alzammo gli strumenti e suonammo qualche nota per celebrare il momento.

Elle premette il braccio contro il mio, e dovetti spostarmi un po' per mantenere l'equilibrio. Il posto era gremito e sugli spalti nella sezione dei tifosi del Morrow Sands c'erano più ragazze che ragazzi.

Era divertente constatare come dei giocatori di bell'aspetto potessero improvvisamente accendere l'interesse delle adolescenti. Erano diventate tutte appassionate di pallacanestro.

Dal centro, la palla venne passata a Michael Crist, che dribblò tutti e attraversò il campo per ripassarla a Damon Torrance, che la prese e la fece rimbalzare a terra mentre due ragazze si sbracciavano dalla tribuna per attrarre la sua attenzione. Tentò il tiro, ma la palla colpì il bordo del canestro e rimbalzò giù.

La prese Will, saltò e fece canestro, col segnale di fine partita che suonò nell'esatto momento in cui la palla ricadde a terra.

Sorrisi vedendo il suo ghigno.

Erano diventate tutte appassionate di pallacanestro.

Gli strepitii del pubblico invasero la sala. Guardai il tabellone.

59-65, Thunder Bay.

C'era mancato poco.

Gli allenatori e i giocatori in panchina invasero il campo e, come il resto della banda, anch'io alzai il flauto in segno di omaggio. Suonammo l'inno della scuola e tutti i tifosi dalla nostra parte ci accompagnarono in coro.

Guardai Will, che sorrideva assieme ai suoi amici, mentre in tutto l'auditorium riecheggiavano chiacchiere, rumori e musica. Tutti festeggiavano la vittoria.

Non che mi importasse qualcosa. Di solito non prestavo affatto attenzione e capivo quando fosse il momento di suonare solo quando gli altri intorno a me si alzavano o preparavano i loro strumenti.

Will si tolse la maglia, il sudore gli riluceva sulla schiena e gli scuriva i capelli color cioccolato mentre si gettava la maglia sulla spalla e annuiva a qualsiasi cosa gli stesse dicendo il tizio della squadra avversaria. Vagai con lo sguardo giù per la sua spina dorsale.

Quella sera, a differenza del solito, avevo prestato attenzione alla partita. Era bravo. Ed era divertente da guardare.

Seguii il resto della banda che lasciava le tribune mentre la gente iniziava a sfilare fuori dalla palestra, e ci recammo in una stanza vuota a riporre gli strumenti.

Una ragazza urlò: «Emmy, al volo!». Mi girai giusto in tempo per beccarmi qualcosa di gelido in petto.

Inspirai sconcertata mentre della Coca-Cola mi grondava giù sull'uniforme bianca e blu avio, mi bagnò completamente i pantaloni e le gambe e sporcò persino il flauto.

Alzai lo sguardo. *Sul serio?*

Maisie Vos si sporgeva dalla ringhiera della tribuna, fingendo un'espressione sorpresa, poi scoppiò a ridere.

«Pensavo fossi il cestino della spazzatura!», spiegò, scendendo dalla tribuna e facendo il giro per venirmi vicina. «Cioè, a scuola porti via la nostra spazzatura, e ho pensato che potessi farlo anche qui. Era questo che volevo dire. Scusa».

L'aria mi entrava e mi usciva dai polmoni, ma non riuscivo comunque a riprendere fiato. Lo aveva fatto apposta.

Elle, a bocca aperta, mi venne vicina mentre le altre ci camminavano intorno in punta di piedi, ridendo sotto i baffi. Un paio di ragazzi delle classi superiori seguivano Maisie. Avevo voglia di sbraitare in faccia a tutti loro ogni imprecazione possibile.

Ma feci finta di nulla, poiché in caso contrario avrebbero vinto loro. Sapevano di contare qualcosa.

Era soltanto il promemoria settimanale che mi ricordava che non facevo parte della loro tribù.

«Che succede?», chiese Will, attraversando la folla con la maglia ancora sulla spalla.

Maisie dovette reprimere il suo ghigno, ma i due ragazzi che la accompagnavano non provarono nemmeno a nascondere quanto si stessero divertendo.

Will vide la Coca-Cola che grondava già dal flauto e dai miei abiti, e poi si girò a guardare male i due tipi.

«Copritemi», disse a denti stretti.

I ragazzi smisero di sorridere, e vidi Michael, Damon e Kai prendere posizione e circondare Will che si avvicinava a Hardy Reed e Silas Betchel.

I due raddrizzarono la schiena, improvvisamente a disagio, e nessuno proferiva parola mentre il resto dei Cavalieri copriva Will per non far vedere cosa stesse succedendo.

Ma cosa…?

Cercai di guardare oltre Michael per capire cosa accadesse, ma riuscii solo a vedere Will che guardava negli occhi Silas e Hardy e che nel frattempo faceva qualcosa con le mani, ma non riuscii a capire cosa.

Poi Will si immobilizzò e sbatté una sola volta le palpebre. Riuscii a sentirlo, il flusso costante, quasi come se qualcosa venisse stracciata con un movimento fermo e deciso.

Sulle labbra di Damon si dipinse un sorriso malvagio mentre Silas chiudeva gli occhi e il torace di Hardy s'alzava e s'abbassava velocemente e lui girava la testa da un lato imprecando: «Figlio di puttana».

Qualsiasi cosa stesse facendo Will, restarono lì, fermi, a subirsela.

Dopo qualche istante, Will si spostò senza staccare gli occhi di dosso ai due, e quando i Cavalieri indietreggiarono per tutta la palestra si udì l'esplodere delle risa e delle urla.

Abbassai lo sguardo e vidi il flusso di urina che bagnava i loro jeans fin giù alle scarpe. Anche Maisie abbassò lo sguardo e arrossì: tutti stavano prendendo in giro il suo fidanzato.

Digrignai i denti. Quei due non avrebbero più avuto niente da ridere.

Will si chinò, tolse il bicchiere da terra e lo gettò nell'immondizia, ma prima che mi potesse incrociare, mi ero già voltata per andarmene.

Mi faceva male la gola per quanto trattenevo le lacrime.

Ma una voce dietro di me richiamò la mia attenzione.

Mi irrigidii, ma era una ragazza pon-pon che pescava dal suo zaino dei vestiti e me li porgeva. Noi della banda dovevamo andare in giro in uniforme, e perciò non portavo mai dietro un cambio.

Fui tentata di tirarglieli dietro, per orgoglio, ma se fossi tornata a casa in quelle condizioni Martin non me l'avrebbe fatta passare liscia.

Perciò annuii grata. «Te li riporto lunedì».

E andai in bagno a pulirmi e a cambiarmi.

Mi tremava il mento, mi sentivo in procinto di crollare e non sapevo neanche perché. Mi erano già successe cose del genere. Non era nulla di grave. Cose del genere succedevano in continuazione.

Avrei potuto dare una lezione a Maisie se avessi voluto. Urlarle in faccia, magari. Reagire in qualche modo.

Ma quella volta volevo soltanto scappare. Volevo che non mi vedesse nessuno, mi sentivo così imbarazzata che volevo cancellarmi dai ricordi della gente e smettere di esistere.

Semplicemente svanire.

Ripulii e sistemai il flauto, mi cambiai i vestiti e mi infilai gli auricolari, poi riportai la borsa e lo strumento verso il pullman. Il viaggio verso

Thunder Bay sarebbe durato un'ora, e avrei tanto voluto potermela fare a piedi.

Col capo chino mi diressi nella parte posteriore del veicolo, mi infilai in un posto ancora vuoto e gettai la borsa e i vestiti a terra. Tenevo il telefono in mano. La playlist era arrivata a *Teenage Witch*, io fissavo fuori dal finestrino.

La gente mi passava accanto, tutti zitti senza fiatare. Will Grayson aveva gettato la sua rete, e aveva fatto capire a tutti che non dovevano toccarmi.

Era una cosa positiva. Che avessero avuto o meno paura, molti di loro non mi si sarebbero comunque venuti a sedere vicino. Non lo avevano mai fatto.

Il pullman si riempì, e restai in attesa che il posto vicino al mio venisse occupato, ma quando le porte si chiusero, le luci all'interno si affievolirono e il motore si accese, ero ancora da sola.

Mi morsi le labbra per nascondere il disagio. Ma che me ne importava? Che me ne importava se ero stata di nuovo umiliata? Che importava se in palestra lui aveva dovuto vedere quella scena?

Le lacrime affioravano in superficie.

Mi aveva vista. Aveva visto che tutto ciò era reale.

Aveva visto quello che tutto il mondo pensava di me, e...

E...

Una mano soffice e calda scivolò vicino alla mia. Girai la testa di scatto e vidi Will seduto al mio fianco.

Ma cosa...?

Mi venne un groppo alla gola. Lo guardai di profilo. Volevo arrabbiarmi per il fatto che fosse lì vicino a me, e che mi stesse di nuovo toccando senza permesso, ma...

Strinse le dita e mi afferrò. Mi ci volle un momento a ricompormi.

Alla fine sbuffai e tolsi la mano.

O perlomeno provai a farlo.

Non mi lasciava andare. E neanche mi guardava. Aveva coperto le nostre mani con la sua felpa nera e parlava col tipo del sedile vicino come se io non fossi nemmeno là.

Mi rombava il cuore nelle orecchie, coprendo la musica degli auricolari. Respirai a fondo per cercare di calmarmi.

Chiusi gli occhi e guardai fuori dal finestrino. Perché si stava comportando così?

E perché si era venuto a sedere proprio lì? Il calore delle sue dita possenti mi pervase mentre mi teneva la mano. Lo guardai di nuovo, seduto comodo sul suo sedile, le gambe lunghe stese nel corridoio mentre la squadra, la banda e le ragazze pon-pon andavano avanti a blaterare.

Guardava il telefono come se sotto a quella felpa non stesse accadendo niente. Come se non fosse del tutto consapevole di stringermi la mano.

Mi ci vollero tre tentativi ma alla fine riuscii a deglutire, inumidii la gola secca e aggiustai meglio la felpa, per assicurarmi che non potesse davvero vederci nessuno. Forse pensava che io non volevo essere vista con lui. Forse era lui a volere che nessuno ci vedesse. In un modo o nell'altro, non me ne importava più niente.

Il pullman imboccò una rampa e prese la superstrada. Anch'io strinsi il pugno, un fuoco lento che mi divampava nel ventre al tocco della sua pelle.

Notai di nuovo del movimento con la coda dell'occhio, ma non alzai la testa, poiché sapevo di chi si trattava. Davanti a noi, Desi Castro si sedette sulle gambe del giocatore centrale della squadra, in posizione *reverse cowgirl*. Attraverso le ombre e il fioco riflesso della luce lunare, capii che in qualche modo si stavano dando da fare.

I suoi lunghi riccioli rossi erano riversi sullo schienale, e quando infine alzai gli occhi la vidi premersi contro di lui, le loro labbra si sfioravano appena mentre i corpi si muovevano lenti e a ritmo, nell'oscurità.

Will mi sfregò il pollice sul dito. Sentii un vuoto allo stomaco, anche se trovai quel gesto molto confortante.

Il mio telefono suonò e col pollice della mano destra sbloccai lo schermo, che illuminò il mio posto riflettendosi sul vetro; la pioggia picchiava contro il finestrino mentre il pullman procedeva nella notte scura.

Il messaggio sullo schermo recitava:

Lascia che ti accompagni a casa.

Spensi la musica e sbirciando vidi che sul suo telefono, che teneva tra le mani, c'era lo stesso messaggio. Digitai la risposta.

No.

Non potevo permettere che mi riportasse a casa. Mai e poi mai. Provai di nuovo a sottrarmi alla sua presa, ma serrò la mano e scrisse di nuovo.

Lascia che ti accompagni a casa.

Digrignai i denti e girai gli occhi verso il finestrino. Tentai di nuovo di togliere la mano, ma la teneva ferma sulla mia coscia, con le dita che mi sfioravano la pelle.

Era come se un fulmine mi avesse colpito, ma anziché sentirmi arrabbiata avevo le farfalle nello stomaco. Chiusi gli occhi. E lasciai lì la sua mano.

Il telefono suonò di nuovo. Dopo qualche istante, guardai.

Voglio averti anche io in quel modo.

Guardai di nuovo Miller e Desi, le braccia di lui che l'avvolgevano, e m'immaginai sulle gambe di Will, parcheggiati in una qualche stradina laterale mentre fuori pioveva, e dovetti mettercela tutta per non guardarlo, perché se l'avessi fatto, avrebbe capito…

Avrebbe capito che non lo odiavo. Una scheggia del mio cervello stava iniziando a convincersi che forse in lui c'era qualcosa di più di quello che sembrava.

Ma gli spinsi di nuovo via la mano, e mi morsi le labbra per tenere a bada le emozioni.

«Al deposito sono venuti i poliziotti e hanno portato via tutte le spine», disse qualcuno, a un volume così alto che lo sentii anche attraverso gli auricolari.

Girai la testa e vidi in corridoio Lynlee Hoffman, una ragazza pon-pon, che guardava dritta Will che, seduto lì, con le mani coperte dalla felpa, si comportava come se non stesse accadendo nulla di anomalo.

«Ma davvero?», commentò.

Però si vedeva che non gliene importava nulla.

Lynlee mi diede un'occhiata, strizzò le palpebre e alzò il mento, perché se qualcuno aveva scoperto che c'era una festa in corso, doveva essere per forza colpa mia, che lo avevo spifferato a mio fratello, giusto? Come se i poliziotti avessero dovuto essere dei geni, per rendersi conto che una vittoria alla partita equivaleva sempre a una festa molto alcolica.

Alzai di nuovo il volume della musica, annegai tutti gli altri suoni e coi pollici picchiettai sullo schermo per scrivere un messaggio.

Riaccompagna lei a casa. Sbaverà sul tuo stupido taglio di capelli, sulla tua esperienza in birre artigianali e non mancheranno le battute sul pene.

Era un atleta, no?

Lo sentii scuotere dalle risate.

Rispose.

A casa accompagno te. In alternativa puoi metterti subito sulle mie gambe. Scegli tu.

Digrignai i denti.

Lo avrebbero visto tutti. Se mio fratello lo fosse venuto poi a sapere…

Cristo.

Damon si sporse dal sedile posteriore, strizzò le spalle di Will e gli sussurrò qualcosa all'orecchio. Will rise in risposta, ma non ci fu verso di sapere cosa si fossero detti.

Il telefono suonò di nuovo.

Ci siamo quasi.

Mi avvisò. Scossi la testa e gli risposi:

Ci vedranno tutti.

Allora fai in modo che non ci vedano.

Tolse la felpa e se la infilò addosso, si coprì la canottiera bianca e quelle sue belle braccia toniche e abbronzate che mi lasciavano sempre a bocca aperta come un'imbecille.

Entrammo a Thunder Bay, diretti al campus, dove tutti avrebbero ripreso le loro auto per dirigersi alle feste, e da dove io mi sarei incamminata verso casa, come sempre.

Guardai fuori dal finestrino e vidi il paese scorrere di fuori, le luci scintillanti del parco e il mio quartiere, prima di arrivare alle scogliere dove abitavano Will e i cittadini più abbienti. Una parte di me lo voleva. Una parte di me adorava ricevere attenzione da lui, perché era spavaldo, sicuro di sé e bello da morire. Era popolare, qualsiasi cosa indossasse gli cadeva addosso a pennello e mi piaceva il suo sorriso.

Era intoccabile, e voleva toccare me.

Perlomeno quella sera.

Abbassai lo sguardo. Anche se lo avessi voluto, mio fratello non l'avrebbe mai tollerato.

Il telefono mi vibrò in mano, una, poi due e tre volte, ma continuai a muovere la testa al ritmo della musica, e a fingere di non essermene nemmeno accorta. La scuola si profilò fuori dal finestrino e un calore denso mi investì il petto, ma lo ignorai. Stavo per uscire di lì: Will avrebbe potuto riportare a casa chiunque avesse voluto, per quanto me ne importava.

Tra di noi non c'era nulla.

Arrivò un altro messaggio e mi decisi a guardare lo schermo.

Quando il pullman si ferma, sali sul mio fuoristrada del cazzo.

Sbottai in una risatina amara. *Oh, qualcuno sta perdendo la calma.* Poi risposi.

Perché?

E poi il pullman si fermò e Will mi strappò gli auricolari dalle orecchie. Trattenni il fiato quando lo vidi avvicinarmi la bocca all'orecchio.
«Perché sei mia», sussurrò deciso.
E all'improvviso i Cavalieri si alzarono in piedi, presero le loro borse e percorsero il corridoio scendendo per primi.
Il cuore mi batteva forte. Ma che...?
Sul serio.
Perché sei mia. Mi sforzai di ignorare il tremore nel petto mentre prendevo la borsa e cercavo di liberarmi degli auricolari penzoloni.
Per l'amor del cielo. Ma che aveva in mente? Facevo parte di una qualche caccia al tesoro cui stava partecipando, o cosa? Tipo "Inchioda la nerd"?
Mi alzai con gli altri e mi misi in fila in corridoio, apprestandomi a scendere.
Non sono tua, Will Grayson.
E vado a piedi, grazie.
Il pullman si svuotò, i motori delle auto nel parcheggio già accesi, i fari che tagliavano la notte. Mi guardai intorno per vedere se qualcuno avesse bisogno di una mano con i bagagli, ma se ne erano già andati via tutti, banda e giocatori compresi.
Feci per tentare la fuga prima che potesse individuarmi, ma Elle mi afferrò la mano.
«Abbiamo un passaggio», disse.
«Eh?».
«Will», spiegò Elle, trascinandomi dietro. «Ci riporta a casa lui».
«Ehm, no». Liberai la mano dalla sua presa. «Non ci riporta a casa lui».
«Non vuoi mica che salga in macchina da sola con lui, vero?». Si poggiò le mani sui fianchi. «Uno più grande, abituato a ottenere sempre quello che vuole?»
«Allora non avresti dovuto accettare».
Mi girai, diretta ai cancelli per incamminarmi verso casa.
«Ma domani potrò dire di essere salita sul suo fuoristrada», frignò, camminandomi a fianco.
E allora? «No».
Le aveva offerto un passaggio soltanto perché c'ero io. Lo avrebbe incoraggiato.
Elle si fermò e io continuai a camminare.
«Sii gentile, Emmy», mi gridò dietro. «Ti prego!».
Rallentai, il suo frignare patetico mi faceva venire i sensi di colpa. Mi fermai, alzai gli occhi al cielo e sospirai. Lui che le dava un passaggio sarebbe stato per lei l'evento top di tutto l'anno.
E poi, chi volevo prendere in giro? Se avessi rifiutato il passaggio

quella sera, mica si sarebbe arreso. Mi avrebbe seguita con quel suo dannato fuoristrada fino alla porta di casa.

Mi girai e la vidi già diretta al parcheggio, le spalle curve.

«Aspetta», le dissi.

Si girò. Era tutta un sorriso.

La raggiunsi e ci dirigemmo tutte e due verso il fuoristrada di Will, che era ancora parcheggiato.

«Ti siedi davanti tu, va bene?», mi disse. «Io scendo prima».

Eh?

Mi spinse contro lo sportello anteriore del grosso Ford Raptor nero, aprì quello posteriore e salì a bordo prima che potessi oppormi.

Sul serio?

Aprii lo sportello e salii anche io, ignorando lo sguardo di Will mentre poggiavo il culo sul sedile e chiudevo.

Fu allora che lo sportello di dietro si aprì di nuovo e, quando mi girai, riuscii appena a vedere Elle che scendeva e se lo chiudeva dietro.

«Ma che…?».

Passò davanti al finestrino facendomi l'occhiolino. «Buon viaggio!», cantilenò con un cenno del braccio.

Ma che…? Smisi di respirare quando mi resi conto di cosa fosse appena successo. Era tutta una trappola. Dannazione.

Le chiusure scattarono, il parcheggio ancora pullulava di gente, e io ero ufficialmente stanca morta. Scossi la testa e la guardai scomparire tra la folla.

«Questo è quello che mi merito le rare volte in cui provo a farmi un'amica», borbottai.

Allacciai la cintura, guardando il sorriso che increspava le labbra di Will mentre metteva in moto.

Furbo, eh? Doveva aver organizzato tutto nei trenta secondi che mi ci erano voluti a scendere dal pullman.

Si mise in marcia, percorse lo spazio vuoto che avevamo davanti e alzò il volume, mentre *In your room* suonava dallo stereo.

Prendemmo la strada verso l'abitato, e poggiai le mani in grembo dopo aver posato a terra il flauto e la borsa.

C'era un odore buono là dentro. I sedili di pelle mi rinfrescavano la parte posteriore delle cosce, e ogni volta che prendevamo una buca lo stomaco si faceva sentire.

Il buio dell'abitacolo ci avviluppava, ci nascondeva, lo faceva sembrare un posto intimo. Come se ci fossimo ritrovati da soli dove non avremmo dovuto essere.

Gli lanciai un'occhiata e vidi le sue lunghe dita strette al volante. Poi gli osservai il viso, vidi che aveva gli occhi fissi sulla strada, e la solita espressione troppo corrucciata.

Il torace gli si alzava e abbassava, calmo e controllato, e se c'era una cosa che sapevo di Will Grayson III, era che nel momento in cui sembrava che avesse tutto sotto controllo bisognava preoccuparsi.

Come in piscina la sera prima.

Quando diventava serio, aveva vinto.

Abbassai lo sguardo, sospirai e mi sentii un po' male perché nel mio corpo si era scatenato un turbinio di emozioni contrastanti.

Mi piaceva.

Ci avvicinavamo a casa mia e lui non aveva detto ancora una parola, ma non mi importava. Mi immersi in quella situazione più a lungo possibile. Lo sentivo vicino. Ero in macchina con lui. La pelle d'oca sulle gambe, perché con quella gonna mi sentivo carina. Gli piaceva?

Svoltò per la mia strada e mi afferrai l'orlo della gonna. Vedevo la mia casa, ma non volevo ancora lasciarlo.

Stava andando troppo veloce. Perché andava così veloce? Dopo pochi metri avrebbe dovuto fermarsi.

Ma quando superammo casa mia senza fermarci e nemmeno rallentare, girai la testa e rimasi a vedere che si allontanava.

Continuava ad andare veloce. La mia casa scomparve.

Inghiottii il groppo in gola. Il cuore stava accelerando. «Mi devi portare a casa», gli dissi. «Non posso fare tardi».

Non riuscivo a emettere più di un filo di voce, perché la verità era che a casa non volevo andarci. Era solo che sapevo di doverlo fare.

Alla fine mi guardò. «Che cosa hai paura che possa succedere? Non sei capace di dirmi di no, giusto? Puoi restare con me almeno un'altra ora».

Inarcai il sopracciglio. Che diavolo aveva in mente di fare, da farmi venire voglia di dirgli di no?

Controllai l'ora sul cruscotto. Erano soltanto le 9:19. Se riuscivo a tornare per le dieci, Martin probabilmente non se ne sarebbe nemmeno reso conto.

Doveva comunque sapere che il pullman era già arrivato.

Will attraversò il quartiere e imboccò Old Pointe Road, in direzione dell'Adventure Cove.

Mi irrigidii. Cosa aveva in mente? Quel posto chiudeva alle otto, e in quella direzione non c'era nient'altro.

Girò e si fermò nel parcheggio del luna park, completamente vuoto di notte. Fermò la macchina senza neanche degnarsi di occupare un parcheggio vero e proprio, tenne il motore acceso e abbassò il volume della radio.

Il mio sguardo vagava sul parcheggio deserto, le biglietterie vuote e le giostre immerse nel buio che incombevano oltre i cancelli d'entrata. In tutto il parcheggio era acceso soltanto un lampione.

Lo guardai con la coda dell'occhio. Aveva poggiato la schiena al sedile e fissava qualcosa fuori dal finestrino, mentre il peso di tutto quel silenzio mi faceva sobbalzare il cuore.

«La vedi la ruota panoramica?», mi chiese poi.

Seguii il suo sguardo e alla fine la individuai alla mia destra, verso la fine del luna park.

«Se la superi», disse, «dopo cinquecento metri arrivi a Cold Point».

Cold Point faceva parte delle scogliere che maggiormente sporgevano in mare rispetto al resto della costa, da lì a Falcon's Well. Con il luna park di mezzo, a quel punto doveva essere pressoché inaccessibile.

E a ragione, vista la sua storia.

«La conosci la storia?», mi chiese.

«Omicidio-suicidio», mugugnai.

Rimase zitto, e poi, quasi bisbigliando, disse: «Forse».

Mi girai e vidi che si poggiava la testa sulla mano. Continuava a guardare avanti.

«Nel 1954, Edward McClanahan aveva la mia età», disse. «Ultimo anno di superiori, star della pallacanestro, un teppistello, ma solo quando contava...». Sorrise, prendendomi in giro. «Con le persone era bravo. Era sempre disponibile, sai?».

Non sapevo molto di Edward McClanahan, tranne che ogni anno la squadra di basket andava in pellegrinaggio alla sua tomba. Non me ne era mai importato nulla.

Rimasi in silenzio.

«Quella stagione avrebbe dovuto essere la loro migliore», riprese. «Avevano una bella squadra, un bravo allenatore, anni e anni di esperienza... riuscivano ad anticipare tutte le mosse dell'avversario, compresi i pensieri». Cercò il mio sguardo. «Erano arrivati a quel punto dopo anni trascorsi a giocare insieme. Erano una famiglia. Più che una famiglia. Erano in perfetta simbiosi».

Come i Cavalieri. A vederli giocare assieme sembrava che il resto della squadra nemmeno esistesse. Michael, Kai, Damon e Will erano come i quattro arti di un singolo corpo.

«E questo succede di rado», spiegò. «Facevano affidamento l'uno sull'altro, e per gli altri avrebbero fatto qualsiasi cosa. Stavano per passare di grado. Erano tutti eccitati per come sarebbe andata a finire quella stagione. Le partite, le feste, le celebrazioni...».

Mi chiesi quanto fossero vere tutte quelle storie. Lui dipingeva un bel ritratto, ma si crede sempre quello che ci sembra più adeguato credere, e niente di più. Col senno di poi tutto sembrava più bello.

Sorrise. «Elvis era appena arrivato sulla scena, tutti volevano la Chevrolet Bel Air, e al numero 1 della Top10 c'era *Sh-Boom* dei Crew-Cuts». Prese un'aria triste. «La sera del ballo di inizio anno, una ragazza di Falcon's Well – una delle nostre squadre rivali – partecipò al ballo della scuola. Da sola, vestita con un abitino rosa di pizzo e tulle. Le luci lampeggiavano sulla pista e le illuminavano i capelli e le spalle nude, e nessuno riusciva a staccarle gli occhi di dosso. Era molto nervosa, perché sapeva che quello non era il suo posto». Fece una pausa, girò la testa e sostenne il mio sguardo. «Si sentiva come un topo nella tana del serpente. Continuava a tenersi le mani sulla pancia come se fosse sul punto di vomitare. Ma era bella. Era davvero uno schianto. *Lui* non riusciva a toglierle gli occhi di dosso».

Lui. McClanahan.

Guardai fuori, verso la ruota panoramica e oltre, verso Cold Point. Nella mia testa potevo quasi vederla. Il vestito senza spalline a sbuffo come si usava negli anni Cinquanta. Tutti gli uomini vestiti in giacca e cravatta.

«Si dice che sia venuta a creare problemi», disse, la voce bassa e dolce che mi si riversava lieve nelle orecchie. «Che l'abbia mandata la squadra avversaria a seminare discordia. Dicono che abbia stregato tutta la squadra. Che abbia provato a farsi fare da loro cose, quella sera, così da potersi dire vittima il giorno dopo».

Perché mi raccontava quella storia?

«Nessuno ha mai saputo come avevano capito dove trovare il corpo, o se avesse urlato. La ritrovarono nella foschia mattutina ore dopo, schiantata sugli scogli, l'abito rosa macchiato di rosso e le onde che le spiaccicavano i capelli sulle rocce, lo sguardo senza vita fisso sul precipizio che le incombeva sopra. L'ultima cosa che deve aver visto era la persona che l'aveva spinta».

Provai a inumidirmi le labbra ma avevo la bocca troppo secca.

«Si dice che la squadra stesse per abbandonare la stagione prima della fine a causa della troppa attenzione dei giornali e delle indagini della polizia». Inspirò a fondo e poi esalò. «Si dice che i giocatori che non provenivano da famiglie abbienti sarebbero stati costretti a rinunciare alla speranza di ricevere una borsa di studio per meriti atletici a causa di quel fatto. Che non sarebbero potuti andare all'università. Si dice che volessero licenziare l'allenatore e farlo trasferire con tutta la famiglia, visto che dopo un simile scandalo non aveva possibilità di trovare un altro lavoro».

Tutte quelle cose non le avevo mai sapute. Continuai ad ascoltarlo.

«Tutto quello che so», sospirò, «è che una settimana dopo, Edward McClanahan lasciò una lettera sul tavolo della cucina di casa dei suoi genitori con la sua confessione, e seguì la ragazza giù per quel dirupo. Nell'ultima riga di quella lettera c'era scritto: "Vogliamo quello che vogliamo"».

Mi girai a guardarlo. Mi si gelava addosso il sudore.

Vogliamo quello che vogliamo.

«Si dice che McClanahan si sia sacrificato per non far finire la stagione anzitempo».

Cioè, si era preso lui la colpa, ma non era stato lui?

«Almeno questo è quello che si dice», continuò, con uno strano bagliore negli occhi. «Ma le chiacchiere raccontano anche un'altra storia».

Riuscivo a malapena a respirare mentre aspettavo che riprendesse a parlare.

«Si dice che la ragazza sia rimasta intrappolata tra due migliori amici: McClanahan, che era innamorato di lei, e A.P., il fidanzato, che non era ricco come l'altro, ma era furbo. E ambizioso. Non era certo una persona da sottovalutare».

Ero sempre più interessata a tutto quel mistero.

Mi piacevano i misteri.

«Si dice che fosse incinta. Si dice che si sia suicidata». E poi mi guardò di nuovo. «Si dice che Edward non...».

Non si era buttato di sotto? Dunque si vociferava che fosse stato spinto?

Gli danzò un sorriso sulle labbra. «Si dice anche che la lettera lasciata sul tavolo fosse sì una confessione. Non la sua, però».

Diede un altro respiro profondo e restò a guardare oltre il parabrezza. Tutti riverivano Edward perché pensavano che si fosse preso la colpa per scagionare la sua squadra e salvare il campionato, per mettere al sicuro le borse di studio dei giocatori più poveri e il lavoro all'allenatore.

Pensavo che fosse un'idiozia. Era chiaro che Edward non avesse idea di tutto quello che poteva riservargli la vita. Avrebbe potuto avere da affrontare cose ben più gravi di uno scandalo.

Ma apprezzavo il modo in cui Will mi aveva raccontato la storia. Come se nessuno fosse quello che dava a vedere, e che ci fosse un mistero che aspettava soltanto di essere riportato alla luce.

Dopo tutto, nessuno sapeva con precisione cosa fosse successo a Cold Point tanti anni prima.

«Mi piace qui», quasi bisbigliò. «Mi piace il mistero. A volte smanio dalla voglia di sapere cosa sia successo davvero quella notte e altre volte spero di non scoprirlo mai, perché è più bello così... la realtà è quasi sempre deludente». Si girò a guardarmi. «Penso che sia questo il motivo per il quale mi è sempre piaciuta quest'ora del giorno. La gente si nasconde nelle tenebre. Sazia i propri appetiti al riparo dell'oscurità. Al buio costruisce i propri segreti. Al riparo delle tenebre siamo più autentici che altrove. Posso essere me stesso...», deglutì, mi fissò, «quando calano le tenebre».

Mi persi nei suoi profondi occhi verdi. La sua faccia era completamente avvolta dalle ombre che permeavano l'abitacolo. Volevo...

Ogni nervo delle mie labbra vibrava, sentivo l'incombere della distanza che ci separava come fossimo legati da un filo che si andava a mano a mano accorciando.

Voglio...

«Vogliamo quello che vogliamo», sussurrò.

Abbassai lo sguardo e strinsi i pugni.

E poi si udì di nuovo la sua voce, a stento. «Vieni qui», mormorò.

Mi sprofondò il cuore in petto. Potevo sentirmelo tra le mani. Lo guardai, e vidi che stringeva le mani sul volante e respirava pesante.

«Vieni qui», ripeté.

Scossi distrattamente la testa. «Perché?»

«Perché sono il tuo uomo».

Il mio cuore si infranse e si spezzò, doleva del calore di quelle stupide parole. Chi diavolo pensava di essere, eh? Non stava a lui decidere che qualcuno gli apparteneva solo per capriccio.

Ecco cos'ero per lui. Un capriccio passeggero. Non mi ascoltava e non accettava neanche un no come risposta.

Se glielo avessi permesso – se gli avessi permesso di amarmi e proteggermi e tutte le altre stronzate che aveva blaterato – avrei soltanto barattato un tipo di abuso con un altro.

Mi avrebbe usata e scaricata e mi sarebbe toccato il peggio.

Mi sarei spezzata.

«Portami a casa», gli ordinai.

Sbatté gli occhi ma non accennò a muoversi.

Sbloccai lo sportello e tirai la maniglia, aprii e saltai fuori.

Sarei andata a piedi. *Vaffanculo.*

Sbattei la portiera e sentii che apriva la sua. Fece il giro della macchina e mi fermò prima ancora che riuscissi ad arrivare all'uscita del parcheggio.

«Perché hai così tanta paura di me?», ringhiò, sbarrandomi la strada.

«Perché mi hai raccontato quella storia?» ribattei.

«Tu che pensi?»

«Per dimostrarmi di nuovo quello che già so?», urlai. «Che i rampolli di Thunder Bay la fanno sempre franca?».

Mi fermai e si fermò anche lui. «Pensi che Edward McClanahan l'abbia fatta franca?», rimbrottò.

Non me ne importava nulla di Edward McClanahan! *Volevo... volevo solo tornare a casa!*

«Te l'ho raccontato, perché mi piace questo posto», rispose infine. «Ti volevo qui con me perché...». Cercò le parole, la mano tra i capelli a tirarli a ciocche. «Perché vogliamo quello che vogliamo, Em! Cristo santo!».

«Portami a casa».

Si avvicinò, con lo sguardo in fiamme. «No».

Mi sentivo sconvolta. Ma faceva sul serio?

«Non succederà mai», gli sbottai in faccia. «Non sarò io quella con le mani addosso a te nel corridoio della scuola, domani, davanti a tutti. Io sono la cosa sporca che tieni nascosta!».

«Parla per te», ringhiò. «Credo che sia tu a vergognarti di me. E che sotto sotto tu mi voglia. Tu questa cosa la vuoi».

Risi. «E chi te l'ha detto? La tua società segreta di stupratori seriali che ti ha spiegato che quelle ultime quindici volte che ti ho respinto erano un "segnale"?». Feci con le mani, nell'aria, il segno delle virgolette.

Lui fece una smorfia e venne avanti, ma poi indietreggiò e si voltò. Si fece scorrere di nuovo le mani tra i capelli. Respirava pesante e la vena sul collo gli pulsava.

«Non la smetterei mai di toccarti», disse, il tono della voce ormai esausto. «E toccherei *soltanto* te».

Si voltò di nuovo e mi guardò. Era così bello che mi sentivo tentata di credergli.

La pioggia riprese a cadere, il cielo squarciato da fulmini seguiti dal rombo dei tuoni.

Di tutti i ragazzi della scuola, Will era la peggiore delle minacce. Non solo perché era così bello, o perché era uno dei pochi a essere – per qualche motivo – interessato a me, ma perché…

Non si arrendeva mai. Sotto sotto era una cosa che adoravo, perché sarei stata un grosso impegno per chiunque, e lui non era un tipo da scoraggiarsi.

In quel momento, volevo che mi prendesse.

Ma invece, feci il giro della macchina, salii al posto di guida e feci scattare subito le sicure. Se non mi avesse accompagnata lui, avrei guidato fino a casa da sola.

La pioggia batteva contro il finestrino. Lo vidi fare il giro, venirmi davanti e restare lì con un'espressione di sfida negli occhi.

Aspettai che provasse a fermarmi, ma non lo fece.

Ingranai la marcia, affondai il piede sul pedale e partii, facendo un'inversione a U con gli pneumatici che stridevano sull'asfalto.

Gli ripassai davanti e mi diressi fuori dal parcheggio, senza neanche guardarlo un'ultima volta dallo specchietto retrovisore.

Svoltai sulla strada buia e affondai il pedale, di corsa verso Thunder Bay, le mani strette sul volante come se fosse il suo collo.

Chi credeva di essere? Tutte le ragazze gli rotolavano ai piedi ringraziando la loro buona sorte? Era da lì che gli veniva tanta sicurezza di sé?

Io volevo soltanto tornare a casa. Studiare. Diplomarmi. E poi lasciare quel posto.

Non volevo nient'altro!

Accesi la radio e mi feci un poco più avanti sul sedile, visto che riuscivo a malapena a raggiungere i pedali, ed era troppo buio per cercare di capire come regolarlo su quella dannata automobile.

Dio, ma che storia era? Era tutto un: «Ehi bimba, mi chiamo – tirando indietro il ciuffo di capelli, e con il tono da surfista – Will Grayson. Che ne dici se usciamo assieme e copuliamo? Possiamo andare in luna di miele alle Hawaii. Ti metto io il timbro sul passaporto. Vedrai, tutti i tuoi sogni si avvereranno».

E poi chiaro che i passaporti non sarebbero serviti, perché le Hawaii sono parte degli Stati Uniti!

Grugnivo e sbuffavo, mentre la pioggia cadeva più fitta e offuscava la strada.

Accesi i tergicristalli e cercai di calmarmi.

Okay, va bene. Forse non era così scemo.

Anzi, non era affatto scemo. Lo avrebbe saputo che le Hawaii fanno parte degli Stati Uniti.

E poi non parlava in quel modo.

Sospirai. *Certo che sa pure essere gentile.*

E dolce.

Esitai un istante, vidi la pioggia scendere più fitta quando rallentai per imboccare la strada deserta e fare un'altra inversione a U per tornare da lui.

Era insistente fino all'esasperazione, ma non potevo farlo rientrare a casa a piedi sotto tutta quella pioggia. Non potevo fargli una cosa del genere.

Mi diressi velocemente verso il Cove, entrai nel parcheggio e lo vidi seduto fermo vicino a un tornello, con le caviglie incrociate e il cappuccio tirato su.

Accostai e abbassai il finestrino.

Mi guardò e sbatté gli occhi sotto la pioggia.

«Non mi piaci per niente», gli dissi chiaro e tondo, per evitare malintesi.

Sorrise e si alzò in piedi, raggiunse il fuoristrada e infilò la testa dentro al finestrino.

«Mi piace che non ti piaccio», mi prese in giro.

Si tolse il cappuccio e rivoli di pioggia gli colarono sul volto.

«Dunque io sarei una sfida?», gli chiesi. «È di questo che si tratta?»

«No». Scosse la testa. «È solo che mi spingi a voler essere…».

«Migliore?». Strabuzzai gli occhi a quel luogo comune.

Fece un attimo di pausa. «Di più», disse infine. «Nessuno si aspetta mai niente da me».

Non avevo altro da aggiungere e restai a fissarlo.

Guardai il telefono che aveva tra le mani. «Sta già venendo a prenderti qualcuno?»

«No», rispose rimettendosi in tasca il telefono. «Stavo per chiamare tuo fratello per denunciare il furto dell'auto».

Spalancai gli occhi e quasi urlai, ma decisi di tenere la bocca chiusa e digrignai i denti.

Figlio di puttana.
«Fatti da parte», disse.
Sbuffai e mi spostai sul sedile del passeggero. Aprì lo sportello e saltò su.

«Posso accompagnarti io a scuola lunedì mattina?», chiese, imboccando la strada di casa mia.
Slacciai la cintura. «No».
«L'ho chiesto solo per cortesia», disse in tono risentito. «A prenderti ci vengo e basta. Non mi piace che vai a piedi».
«Ma fammi il favore…». scossi la testa, pronta a dibattere. «Ti prego, lascia stare».
Ci stavamo avvicinando a casa e raccolsi da terra il flauto e la borsa.
«Fermati qui», gli dissi.
«Non ho mica paura di tuo fratello, Em».
«Ti prego, lasciami qui», ribattei. «Ferma la macchina, Will. Ti prego».
«Okay». Si accostò al marciapiede e parcheggiò dietro la Buick della signora Costa.
Quando aprii la portiera mi prese la mano.
Lo guardai da dietro la spalla.
«Verrò qui alle sette in punto», disse.
Restai a fissarlo per qualche istante, e mi chiesi se sarebbe servito a qualcosa dirgli di nuovo no, ma poi presi le mie cose e saltai giù.
Incrociai di nuovo il suo sguardo prima di chiudere lo sportello e percorsi il marciapiede fino al vialetto di casa mia. Mi guardai intorno per vedere se qualcuno potesse averci visto, ma grazie al cielo era tardi e in strada non c'era nessuno.
Salii i gradini e girai la maniglia. Il cuore ebbe un sussulto quando capii che Martin era ancora sveglio.
Entrai dentro e sentii la macchina di Will che finalmente se ne andava. Chiusi la porta a chiave, con un sorriso sulle labbra.
Aveva aspettato di vedermi entrare per ripartire.
Dalla cucina si sentiva il rumore dei piatti. Poggiai a terra le mie cose, pronta ad affrontare il resto della serata. Non avevo idea di quanto avessi fatto tardi e non avevo neanche controllato il cellulare per vedere se ci fossero chiamate perse.
Con le mani nella tasca della giacca, mi fermai proprio sulla soglia della cucina.
Martin era al lavello, a sciacquare i piatti prima di caricarli in lavastoviglie. Girò la testa e mi scrutò.
«La cena è pronta». Indicò con un gesto il piatto sul tavolo.
Mi affrettai ad andare al lavello e a togliergli il piatto dalle mani. «Dai, me ne occupo io. Tu hai lavorato tutto il giorno».

Mi lasciò fare. Afferrò un canovaccio e si asciugò le mani. Presi la spazzola da stoviglie e sfregai le parti incrostate dai rimasugli della nostra colazione.

«Sai», disse. «Una cosa curiosa. Quando ho visto che alle dieci non arrivavi, ho tracciato il tuo cellulare».

Vacillai e sentii i peli che mi si rizzavano sulle braccia. Poteva tracciarmi il telefono? Da quanto tempo lo faceva?

«Mi ha detto che eri al Cove». Andò a poggiarsi contro il ripiano, senza staccarmi gli occhi di dosso. «La cosa divertente è che il Cove stasera chiudeva alle otto, e quando sono venuto lì c'era parcheggiata soltanto la macchina di Will Grayson».

Sfregai la spazzola sui piatti in senso circolare e premetti forte per non far tremare le mani.

«Pago io la tua istruzione, Emory», disse. «Pago le tue attività extracurricolari e i tuoi progetti, perché voglio che nella vita tu concluda qualcosa. E so che tutte quelle cose fanno una bella figura sul curriculum».

Misi il piatto nella lavastoviglie e ne presi un altro. Evitai accuratamente il suo sguardo.

Avrei tanto voluto essere ancora nella macchina di Will.

«E mentre tu sei fuori a giocare, io o sto al lavoro oppure sono qui». Si avvicinò. «Nessuna donna mi vuole, con te dentro casa. Nessuna mi vuole perché non potrei dare a nessuna la tipica vita di Thunder Bay, dato che devo pagare per te e per l'infermiera di nonna».

Si fermò al mio fianco. Non riuscivo a smettere di tremare.

«E tu sei fuori a giocare», disse, dandomi una botta in testa.

Inciampai da un lato. «Martin…».

«Non ascolti niente di quello che ti dico». Affondò la punta delle dita nel mio cranio e mi colpì di nuovo. Per poco non feci cadere la spazzola. «È così difficile? Fare quello che ti dico?».

Mi colpì ancora sulla testa, come se fossi stupida. Scivolai, e piatto e spazzola caddero nel lavello. Aspettai la botta, ma invece mi afferrò per il polso e mi trascinò al tavolo.

Mi spinse giù seduta, prese una manciata di spaghetti e me la infilò in bocca.

Chiusi gli occhi, la gola piena di lacrime. Cercai di trattenermi.

«Come se non avessimo già abbastanza problemi, te ne vai in giro a farti la reputazione di essere una delle sue troiette», disse, e mi infilò altra pasta in bocca. «Pensando di diventare come loro. Pensando di essere migliore, mentre quelli pensano di essere migliori di te, visto che possono trattarti come un giocattolo».

Mi schiantò in faccia altri spaghetti, sporcandomi gli occhiali, e continuò a infilarmene in bocca, al punto che non riuscivo più a respirare.

Lacrime silenziose mi scorrevano giù dagli occhi. Girai la testa e provai a sputare, ma mi afferrò la faccia e mi costrinse a spalancare la bocca.

Mi mancava l'aria e non riuscivo a smettere di piangere. Non riuscivo a respirare e mi aggrappai ai bordi del tavolo, ferendomi l'interno delle guance con i denti.

Provai a pensare al mio gazebo. Se solo Will mi avesse aiutato a costruirlo.

Sarebbe diventato carino, prima o poi.

Will e il gazebo. Will e il gazebo...

La brezza calda sulla mia faccia, e sugli alberi foglie che odoravano di estate.

Martin urlò di nuovo e io venni scossa dai conati di vomito. Non riuscivo più ad avere pensieri coerenti.

Non riuscivo più a pensare. Non ricordavo che aspetto avesse Will. Come fosse il mio gazebo.

Non c'era nessun gazebo. Non c'era nessun Will Grayson.

Non c'era nient'altro che questo.

Nient'altro che questo.

Capitolo 11

Emory

Presente

Mi avvolsi addosso l'accappatoio, ignorai gli sguardi dietro al vetro, presi gli abiti che mi aveva dato Micah e li portai nella zona di privacy – almeno speravo – del bagno. Naturalmente, poteva esserci anche lì uno specchio semiriflettente.

Tolsi i boxer inzuppati e la canottiera, mi asciugai alla meglio i capelli con l'asciugamano, li sistemai con la spazzola trovata sul lavandino e mi vestii. Infilai le mutandine che avevo lavato la sera prima e messo ad asciugare sul box della doccia, misi sopra dei boxer puliti di chissà chi e una camicia Oxford bianca.

Arrotolai i pantaloncini per non farli scivolare e abbottonai la camicia, tirando su le maniche. A occhio e croce, vista la taglia, quegli abiti dovevano appartenere a Rory, che era il più esile di tutti.

Ma comunque ci stavo due volte.

Tornai in camera da letto, misi il coltello nel fodero e lo infilai nel taschino della giacca. Non avevo ancora idea della provenienza di quel coltello. Chiunque mi avesse portata lì aveva voluto che fossi in grado di difendermi: ma se non volevano che mi facessi male, perché diavolo mi avevano scaricata in quel posto?

Avevo così tante domande.

Girai la testa e sbirciai la parete piena di equipaggiamento sportivo d'epoca che fino a quel momento avevo a malapena notato. Su quel muro c'erano tante armi. Mazze da cricket, remi da canottaggio, e...

Mi avvicinai, afferrai la scatola scura piena di vecchi ami da pesca. La girai e feci scorrere il coperchio, la poggiai sul tavolo contro il muro, presi quattro ami e li portai sulla credenza dove Aydin aveva lasciato le bende.

Li infilai a uno a uno nella garza e me la avvolsi sulle nocche, sistemai la parte finale degli ami tra le dita per fissarli e feci spuntare le punte acuminate fuori come artigli.

Repressi un sorriso, avvolsi altra garza sulle mani come un guanto, la strappai via dal rotolo e la annodai alla benda sul palmo.

Serrai il pugno e sferrai un colpo, sentii gli artigli che fendevano l'aria. Volevo un'arma che non dovessi sempre portare dietro. Questa sembrava il guanto di Freddy Krueger.

Con la testa bagnata, l'arma indossata e gli occhiali calcati sul naso uscii dalla stanza e mi guardai intorno in tutte le possibili direzioni.

Superai la porta segreta e continuai a camminare sul piano. Percorsi in silenzio il corridoio dal quale era sbucato Taylor il giorno prima al mio arrivo.

Dalla sera prima, non avevo più sentito altri movimenti sopra di me o dietro le pareti. Forse si trattava di topi.

Superai un paio di stanze, una camera da letto e una nursery, e poi un ufficio, prima di ritrovarmi davanti a una porta chiusa, incerta se usare la maniglia.

Volevo sapere a cosa fossero adibite le diverse stanze, quali avessero finestre, e volevo individuare i vari alloggi, senza però attirare attenzione.

Al diavolo.

Avevo bisogno di sapere.

Girai delicatamente la maniglia, ma quando udii dei grugniti provenire dall'altro lato della porta mi fermai, e poggiai la testa al pannello per sentire meglio.

Un grugnito e poi un altro, seguiti da sussurri attutiti. Feci un passo indietro e lasciai andare la maniglia.

Era senza dubbio la stanza di Micah e Rory.

Ne presi mentalmente nota.

Vagai per tutto il secondo piano, trovai un'altra camera da letto scura con le lenzuola arruffate e il pavimento pieno di abiti, e un altro paio di stanze rifatte da poco probabilmente dalla squadra di pulizie.

Entrai dentro quella che aveva un letto enorme, una testiera intarsiata e una grande poltrona imbottita nell'angolo. A differenza delle altre stanze, non era né bianca né nera, ma arredata con toni caldi e piena di lampade. Mi ci sentii subito a mio agio.

Qualora avessi dovuto trascorrere lì un'altra notte, se non era già presa l'avrei occupata io. Controllai la porta per vedere se ci fosse una serratura, ma come nella stanza di Aydin anche lì non c'era. E anche lì c'era uno specchio.

Avrei potuto mettere una sedia sotto la maniglia per bloccare la porta e appendere un lenzuolo sullo specchio. Per sicurezza.

Andai alla finestra e sbirciai attraverso le tende. Vidi di sotto il cortile dimesso pieno di foglie cadute che coprivano le chiazze d'erba, i resti di un albero abbattuto, e la fontana al centro del viale, con dentro un paio di dita d'acqua piovana ormai diventata marrone.

A confronto dell'interno della casa, era un disastro. Dentro ci potevano essere decorazioni vetuste, tende strappate e carta da parati che si staccava, ma almeno era tutto pulito.

Per ora.
Uscii dalla stanza e mi chiusi dietro la porta, poi visitai il resto del secondo piano, aprii ogni porta, ogni sgabuzzino e guardai fuori da ogni finestra per farmi un'idea.
Mi diressi verso le scale per esplorare il resto del primo piano, ma sopra la mia testa sentii scricchiolare un'asse e mi fermai a guardare il soffitto.
I passi si mossero da sinistra a destra, il pavimento scricchiolava sotto il peso di chiunque fosse lì. Inghiottii il groppo in gola e tornai sui miei passi.
Seguii il suono, controllai il soffitto per vedere se ci fosse un accesso alla mansarda, e pensai che forse era lì che si trovava Will. Quella stanza disordinata che avevo trovato doveva essere la sua o quella di Taylor, il che però significava che mancava ancora all'appello una camera da letto.
Ma non riuscii a trovare modo di accedere alla mansarda e neanche al terzo piano.
Ero stata brava a trovare la stanza segreta. Dopo tutto, ora che ci pensavo, a Thunder Bay ne avevo ancora una tutta mia.
Dirigendomi di sotto, ispezionai ogni centimetro del piano terra, vidi Taylor di nuovo in palestra e mi dileguai prima che potesse notarmi.
Entrai nella piscina coperta. Il calore saliva dalla superficie dell'acqua e annebbiava le finestre e il soffitto di vetro. Fissai l'acqua, quasi tentata di tuffarmi. Ero sola, ed era passato tanto tempo dall'ultima volta che avevo fatto una bella nuotata. Ma non ero lì per spassarmela.
Notai una mezza parete, che si stagliava a una decina di metri oltre la piscina, e mi diressi lì a vedere. Forse si trattava di un qualche spogliatoio.
Mentre mi avvicinavo sentii scorrere l'acqua, e solo quando girai l'angolo mi resi conto che si trattava di docce.
Mi fermai, vedendo Will, nudo, bagnato, muscoloso e…
Mi si torse lo stomaco.
E in erezione.
Feci subito un passo indietro e mi nascosi dietro la parete.
Merda.
Le docce della piscina.
Ma che cavolo? Aydin il giorno prima era nudo in bella vista. E oggi toccava a Will.
Respirai pesante, ma non mi mossi, e ricordai l'ultima volta che lo avevo visto così bene. Anche allora era in forma, ma il suo corpo non aveva tatuaggi, e prima che riuscissi a fermarmi sbirciai di nuovo dietro l'angolo, guardandolo com'era in quel momento, anni dopo.
Era cambiato anche all'esterno. Gli percorsi con lo sguardo tutto il

corpo, il sapone gli scivolava sulla pelle e le bollicine si fermavano sull'addome e sulle braccia.

Più lo guardavo e più sentivo che il calore si impossessava di me. Reclinò all'indietro la testa, si passò l'acqua bollente tra i capelli, il vapore gli avvolgeva la pelle come una cappa. Aveva tatuaggi su entrambe le braccia, che proseguivano sul torace e sulla schiena, lungo il contorno della clavicola e delle mani, ma non riuscivo a vedere così bene da decifrare cosa rappresentassero.

Riuscii a intuire il suo numero della squadra di basket sul dorso della mano destra, la sua maschera della Notte del Diavolo sul braccio sinistro contro la sagoma di Thunder Bay, il cimitero, la ruota panoramica e anche St. Killian. Sull'altra spalla e sul braccio ricadeva un reticolo di rampicanti che circondavano un teschio, con delle parole scritte in fronte che tuttavia non riuscivo a leggere, e il resto del corpo era coperto da disegni grandi e piccoli e ancora altre parole, alcune anche a imperlargli le clavicole come una collana.

Volevo vedere tutto. Volevo toccarlo.

Si era depilato e ogni muscolo del suo corpo era raddoppiato di taglia dall'ultima volta che lo avevo visto.

Abbassai lo sguardo, mi immobilizzai, fissai l'altro muscolo turgido che si stagliava ben eretto, lungo e spesso tra le sue gambe.

Mi si svuotarono i polmoni e lui si girò, poggiandosi al muro con la mano mentre dalla doccia l'acqua gli si riversava sulla faccia. Si afferrò il cazzo e iniziò a sfregarselo lentamente. Se lo stringeva forte.

Mi ressi al muro per tenermi, il caldo si concentrava tra le mie gambe mentre mi mordevo l'interno delle guance.

Fissai la sua erezione e nei recessi nemmeno troppo remoti della mia mente mi chiesi a cosa stesse pensando.

A me?

O a lei?

Un sussurro mi sfiorò i capelli. «Lo vuoi?».

Sobbalzai e mi girai di scatto, fendendo l'aria col mio artiglio.

Aydin fece un balzo indietro, i tagli rossi dove gli avevo graffiato il petto con gli ami.

Abbassò lo sguardo sulla mia mano e poi dritto sui miei occhi, mi afferrò alla gola con una mano e con l'altra al polso con gli artigli.

Mi sbatté contro il muro alle spalle delle docce e spinse il suo corpo contro il mio.

«Mi avevi detto che non mi avresti fatto del male», gli ricordai.

«Non ti sto facendo del male», disse. «Ti sto soltanto spaventando».

Mi spinse il polso contro il muro ed esaminò il guanto.

Digrignò i denti. «Ingegnoso».

Fissandomi negli occhi, mi respirò sulle labbra. Il sudore mi scivolava sulla pancia e sulla schiena. Avevo fame d'aria.

«Cosa è successo tra voi due?», mi chiese. «Non sei qui per caso, lo sai?».

Lo scrutai. *Sì, lo so.* C'entrava in qualche modo Will. «Pensi che chiunque mi abbia portata qui volesse fare un regalo a Will?»

«Forse». Allentò la presa sul collo. «Ma di certo non sono tuoi amici».

Mi fece girare e mi spinse al margine della parete, tutti e due sporgendoci a guardare.

«Pensi che ti proteggerà?», bisbigliò.

Tentai di liberarmi dalla sua presa, ma non mollava. Will era poggiato al muro e se lo stava tirando a ritmo veloce, con gli occhi socchiusi e il respiro pesante e rumoroso.

«Dovrebbe farlo?», chiesi, e gli occhi ripresero a vagare sul suo corpo. «Perché lo stiamo guardando?»

«Tu lo stai guardando», chiarì. «Io sto guardando te».

«Perché?».

Non rispose, e girai la testa per guardarlo meglio. I suoi occhi ambrati erano fissi su Will e aveva la fronte corrucciata.

«Non saprei», rispose infine. «Forse per ricordarmi cosa si prova a non sentirsi soli. Quando non eri l'unico a badare a te stesso». Tornò a guardarmi. «Forse per ricordare cosa ci siamo lasciati dietro. E ricordare cosa non abbiamo lasciato».

Ma di che diamine stava parlando?

«Will e io abbiamo più o meno la stessa età», disse, «ma credo che alle superiori fossimo molto diversi. Lui era un chiacchierone, vero?». Mi sorrise. «Io ero quello che non parlava mai».

Ora era l'esatto contrario, a quanto pareva.

«Non sono sempre stato così», riprese. «Facevo pena. Un metro e ottanta di debolezze, paure e vigliaccheria». Guardò di nuovo Will. «Farai il dottore, mi dicevano. Studierai questo e quello. Andrai a lavorare là. Andrai in vacanza là. Passerai il tuo tempo libero a fare questo e quello. La sposerai. Avrete tre figli. Andrai a vivere in quella casa dopo un lungo viaggio di nozze a Londra, Parigi e Roma».

Provai a raffigurarmelo come si stava descrivendo, ma non ci riuscii. Non riuscivo a immaginarmelo docile.

«Finché una sera, mentre avevo il naso sepolto nei miei libri, l'ho vista», continuò Aydin.

Ascoltai, ma diressi anche io di nuovo lo sguardo verso Will, mentre Aydin continuava a bisbigliarmi nelle orecchie.

«Non era per il suo corpo o per il suo viso», disse. «Era come se tutto di lei sembrasse privo di sforzo, ogni movimento, ogni sguardo».

Will succhiò l'aria tra i denti, le spinte sempre più pesanti e veloci, i muscoli del braccio contratti.

«Adorava amare», disse Aydin. «Adorava toccare e sentire e avvolgere ogni suo respiro intorno a qualcuno per tenercelo intrappolato, perché era un'artista».

Tutto si rischiarò, e invidiai il modo in cui l'aveva descritta. Chiunque lei fosse.

Cosa avrebbe detto di me Will?

«Non era il suo lavoro», aggiunse, «era la sua vocazione».

Fece una pausa, e poi abbassò ancor più la voce, quasi come se stesse soltanto pensando tra sé e sé. «Non era il suo lavoro», ribadì. «Non all'epoca».

Era come Will. Adorava amare. Adorava essere felice.

Una volta aveva voluto fare felice anche me.

«Non avevo mai desiderato nulla di più in tutta la mia vita», proseguì Aydin, «stavo studiando per diventare chirurgo, e mi sarei volentieri tagliato le mani per averla».

Will chiuse gli occhi, e con lo sguardo scesi di nuovo al suo cazzo, il mio respiro praticamente sincronizzato con il suo ritmo. A cosa stava pensando?

«Forse la colpa è mia», riprese Aydin. «Alla fine ero soltanto una testa di cazzo ventiduenne che non sapeva nulla, e alla quale non sarebbe mai venuto in mente di reclamare ciò che era nato per diventare mio». Si perse e poi continuò, a voce sempre più bassa. «Ma in seguito, quando ho imparato a reggermi sulle mie gambe per reclamarla, le ho sputato addosso, perché ogni respiro che avvolgeva intorno a qualcun altro era come un altro chiodo che si conficcava nel mio cuore, e non riuscivo neanche più a guardarla».

Mi tremava il mento e non capivo bene perché. Non era speciale. Tutti avevamo subito lutti e perdite.

Ma una cosa però era chiara. Era lei il motivo per il quale lui si trovava lì. Proprio come probabilmente Will avrebbe potuto insignire me di quell'onore.

A tutti e due era accaduta una donna.

«Non riuscivo a guardarla, proprio come lui non riesce a guardare te», disse Aydin.

Mi si annodò lo stomaco, e mi lasciò andare facendo un passo indietro.

Mi girai e lo guardai.

«Mi chiedo solo...», disse. «Se mai decidesse di fuggire di qui, ti porterebbe con sé?».

Si girò e se ne andò, mi lasciò lì, più sola di quanto non mi fossi mai sentita in vita mia.

Will mi avrebbe lasciata lì, e aveva tutti i motivi per farlo.

Rimasi vicino alla piscina per non so quanto tempo, le parole di Aydin che incombevano nell'aria anche dopo che se ne era andato via.

Will aveva in mente di scappare? Cosa mi sarebbe successo se non lo avessi trovato lì? O se fosse stato rimandato a casa?

Si sarebbe battuto per me?

Lo avevo già abbandonato una volta. Avevo permesso che venisse arrestato e mandato in prigione e, nella sua testa, non me ne era importato nulla. Forse meritavo anche io lo stesso trattamento.

Mi avvicinai al bordo della piscina, scesi gli scalini ed entrai in acqua, immersi tutto il corpo sotto la sua superficie.

L'acqua mi sorreggeva, mi faceva sentire calda e priva di peso e, una volta tornata in superficie, restai a galleggiare sulla schiena.

Il cloro mi faceva bruciare il taglio sul labbro, e quel dolore mi riempiva di ricordi e rabbia. Sapevo che questo momento prima o poi sarebbe giunto. L'avevo sempre saputo.

Immaginavo che ciò sarebbe accaduto dopo che fosse uscito dal carcere, invece gli anni erano passati e non era successo. E mi ero adagiata.

Dove ci saremmo ritrovati entrambi se mi avesse lasciata in pace come gli avevo detto di fare?

Mi alzai in piedi, camminai fino al bordo della piscina con la camicia e i pantaloncini incollati addosso come una seconda pelle e gli occhi pieni di lacrime.

Un tempo credevo che se me ne fossi andata da Thunder Bay per vivere la mia vita e fare ciò che mi piaceva fare – circondata solo da persone che avessi voluto – un giorno tutto sarebbe stato perfetto.

Invece odiavo tutto ciò che avevo, e amavo solo quello che avevo abbandonato, anche se lo avevo contaminato dal momento in cui, sette anni prima, lui era stato condannato, perché allora sapevo di non meritare la felicità.

Il mio cuore era gonfio di disperazione e le lacrime scendevano a fiumi. Non mi resi nemmeno conto che l'acqua aveva smesso di scendere dalla doccia, finché non mi accorsi che Will era fermo lì in piedi.

Alzai lo sguardo e vidi che mi stava fissando, un asciugamano a cingergli la vita. L'aria si fece irrespirabile. Non sapevo se corrergli incontro o fuggire via.

Vattene.

Lo implorai col pensiero, incrociando il suo sguardo duro col mio annebbiato dalle lacrime, e ci sarebbe stato così tanto da dire, ma se non glielo avessi spiegato, forse non mi avrebbe voluto più gettare via e sputarmi in faccia.

Ti prego, vattene.

Ma invece di andarsene si avvicinò, e mi fece sobbalzare quando si abbassò, mi afferrò per il colletto e mi trascinò fuori dall'acqua.

«Will», lo implorai.

Mi afferrò sotto le braccia e mi sollevò, ci trovammo naso a naso. Mi fissava e mi affondava le dita nel corpo.

Mi scappò un altro lamento.
Le gambe penzoloni. Volevo distogliere lo sguardo ma non potevo.
Ero pietrificata, in attesa di quello che sarebbe successo.
Glielo potevo vedere dentro, che lo dilaniava, le labbra strette e la fronte corrucciata.
Ma invece di sputarmi in faccia mi scosse, ringhiando come se fosse più arrabbiato con sé stesso che con me. Scoppiai di nuovo a piangere.
«Mi dispiace», frignai.
Mi dispiaceva davvero di tutto quel dolore.
Ma proprio quando stavo pensando che mi avrebbe buttata di nuovo in piscina, mi abbracciò e mi premette la fronte contro la sua.
Il suo muscolo turgido, sotto l'asciugamano, premeva contro la mia coscia. Mi prese la faccia tra le mani, il respiro si riversava fuori mentre teneva la sua bocca sulle mie labbra.
«Will...», feci per dire.
Ma lui mi sollevò le cosce intorno ai suoi fianchi e indietreggiò verso le docce, schiacciandomi con la schiena al muro mentre mordicchiava il mio labbro inferiore.
Aprii la bocca per oppormi, ma il calore del suo corpo mi faceva tremare, e con un respiro profondo gli serrai le cosce intorno ai fianchi.
Mi strappò via la camicia e premette il torace contro i seni nudi, quindi mi si spinse contro con ferocia.
Gli affondai le unghie nelle spalle, ma quando puntò la mia bocca, mi ritrassi.
«Vattene», dissi. «Io... non possiamo».
Mi serrò le dita attorno alla gola e strinse. «È così che sarebbe dovuta andare», sussurrò, interrompendomi. «Tu eri soltanto carne da macello arrapata, e l'idea ti piaceva pure».
Mi lasciò andare il collo per afferrarmi un seno, poi abbassò la testa e mi coprì il capezzolo con la bocca.
Mugolai. La sua lingua bollente mi copriva la pelle, mi spingevo su di lui e avevo il clitoride pulsante.
«Bastava semplificare le cose, no?», disse. «Ma tu non volevi che la gente sapesse cosa facevamo».
Mi coprì la bocca con la sua, mi derubò del respiro mentre infilava dentro la lingua e mi sopraffaceva, muovendosi sulle labbra come se stesse ingranando la marcia dell'auto.
«Perché l'hai fatto?», mi chiese. «Ti vergognavi di quello che ti piaceva farmi fare? Avevamo ancora tante cose davanti, ma tu hai mandato tutto a puttane. Non abbiamo fatto la metà delle cose che avevo in programma di fare con te».
Mi spingevo contro di lui ansimando.
Ma all'improvviso mi rimise giù. Mi tremarono le gambe e mi sentii svenire.

Eh? Riaprii gli occhi.
Mi accorsi a malapena che mi stava sfilando i pantaloncini per prendere le mie mutandine.
Ma che…?
«E ora che sei qui…», disse, mi afferrò per i capelli e mi fece sussultare, quando mi riportò il naso contro il suo e mi infilò la mano tra le gambe per carezzarmi la fica.
«Abbiamo tutto il tempo del mondo».
E poi… si girò e se ne andò, quella minaccia che mi riecheggiava nelle orecchie. Ci misi un po' a capire cosa fosse veramente successo.
Sbattei gli occhi, serrando le ginocchia e riabbottonando la camicia per coprimi.
Dannazione.
Aydin aveva ragione.
Will non era un mio alleato.

Capitolo 12

Will

Nove anni prima

«Arion Ashby dà una festa», ci riferì Damon, sdraiato sul cofano della macchina a sbuffare una colonna di fumo verso il cielo. «I suoi genitori vanno fuori città».

Kai grugnì e Michael lo derise a bassa voce.

«Che c'è?», ribatté stizzito Damon. «Ti annoi, Kai? Ti senti inquieto? Ti serve un nuovo tipo di spasso?»

«Ma chi, io? Sto a posto. Adoro la vita».

Damon sorrise, fece un altro tiro dalla sigaretta, palesemente incredulo di quello che aveva appena detto Kai.

Il parcheggio della scuola pullulava di studenti, tutti impegnati ad assorbire quel minimo e raro sole di ottobre prima dell'inizio delle lezioni. Tra gli alberi soffiava una brezza gentile e il cielo era attraversato da soffici nubi, l'aria era carica, e io mi guardavo intorno alla ricerca di Emmy Scott.

Senza far vedere che la stessi cercando.

Non era che volessi nascondere ai miei amici che mi piaceva, perché già lo sapevano, ma se lei avesse ricevuto per quel motivo qualche attenzione in più del necessario si sarebbe spaventata, cosa che dovevo evitare, dato che aveva già cominciato ad allontanarsi da me.

Scansionai lentamente la folla.

Non era lì ad attendermi quel giorno.

Cioè, ovvio che non c'era, ma comunque. Sarei morto se mai l'avessi vista attendermi all'angolo dell'isolato di casa sua; tuttavia, per quanto potessi sperare di non sapere se ci fosse, in cuor mio lo sapevo, eccome.

Non avrebbe mai reso le cose facili.

Forse perché non poteva. C'era qualcosa che continuava a tormentarmi di quel venerdì sera. Quando l'avevo riportata a casa, avevo notato nella sua voce – non appena mi aveva detto di fermarmi prima, invece che davanti al vialetto – un qualcosa di insolito. Si trattava di paura.

Quasi come se fosse in preda al panico.

Mi annodai la cravatta, la lasciai un po' lenta sul collo, e guardai le

macchine che entravano nel parcheggio, i genitori che lasciavano i figli e qualche studente che arrivava a piedi.
Ero stato tra i primi ad arrivare quella mattina. Dove diavolo era? Forse stava già dentro?
«Le stesse feste. Le stesse ragazze», bofonchiò Michael. «Che rottura».
«Vero», sospirò Kai. «Anche io ho la stessa impressione. Voglio che succeda qualcosa di diverso».
«Qualche nuova ossessione», aggiunse Michael.
«Dovremmo uccidere qualcuno», propose Damon.
Michael sbottò a ridere, Kai alzò gli occhi al cielo, e io tolsi la sigaretta di bocca a Damon e diedi un tiro scuotendo la testa.
Michael frustò Damon con la giacca della sua divisa. «Pensavo solo che non vedo l'ora che inizi la stagione, psicopatico del cazzo».
«O forse basta solo che ti innamori di qualcuna», gli disse Kai, tirò la sua giacca fuori dalla Jeep e se la infilò. «Io mi sento pronto a farmi torcere un po' le budella».
E invece di guardare Damon o Michael mentre lo diceva, guardò me con un bel sorriso stampato in faccia. Gli mostrai il medio e lui restò a ridere sotto i baffi.
«Secondo me è meglio il sangue», ribadì Damon, riprendendosi la sigaretta, facendo un tiro e soffiando il fumo in cielo, per poi buttare via il mozzicone. «E dai. Basta scegliere la vittima. Qualcuno che se lo merita. La – o lo – perseguitiamo un po', pediniamo, escogitiamo un modo di non farci incastrare, poi ci sbarazziamo del corpo…».
Scossi la testa, senza veramente ascoltare, mentre continuavo a scrutare il parcheggio alla ricerca di Em.
«E poi ci mettiamo a osservare il paese perdere la testa per la minaccia di morte che aleggia su ogni cittadino», aggiunse Damon. «Sai le risate».
Qualcuno rise, ma poi cadde il silenzio e nessuno aggiunse altro.
Anche se ne stavamo parlando senza una reale intenzione, nessuno dubitava che Damon avesse già in mente una potenziale vittima. E che potesse anche fare sul serio.
«Qualche volta sono davvero felice di non averti come nemico», gli disse Michael.
Damon tirò fuori un'altra sigaretta e la accese. «Un segreto del genere ci unirebbe per sempre», riprese a voce più alta.
«Sì, be', ma non c'è nessuno che io voglia far fuori», disse Kai.
Damon fissò il cielo prima di riportarsi di nuovo la sigaretta alla bocca. «Sei fortunato», commentò.
Lo guardai. Stava ancora fissando le nubi. Avevo una brutta sensazione che si attorcigliava nella pancia.
Michael e Kai volevano che succedesse qualcosa, e io sentivo che stava già per succedere.

Suonò la prima campanella e ci dirigemmo tutti dentro, correndo per le scale e provando a farci largo nei corridoi.

La troverò in classe. Non salta mai una lezione.

Dopo una fermata agli armadietti e qualche conversazione schivata, cui gli altri non riuscivano a sottrarsi in tempo, entrai a lezione di letteratura col mio libro e il mio raccoglitore, per vedere dove si fosse seduta e capire così chi dovevo far spostare.

Ma in aula c'erano soltanto Chase Derr e Morgan Rackham. Nessun altro.

Mi fermai per un attimo, esitante. *Fantastico, cazzo.* Me lo meritavo: avevo avuto fretta facendo finta di non averne. Ora dovevo restarmene seduto lì come un idiota e se entrava in classe e si sedeva lontana, io non avrei potuto muovermi, perché altrimenti avrebbe capito che la stavo aspettando.

E non volevo affatto che capisse che la stavo aspettando.

Presi posto vicino alla finestra, tirai fuori il telefono e lo usai per darmi un tono.

La gente continuava a entrare e sedersi, ma quando Michael, Kai e Damon mi vennero intorno non alzai nemmeno la testa.

I minuti passavano inesorabili. Sentivo a malapena quello che veniva spiegato durante la lezione, il frusciare delle carte e il colpetto sulla spalla per darmi cose da passare al banco davanti.

Seduto lì ero consapevole soltanto di una cosa.

Lei non c'era.

Forse se la stava prendendo comoda. Dopotutto, quella lezione la detestava.

E mentre proseguiva e lei continuava a non farsi viva, a me importava sempre di meno di quella lezione del cazzo.

Iniziammo un nuovo libro. L'insegnante distribuì in giro le copie e terminò la lezione parlando di un qualche compito che doveva essere consegnato per la fine della settimana, ma dato che non avremmo dovuto consegnarlo l'indomani, non me ne importava nulla.

Non me ne fregava un cazzo. Dove cavolo era?

Suonò la campanella e si alzarono tutti, affollandosi fuori dall'aula. Una volta uscito, invece di dirigermi a sinistra alla lezione seguente, girai a destra.

«Ehi, ma dove vai?», chiese Michael.

Seguivamo assieme economia e commercio.

«Ci vediamo dopo all'allenamento», lo rassicurai.

E mi diressi in biblioteca.

Se avesse saputo che avevo saltato una lezione, l'allenatore mi avrebbe punito con dei giri di corsa in più, ma ne avevo dovuti correre così tanti negli anni precedenti che non mi dava fastidio farlo.

Non ci riuscivo proprio in quel momento a stare seduto in classe.

Mi faceva male la testa e continuavo sempre più ad arrabbiarmi. Mi rifiutavo comunque di andare a cercarla, poiché anche se lo avrei fatto ripetendomi di volermi soltanto accertare che tutto fosse a posto e che lei fosse al sicuro, il vero motivo era che lo avrei fatto perché ero incazzato nero.

Avrebbe fatto di tutto per evitarmi, non è vero?

Piombai in biblioteca, mi feci strada tra i tavoli di studenti affaccendati e salii la scalinata aperta fin su al terzo piano. Gettai libri e raccoglitore su un tavolo e tirai fuori dalla tasca il telefono che usavamo in comune, poi mi diressi giù per la lunga navata e girai a destra alla quinta fila. Da uno scaffale tirai fuori una copia di un tomo voluminoso dal titolo *Inserimento dati e curve trascendentali dei politopi difformi*, qualcosa che nessuna persona sana di mente in questo pianeta avrebbe avuto motivo anche solo di sfiorare.

Lo aprii, digitai la combinazione della cassetta di sicurezza che vi era nascosta all'interno e, quando si aprì la serratura, vi nascosi dentro il telefono, chiusi, e mi accinsi a riporre il libro sullo scaffale. Questo telefono di gruppo, che usavamo per registrare tutti i nostri scherzi di cattivo gusto, doveva essere nascosto in un posto dove nessuno sarebbe andato a scovarlo e al quale tutti avrebbero avuto comunque semplice accesso. Non so perché, ma alla fine ero quasi sempre io quello che andava a prenderlo e che lo usava per filmare.

Poi udii la voce di qualcuno alle mie spalle. «Quel titolo è completamente privo di senso».

Mi girai e intravidi un guizzo di capelli castani che scivolava lungo la fila di scaffali.

Strinsi la cassetta di sicurezza tra le mani per celarla alla vista di chiunque fosse. Aveva forse visto cosa ci avevo nascosto dentro?

Feci finta che stessi dando un'occhiata allo scaffale e vidi Emory poggiata con le spalle al muro, la testa abbassata, con i capelli che le coprivano gli occhiali e il volto.

«Non sei venuta a lezione», le dissi.

Parve a disagio, e notai che le tremava il labbro.

Poi si schiarì la voce. «Non c'ero?», scattò. «Wow, sei proprio una forza della natura, eh? Forse come prossima mossa puoi provare ad accendere un fuoco e a disegnare storie nella polvere su quei buchi in cielo da dove entra la luce».

Eh? I buchi in cielo?

Ah. *Le stelle*. Mi stava dicendo che ero un cavernicolo?

Brutta testina di cazzo. Voglio dire, avevo fatto io il suo compito di letteratura. Aveva forse la più pallida idea di quanto fosse difficile provare a rendere per scritto il tono e lo stile di un'adolescente incazzata e priva di senso dell'umorismo?

Una lacrima le scivolò giù sul volto, la asciugò subito.

Abbassai lo sguardo per vederla meglio, le Chuck lise e scolorite, e la gonna due dita troppo corta con la stoffa tartan verde e blu avio che non andava più da un paio d'anni. Il colore olivastro e brillante delle belle gambe, interrotto soltanto dall'occasionale livido, una cosa che adoravo, visto che doveva esserseli procurati costruendo il gazebo o comunque facendo qualcosa di straordinario, per il quale nessuno di noi avrebbe saputo neanche da dove partire.

I polsini le spuntavano fuori dal cardigan blu avio perché erano fuori misura, non portava la cravatta e aveva un bottone sbottonato. Nella camicetta era rimasto intrappolato un ciuffo di capelli.

Era stata lì, vestita per la lezione, ma invece di entrare in classe era rimasta nascosta?

«Cos'è successo?», le chiesi.

Si limitò a scuotere la testa. «Lasciami in pace», sussurrò. «Ti prego».

Ti prego? Dio, doveva essere disperata se si metteva a usare le buone maniere.

«In classe abbiamo iniziato un libro nuovo», le dissi.

Rimase in silenzio, mordendosi il labbro.

«Potevamo scegliere», aggiunsi. «Tra *Il ritratto di Dorian Gray*, *Furore* e *Mrs. Dalloway*».

Fece una smorfia e repressi un sorriso.

«Ho scelto per te».

Si scostò dalla parete e iniziò a camminare, trascinando la borsa a tracolla lungo gli scaffali mentre io la seguivo dalla corsia opposta.

«Ho la tua copia nel raccoglitore», le dissi. «La vuoi o no?».

Non rispose.

«Non vuoi sapere cosa ho scelto per te?».

Continuò a camminare. Andava così piano che non pareva nemmeno essere nel suo corpo.

«Ne ho scelto uno bello».

«Non ce n'era uno bello in quelli che mi hai detto, perciò dammi *Furore* e facciamola finita, perché le cose possono sempre peggiorare e sicuramente quello che hai scelto tu darà il colpo di grazia alla giornata».

Sul serio, come aveva fatto a indovinare la mia scelta?

Ma che cazzo.

Mi ero già fatto l'idea che odiasse tutte le proposte. La prima settimana di scuola si era lamentata della mancanza di diversità e di argomenti rilevanti sulla lista delle letture, e di come i classici fossero tali solo perché all'epoca nessuno pubblicava romanzi intesi per il grande pubblico.

Volevo soltanto farla sorridere. Magari ero proprio io a renderla infelice, anche se avevo la sensazione che così non fosse semplice.

«E, ti prego, guardami».

Si fermò. Aveva l'aspetto di chi stava reggendo tutto il peso del mondo sulle spalle. Che diavolo aveva che non andava?

Tuttavia, anche se glielo avessi chiesto, non mi avrebbe risposto.

«Em?», riprovai.

Ti prego, guardami.

Ma non voleva girarsi. Era lì e allo stesso tempo a miglia di distanza. Mi doleva il petto.

«Ti ho preso pure una guida allo studio». Misi la mano in tasca e tirai fuori la busta ripiegata. «Tieni».

Le passai anche la guida. Le ci volle un momento per allungare la mano e prenderla e, quando lo fece, le afferrai la mano.

Inspirò e provò a liberarsi della presa.

«Guardami», le sussurrai.

Smise di opporre resistenza, tuttavia rifiutandosi di guardarmi.

Cos'aveva che non andava? A quanto dicevano i miei amici, aveva sempre avuto qualcosa che non andava, ma in quel momento sembrava... sconfitta. Sembrava un vaso rotto tenuto assieme con la colla.

Emory Scott non aveva mai quell'aspetto.

Abbassò lo sguardo, osservò le mie mani che tenevano le sue, e io non serrai la stretta né le carezzai le dita. Mi limitai a tenerla.

«Guardami», le sussurrai.

Represse un singhiozzo, girando la testa per non farsi vedere. «Non essere così dolce, ti prego. Io...».

Ma invece di finire la frase scosse la testa.

Mi ribolliva il sangue dalla rabbia e volevo sapere cosa fosse successo. Chi le aveva fatto male? Vederla piangere era come ricevere coltellate nello stomaco.

Ma non voleva ancora parlarmi.

Forse non l'avrebbe mai fatto.

«Toc toc», dissi.

Sospirò e restò zitta.

Sapevo che la stavo infastidendo. Al suo posto, mi sarei preso a pugni.

«E dai. Toc toc?».

Scosse la testa e si asciugò gli occhi, ignorandomi.

Indurii il tono. «Toc toc».

«Avanti», sbottò, mettendo fine al mio giochino.

Rimasi immobile per un'istante. Ma faceva sempre così?

Contrariamente a quanto si credeva, non era facile superarmi in astuzia. Non così tante volte di fila.

Era stata furba. Scoppiai a ridere ma dopo un istante mi accorsi che aveva sulle labbra un minuscolo sorriso, anche se provava a nasconderlo.

«Guardami», ripetei per l'ennesima volta.

Scosse la testa lentamente, più in risposta a sé stessa che a me.

«Emory...».

Fissò il pavimento e poi fece un passo indietro. Le presi la faccia tra le mani e la avvicinai, le massaggiai i pollici sotto agli occhi. Asciugai le lacrime, ma ne cadevano giù altre.

E in quel momento non volevo fare altro nella mia vita che cambiare il mondo in cui viveva, per non farla sentire più così. Dannazione.

Tentò di ritrarsi, ma non riuscivo a lasciarla andare. La abbracciai e la tirai a me. Sussultò. Si tese, scossa dai singhiozzi, ma non mollai, e continuai a tenerla forte.

Non lo sopportavo. Doveva smettere di piangere.

Alla fine rilassò le braccia e si capì che ogni opposizione che aveva dentro si era finalmente sciolta. Poggiò la guancia sul mio petto, le braccia riverse flosce ai lati del corpo, mentre si abbandonava al mio braccio.

Delle persone ci passarono dietro, ma non mi importava cosa potessero vedere. L'unica cosa che contava era che proseguissero per la loro strada.

Le carezzai i capelli, i polpastrelli che vibravano a toccarla. Tanto caratterino e una bocca così vivace su una persona che in realtà era tenera e indifesa.

Le affondai il naso tra i capelli, l'odore che mi faceva girare la testa e mi scaldava ogni muscolo del corpo.

«Andiamocene», le dissi, la presi per mano e afferrai la sua borsa con l'altra. «Togliamoci dalle palle».

La trascinai via senza nemmeno attendere una risposta.

Puntò i piedi, improvvisamente ridestata. «Non possiamo».

«Stai a guardare se possiamo».

La portai fuori dalla biblioteca, lasciando le mie cose sul tavolo perché sapevo che lì le avrei ritrovate, percorsi il corridoio e uscii dalla scuola, sentii il suo respiro nervoso dietro le spalle mentre si guardava intorno alla ricerca di telecamere di sorveglianza o di professori che potessero vederci.

Ma non udii più protesta alcuna.

In macchina gettai la sua borsa dietro e le aprii lo sportello del passeggero.

Alla fine incrociai il suo sguardo. Sembrava così stanca. Dio, quei cerchi intorno agli occhi, che stavo finalmente riuscendo a vedere alla luce del giorno. Quando era stata l'ultima volta che aveva dormito?

Aprì la bocca come se volesse opporsi, ma poi entrò. Chiusi lo sportello, feci il giro della macchina e salii a bordo.

Volevo quasi che si opponesse. Emory Scott stava permettendo che la portassi via da scuola durante le ore di lezione, e non mi stava chiedendo nemmeno dove avessi intenzione di andare.

Non mi piaceva affatto l'espressione moribonda che aveva sul volto. Ma che cazzo stava succedendo?
Messo in moto, presi il telefono e composi un numero mentre uscivo dal parcheggio diretto in centro.
Si allacciò distrattamente la cintura.
Dall'altro capo del telefono rispose Roger Culpepper. «Pronto?»
«Ehi, sono Will. Mi puoi aprire le porte?»
«Sono le nove di mattina», rispose.
«Apri il cinema», gli dissi. «Poi te ne torni a dormire».
Risposi prima che avesse la possibilità di controbattere, e io guardai Em, che aveva lo sguardo perso fuori dal finestrino. Aveva smesso di piangere e si era messa comoda, anche se l'espressione era ancora triste.
Guardai la strada davanti mentre ci dirigevamo in paese, incapace di trattenere un sorriso. *Scusa, Damon. Ora questo è il suo posto.*

Quando arrivammo al cinema, Roger lo aveva già aperto. Parcheggiai nel vicolo in modo che nessuno potesse vedere la mia macchina in giro durante l'orario scolastico. Emmy non fece domande quando parcheggiai davanti a una delle sale e me ne andai a prendere qualche snack.
Culpepper gestiva il cinema e, vista la rassegna notturna in corso, doveva essersene andato da lì soltanto qualche ora prima. Mi dispiaceva averlo svegliato e fatto venire, ma sin dalla mia festa improvvisata di compleanno a maggio – dopo il ballo di fine anno –, i miei genitori si erano presi le mie chiavi del cinema, così che non potessi più andarci, né portarci nessuno al di fuori degli orari di apertura.
Quando vide che si trattava soltanto di una ragazza, Roger si rilassò. Caricò la pellicola, abbassò le luci, io presi i popcorn che avevo fatto; dopo che se ne fu andato, portai altre schifezze da mangiare dentro la sala tre.
«Hai fame?», le chiesi, e poggiai la tazza di plastica nel portabevande.
Mi guardò, gli occhi ancora rossi ma sempre bellissima. Si agitò nervosa sulla poltrona e si guardò dietro, verso le porte chiuse, probabilmente spaventata dall'idea di poter essere beccata.
«Non c'è problema», le dissi. Poggiai giù il resto degli snack e ripresi i popcorn mentre mi sedevo. «Conosco un tipo che lavora negli uffici scolastici. Ho già chiamato per dirgli di segnarti presente».
E le avevo anche fatto spegnere il cellulare in macchina, immaginando che suo fratello potesse rintracciarla. Anche i miei genitori di tanto in tanto minacciavano di farlo.
Misi in bocca dei popcorn e gliene offrii, i titoli di testa incominciavano a comparire sullo schermo davanti a noi.
Lei però non smetteva di fissarmi.

«Conosci un tipo?», ripeté col solito tono sagace e la ripicca dipinta in volto a pennellate grezze. «Ma certo, tutta la scuola è ai tuoi ordini, perché...».

«La risposta giusta è: grazie», dissi, con la bocca piena.

Mi guardò sbalordita.

«Provaci, una volta sola», le dissi.

Chiuse la bocca, raddrizzò le spalle, ma dopo un istante tornò alla postura precedente e all'espressione triste. «Grazie», bofonchiò.

Seduta sulla poltrona, prese il bicchiere di coca e se lo mise tra le gambe e, dopo qualche minuto, provai a offrirle di nuovo dei popcorn. Ne prese una manciata e iniziò a beccare i popcorn come un uccellino.

Come colazione faceva pena, ma era meglio che restare a digiuno. Ero sicuro che non avesse ancora mangiato niente.

Durante i trailer, la sentii rilassarsi a poco a poco al mio fianco, gli occhi concentrati sullo schermo.

Iniziarono le scene di apertura, ma invece di guardare il film, che avevo già visto, mi misi a osservare lei. I suoi occhi si muovevano su e giù e tutt'intorno, ipnotizzati dall'azione, ed era rimasta, dimentica di tutto, con la mano carica di popcorn a mezz'aria.

«Ma che cos'è?», chiese, senza staccare gli occhi dallo schermo. «È forse...?».

Sorrisi.

«*Underworld – Il risveglio*?», chiese infine, guardandomi. «Ma uscirà solo a fine gennaio. Tu ce l'hai già?».

Alzai un sopracciglio, e lei puntò gli occhi al cielo, ricordando chi fossi.

«Ma certo», ribatté. «Dev'essere bello essere...».

Guardai lo schermo e mi schiarii la voce rumorosamente.

Arrestò sulla punta della lingua qualsiasi insulto stesse per lanciarmi e fece una risatina. «Grazie», disse. «Grazie, grazie, grazie».

«Ok, basta», dissi scherzando. «Ora pensa a guardare il film».

Tornò con gli occhi lucidi allo schermo, con un sorriso radioso sul volto che facevo fatica a ignorare. Di tanto in tanto l'avevo vista al cinema da sola e immaginavo che fosse uno dei suoi posti preferiti.

Nel corso del film cambiò d'umore. Le tornò il colorito in volto e i suoi occhi divennero più grandi, e una volta la sentii anche ridere.

Le porsi sia Twizzlers che Milk Duds, dandole la possibilità di scegliere ma, quando scelse i Milk Duds, aprii la scatola e me ne versai metà in mano prima di darle il resto. Le avevo offerto quella scelta per fare il galante. Ma i Twizzlers non li volevo affatto.

Mangiammo beati, e continuai a guardare più lei del film.

«Non sei come mi aspettavo», le dissi. «Ti piacciono i film di azione, eh?»

«A te no?».

Risi. Era tornata a controbattere le mie battute antifemministe. Evviva la normalità.

Dopo un istante, si mise a parlare con tono felpato. «Quando li guardo non penso a nient'altro», spiegò. «Mi portano via. È una fuga. E mi piace che molti parlino proprio di sopravvivenza. E di persone normali che diventano straordinarie, che vengono scelte per fare grandi cose». Faceva rotolare i Milk Duds tra le dita mentre fissava lo schermo. «L'inferno affina gli eroi, sai? Ci penso sempre quando guardo questi film».

Da cosa aveva bisogno di fuggire? Non glielo chiesi perché quella domanda l'avrebbe messa sul chi vive e non volevo farla scappare.

«Be', io preferisco i classici», le dissi. «Arnold Schwarzenegger, Sylvester Stallone…».

«Jean-Claude Van Damme», dicemmo all'unisono.

Si girò verso di me e rise.

«Cazzo, sì», annuii. «Mister Muscolo di Bruxelles».

«*Senza esclusione di colpi*», disse.

«*Kickboxer*», aggiunsi.

Film grandiosi. Gli anni Ottanta erano stati un'epoca d'oro. Gente normale che andava in guerra a combattere per il proprio onore. Non fanno più film come *Arma Letale, Beverly Hills Cop* e *Cobra*.

Tu sei il male, io sono la cura. Evviva.

Em iniziò a ridere, i denti bianco perla che rilucevano nel sorriso più smagliante che le avessi mai visto fare.

Strizzai gli occhi. «Che c'è?»

«*Kickboxer*», disse tra le risate. «La scena dove l'insegnante lo fa ubriacare in un bar per vedere se riesce a combattere anche in quello stato, e lui inizia a ballare. Ci ho ripensato e mi ha fatto venire in mente te».

«Perché?».

Alzò le spalle. «Ragazzo muscoloso, super felice, che se la spassa… Non lo so». Si mise un pezzo di dolce in bocca. «Sembra una cosa che potresti fare senza problemi».

Si riadagiò sulla poltrona e tornò a guardare il film.

«Frequentiamoci un po', così scopri se è vero», la stuzzicai.

Ballare, ballavo. E pure molto bene.

Si inumidì le labbra. Non sorrideva più, ma aveva il respiro veloce.

Tornammo a fare silenzio, l'audio del film in sala tremava a ogni esplosione. Ma mi sembrava di poter udire soltanto il battito del mio cuore. E del suo.

I minuti si allungarono e non sapevo nemmeno più che film stessimo guardando.

«Perché ti piaccio?», mi chiese all'improvviso.

La guardai e le ripetei le parole di Edward McClanahan, visto che era l'unico modo di spiegarglielo. «Vogliamo quello che vogliamo».

Respirava lenta, senza muoversi. Sembrava sprofondare nella poltrona.

Le guardai le mani. Una teneva la scatola gialla e l'altra teneva la gonna.

Cosa avrebbe fatto se…?

«Vuoi ancora abbracciarmi?», mi chiese.

Le lanciai un'occhiata, ma lei non staccava lo sguardo da davanti a sé. Il cuore mi picchiava inferocito in petto e tutto il corpo si andava scaldando.

Sì, cazzo.

Mi sporsi, poggiai la sua tazza nel portabevande e buttai i Milk Duds nel contenitore dei popcorn che già era a terra, la presi per mano e la feci alzare in piedi. La guardai avvicinarsi e farsi cadere sulle mie gambe.

Scivolai giù, sulla poltrona, le serrai intorno le braccia mentre mi poggiava la faccia sul collo. A nessuno dei due importava più nulla del film.

Chiusi gli occhi, gustando la sensazione di averla finalmente tra le mie braccia, e dovetti serrare i pugni per impedire alle mani di iniziare a vagare, sicuro che altrimenti mi avrebbe schiaffeggiato.

Ma Dio, che bell'effetto che faceva. Quando la abbracciavo mi sembrava che tutto fosse più leggero.

«Non dire a nessuno che te l'ho detto», mi sussurrò nell'orecchio, «ma hai un buon odore».

Sbottai a ridere, sorpreso e incapace di fermarmi. «Continua a fare la gentile in questo modo e, cazzo, sarà sempre più difficile comportarmi galantemente, Em. Che cosa hai in mente?».

Si agitò con una risatina, poi mi fece scivolare una mano sulla nuca e sussurrò con le labbra poggiate alla mia gola. «Ti ricordi cosa hai detto sul calare delle tenebre?». Le sue labbra mi sfioravano la pelle. «Non devi comportarti galantemente. Non fino alla fine del film».

Alla fine del film, in sala si sarebbero riaccese le luci.

Il cazzo mi si gonfiò e si inturgidì, le feci scorrere le dita tra i capelli. «Em, Cristo», le bisbigliai.

Si alzò, tutti e due serrammo l'altro tra le braccia mentre il calore delle sue labbra si faceva evidente sulle mie. «Solo fino alla fine del film», bisbigliò.

Il sudore mi si gelò addosso e il cazzo prese a pulsare. Volevo tutto e tutto assieme e le mie mani tremavano così tanto che avevo paura di non riuscire a controllarmi. Non volevo spaventarla.

Continuammo ad abbracciarci, con le bocche a pochi millimetri di distanza. Quando alla fine mi raggiunse, mi ritrassi, quasi ironicamente.

E poi…

Le catturai il labbro inferiore tra i denti, lei mugolò, e la sua bocca affondò sulla mia, ogni nervo del mio corpo era elettrico e il suo calore mi sfiorava la lingua, il suo sapore mi invadeva la testa.

Cristo, avevo atteso quel momento così a lungo, ma proprio quando le nostre bocche si erano congiunte, scoprii di non avere più fretta. Rallentai tutto, le infilai la mano sotto la gonna e le strizzai le cosce mentre lei cambiava posizione e mi cavalcava.

Volevo che durasse per sempre.

«Sei così morbida», ansimai sulla sua bocca.

Dio, se le sue labbra erano morbide.

La baciai mentre tutti e due crescevamo d'intensità, e quando si fece avanti perché ne voleva ancora, ero praticamente sconvolto. Il cazzo caricava contro i pantaloni, le afferrai con forza le cosce e me la spinsi contro.

Ansimò, si tuffò sul collo e mi allentò la cravatta per avere accesso ad altra mia pelle.

La mia testa galleggiava nel vuoto, la sensazione della sua bocca che mi sfiorava il corpo mi riempiva di piacere e di dolore allo stesso tempo. Continuavamo a stuzzicarci, ma volevo di più. Volevo guardarla. Volevo toccarla e baciarla da tutte le parti.

Però dovevo andarci piano. Non volevo che la cosa finisse: lei si spaventava con estrema facilità.

Il mio cazzo continuava a crescere, ero quasi arrivato. Le afferrai la testa, me la tenni contro e le impedii di muoversi, tuttavia senza lasciarla andare.

Io…

Si schiantò contro di me, mi mordicchiò e mi leccò la bocca.

Trattenni il respiro. Io…

«Merda», dissi col fiato mozzo.

Le affondai le dita nelle cosce. Tutto il cinema mi girava intorno.

Solo baci. Solo bacetti del cazzo e io ero sul punto di venire.

Mi ansimò sul collo. Potevo sentire che anche il suo cuore stava correndo.

Odiavo quando le cose andavano a finire esattamente come desideravo.

Mi sporsi e la baciai con gentilezza, ricominciai piano e mi presi tutto il tempo che serviva.

L'indomani forse se ne sarebbe pentita. Oggi era di umore strano, e forse io ero un film d'azione che la aiutava a evadere, ma la cosa non avrebbe funzionato allo stesso modo se l'avessi portata a letto.

Volevo prima entrarle nella testa.

Perché, a dispetto di quello che pensava lei, questa cosa non sarebbe finita quando si riaccendevano le luci.

Capitolo 13

Emory

Presente

Era cambiato, e la cosa non mi piaceva affatto.

Era passato un giorno da quando mi aveva tolto le mutandine in piscina e ancora non mi aveva parlato. Will non era mai stato così arrabbiato. Non che io fossi un'esperta sul suo conto, ma in genere ero quella più lunatica. Lui era l'amante.

Alla fine sarei forse riuscita a ottenere il suo aiuto, ma non avevo il tempo di aspettare che arrivasse spontaneamente.

I giochetti mentali di Aydin. La viscidità di Taylor. Le lamentele di Rory.

Non ero certa del perché fossi ancora al sicuro, ma non contavo che sarebbe durata per sempre.

Will avrebbe potuto vendicarsi di me in seguito, una volta tornato a Thunder Bay.

Era ora di mettere in atto un piano.

Percorsi il corridoio ed entrai nella sala giochi. Guardai le stecche da biliardo appese al muro. Ne presi una e mi fermai ad ammirare i dipinti che adornavano la carta da parati marrone sulle pareti.

Con tutti i suoi nascondigli e i suoi tesori, quel posto sembrava il castello di Dracula. Triste e morente allo stesso modo. Ma perché la gente mandava lì i propri figli? Perché invece non li spediva su una spiaggia, al sole e al caldo? La depressione non poteva fare altro che peggiorare gli umori. Sul serio avevano creato questo posto con l'idea che potesse essere rieducativo?

Restai a osservare i dipinti di navi e pirati, di battaglie e creature marine. Che legame c'era? Forse il proprietario precedente della casa era un appassionato di oceani?

O forse ce n'era uno vicino?

Un peso improvviso sembrò schiacciarmi a terra. Era una possibilità che non avevo preso in considerazione.

Se eravamo su un'isola, io ero fottuta.

Dovevo salire sul tetto. Era il miglior punto di osservazione possibile.

Scossi la testa. C'erano già troppi problemi, e non avevo neanche iniziato a risolverli. Era martedì, e i miei colleghi sul posto di lavoro avrebbero dovuto già denunciare la mia scomparsa, giusto? Mancare un giorno già era strano per me, ma due?

Non ero in rapporti amichevoli con nessuno di loro. Nessuno aveva le chiavi di casa mia. Ma se non rispondevo alla porta e neppure al telefono, avrebbero contattato la polizia. Giusto?

Non avrebbe comunque portato a nulla. A Blackchurch non mi avrebbe trovata nessuno.

«Te ne vai in giro come se nulla fosse, eh?» disse qualcuno nascosto nell'angolo più buio della stanza.

Sobbalzai e mi girai alla ricerca di chi avesse parlato.

«Come se non avessi nulla da temere», aggiunse la voce.

Girai di nuovo la testa e alla fine vidi delle lunghe gambe coperte da una stoffa nera. Era sulla sedia nell'angolo, in fondo, dietro il tavolo con la scacchiera. La sua faccia era in un cono d'ombra.

Mi avvicinai al tavolo da biliardo, verso la porta, senza staccargli gli occhi di dosso.

«Ma dimentichi», aggiunse, «che siamo tutti qui per un motivo».

Taylor.

Ci fu del movimento, e mi avvicinai col cuore che iniziava a martellarmi in petto. Era rimasto seduto lì da prima. A guardarmi. Perché era senza fiato?

Presi la stecca da biliardo in mano mentre mi avvicinavo.

«Chiedimi cosa ho fatto», disse. E poi continuò in tono grave: «Chiedi a Rory cosa ha fatto. Il museo subacqueo delle cere, alla casa sul lago dei suoi genitori. Dettagli così vividi che sembravano veri».

Mi attraversò un brivido. Un museo delle cere? Dettagli vividi? Ma di che cavolo stava parlando?

E poi lo vidi.

Abbassai lo sguardo, vidi che aveva in mano il cazzo e che se lo stava tirando.

Inspirai e feci un passo indietro.

Se lo tirava sempre più velocemente con le mie mutandine blu avvolte intorno.

Il mio cuore ebbe un tonfo, e restai a guardarlo impietrita mentre mugolava, gli occhi che cadevano giù mentre il pizzo delle mutandine si sfregava contro la sua pelle e i muscoli del suo braccio si contraevano.

Ma che…? Feci un altro passo indietro, nauseata.

«Vogliamo andarcene», disse, «ma non saremo mai veramente liberi, Emory». Mi guardò di nuovo. «Puoi anche riportarlo a casa, ma non tornerà mai veramente a casa».

Si concentrò su di me e continuò a masturbarsi con foga. Avevo lo stomaco in subbuglio e mi sentivo paralizzata.

«Succhiati il dito. Come un pompino. Fallo per me», implorò bisbigliando.

Non riuscivo a muovere le gambe e una fitta nei polmoni mi fece notare che non stavo respirando.

Schizzai via dalla stanza, udii la sua risata scura e profonda rimbombarmi alle spalle mentre correvo via.

Non sapevo bene dove fossi diretta finché non arrivai in palestra. Ignorai Micah sulla panca pesi e salii sul tapis roulant, misi in moto e iniziai a correre scalza.

Avevo bisogno di correre. Avevo bisogno di sentirmi così esausta da non riuscire a pensare a nient'altro.

Will gli aveva dato le mie mutandine? Digrignai i denti, la nausea diventava furia.

Micah alzò la testa e restò per un momento a guardarmi, poi si alzò dalla panca e iniziò a prendere a pugni il sacco.

Il sudore si raggelò sul mio corpo, e aumentai il passo, sempre più veloce finché non mi accorsi che non sarei riuscita a spingermi oltre e che non avrei ammansito in quel modo la rabbia e l'angoscia.

Non potevo restare lì per quattro settimane.

Non potevo contare su qualcuno che mi proteggesse.

Magari non sarei stata in grado di scappare, a causa delle circostanze, e non potevo fare affidamento su quella sola opzione, ma potevo fare altro.

Nove anni prima avevo deciso di sedermi e aspettare. Aspettare che passasse e poi fuggire.

Non lo avrei fatto mai più.

Picchiai sul tasto dello stop e saltai giù dal tapis roulant, quindi mi avvicinai a Micah col fiato ancora mozzo dalla corsa.

«Mi fai vedere qualche mossa?», gli chiesi.

Lui si fermò e si raddrizzò. «E perché mai dovrei farlo?»

«Che vuoi in cambio?».

Fece una smorfia e io sollevai un sopracciglio.

Ero sufficientemente sicura che non volesse quello.

«Un sandwich», disse.

Sorrisi… genitali femminili, colsi il doppio senso.

Ma non era una cattiva idea. Avrei avuto una scusa per stare in cucina, con tutto l'accesso al cibo necessario.

Anche se qualcuno mi avesse tenuta d'occhio, sarei riuscita a mettere da parte qualcosa. Sarebbe tornato utile in caso di fuga o di dovermi nascondere per un lungo periodo di tempo.

«Un *Philly cheesesteak* con carne di manzo e formaggio?», chiesi, alzando la posta in gioco.

Non era cibo kosher e perciò non avrei potuto mangiarlo. Era una delle poche regole che seguivo.

Però potevo prepararglielo. Ci volevano più di dieci minuti a preparare quel sandwich, un mucchio di tempo che avrei potuto trascorrere in cucina.

La sua faccia si illuminò. «Davvero?».

Misi i pugni davanti al volto, alzando la guardia, come in segno di risposta.

Rise e prese posizione di fronte di me, incitandomi ad attaccare. «E va bene. Affare fatto».

Due ore dopo, sudata e accaldata, stranamente non mi sentivo stanca. Mi sentivo rinvigorita. Mi asciugai la faccia con un telo per nascondere il sorriso.

Incredibile. Intrappolata per due giorni con cinque uomini – quattro dei quali perfetti estranei – mi sarei dovuta perlomeno sentire in pericolo.

Non era che non mi ci sentissi. Semplicemente ci ero abituata. Sentirmi in pericolo era per me una sensazione *familiare*.

Mi avvicinai alla porta, guardando dietro di me Micah e Rory che lottavano sul materassino. Micah lo aveva bloccato, rideva, ed era bastato uno sguardo di Rory per fargli abbassare la guardia. L'altro, più magro, lo afferrò e lo rovesciò, provò a strangolarlo, ma in realtà stavano ridendo tutti e due a crepapelle.

Scossi la testa e proseguii. «Divertiti, sopravvivi…».

E poi mi fermai, ricordando.

Il signore delle mosche. Un angoscioso romanzo classico e uno dei pochi che mi era piaciuto leggere alle superiori perché era molto cupo e… realistico.

I ragazzi precipitano su un'isola deserta senza adulti in giro e hanno soltanto tre regole: divertiti, sopravvivi, e… tieni sempre acceso un falò di segnalazione.

Mi ci volle soltanto un istante a decidere. Mi guardai intorno per accertarmi di essere sola e poi mi diressi sul viale.

Nel mezzo della stradina circolare c'era una fontana, e alzando gli occhi al cielo vidi che era sereno.

Non sapevo quanto sarebbe durato, specie se la pioggia avesse inzuppato il legno, ma dovevo provarci.

Raccolsi bastoncini, rami e ramoscelli, li ammassai una manciata alla volta nella fontana vuota fino a crearne un mucchio cospicuo. Tornai ai bordi del viale e ne raccolsi ancora per fare la pila più alta, così che potesse bruciare con più intensità. Speravo che sarebbe stato visibile per la sua luce anche nel buio e per il suo fumo anche da lontano e di giorno.

Tornai agli alberi e raccolsi altra legna, poi corsi indietro e la gettai nel mucchio.

Ma un braccio sbucò fuori dal nulla e mi afferrò il polso.
Girai la testa e vidi Will in jeans e maglietta, gli occhi verdi privi del ragazzo che ricordavo.
Sottrassi il polso alla presa e lo spinsi via. Mi afferrò il braccio e ci dibattemmo entrambi, io che provavo a scappare e lui che tentava di fermarmi.
«Qualcuno lo noterà», urlai.
«Nessuno lo noterà», disse, «e ti sbagli se pensi che in questo posto qualcuno te lo farà accendere».
Alla fine, riuscii a spingerlo via e mi lasciò andare.
Sì, lo so. Era un tentativo forse assurdo, e forse senza i soldi di mammina e paparino non serviva a niente provare a scappare, visto che al limite sarebbero tornati nella casa di chi li aveva mandati lì. Non si sarebbero presi la briga di cambiare nome, vivere sotto mentite spoglie a Brooklyn e lavorare come garzoni da un pizzaiolo.
Ma io non appartenevo a quel posto. Avevo un lavoro, e non mi serviva niente da nessuno.
«Che hai combinato per essere mandato qui?», gli chiesi. «Sono stati i tuoi? Non eri il loro figlio prediletto?».
Sostenne il mio sguardo e si rifiutò di rispondere.
Era passato un po' di tempo, forse un anno o poco più. Micah aveva detto che Rory era stato l'ultimo arrivo sette mesi prima, e anche che lui una volta era stato rimandato a casa e poi rispedito subito indietro.
Cosa se ne stava facendo Will della sua vita? Avrebbe potuto ottenere il meglio.
«Hai ventisei anni», gli dissi. «Dopo questa fase, che succede? Dove te ne andrai? Pensi che sarai cresciuto così, solo per il fatto di esser stato qua?». Gli scrutai lo sguardo. «Se non è successo finora, non succederà così. Tu sei tu, e io sono io».
Si avvicinò e mi guardò. «Ho sentito dire che prepari tu la cena», fu la sua risposta. «Abbiamo fame. Vai a cucinare».
Gli lanciai un'occhiataccia. Scusa?
Lo spintonai sul petto, facendolo arretrare.
Non ti servirò.
Non siederò al tuo tavolo.
Puoi mandare a puttane tutta la tua vita, per quello che me importa.
E anche…
«Hai dato le mie mutandine a quel depravato», dissi.
Brutto figlio di puttana.
Gli angoli della bocca gli composero un sorriso, ma lo trattenne e si girò di spalle.
«A te non servivano, vero?», lo stuzzicai, calmando il tono della voce. «Hai ancora quelle rosa del ballo di inizio anno, no? Le hai usate spesso, o negli anni il cazzo te lo sei lubrificato a furia di lacrime?».

Mi piantò addosso la faccia, negli occhi le fiamme. «Cosa ti fa pensare che negli anni io non abbia avuto centinaia di mutandine fradicie?».

Si girò e se ne andò. Con lo sguardo gli perforai la schiena mentre si dileguava negli anfratti della casa.

Credimi, Will Grayson. So esattamente cosa non *hai fatto in questi anni.*

Capitolo 14

Emory

Nove anni prima

«Hanno maccheroni e formaggio, hamburger, tramezzini al tacchino», disse Erika Fane a una ragazza in fila davanti a me, «e anche il tortino di pollo, ma ti consiglio i sandwich al pollo. Sono buoni e speziati».

No, non è vero. I ragazzi del primo anno erano gli unici a non aver ancora capito da dove venissero i crampi che li coglievano inevitabilmente alla quinta ora.

L'altra bionda che sembrava sua sorella – non fosse che Erika una sorella non l'aveva – rimase ferma lì, senza neanche guardare la selezione che Erika le stava illustrando.

«Va bene tutto», rispose. «Qualsiasi cosa mi consigli».

Fane prese il sandwich di pollo incartato nella stagnola e glielo diede. L'altra ragazza tese tutte e due le mani e lo toccò.

Strinsi gli occhi e seguitai a guardarla. Teneva gli occhi fissi sul sandwich, lentamente lo prese e lo poggiò in modo un po' goffo sul vassoio che aveva davanti.

Come se non ci vedesse.

Fu allora che capii. Si trattava di Winter Ashby. La sorella minore di quella troia di Arion Ashby.

Avevo sentito dire che fosse cieca.

Be', si sperava che almeno fosse più simpatica di sua sorella. Quando aveva iniziato a frequentare la nostra scuola? Non mi fermavo mai a pranzo e non frequentavamo le stesse classi, perciò non mi era ancora capitato di vederla.

Proseguirono lungo la fila. Mi colse una crisi di coscienza e le tolsi il sandwich di pollo dal vassoio, rimpiazzandolo con un hamburger senza che lei o Fane potessero accorgersene. Non avrebbe saputo chi ringraziare, o perché, ma non sarebbe stato un dramma.

Presi anche io un hamburger e una banana, e poi una bottiglia d'acqua, mettendo tutto sul vassoio.

Da dietro sbucò un braccio che mi afferrò la cravatta e se la passò tra dita affusolate e belle, le vene gli spuntavano dal dorso della mano.

«Carina la cravatta...», mi sussurrò nell'orecchio.
Il mio cuore ebbe un tonfo e smisi di respirare per un istante.
Il suo respiro mi solleticava i capelli. «Grazie per averla indossata».
Non potevo girarmi per guardarlo, poiché ero sicura che in volto fossi paonazza. Mi aveva messo addosso quella cravatta dopo il cinema, quando mi aveva riportata a casa, io non volevo indossarla, ma poi...
Lui aveva preso un'altra giornataccia e l'aveva trasformata in qualcosa di migliore. Mi piaceva indossare un indumento che me lo ricordava.
Mi fece scorrere la mano intorno ai fianchi e mi sospirò sul collo.
«Emmy...».
Il calore s'impossessò del mio corpo appena sentii pronunciare il mio nome, proprio come mi era successo al cinema seduta su di lui.
«Ti prego», lo implorai, e gli tolsi la mano dai miei fianchi, «torna al tuo tavolo». Guardai verso il suo solito posto e vidi Damon che ci guardava, circondato da belle ragazze. «Là ci sono tante cose a cui rivolgere la tua attenzione».
«Ma niente che mi interessi», mi schernì e mi strinse di nuovo i fianchi.
Proseguii lungo la fila, guardandomi intorno per vedere se qualcuno ci stesse osservando.
«Non preoccuparti», disse. Mi lasciò andare e aggiunse un pezzo di torta e un cartoncino di latte al cioccolato al mio vassoio. «Ecco tutto quello che vedono: io che ti prendo in giro. Non sospetterebbero mai...».
«Che fai sul serio?».
Si lasciò sfuggire un sorriso sprezzante e poggiò sul mio vassoio una busta di pretzel e delle patatine fritte. «No, che ti piaccio».
Passò dall'altra parte, la guancia sulla mia, e prese un pudding e un bicchiere di macedonia.
Mi si spinse contro la schiena e il cuore iniziò a galoppare. Girai la testa e sentii le sue labbra che mi sfioravano.
«Ti prego...». *Torna al tuo posto.*
Ma la mia frase cadde nel vuoto e non riuscii a finire di pronunciarla. Mi colava il sudore giù per il collo. Alla fine agguantai meglio il vassoio e cercai di darmi un contegno.
«Vai a sederti», sbottai, sbattei gli occhi e notai tutte le schifezze di cui mi aveva riempito il vassoio. «E piantala di mettere tutto questo cibo qua sopra. Con me non ci mangi».
«È tutto per te», disse, tirando fuori il portafoglio. «Ti vedo pallida. È tutta roba kosher, giusto?».
Grugnii e iniziai a rimettere il cibo a posto, ma lui afferrò il vassoio e allungò il denaro alla cassiera.
«Mi devi restituire quella cravatta», disse. «Stasera».

«Non posso», gli risposi.
«Lo farai, eccome». Prese il resto e mi porse il vassoio. «Vengo a prenderti alla fine del tuo isolato, alle undici».
«Non posso», dissi, a volume più alto.
Ma si avvicinò, con gli occhi puntati nei miei. «E poi ti porto a casa mia. Saremo solo noi. Voglio farmi con te una maratona di tutti i film di *Mission: Impossible*».
Una… *cosa*? Scoppiai a ridere anche se non era mia intenzione, poi distolsi subito lo sguardo. Provai a nascondere quanto la cosa mi avesse divertita. Dio, che idiota che era.
Volevo andarci, però.
Rimasi lì, scuotendo la testa. «Non posso», ribadii.
Martin lo avrebbe scoperto.
Mia nonna avrebbe avuto bisogno di me.
L'indomani ci sarebbe stata di nuovo la scuola.
Avrei lasciato accadere cose di cui poi mi sarei amaramente pentita.
Ma si avvicinò, prese la cravatta e se la lisciò tra le dita. «O vieni tu da me», disse, «o verrò io da te».

Avevo preso una bella A con la ricerca su *Lolita*. Avevo consegnato con una settimana di ritardo eppure avevo preso il massimo dei voti. E la cosa più assurda era che il compito io non lo avevo nemmeno consegnato. Ero stata tentata, in tutta onestà.
Ma non ci ero riuscita. Ogni successo educativo che sarebbe seguito, ne sarebbe stato influenzato. La mia vita sarebbe finita.
Sarei stata un'imbrogliona. Una truffatrice. Un pessimo esempio per i miei figli.
Tutto questo per aver barato in un compito di inglese. Ero davvero così nevrotica.
Fortunatamente il braccio lungo di Will Grayson era arrivato al registro di classe e aveva cambiato quel mio zero in un bel cento per cento, anche se non avevo mai consegnato il compito.
Non era stato molto discreto. Sarebbe bastato un novantotto. Per stare sul sicuro, andava bene anche un novantadue.
L'indomani avrei informato il professor Townsend che il voto era sbagliato.
Se non me lo fossi dimenticato.
Percorsi gli spogliatoi deserti e aprii la tenda della doccia, entrai dentro e appesi il mio accappatoio al gancio. Feci scorrere l'acqua e immersi la testa già bagnata sotto il getto, la pelle scossa dai brividi per il calore.
Erano soltanto le quattro e mezzo del pomeriggio. Avevo davanti ore prima di incontrare Will e, anche se avevo trascorso il resto del giorno – e un po' di tempo privato in piscina per allenarmi – a provare a

ripetermi che allo scoccare delle undici avrei fatto finta di niente e che lo avrei lasciato ad attendere alla fine dell'isolato, stavo male al solo pensiero di dargli buca.

Non avrebbe dovuto farmi male, giusto? Non avevo propriamente acconsentito ad andare a casa sua quella sera. Lui non me lo aveva nemmeno chiesto. Era soltanto un altro uomo che mi faceva sentire obbligata a mostrargli quanto fossi grata della sua attenzione.

Mi rovesciai in mano un poco di shampoo dal dispenser sulla parete e mi lavai i capelli, provando a sbrigarmi. Dovevo ancora preparare la cena, fare i compiti, e avevo promesso a mia nonna che quella sera ci saremmo guardate un film insieme nella sua stanza.

E volevo anche fare un salto al gazebo per procedere con i lavori.

Will sarebbe venuto da me. Se fosse riuscito a trovarmi.

Dopo aver lavato bene i capelli misi il balsamo, poi rimossi il cloro della piscina dalla pelle. Mi fermai. Al tatto si sentivano già i primi peli in ricrescita. Forse avrei dovuto depilarmi di nuovo. *Voglio dire, se fosse riuscito a rintracciarmi…*

Poi scossi la testa e mi raddrizzai. *Cristo santo, datti una calmata.*

Finii di lavarmi, misi di nuovo la testa sotto l'acqua e risciacquai via il balsamo.

Vidi un'ombra muoversi oltre la tenda della doccia e raggelai.

Restava ferma lì, incombente.

Il cuore saltò un battito. A quell'ora a scuola non avrebbe dovuto esserci più nessuno – poiché non erano previste attività sportive o musicali – quindi erano accese soltanto le luci di emergenza. Strizzai gli occhi per cercare di vedere meglio.

Avevo bisogno dei miei occhiali. Ci vedevo più o meno bene a occhio nudo, ma ero miope.

«Ehi», chiamai. «Chi è?».

Senza chiudere la doccia, allungai la mano, presi l'accappatoio e mi coprii il corpo.

«Martin?», dissi.

L'ombra aprì lentamente la tenda, mi si formò un groppo in gola quando vidi Damon Torrance entrare sotto la doccia con me.

«Ma che cavolo?», urlai.

Richiuse la tenda e si avvicinò, con un asciugamano avvolto alla vita e un sorriso stampato in volto.

«Martin?», ripeté. «Perché mai tuo fratello dovrebbe farsi un giro nelle docce delle ragazze?»

«E perché lo stai facendo tu?».

Arretrai contro la parete, il getto della doccia a bagnarmi l'accappatoio.

Alzò le spalle. «Ho appena finito l'allenamento e ho bisogno di una doccia».

«La tua squadra stasera non si allenava». Lo spinsi via. «Ma tu sei qui. Mi stavi tendendo un agguato?».

Si avvicinò ulteriormente e mi costrinse contro la parete. «Shh…».

Mi carezzò i capelli e si spinse contro il mio corpo, respirandomi addosso.

Iniziarono a tremarmi le ginocchia. Strinsi le cosce. Mi sembrava di essere sul punto di farmela addosso.

Mi ritrassi, lo spinsi via con una mano e continuai a tenermi addosso l'accappatoio con l'altra. «Che vuoi?».

Mi bloccò il polso alla parete e sorrise. «Voglio sapere cosa ci vede in te. Così magari lo vedo anch'io».

Mi si annodò lo stomaco. Sarebbe stato meglio morire.

Fissai i suoi occhi scuri, sentii l'odore di quella merda che si fumava, un urlo mi si bloccò in gola.

Urla.

Urla e basta.

Non c'era nessuno che potesse sentirmi e anche se ci fosse stato, Martin Scott non mi avrebbe creduto. In un modo o nell'altro avrei pagato io le conseguenze.

«Vattene», ingiunsi a denti stretti. «Togliti dalle palle!».

«Pensavo che fossi più combattiva», disse. «Sei una mezza delusione».

Com'è, ti diventa duro solo se ho paura?

Avevo paura.

«Vattene». Lo fissai e poi gli mollai uno schiaffo, ma lui mi prese le mani e cercò di tenermele ferme mentre ci dibattevamo.

L'accappatoio cadde e mi afferrò tutti e due i polsi, mi piegò le braccia all'altezza dei gomiti e le bloccò sul petto, usando tutto il suo peso per tenerle ferme.

«Vattene!», bofonchiai di nuovo.

«E urla, allora», affermò.

Serrai la mandibola, finsi di fare la dura anche se respiravo con estremo affanno.

Mi guardò negli occhi, l'acqua ci cadeva addosso. «Perché non urli?».

Non lo capiresti mai.

Immaginai che per lui fosse una novità assoluta. Si comportava in quel modo perché lo eccitava, ma se si imbatteva in qualcuno che era già stato una vittima, questo gli avrebbe rovinato tutti i piani.

Perché non era il sangue che voleva, era la paura.

Non cercava il sesso. Voleva il potere.

I suoi occhi mi scesero sul collo e poi sul braccio, a mano a mano concentrandosi.

Non urlo perché…

«Perché urlare non serve a niente», mormorò. «Vero?».

Il cuore mi rimbombava in petto, ma restai immobile a fissarlo mentre mi esaminava il corpo e i lividi a forma di dita che mi costellavano la parte superiore del braccio. I graffi sulle gambe e i lividi bluastri e violacei sulle spalle.

«Perché ti sei stancata di essere la vittima», disse, come se pensasse ad alta voce, «ed è più facile lasciarlo accadere».

Alzò gli occhi e incrociò di nuovo il mio sguardo. Le sue parole mi si erano conficcate dentro. Mi bruciava la gola.

Mollò la presa, ma non scappai.

«Per fare finta di avere il controllo di tutto quello che ci succede», aggiunse.

Sbatté rapidamente gli occhi, l'atteggiamento completamente tramutato, rughe di preoccupazione sulla fronte.

Mi tremò il mento.

«Finché non riesci più a ricordare chi eri prima di iniziare con le bugie», continuò. «Finché non riesci a ricordare che un tempo sorridevi, un tempo in cui non faceva male».

Mi affiorarono le lacrime agli occhi. Digrignai i denti per non scoppiare a piangere.

L'abuso può sembrare amore.

Ricordai quello che aveva detto a lezione di letteratura.

Le persone affamate mangerebbero qualunque cosa.

Fece scivolare di nuovo lo sguardo sul mio corpo, piegò la testa e osservò i lividi sul torace e quelli sulle cosce.

Lui non aveva alcun marchio visibile. Ma esistevano tanti tipi di dolore.

«Will è così», disse, il tono della voce finalmente sobrio. «Non è vero?».

Come un sorriso che non nuoce. Annuii.

«Tranquillo, normale, pacioso…», disse. «La sola parte della mia vita a non essere macchiata da qualcosa di orribile. Niente lo ha mai macchiato. È la sola cosa ancora bella, che crede che il mondo sia bello, che crede che la gente sia bella, e che crede a tutte cazzate del genere».

Già. Ma non potevo dirlo ad alta voce, perché era già abbastanza difficile trattenere i singhiozzi.

«Non puoi portarmelo via», disse Damon. Poi finalmente fece un passo indietro e mi lasciò andare del tutto.

E in quell'istante capii esattamente quale fosse il suo problema. Non era che non gli piacevo. Non sopportava che piacessi così tanto a Will.

Un giorno con la sua cravatta addosso – perché mi piaceva il modo in cui mi faceva sentire andare in giro con un pezzo di lui su di me – non era nulla in confronto agli anni in cui Damon aveva fatto affidamento su Will come se fosse il suo faro, lì a ricordargli che il mondo poteva ancora essere un bel posto.

«Sai che comunque non potrebbe funzionare», sottolineò. «La sua famiglia è una delle più ricche di tutta la nazione, Emory. La sua vita è ben oltre ogni tua possibile comprensione, e viceversa. Lo sai che non c'è posto per te nella sua foto commemorativa del ballo di inizio anno».

Abbassai lo sguardo, mi piegai e raccolsi l'accappatoio zuppo per coprirmi.

«Lo so», riprese. «Fa male sentirselo dire, ma è vero, e tu lo sai. E non ha nemmeno senso, perché tu sai come sei. Anche io lo so. Lo sa tutta la scuola. Lui per te non va bene, perché tu sei sempre incline alla disperazione, e non fai altro che trascinarlo a fondo con te».

Serrai i pugni col desiderio di colpirlo.

Non ero incline alla disperazione. Ero…

Il cuore sprofondò e distolsi lo sguardo.

Aveva ragione. Cosa avevo fatto dall'inizio se non spingere via Will?

Sapevo come sarebbe andata a finire, e mi guardavo bene dal farla anche solo iniziare.

«Ti ha stancata», proseguì, «e ora hai bisogno di uno sfogo. Lo capisco».

Si avvicinò di nuovo, l'acqua gli ricadeva sul corpo mentre mi incombeva sopra, imponendosi in un modo diverso, che tuttavia trovavo ancora spaventoso, ma meno di prima.

«Prendila per quello che è», sussurrò. «Sfogati con me».

Mi si annodò lo stomaco. Eh?

«La sua cotta passerà, perciò fai finta di avere la situazione sotto controllo», mi stuzzicò. «Chiamala col suo nome, perché puoi stare sicura che non si tratta di amore. È solo una cotta. Si tratta di ormoni. Gratificazione istantanea. Chiamala come vuoi».

No, non era così.

O lo era?

Aveva ragione? Will si stava soltanto togliendo uno sfizio? Sarebbe mai stato qualcosa di più? Sapevo che la risposta era no.

Avrei potuto fare la stessa cosa con chiunque. Potevo fare tutto quello che volevo. Will non era l'unica persona con la quale sarei potuta fuggire.

«Lo senti anche tu, non è vero?», chiese Damon. «Quel bisogno che i ragazzi come noi provano e che Will non proverà mai? Quel bisogno di distruggere ogni cosa di buono, perché ognuno fa per sé, e se c'è qualcuno che non puoi battere, allora è meglio che te lo fai amico». Si avvicinò e mi carezzò i capelli. Mi doleva il petto come se qualcosa stesse cercando la via per uscirne. Volevo soltanto che quel dolore finisse.

Anche soltanto per un minuto.

Volevo sentirmi in possesso di autocontrollo.

«Quel solletico tra le cosce», sbuffò, «che ti dice di lasciarti andare, perché l'unico posto dove puoi avere la situazione in pugno è sul sedile posteriore della macchina».

Tremai, le lacrime venivano a galla, e quando si spinse col corpo contro il mio sussultai e socchiusi gli occhi.

«E quando avrai finito con me», mi sospirò sulla bocca, «avrai vinto il lusso di essere la prima ad allontanarti da un qualcosa che, altrimenti, non sarebbe mai accaduto. Non metterti a giocare col suo cuore. Usa me, piuttosto».

Avrei avuto io il controllo della situazione, perché non avrei mai amato Damon.

Non mi sarei potuta spezzare.

«Sono bravo», sussurrò mentre sosteneva il mio sguardo. «Sono davvero bravo, Emory, farò in modo che ne valga la pena e ti risparmierò il dolore che lui potrebbe farti provare. Ma devi smetterla adesso».

Gli misi le mani sul petto e immaginai come sarebbe stato.

Come sarebbe stato sentirlo sopra di me.

Come sarebbe stato baciare quella bocca.

Pensai a come sarebbe stato il tutto... solo per un istante.

E poi strizzai forte gli occhi, a lungo, e mi schiarii la voce.

Era bravo. Dovevo ammetterlo. Infatti riusciva ad avere tutte le donne che voleva, perché se ciò che la gente desiderava era il sesso, Damon Torrance aveva un personale dono nel manipolare il cervello altrui, far indossare alle vittime gli occhiali giusti, per mostrar loro che il mondo era esattamente come lo vedeva lui.

Dio aiutasse la donna che se ne fosse innamorata.

Ero tentata. Ero stanca di me stessa e mi attraeva l'idea di non essere più me stessa, anche soltanto per una notte.

Ma a Will piaceva Em. Avrei preferito vivere nel ricordo di quella serata al cinema per sempre, anziché farlo con chiunque altro.

Spinsi via Damon. «E ti definisci pure suo amico».

Rimase lì fermo, esitante, ma poi ridacchiò, ridandosi subito un contegno. «Il suo migliore amico», sottolineò. «Forse mi ha mandato proprio lui a testarti».

Alzai gli occhi al cielo e mi avvolsi addosso l'accappatoio, quindi chiusi l'acqua della doccia.

«O forse no», disse, e vidi lo sguardo che vagava in basso, a perlustrarmi il corpo. «Ti sarebbe piaciuto, non credi? A me, e ne sono certo, sarebbe piaciuto. Non sarebbe certo stato un sacrificio».

Testa di cazzo.

Annuì e si girò. «Bene, ci ho provato». Poi si girò e gettò un'occhiata oltre la sua spalla. «Will li ha visti i lividi?».

Mi tesi.

«Preparati a quello che succederà quando li vedrà», mi avvisò. «E a quello che potrebbe succedere nel momento in cui si metterà contro un poliziotto».

Uscì e io rimasi lì, con le spalle afflosciate dal peso delle sue ultime parole.

Will non avrebbe mai dovuto vedere quei lividi.

Scaricai la lavastoviglie, intanto la luna gravava bassa, gettando in cucina l'unica illuminazione. Misi in colonna i bicchieri e separai le posate. Mi rifiutavo di guardare l'orologio sul muro, il pendolo ticchettava via i secondi inesorabili.

«Dovresti andartene a letto», disse una voce alle mie spalle.

Vacillai. Era Martin.

Si posizionò al mio fianco, prese un paio di piatti dalla lavastoviglie e me li porse.

Li presi. «Finisco qui e vado», dissi. «Promesso».

Mi girai e riposi i piatti nella credenza, in attesa del suo scoppio d'ira. Vivevo in attesa di un suo scoppio d'ira.

«Hai bei voti», disse invece. «E il gazebo sta venendo bene. La gente mi fa tanti complimenti».

Mise una ciotola e una forchetta sporche in lavastoviglie e io asciugai il lavello e il banco.

«Hai ancora un anno per fare domanda all'università, ma ovunque tu voglia andare, mi piacerebbe poterti dare una mano», disse.

Socchiusi gli occhi per reprimere un bruciore improvviso alle pupille, e annuii. Questi suoi stati d'animo erano più difficili da tollerare rispetto alla sua classica ira.

Pulii i fornelli, rimisi a posto il poggiamestolo e restai ad attendere che se ne andasse.

Poi sentii le sue dita che mi carezzavano i capelli e mi immobilizzai, senza girarmi.

«Mi dispiace, sai?», disse, e si sentivano le lacrime ferme in gola. Serrai la mandibola, cercando di non crollare a mia volta.

«Ti voglio tanto bene, Emmy». Fece una pausa. «È per questo che voglio che tu vada. Saresti l'unica della famiglia a non essere un perfetto fallimento».

Chiusi gli occhi.

Ti prego, vattene. Ti prego.

«È solo un qualcosa che cresce e cresce», mi spiegò, la sua voce alle mie spalle, «tutto il giorno, ogni giorno, finché non riesco più a vederci chiaro, sono confuso e accecato e pronto a esplodere. Mi sembra di non riuscire a fermarlo».

E quando arriva a casa se la prende con me, solo perché non scappo e non lo dico a nessuno.

«Lo sai che non sono così, vero?».

Annuii mentre finivo di pulire i fornelli.
«Ti ricordi quando ti facevo salire davanti?», disse, ridacchiando. «Anche se mamma diceva che eri troppo piccola. Aspettavo che fossimo usciti dal vialetto e poi ti dicevo di venire avanti?».
Forzai una risata. «Sì». Mi girai e lo guardai. «Mi bastava prometterti di non spifferare a mamma che, quando loro andavano a Filadelfia, tu organizzavi giochi d'azzardo nel seminterrato».
Rise. «Non è strano che una persona che amava infrangere le regole, sia poi diventata un poliziotto?»
«No», risposi. «Le persone così finiscono per diventare i poliziotti migliori. Conoscono già tutti i trucchi del mestiere».
Fece una smorfia. «Giusto».
E poi, esiste posto migliore per un criminale per nascondersi della polizia?
Ma questo non lo dissi.
«Oggi ti ho preso una cosa».
Si girò e si asciugò le mani, andò al tavolo dove c'era una busta marrone. Ci infilò dentro la mano e prese un voluminoso libro cartonato, si avvicinò e me lo porse.
«È usato, ma oggi mi ci è caduto l'occhio sopra passando davanti alla vetrina dei saldi della libreria».
Le più grandi immersioni negli abissi.
Sorrisi e iniziai a sfogliarlo, senza nascondere il mio interesse. «È fantastico», cinguettai. «Le fotografie sono fantastiche».
«Immaginavo che ti sarebbe piaciuto».
Si girò, prese il termos e il portapranzo e venni colta da un poco di sollievo, visto che si apprestava a uscire per fare il turno di notte. Inspirai una lunga boccata d'aria.
«Mi piacciono i libri fotografici», lo rassicurai. «Grazie per essertene ricordato».
Si fece avanti e mi baciò la fronte, mi immobilizzai, riprendendo a muovermi solo quando fu di nuovo lontano.
«Chiudi bene», disse, «e sogni d'oro. Tornerò a casa alle sette».
«Ciao».
Se ne andò diretto al lavoro, ma ripresi a muovermi solo quando sentii la macchina allontanarsi lungo la strada.
Misi il sacchetto delle verdure nel compost, presi il libro, controllai le porte e mi assicurai che tutte le luci fossero spente prima di salire al piano di sopra. Lasciai spenta la lampada e andai alla libreria, rimisi dritta la fila di libri e ci infilai il nuovo arrivato a fianco della mia collezione.
Barcellona: storia dell'architettura.
Le 101 caverne più straordinarie.
Sempre Audrey: sei fotografi famosi e una star leggendaria.

West: il cowboy americano.
Storia del mondo attraverso le mappe…
Arretrai, leggendo i titoli di tutti e due gli scaffali, carichi di molto più che del peso specifico di ogni volume. Mi piaceva sistemarli sugli scaffali non appena ne ricevevo uno nuovo da lui. Gli piaceva vedere che li mettevo in mostra, ma anche… mi sembrava di aver portato a termine qualcosa. Sembravano tanti trofei.
Quando i lividi sparivano e non avevo altro da mostrare, in segno di una cosa che dalla mia testa non sarebbe mai scomparsa, mi restavano solo loro.
Un libro per ogni volta che mi ero opposta.
Di nuovo.
E di nuovo.
E di nuovo.
Mi aveva comprato anche altre cose nel corso degli anni, regali per ogni volta in cui l'esaurirsi della sua rabbia cedeva il passo al senso di colpa, e anche quella roba era in mostra nella mia stanza. Cose che mi sarei lasciata indietro al momento di andarmene così che, entrando lì dentro, le avrebbe viste e avrebbe ricordato tutto in mia assenza.
Abbassai lo sguardo.
Perlomeno era ciò che mi ripetevo.
Mia nonna dormiva nella stanza alla fine del corridoio, mentre il giradischi si avvicinava alla fine della prima facciata. Io volevo che vivesse per sempre, ma a volte…
Martin si sarebbe comportato molto peggio se non ci fosse stata lei. Era l'unica persona che mi voleva bene. Avevo bisogno che restasse in vita.
Ma soffriva tanto.
E se fosse rimasta in vita quando sarei dovuta andare all'università, non avrei potuto lasciarla lì con lui, e sarei dovuta restare in quel posto.
Mi odiavo per un pensiero del genere, ma…
Anche se non volevo che morisse, avevo un grande bisogno di andarmene da lì.
Come diavolo avrei fatto?
Mi strinsi addosso il cardigan. Oltre a quello, avevo indosso soltanto i pantaloncini del pigiama e la canottiera; mi girai per chiudere le tende.
Ma c'era qualcuno seduto sulla sedia all'angolo della stanza.
Sobbalzai e feci un salto indietro.
«Ehi», disse Will.
Spalancai gli occhi e respirai a fondo, il cuore praticamente fermo in gola. «Ma che cavolo succede?». Mi avvicinai alla finestra e poggiai la guancia al vetro per guardare il vialetto e assicurarmi che mio fratello se ne fosse andato.
«Nessuna candela accesa sul davanzale della finestra?», mi domandò.

Non lo stavo ascoltando. «Sei impazzito?».

Perlustrai la stradina quanto più accuratamente possibile malgrado l'albero d'intralcio, ma non vidi il fuoristrada di Will. Grazie al cielo doveva aver parcheggiato da un'altra parte.

Ma come cavolo aveva fatto a entrare in casa? Mio fratello se n'era appena andato e poteva averlo visto.

«Devi accendere una candela, Emmy».

«Non accendo mai le candele!», sussurrai per non farmi sentire da mia nonna. «Non mi importa nulla di EverNight. Te ne devi andare».

Rimase seduto lì, coi jeans e una T-shirt verde dell'esercito che gli metteva in risalto il colore degli occhi, potevo notarlo anche a distanza. I capelli erano lisci, il gel che aveva messo al mattino era quasi scomparso. Gli ricadevano sulle tempie in maniera deliziosa.

«Cosa avevo detto?», disse a bassa voce. «Se non vieni tu da me, vengo io da te».

Sì, non mi ero presentata all'appuntamento all'altro capo dell'isolato. Per quanto fosse importante la cine-maratona che mi aveva proposto, avevo altre cose da fare, e poi si era dimenticato di chiedermi se quella sera avessi altri impegni.

Mi guardava fisso, le braccia poggiate ai braccioli della sedia. Sbuffai, a dispetto dell'eccitazione che mi percorreva tutto il corpo per la sua inaspettata presenza.

«Non ci posso credere che Emory Scott abbia un poster di Sid e Nancy sul muro», scherzò. «Una coppia di odiosi drogati, uno dei quali sapeva a malapena strimpellare una chitarra».

«Ti prego», dissi, ignorando il suo sberleffo. «Non puoi stare qui».

Si alzò lentamente senza togliermi gli occhi di dosso. «O forse sei soltanto una grande fan delle storie d'amore autodistruttive».

Si fece avanti, io indietreggiai. «Vattene e basta», ribadii.

Ma continuava ad avanzare. «Sei davvero carina», sussurrò.

Scossi la testa e serrai i pugni.

«Ma mi sta stancando il fatto che tu mi veda in questo modo», disse con espressione all'improvviso seria. «Come se non potessi fidarti di me».

Be', potevo fidarmi? E anche se non mi fossi fidata delle sue buone intenzioni nei miei confronti, non ero certo pronta a quella cosa. Non volevo coinvolgerlo nella mia vita. E gli stavo facendo un favore.

Avevo adorato quello che era successo al cinema e avrei conservato quel magico ricordo per sempre.

Ma Damon aveva ragione. Ieri era stato divertente, oggi era tutto finito.

«Devi andartene», ripetei.

Mi concentrò addosso lo sguardo. «E mi sono davvero rotto il cazzo di sentirtelo dire». Serrò la mascella. «Che problema hai? Ieri è stato straordinario. Perché devi metterti sempre lì a rimuginare all'infinito, finché non trasformi tutte le cose buone in cose cattive?»

«Io non ti devo nulla», sbottai, «e non ti ho invitato. Perciò vattene via!».

Si fermò, il bagliore nei suoi occhi più lancinante del suo sorriso. «Lo sai che nei tuoi confronti mi sono comportato più gentilmente di quanto avrei dovuto?». Raddrizzò le spalle. «Lo sai quante ragazze potrei avere, così?».

Schioccò le dita, il protettore gentile dei giorni scorsi era scomparso.

Ero ben consapevole che avrebbe potuto avere tutte le ragazze che voleva, e già le aveva avute. Non ero stata di certo la prima a baciarlo e a toccarlo.

«Bene, allora dovrei proprio ringraziare la mia stella fortunata, perché tutto il duro lavoro che ho fatto seguendoti come un cazzo di cucciolo a caccia della tua attenzione ha funzionato!», urlai inviperita.

Era stato lui a farmi il filo. Non viceversa!

Fece un passo verso di me, ma poi qualcuno chiamò il mio nome. Si fermò e restammo a fissarci.

Mi ribolliva il sangue, potevo vedere che sul collo aveva già uno strato sottile di sudore.

Faceva caldo. Era buio, eravamo vicini, e il mio letto era a nemmeno un passo di distanza.

Mi pulsava il clitoride, smisi di respirare.

«Emmy», mi chiamò di nuovo una vocina.

Sbattei gli occhi, esalando il respiro che stavo trattenendo da un po'.

«Emmy?», chiamò di nuovo mia nonna.

La postura rigida di Will si rilassò, e lo sguardo gli si ammorbidì.

Abbassai gli occhi e scossi la testa. «Ti prego, ora vattene», riuscii a malapena a bisbigliare.

Uscii dalla stanza, girai a destra e mi diressi nella camera della nonna. La brezza della sera le agitava le tende bianche.

Provò a mettersi seduta sul letto, aveva indosso la vestaglia rosa.

«Ehi, ehi», dissi, e la raggiunsi per alzare il tubo dell'ossigeno per non farglielo strappare via. «Eccomi qui».

Si mise seduta meglio, si poggiò al cuscino e la aiutai a togliere la maschera.

Mi sedetti e la ascoltai respirare, per essere sicura che stesse meglio.

«Tutto bene?», le chiesi.

«Mi serviva soltanto un po' d'acqua».

Presi il bicchiere e lo riempii. Glielo passai e tenni ferma la cannuccia.

«Ti sei dimenticata di accendere la mia candela», disse mentre prendeva un sorso e mi guardava.

La fissai, la fronte ancora corrucciata di qualche istante prima. A quanto pare quel giorno stavano provando tutti a farmi saltare i nervi.

«Non guardarmi così», mi avvisò. «Vai ad accenderla. Sono convinta che sia la mia ultima».

Arricciai le labbra. Quando faceva così non c'era verso di mettersi a discutere. Era vero che l'anno prossimo avrebbe potuto non esserci più.

Va bene.

Mi girai e andai alla mensola, presi i fiammiferi che tenevamo per accendere il camino, che ormai non usavamo più, e poggiai una delle sue candele aromatiche al patchouli sul davanzale della finestra. La accesi e mi assicurai che la fiamma fosse visibile attraverso il vetro.

Che tradizione idiota.

Anche se, ora che Will mi aveva raccontato la storia, la trovavo più affascinante. Ogni 29 ottobre, sin dal 1955, gli abitanti di Thunder Bay accendevano una candela alla finestra della propria camera da letto, in ricordo di Reverie Cross, nell'anniversario della sua morte.

Mentre la squadra di pallacanestro faceva il suo pellegrinaggio annuale alla tomba di Edward, tutti gli altri ricordavano la vittima, convinti che se non lo avessero fatto neanche la morte sarebbe riuscita a frenare la sua vendetta. Se al mattino la candela era ancora accesa, voleva dire che lei era dalla tua parte.

Se era spenta, sarebbe successo qualcosa di brutto prima della Ever-Night successiva.

Era sensato quanto gettarsi il sale dietro le spalle per scacciare la sfortuna.

Guardai il riflesso della candela che baluginava nella finestra e poi chiusi anche l'altra anta. Se voleva che la candela restasse accesa, avrebbe dovuto trascorrere una nottata senza la sua beneamata corrente d'aria.

Gettai una rapida occhiata fuori dalla finestra e mi chiesi se Will se ne fosse andato.

Tornai dalla sua parte, presi il bicchiere, lo misi giù, e le lisciai i capelli per toglierglieli dal viso. Aveva ottantadue anni, ma sembrava che ne avesse cinquecento.

Tranne che per gli occhi. A guardarla negli occhi sembrava avere ancora sedici anni, e che stesse segretamente tramando di rubare la macchina di suo padre per farsi un giro con gli amici.

«C'è un ragazzo in casa?», chiese.

Mi immobilizzai. «No, grand-mère».

«*Menteuse*», ribatté, dandomi della bugiarda in francese. «*Qui c'est?*»

«Chi è chi?».

Alzò il mento e quando mi girai vidi Will fermo in piedi sulla porta.

Dannazione. Gli avevo detto di andare via.

Invece entrò nella stanza, con un sorriso mite in volto. «*Allô*», disse, «*Je m'appelle Guillaume*».

Restai a bocca aperta, sentendo il francese uscirgli dalla bocca come se nulla fosse. Guillaume era la variante francese del nome William.

Davvero?

Mi sorprendeva anche solo il fatto che riuscisse a parlare inglese. A vederlo, sembrava uno capace di comunicare soltanto tramite emoji.

Mia nonna sorrise. «*Parlez-vous français*?»

«*Un peu*», rispose, misurando con le dita lo spazio di mezzo centimetro. «*Très, très peu*».

La nonna sorrise, e sul volto di lui comparve quel sorriso che era stato pensato per ricevere abbracci.

La guardò e alzai gli occhi al cielo.

Un peu, un paio di palle.

Mia nonna era nata lì, ma i suoi genitori erano venuti da Rouen, in Francia. Erano scappati negli anni Trenta per sfuggire alla minaccia nazista e, anche se lei era cresciuta parlando inglese a scuola, i suoi genitori avevano fatto sì che mantenesse viva la propria origine.

E lei, a sua volta, aveva insegnato anche a mia madre a parlarlo. Non era mai stata brava come avrebbe voluto, ma riusciva a capirlo.

Dalla bocca di Will si riversò fuori altro francese, e mentre parlava con mia nonna, restai ad ascoltare.

«Spero che non siamo stati noi a svegliarla». Sembrava pensieroso. «Sua nipote mi stava sgridando come meritavo di essere sgridato. Chiedo venia».

Il cuore mi vacillò un poco, ma mia nonna rise.

«Una sgridata forse meritata», disse. «O forse ha soltanto ereditato il mio brutto carattere».

Le diedi un'occhiataccia.

Si sdraiò di nuovo sul letto, tolse la maschera d'ossigeno dal gancio e la tenne in mano. «È passato tanto tempo dall'ultima volta in cui ho parlato francese con qualcuno», spiegò. «È questo il segreto delle persone spezzate, Guillaume. Se ti danno il cuore, saprai che è perché te lo sei meritato».

Mi affiorarono le lacrime agli occhi, ma solo per qualche istante.

«Lui è stato molto paziente con me», disse con uno sguardo distante negli occhi.

Mio nonno.

Morto da tempo, si erano amati un mondo. Almeno per un po' lei era riuscita a essere felice.

«Ora andate», disse mentre si rimetteva la maschera. «Sono stanca».

E non lo era affatto. Avrebbe potuto iniziare a guardare un film.

«Grand-mère…».

Ma lei gridò: «Andate, ora! Andate a fare i giovani».

Volevo ridere, dirle che ormai avevo quarantatré anni e che ormai i giochi erano finiti, ma l'avrebbe resa felice sapermi felice, e perciò…

Si rimise la maschera e noi uscimmo dalla stanza, lui avanti a farmi strada.

Una volta giunti nella mia camera, chiusi la porta e guardai Will piazzare una candela sul mio davanzale. Era una di quelle che aveva mia nonna sulla mensola. Doveva averla rubata.

Prese un accendino dalla tasca dei jeans e la accese, la posizionò al centro mentre la piccola fiammella prendeva vita, risplendendo contro l'oscurità della notte.

Si girò, il bagliore gli riluceva negli occhi mentre mi guardava.

«Niente film stasera, dunque?», chiese facendo qualche passo per la stanza.

Scossi la testa senza incontrare il suo sguardo.

«E penso», disse mentre si avvicinava, «che anche se potessi uscire, non lo faresti comunque».

Con un passo mi allontanai da lui. Ci rincorrevamo a vicenda.

Scossi di nuovo la testa.

«Perché tutte le cose belle ti fanno diventare sospettosa», aggiunse.

Restai in silenzio, e continuai ad allontanarmi mentre lui si avvicinava.

«E non è che finirà quando andrai all'università o abbandonerai questo posto, Em. Non cambierà niente. Non avrai comunque cose belle».

Provai a deglutire il groppo che mi si andava formando in gola, ma non ci riuscii.

«Perché tu sarai sempre tu», disse.

Respirai per qualche volta di fila e poi le parole mi uscirono dalla bocca prima che potessi fermarle. «Voglio che succeda», gli dissi infine, guardandolo, incrociando il suo sguardo. «Una parte di me lo vuole, Will. Lo sai perché?».

Mi fissò. A malapena mi accorsi che avevamo smesso di muoverci.

«Perché non appena finiremmo, so che non ti faresti mai più sentire».

Non battei ciglio e sostenni il suo sguardo, i begli occhi verdi che si acuivano e la schiena diritta.

Sì, scoparmelo sarebbe stato un bel modo di sbarazzarmi di lui. Ero quasi tentata.

Ma poi vidi che corrucciava le labbra.

Restò in silenzio, quasi afflitto, e vacillai, guardando le mie parole farsi largo nella sua testa, aprendo una ferita della quale mi pentii immediatamente.

Abbassò lo sguardo, si rimise in tasca l'accendino e sospirò rumorosamente. «Perché sei così cattiva?».

Ma non voleva davvero che gli rispondessi. Si girò, uscì dalla mia stanza e si diresse giù per le scale, e in qualche modo, dentro crollai e capii di essermi spinta troppo oltre.

Non volevo.

Non volevo che se ne andasse, perché non si sarebbe più fatto sentire. Sarei andata a scuola l'indomani, gli sarei passata davanti in corridoio ma non mi avrebbe nemmeno guardata.

Mi ero spinta troppo in là.

Gli corsi dietro giù per le scale, saltando gli ultimi gradini, e chiusi la porta proprio mentre la stava aprendo.

«Mi dispiace», dissi, gli afferrai la maglietta ai fianchi e spinsi la mia fronte contro la sua. «Io non…». Mi tremava la voce. «Io non sono una persona felice, Will. E hai ragione tu: non sarò mai una persona felice».

Sentii le lacrime premermi in gola, sbattei gli occhi a lungo per trattenerle. Non gli volevo piangere di nuovo davanti.

Rimase lì, fermo, solo il battito del cuore gli attraversava il corpo.

«Non sono la persona giusta per te», gli dissi.

E non perché fosse ricco e famoso e io no, ma perché mi rendeva la vita migliore.

E io cosa avrei potuto dargli in cambio?

«Capisco», rispose tranquillo e distaccato. «Ora lasciami andare via».

Strizzai gli occhi, raggelata dal suo tono.

Non sarebbe mai più tornato.

E qualcosa prese a cadere su di me, tipo un sipario che precipitava – o che si alzava – e per una volta nella mia vita mi rifiutai di trattenermi. Ero così gelida.

E lui era così caldo. Era come se una corda invisibile mi stesse tirando verso un precipizio e io non avessi il minimo controllo.

«Rivolevi la tua cravatta», sussurrai.

La sua schiena si alzava a ogni respiro. «Tienitela», disse. «Oppure buttala via».

Mise la mano sulla maniglia.

«Non vuoi qualcosa di mio in cambio?».

Si fermò. Toccò la maniglia ma non la girò.

Il cuore mi galoppava all'impazzata e capii che mi stavo di nuovo spingendo troppo oltre. Me ne sarei pentita. E dopo lo avrei odiato. E lui mi avrebbe odiata. E mio fratello poteva piombare lì da un momento all'altro a controllarmi…

Ma… non me ne importava più nulla.

Volevo essere lì, in quel momento.

Feci scivolare il cardigan dalle spalle, lo tolsi dalle maniche e lo tenni sospeso in aria davanti a lui.

«Vuoi questo, forse?», chiesi dolcemente. Poi allentai la mano e lo feci cadere a terra. «No, secondo me non ti sta bene».

Fissò il cardigan a terra, riuscivo a malapena a respirare, ma visto che non se ne era ancora andato via, continuai.

Mi sfilai la canottiera, l'aria mi colpiva i seni nudi, ogni centimetro del mio corpo risvegliato dalla consapevolezza. «O questo?», mormorai, tenendo anche la canottiera bianca sospesa in aria davanti a lui.

Il suo petto s'alzava e s'abbassava sempre più veloce. Sembrava congelato, incapace di muoversi. Mi sporsi e mi spinsi contro la sua schiena, lasciai cadere la canottiera e gli sussurrai nell'orecchio: «È troppo piccola. Te l'ho detto, Will Grayson, non siamo fatti l'uno per l'altra».

Esalò a fatica, guardandosi dietro le spalle. «C'è una parte di me che è fatta proprio su misura per te», disse lui.

Mi morsi il labbro per tenere a freno l'eccitazione. Gli infilai la mano sotto la maglietta e gli abbracciai i fianchi, facendo scorrere le dita sul ventre e gli addominali.

Il calore mi si concentrò tra le gambe e quasi grugnii, sentii la sua pelle liscia e tesa, i muscoli e le curve del suo corpo, tutte le cose che volevo sulla mia bocca e non sulle mie mani.

Non c'era nulla di Will Grayson che non fosse perfetto. Dio…

«Voglio toglierti la maglietta», dissi.

Poggiò la mano alla porta per tenersi. Vedevo il sudore sulle sue tempie.

Sembrava esausto. Quasi sorrisi.

Dopo un istante si raddrizzò e interpretai quel gesto come un permesso a procedere. Gli alzai la maglietta, la feci passare sopra la testa, la gettai a terra e mi avvicinai, gli avvolsi le braccia attorno ai fianchi e premetti la mia pelle contro la sua, mordicchiandolo con i denti.

Sussultò, poggiando di nuovo la mano alla porta.

Gli feci scivolare i denti sulla schiena e prima di baciarlo gli leccai la pelle. Mugolò e lo abbracciai, chiusi gli occhi e sentii il suo corpo vibrare. Il suo odore – caldo e pesante – mi filtrava nel cervello.

Volevo che sapesse di meritare di meglio. Volevo che sapesse che se fossi stata un'altra, sarei stata sua e lo avrei amato come si doveva.

Gli feci scorrere le mani sul petto e tracciai i contorni della sua clavicola, scesi fino giù ai pettorali seminando baci lungo il percorso.

Dall'appendiabiti presi una sciarpa di seta e la usai per bendargli gli occhi.

Fece un passo indietro, provò a voltarsi ma lo fermai.

«A che serve questa?», chiese.

Ogni livido del corpo mi pulsava e mi servì un istante per rispondere. «Regole». Fu tutto quello che dissi.

Non capì, ma non fece nemmeno storie. Gliela legai stretta, in modo che potesse avermi di fronte senza vedermi.

Il suo respiro si fece veloce. Lo girai e gli guardai il viso.

«Riesci a vedere qualcosa?», chiesi.

«No».

Mi alzai in punta di piedi e mi premetti contro di lui, portando le sue braccia intorno al mio corpo, poi poggiando le mie al suo collo. «E ora?».

Gli angoli delle sue labbra si modellarono in un sorriso lieve, le mani presero subito a vagarmi addosso e a stringermi. Fece scorrere le dita sulla mia schiena, la pressione cresceva mentre esplorava il territorio, poi fece risalire una mano su per il ventre e chiuse un seno nel palmo della mano. Sentii quel tocco fin giù alle dita dei piedi.

Un suono perforò l'aria, ma mentre gli avvolgevo le gambe intorno ai fianchi lo notai a malapena.

Mi portò le labbra al collo e iniziò a succhiare, gli strinsi più addosso le braccia, provando a stargli sempre più attaccata mentre gli occhi mi si capovolgevano all'indietro.

«Will...».

Mi strizzò il culo con tutte e due le mani e ritrovai di nuovo la sua bocca, quasi troppo famelica per accorgermi dei suoni, distanti, che risuonarono di nuovo nell'aria.

Mi morse le labbra, mi fece scivolare via gli occhiali dalla testa e li poggiò sul tavolo.

Il suono, un trillo, mi perforò le orecchie, e alla fine riaprii gli occhi.

Era il mio telefono. Mi allontanai dalla sua bocca, voltai la testa verso la cucina e sentii la suoneria speciale che avevo abbinato a Martin.

Merda.

Provai a scansarlo per allontanarlo. «Devo rispondere».

«Non farlo».

Mi tirò più vicina, mi baciò e continuò a sfregarmi il pollice sul capezzolo.

«Ti prego», mugolai, «è mio fratello».

«E io sono il tuo uomo, adesso». Si tolse la benda e mi guardò negli occhi. «E questa sera sei mia».

Iniziò a trascinarmi verso la stanza da letto, ma il telefono riprese a suonare.

Era già la terza volta che chiamava.

Mi liberai della presa di Will e corsi giù per le scale. «Se non rispondo, viene qui a casa a controllare che fine ho fatto. E se viene, ti trova».

Mi afferrò il braccio e mi tirò a sé. «E allora fallo venire». Mi fissò. «Non me ne importa nulla. Non mi terrà lontano da te, e prima si adegua alla situazione e meglio è».

Il mio corpo quasi completamente nudo, tranne che per le mutandine, sembrava voler urlare, e anche se era buio e non si vedeva molto, lui avrebbe potuto notare i lividi. Dovevo coprirmi.

«Lasciami andare», dissi a denti stretti, in preda all'angoscia.

Ma non lo fece. Mi tirò sempre più a sé, mi sollevò sulle braccia e mi guardò negli occhi. «Guardami», disse.

Lo feci, la tenerezza nella sua voce mi faceva dimenticare mio fratello e il mio corpo, anche se solo per un istante.

«Io...», ma smise subito di parlare, alla ricerca di parole migliori. «Tu mi piaci».

Sembrava quasi un *ti amo*. Mi tremò il mento.

«Mi sei sempre piaciuta», disse. «Se parli al telefono con lui, l'incantesimo si spezzerà e la serata sarà finita, perché alla luce del sole non sei mai la stessa persona. Domani avrai tutta un'altra serie di motivi per i quali non posso averti. Resta con me stasera. Non gli parlare. Non permettere che qualcosa s'intrometta tra di noi stanotte».

Nel mio petto s'andavano affastellando i singhiozzi. Lo tenni per le spalle. Volevo soltanto abbracciarlo. Ero convinta che avesse ragione.

«Oppure puoi venire al ballo con me», disse, dandomi la scelta. «Domani sera».

Il ballo di inizio anno?

Il telefono squillò di nuovo, ma restammo a fissarci, io ancora tra le sue braccia con le gambe penzoloni.

Non potevo andare al ballo. Non avevo un vestito. Non sapevo ballare. Non volevo stare assieme ai suoi amici.

Martin non lo avrebbe permesso.

La gente si sarebbe messa a ridere.

Mi dibattei per liberarmi dalla sua presa, raccolsi da terra il cardigan mentre il telefono continuava a suonare imperterrito. Mi coprii col maglione, girandomi a guardarlo.

«No», dissi. «Ora puoi andartene, scusa se ti ho fermato».

Si fece avanti, io mi girai e scappai, finendo di infilarmi il maglione ed entrando in cucina per rispondere al telefono.

«Pronto?»

«Ma che cavolo stavi facendo?», sbottò Martin. «È la quarta volta che chiamo».

Quasi mi girai per vedere se Will fosse dietro di me, ma il cuore mi batteva così forte che temevo che Martin potesse notare il tremore della voce.

«Mi dispiace. Io...», balbettai. «Mi ero addormentata di sopra, ma avevo lasciato il telefono di sotto».

«E certo». Il tono della sua voce era contrariato. «Tra poco ci sarà una tempesta. Assicurati che le finestre siano chiuse, che ci siano i coperchi sui bidoni dell'immondizia, e che...».

Ma la mia mente vagò, mentre lui continuava a sciorinarmi nell'orecchio la solita serie di ordini, come aveva già fatto centinaia di altre volte.

Mi leccai le labbra, sentendo ancora il sapore di Will e il vuoto dentro che cresceva e cresceva. Sentii la porta che si chiudeva.

Volevo piangere.

Martin alla fine riagganciò e tornando nell'ingresso vidi che Will se n'era andato.

Rimasi là ferma per un minuto, nauseata dal senso di colpa e dall'odio che provavo per me stessa. Lo avevo fatto di nuovo. Mi ero comportata da codarda rancorosa e piena di sé, e magari adesso lui si sarebbe messo alla ricerca di una persona che gli somigliasse di più. Perlomeno lo speravo. Una persona felice, frizzante e divertente.

Almeno non sarei andata al ballo per vedere che se la godeva.

Tornai al piano di sopra, controllai per un'ultima volta la nonna e poi entrai nella mia stanza, mi chiusi dietro la porta e misi in carica il telefono.

Andai alla finestra e vidi la candela che bruciava. Restai a chiedermi per un istante se lasciarla andare così o spegnerla.

Ma non credevo a nulla.

Tanto meno a Reverie Cross.

Soffiai sulla fiamma e l'oscurità calò sulla stanza.

Tranne che per due fari in lontananza fuori dalla finestra. Mi raddrizzai, guardai verso il marciapiede e vidi un'automobile nera che prendeva rapidamente velocità, gli pneumatici che stridevano sull'asfalto mentre si allontanava.

Cercai di aguzzare la vista, ma non vedevo bene senza gli occhiali, che erano rimasti al piano di sotto dove li aveva poggiati Will.

Non era un fuoristrada, almeno non mi era parso. Dunque non era Will.

E poi lo vidi, un bagliore dorato che proveniva dall'albero in giardino.

Si scuoteva e dondolava nell'impercettibile brezza, la catena di bronzo appesa a un ramo dove fino a poco prima non c'era nulla.

Sporsi in avanti la testa. Ma che diavolo era?

Capitolo 15

Will

Presente

Mi agitai quando le lame affilate delle forbici, tagliando il filo di sutura, mi graffiarono.

Sfilai la sigaretta che gli pendeva dalla bocca, diedi una tirata e mi sedetti sul tavolo della cucina. Mi venne vicino restando in piedi, e mi tolse i punti dalla cima del braccio, proprio dove si attacca alla spalla. Era solo un taglio che mi ero procurato inciampando nei boschi la settimana prima dell'arrivo di Emmy.

Le puntai lo sguardo addosso, mentre lui continuava a lavorare.

Era scaltra. Dovevo riconoscerglielo. Avere trascorso anni a prendere calci in culo le aveva insegnato come nascondersi.

Emmy era indaffarata in cucina, vestita di nuovo con i pantaloni neri che aveva addosso al suo arrivo e sopra una delle magliette bianche di Rory. Saltava della carne in una padella, con l'aggiunta di peperoncini, cipolle e formaggio.

Di tanto in tanto mi rivolgeva uno sguardo furtivo, e io non la perdevo di vista un attimo.

Qua una fetta di pane, là una fetta di formaggio e un canovaccio per avvolgerlo, un'arancia e poi ancora pane.

Feci di tutto per non sorridere, essendomi accorto di come distogliesse l'attenzione dalla mano che rubava il cibo, concentrandola su quella che si allungava a prendere un piatto o una posata dal cassetto.

Aydin non se ne era reso conto perché aveva incaricato Taylor di sorvegliarla, e Taylor era un idiota. Se ne stava nell'angolo, sotto l'orologio fermo, toglieva l'etichetta dalla bottiglia d'acqua e solo di tanto in tanto le rivolgeva un'occhiata.

Ma quegli sguardi indugiavano, percorrendole il corpo mentre si allungava a prendere un utensile, o si piegava per togliere una padella dalla credenza.

Aydin era l'unica cosa che lo teneva al guinzaglio. Se non fosse stato lì, era facile prevedere cosa avrebbe provato a farle.

«Hai mai chiesto altro oltre sigarette e liquore?», chiesi bisbigliando, dando un ultimo tiro prima di rimettergli la sigaretta in bocca.

Diede un'ultima boccata e gettò il mozzicone nella tazza di caffè. «Sì».

«Tipo cosa?».

Non rispose, e guardandolo vidi che gli si era dipinto un sorriso impercettibile sulle labbra. In qualche modo si era procurato un contatto, qualcuno che lo riforniva tutti i mesi di beni di contrabbando, e visto che era un lottatore feroce che non si sarebbe fermato davanti a nulla, l'alcol e il tabacco erano i soli altri mezzi che aveva per controllarci.

O quantomeno per controllare gli altri. Micah e Rory erano dalla mia parte, ma non saremmo andati lontano senza Taylor e Aydin dalla nostra. E mi serviva uno di loro al fianco prima di potermene andare.

Non ci sarebbe dovuto volere così tanto tempo. Non mi aspettavo che fosse così difficile da convincere. Non avevo idea di dove tenesse nascosta tutta quella roba, e dopo più di un anno non l'avevo ancora scoperto.

Taylor si mise alle spalle di Emmy davanti ai fornelli, prese un ciuffo dei suoi capelli tra le dita e lo annusò. Serrai la mandibola, guardandola voltare la testa e spostarsi.

«L'hai ottenuta, allora?», continuai, stuzzicando Aydin. «L'altra cosa che hai chiesto…».

Finito di tagliare i punti prese le pinzette e sfilò i fili neri dalla mia pelle. «Sì».

«Ora puoi mandarla via», dichiarai. «La voglio fuori di qui».

«Tu la vuoi al sicuro. E qui è al sicuro».

Aguzzai lo sguardo. Non era al sicuro e, se pure lo fosse stata, mandava comunque all'aria i miei piani, accelerando la sequenza degli eventi. Non avevo bisogno di quella distrazione.

«Lei pensa che sia stato io a farla portare qui», gli dissi.

«E ti senti l'orgoglio ferito».

Sì. Lei pensava ancora che io fossi ottuso e ossessionato, e che ogni ricordo dei momenti trascorsi assieme fosse ancora nitido e stuzzicante.

E non volevo che scoprisse che era proprio così.

A quel punto sarei dovuto già diventare qualcuno. Avrei dovuto farla pentire di non avermi voluto, e tutto ciò era umiliante. Lei non avrebbe dovuto essere lì.

«Me ne occuperò io», disse Aydin.

Lo guardai.

«Quando avremo finito con lei», spiegò.

Quando Rory e Micah entrarono nella stanza vestiti di tutto punto e Micah le si piazzò a fianco per annusare il cibo, il sole era già tramontato e la pioggia picchiettava contro la finestra.

Lei non ricambiò il suo sorriso, ma neanche si spostò.

«Ti ha mai detto che tipo di alcolico preferisce?», chiese Aydin.

«Vodka, rum? Magari può servire a farla rilassare un po'. Stavo pensando di dividercela, stasera».

Dopo quella minaccia, girai lo sguardo e lo fissai, raddrizzando la schiena.

Farla ubriacare. Far ubriacare tutti.

No.

Sfilò l'ultimo punto e sibilai dal dolore, richiamando l'attenzione di tutti i presenti.

Aydin mi accostò la bocca all'orecchio. «Pensi che non sappia che stai tramando qualcosa?», sussurrò.

Sentivo il suo fiato sul collo e la paura mi pervase. Odiavo averlo così vicino.

«Hai trascorso un anno a bisbigliare nelle loro orecchie, provando a mettermeli tutti contro», disse digrignando i denti, «ma non sarai in grado di prendere il comando, né qui né in generale della tua vita, William Grayson». Poggiò le pinzette e mi fissò. «Non hai idea di cosa serva per essere me».

Se ne andò e sostenni lo sguardo di Emmy che, per osservarci, aveva smesso di saltare il cibo nella padella.

Mi tornò in mente un sentimento simile per lei, anni prima, e poi pure una sensazione simile nei confronti dei miei amici.

Ma lì in quel posto, per me, non era cambiato nulla.

Non ancora.

All'esterno rombò un tuono e la pioggia batteva alle finestre. Guardai Emmy mentre tutti si sedevano attorno al tavolo a mangiare i sandwich che aveva preparato. La sua presenza rendeva tutto più difficile.

Al ritorno a casa avrei ucciso Michael. Avrei inzuppato quel suo fottuto abito di lusso nel suo stesso sangue per averla portata lì.

«Come facevi a sapere che ero un architetto?», chiese d'improvviso Emmy.

Mi voltai verso Aydin.

Lui rimase a fissarla, sembrava confuso.

«Il regalo», gli ricordò lei.

Che regalo?

«Non… lo sapevo», rispose. «Qui non c'è molto da fare. Ho immaginato che potesse farti piacere disegnare».

Le aveva regalato matite colorate? Dove diavolo le aveva prese le matite colorate?

Seduto lì col suo costoso abito nero sopra la camicia nera, ognuno di noi vestito di tutto punto e rasato, su indicazione di Aydin.

Dovevo ammettere che indossare begli abiti mi faceva sentire di nuovo umano, ma non apprezzavo quel preludio a qualsiasi cosa Aydin avesse in mente. Micah, Rory e Taylor si godevano il bourbon che

Aydin aveva donato al tavolo, ingurgitavano i sandwich e scolavano uno shot dopo l'altro.

Emmy prese qualche cucchiaio della zuppa che aveva preparato come primo piatto, la sorseggiò appena, e io provai a opporre resistenza ai sandwich e all'alcol.

Scrutai la bottiglia di liquore, la lingua in bocca come carta vetrata. Volevo che il liquore mi bruciasse la gola. Non prendevo droghe da oltre un paio d'anni, ma ero sobrio soltanto da uno, ed era ancora dura.

Ero convinto che Aydin lo sapesse, e che corrompermi facesse parte del suo piano.

Spinsi in direzione di Micah il bicchiere che mi aveva offerto.

«In che tipo di lavori sei specializzata?», le chiese Aydin. «Case, grattacieli?»

«Restauri», bisbigliò in risposta. «Chiese, hotel, edifici municipali...». Poi mi lanciò un'occhiata. «Gazebo».

Accennai un sorriso imbarazzato, per dimostrarle che sapevo che lei aveva scoperto ciò che avevo fatto al suo gazebo.

Magari non se l'era meritato, ma...

Okay, va bene, più o meno se era meritato. Dopo che mi aveva spezzato il cuore, volevo spezzarle qualcosa anche io.

Cazzo. Quella sera ero ubriaco e incazzato.

«Bene, sei venuta nel posto giusto», le disse Aydin.

Lei abbozzò un sorriso e si guardò in giro per la stanza. «Pensi che a qualcuno dispiacerebbe se dessi una sistemata in giro?»

«Già lo stai facendo».

Rise, e fui certo che arrossì un poco.

Continuò a sorseggiare la zuppa. Io reclinai la testa per esaminarla.

Era decisamente arrossita. Ma perché?

«Will ti ha mai parlato della Notte del Diavolo?», gli chiese. «La festeggiamo a Thunder Bay. È tra pochi giorni».

Poi mi guardò, poggiò la schiena alla sedia e allargò col dito il collo della maglietta come se avesse caldo.

Mi irrigidii. In lei c'era qualcosa che non andava.

«Infatti, ho sentito dire che quella sera si sposerà uno dei suoi migliori amici», gli disse, anche se era inteso per me.

Michael e Rika? Questa non la sapevo, ma non c'era bisogno che lei lo scoprisse. Quindi trattenni ogni espressione di sorpresa.

«Non parla molto di casa», rispose Aydin.

Perché quando le persone sanno cosa ami, conoscono anche le tue debolezze, e io non mi fidavo di Aydin. Ero lì per diventare più forte. Non per portare altri nemici alla mia famiglia.

Emmy continuò: «È una specie di festa annuale, che fondamentalmente consiste nello sfoggio, da parte dei ragazzi ricchi del posto, di tutti i loro privilegi».

Rise. «Sì, conosco i tipi. Troppo stupidi per puntare in alto, perché nessuno li ha mai sfidati».

Le brillarono gli occhi. Anche la pelle sembrava più splendente. Ma che stava succedendo?

«Viene celebrata la notte prima di Halloween», disse, mostrando una vasta conoscenza di qualcosa che a malapena sapeva, «e di solito, come parte del rituale, viene fatto qualche scherzo».

«Tu hai mai preso parte ai festeggiamenti?», le chiese.

«Una volta soltanto». Tornò a guardarmi.

Una volta? E quando?

«Lui non te lo ha mai raccontato, Will?», mi chiese.

Strinsi gli occhi. Chi? E cosa avrebbe dovuto raccontarmi? Che era uscita per la Notte del Diavolo? Con chi e quando?

Rimasi seduto lì, facendo finta di sapere esattamente di cosa stesse parlando, ma di certo non glielo avrei chiesto.

Poggiò gli avambracci sul tavolo e si sporse in avanti. «Quando gli hai dato fuoco, hai scoperto cosa avevo nascosto sotto al gazebo?», chiese. «O è ancora lì sotto le macerie?».

Serrai i pugni.

«Tutte cose che ignori», disse. «Non hai proprio idea. È quasi confortante vedere che non cambi mai».

Mi alzai di scatto dalla sedia. Avevo raggiunto il limite e stavo per perdere il controllo. Con un gesto secco del braccio spazzai dal tavolo il mio piatto e quello che c'era intorno, buttando tutto a terra.

«Non puoi mica andartene, così leggiadra, in giro in questa casa a blaterare come se avessi davvero vissuto almeno la metà delle cose che dici di aver vissuto!», gridai.

Mi fissò, gli occhi dardeggianti. «La tua vita è questa e non è colpa mia», disse a voce bassa ma con un tono potente. «Droga e alcol e ancora droga e alcol, assieme a… quante donne nel corso degli anni?». Poi girò la testa a guardare il tavolo, fermandosi prima su Micah. «La tua storia la conosco». Poi rivolse un'occhiata a Taylor. «E posso solo immaginare come tu sia afflitto da ogni vizio esistente, a giudicare da quanto sei viscido e inquietante. Com'è che è andata? Hai quasi ucciso, accidentalmente, una ragazza perché le hai messo una busta di plastica in testa mentre facevate sesso?». Scosse la testa e guardò anche gli altri. «Non siete mostri. Siete barzellette».

Nessuno si mosse, le parole che gravavano nell'aria, tutti in attesa di vedere come avrebbe reagito Aydin. Nessuno si era mai azzardato a parlare in quel modo.

Ma Emory era fatta così. Si metteva subito a giudicare, perché quando scacciava le persone si sentiva meglio. Se non capiva come eravamo, non doveva cedere nemmeno un frammento di se stessa.

Era forse ubriaca?

E poi ebbi un'intuizione. Il rossore della pelle, il sudore... Presi dal tavolo la ciotola di zuppa e la annusai.

L'odore del bourbon si percepiva appena, ma c'era. Lanciai un'occhiata ad Aydin e la risposta era scritta a caratteri cubitali, oltre la soddisfazione mite che aveva scritta sul volto. Le aveva drogato la cena.

Figlio di puttana.

Ma prima che potessi fare qualsiasi cosa, Rory parlò.

«Ho ucciso una ragazza», disse.

Lo guardammo tutti, seduto lì, rilassato e calmo.

«Tre, a dirla tutta». Diede un sorso di bourbon e rimise giù il bicchiere. «E anche quattro uomini. Li ho drogati e li ho portati al lago». Fece una pausa e abbassò lo sguardo. «Al buio, di notte. Era tutto deserto, non c'era nessuno».

Em lo guardava senza parlare, immobile.

«Prima ho fatto loro del male...», continuò Rory, il ricordo gli tornava nitido in mente. «Li ho ustionati, li ho torturati, ho fatto loro dei tagli... solo per vedere se provare pena per loro mi avrebbe aiutato a non volerli più uccidere. Per scoprire se riuscivo a impedirmi di oltrepassare quella linea».

Emmy aggrottò le sopracciglia e il suo fiato si spezzò.

Avevo già sentito qualche dettaglio di quelle sue prodezze, mai però dalla sua voce. Quand'era arrivato mi ero tenuto alla larga, cercando in prima battuta di conoscerlo meglio, e dopo un po' mi ero reso conto che nulla era come sembrava.

«Dal terzo in poi», continuò, «mi sono limitato a legarli e buttarli giù dalla barca».

La sua voce ormai era ridotta a un sussurro.

«Una notte sono stato quasi beccato», riprese. «Per fortuna si trattava dello sceriffo bifolco che i miei genitori tenevano in pugno».

Diede un'altra sorsata, svuotò il bicchiere e si alzò in piedi.

Emmy indietreggiò con la testa senza staccargli lo sguardo di dosso.

«E credetemi, si meritavano tutto quello che gli è successo», aggiunse. «Sono solo felice di non essere stato beccato, così ho potuto concludere il mio lavoro con tutti e sette».

Si abbottonò la giacca e tirò un lungo respiro e poi lo esalò.

«Grazie della cena», disse, allontanandosi dal tavolo.

Uscì dalla stanza e Micah rimase seduto per qualche altro istante prima di alzarsi e seguirlo. Em abbassò lo sguardo, sentendosi probabilmente come un'idiota.

Avrebbe mai imparato?

«Voglio che se ne vada», ribadii ad Aydin.

Mi lanciò un'occhiata. «Non posso aiutarti».

Poi si girò verso di lei e continuò. «Hai ragione. Non siamo mostri». Allungò il braccio, prese il bourbon e si riempì il bicchiere. «Il male non esiste. È solo una scusa per quelli che vogliono risposte semplici a domande complesse quando sono troppo pigri per trovarsele da soli. Ci sarà sempre un motivo per cui le cose sono come sono».

«Voglio che se ne vada!», grugnii.

Mi ignorò, dando un sorso e continuando a fissarmi.

Scossi la testa e mi girai verso Em. «Lo sai perché gli piace qui? Se non fosse per questo posto, sarebbe completamente solo».

Qualsiasi amicizia si stesse formando tra di loro, lui non era certo sincero. Aydin Khadir non voleva andarsene e ora che in casa c'era una donna, non aveva alcun motivo di farlo. Quello era il suo regno, e riuscivo a percepire l'imminente tempesta di merda che ci si sarebbe abbattuta contro.

«Non potevi sopportare tanta vergogna, vero?», gli dissi. «La gente che scopriva le cose che ti piacevano. Le perversioni, i vari modi in cui ti piace scopare. Nella tua rigida famiglia era tutto un segreto e la cosa è andata bene fino a… fino a che ti sei stancato di nasconderti».

Non disse nulla. L'espressione rimase impassibile.

«Conosco qualcuno così», continuai, «che non aveva idea di come combattere per ciò che voleva, finché non si è ritrovato a combattere da solo. Si teneva così stretto ai suoi amici e a sua sorella che ci ha quasi soffocati, perché in quel momento non poteva sopportare di vederci allontanare e avrebbe preferito vederci morti piuttosto».

Aydin distolse lo sguardo e capii che finalmente stava cedendo. Se non fosse stato attento, lì ci sarebbe morto. Da solo.

«Lo hai mai perdonato?», chiese, una volta tanto con tono di voce mite.

«In famiglia si fa».

Sbatté gli occhi, qualcosa gli girava in testa. «Ma ha dovuto sottomettersi».

Mi tremavano le labbra. «In famiglia si fa».

Damon lo aveva imparato. Aveva mandato tutto a puttane, però aveva imparato.

Aveva ferito così tanta gente che aveva perso tutto, ma solo così aveva capito che il suo orgoglio era meno importante delle cose che amava.

Mi sentii gli occhi di Em addosso e la guardai, quasi sconvolto da come mi stava fissando senza battere ciglio. Come se un briciolo del muro che aveva dentro avesse iniziato a cedere.

Il silenzio riempì la stanza. Taylor era vicino a me e beveva, Aydin ed Em erano fermi sulle sedie.

Volevo litigare. Con lui, con Taylor. Volevo fare qualcosa per liberarmi del calore che mi si stava concentrando intorno al mio cazzo di collo.

Un fulmine attraversò il cielo, lampeggiando oltre le finestre, seguito subito dal rombo del tuono. D'improvviso si spensero tutte le luci e la stanza cadde nella tenebra, eccetto per il baluginare della candela sul tavolo.

«Merda», bofonchiò Taylor. «Non di nuovo».

Aydin si alzò in piedi e fece cenno col mento a Taylor di seguirlo, e così uscirono assieme dalla stanza, probabilmente per andare a controllare i fusibili o il generatore.

Tornai seduto e non smisi di fissarla, mi poggiai allo schienale della sedia.

«Non sei stata esattamente grandiosa», dissi. «Più che altro sei stata un grande sfinimento e ti ho dovuto sopportare per troppo tempo».

Sostenne il mio sguardo. «Lo so».

«C'erano tante ragazze più dolci di te».

Annuì, addolcendo il tono della voce. «Lo so».

Carezzai l'interno delle dita col pollice. «Amiche più gentili».

«Già».

«Non ti ho cercata», sottolineai. «Per nove anni non ti ho contattata in alcun modo».

Aprì la bocca ma la richiuse subito, il fiato un poco più corto.

«Non mi importa cos'hai passato», dissi.

E di nuovo annuì.

«C'era chi mi amava e io ho perso tempo con una che non mi amava».

Il mio sguardo le scese sul collo e sentii martellarmi il cuore. La sua pelle olivastra riluceva di un sottile velo di sudore.

«Capisco», disse.

Fottuta troia. Il cazzo si gonfiò e s'indurì mentre mi innervosivo sempre più.

«Hai avuto anni per farti viva, ma non l'hai fatto», le dissi. «Credimi, ho avuto tempo per capire in pieno che non te ne importava nulla e ormai non importa più neanche a me».

Vidi che muoveva su e giù il groppo che le si era formato in gola.

«Sono passato oltre». La fiamma della candela baluginò e uno spiffero ci colpì da una parte ignota della casa. «Ho baciato altre donne, ho carezzato il loro volto come carezzavo il tuo, ho trascorso con loro del tempo come non avevo mai fatto con te».

Tu non conti.

Serrò la mandibola e le fissai la gola minuta, le dita mi prudevano dalla voglia di tenerla ferma sul tavolo a leccargliela fino a farla urlare.

«Anni di notti», dissi, e non ero sicuro se lo stavo dicendo a lei oppure a me, ma continuai imperterrito. «Anni senza pensarti. Quasi una vita intera di ricordi e di un passato dove tu non ci sei. Tu non sei stata niente».

Mi fissò, ormai incapace di rispondere.

«Lei si è presa cura di me». Il volume della mia voce era sceso quasi al sussurro e non mi importava che non avesse idea di chi stavo parlando. «Lei mi ha ascoltato. Lei mi ha fatto sorridere».

Nessun movimento.

«È stata al mio fianco», sibilai. «Si è ambientata tra i miei amici. È intelligente, sagace, piena di risorse, ha giocato la mano di merda che le aveva servito la vita eppure ancora sa come si amano le persone, a differenza tua».

Gli occhi le dardeggiarono, animati dalla fiamma che andava montando proprio dietro.

«Sotto la doccia è uno schianto», continuai a stuzzicarla. «È uno schianto sulla spiaggia, contro il muro, sul cofano della macchina quando piove, sul sedile posteriore...».

Emory grugnì, alzandosi di scatto dalla sedia, dando una botta alla candela e facendola cadere a terra, dove si spense.

Non riuscii a trattenere un sorrisetto sadico.

Girò intorno al tavolo e si diresse alla porta, ma la afferrai e la bloccai contro il muro.

Tuttavia, prima che potessi vantarmi ulteriormente delle mie scappatelle o che afferrassi il suo collo piccolo e grazioso, mi diede un pugno forte nel petto.

Arretrai e mi lasciai cadere sulla sedia e, d'improvviso, mi fu sopra, con lo sguardo spietato e la mano serrata intorno al mio collo.

Sussultai, ormai completamente in erezione.

Respirava veloce e superficialmente, furiosa come se volesse strapparmi via la vita con i denti.

Porca merda.

Grugnii. *Dio, mettiti a cavalcioni, ti prego.*

Mi guardò torva e continuai a esaminare il suo sguardo, aspettando il momento in cui avrebbe perso il controllo, in cui mi avrebbe dimostrato che era cresciuta, che non aveva più paura e che era pronta ad ammettere che, se in quell'istante l'avessi piegata, appoggiata al tavolo e fottuta tenendola per i capelli, le sarebbe piaciuto, piaciuto *da morire*.

Ma non lo fece. Grugnì di nuovo, si allontanò e uscì dalla stanza; mi ci vollero soltanto un paio di istanti per mettermi sui suoi passi.

Spalancai le porte della sala da pranzo, corsi lungo il corridoio e la vidi che scappava via da me.

Le corsi dietro.

Lei si guardava alle spalle e si accorse di me, fece uno scatto in avanti e si affrettò, ma la presi.

La presi fra le braccia e le uscì un gemito mentre le premevo il petto contro la schiena. La trascinai nel buio corridoio del salone, la girai, le afferrai il mento.

Tentò di liberarsi dalla mia presa, ma non me ne importava un cazzo se perdeva sangue o se mi avrebbe azzannato la gola. Dovevo andare fino in fondo.

Avevo tante domande da porle. Perché non mi aveva detto cosa stava succedendo a casa? Perché non si fidava di me?

Ero paziente. Avrei compreso.

Non l'avrei certo delusa.

Non solo non si fidava di me, ma mi aveva attaccato e ormai non m'importava più nulla del perché l'avesse fatto. Passavamo tutti periodi difficili.

Mi avvicinai all'orecchio, pronto a finire di dirle quello che avevo iniziato al tavolo e a farglielo ascoltare, perché era il minimo che mi doveva, ma...

Gemiti e sbuffi mi raggiunsero l'orecchio, un colpo sordo contro il muro, e diressi lo sguardo attraverso la porta socchiusa nel salone. Vidi Micah contro la libreria, Rory dietro di lui che con vigore glielo spingeva dentro, nel buio.

«Cristo, ma che cazzo...», sussultò Rory, serrando in un pugno i capelli di Micah e mordendolo sul collo.

Il petto di Em capitolò e si lasciò cadere contro di me mentre le premevo la guancia sulla sua, tutti e due intenti a osservare la scena che ci si era profilata davanti.

Cavolo, se avessero voluto più intimità, si sarebbero potuti ritirare nella loro stanza.

Tutti e due a petto nudo, Micah si teneva agli scaffali davanti a sé, con i capelli neri sugli occhi, mentre Rory stringeva con una mano la piega dove la sua gamba incontrava la coscia, e con l'altra la spalla, mentre si spingeva dentro di lui, con le mutande calate proprio sotto al culo.

Emory si immobilizzò, era ancora tesa, ma ormai aveva come dimenticato il motivo del suo fare resistenza.

Sulla schiena di Micah colava sudore a rivoli e i capelli di solito ben pettinati di Rory erano scompigliati su tutta la fronte, le sopracciglia aggrottate in un misto di passione, dolore e incontrollabili bisogni, mentre la sua bocca mordeva e respirava sulla pelle di Micah senza smettere di sbatterlo con crescente foga.

Espirai, avvolgendole il braccio sempre più stretto intorno al corpo e guardando le espressioni assurde che si mostravano sul volto di Micah.

Da fuori, si sarebbe giurato che era Micah al comando. Era più grosso, più alto e muscoloso, ed emanava quella particolare vibrazione torva e pericolosa.

Ma lui non era così. Era Rory il dominante e Micah apprezzava ogni istante di quel dominio, perché tutto quello che voleva era soltanto amore.

Anche io ero così. Emmy era come Rory.

Perfetta per me.

Quando glielo lasciavo essere.

Guardammo Rory allungare le mani, far uscire il cazzo di Micah dalle mutande, già lungo e rigido, e carezzarlo mentre lo fotteva sempre più veloce. Gettò la testa all'indietro e grugnì, e Micah scosse la libreria, i libri caddero a terra mentre Rory veniva, pompando il cazzo sempre più a fondo e fino al traguardo.

Gli ci volle a malapena un istante per riprendere fiato prima di lanciare Micah sul divano, di togliergli le mutande e inginocchiarsi, per prendergli in bocca il cazzo e ricambiare il favore.

Le braccia e gli addominali di Micah si contrassero appena si lasciò andare sul divano, carezzò la testa di Rory e la spinse sempre più giù.

«Lo hai mai fatto a un uomo?», chiesi a Emory.

Tentò di liberarsi, come se si fosse appena riscossa e si stesse rendendo conto solo allora della mia presenza. «A te non l'ho mai fatto», replicò.

La girai di colpo e le infilai la mano nelle mutande, puntando dritto alla fica e trovandola bollente e fradicia, proprio come immaginavo.

Mugolò e il suo fremito mi risalì su per il braccio, poi le morsi il labbro inferiore, così eccitato e duro al pensiero di quanto mi era mancata.

Tutti i miei amici adoravano essere al comando. Adoravano tenerle giù e farle implorare, come se Rika, Banks e Winter fossero i loro giocattolini.

Io no.

Mi aveva dominato e solo quello avrei voluto. In classe, in biblioteca, al cinema, in macchina… vederla darsi da fare con il mio culo era meglio del sesso vero e proprio.

Ero un ragazzo cattivo e qualcuno doveva darmi una lezione.

Ringhiò, tentando di sottrarsi alla presa, ma alzai la mano e le sfregai le dita fradicie sul volto.

E poi mi avventai sulla sua bocca, baciando e mordendo e succhiando quella carne dolce, e sentii un gemito scapparle dalle labbra prima che provasse di nuovo a spingermi via.

«Lo so che sai come subire una sconfitta» le dissi, sussurrandole sulla bocca, «ma questo non è il tipo di sconfitta alla quale sei abituata».

Spalancando la porta del salone la lanciai sull'altro divano, ignorando Micah e Rory che proseguivano imperterriti a pochi passi di distanza. La sovrastai, prima strappandole la camicia per poi afferrarle il reggiseno al centro del petto, tirandolo con tutta la forza che avevo finché non si squartò, mettendo a nudo la pelle dorata dei suoi bei seni.

Si dibatté, schiaffeggiandomi mentre mi sistemavo, poi sorrise e spalancò le gambe.

«Colpiscimi», le sussurrai sulle labbra prima di baciarla. «Colpiscimi per tutte le donne che ho scopato dopo di te. Per tutte le notti che ti ho dimenticata, pieno fino agli occhi di tette e culi dieci volte più belli dei tuoi».

«Solo dieci volte?», mi schernì. «Dai, puoi permetterti di meglio. Facciamo almeno venti volte. Ce li hai ancora i numeri di telefono?».

Risi amareggiato, mi alzai e tirai giù i suoi pantaloni per toglierle le mutande che non aveva, perché gliele avevo tolte il giorno prima. Tornai giù, incollai le labbra alle sue e mi spinsi contro di lei.

Le feci scivolare le mani su tutto il corpo. Cristo, era un fottuto schianto.

«Damon aveva ragione». Mi diede una spinta. «Ce l'hai più piccolo di lui».

Il cuore mi martellava in petto, il fuoco mi invadeva i polmoni. Mi sollevai, la feci appoggiare il culo sul divano e affondai la bocca nella sua fica.

Gemette. «Will… Ah!».

Non ce l'avevo più piccolo. E non avevo nessun bisogno che mi ricordasse che sapeva quanto ce l'aveva grosso lui.

Succhiando e mordicchiando, baciandola e leccandola, divorai quella stronza senza esitazioni e senza nessuna pietà. La leccai ovunque, tirandole la pelle con i denti e cercando con la lingua il clitoride, mentre la sentivo gemere sotto di me e provare ancora a scivolare via.

Ansimò per riprendere fiato, un dolce sudore che le colava sulla pancia, mentre i capezzoli le si indurivano come pietruzze.

Poi i gemiti invasero l'aria, le tremò tutto il corpo, spalancò del tutto le cosce e sollevò la testa per guardarmi mentre gliela leccavo.

«Will…», sbuffò, passandomi le dita tra i capelli.

Rialzandomi, mi tolsi la giacca e gettai un'occhiata alle mie spalle, vidi Micah che ci scrutava e aveva un ghigno sulle labbra. Rory non aveva smesso di ingoiare, dando piacere a Micah come io stavo dando piacere a lei.

Riaffondando, rallentai, le baciai e leccai la pelle prima di infilare di nuovo la lingua dentro, per assaporare quanto fosse bollente e bagnata.

Inarcò la schiena allontanandola dal divano e gettò indietro la testa. Tremava e mi affondò le unghie nelle spalle.

Sferzandole il clitoride con la lingua, succhiai di nuovo e ripetutamente, le sue tette si muovevano su e giù, intanto che provava a cavalcarmi e mi spingeva a forza la bocca sempre più all'interno.

«È un bell'effetto, ragazza?», le chiese Micah.

Annuì, respirando pesantemente con gli occhi chiusi. «Sì».

«Fagli parcheggiare il culo qui vicino a me quando ha fatto», le disse, ispirando rumorosamente l'aria tra i denti. «Ti puoi inginocchiare come ha fatto Rory, così mi godo la scena di tutti e due pronti a ingoiare».

Mi fuoriuscirono delle goccioline, ormai pulsavo allo stremo.
«Sì», mugolò lei in risposta.
Le misi la mano sulla pancia, sentendola tremare, e il suo respiro accelerò il ritmo. Quando iniziò a succhiare dentro l'aria e a trattenerla ripetutamente, capii che c'era quasi.
Ribollendo di frenesia, mi allontanai di scatto e mi alzai in piedi, col sudore che mi scivolava giù dalla fronte.
Volevo farla venire. Volevo che non finisse mai.
E il vecchio me stesso non lo avrebbe mai permesso.
Mi ci volle un momento per riprendere fiato mentre la guardavo. Strizzò qualche volta gli occhi e li riaprì quando capì che mi ero fermato.
«Ma che...», disse lasciando uscire un lungo respiro.
Mi chinai e misi la faccia davanti alla sua. «Quando sei pronta a finire quello che ho cominciato», le dissi, «vieni da me».
Inarcò le sopracciglia e spalancò la bocca.
«La mia camera è al terzo piano». Mi alzai, presi la giacca. «Vieni e chiedimelo».
E me ne andai, l'erezione tra le gambe che provava a forarmi i pantaloni, mentre la risata di Micah mi accompagnava su per le scale. Assieme al rumore dei cocci di chissà quale vaso Emmy avesse tirato e rotto due secondi dopo.
Era stata la cosa più difficile che avessi mai dovuto fare in vita mia.
Difficile più della prigione, della disintossicazione, e del doppio spettacolo di Doris Day che, quando avevo diciassette anni, portai mia madre a vedere al drive-in.
Più difficile di tutte quelle cose assieme.

Capitolo 16

Emory

Nove anni prima

«Tieni». Il professor Kincaid mi passò un pacco di opuscoli di università, legati con un elastico. «Quando ti candiderai, ricordati che le eventuali lettere di accettazione ti verranno recapitate a casa».

Ammiccò e gli sorrisi di rimando.

Presi gli opuscoli e lo ringraziai.

Era ovvio che prima o poi avrei dovuto occuparmene.

Uscii dal suo ufficio e attraversai la presidenza, diretta all'atrio. Mio fratello si aspettava che andassi all'università. Era una delle poche cose su cui eravamo d'accordo e non sentivo resistenza da parte sua, ma la cosa sarebbe sicuramente cambiata una volta che avesse appreso le mie scelte. Non ero ancora pronta ad ascoltare le opinioni che aveva a riguardo, così avevo domandato al preside di richiedere gli opuscoli per mio conto. Avevo ancora un anno per candidarmi e affrontare le sfide che il caso mi avrebbe presentato.

Attraversando le porte aprii l'opuscolo in cima a tutti mentre un gruppo di studenti percorreva il corridoio nella stessa direzione.

«Oh, Berkeley». Qualcuno mi aveva tolto l'opuscolo dalle mani.

Mi girai e vidi Elle che lo sfogliava. «Ehi», rimbrottai, riprendendomelo.

Si ritrasse e restò a guardarlo. «Non potresti scegliere un posto più lontano», disse. «Ma immagino sia quello che vuoi».

«Sì».

Berkeley era all'altro capo del Paese e, col fondo che i miei genitori mi avevano lasciato, potevo permettermi quegli studi per un paio d'anni al massimo.

Ma non avevo in programma di usare il fondo.

La sera prima, dopo che Will era andato via, avevo dormito a malapena, trascorrendo sin troppo tempo a replicare la scena in testa: una parte di me convinta che avrei dovuto lasciarlo andare via quando ci aveva provato la prima volta, e l'altra parte dispiaciuta di averlo lasciato andare la seconda.

Ma avevo deciso che era un'altra la cosa che mi turbava. Se mia nonna fosse stata ancora viva al momento di partire per l'università, il fondo sarebbe stato sufficiente a pagare un solo anno nella miglior casa di riposo di Meridian City.

Questo l'avrebbe almeno portata fuori da casa di mio fratello, e così sarei potuta andare a studiare senza preoccupazioni.

Tutto quello che dovevo fare era vincere una borsa di studio – o anche dieci – per pagare il costo della mia educazione.

Guardai avanti e vidi un gruppo di studenti che rideva.

A ridosso degli armadietti c'era di nuovo Will, circondato dai suoi amici, abbracciato a Davinia Paley mentre la sollevava da terra e la fissava negli occhi, ricambiato dal suo sorriso.

Mi affondò il cuore e mi si seccò la bocca.

Esitai per un istante, sbattendo gli occhi e distogliendo lo sguardo. *Sembra che abbia trovato la sua accompagnatrice al ballo di inizio anno.* Che testa di cazzo.

Elle si fermò al mio fianco, seguendo il mio sguardo mentre lo fissavo una seconda volta. Teneva Davinia come se non pesasse nulla, parlandole in modo giocoso e lieto, mentre intorno a loro tutti quanti – con i loro abiti e le loro macchine e i loro amici – sembravano una pubblicità su «Teen Vogue» dalla quale non mi sarei mai fatta abbindolare.

Lui mi fissò e abbassai lo sguardo, girandomi dall'altra parte. Meglio così.

Proseguii lungo il corridoio, sentendomi addosso i suoi occhi mentre gli passavo davanti, e poi svoltammo l'angolo fermandoci davanti al mio armadietto.

«Ci vediamo in classe?», mi chiese Elle.

«Mah».

Sorrise, perché sapeva quanto odiavo le lezioni di letteratura. Mi toccò il braccio e proseguì. «Allora magari ci vediamo a pranzo».

«A dopo».

Infilai gli opuscoli nell'armadietto, nascondendoli lì a scuola per il momento, tirai fuori il mio blocco degli appunti, *Furore* e il resto del materiale che mi sarebbe servito quel mattino, infilando tutto nella borsa che divenne pesante quanto le risate di Will e dei suoi amici che arrivavano in un crescendo da dietro l'angolo. Avevo finito la pazienza e il silenzio. Non sarei mai riuscita a restare in classe in quel momento.

Avrei tanto voluto farlo. Fargli vedere che non mi dava fastidio. Che Davinia non mi dava fastidio.

Doveva vedermi dura e ignara di ogni cosa.

Era un gioco che conoscevo bene.

Invece sbattei la porta dell'armadietto e mi incamminai nel corridoio, superando l'aula di letteratura e salendo le scale per raggiungere il laboratorio artistico.

Alla prima ora non ci veniva mai fatta lezione e il professor Gaines non sarebbe arrivato che un istante prima del necessario. Avevo tutta la stanza per me, per un'ora intera.

Poggiai la borsa a terra a fianco del mio solito tavolo da disegno, tirai fuori il rotolo di carta dal tubo e lo disposi sul ripiano, sistemai tutto e mi misi al lavoro.

Suonò la campanella, gli studenti si affrettarono lungo il corridoio scomparendo dietro le porte, e presto tutto divenne di nuovo quieto, così potei sentire i professori che iniziavano le lezioni dietro le pareti scure e silenziose del mio piccolo rifugio.

Usando le righe, continuai il mio progetto del restauro della Bell Tower, quella vicino al cimitero che era caduta a pezzi quando St. Killian era stata abbandonata anni prima. Misurai i frontoni e disegnai linee anche per i piccoli lucernari che stavo aggiungendo. Era soltanto un compito, ma non mi sarebbe dispiaciuto vederlo realizzato per davvero, un giorno.

Anche se odiavo quella città, il posto mi piaceva. Era pieno di storia, del fascino dei suoi segreti e delle sue tradizioni, dei misteri che erano sopravvissuti negli anni e della sua architettura. Così tanti angoli e nicchie in cui perdersi, non solo in posti come le catacombe o il labirinto del giardino dei Torrance – che una volta, quand'ero bambina, era aperto al pubblico almeno un giorno l'anno – ma il modo in cui ogni strada e tratto di costa sembrava avere dietro una propria storia.

Un palazzo che sorgeva nel mondo era un palazzo che apparteneva al mondo. Progettare qualcosa lì a Thunder Bay non era un progetto che si poteva condurre in isolamento. Doveva essere per forza parte di qualcosa di più grande.

Lavorai sul mio progetto, arrivando quasi a finirlo, anche se avevo ancora settimane intere prima della consegna. Volevo vedere di nuovo quella torre spiccare contro il cielo, volevo farla più alta, così che ci si potesse salire sopra e cogliere con lo sguardo ancora più vastità del mare, e volevo anche aggiungere più campane.

E forse una luce. Una luce intermittente, proprio in cima.

«Appendi una lanterna all'arco del campanile», recitai mentre disegnavo. «Una se arrivano da terra e due se arrivano dal mare».

Ma non fu la poesia *Cavalcata di Mezzanotte di Paul Revere* che mi venne in mente subito dopo. Mi fermai a riflettere. *O forse... come una candela – anche se elettrica – sempre accesa a illuminare tutto in cima.*

Alzai gli occhi al cielo, liberandomi la testa dall'idea e poggiando sul ripiano la matita.

Stupida.

Guardai la borsa, abbassai il braccio e la sollevai per la tracolla.

Rovistai nella tasca e trovai il ninnolo bronzeo scintillante che qualcuno aveva lasciato appeso al mio albero la sera prima.

Lasciai ricadere la borsa a terra e poggiai i gomiti al ripiano per esaminarlo meglio.

Studiando quella chiave universale lisa e arrugginita, cercai di nuovo segni che potessero darmi un indizio sul suo utilizzo, e poi mi passai la catenella tra le dita, osservando meglio il portachiavi che vi era attaccato.

Sembrava una piccola pentola. O forse un bruciatore d'incenso?

Me lo girai tra le mani, confusa. Perché mai qualcuno avrebbe dovuto darmi un oggetto del genere senza spiegarmi la sua utilità? Non doveva esser stato Will. Lui me lo avrebbe dato di persona quando c'eravamo visti la sera prima.

E quell'automobile parcheggiata fuori casa mia...

La sola altra cosa che mi veniva in mente era che si trattasse della prova di un reato e che qualcuno me l'avesse affibbiata per incriminarmi, ma di sicuro stavo esagerando.

Poi le notai.

Le fenditure sulla catenella. Sul bruciatore d'incenso.

Come piccole prese d'aria.

Era un incensiere. Di quelli che si usavano nelle chiese.

La cattedrale in città ne aveva uno. Uno grande, che facevano ondeggiare al suono di una campanella.

Riarrotolai il progetto, lo rimisi nel tubo, presi la borsa e corsi fuori dall'aula.

Entrai nella cattedrale e, come ogni volta che succedeva, alzai gli occhi al cielo. Mi era sempre piaciuto andare lì. Era un posto tranquillo, dove non ti sentivi a disagio a essere sola in un luogo pubblico. Era quello che ci si aspettava.

Mi sarebbe piaciuto che a Thunder Bay ci fosse una sinagoga, per le rare volte in cui Martin, mia nonna e io volevamo partecipare, ma non eravamo stati così fortunati. Ogni volta ci toccava guidare fino a Meridian City.

Per me era ottimo, però. Quando avevo bisogno di restarmene un po' nascosta andavo nella cattedrale, a Martin non sarebbe mai venuto in mente di cercarmi in una chiesa cattolica.

«Emory?», disse qualcuno dietro le mie spalle.

Mi girai e vidi padre Behr. Lo conoscevano tutti.

«Sei qui per confessarti?», mi prese in giro. «Prima c'è bisogno che ti battezzi».

Ridacchiai, stringendo la tracolla della borsa al petto. «Sto ancora capendo come essere una ebrea agnostica, padre. Non complichiamo le cose». Gli sorrisi. «È bello rivederla».

Mi sedette a fianco. Sulle altre panche c'erano devoti inginocchiati, le candele devozionali che baluginavano al mio fianco contro la parete.

Le stazioni della *Via Crucis* erano dipinte sulle pareti; reclinai indietro la testa, per ammirare le colonne che sembravano affondare senza soluzione di continuità dentro il soffitto decorato nello stesso modo in cui a un albero spuntavano i rami. Sopra le nostre teste c'era un affresco straordinario.

«Ti vedo spesso qui», mi disse.

«È merito dell'architettura». Continuai a tenere gli occhi sul soffitto. «Ed è un posto tranquillo».

Sospirò. «Purtroppo lo è davvero».

Non sembrava molto contento di quello che aveva appena affermato e mi resi conto che sarebbe stato meglio per lui, e per la Chiesa, se fosse stato più affollato.

Mi diede una leggera pacca sulla spalla. «Allora passeggia pure», disse. «E prenditi il tempo che ti serve».

«Grazie».

Se ne andò e tirai fuori di nuovo la chiave, studiando il tipo di serratura che cercavo. Passandomi l'incensiere in miniatura tra le dita, alzai lo sguardo e ne esaminai uno ben più grande, forse alto la metà di me e due volte più largo. Era appeso a una corda e assicurato a una parete della chiesa, vicino a un arco sopra il presbiterio.

Poi sempre guardando in alto, vidi la galleria al di sopra. Lassù c'era una porta.

Tenni stretta in mano la chiave, assicurandomi che intorno nessuno facesse caso a me.

Poi attraversai la navata centrale, imboccai quella laterale, oltre la campata, e al transetto svoltai a sinistra.

Dopo pochi scalini salii per la scala a chiocciola e mi ritrovai sulla balconata che sovrastava la navata.

Alla mia destra c'erano secchi e tappeti addosso a una porta di legno ad arco, lavori di manutenzione lasciati a metà, che sembravano essere stati abbandonati tempo prima. Nella galleria non sedeva più nessuno, visto che padre Behr riusciva a malapena a riempire le panche della navata centrale.

Non c'era niente e nessuno lì oltre la luce che filtrava attraverso le finestre di vetro colorato, che rilucevano rosse e blu sul vecchio tappeto.

Aprii il palmo e confrontai la chiave con la serratura della porta che avevo davanti.

Mi accelerò il battito cardiaco e fui percorsa in egual misura dall'eccitazione e dalla preoccupazione.

Al punto che mi faceva stare male.

Mi avvicinai alla porta e infilai la chiave nella toppa, ma quando girai la maniglia, questa si aprì senza che io avessi fatto alcunché.

Estrassi la chiave e la rimisi nella giacca dell'uniforme, poi spalancai la porta… rabbrividendo per il cigolio dei vecchi cardini.

Merda. Mi gettai uno sguardo nervoso intorno, ma non si vedeva nessuno.

Alla fine sbirciai oltre la porta e notai un'altra scala a chiocciola.

Aguzzai la vista. Magari portava a una delle guglie.

Tirai fuori il telefono e accesi la torcia, quindi salii per le scale, i gradini di pietra sotto i miei piedi erano completamente luridi. Continuai a salire e alla fine, alla mia destra, trovai una porta.

Presi di nuovo la chiave, ma la visione di tunnel dentro quello spazio ristretto mi fece tremare le mani.

Tossii. La polvere mi solleticava la gola.

Stavo facendo un grosso errore. Non sapevo da chi venisse quella chiave e non sapevo nemmeno cosa potesse esserci dall'altro lato di quella porta. Chiunque me l'avesse data, era stato così sfuggente nel non darmi alcuna spiegazione, che io ne ero stata ancora più attratta.

Infilai la chiave nella toppa e girai, ma la serratura non cedeva. Girai di nuovo, abbassai la maniglia, ma non si apriva. Mi voltai, guardando prima a destra e poi a sinistra, e individuai un'altra porta in cima alle scale.

Tenendo alta la luce della torcia, mi arrampicai fino in cima, cercando a tastoni la toppa per infilarci la chiave: non appena provai a girarla sentii la serratura scattare.

Mi si agitò un volo di farfalle nello stomaco e per un istante, sorridendo, esitai.

L'avevo trovata.

Là dentro avrebbe anche potuto esserci qualcuno. Mi spinsi comunque in avanti, aprii la porta e cercai di farmi strada con la torcia. Non appena la porta si fu del tutto aperta, venni inondata dalla luce. Entrai in una stanza dove dal pavimento venivano su travi che arrivavano fino al soffitto. Mi guardai attorno, osservai le finestre e la luce del sole, che vi si riversava dentro inondando il pavimento.

Ma cos'era quel posto?

Spensi la torcia del telefono, lo rimisi nella tasca della borsa assieme alla chiave e mi chiusi delicatamente la porta dietro le spalle.

Lungo il perimetro della stanza, sotto le finestre, erano disposti bauli e scatole; vidi vecchi oggetti sacri buttati qua e là – panni da altare, candelabri, e quelle cose dove si tiene l'acqua santa… C'era anche una serie di porte, simili a quelle che al piano terra adornavano i confessionali.

Mi addentrai nella stanza, ma mi fermai subito e fissai gli occhi sul letto.

Coperta bianca, lenzuola bianche sui cuscini: sembrava tutto pulito e fresco, ed era grande al punto che avrebbe accolto dieci persone.

Ma che diavolo?

Abbassai lo sguardo e notai che sulla coperta c'era un pezzo di carta. Lo presi. L'odore di pulito della biancheria mi fece pizzicare il naso.

Lessi il biglietto, la carta ingiallita cadeva quasi a pezzi sulle pieghe, lungo le quali doveva essere stato ripiegato mille volte.

Ora è tuo. Usalo bene.
Nessun altro lo sa, e tu non dirlo.
Quando hai fatto, passalo a qualcun altro.

La stanza Carfax ci nasconde
da quello che non vogliamo più vedere.

Lo rilessi ma continuavo a non capire.

"La stanza Carfax?", ripetei tra me e me.

La scrittura era in corsivo nero, un po' sbiadita. Ripiegai il biglietto e me lo misi in tasca.

Mi sembrava una scemenza. Qualcuno mi aveva dato la chiave di una stanza, senza spiegarmi perché, e non avevo idea se fossi l'unica persona ad avere l'accesso.

Capivo soltanto una parte del messaggio. Tenere la stanza segreta poteva anche andare bene, ma come avrebbe fatto la stanza a nascondermi? E ovviamente altri ne erano a conoscenza, quantomeno la persona che mi aveva recapitato la chiave.

E se la dovevo passare poi a qualcun altro, anche la persona che me l'aveva data doveva averla ricevuta da qualcuno, giusto?

Ma perché proprio a me?

Vagai per la stanza, rovistando nelle scatole che contenevano di tutto, dalle lampade agli attrezzi, agli abiti, ai costumi, al trucco per il teatro. Mi mossi molto piano e individuai qualcosa che catturò la mia attenzione. Esitando, raggiunsi un baule sul pavimento e ne tirai fuori un abito rosa, privo di spalline e sbuffato, con sotto una gonna di tulle.

Sorrisi. Mi piaceva quello stile anni Cinquanta. Giro vita stretto, la stoffa stampata a fiorellini, quel tipo di rosa confetto che andava di moda decenni prima. Ma che ci faceva lì, quel vestito?

Forse non era così strano. C'era anche un cilindro e una piastra delle cialde in un altro baule.

Ah, le storie che avrebbe potuto raccontare quella stanza.

Rimisi l'abito nel baule, ripiegandolo accuratamente e chiudendo il coperchio prima di dirigermi al letto e portarmi un cuscino sotto il naso.

Aveva un odore pulito, di detergente e aria di primavera. C'era un giradischi con qualche vinile vicino, e delle candele su un comodino.

Per nessuna ragione sarei rimasta lì, senza sapere nulla di quel posto e ignorando se qualcuno avesse o meno un'altra chiave. Però era intrigante. Un altro angolo. Un'altra nicchia.

Un'altra storia.

Diedi un'ultima occhiata in giro e me ne andai, richiudendo la porta e uscendo per non sfidare troppo la buona sorte. Per quanto ne sapevo, quello era il posto dove padre Behr poteva mettere in mostra il vero se stesso, e quel vestitino, dunque, poteva essere il suo.

Presi la borsa e scesi le scale, mi rinfilai in tasca la chiave e tornai sulla balconata, dove mi chiusi l'altra porta alle spalle.

Avevo saltato tre lezioni, ma se mi affrettavo sarei riuscita a seguire la quarta.

Scesi l'altra rampa di scale, attraversai la chiesa e uscii, imboccai il sentiero che portava in strada e girai a destra. Le foglie frusciavano sugli alberi, il giallo, l'arancione e il rosso svolazzavano su se stessi per poi cadere lentamente a terra, una goccia fredda di pioggia mi colpì la guancia. Inalai la brezza autunnale, la chiave leggera nella mia tasca.

Non dirlo.

Una parte di me era convinta che si trattasse di uno scherzo. Altrimenti avrei ricevuto delle istruzioni vere.

Ma l'altra parte voleva che fosse tutto vero. Avere un nascondiglio personale mi faceva finalmente sentire parte di quel posto dove avevo vissuto tutta la vita.

Come se finalmente gli appartenessi.

Lungo il marciapiede, persa nei miei pensieri, quasi non notai l'auto che mi si accostò lentamente.

Sobbalzai quando me ne accorsi. Sentii il torace che si stringeva come un pugno.

Merda.

«Sta per piovere», disse Martin, attraverso il finestrino aperto del lato passeggero. «Sali su».

«Sto tornando in classe», lo rassicurai. «Avevo detto che avrei dato una mano con le decorazioni per il ballo dopo la scuola».

Ripresi a camminare.

Ma sentii la sua voce dietro le spalle. «Emory, vieni, voglio farti vedere una cosa».

Mi fermai, esitante.

Era inutile. Aveva iniziato a tracciare il mio telefono. Non ero a scuola durante le lezioni. Era venuto a prendermi.

Con lo stomaco annodato, scesi dal marciapiede e aprii la portiera dell'auto.

Presi posto sul sedile del passeggero e chiusi lo sportello, col corpo teso e pronto.

«Musica?», chiese.

Ma non attese nemmeno la mia risposta. Accese la radio e la sintonizzò su una qualche stazione di vecchi classici a un volume impercettibile.

Facendo inversione, si allontanò dalla scuola e mi portò sulle colline, oltre le magioni, St. Killian e la Bell Tower. Tenevo la borsa sulle gambe perché avevo bisogno di aggrapparmi a qualcosa.

Martin entrò nel cimitero, rallentando lungo il viale e prendendo un sentiero che attraversava un mare di lapidi a destra e a sinistra. La pioggia batteva sul parabrezza quando parcheggiò e spense il motore.

Permisi al mio sguardo di vagare, strinsi i pugni per impedire che tremassero le mani. Non si vedeva anima viva.

Mi venne in mente ogni sorta di scusa. Quale tono di voce avrebbe funzionato meglio? O forse dovevo solo restarmene in silenzio. A volte, se gli lasciavo la parola, mettersi a urlare lo faceva sfogare.

Alzò il braccio e indietreggiai, ma poi mi accorsi che stava prendendo qualcosa dal sedile posteriore.

Mi poggiò davanti una busta bianca, prese dal portabevande una bottiglietta di acqua frizzante con la cannuccia già infilata dentro.

«Mangia», disse. «È quasi ora di pranzo».

Mi sentii appena sollevata, ma sapevo anche che la cosa non significava nulla. Gli piaceva prendersi gioco di me.

«Edward McClanahan», disse, gesticolando verso lo spazio davanti a noi. «Tra poco tumuleranno il suo corpo, Em».

Vidi la piccola scavatrice, e notai anche che lo scavo era già iniziato, ma a causa della pioggia non ci stava lavorando nessuno. Sulla fossa, c'erano soltanto un mucchio di terra e un telo blu.

«La sua famiglia lo vuole sano e salvo nella loro nuova tomba», disse. «Sperano che la città dimentichi la ragazza morta, e molto probabilmente andrà proprio così. Lontano dagli occhi, lontano dal cuore».

Strinsi le mani in grembo, senza ascoltarlo del tutto.

«Ogni anno quegli arroganti, insulsi, falliti vengono in pellegrinaggio qui come se andassero a visitare una fottuta chiesa», riprese, «ma l'anno prossimo non ci sarà Edward nella tomba. Ho comprato quel lotto oggi. Per la nonna».

Per mia nonna. Non la sua. Non gli era mai importato nulla di lei. Non era sua nonna. Aveva fatto quello che aveva fatto per una questione di apparenza, e aveva comprato a una donna che non era ancora morta una tomba usata.

Una tomba cattolica. Ma era permesso?

Non mi stava bene. Non doveva andare così. Io…

«Mangia!», ringhiò.

Sobbalzai, infilando la mano nella busta e tirandone fuori un hamburger, girando la testa e guardando fuori dal finestrino.

Diedi un morso, masticai almeno un centinaio di volte prima di riuscire a ingurgitarlo.

«Ho fatto un affare», disse. «Visto che il lotto era stato usato, ovviamente. Ci teniamo pure la lapide. La pialleranno e inizieranno a incidere il suo nome la settimana prossima».

Mi tremava il mento e sentii salirmi la bile.
«Uno in meno», bisbigliò. «E intanto un imbarazzo si toglie dai piedi».
Rimasi ferma, l'hamburger dal quale mancava soltanto un morso era poggiato sul mio grembo.
«Ho dei piani, Emory».
Si slacciò la cintura e chiusi gli occhi.
«E tu ci rientreresti senza problemi se restassi a scuola e la piantassi di sfornare guai».
Il palmo della sua mano mi sferzò la guancia e la testa colpì il finestrino. Mi lasciai sfuggire un lieve lamento, un dolore infuocato si diffondeva su tutta la mia faccia e sul resto del cranio.
No... il corpo prese a tremarmi.
Non importava quanto leggessi i segnali e quanto mi preparassi all'impatto, era sempre più dura di quanto preventivassi.
«Non l'ho chiesto io!», gridò, afferrandomi per il collo e sbattendomi di nuovo contro lo sportello. «Non l'ho voluto io! Perché non mi aiuti? Perché non provi a essere migliore?».
Aprii la bocca per urlare, ma dovetti digrignare i denti e chinare il capo perché aveva ripreso a colpirmi.
«Cazzo!» urlò, stringendomi così tanto il collo che la pelle bruciava. «Solo...». Riprese fiato e vidi che gli occhi gli si riempivano di lacrime. «Prova solo a essere normale! Perché ti comporti così, eh? Perché?».
«Martin, fermati...».
Mi girai e aprii la portiera, ma afferrò la maniglia e la richiuse. Afferrandomi il braccio, mi diede un altro schiaffo.
Strizzai gli occhi. «Non in faccia!», urlai.
Ma non mi ascoltava: non era più in grado di pensare o anche solo di curarsi di chiunque potesse sentirlo o vederlo. Aveva perso il senno.
La pioggia batteva sull'automobile, attutendo i suoni delle percosse e gli insulti; io affondavo le unghie nel sedile e il sapore del sangue mi riempiva la bocca.
La macchina di Will attraversò i miei pensieri: il suo odore, la sensazione di averlo al mio fianco.
Ma dopo pochi istanti, non riuscii più a pensare a nulla. Non riuscivo a ricordare niente.
Niente occhi verdi, niente bel sorriso. Niente braccia calde ad avvolgermi.
Gli occhiali mi caddero a terra e poi... qualcosa di bagnato mi gocciolò nell'occhio.
Dopo pochi istanti, non riuscivo nemmeno più a ricordare che faccia avesse.

Rimasi seduta lì, a fissare oltre il parabrezza e i tergicristalli, trovando a malapena la motivazione per continuare a respirare.

Martin tornò seduto al suo posto, si accese una sigaretta mentre il sangue mi scendeva copioso dall'arcata sopraccigliare e i tagli all'interno della bocca mi bruciavano a non finire.

«Domani è la Notte del Diavolo», disse quand'eravamo fermi a un semaforo vicino al paese, sulla strada che portava a casa. «I piccoli diavoli si ritengono pericolosi, ma nessuno è più minaccioso di una persona pronta a fare quello che gli altri non vogliono».

Guardai in tralice il fucile tra i sedili. Mi si bloccarono in petto dei singhiozzi.

Avrei potuto prenderlo. Tutto sarebbe finito.

Avrei potuto dormire la notte.

«Questo è il mio paese, Em». Non mi guardava più, la stanchezza – come una benedizione – gli calmava il tono della voce. «Un giorno lo sarà. E tutto questo sembrerà soltanto un sogno in confronto all'incubo che attende tutti quelli che intralceranno il mio percorso».

Potrei dormire per sempre.

Guardai fuori la pioggia cadere, la visione offuscata dalle lacrime che non volevano smettere di scendere.

Ero stanca e triste.

E se non fosse morto lui, sarei morta io, e doveva essere quella notte. Ogni centimetro cubo del mio corpo stava urlando: non ce la facevo più.

Serrai le dita in pugni, ogni muscolo si tendeva e le gambe si muovevano già prima di compiere la scelta. Aprii la portiera e mi lanciai sotto la pioggia, lo udii gridare il mio nome e dirmi di tornare indietro, invece mi misi a correre.

Ero al limite e non volevo fermarmi,

Affondando i tacchi e schizzando tra le pozzanghere, corsi quanto più velocemente possibile, sul marciapiede e sull'erba, e feci ritorno alla cattedrale.

I capelli mi coprivano il volto e non mi guardai dietro, poiché immaginavo che non avrebbe lasciato la macchina per rincorrermi; probabilmente sospettava che sarei tornata in chiesa, ma non sarebbe comunque stato in grado di trovarmi.

Mi precipitai nella cattedrale, rallentando il passo per non attirare l'attenzione, quindi percorsi la navata e salii di nuovo le scale, traversai la balconata, dietro la porta, su per le scale e tornai nella stanza Carfax, chiudendomi dietro la porta.

Al sicuro.

Nascosta.

Mi avvicinai ai bauli sotto le finestre, trovai il vestito e lo tirai fuori.

Emmy Scott era stanca e triste.

Ma Reverie Cross, quella sera, sarebbe andata al ballo di inizio anno.

Capitolo 17

Will

Presente

Con l'inguine ancora dolente, mi girai nel letto, il cazzo che tendeva le lenzuola.

Ci passai la mano, lo strinsi in un pugno e massaggiai lentamente.

Cazzo.

Come faceva quella ragazza a ridurmi così ogni volta? Ero quasi sul punto di cedere e di andare io da lei. Sapevo che la sera prima non sarebbe mai venuta nella mia stanza, dopo che l'avevo lasciata nel salone. Lo sapevo benissimo.

Avevo soltanto sperato di sbagliarmi.

Dio, quanto la volevo. Potevo dare la colpa al fatto che ero stato senza una donna per tanto tempo, ma no… era per via di Emory Sophia Scott e dell'effetto benefico che mi facevano i suoi sorrisi.

Uno di quei sorrisi valeva bene tutti i grattacapi.

O perlomeno così ero solito pensare.

Le luci del mattino s'insinuarono dalla piccola finestra del mio attico, riscaldandomi il petto mentre tutto il resto formicolava e il cazzo continuava a gonfiarsi.

Grugnii, chiusi gli occhi e umettai il palmo della mano con la lingua, poi lo serrai intorno al cazzo, iniziando a muovere con vigore.

Dal primo momento in cui le avevo posato gli occhi addosso, tutto di lei mi eccitava, e non c'era un solo modo in cui non sognassi di scoparla. Sin dall'inizio era stata un'ossessione.

Perché mai?

Era lunatica, intollerante, critica… e anche se sapevo da dove provenivano la sua sfiducia e il suo cuore di pietra, lei comunque si rifiutava di cedere e di comportarsi con un minimo di calore umano nei miei confronti. E se non lo aveva ancora fatto, potevo star certo che non sarebbe mai successo.

Amare una ragazza che stava così sulla difensiva, mi ero reso conto, era stata una vittoria di Pirro, una mezza vittoria. I rari momenti di felicità avevano un costo troppo alto.

Ma era sempre lì, in tutti i miei sogni – bella e vulnerabile – che mi permetteva di cavalcarla e di perdermi nelle sue labbra e nel suo odore.

Continuai a pompare, ero ormai durissimo, completamente eretto, le immagini di lei avvolta nelle mie lenzuola – soffice, e dolce – che mi riempivano la testa mentre il cazzo gocciolava in suo onore.

E seguii quell'impeto completamente. Vaffanculo a tutto il resto.

Avevo provato a dimenticarla andando con le altre. Donne che non avevano nulla a che fare con lei, in modo da poterla eliminare dal mio organismo, ma alla fine del giorno la cosa finiva soltanto per ferirmi di più.

Contrassi i muscoli dello stomaco, prossimo a venire, mi immaginai dentro di lei a fotterla di brutto e a farla gemere.

Perché forse se riuscivo ad averla di nuovo, dopo sarei potuto finalmente scappare, sarebbe stato come spegnere un interruttore e toglierle tutta l'importanza.

«Scopami, piccola», sibilai a denti stretti, masturbandomi con foga crescente. «Dai, allarga quelle gambe».

Nella mia testa, lei era lì: spiaccicata sul materasso sotto il mio peso, il mio naso affondato nei suoi capelli mentre glielo infilavo sempre più a fondo. Mi baciava e sorrideva e Cristo se lo voleva, la pelle soffice del suo ventre teso lucida di sudore mentre mi muovevo sopra di lei.

Mi tesi, scuotendomi, schizzai sul lenzuolo sporcandomi la mano, il liquido saettò fuori e mi parve, senza ombra di dubbio, di sentire il calore del suo ventre intorno al cazzo.

Ricordavo bene la sensazione.

Rantolai ansimante, sprofondando nel letto mentre l'orgasmo mi squassava. Mi abbandonai al suo corso.

Cazzo.

Finalmente riaprii gli occhi.

Una vittoria di Pirro. Ed eccomi lì, convinto che nessun prezzo sarebbe stato troppo alto da pagare per stringerla di nuovo. Mi faceva paura l'idea di quel costo.

Alzandomi dal letto, presi un panno e mi ripulii, gettandolo nel cesto della biancheria prima di prendere un asciugamano e avvolgermelo ai fianchi.

Rory era sempre nel bagno turco prima che gli altri si svegliassero. Avevo bisogno di passare un po' di tempo da solo con lui e doveva accadere quel giorno, per forza.

Scendendo le scale mi diressi verso la sala, quasi esitando davanti alla stanza di lei, tentato di dare un'occhiata dentro per assicurarmi che stesse bene, poi passai oltre e scesi di buona lena la scalinata che portava all'ingresso.

Nella casa ancora silenziosa girai a sinistra, percorsi il buio corridoio verso la piscina coperta, entrai e spalancai le porte del bagno turco.

Amante della routine come ogni bravo serial killer, Rory Geardon era seduto sulla panca piastrellata, la schiena poggiata al muro, in una nube di vapore.

Aprì gli occhi.

«Ehi», dissi.

Alzò appena il mento. «Ehi».

«Ti sei svegliato presto per andare a caccia?»

«Sì. Vieni pure tu?»

«Forse sì». Un po' di aria fresca non mi avrebbe fatto male, ma non volevo lasciarla da sola in quella casa.

Rimasi a qualche metro di distanza, il calore mi avvolgeva la pelle nuda come un sudario.

Adoravo i bagni turchi. Mi disintossicavano, mi rilassavano, mi ricordavano casa. Quello all'Hunter-Bailey di Meridian City era grande il doppio, ed era lì che avevo avuto le più importanti riunioni d'affari con Michael e Kai. Quando non ero ancora troppo ubriaco dalla sera prima.

«Allora, la Notte del Diavolo, eh?», disse Rory. «Questa tua Thunder Bay sembra sempre più una Disneyland vietata ai minori».

Feci una smorfia. «Mi manca tanto».

Prese un altro asciugamano e se lo passò sul volto. «Anche se lì c'è la tua famiglia?».

Era convinto che non avessi voglia di vedere la mia famiglia. Pensava che fossero stati i miei genitori a mandarmi lì, e dunque perché mai sarei voluto tornare da loro? Come anche Micah e Aydin, Rory non aveva alcuna fiducia in quelli che lo avevano abbandonato. Per loro, tornare a casa era fuori discussione.

Sul serio.

Ma la mia situazione era diversa. «Non meritavo la prigione... ma forse questo lo meritavo». Mi aveva riportato alla sobrietà, mi aveva ripulito. «Inoltre, la famiglia che ho scelto non mi avrebbe mai mandato qui. È da loro che tornerei», gli dissi.

«Io a casa non ci tornerò mai più», rispose. «Questo lo so senza ombra di dubbio. Mia madre non se la rischierebbe».

Ciò significava che tornare a casa non era una scelta. Che pensava che non sarebbe mai uscito di lì.

E dopo quello che aveva fatto, dovevo ammettere che quella sua preoccupazione non era del tutto ingiustificata.

Rory era come Terminator. Legale o illegale, l'unica cosa che riusciva a vedere era la sua missione. La sua era una visione *a tunnel*. Quei ragazzi si meritavano quello che gli era capitato – e forse anche lui sembrava divertirsi – ma se fosse o meno sbagliato, era una puramente soggettivo.

E in quanto figlio dell'ambasciatrice in Giappone, era una responsabilità.

Per me, era perfetto.
«E se anche dovessi uscire di qui», continuò, «mia madre mi darebbe qualche hotel da gestire su un'isoletta scarsamente popolata, dove non attirerei l'attenzione».
«Non attireresti l'attenzione?».
Scoppiò a ridere senza rispondere alla domanda.
«Non sei unico», gli dissi, poggiando la testa contro il muro e chiudendo gli occhi. «Tutti hanno un punto di chiarezza assoluta dove la coscienza non conta più. Dove siamo quello che siamo, e vogliamo quello che vogliamo, e non ci sono più dubbi su quello che deve accadere. La sola differenza tra te e il resto della popolazione è che tu hai raggiunto quel punto, invece buona parte della gente non lo raggiungerà mai».
Non molti avevano occasione di ritrovarsi a un punto di non ritorno: tormentarsi o affrontare il pericolo e magari sopravvivere.
«Quello che hai fatto era calcolato», dissi in tono gentile. «C'era bisogno di farlo».
Aveva sì trovato Micah, ma non ancora una casa, e non avevo intenzione di lasciarlo a marcire lì.
«Sono fortunato», dissi, quasi tra me e me. «Ho una famiglia piena di persone che sanno che effetto faccia ritrovarsi al limite. Sanno che dentro di noi c'è un posto dove dettiamo le regole, invece di seguirle e basta. Io non sono solo».
Con la coda dell'occhio, vidi che girava la testa per guardarmi.
«Sono magnifici», dissi.
Rimase zitto per qualche istante e potevo quasi sentire le rotelle che gli giravano in testa. Si sarebbe inserito bene tra i miei amici.
Lasciando quel pensiero sospeso a mezz'aria, mi alzai in piedi e mi diressi alla porta per farmi una doccia.
«Cosa ha fatto per essere stata mandata qui?», mi chiese prima che riuscissi ad andare via.
Rimasi fermo con la maniglia della porta in mano.
Ero ancora sconvolto perché il suo arrivo aveva interrotto i miei piani, e le cose erano cambiate, che volessi o meno rendermene conto.
Se avessi dovuto tenerne conto, sarei andato avanti o meno?
Non era nemmeno una domanda.
«Come il resto di noi», risposi, «lei sa quello che ha fatto, qui nessuno è innocente».
Uscii dal bagno turco, ma invece di dirigermi alla doccia, tornai nella mia stanza. La casa era ancora assopita. Chiusi la porta alle mie spalle e piazzai una spranga sotto la maniglia.
Tolsi il lenzuolo dal letto, alzai il materasso e lo girai. Ricadde in parte sul letto e in parte sul comodino, facendo scivolare a terra la lampada, che si spense.

Infilai la mano nella fessura sul fondo del materasso e tirai fuori il laptop nero, lo poggiai sul tavolo vicino alla finestra, dove c'era un po' di luce.

Lo aprii, lo accesi e aspettai che si caricasse la chat.

Digitai:

Ci sei?

Scrisse dopo qualche istante.

Ricevuto. *Lui* ti vuole fuori da lì, subito.

Non ancora. C'è stato uno sviluppo.

Non volevo dire molto, in caso qualcuno ci stesse spiando e, per quanto riguardava lei, non sapevo chi fosse coinvolto. Scrissi ancora.

C'è qualcosa che non mi stai dicendo?

Tipo?

Alzai un sopracciglio.

Hai mandato qualcun altro?

Aspettai per qualche istante una risposta, e poi vidi lampeggiare le lettere verdi.

No.

Sicuro?

Non ti mentirei mai.

Esalai, rilassando infine le spalle. Okay, dunque. Non era nessuno dei miei.

O Michael, Kai e Damon lavoravano per conto proprio, o dietro c'era qualcun altro. Non ne sapevo ancora nulla, ma almeno quello ero riuscito a stabilirlo.

Comparve sullo schermo altro testo.

Quanti sono e quando?

Digitai:

Almeno quattro.

Poi notai Taylor che era fuori, appoggiato al vetro della finestra del solarium, e guardava qualcosa all'interno.

Che stava facendo?

Digitai rapidamente il resto della frase.

Forse cinque, aspetta finché non ti do altre notizie.

Dal lucernario vidi altre due figure che si muovevano. Aguzzai lo sguardo per cercare di capire chi fossero.

Aydin.

Che teneva a sé Emory.

Indietreggiai, cercando di mettere meglio a fuoco.

Comparve altro testo sullo schermo.

Sei al sicuro?

Ma ormai ero andato.

Chiusi il computer e lo nascosi, infilai una tuta per dare l'impressione che volessi fare jogging. Tolsi la spranga da sotto la maniglia e aprii la porta.

Capitolo 18

Emory

Nove anni prima

Entrai nella scuola, i corridoi illuminati a malapena e il ritmo assordante della musica che arrivava dalla palestra. Il ballo di fine anno si teneva sempre in una qualche costosa sala ricevimenti di un hotel di lusso a Meridian City.

Ma il ballo di inizio anno era meno formale e si teneva in sede.

Il frivolo vestitino rosa senza spalline che avevo trovato nella stanza Carfax mi frusciava contro le ginocchia, l'aria fresca a carezzarmi le spalle nude e la schiena. I miei lunghi capelli castani, con la riga in mezzo, mi incorniciavano il volto, e avevo lasciato la loro piega naturale libera e brillante. Nella stanza avevo anche trovato del make up teatrale e usato il mascara e l'eyeliner. Sulle labbra riluceva il rossetto.

Niente copriva il sangue ormai essiccato che mi era scorso giù dalla tempia, i lividi blu e viola intorno all'occhio o il taglio sul labbro. Anche sulle braccia nude si distinguevano le sue impronte, ormai non più doloranti grazie all'ibuprofene che avevo preso.

Quella sera potevo nascondermi in bella vista, perché era quasi Halloween, il periodo dell'anno in cui tutti possono esibire all'esterno quello che in genere rimane dentro.

Quando aprii la porta della palestra ed entrai, mi si alzarono i peli delle braccia. La musica pompava a un volume assurdo e le luci blu e rosa turbinavano nella stanza buia. A ogni tavolo e sulle pareti erano appesi festoni.

Sulla pista da ballo si agitava qualche dozzina di coppie e solo a guardarmi intorno mi sentivo il cuore martellare nel petto al ritmo della musica.

Lui era lì?

Le danze erano ormai iniziate da un po', i fotografi e i bigliettai avevano già abbandonato le loro postazioni vicino alla porta, e notai più di qualche sguardo soffermarsi su di me una volta entrata. Quasi tutti indossavano costumi, altri invece avevano semplici maschere sopra ad abiti da cocktail o a giacche e cravatte.

Mi fissavano, chi facendo cenno con la testa alla persona vicina e chi, più direttamente, bisbigliando nell'orecchio dell'amico: chissà se discutessero della mia presenza o di come mi ero conciata. Ma non mi importava nulla.

I miei piedi si muovevano in automatico, portandomi al centro della sala, facendosi largo tra il rumore, gli sguardi e le danze.

Normalmente sarei fuggita a gambe levate, rifugiandomi nel telefono o in un libro o semplicemente in un'altra stanza. Normalmente, io…

Ma poi lo vidi.

C'era.

E mi fermai.

Stava poggiato contro il muro, circondato dai suoi amici, lontano dalla calca e magnifico nel suo abito scuro, con una camicia bianca senza cravatta.

Volevo il mio telefono, una borsa o comunque qualcosa da tenere. Qualcosa che non mi facesse sentire così sola e vulnerabile. Ma avevo lasciato la borsa con il portafoglio nella volante di Martin, assieme ai miei occhiali che probabilmente erano rimasti a terra da qualche parte. Il telefono era rimasto alla cattedrale, spento.

Camminai verso di lui, il suo odore e le sue braccia e il suo sorriso mi richiamavano come fossero nutrimento, perché ero arida e affamata e vuota.

Odiavo casa. Non mi piaceva più il gazebo. Ero stanca della scuola e stanca di non imbattermi mai in niente che non mi risucchiasse via tutto, indipendentemente da cosa facessi.

Volevo vederlo. Volevo sentire la sua mano nella mia.

Superai le persone ignorando i loro bisbigli, poi lo vidi parlare e annuire, una mano nella tasca dei pantaloni e l'altra che teneva le chiavi della macchina, come se fosse pronto ad andare via.

Non sembrava avere un'accompagnatrice.

Distolse lo sguardo da Kai e si accorse della mia presenza, incrociò il mio sguardo e rimase a fissarmi senza battere ciglio, facendo inventario del mio aspetto: il festoso abitino rosa, il sangue e i lividi. Non c'era nulla di divertente nella fine di Reverie Cross, come non c'era nulla di divertente nella mia.

Quella sera potevo essere vista. Che tutti vedessero, dunque.

«Vuoi ballare?», gli chiesi in tono sommesso, il cuore mi batteva così veloce da far tremare la voce.

Con la coda dell'occhio vidi i ragazzi agitarsi, celare sotto i baffi una risata che non era arcigna, forse solo sorpresa.

Will mi fissava e dovetti sforzarmi per non mordermi il labbro o stringere i pugni.

Mi ero spinta troppo oltre. Forse non era lì da solo. Sapevo che probabilmente aveva un'accompagnatrice, e invece eccomi lì, a fare la stalker. Cercavo sempre di mandargli in pappa il cervello, inviandogli segnali contrastanti: sì, lui aveva insistito troppo, e no significava no, non importava quante volte avessi cambiato idea, ma…

Tutti e due sapevamo che lo volevo. Lui non riusciva a capire cosa mi trattenesse.

E forse, alla fine, si stava rendendo conto che non ne valeva la pena.

Per mia sorpresa, si staccò dal muro e venne verso di me con un sorrisetto sulle labbra.

Mi prese la mano e mi guardò come se volesse portarmi in pista; potevo seguire il suo sguardo che cadeva prima sul sangue secco che mi scivolava giù dalle sopracciglia e poi sui lividi che avevo sparsi sul corpo.

«Fa parte del mio costume», spiegai.

Cercavo i suoi occhi, incapace allontanare lo sguardo, perché anche solo vederlo mi faceva dolere il cuore.

Volevo solo una notte. Solo una notte con lui.

«Non ti sei mascherato?», chiesi.

Piantò i suoi occhi verdi nei miei. «Non volevo che ti fosse difficile trovarmi».

Mi sentii arrossire e sorrisi. Dunque era venuto da solo.

Ci dirigemmo al centro della pista e quando si fermò, mi girai a guardarlo. Iniziò a suonare nell'aria *Mr. Sandman* dei SYML. Feci per portare le braccia sulle sue spalle e mi fermai.

«Non so ballare».

Era una cosa che non avevo mai fatto prima.

Mi prese per i fianchi e mi tirò a sé, io ansimai e istintivamente avvolsi le braccia attorno al suo collo.

«Metti i piedi sui miei», disse.

Senza fare storie, salii con i miei tacchi rosa sulle sue scarpe, felice di riuscire a tenermi. Feci scivolare la testa all'indietro e lo guardai portarmi vicina al suo volto e iniziare a muoversi, girando in cerchio lentamente e procedendo a piccoli passi, perché riuscissi a seguirlo.

«Sei bella», disse. «Nonostante la brutta caduta che hai fatto sugli scogli di Cold Point».

Mi toccò la faccia, grazie al cielo vedendo soltanto il travestimento. La gente ci scrutava, ma non m'importava nulla di cosa potessero pensare. Non riuscivo a togliergli gli occhi di dosso. Sembrava che quella ballata lenta e romantica stesse suonando soltanto per noi.

«Reverie Cross», sussurrai. «Dal nome sembra una che aveva un bagno tutto per sé».

«No», rispose scuotendo la testa. «Non stava messa poi così bene. E non aveva neanche problemi, perché lui l'amava comunque. Non gli importava di nient'altro».

Gli strinsi le braccia intorno, sentendo le ginocchia cedermi un po'.

Erano giovani, e potevo capirlo. In quel momento prevaleva tutto e nient'altro importava. Perché allora non far vivere loro quel sogno?

Ma Will aggrottò le sopracciglia esaminandomi il volto. «C'è qualcosa di sbagliato».

Scossi la testa. «Stasera non c'è niente di sbagliato».

Solo per quella sera.

E se doveva essercene soltanto una, non volevo condividerlo con nessun altro.

«Possiamo andarcene?», gli chiesi all'improvviso.

Smise di ballare. «Vuoi che ti riporti a casa?»

«No, a meno che tu non lo desideri», risposi, ancora abbracciata a lui. «Non ti voglio ancora lasciare».

Sorrise, mi prese la mano e scesi dalle sue scarpe. «Andiamo», disse.

Mi portò via dalla pista, e così mi lasciai alle spalle tutta quella gente, il frastuono e le preoccupazioni, mentre l'eccitazione mi scaldava le vene.

«Hai deciso cosa fare domani per gli scherzi della Notte del Diavolo?», chiesi, mentre spingeva le porte.

Fece solo una smorfia. «Ho delle idee».

«Ne ho una anche io», gli dissi.

«Sei proprio sicura?», mi domandò mentre scaricavamo tutti gli articoli sull'erba. «Tecnicamente, si tratta di furto. Tanti furti. E vandalismo».

«Guardami, Will, me la sto facendo addosso. Sul serio».

Disposi le candele sul gradino che portava alla cripta, restando all'erta per l'eventuale presenza del custode che viveva lì. Non avrebbe dovuto esserci nessuno dopo l'imbrunire, ma questo non voleva dire che qualcuno non fosse ancora lì.

E non si trattava di vandalismo irreparabile. Non avevo nulla contro i McClanahan.

Volevo soltanto sconvolgerli un po', affinché ripensassero ai loro programmi. Will e io avevamo lo stesso obiettivo, anche se per motivi diversi.

La tomba era diventata una leggenda locale. Nella mente di Will, Edward McClanahan apparteneva a tutti.

Nella mia mente, invece, se fosse rimasto in quella tomba, mio fratello non sarebbe mai riuscito a comprarla.

Will si spostò lungo la barriera di ferro battuto che circondava la cripta, sistemando tutti gli spaventapasseri che avevamo rubato dall'esposizione in cortile per Halloween del signor Ganz, e usando i palloni da basket, rubati anche quelli, a mo' di teste.

Guardai la tomba dei McClanahan, con le finestre di vetri oscurati e il marmo limpido e levigato. Nuova di zecca e pronta all'uso.

«Non dovrebbero riesumarlo, giusto?», chiesi, assicurandomi che fossimo ancora in sintonia.

«Giusto».

Dopo aver lasciato il ballo, lo avevo mandato in palestra e mi ero recata al laboratorio di biologia a rubare gli animali morti che galleggiavano nei barattoli di formalina. Li avevo messi su un carrello, portati sotto a una finestra e atteso l'arrivo di Will con il fuoristrada per aiutarmi a caricarli.

Dopo aver fatto un altro paio di fermate eravamo arrivati lì. Pronti a mostrare ai McClanahan cosa sarebbe successo se avessero riesumato Edward.

La veglia… lo avrebbe seguito. Anno dopo anno, senza perdere un colpo, completa di riferimenti tratti da *Grano rosso sangue*.

Se non volevano che la loro tomba di famiglia diventasse meta di pellegrinaggio per adolescenti confusi, distruttivi e sessualmente attivi, avrebbero fatto meglio a cambiare idea.

Diedi un'ulteriore occhiata intorno nel cimitero, assicurandomi che fossimo davvero soli prima di accendere le candele.

Si muovevano soltanto le ombre dei rami mossi dalla brezza nel chiaro di luna.

Mi aspettavo quasi che Will provasse a tirare fuori il telefono per riprendere tutto, ma grazie al cielo non lo fece. Non volevo finire in uno dei suoi video.

In aggiunta alle offerte sacrificali di animali morti, Will aveva completato gli spaventapasseri con le teste fatte di palloni da basket, disegnandoci sopra volti spaventosi con un pennarello nero.

Risi e alzai gli occhi al cielo, sentendo sogghignare anche lui, orgoglioso dell'ottimo lavoro che stava svolgendo, mentre continuava ad affaccendarsi.

Piazzai sul perimetro della cripta le torce *tiki* prese in garage da Will e le accesi, e poi pescai dei gessi verdi da una delle borse prese nel laboratorio di biologia.

Scavalcai la recinzione e portai un gesso sulla parete di pietra, pronta a cominciare la parte vandalica dell'operazione, ma poi mi cadde l'occhio su una delle finestre oscurate, ed esitai.

«È vuota, vero?», chiesi per l'ennesima volta.

Non mi mettevano a disagio né i furti né il vandalismo, ma le cose sarebbero cambiate se lì dentro fosse sepolta della gente.

Will scosse la testa. «L'hanno appena finita. Non c'è ancora nessuno dentro».

Annuii, sistemando meglio il gesso tra le dita. *Vai all'inferno, allora, Martin.*

Muovendo rapidamente la mano, scrissi "XXX" sulla parete, perché avevo letto in uno dei miei libri illustrati che nei rituali era frequente disegnare quei simboli sulle tombe ed esprimere un desiderio. Se il defunto lo avesse esaudito, bisognava farvi ritorno, lasciare un'offerta e cerchiare le tre X.

Era un gesso lavabile e la tomba sarebbe tornata nuova dopo averla pulita, ma se l'usanza avesse dovuto prendere piede tra la popolazione, quella tomba avrebbero dovuto ripulirla per tutto il secolo a seguire.

Will prese un gessetto blu e mi aiutò, eravamo entrambi sorridenti e veloci, perché non sarebbe stato il caso farsi beccare – specialmente nel mio caso – e lui lo aveva capito.

Presi dall'erba la busta dove avevo messo le candele e facemmo qualche passo indietro per ammirare il nuovo incubo dei McClanahan.

«Ehi!», gridò qualcuno.

Trattenni il fiato.

«Oh, merda». Will mi prese per mano e mi trascinò, affrettandosi giù per il dirupo. Mi guardai dietro e vidi un uomo in uniforme kaki che ci correva dietro.

Oh, mio Dio!

Urlavo e contemporaneamente ridevo, mentre Will mi trascinava in mezzo agli alberi, oltre una tomba e una fontana.

Corsi all'impazzata, cercando di tenere il passo mentre l'aria fredda mi sferzava la faccia.

Will mi portò dietro una grossa lapide e ci nascondemmo. Si affacciò per vedere se ce l'avevamo fatta.

Aveva lasciato il fuoristrada parcheggiato sull'altro lato del viale alberato, in modo che nessuno potesse rendersi conto che si trattava della sua macchina. Era stato fastidioso trascinarsi dietro tutta quella roba e ci erano voluti tre viaggi, ma cavolo se ne era valsa la pena.

Mi strinsi al suo braccio, ancora scossa dalla corsa e dalle risate.

Si girò a guardarmi, sorridendo. «Adoro vederti ridere».

Poggiai la fronte sulla sua, il mio corpo era carico d'eccitazione. Provavo più libertà di quanta ne avessi provato in tutta la mia vita.

«Ancora», lo implorai.

Mi prese la mano e mi carezzò la guancia. «Sì? Ho proprio in mente il posto giusto».

Un'ora dopo, mentre la nave dei pirati ondeggiava avanti e indietro, provai lo stesso vuoto nello stomaco. Risi e gli strinsi la mano.

Merda. Cacciai un gridolino, le farfalle che mi dilaniavano lo stomaco mentre la giostra rallentava, i freni che stridevano sul fondo mentre andavamo su, riprendevamo fiato per un istante e poi scendevamo a picco, il vento che mi scompigliava i capelli.

Perché diavolo non andavo lì più spesso? Quante persone potevano farsi un giro sulle montagne russe tutti i giorni?

Era abbastanza caro, comunque. I biglietti diventavano sempre più costosi a mano a mano che passavano gli anni e Adventure Cove cercava di restare in vita.

Le sbarre si alzarono e Will e io scendemmo, continuando a ridere fino alla fine delle scale.

«È la mia giostra preferita», disse. «Non c'è niente pari alla sensazione di caduta libera».

No. Era più adrenalinico delle migliori montagne russe. Guardai Will, lo vidi tirare fuori delle banconote dal portafoglio e poi comprare uno zucchero filato rosa e porgermelo, per poi prendere il resto.

«Vuoi la mia giacca?», mi chiese riprendendo a camminare.

Afferrai un pezzo di zucchero filato. «Sto bene».

A dire il vero faceva un po' freddo, ma quel vento mi stava piacendo particolarmente. In quello ero simile a mia nonna.

Camminammo, affogando nel frastuono del luna park, le urla della gente e lo stridere delle giostre, le campane che suonavano per richiamare ai banchi da gioco.

L'aria salmastra mi pervadeva le narici. Guardai oltre la ruota panoramica, nell'oscurità dove certo non potevo individuarli, anche se sapevo che si trovavano lì: la costa e l'oceano di Cold Point, lo strapiombo dove le rocce si precipitavano direttamente in mare.

Will si avvicinò, prese un ciuffo di zucchero filato e anche io feci lo stesso, provando sollievo quando il suo braccio sfiorò il mio. Aveva l'altra mano sul mio fianco e sentivo i suoi occhi puntati addosso.

«Hai mai sentito parlare della stanza Carfax?», chiesi, prendendo altro zucchero filato e mangiandolo.

«Certo», rispose. «Al pari di Edward McClanahan, di Blackchurch ed EverNight, è una delle leggende urbane di Thunder Bay».

Mi girai a guardarlo. «Cos'è Blackchurch?»

«Una casa». Diede un'alzata di spalle. «Almeno credo».

Fece una pausa per mangiare altro zucchero filato, e passammo davanti a delle bancarelle dove erano radunate un po' di persone a giocare. Il luna park non era gremito quella sera, ma dei giovani studenti, schiamazzando, lo facevano sembrare più assordante del solito.

«Posto che esista davvero, nessuno sa dove si trovi, ma girano un mucchio di storie su giovani ricchi che non riescono a comportarsi bene e vengono trascinati lì a nascondersi», continuò.

Esitò, ma parve non trovare un termine migliore.

«A nascondersi?», insistetti.

Rise sotto i baffi. «Be', noi non possiamo essere arrestati», sottolineò, come se la cosa dovesse essere ovvia. «Non è bene per la famiglia, sai? E così mamma e papà ti mandano a Blackchurch se diventi troppo incontrollabile. Scompari e basta. Da un giorno all'altro. La leggenda dice che sia un posto isolato e selvaggio».

Mi resi conto di essermi quasi fermata mentre lo ascoltavo. «E vieni mandato lì per sempre?»
«Finché non impari a comportarti bene», rispose. «Ma per qualcuno, sortisce l'effetto opposto. C'è chi diventa ancora più feroce. E dunque finisce per restarci in eterno».
Ero sconcertata. Chi faceva una cosa del genere? Chi mandava via il proprio figlio perché temeva per la propria reputazione?
E quando erano lì, ricevevano aiuto, o venivano soltanto isolati e abbandonati?
Mi guardò e iniziò a ridere. «Ma non è vero, Em. Sono cazzate che la gente si racconta quando è annoiata». Si mise in bocca altro zucchero filato. «E se anche esistesse, i miei genitori non mi ci manderebbero mai. Tutti mi amano».
Gli lanciai un'occhiata. Era troppo convinto di sé. Ma risultava adorabile.
«Ma la stanza Carfax», riprese. «Quella già mi sembra più plausibile».
«Che cos'è?»
«È una stanza leggendaria, nascosta da qualche parte in città», disse, «che, appunto, sembra plausibile anche solo perché questa città è piena di nascondigli. È come una stanza antipanico, da quello che ho capito. Viene passata da una persona all'altra, e ognuno degli occupanti si mette alla ricerca del prossimo che ne avrà bisogno. Non ci sono limiti al periodo di tempo durante il quale resta tua. Basta passare il favore quando hai finito. O qualcosa del genere».
Ora il biglietto iniziava ad avere senso.
Una stanza antipanico. Una persona che ne aveva bisogno.
Usala. Passala al prossimo.
Ma...
Qualcuno l'aveva data a me. Di tutte le persone in città, qualcuno l'aveva passata proprio a me.
Aprii la bocca, tentata di rivelare a Will che l'avevo trovata.
Ma non ero sicura di volere che qualcuno sapesse che l'avevo io.
«Perciò è come la Stanza delle Necessità in *Harry Potter*».
«Non ho idea di cosa sia», rispose, «ma... ammesso che esista, ognuno dei suoi occupanti viene scelto con estrema cura e il posto ispira molto rispetto».
«Perché dici così?»
«Perché altrimenti, a questo punto, sarebbe stato trovato». Mi guardò. «Se fosse tutto vero, allora la sua posizione sarebbe stata rivelata prima o poi, non credi? Chiunque si sia passato le chiavi della camera, di certo non ha usato quel posto per fare i pigiama party o...».
Incrociai il suo sguardo. *O le ammucchiate*, non aveva finito di dire.
Vero. Chiunque l'avesse tenuta prima di me non ne aveva parlato e si fidavano, per qualche motivo, che facessi lo stesso anche io.

Diedi un altro morso allo zucchero filato e mi accorsi che Will continuava a guardarmi. Mi fissava il braccio, per la precisione, con espressione pensierosa.

«Non sembra trucco», commentò, allungando le dita per toccare il livido.

Mi ritrassi e gli rivolsi un sorriso radioso per distoglierlo. «Mi porti a fare un altro giro?», mi affrettai a cambiare argomento. «Qualcosa al buio».

Fece un sorriso provocatorio e mi prese la mano, già dimentico del livido, e mi ricondusse sul sentiero che portava in fondo al luna park.

Gettai lo zucchero filato rimasto nella spazzatura e lo seguii oltre le barchette e il Gravitron, le campane e i fischi che riecheggiavano nella notte e i ragazzini delle scuole medie che correvano su e giù per i vialetti.

Diretti a Cold Hill, il treno fantasma, Will fece un cenno del capo al tipo biondo alla guida, quello che apriva il cancello e indicava alla prossima persona in fila di salire a bordo.

Arrossii imbarazzata per il fatto che stavamo saltando la fila. Avremmo dovuto attendere il nostro turno.

Ma tenni la bocca chiusa, limitandomi a guardare Will.

Non mi era mai piaciuto il treno fantasma, perché era un posto scuro e inquietante, dov'eri confinato all'interno di una carrozza su un percorso che permetteva un solo veicolo a sezione, e così nel momento in cui venivi spinto attraverso le porte ed entravi nel segmento successivo, la carrozza che avevi davanti era scomparsa. Non ci sarebbe stato problema, a meno che non ti ritrovassi lì da sola. In quel caso sì che sarebbe stato spaventoso.

Ma in quel momento, però... non avrei voluto trovarmi da nessun'altra parte al mondo, mi bastava essere con lui. Forse il suo amico della giostra ci avrebbe permesso di fare un secondo giro. Forse anche di più.

Passando oltre i candelabri baluginanti, percorremmo la passerella e salimmo su una carrozza vuota, mettendoci a sedere mentre la sbarra si abbassava per bloccarci al posto.

Lasciandoci alle spalle l'ultima luce, percorremmo la rotaia fino a girare l'angolo. Il buio e il freddo mi schiaffeggiavano mentre cercavo di adattare la vista all'oscurità. L'aria era percorsa da grugniti e ululati, e la parete dalla mia parte tremò, una luce rossa prese a brillare tra i pannelli di legno come se qualcuno dall'altro lato la stesse prendendo a testate. E poi una cannonata d'aria ci investì di un fumo denso, e sopra le nostre teste udimmo il suono indistinguibile di catene che venivano trascinate.

Mi si rizzarono i peli sulle braccia. Mi avvicinai ancora di più a Will, tenendo gli occhi a malapena aperti.

Passammo attraverso l'Inferno, l'Oltretomba e l'Ade: maschere e specchi saltavano fuori all'improvviso, mettendo in scena la loro carica terrifica sulle pareti, mentre scheletri e mostri saltavano tutto intorno.

Scoppiai a ridere stringendogli la mano, e fissai il lampadario che ci gravava sulle teste. Le sue candele finte scagliavano una luce soffice contro il soffitto nero, tramutando il buio da spaventoso a misterioso, in un modo che mi faceva venire voglia di vivere per sempre nella sua bellezza.

Era un pensiero strano. Will aveva ragione. All'imbrunire cambiava qualcosa nell'aria, ma…

Il fascino per me era tutto nel bagliore che ammorbidiva le ombre. Era più bello del sole. Una lanterna, una candela, una…

Mi venne un'idea sul gazebo e gli alberi che lo circondavano nel parco: decorarli di lampadari. Una dozzina di lampadari appesi ai rami, a illuminare il tetto di foglie.

Sorrisi di nuovo, lasciando cadere la testa all'indietro e rimirando le luci che scintillavano tra i cristalli sopra la mia testa, improvvisamente impaziente di rimettermi a lavoro. Potevo farlo. Dovevano esserci mucchi di lampadari in giro, fermi chissà dove a raccogliere la polvere. Dovevo accaparrarmene qualcuno per pochi spicci e fare quello che mi era venuto in mente.

Guardai Will per raccontargli la mia idea, ma scoprii che già era rivolto verso di me. Mi fissava come in trance, come se fosse interamente assorbito da quello che vedeva.

Sentii qualcosa gonfiarsi in petto e all'improvviso mi ritrovai senza fiato, avevo pure dimenticato completamente i lampadari. Il suo volto fu illuminato da lampi rossi che poi scomparvero nel buio. Vedevo a malapena i suoi occhi e quando le luci si riaccesero lui era ancora lì che mi guardava.

Io…

Dio, volevo soltanto abbracciarlo e non lasciarlo andare mai più.

Intorno a noi le urla e i cigolii proseguivano imperterriti e le mie dita si strinsero ancor più alle sue, mentre le nostre bocche si avvicinavano e io socchiusi gli occhi.

«Will», sospirai, la tortura dei pochi centimetri che ci dividevano mi faceva ribollire il sangue.

Gli presi la mano e gliela portai sotto la sbarra, mi alzai il vestito e gli guidai le dita all'interno della coscia. Notai il suo fiato corto e affondò subito le unghie nella carne.

Inspirai eccitata, il clitoride pulsante, smaniosa che continuasse.

Aprii gli occhi e sostenni il suo sguardo mentre scivolava sempre più a fondo tra le mie cosce e io diventavo più calda e più bagnata.

Il pupazzo di un lupo mannaro balzò fuori dal muro dal lato dietro a Will e mi fece sobbalzare. Ogni millimetro della mia pelle andava a fuoco. Con le dita mi staccò le mutandine dalla pelle e s'insinuò sotto il tessuto mentre io da dietro mi sbottonai il vestito.

Gli poggiai una mano sulla nuca, mi sporsi al suo orecchio e sussurrai il suo nome.

Le porte davanti a noi si spalancarono, la stanza divenne di nuovo buia. Eravamo entrati nella sezione dedicata a Davy Jones. Guardandolo fisso negli occhi mi tolsi lentamente di dosso la parte superiore del vestito.

Sì. Non potevo fermarmi. Non volevo fermarmi.

L'aria gelida solleticò i seni nudi, facendo inturgidire la pelle dei capezzoli. Lui ci inchiodò sopra lo sguardo e il suo respiro si fece lento e pesante.

Adoravo sentire addosso i suoi occhi. Non sapevo se gli piacesse quello che vedeva, ma in quel momento non me ne importava un granché. Sapevo che tutto sarebbe finito prima ancora del fischio d'inizio. Sapevo che alla fine avrebbe perso interesse.

Volevo soltanto quella serata.

Si tuffò, sfiorandomi le labbra senza baciarmi, e io mi poggiai sul davanti della carrozza, inarcai la schiena e divaricai le gambe per lui. Mi carezzò, piano e dolce, tra le cosce, sfiorandomi ripetutamente finché con le dita non arrivò al clitoride.

Allungò l'altra mano e mi poggiò il palmo su un seno, strizzò e massaggiò gentilmente, il suo respiro caldo mi capitombolava sulle labbra.

Mi solleticò il clitoride e di rimando gemetti, il piacere mi attraversava e il fuoco si faceva spazio tra le mie gambe. Volevo di più. Volevo ogni cosa.

Infilò un dito ancora più a fondo, appena sfiorando la fessura, ma gli afferrai la mano e lo fermai.

Si tese, corrucciando le sopracciglia come fosse d'improvviso addolorato. «Emmy…».

«Non voglio le tue dita», sussurrai. «Voglio te. Ti voglio dentro di me».

Sibilò, chiudendo a pugno la mano che aveva tra le mie gambe e poi si lasciò sfuggire un gemito agonizzante.

Mi tolse entrambi le mani di dosso e con forza provò a sollevare la sbarra.

Non si mosse.

Grugnì, continuando a forzarle, combattendo per liberarci dalla loro stretta, e io mi sporsi verso di lui, gli presi il volto tra le mani e baciai ripetutamente la sua guancia.

«Cazzo», bofonchiò, insistendo a sollevare la sbarra.

Ma era inutile, e quando lo capì tentò di scivolare al di sotto, ma era troppo grosso per riuscirci.

Gli risi nell'orecchio mentre gli mordicchiavo il lobo. «Facci uscire di qui», lo implorai. «Ti voglio, e questa sera non dirò di no».

«Merda», esclamò, sollevando di nuovo la sbarra e ruggendo disperato. «Dannazione».

Mi afferrò e mi baciò, poi mi riabbottonò il vestito mentre ci divoravamo a vicenda.

«Quando usciamo di qui, si va di corsa in macchina», sospirò, «e poi a casa mia».

Gli mordicchiai il labbro inferiore, il suo calore e il suo sapore troppo intossicanti per pensare anche solo di aprire gli occhi. «Accontentiamoci della macchina», dissi. «Non voglio aspettare. Ho bisogno di averti tra le mie mani. Tra le mie braccia…».

Si spalancarono le porte e la luce ci sommerse che eravamo ancora abbracciati.

Aprii gli occhi e vidi che avevamo raggiunto la fine della corsa, e che la pioggia aveva ripreso di nuovo a cadere.

Mi allontanai da lui e quando la sbarra finalmente si alzò, saltammo giù dalla carrozza. Ignorai lo sguardo vigile dell'addetto e mi rassettai il vestito.

Era tutto spiegazzato e liso. *Merda.*

Will mi aiutò a scendere, prese la sua giacca e me la mise sulle spalle prima di lanciarmi in una folle corsa per tutto il luna park.

La pioggia ci colpiva, fredda e pungente, io sentivo ancora il suo sapore sulla bocca e tra le gambe ero così umida che mi sentivo la pelle ribollire.

Volevo soltanto ritrovarmi con lui in un posto raccolto, per sentirlo e sentire le ore prolungarsi per sempre, non importava dove.

«Dannazione», imprecò fermandosi.

Mi fermai a mia volta e seguii il suo sguardo verso il parcheggio. Martin stava facendo il giro della macchina di Will armato di torcia, la pioggia gli inzuppava l'uniforme nera mentre la gente intorno a lui correva per non bagnarsi.

Sentii sprofondarmi il cuore. «Mio fratello», sospirai.

Non avevo portato dietro il telefono. Come faceva a sapere che ero lì?

«Ma che cazzo?», imprecò Will. «Perché tutto sembra volerci fermare?».

«Trova un riparo», lo scongiurai. «Sbrigati».

Mi afferrò la nuca e mi stampò un bacio in fronte, poi si guardò intorno. Se Martin mi avesse vista con lui, sarebbe finito tutto. Per me, il riparo era indifferente, sarebbe andata bene una bancarella di tirassegno o le macchine dell'autoscontro. Avevo bisogno di lui.

«Vieni». Mi allontanò dal cancello e andò a destra.

Mi diedi un'occhiata alle spalle, vedendo da lontano Martin che sbirciava il sedile posteriore della macchina di Will e affrettai il passo.

Corremmo fino a uno scuolabus giallo, probabilmente quello che aveva portato lì i ragazzini delle scuole medie a festeggiare, e Will aprì col pugno lo sportello, che cedette subito.

Salii per prima e lui mi seguì, richiudendosi dietro lo sportello.

Gettai il suo cappotto su un sedile e provai a sbirciare dai finestrini per stabilire se Martin ci avesse visti, ma Will mi prese per il braccio e mi fece fare una giravolta. Gli atterrai sul petto, mi abbracciò e mi si fiondò addosso con la bocca.

Mugolai, dischiusi le labbra e sentii la sua dannata lingua arrivarmi fino alle cosce.

Si abbassò, mi sollevò per la parte posteriore delle cosce e anche se faceva male non fiatai. Non lo avrei fermato. Mi portò lungo il corridoio dell'autobus. Gli incrociai le gambe dietro la schiena.

Poi presi il suo viso tra le mani e separai le nostre labbra. «Hai qualcosa?», gli chiesi. «Ti prego, dimmi che ce l'hai».

Sorrise. «Tranquilla».

Affondò di nuovo sulle mie labbra, gemendo mentre gli serravo le caviglie sulla schiena.

Gli sfiorai con la bocca la guancia, la mandibola e il collo intanto che lui mi toccava e stringeva le cosce.

«Ah, Em», sospirò.

Arrivati in fondo all'autobus, con l'ultimo lungo sedile che incombeva sotto di me, mi rimise in piedi e mi slacciò il vestito senza mai abbandonare la mia bocca. Abbassò la parte superiore, lasciandolo pendere dai fianchi e fece scorrere le mani sulla schiena nuda baciandomi il collo e tirandomi stretta a sé.

«Sei mia», mi bisbigliò nell'orecchio.

Piegai la testa all'indietro, assaporando il suo tepore sulla gola e ignorando il dolore che il tocco della sua mano mi provocava sul taglio dell'arcata sopraccigliare. «Per stanotte sì», risposi sorridendo.

Mi afferrò la nuca e mi coprì la bocca con ferocia, provocando brividi fino alla punta delle dita dei piedi.

Gli sbottonai la camicia.

«Mi prenderò cura io di te», sussurrò. «Non devi preoccuparti di niente».

Gli tolsi la camicia mentre s'indaffarava con la cintura, mi strofinai addosso, portandogli le dita sul fianco stretto e l'addome piatto.

«Non ho bisogno che ti prenda cura di me», gli risposi tra i baci. «Voglio solo vivere questo momento con te. Non voglio pensare a tutti i possibili domani».

Grugnendo mi spinse giù. Caddi sul sedile, perdendo il fiato mentre il freddo della superficie mi urticava la pelle sensibile. Scoprì i denti, si sfilò la cinta e si tolse i pantaloni.

Il mio sistema nervoso andò in tilt alla vista del suo petto nudo. Mi tremava tutto il corpo da quanto lo volevo.

Cristo. Perfetta pelle dorata. Braccia toniche, ventre piatto, pettorali stupefacenti…

Incantevole sorriso.

Morbido, divertente, dolce.

Era tutto mio?

Serrai le cosce e lui mi rivolse una smorfia, poco contento che non avessi nessuna voglia di parlare di futuro, ma anche tenero perché i suoi occhi continuavano a cadere sui miei seni mentre ansimava.

Non riusciva a fermarsi, esattamente come non ci sarei riuscita io.

Mi venne sopra, mi afferrò per la gola e mi spinse giù. Mugolai, inarcando la schiena nuda e chiudendo gli occhi mentre si abbassava e mi prendeva in bocca un capezzolo, facendomi gemere.

Mi alzò la parte inferiore del vestito, prese tra le dita le mutandine e iniziò a tirare.

Il tessuto cedette, urlando, via dal mio corpo, allora spalancai le gambe e sentii l'altra sua mano serrarsi attorno al collo.

«Dio, quanto vorrei metterti incinta», disse, tirandosi su e guardandomi, e in quel momento tirò fuori un preservativo. «Voglio devastarti per tutte le volte che mi hai fatto credere di non volermi. Voglio darti un pezzo di me dal quale non riuscirai mai più a liberarti».

Le sue sopracciglia erano aggrottate dalla rabbia, e solo per un istante desiderai che fosse di parola. Mi sarebbe piaciuto avere una scusa per trascinarlo nella mia vita infernale e tenerlo lì per sempre.

Alzai lo sguardo, e lo guardai fisso mentre prendevo il preservativo, lo scartavo e gli sfioravo la pancia con le labbra.

«E allora fai finta che lo stai davvero facendo», bisbigliai. «Fingi di stare per mettermi incinta e che questa cosa la faremo ogni santo giorno».

Gettai via l'involucro e gli infilai la mano nelle mutande, stringendogli il pene e sentendo l'onda d'urto che mi risaliva su per il braccio. Al mio tocco grugnì e mi aiutò a tirare giù i pantaloni, quanto bastava per permettermi di tirarlo fuori.

Dio, era così bello, guardare quel muscolo rigido, accarezzandone la pelle levigata, mi faceva girare la testa.

«Mi avrai anche domani». Gli srotolai il preservativo lungo l'asta, coprendo di baci gli addominali. «Dopo la scuola in macchina tua. Contro gli scaffali in biblioteca durante la pausa pranzo. Il *reverse cowgirl* sulla seggiolina al cinema».

Mi chiuse in un pugno i capelli sulla nuca, il cazzo duro come acciaio e pronto a entrarmi dentro.

«Mio piccolo, dolce segreto», mormorò.

Ansimò pesante e mi spinse sul sedile, guardandomi negli occhi mentre abbassava la mano per guidare la manovra.

La punta del suo pene si era fatta grande e si appoggiò all'ingresso della mia fica, spingendosi appena dentro. Mi agitai incontrollabile. «Will…».

«Sarai mia» bisbigliò, spingendosi sempre più a fondo.

Gemetti, divaricandomi sempre di più per accoglierlo.

«Puoi ignorarmi. Puoi scappare», disse, grugnendo e spingendo la testa all'indietro, socchiudendo gli occhi. «Puoi andartene. Puoi nasconderti».

Lo infilò completamente dentro, arrivando a toccare il fondo e riempiendomi così tanto da farmi urlare.

«Ma un giorno sarai mia, cazzo. Cada anche il cielo, Emory Scott. Sarai la mia donna, tornerai ogni giorno a casa nostra, siederai alla mia tavola e scalderai il mio cazzo di letto». Mi baciò. «E mi darai anche Will Grayson IV. Ricordati queste mie parole».

Mugolai, spostandomi sotto di lui e aggiustandomi, mentre si ritirava per affondare sempre più dentro.

«Oh, Dio», ansimai, la pelle della mia schiena inarcata già fradicia di sudore che si staccava dal sedile.

Mi riafferrò di nuovo il collo, si tirò su con l'altra mano e mi fissò senza smettere di entrare e uscire.

Mi aggrappai alle sue spalle, il disagio cedeva il passo al piacere di essermi divaricata così tanto per accoglierlo e iniziava a darmi una bella sensazione.

Davvero bella.

«E tu lo vorrai», mi promise, stringendomi il collo. «Implorerai per avermi e mi amerai così tanto da non poterlo sopportare».

Accelerò il ritmo, i miei seni ballavano su e giù mentre ci dava dentro con maggiore ferocia, i miei occhi puntavano al cielo e quasi si rigiravano all'indietro, e intanto il suo membro scivolava dentro e fuori con estrema facilità poiché ero bagnatissima.

Spalancai le gambe fino al limite, godendo di quanto riuscisse ad arrivare a fondo. *Sì, Cristo, sì.*

«Di più», lo implorai. «Più forte, Will».

Mi tenni stretta a lui e lo sentii grugnire, succhiando con forza l'aria mentre mi scopava.

Dio, io…

Mi colava il sudore dai pori della pelle. Spalancai gli occhi, fissando la sua bella faccia e poi il sudore lucente sul suo petto, era tutto per me.

Portai le mani dietro la sua schiena, gliele infilai dentro ai pantaloni, affondando le unghie nel sedere per aiutarlo a entrare con più foga.

Lo vorrai.

Lo voglio già.

Implorerai per avermi e mi amerai così tanto da non poterlo sopportare.

Io…

«Will, io...». sussultai, sentivo il picco dell'orgasmo che stava sopraggiungendo, e mi stringevo a lui quanto più vicino potessi, eppure non sembrava abbastanza. «Will, io...».

«Will cosa?».

Strizzai gli occhi, la sua erezione colpiva ripetutamente il mio punto magico, e urlai quando l'orgasmo mi travolse e il mondo prese a girarmi vorticosamente intorno, con tutto il corpo devastato dall'euforia e dai brividi.

Cazzo. *Cazzo, cazzo, cazzo...*

Oh, mio Dio. Io...

Crollai sul sedile e lui mi tolse i capelli bagnati dal volto, pur continuando a spingersi dentro.

«Che c'è?», chiese di nuovo, smanioso di sapere cosa volessi dire.

Ma aprii gli occhi, incapace di ricordare di cosa si trattasse.

Congiungemmo le nostre bocche e lo abbracciai stretto, pronto ad affrontare il suo orgasmo, con le lacrime che mi scorrevano copiose dagli occhi.

Avrebbe voluto darmi un pezzo di sé, dal quale non sarei mai riuscita a liberarmi; intanto si era preso una parte di me che non avrei mai riavuto indietro.

Tutto ciò non sarebbe mai stato così bello con un'altra persona. Mi aveva fregato: si era già preso la sua vendetta.

Capitolo 19

Emory

Presente

Bussarono tre volte alla porta della mia stanza e girai la testa di scatto, chiudendo con forza il cassetto.

Ero sveglia già da venti minuti, rovistando nei cassetti e nell'armadio, ma non c'erano vestiti. E ogni giorno fuori diventava più freddo.

Andai alla porta e avvicinai l'orecchio. «Chi è?».

Il sole stava sorgendo e dalle nubi addensate si capiva che c'era una tempesta in arrivo. Pensavo di essere l'unica sveglia a quell'ora.

«Rory».

Il cuore si arrestò un istante e mi raddrizzai fissando la maniglia.

Che voleva?

«Ho pensato che potessi avere bisogno di una maglietta nuova», disse. «Forse anche di qualche paio di pantaloni».

Abbassai lo sguardo ai boxer e alla camicia ormai informe, visto che Will la sera prima aveva strappato tutti i bottoni. Pantaloni ne avevo ancora, ma era meglio non rifiutare ulteriori vestiti. Dopo tutto era proprio quello che andavo cercando da un po'.

Esitai un istante, poi allontanai la sedia da dietro la porta e la aprii. Rory era fermo proprio dietro, con un asciugamano intorno ai fianchi e i capelli scapigliati, con un mucchio di panni sotto il braccio.

Mi fissava senza battere ciglio e sentii il calore corrermi sotto la pelle, ricordando la sera prima e cos'era successo nel salone. Ero così arrabbiata quando Will era andato via che avevo lanciato un vaso, raccolto i miei vestiti ed ero schizzata via, più contrita di esser stata tentata di chiedergli di continuare, anzi, l'avevo quasi fatto. Stare con lui era stato bello quanto quella notte sullo scuolabus, e c'era voluta l'ultima stilla di orgoglio per costringermi a fare una doccia fredda, invece di trascinare il culo nella sua stanza a implorare sesso.

Dio, quanto avrei voluto non dover mai più ricordare le belle sensazioni che sapeva darmi.

Presi gli abiti offerti da Rory.

«Tagliali se vuoi», disse, indicando i pantaloni neri. «Sono probabilmente troppo lunghi per te».

«Grazie».

Rimasi ferma lì, sforzandomi di mantenere il contatto visivo, ma lui restava immobile e continuava a fissarmi.

Il silenzio crebbe rapidamente.

«Me ne vado per un po' al bagno turco, e poi io e Micah ce ne andremo a caccia», disse, schiarendosi la voce. «Magari ci portiamo pure Will. Ti suggerisco di venire con noi, o, se resti qui, di chiuderti bene a chiave dentro».

Ci sarebbero stati soltanto Aydin e Taylor lì in casa con me? Non era la situazione ideale, ma con meno occhi in giro mi sarei potuta dare un'occhiata intorno.

E rubare qualche provvista, forse.

«Resto qui», risposi. «Quanto starete via?»

«Per qualche ora». Mi scrutò dalla testa ai piedi. «Se ti serve del cibo, vattelo a procurare adesso».

Annuii, ma lui continuava a restare fermo lì. I suoi occhi chiari, con le iridi blu notte intorno alla pupilla, facevano sì che il suo sguardo mi rizzasse i peli sulle braccia.

Deglutii. «Dunque… tu… sei un serial killer».

Ghignò. «Hai paura?»

«Mi stai per dire che non dovrei averne?»

«No». Scosse la testa.

Si allontanò senza spiegarsi oltre e restai a guardarlo per qualche istante prima di rientrare nella stanza e chiudere la porta, rimettendo di nuovo la sedia sotto la maniglia.

Avevo già capito che in lui ci fosse qualcosa che non andava, e anche se non avevo del tutto l'impressione che fosse malvagio, ero certa che fosse capace di molto. Aveva premeditato l'omicidio di sette persone. Di sicuro c'erano più elementi in quella storia, ma se l'aveva già fatto una volta, avrebbe potuto farlo di nuovo.

Taylor aveva ragione a quel proposito. Erano tutti lì per un motivo, e nessuno di loro era mio amico.

Mi tolsi i boxer e la camicia nei quali avevo dormito e indossai una delle magliette bianche prima di tagliare i pantaloni al ginocchio e di infilare anche quelli. Li arrotolai sui fianchi per non farli cadere, e poi misi anche le scarpe da ginnastica, allacciandole con un doppio fiocco.

Pulii gli occhiali e li posizionai sul naso, mi passai la spazzola tra i capelli prima di lavarmi i denti. Non ero sicura della provenienza di shampoo, saponi e detergenti intimi, ma erano già lì quando ero arrivata la sera precedente, ancora confezionati e nuovi di zecca. Se solo chi me li aveva portati avesse portato anche qualche paio di mutandine e un reggiseno…

Quando Micah e Rory più tardi sarebbero usciti, mi sarei infilata in camera loro a rubare una felpa.

Lasciai la stanza e mi guardai attorno. La pioggia iniziava a colpire le finestre e in cielo incombeva il grigio. Scesi le scale e mi diressi in cucina.

Avevo pane, formaggio, qualche spicchio di frutta e del muesli. Avevo capito come tirare tutto fuori dalla credenza della cucina nella quale li avevo poggiati. Mi serviva però anche dell'acqua.

Avvicinandomi alla cucina sbirciai dentro e vidi che era buio, l'unica luce era quella sopra i fornelli. Mi diressi all'isola, vicino alla porta sul retro, continuando a guardarmi intorno.

Aprii la credenza e andai a tastoni dietro i tegami, scoprii piacevolmente che le provviste che avevo nascosto si trovavano ancora lì, sane e salve.

Sorrisi.

E poi l'acqua. Presi una mela dal cesto sul ripiano e iniziai a sgranocchiarla mentre rovistavo nella credenza alla ricerca di acqua in bottiglia, e trovai alla fine dei contenitori sigillati con tappi di acciaio.

Ne tirai fuori uno e lo riempii di cibo. Avrei provato con le bottiglie d'acqua in un secondo momento, intanto dovevo vedere se riuscivo ad arrivare nel seminterrato con il cibo senza essere vista. Potevo nasconderlo lì, per riprenderlo al volo in caso avessi avuto bisogno di nascondermi o fuggire.

Rimisi la bottiglia dietro il tegame, ma colpii il muro e mi fermai, con la mela ancora in bocca.

Strano.

Toccai il pannello posteriore, rendendomi conto che copriva la parete per intero, poi tirai fuori il braccio e andai alla credenza vicina per vedere se fosse la stessa cosa.

Lo era.

Le credenze non erano fonde quanto avrebbero dovuto essere. Le chiusi entrambe e mi rialzai, poggiandomi le mani sui fianchi. Il ripiano era almeno quindici centimetri più corto di quello sulla parete settentrionale, dov'erano i fornelli. Andai verso sinistra e aprii la porta che dava sul terrazzo, quindi guardai fuori.

La casa si estendeva almeno un metro e venti oltre la fine del muro, dietro le credenze.

Mi si rizzarono i capelli sulla nuca e non riuscii a trattenere il sorriso quando capii cosa stava succedendo.

Un'intercapedine era necessaria per contenere tubi, cavi e isolanti termici… ma non larga un metro e venti.

La casa aveva dei passaggi segreti.

Porca merda. Ma gli altri lo sapevano?

Richiusi la porta e mi girai a guardare il muro, dietro il quale c'era probabilmente un tunnel segreto e forse delle scale che portavano su o giù. Chissà dove conducevano quei passaggi. Volevo scoprirlo. Se gli altri non ne sapevano nulla, quei tunnel sarebbero stati un buon posto dove nascondersi, e di certo era un modo tramite il quale la sorveglianza poteva spiare i residenti senza essere notata.

E quello era il momento buon per scoprirlo. Aydin e Taylor probabilmente erano ancora a letto. E gli altri di lì a poco sarebbero andati a caccia.

Mi voltai e girai su me stessa, vedendo la casa come non l'avevo mai vista prima. I tunnel portavano forse fuori di lì? Verso una squadra di sorveglianza alloggiata più vicino di quanto i residenti avessero mai sospettato? Sarei potuta fuggire senza essere vista. Le possibilità erano infinite. Avevo bisogno di esplorare.

Passai i fornelli, il lavello e la finestra della cucina, osservando il solarium vicino alla casa. Dall'altro lato c'era un capanno. Se ci fossero stati dentro attrezzi – perlomeno un cacciavite – avrei potuto aprire i pannelli, posto che non riuscissi a trovare il meccanismo destinato alla loro apertura. Nei film c'era sempre un libro che dovevi inclinare in qualche modo per fare aprire una porta, ma lì avevo l'impressione che dovesse trattarsi di un congegno a serratura o di una leva.

Dannazione. Come avevo fatto a non rendermene conto?

Riaprii la porta, uscii fuori e attraversai il terrazzo, le gocce di pioggia mi bagnavano le gambe e le braccia mentre mi dirigevo al capanno sul sentiero di pietra.

Aprii la porta, scivolai dentro e mi tolsi gli occhiali, asciugando la pioggia sulle lenti con la maglietta.

Un'ondata di calore investì la mia pelle gelida, mentre inalavo l'odore di felce, terra e legno, l'aumento improvviso dell'umidità mi avvolgeva come una cappa.

Mi rimisi gli occhiali e guardai in giro, sentendo il *tap tap* delle gocce contro i pannelli di vetro che formavano le pareti e il tetto. Da qualche parte in fondo alla serra si sentiva suonare a basso volume un pezzo di musica classica.

Rallentai, scrutando attorno la vecchia veranda, la vernice bianca delle finestre di metallo ormai crepate e arrugginite. Azzardai passi minuti sulle piccole piastrelle bianche luride, fino a una scala a chiocciola che conduceva alla passerella, che scricchiolò allo scoppiare di un tuono.

La vita vegetale, però, era rigogliosa e lussureggiante. Gli alberi arrivavano fino al soffitto, le palme erano assai estese e ad adornare la passatoia c'erano troppe piante per poterle nominare tutte. Quel posto era molto ben curato.

La squadra di sorveglianza si occupava della sua manutenzione quando veniva lì? Sembrava un lavoro inutile, visto che a quelle teste di cazzo lì non sarebbe potuto importare meno delle piante.

Mi cadde dell'acqua in testa e vidi che c'era un pannello di vetro aperto, la catena arrugginita lo teneva tagliato e penzolante. Entrava dentro la pioggia.

Bisognava aggiustarla al più presto. Con le temperature che scendevano vertiginosamente, sarebbe stato altrimenti impossibile mantenere il caldo che serviva all'interno.

Attraversai la serra senza la minima idea di come fossero chiamate tutte quelle piante e mi parve di trovarmi in un altro mondo. Non un mondo freddo, buio e pericoloso come il resto di Blackchurch. Era tranquillo e dimesso, come un'isola sperduta dove il calore e l'aroma ti si insinuavano sotto la pelle e dentro la testa.

Sembrava di risvegliarsi da un incubo. O di riaprire gli occhi e vedere la torta e i regali. Mi piaceva.

La musica mi arrivò di nuovo alle orecchie e guardando avanti vidi Aydin e mi fermai.

Era seduto, vestito come me di pantaloncini neri e T-shirt bianca, ma la sua era chiazzata di sporco. Era accucciato su un'aiuola e stava tagliando qualcosa. I suoi capelli, che teneva in genere all'indietro, gli ricadevano sulla fronte e le tempie, e aveva gli avambracci coperti da un velo sottile di sudore.

Lo fissai, incapace di muovermi, perché non riuscivo a ricordare il motivo per il quale fossi entrata lì dentro, ma rammentavo soltanto che si trattava di un segreto. Non avevo in mente di imbattermi in nessun altro. Pensavo che stesse ancora dormendo.

Mi vide e lasciò cadere quello che stava tagliando in una ciotola e poi riallungò le braccia per tagliarne dell'altro.

Mi agitai sul posto, pronta a girare i tacchi. Non potevo andare al capanno.

Invece mi disse di avvicinarmi. «Vieni qui».

Lo guardai di nuovo, era concentrato e assorto in quello che stava facendo. Andai al suo fianco, come mi aveva detto.

Prese una fragola dalla ciotola e me la porse, completa di picciolo, foglie e tutto il resto.

Gli rivolsi un'occhiata sospettosa, ma la presi. L'aveva appena tagliata. Probabilmente era buona.

Me la misi tra i denti e la morsi, premendola tra la lingua e il palato, succhiando il succo. Una grande ondata di sapore mi esplose in bocca.

Annuii, ingoiando e gustandomi il resto.

«Buona?», chiese.

«Sì... è dolce».

Era sorprendente.

Annuì, rimettendosi all'opera.

Guardai le altre, ricordando che le fragole vere, in natura, erano davvero così piccole. Nel suo minuto giardino c'erano pomodori, basilico, peperoncini e lattuga. Non avrei mai pensato che potesse appassionarlo una cosa del genere, ma almeno avevo capito chi si prendeva cura della serra.

«Quando ero piccola le fragole erano dolci», dissi. «Non saprei, ora sono quasi sempre aspre».

«Negli ultimi vent'anni le fragole commerciali vengono fatte crescere per essere grandi e belle, ma nient'altro», disse. «Hanno un saporaccio. Riesco a malapena a mangiare le cose prodotte negli Stati Uniti».

Lo guardai. «Non sei di queste parti?».

Si girò e alzò un sopracciglio.

«Degli Stati Uniti, intendo».

Okay, bene. Avevo dato per scontato che fossimo negli Stati Uniti. Ma non era detto.

Ritornò all'opera. «Sono nato in Turchia», rispose. «La mia famiglia si è trasferita quando avevo quindici anni».

Dunque era un immigrato. Era stata difficile per lui, la scuola, così diverso dagli altri? Aveva provato a inserirsi?

«Ti sei assimilato in fretta?», chiesi.

«Dando per scontato che abbia la capacità di assimilarmi a qualcosa…», scherzò, con un'espressione divertita.

Non riuscii a resistere e sorrisi a mia volta.

Capivo di cosa stava parlando.

Ero la sola ragazza della mia scuola che non festeggiava il Natale. Che non prendeva parte agli spettacoli invernali, o che non partecipava a quel gioco per cui viene assegnata casualmente una persona a cui fare il regalo di Natale, tradizione onorata dalla squadra di nuoto.

Avrei anche potuto fingere, non l'avrei mai fatto. Adeguarmi non era nel mio stile. Potevano anche andare tutti a farsi fottere.

«A lei ti sei assimilato?», chiesi abbassando la voce.

La donna di cui aveva parlato nelle docce della piscina. Quella che sembrava fatta apposta per lui.

Vacillò e poi si fermò, con un'espressione distante negli occhi.

Deglutii, sorridendo tra me e me. Avevo trovato il suo punto debole.

«Senti ancora rumori?», chiese, ignorando la mia domanda.

«No».

Ma forse ora sapevo da dove venivano.

Guardai il giradischi vicino alle finestre, che stava ancora suonando Schubert.

«Dove te ne stavi andando in giro?».

Gli lanciai un'occhiata, la scusa che volevo dirgli mi si era dispersa sulla punta della lingua.

Poi ricordai.

«Ho visto il capanno degli attrezzi», dissi. «Volevo cercare qualche attrezzo. Magari una scala. Quel pannello sta per cadere».

Indicai il tetto e il pannello di vetro pendulo.

Ma non guardò, continuò a lavorare, a tagliare e strappare erbacce. «Vieni qui», disse, allungando il braccio e invitandomi ad avvicinarmi.

Feci per indietreggiare ma poi qualcosa mi spinse avanti.

E quando fui abbastanza vicina, mi poggiò le braccia intorno i fianchi e mi piazzò seduta sulle sue gambe.

Protestai, tentando di rialzarmi, ma prese nelle sue mani le mie e le spinse in avanti, coi palmi sull'aiuola, per poi farle affondare nella terra.

Ma che diavolo stava facendo?

Girai la testa e lo guardai mentre mi stringeva i polsi e mi teneva le mani nella terra. Ma cosa…?

«Cosa senti?», chiese.

Esitai. Ero senza parole. Che voleva dire?

«La terra», risposi.

Ovviamente.

Alzò la testa, affatto stupito.

Davvero aveva bisogno di tenermi giù le mani?

Sospirai e mossi un po' le dita. Una sensazione di freschezza si era impossessata della mia pelle.

Sembrava di aver appena messo la faccia su un cuscino pulito.

«Terra fresca», dissi infine. «È soffice per via dell'acqua. Batuffolosa. Sembra quasi farina». Lo guardai. Avevo il suo naso a pochi centimetri dal mio. «È granulosa, ma tra le dita sembra pulita».

Mi lasciò andare, ma rimasi lì e lo vidi che prendeva un minuscolo innaffiatoio per versare acqua sul terreno dove avevo ancora affondate le mani.

Il ghiaccio mi colpì i pori mentre la terra diventava fango.

«E ora?», incalzò.

«Peso», risposi. «Sembra pesante. Fangosa. Appiccicosa». Fissai il tutto, quasi sconvolta. «È soffocante. Quasi come se fossi sepolta».

Annuì. «C'è ben poco in grado di nuocerti, se fatto con moderazione. Un po' d'acqua alle piante serve per crescere. Troppa, però, le uccide».

Sostenne il mio sguardo e strinse di nuovo i polsi, affondandoli nella terra.

«Cerchi degli attrezzi? Per riparare le finestre?».

Lo fissai. Non mi piaceva il bagliore che aveva negli occhi.

«Sei venuta qui alla ricerca di attrezzi per riparare una finestra che non sapevi fosse rotta prima di venire qui». Mi fissò, il fantasma di un sorriso che gli aleggiava sul volto. «Puoi prendere tutti gli attrezzi che vuoi, Emory. Con moderazione».

Ingoiai la pallina da golf che mi si era alloggiata in gola mentre continuava a tenermi le mani e a sostenere il mio sguardo.

Sapeva che raccontavo balle.

Lo sapeva dal momento in cui ero entrata lì. Conosceva anche il mio segreto?

Digrignai i denti, cercando di restare calma, ma lui piegò la testa, guardandomi con espressione incuriosita.

«Sei cresciuta con una persona che aveva problemi di dipendenza?», chiese.

«Perché?».

Alzò le spalle. «Non è difficile per individuare chi mente. Fornisce sempre spiegazioni vaghe, esita, evita di guardarti negli occhi… si vede che tu hai avuto occasione di fare pratica».

«Non sto mentendo sul motivo per cui mi servono gli attrezzi».

«Menti eccome», dichiarò. «Ma non c'è problema. Mi piace giocare. Con moderazione».

Venni percorsa dai brividi e il cuore ebbe un'impennata in petto, ma poi… qualcosa sottoterra mi sfiorò la punta di un dito.

Mi ritrassi. «Che cos'è?».

Continuava a tenermi giù. «Fossi in te non mi muoverei», mi avvisò.

Come?

Sottoterra, qualcosa mi scivolò sopra le dita. Raggelai, senza riuscire più a respirare.

Feci per liberarmi dalla sua presa ma mi sospinse di nuovo giù senza mai staccarmi gli occhi di dosso, il corpo liscio che strisciava sottoterra, spesso e apparentemente senza fine.

Era lungo. Non si trattava di un verme.

Singhiozzai. «È un serpente?»

«Uno dei tanti».

Uno dei tanti? Guardai l'aiuola, cercando di individuarne altri. Intorno al giardino c'era un muro di plastica trasparente e il pannello davanti a noi era stato rimosso per far sì che Aydin potesse lavorarci.

«Chi aveva problemi di dipendenza nella tua famiglia?»

«Eh?»

«Guardami, Emory», disse.

Lo guardai, il volto sfigurato dalla preoccupazione. Provai di nuovo a liberare le mani ma non me le faceva muovere. Merda.

Dov'era Will?

«Chi ti ha insegnato a mentire così bene?» mi chiese, fissandomi negli occhi e mantenendo il tono della voce calmo e tranquillo.

«Non…», iniziai a dire, e mi fermai quando il serpente – o qualsiasi cosa fosse – si fermò proprio sopra la mia mano e lo sentii muoversi, o forse arrotolarsi a spirale. Un altro nodo in gola. «Aydin».

«Chi?». La sua presa sui miei polsi incrollabile.

Sospirai. «Non… aveva problemi di dipendenza. Mio fratello aveva soltanto un caratteraccio», spiegai.

Cazzo, ma dov'era Will? Mi affiorarono le lacrime agli occhi.

«E ti picchiava?», chiese Aydin.

Una sensazione quasi impercettibile sulla punta del mignolo. Era forse la lingua?

«Oh, mio Dio», ansimai. «Ti prego».

Lasciami andare.

«Ferma», ingiunse. «Guardami».

Piantò di nuovo gli occhi nei miei.

«Ferma come una roccia», mi istruì. «Fai parte del suo territorio. Non ti noterà a meno che tu non voglia essere notata. Ferma come una roccia, Emory».

«Aydin...»

«Non muoverti», rimbrottò.

Chiusi gli occhi, completamente in trappola. Sentivo l'animale e non potevo correre. Qualsiasi movimento improvviso e... *Dio, ti prego, toglimelo di dosso. Ti prego.*

«Te lo fa ricordare, vero? Tuo fratello».

Cosa?

«L'attesa, il pericolo di venire colpita», continuò. «Sapere che sta per succedere».

Tenni gli occhi chiusi, ma le ginocchia iniziarono a cedermi e volevo colpirlo. Le mie braccia erano cariche e la rabbia era lì, come prima, ma non potevo farci niente. Non ancora. Non potevo muovermi.

«Incapace di vivere, quasi a fartela nei pantaloni in attesa dell'inevitabile mentre ti si avvicina sempre più».

Stai zitto. Non mi conosci.

«Ti sentivi male poco prima che arrivasse a casa?», chiese. «Correvi in bagno a vomitare, vero?».

Aprii gli occhi, cercando i suoi tra le lacrime.

Sembrava di aver ingoiato degli aghi. Ricordai. «Nell'acquaio della cucina», gli dissi. «Era più vicino del bagno, di solito mi trovavo lì a preparare la cena».

Annuì, con un'espressione pensierosa negli occhi.

La testa del serpente mi scivolò di nuovo sulla mano, schiacciandomi la terra sulla pelle.

«È velenoso?», chiesi.

«Esistono cose che sono velenose se le mangi», ribatté. «E poi ci sono organismi che ti mordono e ti iniettano un veleno».

Cristo fottuto. «Allora, è velenoso?»

«Sono colubri neri», sottolineò, come se per me dovesse significare qualcosa. «Se ti dicessi che è velenoso, ma che ho il siero antiveleno?»

«Lasciami andare».

«E se ti dicessi che non è velenoso, ma che morde?».

Digrignai i denti sentendo la testa del serpente scivolarmi tra le dita. Ma che cazzo? Ma perché non si spostava?

«E se ti dicessi che non morde, ma può stringere?»
«Che stai facendo?»
«O forse è completamente innocuo», aggiunse, «ma se stanotte te lo mettessi nel letto, ne avresti paura o meno?»
«Aydin». Iniziai a fare forza con le braccia.
«Se ti muovi, ti colpisce. Supera questo momento, Emory. Superalo».
Come? Scossi la testa, le cosce tese mentre mi preparavo a fare uno scatto e a fuggire, ma…
«Non scappare», mi disse, quasi leggendomi il pensiero. «Non piangere. Non arrabbiarti. Lascia andare tutto».
No. Cosa…? La terra si spostò a qualche centimetro di distanza e piagnucolai. Ce n'era un altro?
«Lascia andare tutto!».
Sobbalzai, resistendo all'istinto di serrare le dita sotto la terra.
«Guardami», disse. «Guardami negli occhi».
Inchiodai gli occhi ai suoi. *Ti prego…*
«Guardami», ingiunse di nuovo. «Tieni il mio sguardo. Non combatterlo. Non cedere alla rabbia. Non urlare. Non dargli la tua paura».
Respiravo a fatica, fissandolo negli occhi castani, concentrandomi sulle macchioline color miele e ambra.
«Sono qui», recitò. «Ci siamo e non ho paura».
Esalai, ripresi di nuovo fiato con ferocia ma iniziavo a calmarmi.
«Non ho paura», ripeté. «Sono l'occhio del ciclone. La calma nella follia».
Esalai un lungo respiro e poi inalai, sempre più lentamente.
«La quiete nel caos. La pazienza di ogni mio istante».
La mia mano iniziò a fondersi alla terra, il serpente a restringersi e il mio cuore a rallentare la sua corsa.
Nessuno dei due batté ciglio.
«Sono l'occhio del ciclone», mormorò, e rimasi pietrificata. «Lui non ti è successo per caso, Emory. Te lo aspettavi. Doveva succedere. Faceva tutto parte del piano. Sapevi che sarebbe arrivato».
Fissavo i suoi occhi, la sua voce mi avvolgeva come musica e una calma glaciale prendeva a percorrermi il sangue.
«Niente è mai una sorpresa», disse. «Agisci sempre come se sapessi dal principio quello che sta per succedere. Fai finta che facesse parte del piano. Muoviti con la tempesta, Emory. Calma, silenziosa, paziente, e poi… sarai tu a succedere a lui».
Il mio petto saliva e si abbassava con i respiri sempre più calmi. «Sarò io a succedere a lui».
«Potrà colpirti di nuovo, ma non ti farà mai più male. Ti limiterai a sorridere e poi…»
«Sarò io a succedere a lui», sussurrai.
Un tepore mi pervase l'intero corpo, si sollevò un pesantissimo drap-

po, e i miei polmoni si schiusero, l'acciaio che mi foderava la pelle e a posto delle unghie mi spuntavano lame di coltello.

Il colubro scivolò oltre il mio dito e risalì in superficie, spostandosi verso altre piante. Abbassai lo sguardo verso le mani ancora sepolte, ma Aydin non mi stava più tenendo ferma.

Quando mi aveva lasciata andare?

Togliendole da sottoterra lo guardai e vidi che mi stava rivolgendo l'abbozzo di un sorriso. Poi si sporse e afferrò il serpente, stringendolo nel palmo serrato e guardandomi mentre l'animale sibilava, si dibatteva, prima di colpire all'improvviso e affondargli le fauci nel dorso della mano.

Aydin lo lasciò andare e lo vidi succhiarsi le due rosse punture con le labbra e sputare il sangue che ne usciva sull'aiuola.

«Come quasi tutto il resto della sofferenza», dichiarò, «anche se ti morde, resti in vita».

Il sudore mi raggelò sulla pelle e avevo la testa tra le nubi; un peso tremendo, che pensavo di conoscere da sempre, era del tutto scomparso.

Aydin si sporse e mi baciò la tempia, e non presi nemmeno in considerazione l'idea di allontanarmi. Le sue labbra erano calde e il loro tocco gentile, quasi come quello di...

Quasi come quello di un padre.

«Tu sei Lilith», mi sussurrò contro la pelle. «Non puoi restare ustionata se sei tu la fiamma».

Indietreggiò e mi guardò di nuovo negli occhi, ma non volevo sorridergli. Non lo avevo perdonato per lo spavento che mi aveva fatto prendere, ma ero entrata lì dentro gravata del peso di qualcosa che non avrei mai più dovuto sopportare. Mi sembrava tutto più forte e più leggero.

Come diavolo aveva fatto a fare una cosa del genere?

Lilith... Le sue parole mi risuonarono in testa. Era ebreo? Lilith era una figura del nostro folklore. La prima moglie di Adamo, scacciata dal Giardino dell'Eden perché si rifiutava di essere sottomessa.

Lei era il buio e la luce. Non aveva avuto paura di cadere o di bruciare troppo in fretta.

Lei era una fiamma.

Alla mia destra si spostò qualcosa e girammo tutti e due la testa, scorgendo Will che stava in piedi proprio al centro della serra.

Indossava una tuta grigia un po' calata sui fianchi e nient'altro, e i suoi capelli erano scompigliati in maniera adorabile.

Il mio cuore provò subito dolore, per la rabbia che emanavano sempre i suoi occhi, ma ormai ero pronta a farci qualcosa.

Il suo sguardo passò da Aydin a me in braccio a lui, e l'espressione dura che aveva fino a quell'istante scomparve come se d'improvviso avesse deciso che non gliene importava nulla. Restò lì, immobile, e io mi alzai, ricordando quella notte sulla pista al ballo di inizio anno.

Ci avevano fissato tutti perché assieme non c'entravamo niente, ma non sentivamo altro che il dolore agonizzante dei pochi centimetri che ci separavano. E all'improvviso Aydin non c'era più, in quella stanza.

«Micah e Rory sono andati a caccia?», chiese Aydin, sistemandosi meglio sulla sedia.

Will annuì, rifiutandosi categoricamente di guardarmi. «Ho detto a Taylor di unirsi a loro».

Aydin ridacchiò sottovoce, girato a guardare Will. «Siamo solo noi tre, allora», borbottò, guardandomi fisso. «Vi va di giocare in piscina?».

Fissai Will, ignorando la richiesta nemmeno troppo velata di Aydin di togliermi i vestiti, e fu proprio Will a rispondere.

«Prenditela e basta», disse. «Io l'ho già avuta».

Rimasi a fissarlo. La sfida era palese, ma se dieci minuti prima avrei borbottato qualcosa o sarei direttamente uscita di lì, sentivo radici affondare a terra dalla pianta dei piedi a tenermi ferma.

Una quercia.

L'occhio del ciclone.

Aydin rise, si alzò dalla sedia, rimise a posto il pannello che teneva confinati i serpenti e mentre si dirigeva fuori dalla serra, allungò una mano e mi scapigliò. «Sai dove trovarmi», disse, «quando ti senti pronta per il livello successivo, signorina Scott».

Se ne andò e Will mi guardò scuotendo la testa. Non mi avrebbe fermata neanche se mi fossi messa a saltare su tutti i cazzi di quella casa, uno dopo l'altro.

Non gli importava nulla perché mi odiava.

«Non stava succedendo nulla», gli dissi.

«Non m'importa», ribadì. «E anche se me ne importasse, non te ne importerebbe nulla a te».

Senza proferire altra parola, si girò e si allontanò.

Sentii una stretta in petto. «Godzilla», dissi, facendo un passo avanti.

Si fermò. Si girò e strizzò gli occhi induriti. «Che?».

Feci un altro passo, tentata di gingillarmi o distogliere lo sguardo o ritrarmi com'era mio solito quando avevo una paura fottuta, ma continuai tuttavia a tenergli lo sguardo inchiodato addosso.

Non importava quanto fosse doloroso.

Niente di quello che accade è una sorpresa. Sapevo che stava per succedere. Devo gestirlo.

«Tu...» Deglutii per scacciare il groppo che mi si era formato in gola. «Da quando sei andato via, ti sei perso un film di Godzilla. *King of the Monsters*. Non era affatto male, a parte la trama».

Rimase fermo, soppesandomi con diffidenza.

Feci un altro passo.

Sarebbe potuto andare via da un momento all'altro, ma non glielo avrei permesso. *Resta qui.*

«Un'ottima cinematografia e delle intriganti scene d'azione», dissi. «Compare anche Mothra».

Gli spruzzatori sul soffitto presero vita e non distolsi lo sguardo neanche quando la loro calda pioggia ricadde sugli alberi, le piante e l'erba, bagnandomi i vestiti.

Mi tolsi gli occhiali e li poggiai sul bordo di un'altra siepe.

«Ho comprato Milk Duds e Twizzlers», ridacchiai tra me e me. «Non so perché, visto che ero da sola, e non mi servivano certo tutti quei dolci, anche se poi alla fine i Milk Duds non li ho mica mangiati». Deglutii, fissandolo con maggiore intensità. «Non riuscivo a non pensare che a te sarebbe piaciuto».

Mi bruciarono gli occhi ma scacciai le lacrime, perché ricordavo benissimo il motivo dell'acquisto dei Milk Duds. Erano i preferiti di Will.

L'acqua gli scivolava sul petto nudo e il mio respiro restava regolare nonostante la corsa di cavalli che mi si stava scatenando nel petto.

«Continuavo a chiedermi come l'avresti potuto commentare, quel film», gli confidai. «E che cosa ti sarebbe piaciuto».

I suoi occhi restarono incollati ai miei mentre mi facevo avanti, l'acqua gli scorreva a rivoli agli angoli della bocca e gli riluceva sulla pelle nuda.

Ti prego, resta qui.

Più mi avvicinavo e meno il suo pomo d'Adamo restava fermo. Abbassò lo sguardo e prese a respirare più pesante.

«Mothra?», mormorò.

«E anche King Ghidorah». Annuii. «Tutti i titani. Gli effetti speciali erano magnifici».

Mi avvicinai ancor più, fermandomi quando la mia maglietta gli sfiorò il petto. Ad averlo così vicino sentivo il calore addensarsi nel basso ventre.

«Tra poco uscirà *Godzilla contro King Kong*», aggiunsi, sfilandomi le scarpe.

Sotto ai miei occhi il suo torace s'alzava e s'abbassava con foga. Perlustrai tutta la pelle che le mie dita non vedevano l'ora di toccare. Serrai i pugni.

«Sono due eroi» rispose. «Il finale non potrà che essere ambiguo, Emory».

«No». Scossi la testa, mi tolsi la maglietta e la lasciai cadere a terra. «I registi hanno dichiarato che ci sarà un vincitore».

Mi fissava il corpo, col respiro sempre più ansimante. «Ma che cazzo?», si lamentò. «Sceneggiatori di merda».

Sentivo il clitoride che mi pulsava, gli fissai la bocca, quasi sentendone già il sapore e pronta a salirgli sopra per cavalcarlo.
«Dunque sarà Kong», affermai, sbottonando i pantaloni di Rory. «È più probabile che sia il più sfigato a vincere».
Mi guardò, senza battere ciglio. «In Giappone, se Godzilla perde non lo faranno vedere nelle sale».
«Potrebbe anche vincere», risposi, facendo cadere i pantaloni a terra mentre la pioggia degli spruzzatori mi colpiva il seno, le braccia e la schiena. «Con l'arsenale di Godzilla, e il fatto che può combattere sia sulla terraferma che in mare...»
«Nei fumetti si è battuto contro Dio e il diavolo, cazzo», disse. «Kong che ha mai fatto?».
Mi alzai in punta di piedi, le nostre labbra ormai a pochi millimetri di distanza. «Godzilla adesso emette anche un raggio omnidirezionale».
«Davvero?».
Annuii. «Te lo sei perso».
Gli feci scorrere le dita sul petto e provai a deglutire, ma avevo la bocca troppo secca.
«Te lo dico io», disse. «Come fa Kong a sopravvivere a un attacco a livello molecolare?».
Spinsi il corpo contro il suo, i miei capezzoli minuti e durissimi che dolevano da quant'era bollente.
Lo sentii tremare appena sotto le mie mani e capii di non farcela più. Serrai di nuovo i pugni, col corpo in ebollizione, e non mi importava più niente che per metà del tempo lo volessi morto, perché in quel momento volevo solo essere nel suo letto.
Ma non avrei chiesto nulla. Avrei preso e basta.
Col cuore ormai alloggiato in gola, lo spinsi sulla sedia alla mia sinistra e gli gravitai sulle labbra mentre facevo scivolare la mano sul petto.
Rise, afferrandosi ai braccioli della sedia. «Lo vuoi?», mi stuzzicò. «Niente da fare».
Gli sfiorai la guancia con le labbra, la mandibola e giù per il collo, mentre la voglia mi faceva pulsare il clitoride così ferocemente che a stento riuscii a trattenere un gemito mentre la pioggia continuava a cadermi sul corpo nudo.
«Non devi fare nulla», gli bisbigliai sulla pelle. «Infatti...»
Infilai la mano nei suoi pantaloni e gli afferrai il cazzo, iniziando subito a pomparglielo.
Sussultò, gli occhi spalancati.
«Non devi nemmeno muoverti», gli dissi, muovendo lentamente con la mano serratissima sull'asta. «Resta fermo qui, voglio prosciugarti».
Gli strinsi il collo in modo gentile ma possessivo, prima di inginocchiarmi e affondargli gli artigli sul petto e tra le cosce.
Era mio. Raddrizzando la schiena, potevo sentire gli occhi fissi sui

seni mentre snodavo il laccio e gli sfilavo la tuta, solo quello che bastava per fargliela finire di toglierla da solo.

L'acqua mi spruzzava i capelli e il seno, bagnava il suo ventre e il suo volto. Mi fissò con un misto di rabbia ed eccitazione negli occhi.

Ma non mi stava fermando.

Continuando a masturbarlo, gli baciai e leccai il ventre, facendo scorrere la mano libera sui fianchi e la schiena e poi di nuovo su per il petto. Mordicchiavo e pizzicavo, tirandogli la pelle con i denti prima di succhiarla, il suo corpo si scuoteva sotto di me a ogni singolo respiro.

«Cazzo», sussurrò, quasi grugnendo.

Tornando giù lo riguardai per intero e vidi le nocche bianche delle mani aggrappate ai braccioli della sedia. Sostenendo il suo sguardo, avvicinai la punta del cazzo alla mia bocca aperta, senza ancora farlo entrare perché volevo continuare a stuzzicarlo.

Agitai la lingua, assaporando il suo calore mentre addolciva lo sguardo e il volto era percorso dallo struggersi del desiderio.

«Emmy», sbuffò.

Il mio cuore iniziò ad andare in frantumi, riascoltando un Will Grayson più giovane e felice che mi implorava di farmi ancora abbracciare.

Chiusi gli occhi e me lo infilai in bocca, spingendo le labbra addosso all'asta finché la punta non mi toccò il fondo della gola.

Risucchiò l'aria tra i denti, le dita che gli scivolavano tra i miei capelli, tenendomi la testa mentre gemeva.

Rimasi ferma così, rilassando la gola e provando a ingoiarlo tutto, ma la voglia mi squassava e volevo succhiarlo. Muovendomi su e giù, me lo sfilai dalla bocca e poi riaffondai impietosa.

Le dita mi arpionavano i capelli e il muscolo già duro nella mia bocca diventava sempre più marmoreo. Feci scivolare la lingua per tutta l'asta, leccando le venature che affioravano sotto la pelle e succhiando le goccioline dolci che fuoriuscivano dalla punta.

Grugnì, guardandomi. «Approfittarti di un uomo che è stato in prigione è una cosa indegna. Davvero indegna».

«Non sei a Blackchurch», bisbigliai, baciandogli il cazzo per tutta la lunghezza. «Siamo al *lock-in*, e siamo sgattaiolati via, così che posso finalmente baciarti. Quaggiù».

Ansimò, la testa gli cadde all'indietro e gli occhi si chiusero, la fantasia entrava in scena. Riportarlo a prima che lo ferissi. A prima che ferisse me. Prima di tutta la merda e tutti gli anni…

Mi mossi più veloce, succhiandolo con più foga e dedizione, stupita da quanto fosse grosso, provando a infilarmelo tutto giù in fondo alla gola, mentre iniziava a dimenare i fianchi per venirmi incontro.

«Will», lo implorai, sempre più bagnata tra le gambe.

Portai lì la mano e circondai il clitoride, bramandolo con dolore e riportando fuori le dita, che gli passai bagnate sulla punta. Poi lo guardai osservarmi mentre lo riprendevo in bocca e succhiavo il mio sapore cosparso sull'asta, e i suoi occhi prendevano fuoco.

All'improvviso mi afferrò per le braccia e mi tirò su.

Cosa?

Mi fissò negli occhi per un istante prima di girarmi e di piazzarmi sulle sue gambe.

Mi avvolse un braccio sulla schiena, respirandomi sul collo e tenendomi stretta. «Cos'altro faremo?», ansimò. «Prima che arrivi un professore?».

Il cazzo mi spingeva contro il culo, mi afferrò la fica, infilandoci prima dentro un dito e poi un altro.

Con l'altra mano mi prese un seno e strinse il capezzolo tra due dita.

«Piccola Emmy?», mi schernì.

Chiusi gli occhi, l'acqua continuava a piovere dagli spruzzatori della serra mentre immaginavo quanto ci saremmo divertiti anni prima, se solo mi fossi concessa di tuffarmi completamente nell'esperienza.

Dio, quanto lo volevo. Cazzo.

Mi ritrassi, mi alzai in piedi e lo guardai mentre si toccava il cazzo e mi riguardava.

Non persi altro tempo. Mi arrampicai sopra di lui, schiantandogli la bocca sulla sua e afferrandolo per la gola, strattonandolo.

Sei mio.

Poi gli allontanai la bocca, giocandoci come un gatto con un uccellino, ma non me ne importava, perché era proprio quello che volevo dargli.

Mi si posizionò sotto, incoronandomi la fessura, e mugugnai in attesa.

Scivolai giù e me lo infilai tutto dentro.

Raggiunse il fondo prima che potessi raddrizzare la schiena. Lo avvolgevo nella mia umidità, mi ritraevo e poi lo rifoderavo per intero.

Ansimò, stringendomi il culo con tutte e due le mani.

Mi immobilizzai, restai lì a godermi quanto mi riempiva.

Gli baciai la guancia, osservandogli il volto e gli occhi chiusi, facendogli scorrere la bocca sulle tempie e sulla fronte fino a scendere all'angolo delle labbra, deponendo minuscoli baci e passandogli la mano sui capelli fino giù alla nuca, poi assaggiai l'acqua sulla pelle calda e fui percorsa ovunque dai brividi per i ricordi del suo odore.

Tornai seduta, lo fissai mentre iniziava a muoversi lentamente, inarcando la schiena e ruotando i fianchi. Mi sfilai e me lo rinfilai dentro di netto, scopandolo all'inizio molto lentamente. Lui aprì gli occhi e mi afferrò per i fianchi, gli occhi inarrestabili mi osservavano muoversi sopra di lui.

Tuffò la testa e mi prese in bocca il seno. Gli affondai le unghie nelle spalle, lasciando ricadere la testa all'indietro mentre un'onda di euforia mi travolgeva.

«Mi hai fottuto», sospirò, mordendomi il capezzolo.

«E tu hai mandato tutto a puttane», argomentai, risollevando la testa; l'acqua mi scorreva giù per il volto mentre passava da un seno all'altro.

Parte di quella merda era colpa mia, ma non del tutto.

Ruotai di nuovo i fianchi, il respiro si faceva corto e il piacere cresceva.

«Voglio baciarti», bisbigliò. «Sulle labbra».

«Sì?»

«Certo».

«Perché?».

Sbuffai, continuando ad agitarmi sopra, senza allontanarmi. «Perché», gli sussurrai a un millimetro dalla bocca, «voglio essere la tua ragazza».

Mi afferrò i fianchi con braccia dure come una banda d'acciaio e mi fermò. «E ti ricordi cosa significa?».

Lo fissai, cercando di nascondere un sorriso. Ricordavo tutto quello che mi aveva detto all'epoca.

Io, che tornavo ogni sera a casa da lui.

Io, seduta al suo tavolo e sdraiata nel suo letto.

Io, che lo rendevo padre.

Annuii.

«Dillo», ordinò.

Deglutii, l'eccitazione mi divampava nelle vene. «Vuol dire che mi vieni dentro».

Lì non avevamo preservativi.

Fece una smorfia e si alzò, portandomi con lui nell'aiuola alle nostre spalle, si abbassò e mi sdraiò a terra. Si rialzò e mi girò, facendomi sussultare quando mi resi conto delle sue intenzioni.

Mugolai, il clitoride batteva come un martello pneumatico, mentre mi divaricava le gambe e il culo, e lo infilava di nuovo nella fica, iniziando a scoparmi con una furia inaudita.

«Will...», lo implorai.

Mi poggiò la mano intorno a collo e bisbigliò di nuovo contro la mia guancia. «Dillo ancora».

Affondava in profondità, dentro e fuori, dentro e fuori. Chiusi gli occhi, accettandolo per intero. «Vuol dire che mi vieni dentro».

«Lo vuoi?»

«Sì».

Stavo diventando tutt'una con la terra e infine, mi girò la testa per guardarmi negli occhi, affondami la bocca nella mia e baciandomi a fondo, rubandomi il respiro.

Affondò dentro la lingua e mi fece arrivare il cuore giù alla punta dei piedi. Sospirai.

«Mia piccola Em», disse col fiato mozzo, facendo scivolare una mano sotto di me e poggiando il palmo su una tetta. «La mia piccola Em, che adora i suoi piccoli segreti. Secchiona di giorno e troia di notte».

«Sì», dissi con un tono cantilenante, «sì».

La mia fica si restrinse turgida. Affondai le mani nella terra, mi spinsi contro di lui, impossibile da saziare.

I miei capelli erano appiccicati alla schiena mentre la inarcavo, e non riuscivo a non pensare a tutto il tempo che avevamo perso al liceo. A quanto sarebbe stato giusto e a quanto avrei dovuto saperlo. Avrei dovuto sgattaiolare via assieme a lui e farlo in ogni momento possibile, perché se c'era qualcosa dal quale avrei dovuto proteggermi, quello era a casa mia. Non avrei dovuto farmi bloccare dalla paura.

L'orgasmo iniziò a salire, intanto lui si spingeva dentro con foga e ripetutamente, a me scappò un urlo mentre mi scopava a terra: potevo sentirlo in ogni millimetro del mio corpo.

Ansimò e compresi che stava per venire. «Dillo ancora», ripeté.

«Vienimi dentro», sospirai, anch'io sul punto di venire. «Oh, Dio».

«Ancora».

«Vienimi dentro, Will», lo implorai, «ti prego».

Venne, ed esplosi, l'orgasmo mi scuoteva tutto il corpo, mentre il mondo girava sotto di me, e Will continuava a spingere, sempre più forte, finché non mi schizzò dentro stringendomi i seni e gemendo.

Urlai, ogni muscolo in fiamme. L'orgasmo mi devastò, la fica stretta intorno al cazzo. Si girò, collassando stremato a terra al mio fianco.

«Cazzo», ansimò.

Chiusi gli occhi, poggiando giù la testa, incapace di deglutire da quanto avevo la bocca secca. Sperai che i serpenti fossero confinati nella loro area e che non fossero anche lì.

Ma non riuscivo neanche a muovere un muscolo.

Aydin ci stava probabilmente guardando. I ragazzi potevano tornare prima per qualsivoglia motivo, e non me ne importava nulla. Volevo farmi una doccia, volevo dormire, e volevo fare tutte e due le cose assieme a Will.

Senza più toccarmi o baciarmi, si alzò e si infilò la tuta fradicia.

Mi girai seduta anche io, guardandolo mentre andava a raccogliere i miei panni bagnati da terra.

Me li lanciò. «Vai a pisciare», ingiunse. «Sbrigati».

Restai seduta, stringendo gli occhi col mento che mi tremava un poco. Strinsi i denti per cercare di fermarlo.

L'occhio del ciclone…

Ricacciai il groppo in fondo alla gola. «Non serve a niente. È una leggenda popolare», risposi, rialzandomi e iniziando a vestirmi. «Prendo la pillola. Puoi stare tranquillo».

Testa di cazzo.

Non che fossi pronta ad avere figli in quel momento, ma non me lo stava dicendo perché anche lui non li voleva. Me lo stava dicendo perché non li voleva assieme a me.

Erano state soltanto chiacchiere da scopata.

Ingoiai gli aghi in gola, senza rialzare lo sguardo prima che fosse andato via, lasciandomi sola nella terra bagnata.

Mi alzai in piedi e rimisi gli occhiali, i pantaloncini e la maglietta, poi raccolsi le scarpe e ripercorsi la casa ancora silenziosa fino ad arrivare alla mia stanza.

Richiusi la porta, persa nei pensieri mentre facevo la doccia e toglievo la terra dai capelli. Potevo sentirlo ancora dentro di me.

Gliela farò vedere. Ero forte, e non avrei mendicato nulla.

Sarei uscita di lì e avrei vissuto a testa alta.

La calma nella follia. La quiete nel caos. La pazienza di ogni mio istante.

Mi asciugai i capelli, mi avvolsi intorno un asciugamano e mi diressi in camera dove stramazzai sul letto.

Chiusi gli occhi, sentendo la pioggia cadere fuori e provai a concentrarmi sullo stadio successivo del mio piano di fuga.

Un po' più di cibo, una felpa e avevo ancora bisogno di qualche attrezzo da capanno. Poteva fungere da arma, in caso di bisogno.

Mi arrivò addosso uno spiffero. Mi sfregai gli occhi con le dita. D'improvviso mi sentivo stanchissima.

Ma non riuscii a dormire. Riaprii gli occhi e individuai una forma scura che incombeva a fianco del letto. Inspirai agitata.

Che cos'era?

Ma prima che potessi reagire in qualche modo, parlò.

«Li hai fatti guardare mentre te la leccava ieri notte?», mi chiese.

E poi la lampada sul comodino si accese e quando guardai in alto la vidi, i capelli un poco più corti dell'ultima volta che l'avevo vista, vestita come una ladra d'appartamenti, con tanto di cappellino nero in testa.

«Ragazza», tubò, sorridendo. «Lo so che te lo sei fatto».

Smisi di respirare, spalancando gli occhi. «Alex?».

Alzò le braccia, come a mettersi in posa. Mi tirai su, la afferrai e ricademmo assieme sul letto.

Oh, mio Dio. «Che ci fai qui?».

Mi poggiò una mano sulla bocca, azzittendomi mentre ancora rideva. «Mi sei mancata, stronzetta», sussurrò.

Il mio corpo fu scosso da una risata silenziosa. La abbracciai così forte che grugnì.

Capitolo 20

Will

Nove anni prima

Si fermò e si guardò intorno, mi passò la chiave e provai a inserirla nella porta sul retro.

Era passata l'una di notte, girai subito la maniglia ed entrammo al riparo dalla pioggia.

«Tranquilla», la rassicurai. «Non c'è nessuno. È ancora al lavoro».

Chiusi la porta a chiave e mi chinai, togliendole le scarpe dai piedi. La presi per mano e la portai verso le scale.

«Prima o poi dovremo affrontarlo».

Mi poggiò la testa sul braccio e sbadigliò. «Lui mi fa paura», disse.

Scossi la testa, la presi tra le mie braccia e la condussi su per le scale. «No, è un buffone». La abbracciai più stretta. Mi avvolse le braccia intorno al collo. «Sono io il tuo uomo adesso. Dovrà passare sul mio cadavere».

Si lasciò sfuggire una risatina nell'incavo del mio collo, ma non aggiunse altro.

Non volevo dire una cosa divertente.

«Paige?», chiamò qualcuno.

Raggelai, il peso dei miei passi che smetteva di scricchiolare sulle assi delle scale.

Emmy alzò la testa e scivolò giù dalle braccia, dirigendosi in camera di sua nonna.

«Sì, grand-mère».

Restai indietro perché non volevo che Em dovesse rispondere a una serie di domande sul perché avesse fatto tardi.

«Dov'è tuo padre?», chiese la nonna.

Sentii Em muoversi per la stanza, versare dell'acqua e rassettare le coperte.

Suo padre?

Emmy rispose senza battere ciglio. «È dovuto tornare al negozio di fiori. Te li aveva presi gialli, ma poi si è reso conto».

«Fiori rossi». La voce di sua nonna riusciva ancora a trasmettere un barlume di umorismo. «Come ha potuto dimenticarlo?»

«Vai a dormire», tubò Em. «Al tuo risveglio, lo troverai qui».
Emory tornò in corridoio, sbadigliando di nuovo mentre chiudeva la porta, lasciandone aperto soltanto uno spiraglio.
«Ti voglio bene, tesoro», disse sua nonna da dietro la porta.
«Anch'io te ne voglio».
Mi fissò nel corridoio buio e mi prese per mano, poggiandomi la testa sul petto. Era esausta.
La portai nella sua stanza.
«Tuo padre?», le chiesi.
Adam Scott era morto assieme a sua madre anni prima. Erano rimasti intrappolati nella loro automobile durante l'esondazione del fiume causata dall'uragano Frederic di cinque anni prima.
«Mio nonno. Suo marito. A volte pensa che io sia mia madre», spiegò Emmy.
Annuii, senza sapere bene cosa rispondere. Era davvero troppo da gestire per una liceale. In quel momento, mi sentii grato che riuscisse a concedermi un po' di tempo, considerando tutto quello di cui doveva occuparsi. Ero troppo esigente nei suoi confronti.
Entrammo nella sua stanza e accesi le luci.
«No, spegnile», protestò. Si avvicinò al letto. «Mi sento così stanca».
Si lasciò cadere giù, senza nemmeno spogliarsi. Spensi di nuovo l'interruttore e nella stanza piombò il buio.
«Ma non ho nemmeno voglia di dormire», disse, sbadigliando per l'ennesima volta. «Perché quando questa notte sarà passata, poi sarà tutto finito. Niente più divertimento».
La raggiunsi, incapace di trattenere il sorriso sulle labbra. «Non finirà nulla». Le rimboccai la coperta e le lenzuola, aggiustandole per coprirla bene. «Per me non si è trattato soltanto di divertimento, Emmy. Lo sai questo, vero?».
La fissai mentre si girava su un lato e la coprii.
Non avevamo ancora finito. Io volevo dell'altro.
«Ancora non ti fidi di me?», le chiesi.
Rimase zitta e ferma, rifiutandosi di guardarmi. Forse stava già dormendo?
Poi la sentii parlare. «Una parte di me vorrebbe tanto averti. Una parte di me vorrebbe che tu fossi il mio uomo, ma…».
La udii deglutire e poi sospirare.
«Domani sarà tutto vero», concluse.
Come se questo spiegasse tutto.
Mi avvicinai alla finestra e chiusi le tende.
«Un giorno sarai grande e potente», continuò.
Mi girai e vidi che si era seduta sul letto e che stava muovendo i cuscini, provando a sistemarli a suo gradimento.
«Come sono grande e potente adesso?», scherzai.

«È meraviglioso, con giacca e cravatta e un taglio di capelli fenomenale», proseguì, pensando ad alta voce come se non fossi lì.

«Stanno meglio col gel».

«E tutti ti adoreranno». Si lasciò ricadere sui cuscini.

«Mi adorano già».

«E sarai l'anima della festa».

Mi avvicinai, rimboccandole di nuovo le coperte e trattenendo il sorriso. «Ma certo».

«Con un mucchio di figli da copertina delle riviste».

«Col mio sperma si costruiscono le leggende», scherzai.

«E sarai sposato».

«Più e più volte, immagino».

«Solo con donne bionde».

Il mio corpo venne scosso da una risata. Mi abbassai, annusandola e annusandomi sulla sua pelle. Avevo una forte voglia di infilarmi dentro quel letto assieme a lei.

Ma per quella sera bastava così.

«E solo in un'occasione ti accorgerai della mia esistenza», riprese, «cioè quando firmerai gli assegni per pagare la dog-sitter che tutte le settimane ti porta al parco i Labradoodle».

«Perché mai un dio fenomenale e serio come me dovrebbe perdere tempo a fare queste cose di poco conto?», mi opposi. «Gli assegni li firmerà mia moglie Heidi, una diciottenne ex-ragazza copertina di *Playboy*».

Fece una smorfia e scoppiai a ridere.

«Te la ricorderai per sempre questa serata, Will Grayson», disse, con tono duro. «Ti ho fatto saltare in aria il cervello. Anche se solo per un minuto».

Si girò, dandomi la schiena, e sorrisi carezzandole il volto e i capelli.

Mi hai fatto saltare in aria il cervello da sempre.

«E ora vattene via», mi disse, dandomi una spintarella e chiudendo gli occhi.

La fissai, le ombre degli alberi all'esterno le danzavano sulla schiena. Il mio corpo vibrava. Ne volevo di più.

Era incredibile, e odiavo che nessuno oltre a me riuscisse a vedere quanto fosse bella. Mi aveva fatto morire in quel bus e ne ero felicissimo.

Il suo corpo ondulava di respiri lenti e regolari. Le guardai le labbra congiungersi lentamente e poi dividersi a ogni respiro.

«Ti amo», sussurrai.

Non aprì né spostò gli occhi, la spossatezza che aveva la meglio su di lei a mano a mano che scivolava nel sonno.

Mi tirai su e feci per allontanarmi, ma mi cadde lo sguardo sulla sua schiena. Vidi i graffi e i lividi.

Come aveva fatto a truccarsi anche la schiena? Suo fratello forse l'aveva aiutata?

Ne dubitavo.

Mi accucciai e la guardai meglio. Esaminai i marchi sul braccio e sulla schiena con la poca luce lunare che filtrava tra le tende socchiuse.

Mi leccai il pollice e sfregai il livido più scuro, ma il trucco non veniva via.

Strizzai gli occhi, mi leccai di nuovo il pollice e riprovai.

Ma si ritrasse, come se le avessi fatto male.

Mi sfregai l'indice contro il pollice. Non si sentiva nessuna sostanza grassa o oleosa, di quelle che lascerebbe il trucco.

Mi fermai e le guardai il volto, esaminando la goccia di sangue che le scivolava giù dal sopracciglio, che mi aveva detto far parte del suo travestimento.

Un calore si diffuse nelle mie vene. Sentivo il battito del cuore rombarmi nelle orecchie. La mente iniziò a correre.

Le ferite sulle gambe che avevo visto in piscina.

La ferita sulla gamba nell'ora di letteratura.

Gli abiti sempre troppo larghi e il fatto che mettesse di rado in mostra la pelle.

Mi alzai, la guardai, quasi tentato di trascinarla giù dal letto.

Ma era tardi e aveva bisogno di dormire.

Era la Notte del Diavolo. L'avrei lasciata riposare.

Ma non sarebbe passato molto tempo prima di scoprire cosa cazzo succedeva una volta per tutte.

Capitolo 21

Emory

Presente

Mi ritrassi, guardandola bene in faccia per accertarmi che fosse reale. *Alex*… Sorrisi. «Oh, mio Dio».

«Shh», sibilò, lanciando un'occhiata alla porta. «Lo so, lo so. Ma non iniziare a festeggiare. Nessuna delle due è ancora in salvo».

Si alzò dal letto e andò alla porta, restando in ascolto di qualcosa, e poi si girò e andò spedita verso il bagno.

Restai a guardarla mentre si riempiva un bicchiere d'acqua e lo beveva. Da dove diavolo veniva?

Come era arrivata?

E poi notai il ritratto appeso al muro.

L'enorme dipinto di una bambina con i suoi Corgi che giocano in un giardino si era spalancato come una porta. Un passaggio segreto.

Sorrisi. Dunque non avrei avuto bisogno di alcun cacciavite.

Indietreggiando, si tolse il cappello e mi sorrise coi suoi denti bianchi e le labbra carnose. Si era accorciata i capelli. Il taglio diritto che arrivava fino alle spalle le metteva in risalto il collo lungo, le ciocche le incorniciavano il volto dando risalto a quegli occhi intensi e belli, di un verde appena più scuro di quello di Will.

«Come mai sei qui?», le chiesi, notando i suoi jeans stretti che sembravano molto più comodi dei pantaloni eleganti con i quali io ero arrivata lì, e il suo giacchetto di pelle marrone della taglia perfetta che si abbinava agli stivali dalla suola di gomma.

Era vestita per fuggire. Aveva la faccia sporca, e quando si sfilò i guanti vidi che aveva terra anche sotto le unghie.

E poi registrai quello che aveva detto un istante prima e raddrizzai la schiena. Ci aveva visti nel salone la sera prima?

Era qui già da tempo, nascosta. Almeno da un giorno.

Mi alzai da letto. «Sei stata tu a incastrarmi qui?».

Aggrottai le sopracciglia, la rabbia che prendeva il posto del sollievo momentaneo che avevo provato.

Mi guardò fissa, con intensità. «No», disse, aggrottando a sua volta le sopracciglia. «Dio, no. Te lo giuro. Non ho idea di perché tu sia qui».

«E allora perché ti trovi qui?», chiesi, stringendomi meglio l'asciugamano che avevo indosso. «Come… da dove vieni? Come hai fatto a sapere dei passaggi segreti? Dove ci troviamo?».

Avevo troppe domande e la confusione sulla sua provenienza riprese a crescere fervidamente. Nessuna di quelle domande sembrava trovare una risposta.

Aprì ancora di più il dipinto e si abbassò, tirando fuori un borsone nero. Ne tirò fuori qualche abito e me lo passò, restando in silenzio.

Abbassai lo sguardo e vidi un paio di jeans, una T-shirt nera a maniche lunghe e…

Sì. Un reggiseno e delle mutandine.

Si era preparata per bene. A differenza mia, sapeva di essere diretta qui. «Alex?».

Ma perché non parlava?

Rimescolò il contenuto della borsa, rifiutandosi di guardarmi.

«Alex».

«Siamo su un'isola. In Nord America», disse alla fine.

«In Canada?».

Esitò.

«In Nord America dove?», insistei. «Costa est, costa ovest, New England…».

Ma si limitò a girarsi, riportando la borraccia in bagno per riempirla di nuovo.

Un'isola.

Si trattava di un'isola deserta? Era vicina alla terraferma? Merda. Dovevano esserci milioni di isole.

«Alex?», gridai.

Maledizione.

Ma continuando a sussurrare, gridò: «Stai zitta, Emmy».

Guardai di nuovo la porta, ricordando che avevamo una casa piena di uomini all'oscuro del fatto che lei si trovasse lì.

E anche se ero felice che ci fosse, non mi stava certo mettendo a mio agio.

Non ho idea di perché tu sia qui. Dunque, doveva almeno sapere come mai lei si trovasse qui.

«Da quanto tempo sei qui?», le chiesi.

Da quanto tempo si stava nascondendo dietro le pareti? Avevo udito quei rumori la notte del mio arrivo. Non si stava nascondendo da così tanto tempo, giusto?

Ma proprio mentre lo stavo pensando, la vidi spostare lo sguardo e riempire la bottiglia, e mi fece andare su tutte le furie.

«Sono arrivata assieme a te», disse a bassa voce.

Mi precipitai contro di lei, le strappai la borraccia e la lanciai via, poi le diedi uno spintone. Inciampò all'indietro, sulla toilette, e cadde sul pavimento, atterrando sul culo. Parò la caduta con le mani e mi guardò.

«Ma che problema hai?», sputai fuori arrabbiata, quanto più a volume basso mi riuscisse. «Hai una pallida idea di cosa avrebbe potuto accadermi?».

Tutto quel tempo. Ci stava osservando da tutto quel tempo. Che cazzo stava succedendo?

Respirava pesante senza battere ciglio. Sapeva di aver sbagliato.

«Eri nascosta nei muri», sottolineai. «Non ti è venuto in mente di venire a prendermi, a un certo punto?»

«Ma certo che mi è venuto in mente», disse, rimettendosi in piedi e riprendendo la borraccia. «Ma la cosa si è fatta subito complicata».

Accorciai la distanza che ci separava e le battei per una quindicina di volte sul petto, facendo piano. Dannazione.

«Mi stai schiaffeggiando le tette?». Mi fermò le mani. «E dai».

Non avevo idea di cosa stesse succedendo, e anche se ero grata di non ritrovarmi sola come pensavo di essere, non avevo dubbi che lei possedesse le risposte alle domande che mi assillavano e che si stesse categoricamente rifiutando di darmele.

Era una cosa insopportabile.

Riprese fiato e io rimasi là ferma, per nulla preoccupata che potesse pensare di colpirmi a sua volta.

Non lo fece. Si limitò ad alzare un sopracciglio. «Risparmiatela per i plutocrati. Hai bisogno di me».

Rimasi ferma, quasi pronta a colpirla di nuovo, ma aveva ragione. Avevo maggiori possibilità di riuscire ad andarmene di lì col suo aiuto.

Riempì di nuovo la borraccia che si era svuotata quando l'avevo lanciata e io feci ritorno in camera da letto, indossando il reggiseno e le mutandine che mi aveva dato. Non misi gli altri vestiti, perché se avessi poi incontrato i ragazzi si sarebbero chiesti dove li avessi recuperati.

Infilai il maglione di Aydin e mi legai con una coda i capelli bagnati usando un elastico che avevo rubato da un mazzo di asparagi in frigorifero.

«Senti…». Alex tornò nella stanza, poggiò la borraccia nello zaino e rimise il borsone nel passaggio segreto. «Mesi fa abbiamo capito che Will doveva essere stato mandato qui – forse un anno fa, o poco più, non ricordo bene. Faceva uso di droghe e beveva, quindi abbiamo immaginato che con l'imminente rielezione di suo nonno, il senatore Grayson avesse preso in mano la situazione prima che Will diventasse un rischio».

Un anno. Dunque doveva trovarsi qui perlomeno da allora.

«Non siamo riusciti a farlo uscire perché nessuno voleva dirci dove si trovasse. Però potevamo inviare qua qualcuno dei nostri».

Io?

Ma no. Aveva detto di non sapere perché mi trovassi lì.
Perciò voleva dire che avevano mandato lei?
«Michael, Kai, Damon… E hanno mandato proprio te?».
Rimase a fissarmi, ma l'esitazione nel suo sguardo la diceva lunga.
«No», ammise infine. «Era stato scelto Michael. L'ho drogato prima che potesse partire».
Strinsi gli occhi. L'aveva drogato con un sonnifero? «Perché?». Non riuscivo a trovare le parole. «Alex, perché ti saresti offerta volontaria per una cosa del genere? Una donna sicuramente va incontro a più rischi rispetto a un uomo. È una cosa da pazzi».
Distolse lo sguardo e non rispose. Perché avrebbe dovuto accollarsi lei il rischio, quando per Will poteva venire chiunque altro?
A meno che…
A meno che non lo amasse.
Era quello il solo motivo per cui poteva essere venuta lei invece di Michael Crist. Pensava di essere l'unica capace di riportare Will a casa.
Mi si chiuse lo stomaco e venni soverchiata dalla gelosia. Il cuore mi batteva forte. *Era il mio compito salvarlo. Non il suo.*
Ma era ridicolo anche solo pensarlo. Lo sapevo.
Ero gelosa, comunque. Conoscevo la loro storia e mi piaceva Alex – più di quanto avessi voluto – ma in qualche modo fino a quel momento la cosa non mi aveva ferita, perché lei aveva quel modo di fare che dava sollievo, che faceva venir voglia di starle vicino. Era impossibile odiarla.
Ed ero stata felice di sapere che fosse al suo fianco. Almeno finché non mi domandai chi fosse meglio per lui, se io o lei. Se lei lo rendesse davvero felice.
Ma ora non riuscivo più a togliermi quel pensiero dalla testa.
Era venuta per lui. A differenza mia.
Era meglio lei, per lui.
Aprii la bocca. «Alex, io…».
Ma lei si portò il dito alle labbra. «Shh».
Si sentì scricchiolare il pavimento del corridoio fuori dalla stanza. Mi prese la mano, tirandomi nel passaggio segreto.
Chiuse il dipinto e restammo lì zitte, mentre lei rovistava nel borsone alla ricerca di qualcosa.
«Gli altri sanno di questi passaggi segreti?», le chiesi a bassa voce.
«Non credo», rispose. «Sono riuscita a girare parecchio senza essere vista».
«Mi pare strano», dissi. «Fuori dalla camera di Aydin c'è uno stanzino segreto con uno specchio semiriflettente. Dovrebbe essere sufficiente a fargli sospettare che possano essercene altri».
Si alzò e poi sentii il suono di qualcosa che girava, la torcia ricaricabile iniziò a illuminarsi mentre lei tirava fuori un enorme foglio piegato che sembrava una mappa.

Abbassai lo sguardo e mi resi conto che non si trattava di carta. Non carta normale, perlomeno.

Glielo tolsi dalle mani: al tatto dava una sensazione molto familiare. Era pergamena. Si trattava di un progetto.

Ma come… dove? Le tolsi dalle mani la torcia e la girai per esaminarlo.

«Se mi stai prendendo in giro, ti uccido», sibilai, studiando la planimetria di quel progetto. «Se si tratta di uno scherzo di cattivo gusto e ci troviamo a Thunder Bay, ti giuro che…».

«Sì, e la cascata che hai visto qua fuori l'hanno importata di recente, vero? Rifletti, Em».

Mi tolse di mano la planimetria e la torcia e s'incamminò giù per il tunnel. Non riuscii a non guardarle il culo mentre spiegava il foglio e continuava a studiarlo camminando.

No, non c'era una cascata a Thunder Bay. Ma ce n'erano tante nel New England, e forse ancora di più nelle centinaia di isole che fronteggiavano le sue coste.

Avevo bisogno di riguardare la planimetria. Ero in grado di leggerla più velocemente di quanto lei avrebbe mai potuto.

Intravidi una luce flebile e mi arrestai. «Qual è il piano?».

Se ci trovavamo su un'isola, doveva avere una barca o qualcuno che ci portasse via di lì con un velivolo. Immaginai che avesse addosso un localizzatore, per far sapere agli altri dove venirla a riprendere.

«Ho un telefono satellitare», mi disse. «Sta arrivando la cavalleria».

«Cioè?»

«I Cavalieri», spiegò meglio. «Mi hanno tracciata quando sono stata portata qui. Dobbiamo solo aspettare».

Aspettare?

«Sono passati giorni», dissi. «Avrei fatto in tempo ad andare in Cina e a tornare. Due volte di fila! Ma sei riuscita almeno a parlarci? Come fai a sapere con certezza che ti hanno tracciata? I telefoni satellitari consumano un mucchio di energia. Avresti dovuto tenerlo acceso tutto il tempo per permettere loro di rintracciarti».

«Oppure bastava una chiamata», ribatté.

Strinsi gli occhi. «Li hai chiamati?»

«Sì».

«E stanno venendo?»

«Sì».

Rilassai un poco le spalle. Ma qualcosa ancora mi preoccupava. «Ci hai parlato di recente?», le chiesi.

Aguzzò lo sguardo e mi studiò il volto. «Perché me lo chiedi?»

«È passato troppo tempo», le risposi. «A questo punto avrebbero già dovuto essere qui. Quand'è stata l'ultima volta che ci hai parlato?».

Si mosse sul posto. Sembrava esitare. «La notte che siamo arrivate», mormorò.

Chiusi gli occhi e mi girai. «Merda», dissi a volume impercettibile.
«Stai tranquilla, Emory». Il tono della sua voce era fermo e deciso. «Sono in viaggio, ci sono state delle tempeste, e poi non sono riuscita a usare il telefono perché avevo paura di venire scoperta. Arriveranno».
Quando? Tra un giorno? Tra otto?
Dovevamo andarcene subito. Raggiungere la costa e aspettare una barca. Sarebbe potuta succedere qualsiasi cosa e ancora non sapevo chi mi avesse scaricata lì. Ma era solo una questione di tempo, poi sarebbe andato tutto a puttane.
Lei proseguì lungo il passaggio e io vidi buchi e fessure nel cemento, luci provenienti dalle altre stanze che filtravano dentro.
«Cosa ne sai di questi tipi?», le chiesi.
Tutto quello che sapevo io era soltanto quello che avevano voluto rivelarmi.
«Stai alla larga da Taylor», disse, puntando avanti la torcia. «E stai lontana da Aydin Khadir».
"Wow, meglio tardi che mai", pensai.
La strattonai per farla fermare e la guardai. «Perché?».
Sospirò, si liberò dalla mia presa e continuò a camminare. «Micah è innocuo, a meno che tu non faccia del male a Rory. Rory Geardon…».
«Ha ucciso della gente», conclusi la frase al suo posto.
Ma lei si era fermata a sbirciare da un buco. «Sua sorella gemella è nata con una paralisi cerebrale. Era confinata su una sedia a rotelle. Una sera, un gruppetto di adolescenti è entrato in casa e l'ha stuprata e picchiata». Mi guardò. «Voglio dire, picchiata e stuprata sul serio».
Smisi di respirare per qualche istante, ricordando la sua storia. *E a uno a uno, sono affondati sul fondo del lago.*
Tutto per sua sorella gemella.
Deglutii il groppo che si era formato in gola, incapace di pensare ai dettagli di quello che potevano aver fatto a quella povera creatura. *Mio Dio.*
«Aveva un motivo, ma questo non vuol dire che serva chissà che a farlo scattare», riprese. «Fai attenzione. Sua madre è ambasciatrice in Giappone e la sua famiglia possiede una delle più grosse imprese edilizie della costa orientale, dedicata in particolar modo alle prigioni commerciali. Questa smania di uccidere non è stata la sua prima incursione nel crimine. Certo che avrebbero dovuto aspettarselo. Ma non significa che lui abbia finito, quindi stai attenta».
Feci una smorfia. Era improbabile che sarebbe mai uscito di lì. Voleva dire che non aveva niente da perdere.
«Taylor invece è nel posto che si merita», continuò. «Adora fare gite nei fine settimana ai campus delle università, appiccare il fuoco ai dormitori e nelle confraternite delle ragazze e poi molestare tutte quelle

che provano a fuggire. Quando le lascia scappare, hanno così paura del fuoco che non reagiscono e nemmeno provano a identificarlo».

L'immagine di lui con le mie mutandine mi balenò in testa. Feci una smorfia.

«E Aydin?».

Mi aveva detto di stare alla larga anche da lui.

Ma lo liquidò dicendo: «Stagli lontana. Non merita di vincere».

Vincere cosa?

«Come fai a sapere tutte queste cose?».

Si girò e riprese a camminare ignorando la mia domanda. Doveva aver svolto una bella quantità di ricerche prima di venire a liberare Will, ma…

L'agguantai, costringendola a fermarsi. «C'è qualcosa che non mi stai dicendo».

Mi tolse la mano dal braccio. «Non so perché sei qui o chi ti ci abbia portato», bisbigliò, avvicinandosi. «Ma sono venuta per liberare Will e tu mi aiuterai».

La fissai.

«Non voglio essere crudele», riprese, «ma è meglio se ti dai una mossa e la pianti con tutte queste domande del cazzo. Mi piaci, Em, ma senza di lui non vado via di qui. Fattene una ragione».

Perché mai tanta fretta tutta all'improvviso? Erano già passati tanti giorni dal nostro arrivo.

Rialzai gli occhi, il respiro esitante. «Un anno», dissi, indurendo lo sguardo. «È scomparso da un anno, e tu già lo sapevi quando abbiamo parlato l'estate scorsa».

«Be', e cosa avresti fatto?», replicò. «Ti sarebbe importato qualcosa?».

Cosa si era appena azzardata a dirmi? Provai una voglia improvvisa di prenderla a ceffoni, ma invece serrai i pugni per trattenermi.

«Non è mica colpa mia». Potevo camminare a testa alta. Avevo qualche piccola colpa, ma non ero responsabile di tutto. «Voi siete i suoi amici. Lo vedevate ogni giorno, e sapevate di che cosa si stava facendo. È colpa vostra».

Forse un poco di ragione l'aveva. Forse odiavo me stessa, perché lei era venuta lì per lui, e io non so se l'avrei fatto. Forse non avrebbe cambiato nulla l'aver saputo di quel posto mesi prima.

O forse lei non mi conosceva affatto e doveva chiudere quella cazzo di bocca.

Sostenne il mio sguardo per qualche istante e poi lo abbassò, sospirando. «Mi dispiace. Non volevo. Sono preoccupata per Will. Ho paura perché non ho risentito i miei amici. Non voglio venir scoperta qui». E poi scosse la testa come se volesse schiarirsela. «Sono felice di non essere sola. Sono felice che ci sia tu qui».

Ridacchiai, contro ogni aspettativa. «Io no», ribattei scherzosamente.

Mi poggiò la mano sulla spalla dandomi una stretta confortante. «Non ci succederà nulla. E scusami se non mi sono fatta vedere prima».

«Perché non lo hai fatto?».

Esitò, alla ricerca delle parole giuste. «Non sapevo che fossi qui finché non ti ho vista fuggire nella foresta la prima sera. Ti ho vista da una finestra mentre ti inseguivano», disse. «Non potevamo scappare fino all'arrivo degli altri, ed eri stata già scoperta, perciò...».

Perciò era rimasta nascosta.

Io ero stata sedata al momento del mio arrivo, perché ero stata portata lì contro la mia volontà. Lei si era imbarcata clandestinamente e probabilmente era sveglia quando era entrata in casa. Aveva informazioni, planimetrie, rifornimenti. Era scappata e aveva trovato un posto dove rifugiarsi, senza dubbio.

«Io...», fece una pausa, e poi riprese. «Io ho tenuto d'occhio la situazione da diversi punti di osservazione, pronta a intervenire se necessario».

La scrutai con attenzione. Non aveva senso. Non sarebbe riuscita a impedire a nessuno di farmi del male. Avrebbe potuto palesarsi in qualsiasi momento, prendermi e nascondermi da qualche parte. Perché lasciarmi lì, tra le loro grinfie? Ogni momento in più in cui ero rimasta in quella situazione rappresentava un rischio.

«E se Will non volesse andare via?», le chiesi.

Non era certo contento di stare lì, ma aveva rinunciato all'idea. Si era adeguato al suo ruolo da gregario, che si trattasse di Michael Crist, Kai Mori, Damon Torrance o Aydin Khadir.

Alex restò zitta per un istante, guardando l'ingresso al passaggio successivo. «Dobbiamo soltanto risvegliarlo».

Forse.

Forse vedere Alex lo avrebbe ridestato.

Venni travolta da un'altra ondata di gelosia. Avrebbe di sicuro ascoltato Alex.

Udii una voce chiamare attraverso le pareti e poi dare dei colpi. Aguzzai le orecchie.

«Shh», le dissi.

«Emory?». Un altro colpo in lontananza.

Guardai Alex. *Merda!*

Girai su me stessa e corsi in direzione della mia camera.

«Emory, no», mi sussurrò dietro.

Mi girai a guardarla mentre procedevo. «C'è la sedia sotto la maniglia», le dissi. «Sa che mi trovo dentro. Si chiederà come ho fatto a sparire se fa irruzione dentro e non mi trova».

Non doveva scoprire i passaggi segreti.

Corsi alla mia stanza, dicendole: «Vai da Will. Poi torna a prendermi».

Aprii il quadro, attraversai l'apertura, lo richiusi e corsi alla porta, togliendo la sedia da sotto la maniglia.
Aprendo la porta vidi Aydin che teneva in mano una pila di vestiti.
Ingoiai i respiri affannati che si affastellavano in gola, per non dargli adito di chiedermi come mai fossi senza fiato.
«Perché non rispondevi alla porta?», domandò.
«Dormivo».
Mi scrutò.
Ma non fece altre domande e mi porse gli abiti.
Volevo prenderli, visto che tutti quelli che avevo erano bagnati, sporchi o strappati, ma…
A dirla tutta, ero un po' incazzata.
«Anche mio fratello era solito coprirmi di regali», gli dissi. «Dopo che mi aveva colpito a sangue».
Feci per chiudere la porta, ma la bloccò col piede.
Alzai lo sguardo e vidi i suoi occhi appena incresparsi. Ero convinta che avesse pensato che nella serra avessimo legato, o qualche cazzata del genere, e forse un po' era anche vero, perché non avevo più paura di lui, ma non per questo lo avrei del tutto perdonato. Aveva fatto una cosa davvero meschina.
E inoltre, più lo distraevo e più tempo poteva trascorrere Alex con Will.
«A che gioco stai giocando?», gli chiesi. «Che cosa vuoi veramente da me?».
Abbassò la mano, ancora tenendo i vestiti, e si fece avanti, costringendomi a rientrare nella stanza e chiudendosi dietro la porta senza mai staccarmi gli occhi di dosso.
«Gli abiti non sono un modo per scusarmi», disse, gettandoli oltre di me sopra al letto. «Sono un segno di rispetto».
Mi fissò, vestito ancora dei pantaloni neri e della T-shirt bianca sudicia, ma invece di sentirmi messa alle strette o sulla difensiva…
Mi sentivo inevitabilmente rassicurata. Non avrei dovuto avere alcun bisogno del suo rispetto e tanto meno della sua ammirazione, ma in quei sentimenti c'era qualcosa che mi faceva sentire più forte.
Stranamente, non era poi stato così malvagio per me, no?
Afferrai i pantaloni neri della tuta dal letto e me li infilai, legai il laccio e fui grata che mi andassero a pennello, poi mi tolsi la sua maglietta, consapevole dei suoi occhi sul mio reggiseno.
Mi girai e presi la T-shirt bianca, quindi la indossai.
Lo sentii avvicinarsi.
«Lui sa di tuo fratello?», s'informò, fermo dietro le mie spalle.
«Sì».
«Ed è ancora così gelido?».
Tirai giù la maglietta a coprirmi la pancia e aggiustai il collo.

Per un istante, mi dimenticai di Alex.

«Lo vedi Micah?», gli chiesi con tono mite. «Sempre allegro, propenso a sorridere, felice che siano gli altri a comandare, per paura di sconvolgere l'equilibrio per poter prendere il suo posto?» Feci una pausa, sentendo che mi sfilava la coda di cavallo dall'interno della maglietta. «Perché ha paura di fallire?»

«Già».

«Will era così», gli dissi. «Un buffone. Non era mai preoccupato di nulla. Felice perché non voleva essere infelice. Sembrava sotto l'effetto di un incantesimo».

Mi girai con la bocca secca, così stanca che avevo soltanto voglia di tornarmene a letto, quasi come se non mi importasse che lì da qualche parte ci fosse anche Alex.

«Da quando sono qui non ha sorriso una volta», dissi. «Non nello stesso modo di un tempo. Non ha riso, non ha giocato e non ha scherzato».

«Non lo fa mai».

Annuii mentre ci sostenevamo lo sguardo a vicenda. «È colpa mia», dissi. «Sono stata io a ucciderlo».

Prima di riuscire a fermarmi, mi affiorarono agli occhi le lacrime, e non riuscivo a capire cosa avessi che non andava.

In quel momento, non volevo più scappare. Non volevo più ferire Will, non volevo affrontare il mondo.

Aydin mi prese il volto tra le mani, asciugandomi le lacrime con i pollici.

«Smettila di piangere», disse. «Sei in compagnia di assassini, adesso. Non sei più speciale».

Caddero altre lacrime, ma udendo quelle parole tirai un respiro profondo.

«Benvenuta nella tribù», disse.

Scoppiai a ridere mentre continuava ad asciugarmi le lacrime e, di nuovo, non sapevo cosa ci fosse di sbagliato in me, ma era bello avere qualcuno con cui parlare.

«Smettila di piangere», ribadì. «Succedono cose di merda e tu hai fatto del tuo meglio».

Lo fissai, le sue parole come un bicchiere d'acqua gelida sull'incendio che mi divampava in testa. Volevo credergli.

E non c'era nulla che potessi fare per cambiare il mio passato.

Ma se avessi fatto ad Aydin quello che avevo fatto a Will, Aydin non sarebbe stato così comprensivo.

Quello era esattamente il mio posto.

Capitolo 22

Emory

Nove anni prima

Mi inumidii le labbra ma poi morsi il labbro inferiore per impedirmi di sorridere.

Non funzionò. Il calore mi affiorò sulle guance e la mente continuava a ricondurmi alla sera prima al Cove: la sensazione che lui mi dava, il suo sapore e il suo odore, le sue parole.

Dio, era incredibile. Così tanto che probabilmente non mi sarebbe importato se la sera prima mi avesse davvero messo incinta. Volevo soltanto essere sua.

Scossi la testa, cercando di fare chiarezza. Al cimitero avevamo commesso un reato. Ma cosa mi era saltato in mente? Avrebbero potuto beccarci. *Cristo.*

Mi svegliai alle quattro del mattino e vidi che era andato via, ma le coperte erano ben rimboccate e la casa era stata chiusa. Mio fratello non era ancora rientrato dal turno di notte, dunque lavai il vestito, lo appesi ad asciugare e feci una doccia prima di controllare la nonna e preparare la colazione a mio fratello.

Qualche minuto prima che lui facesse ritorno a casa, arrivò l'infermiera. Presi la divisa e la borsa a tracolla che Martin aveva lasciato dietro la porta d'ingresso, e gli lasciai un biglietto al volo, fuggendo pur di non doverlo affrontare.

Entrando nella cattedrale presi la chiave dalla tasca e mi diressi lungo la navata. Girando dietro una colonna colpii qualcosa e feci un passo indietro. Alzai gli occhi e vidi una ragazza dai capelli scuri, con la bocca spalancata per la sorpresa.

Mi afferrò prima che potessi cadere a terra.

«Scusami», disse. Sembrava andare di fretta.

Sorrisi, divertita, raddrizzando il braccio sotto la divisa. «Non c'è problema. Sono cose che capitano».

Esitai per un istante, osservando i suoi jeans lisi, la felpa nera, il paio di Vans altrettanto lise che indossava senza calzini. Sulla testa aveva un berretto da sci nero, dal quale spuntava una coda di cavallo che le oltrepassava la spalla e andava a finire sul petto.

Carina.
Bella, a dirla tutta.
Non sembrava la tipica studentessa di Thunder Bay. Peccato. Sarebbe stato bello avere un'altra ragazza con il mio stesso senso vincente nello stile.
«Con permesso», le dissi, e proseguii per la mia strada.
Mi diressi alle scale, ma gettando un'occhiata alle mie spalle la vidi aprire la porta centrale del confessionale, quella dove entrava il prete ad ascoltare i peccati dei fedeli.
Si guardò intorno e poi i nostri sguardi si incrociarono. Aveva visto che l'avevo vista. Si portò il dito alle labbra, indicandomi di restare zitta, poi sgattaiolò nel confessionale con un sorriso malizioso e si chiuse la porta alle spalle.
Risi tra me e me e mi voltai, risalii le scale diretta alla porta della balconata. Afferrata la maniglia, mi guardai di nuovo alle spalle e avvistai Kai Mori.
Era diretto verso la parte posteriore della chiesa; il mio cuore perse un battito quando lo vidi entrare nel confessionale dalla porta a sinistra, quella per confessarsi.
Soltanto che là non c'era il prete. Soffocai una risata. Oh, merda.
Scossi la testa e aprii la porta, salendo la scalinata che portava alla stanza Carfax. Non ero sicura di cosa stesse facendo quella ragazza, ma chi ero io per disturbare il suo divertimento? Avevo già la mia serie di problemi a cui badare.
Chiusi la porta e guardai la stanza. Era tutto esattamente come l'avevo lasciato. Sul letto c'era ancora il segno di quando mi ci ero poggiata dopo essere fuggita da Martin il giorno prima, e sul pavimento erano ancora disposti i vecchi trucchi, proprio sotto la finestra offuscata.
Appesi l'abito a una gruccia e lo lisciai, avvertendo uno sfarfallio nello stomaco, al ricordo della sera prima.
Chi altri lo aveva indossato prima di me? La sua serata era stata migliore della mia?
Lavorai alacremente, tirai fuori la borsa, raccolsi i trucchi, rassettai il letto e rimisi gli abiti del giorno prima nella borsa a tracolla di scuola. Sul comodino c'era il mio telefono. Lo presi e lo accesi.
Quattordici per cento.
La batteria era quasi morta e c'erano decine di chiamate di Martin.
E un messaggio di Will.

Buongiorno! Sorridi.
Oppure no. La scelta è tua. Non permettere che un tipo ti dica che sei più carina quando sei tu a scegliere. Non devi essere carina per nessuno. Quanto vali non dipende dall'opinione che ho di te. Che si fotta il patriarcato.

Risi, scuotendo la testa con le lacrime che mi affioravano agli occhi. Che deficiente.

Il sorriso a poco a poco scemò. Era troppo bello per poter durare. Però era certo che lui mi piacesse.

Mi piaceva così tanto da farmi male.

Scrissi un messaggio a Martin per fargli sapere che dopo la scuola sarei tornata subito a casa e avrei preparato la cena, e che in quel momento dovevo recarmi a lezione.

Prima di uscire dalla stanza andai alla finestra, sbirciai da uno spiraglio di vetro pulito e notai due ragazzi che attraversavano la strada per raggiungere le loro auto. Damon andava alla sua BMW e Kai alla sua Jeep Wrangler. C'era anche Damon lì quella mattina?

Mi chiesi come fosse andata tra Kai e quella ragazza nel confessionale, ma dovevo sbrigarmi, perché si stava facendo tardi. Sospirai, guardandoli partire, e mi diressi verso scuola. Era la Notte del Diavolo, ed era ora di affrontare quello che andava affrontato.

Chiusi la porta a chiave dietro le mie spalle.

«La Notte del Diavolo!», gridò qualcuno, correndo nel corridoio e saltando in aria per strappare lo striscione del ballo di inizio anno che ancora pendeva nell'atrio.

Afferrai la tracolla della borsa. Tanta eccitazione nell'aria mi faceva rizzare i peli sulle braccia.

«Fai attenzione!», urlò una ragazza.

Girai la testa e vidi Rika Fane che spingeva via un tipo che era appena andato a sbattere contro Winter Ashby, la quale si limitò a ridere, prese sotto braccio Erika e insieme si allontanarono.

«L'avete vista?», stava bisbigliando Tabita Schultz alle sue amiche mentre le passavo davanti. «David e io siamo passati di lì questa mattina. È un disastro».

Feci per fermarmi ma poi proseguii.

Stava forse parlando della cripta? Mi si chiuse lo stomaco. All'improvviso mi sentivo in colpa.

Ma non triste. Magari un poco triste lo ero per i McClanahan, non certo per mio fratello.

Ti prego fammela passare liscia.

Girai l'angolo, diretta alla lezione della prima ora, quando sotto la cravatta fece capolino una mano, istintivamente sobbalzai.

Will fece il giro da dietro le mie spalle e mi si piazzò davanti, con un sorriso incontenibile sul volto mentre si avvicinava per baciarmi.

Lo spinsi via, assicurandomi che la classe fosse vuota. «Piantala».

Mi prese per la cravatta e mi tirò a sé. «Non ci riesco».

Sentii le cosce cominciare a scaldarsi quando il respiro dalla sua bocca mi sfiorò le labbra.

Me le leccai, feci un respiro profondo e assaggiai il suo sapore.

«Era solo per una notte». Lo superai, diretta verso una scrivania. «Eravamo d'accordo così».

«Non la ricordo mica questa conversazione. Ero presente anch'io?».

Inarcai un sopracciglio, vedendo gli altri studenti che entravano nell'aula. Poggiai la borsa per terra vicino a una sedia.

Lui si sporse, le parole gli scivolavano fuori dalla bocca e andavano dritte nel mio orecchio. «Non mi basta», disse sussurrando. «Neanche per scherzo. Tutto quello a cui riesco a pensare adesso è quanto voglio rivivere la notte scorsa, ma stavolta nella mia macchina, nel mio letto, nel tuo, nella doccia, all'aperto…».

Sospirai, il sudore che mi si raggelava sulla fronte. Mi girai di scatto e gli poggiai una mano sulla pancia, tenendolo lontano.

«E anche tu lo vuoi», mi provocò, stringendo la cravatta, «o non mi porteresti con te in questo modo».

Sì, indossavo la sua cravatta. E allora?

Serviva un po' di lungimiranza. E dai. Ci piacevamo. Avevo adorato la sera prima e speravo che fosse lo stesso anche per lui, ma la vita era più complicata di così. Non saremmo durati e, alla nostra età, era ridicolo aspettarsi qualcosa di diverso.

Potevamo vederci qualche altra volta, divertirci un poco, uno dei due si sarebbe innamorato e poi ci saremmo allontanati, perché lui si sarebbe stancato di tutte le cose che non avrei potuto fare, o si sarebbe preoccupato costantemente di aiutarmi a superare i miei problemi.

Non ci avrebbe perso niente.

«Per te è tutto un gioco», dissi, in procinto di sedermi al mio posto.

Mi afferrò e mi poggiò a sedere sul suo grembo. «Non tutto».

Opposi resistenza poi, vedendo Michael che ci fissava mentre prendeva posto proprio davanti a Will, mi voltai per evitare di dover osservare la sua risatina del cazzo.

«Will», sussurrai, implorandolo.

Mi prese il mento tra le mani.

«Ho bisogno di parlarti», disse, con espressione serissima. «I lividi sulla schiena. Hai avuto un incidente o…».

Distolsi lo sguardo vedendo che entrava Townsend. «È ora di lezione».

Mi rialzai in piedi, ma lui mi tirò di nuovo giù.

«Ho bisogno di parlarti», ripeté stentoreo, «e non mi va più di aspettare».

Lo scacciai, il palmo sbatté contro il suo collo e mi accorsi dei succhiotti che gli avevo fatto la sera prima. O forse risalivano ancora al teatro. Non riuscivo a ricordare.

Il sangue mi rombava nelle orecchie, quando mi fu evidente quanto fossi diversa al buio.

Dio, cosa mi aveva fatto?

Mi guardò negli occhi. «Ti piaccio, Em?», chiese bisbigliando.

Sentii gli aghi conficcarmisi in gola. Lo fissai, senza voler rispondere alla domanda e senza nemmeno voler mentire. Volevo soltanto baciarlo.

Mi avvicinai. Lo sguardo gli cadde sulla mia bocca. Mi avvolse le braccia intorno ai fianchi.

«Professor Townsend?», chiamò Kincaid tramite l'interfono.

Trattenni il respiro e girai la testa verso il professore.

«Sì», rispose.

Mi alzai da Will e tornai al mio posto.

«Sarebbe così gentile da mandare i seguenti studenti nel mio ufficio quando arrivano, per favore?», chiese Kincaid. «Michael Crist, Damon Torrance, Kai Mori e William Grayson. Grazie».

«Ooh», si sollevò un coro da parte di tutta la classe.

Il cuore mi balzò in gola e guardai Will, mentre Damon sospirava e gli altri due si alzavano in piedi.

Scosse la testa, provando a calmarmi. *La cripta*. Non ci stavo neanche più pensando. Sicuro stavano tutti pensando che fossero stati i Cavalieri. Kincaid li stava chiamando proprio per quel motivo?

«Portatevi dietro zaini e libri, per ogni evenienza», disse Townsend.

Quale evenienza? Sospensione? Arresto?

Si misero in fila davanti all'ingresso dell'aula, poi tutti quanti si girarono e mi scrutarono.

Damon alzò un dito e me lo puntò contro, sulle labbra gli comparve un sorrisino.

Kai lo vide e scoppiò a ridere. Uscirono dalla porta. Per un lungo minuto non riuscii nemmeno a battere ciglio.

Merda!

Al termine della lezione, uscendo dall'aula non girai a destra come avrei dovuto, non andai all'armadietto a prendere il libro di chimica. Mi diressi all'ufficio centrale, tentata di aprire la porta per vedere se fuori c'era una macchina della polizia, ma ormai ero arrivata lì.

«Avrei bisogno di parlare con il preside», dissi alla segretaria, poggiando le mani sul banco.

Alzò lo sguardo da una serie di plichi che stava contando. «A proposito di cosa?».

Feci per rispondere ma qualcuno mi precedette.

«Devo entrare prima io».

Mi girai e vidi i capelli bagnati di Trevor Crist che si asciugava il naso con un fazzoletto di carta.

«Aspetterò», dissi alla segretaria.

Gettai uno sguardo alla porta di Kincaid, vedendo le ombre muoversi dietro i vetri oscurati, con lo stomaco contorto dalle varie possibilità di quello che poteva star succedendo là dentro. Sedetti a un paio di posti di distanza da Crist, cercando di origliare. Ma sentivo soltanto mugugnare.

Ero tentata di lasciare che si prendessero loro la colpa, se me lo avessero offerto, perché sarebbero riusciti a non pagarne le conseguenze, mentre per me era diverso. Ma non ero quel tipo di persona.

«Non mi chiedi cos'è successo?», mi domandò Trevor.

Lo guardai e una molecola di compassione mi attraversò il corpo.

Ma era soltanto un giorno come un altro, lì a Thunder Bay.

«Non è che mi importi molto», risposi. «Scusa».

Lo sentii sbuffare e continuai a guardare le ombre che si muovevano, a malapena udibili a mano a mano che proseguivano.

«Prima o poi pagheranno il conto di tutto», sbottò.

Stava parlando dei Cavalieri. Immaginai che si fosse scontrato con loro, o con uno di loro, perlomeno.

«È quello che pensano tutti», risposi.

C'era stato un periodo in cui anche io lo avevo pensato.

«Succederà», riprese. «E non sarò il solo a ridere, quando sarà il momento».

Mi girai e vidi che stava contraendo la mandibola. Per essere così giovane aveva dentro davvero tanta rabbia.

Una parte di me lo ammirava. Odiava suo fratello e non lo teneva certo nascosto. Lo capivo, e forse ero tra le poche a farlo.

La porta dell'ufficio di Kincaid si aprì e mi alzai in piedi. Si riversò fuori un mucchio di gente, compreso mio fratello.

Quando mi vide mi raddrizzai, cercando già una scusa da raccontargli.

«Voi ragazzi tornatevene in classe», gli disse Kincaid. «Vi farò allenare alla settima ora, così finite prima, in tempo per i festeggiamenti di stasera. Non me ne fate pentire. Dico sul serio, Torrance».

Damon ridacchiò a fianco di Martin, che mi guardava col fuoco negli occhi.

«Che cosa ci fai qui?», chiese.

«Prendo informazioni sulle università», dissi, spostando il peso da un piede all'altro dopo aver notato gli opuscoli appesi alle pareti.

Ne presi uno.

Cos'era successo là dentro? Di che avevano parlato? Martin sapeva?

«Trevor», disse Kincaid. «Vieni dentro».

Trevor entrò nell'ufficio del preside, si trovò faccia a faccia con Damon e lo guardò con aria di sfida, sebbene fosse una spanna più basso.

«Un giorno non sarò più un ragazzino», disse, «e te la dovrai vedere con uno della tua taglia».

«Sarebbe comunque una lotta impari, principessa», gli rispose Damon, «ma sarai il benvenuto a provarci. Ricorda di portarti del lubrificante».

Will ridacchiò, e Michael spinse via Damon da suo fratello. «Basta. Torniamo in classe».

I due rimasero fermi lì. Nessuno voleva cedere.

«Tutti in classe… subito!», gridò Kincaid.

I due si divisero, mantenendo il contatto visivo per qualche altro istante prima di andarsene via. Rimasi lì ferma per un momento, cercando di capire cosa fosse successo.

Non erano nei guai. Già questo era buono.

Avrei dovuto comunque confessare? Feci una pausa, aspettando di vedere cosa avrebbe fatto mio fratello, ma Will mi trascinò via dalla porta.

«Non dire nulla», mi bisbigliò, per far sì che Martin non potesse sentirci.

Parole, scuse e spiegazioni mi rimasero bloccate in gola. Rivolsi a mio fratello un sorrisetto falso e mi apprestai a tornare in classe. Ma il suo sguardo mi suggerì che sapeva che stavo tramando qualcosa.

Ce ne andammo. Nel percorrere il corridoio Damon prese a pugni gli armadietti e fece un gran baccano.

«Ci vediamo a lezione di economia», disse Will a Michael, mentre mi tratteneva aspettando che gli altri fossero andati avanti.

Ci fermammo nell'atrio deserto. La seconda ora era già iniziata e gli altri scomparvero rapidamente dietro le porte e su per le scale.

«Lo sa?», chiesi a bassa voce. «Kincaid lo sa?»

«Sì», rispose con un cenno del capo. «Cioè, pensa che siamo stati io e i ragazzi. Ma non può dimostrarlo e non ha nemmeno intenzione di provarci».

Dunque gli avevano fatto credere di essere stati loro. Ma perché avrebbero dovuto fare una cosa del genere?

«Dev'essere bello essere te», dissi, ero comunque grata.

Will si avvicinò e mi guardò. «Hanno riempito di nuovo la tomba di McClanahan. La famiglia ha cambiato idea». Si schiarì la gola, recitando la notizia. «È divenuta un punto di interesse storico. Il che, di fondo, vuol dire che non hanno voglia di avere a che fare col vandalismo costante, e perciò lo lasciano lì, dov'è sempre stato».

Dunque aveva funzionato.

Aveva davvero funzionato.

«È tutto vero», dichiarò.

Eh?

«È quello che hai detto ieri sera mentre ti mettevi a letto», spiegò. «Oggi tutto è vero. Io sono meno reale di notte? È per questo che la mattina ti allontani?».

Sì. Ricacciai in gola un groppo di dolore.

Cioè, era divertente. Avrei tanto voluto che succedesse di nuovo. Ma…

«Chi è che ti sta facendo quelle cose sul corpo?», chiese perentorio.

Mi irrigidii e feci un passo indietro.

«Hai lividi ovunque». Spostò lo sguardo al taglietto sul sopracciglio che avevo coperto con del trucco. «Si tratta di tuo fratello?».

Mi tremavano le mani.

Stava capendo ogni cosa. Sapevo che sarebbe successo. Socchiusi gli occhi per scacciare le lacrime.

«Emmy, smettila di mentirmi», disse dolcemente. «So che c'è qualcosa che non va. Lo so. Spiegami tutto».

Il groppo in gola diventava più grande. Volevo tanto dirglielo.

Non volevo perderlo. Volevo che mi abbracciasse e che mi proteggesse. Gli importava veramente di me.

Per quanto volessi far finta che così non fosse, gli importava veramente.

E mi doleva il cuore al pensiero che potessi fargli più male di quanto me ne avesse mai fatto Martin.

Ma non potevo dirglielo. Se lo avessi fatto, si sarebbe intromesso. Si sarebbe cacciato nei guai, mi avrebbe difesa e, infine, avrebbero potuto separarmi da lei.

Mi avrebbero mandata via. Non volevo che mia nonna restasse da sola.

Mi tremava il mento, le parole sulla punta della lingua. Sarebbe stato bello poter sprofondare tra le sue braccia e poter contare su più tempo da trascorrere assieme a lui. Volevo rivelargli tutto.

Ma serrai i denti così forte che mi fece male la mandibola. Indietreggiai ulteriormente, sbuffando. Scossi la testa, fissandolo con un sorriso amareggiato.

Guardai la sua bocca, poi le sue mani, ricordando come la sera prima fossero state mie.

Non potevamo stare assieme.

Forse un giorno. Ma non quel giorno.

Mi afferrò il gomito e mi tirò di nuovo vicino a sé. «Non sai che potresti avere tutto quello che vuoi?». Erano le stesse parole che mi aveva ripetuto due settimane fa, a Blackchurch. «Farei del male a chiunque fosse il responsabile. Dimmi chi è».

Risi, sentendo le lacrime affiorare. *Dio mio, vattene.*

Serrai i pugni e mi allontanai. «Lasciami andare». Lo fissai. «Vai a divertirti con i tuoi amici. Loro sono tutto quello che hai e devi tenerteli stretti. Io non ti amo e non ti voglio».

Quelle parole mi devastarono la gola come lame. Volevo vomitare.

Ma rimasi impassibile mentre il fuoco gli si affacciava sugli occhi e il respiro pesante gli abbassava e alzava il torace.

«Emmy…».

Cristo santo, vattene via! Smettila di torturarmi con tutto quello che ho sempre voluto e che non potrò mai avere. Avrei reso la sua vita un inferno.

«Lasciami in pace», sbottai.

«Mi stai spingendo via. Prova a…».

«Siamo troppo diversi». Feci un altro passo indietro. «Pensavi che facessi sul serio? Sei stato con metà delle ragazze della scuola! Se avessi saputo che per te la notte scorsa era così importante, non sarei mai venuta al ballo di inizio anno».

Scoprì i denti. «Piantala. Hai capito? Piantala. Ieri sera per me è stata *definitiva*. Non voglio altre che te».

Mi vennero le lacrime agli occhi. Ricacciai in gola un gemito.

Dio, lo amavo. Mi faceva male. Doveva andare via di lì.

Non potevo essere la persona della quale bisognava prendersi cura, un essere patetico che gli avrebbe riversato addosso una tonnellata di merda che lo avrebbe nauseato in un baleno.

Sospirai a fondo, sputando fuori le parole, con lo stomaco contratto dal dolore.

«Anch'io ti volevo», dissi, la voce spezzata. «E ti ho avuto. È stato divertente. Anche meglio di quanto si diceva in giro che sarebbe stato. Ma ora è finita».

«Dannazione».

«Sarà difficile trovare un altro così bravo a letto», aggiunsi. «Questo è certo».

Si girò repentinamente, prendendo a pugni un armadietto. Rimasi a fissarlo con gli occhi spalancati. Sembrava fosse sul punto di uccidere qualcuno.

Sì. Odiami.

Ti prego, odiami.

Mi tremava il mento.

Si girò a guardarmi. «Lo sai quanto sei facile da rimpiazzare? È questo che vuoi?». Mi schioccò in faccia le dita. «Sarebbe davvero facile».

La gelosia mi travolse, nutrita dall'odio, dal dolore e dalla rabbia.

«E allora fallo», sbottai. «Per quanto mi riguarda, puoi anche marcire all'inferno!».

Mi allontanai per fare ritorno al mio armadietto, mi lasciai Will alle spalle e, appena ebbi girato l'angolo, scoppiai a piangere.

Strizzai gli occhi, singhiozzando sommessamente, mettendomi a correre.

Will.

Capitolo 23

Emory

Presente

Aydin lasciò la stanza, dicendomi che avremmo cenato dopo un'ora, per gentile concessione di Taylor. Ero abbastanza sicura di non voler mangiare o bere niente di quello che preparava lui, ma Aydin mi aveva detto che sarei stata servita per prima. E ciò significava che, se volevo che gli altri potessero mangiare, dovevo farmi vedere.

Annuii, senza parlare, e chiusi la porta senza mettere la sedia sotto la maniglia. Se qualcuno fosse voluto entrare, avrebbe pensato che non c'ero e se ne sarebbe andato.

Entrai di nuovo nel passaggio segreto, richiusi con attenzione il quadro e mi accucciai, rovistando nel borsone che si era lasciata dietro Alex, alla ricerca di un'altra torcia. Trovai un mucchio di vestiti, barrette energetiche, una bottiglia d'acqua, una coperta, un coltello e un pezzo di corda.

Non c'era un'altra torcia.

E lei si era nutrita soltanto di barrette energetiche? Aydin non aveva menzionato la scomparsa di alcunché dalla cucina, ma Alex era furba. Sperai che mentre gli altri dormivano, avesse rubato del cibo migliore di quello.

Doveva pur uscire da dietro le pareti ogni tanto, se non altro per andare in bagno.

Infilai la mano all'interno del borsone, alla ricerca del telefono satellitare, senza esito alcuno. Lo aveva forse nascosto da qualche parte?

Richiusi la zip e mi incamminai nel tunnel senza torcia e senza nessuna idea di dove fosse andata di preciso. I tunnel si diramavano probabilmente su ogni piano, e lei aveva avuto giorni interi per esplorarli tutti. Io non sapevo nemmeno dove si trovasse la stanza di Will.

Percorsi il passaggio segreto, l'odore della terra e del mare mi avvolgeva come fossi nelle profondità di una grotta, con l'eco della cascata che rombava all'esterno.

Ogni volta che superavo una stanza, nel tunnel filtrava dai buchi una luce fioca, e ogni volta mi fermavo a sbirciare per assicurarmi che Alex e Will non si trovassero lì.

Alla fine di un corridoio, vidi che il tunnel continuava verso sinistra e, guardando avanti, mi accorsi di una scala che portava verso il basso.

Will si faceva la doccia in piscina. Dopo la serra, poteva essersi diretto lì.

Scesi la scala, sentendola cigolare sotto il mio peso, riconoscendo subito lo stesso suono che avevo udito qualche giorno prima.

Nelle pareti del corridoio che conduceva alla piscina.

Alex era stata vicina a me tutto il tempo e io non l'avevo mai vista. Avrebbe dovuto palesarsi. Che diavolo gli era balzato in mente?

Scossi la testa, reprimendo la rabbia, mentre delle schegge di legno mi ferivano il palmo della mano. Mi accucciai e percorsi così il resto del passaggio.

Qua e là comparivano pannelli e porte, che concedevano l'accesso alle varie stanze, e in cuor mio speravo davvero che nessuno fosse a conoscenza di quei passaggi, perché c'era tanto spazio per nascondersi e osservare e, qualora avessi avuto bisogno di una scorciatoia per arrivare velocemente da qualche altra parte, sarebbero stati perfetti.

Non volevo sperare troppo, però. Aydin era scaltro, ed era due anni che si trovava lì. Se non li aveva ancora scoperti, ne sarei rimasta sorpresa.

Superai la palestra, chiedendomi quanto altro tempo i ragazzi sarebbero rimasti a caccia, e dove fosse Aydin. Non lo avevo ancora visto.

Sentii un tonfo sordo nelle vicinanze, come se qualcuno avesse spostato un mobile, mi fermai un istante e poi ripresi la marcia in direzione del rumore.

«Ah!», gridò qualcuno. Poggiai l'orecchio al muro.

«Vieni, dai, puoi fare di meglio», disse Taylor.

Taylor? Pensavo che fosse andato a caccia con Micah e Rory.

Ci furono dei borbottii e capii che provenivano dall'altra parte della parete. Cercai un buco dal quale spiare e lo trovai a un metro di distanza. Mi accostai per sbirciare.

Taylor era accucciato dall'altro lato del tavolo da biliardo, si vedeva solo la testa che spuntava di tanto in tanto, e le mani di qualcuno che gli stavano stringendo il collo.

«Ma che cazzo?», bisbigliai.

E poi vidi qualcosa a destra e aguzzai la vista.

Alex spuntò da dietro Taylor, armata di un grosso candelabro di legno. Spalancai gli occhi e trattenni il respiro.

Merda. Cosa aveva mai in mente di fare?

Ma prima che potessi individuare l'apertura dalla quale era passata, alzò il braccio e scaraventò il pesante candelabro sulla nuca di Taylor.

Questi si agitò, si immobilizzò e cadde a terra. Lei rimase ferma, con il respiro pesante, a guardarlo.

Un istante dopo, Will si alzò in piedi, asciugandosi del sangue sotto al naso. «Alex?». La fissava sconcertato.

Lei, però, non sembrò affatto felice. «Che cazzo stai facendo?», sbottò, sussurrando sul corpo privo di coscienza di Taylor riverso sul pavimento. «Avresti potuto gestire meglio questo tipo, sono giorni che ti osservo e ti fai sempre prendere a calci in culo da lui! Che cavolo fai?».

Lui restò a fissarla sconvolto. «Che cazzo ci fai tu qui?».

Lei fece una pausa e poi riprese a parlare. «Tutto qui? È tutto quello che hai da dire?». Agitò una mano in direzione della propria testa. «Non mi dici nulla del taglio di capelli?».

Quasi scoppiai a ridere, anche se il cuore mi batteva all'impazzata. Non li avevo mai visti interagire. Alex l'avevo conosciuta soltanto dopo che Will era stato mandato qui.

Sembrava così a suo agio con lui.

Will sbatté gli occhi, si asciugò il naso perché il sangue continuava a scendere, e poi le prese la mano. «Merda», imprecò, aprendo la porta e portandola fuori dalla stanza. «Dannazione, porca puttana…».

Si mise a correre assieme a lei, e mi chiesi se non dovessi balzare fuori e seguirli anche io, invece rimasi dentro le mura e corsi giù per il corridoio.

Sbirciai dentro ogni stanza che oltrepassavo, da un lato temevo che la portasse di sopra, nella sua, dall'altro sapevo che non avrebbe rischiato in quel modo.

Superai il salone, sbirciai dentro velocemente e, mentre stavo per passare alla stanza seguente, lo vidi sgattaiolare dentro trascinandosi Alex dietro, poi chiuse la porta e la bloccò con una sedia.

Osservai dalla piccola fessura nella libreria che sapevo essere dall'altro lato del muro, e vidi lei che gli gettava le braccia al collo, quasi facendolo cadere dalla foga.

Mi spinsi alla parete, in procinto di spalancare l'apertura, ma mi limitai a osservare.

Le braccia di lui restarono giù per quasi un minuto, poi si ridestò e la abbracciò stretta. Lei singhiozzò a bassa voce, premendogli le labbra sulla guancia mentre lui socchiudeva gli occhi, sorridendo – sorridendo davvero – per la prima volta da quando ero lì.

Mi doleva il cuore.

«Mi sei mancata, piccola», disse.

Lei annuì, continuando ad abbracciarlo. «Ora torniamo a casa».

Rimasero abbracciati per qualche istante e poi si separarono, restando a guardarsi negli occhi.

«Come hai capito tutto?», le chiese, togliendosi la maglietta per pulirsi la faccia e quello che era rimasto dallo scontro con Taylor.

«Non sono stata io», rispose lei.

«Rika?», chiese lui.

«Sono stati Misha e Damon a capirlo, a dire il vero».

Scoppiò a ridere fragorosamente, un suono che proveniva dal suo passato e che mi provocò quasi un déjà-vu. Era di nuovo l'adolescente del Cove.

Rika. Voleva dire Erika Fane. Avevo sentito dire che era fidanzata con Michael Crist, uno dei suoi migliori amici. Kai era sposato e ormai padre, e così quel bastardo di Damon Torrance. *Che sorpresa.*

Misha Grayson era il più giovane dei suoi cugini. Anche lui aveva frequentato la stessa scuola a Thunder Bay, ma tempo dopo che ci ero andata io.

Alex li conosceva tutti. Faceva ormai parte della sua vita. Era amica dei suoi amici.

«Damon e Misha...», borbottò Will. «Vuoi dire, nella stessa stanza?».

«Potrebbe essere scorso del sangue», scherzò Alex.

Continuava ad annodarmisi lo stomaco alle loro parole.

Poi lui la prese e la abbracciò stretta. «Vuoi dirmi che diavolo ci fai qui? Eh? Hai fatto una stupidaggine».

Lo guardò, la preoccupazione le si dipingeva in volto. Lui la lasciò andare e si allontanò, buttando la T-shirt su una sedia. L'inchiostro nero che gli copriva il corpo stava diventando tutt'uno con la tenebra sotto la luce fioca.

Lei gli si avvicinò. «È passato un anno, dovevi immaginarlo che ci saremmo accorti che qualcosa non andava», gli disse. «I tuoi genitori dicevano a tutti che eri in missione umanitaria, tipo in Sudan meridionale o una cosa del genere».

Iniziò a ridere sfregandosi la fronte.

Lei aggrottò le sopracciglia. «Perché ridi?»

«Perché non so se mi fa più male che vi ci sia voluto tutto questo tempo per trovarmi, o per il fatto che non abbiate avuto fiducia che sarei comunque riuscito a cavarmela da solo».

«Almeno non sei arrabbiato che abbiano mandato una ragazza», replicò, alzando le spalle.

Lui le lanciò un'occhiata eloquente. «Oh, ma lo so che riesci a fare di tutto».

Lo disse quasi con riverenza.

Non sapevo cosa pensare, ma non avevo idea che fossero così intimi. Non capivo il perché. Quand'era in sua presenza, sembrava quasi che si trovasse con uno degli altri ragazzi. Completamente a suo agio.

Lei spostò il peso da un piede all'altro, il silenzio si faceva largo tra di loro. «Dunque, se vuoi portarti dietro qualcosa, ora è il momento giusto di fare i bagagli. Ho un piano di fuga, ma non so dirti quando si parte. Ho bisogno però che tu sia pronto».

Lui non si mosse. «Come sei arrivata qui?», le chiese. «Puoi tornare?»

«Che intendi dire?».
Si umettò le labbra, cercando le parole giuste per dirlo. «Ho bisogno che te ne vada da questa casa. Subito. Senza sprecare un altro istante».
Lei aggrottò la fronte, sempre più confusa. «Ma che ti prende?», sussurrò, la voce gravida di preoccupazione. «Ti riporto a casa».
«No, te ne vai, invece», disse. «E dici agli altri che i miei problemi posso risolverli da solo. Non ho bisogno di aiuto».
«Ed Emory?».
Si immobilizzò, raddrizzando la schiena e guardandola fisso. «Cosa ne sai? Sei stata tu a farla venire qui? È stato Michael?»
«Anche lei mi ha fatto la stessa domanda», rispose Alex. «Perché mai avremmo dovuto fare una cosa così idiota? Non ho idea di chi l'abbia mandata qui o perché l'abbia fatto, ma è stato probabilmente quel suo fratello...».
Mio fratello non aveva i fondi per potersi permettere quel posto, e comunque per lui non ero così importante.
Will la soppesò con lo sguardo. «La conosci?», le chiese.
«Ci siamo conosciute la scorsa primavera».
Will alzò le sopracciglia sbalordito.
«Non guardarmi in quel modo», gli disse. «Era a Thunder Bay per seppellire sua nonna. Ci siamo incontrate per caso. Non l'ho cercata io».
«Da quanto tempo sei qui?».
Alex restò zitta e dallo sguardo di lui si capì che la risposta che cercava la conosceva già.
«Dunque sei arrivata con il rifornimento di qualche giorno fa, e poi cosa?», continuò. «L'hai vista e hai deciso di lanciare il dado e restare nascosta per vedere come andavano le cose tra me e lei?».
Lei incrociò le braccia sul petto, con una smorfia di soddisfazione in faccia.
«Vattene subito via di qui», ribadì lui. «Andatevene tutte e due a fare in culo».
Mi si accorciò il respiro. Era per quello che non si era fatta vedere giorni prima. Non voleva rischiare di essere presa e di dover interrompere le comunicazioni con i suoi amici che erano in arrivo, il che era comprensibile, ma voleva anche vedere cosa stava succedendo tra me e Will. Forse per il suo proprio interesse, e per quello di lui.
Lui non voleva andarsene. Perché mai?
Alex gli si avvicinò, fissandolo spietatamente negli occhi. «Sta per nascere il secondo figlio di Damon», disse. «Michael e Rika si sposeranno la Notte del Diavolo. Sono pronti a demolire il Cove e ad andare avanti col progetto del resort. Dobbiamo andarcene».
«Sembra che proceda tutto a gonfie vele in mia assenza».
Lei gli diede due colpetti leggeri, anche se riuscivo a sentire il rumore del palmo sul suo petto. Lui reagì.

«Ti preferivo quando eri strafatto», grugnì lei a bassa voce, «perché al momento non ho idea di chi tu sia. Quando ci siamo conosciuti, cosa ti ho detto?».

Rimase lì, in silenzio, contrito, senza proferire parola.

«Posso sopportare di tutto se ho rossetto a sufficienza», recitò lei come a memoria. «Nasconderò tutto sotto un altro cappotto, come hai sempre fatto tu con i tuoi sorrisi. Rika, Michael... tutti loro sono la mia famiglia». Addolcì il tono, sul punto di scoppiare in lacrime. «Ma tu... tu sei il mio riflesso. Datti una svegliata. Vieni con me o...».

«Fidati di me, va bene?», disse lui all'improvviso, finalmente reagendo e girandosi per affrontarla. «So che cosa sto facendo. Fidati di me, per una volta».

Le prese il volto tra le mani e distolsi lo sguardo, incapace di guardare oltre.

Lei era meglio per lui. Era centomila volte meglio.

E anche se sapevo che era una mossa incauta come tutte le volte che avevo combinato qualcosa alle superiori – sapendo che Martin l'avrebbe scoperto e conoscendo quali sarebbero state le conseguenze – mi misi a correre. Andai a sbattere con l'alluce contro una tubatura e feci un mucchio di rumore. Non mi importava nulla che potessero sentire. Corsi e corsi con l'intenzione di uscire di lì una volta per tutte. Era arrivata l'ora.

Non sapevo dove fossi, dove stessi andando, o come sarei sopravvissuta nella gelida foresta, ma era quello il mio segreto: in un modo o nell'altro riuscivo sempre a farcela.

Salii la scala che riportava nella mia stanza, percorsi correndo il tunnel e passai di nuovo dietro il quadro. Presi la felpa che mi aveva portato Aydin, la indossai e rimisi il coltello nella tasca posteriore, lasciai il guanto con gli ami e schizzai fuori dalla stanza. Mi precipitai giù per le scale, diedi una rapida occhiata all'atrio, dove le statue e le candele baluginavano e incombevano come se ci fosse una presenza che non riuscivo a percepire, poi entrai in cucina e presi le provviste dalla credenza.

Mi tirai su il cappuccio e mi diressi alla porta sul retro.

Proprio in quel momento, il pannello sul muro si aprì e mi trovai davanti Alex a sbarrarmi la strada.

Will mi spuntò da dietro le spalle. Tutti e due avevano il fiato corto come se avessero dovuto correre per venire a fermarmi. Dovevano avermi sentita inciampare nel tubo dentro al tunnel.

«Emmy, devi fare silenzio», bisbigliò Alex, sbirciando oltre la mia spalla in caso stesse arrivando qualcuno. «Non sarò in grado di farti scappare se mi becca».

Si riferiva ad Aydin.

«Vuoi andartene?», la sfidai. «Bene, andiamocene via adesso. Tu hai scelto di venire qui. Io no. Io voglio tornare a casa».

Non volevo restare lì con loro due. Non volevo per niente restare lì. Non mi importava se per andarmene sarei morta.

Sei il mio riflesso. Mi bruciava il fondo degli occhi.

Scosse la testa. «Non me ne vado senza di lui».

«Bene».

Feci il giro dell'isola, spinsi l'ultimo barattolo di vetro rimasto contro Will, che fece un salto indietro quando si schiantò per terra.

Uscii dalla stanza, correndo per casa fino alla porta d'ingresso. Se lui non era pronto ad andarsene, non sarei di certo rimasta ad aspettarlo. Avrei fatto le mie scelte.

Non capivo perché fossi così furiosa. Sapevo già cosa c'era stato tra loro, e lui non aveva alcun obbligo nei miei confronti, ma vedere quel legame da vicino… mi aveva fatto più effetto di quanto potessi immaginare.

Non mi era mai venuto in mente che potesse essere così forte. Come avevo fatto a essere così stupida?

Faceva male.

Qualcuno mi afferrò e lasciai cadere le provviste, quindi mi voltai: era Alex.

«Morirai di stenti», disse, poco più rumorosa di un sussurro. «Non supererai la notte».

«Che cosa avevi in mente di fare qui?», ringhiai, indicando col mento Will che la stava seguendo. «Usarmi come distrazione mentre fuggivi assieme a lui?»

«Il giorno che sono arrivata avevo in mente di fuggire con lui e di starcene nascosti fino all'arrivo dei soccorsi», replicò, «ma tu sei spuntata fuori dal nulla e hai mandato a puttane il mio piano. Così, ora, ho due persone da mettere in salvo».

Oh, scusa tanto per il disturbo.

Fosse quel che fosse, sarei andata via di lì. Lui non voleva andarsene e lei non voleva andarsene senza di lui, perciò potevano tutti e due andare a farsi fottere.

«Non ti salverà nessuno», gli dissi, guardandolo negli occhi, oltre la spalla di Alex. «Non è colpa di nessuno, soltanto tua. È ora che ti metti in salvo, Will».

Ma rimase là, immobile come una quercia, gli occhi verdi mi fissavano spietati e i capelli castani, ancora bagnati dopo la serra, erano completamente spettinati.

Non combatteva per sé.

Non si difendeva.

Non lo aveva mai fatto.

«Sei sempre stato patetico», gli dissi. «Lo sai, sì? Sempre sprovveduto, inconsapevole e patetico».

Fui colpita da uno schiaffo, il bruciore si diffondeva sulla guancia e il sapore del sangue mi invadeva la bocca nel punto dove aveva impattato i denti.

Diedi due respiri profondi e mi girai lentamente ad affrontare Alex.

«Emmy, mi dispiace», disse. «Mi dispiace davvero, ma senza di lui non vado via, e neanche tu, visto che da sola, là fuori, moriresti. Pensaci. Non sapresti dove andare e mi costerai più tempo di quanto già tu non me ne abbia fatto perdere».

Come se fosse anche solo remotamente colpa mia.

Me ne sarei andata, dannazione, che a lei fosse piaciuto o meno. Per lei non contavo nulla.

Tanto meno per lui.

«Che te ne importa?», chiesi, spingendola indietro così forte che inciampò. «Ora lo avrai tutto per te. Senza competizione».

E per mia sorpresa, fece una risatina e mi tornò vicina, mettendomi la mano sulla bocca per farmi tacere.

La spinsi via, cercando di liberarmi dalla sua presa. Ma fu inutile.

«È questo che sei, Emory?», mi schernì. «Competizione?».

Sto sulla tomba di mia nonna e la brezza mi colpisce passando attraverso gli alberi.

Asciugo una lacrima che scorre sulla guancia.

Dovrei essere felice, no? È rimasta in giro più a lungo di quanto pensassimo. Come se sapesse di dover restare per me.

Sono passati sei anni, quasi sette, dall'ultima volta che sono stata a casa e, anche adesso, cerco Martin, per paura di imbattermi in lui, per paura di tutto il resto delle cose qui in città.

Prima o poi bisogna pagare il conto. Spero soltanto che non sia oggi.

Torno alla macchina che ho affittato, mi serro le braccia intorno al petto per ripararmi dal freddo dell'aria primaverile, scivolo sul sedile del guidatore e accendo il motore. Il mio volo di ritorno in California sarà domani, e ciò vuol dire che dovrò trascorrere la notte a Meridian City, perché non voglio rischiare di dovermi trattenere a Thunder Bay più del necessario.

Eppure... ho imparato a lisciarmi i capelli, ho i miei occhiali da sole graduati e gli abiti stirati, puliti e abbinati, della taglia giusta. Nessuno può riconoscermi.

Mi allontano dal cimitero senza guardare la tomba di Edward McClanahan, ma so esattamente dove si trova anche senza cercarla. Alzo la musica e White Flag *dei Bishop Briggs prende a suonare a tutto volume. Imbocco la superstrada, tentata di osservare le case lungo il percorso, le ville dei Crist e dei Fane, dei Torrance e degli Ashby, ma non lo faccio, e spero che per lui una qualche sembianza di vita sia tornata normale, come un tempo, anche se so già quanto sia inevitabilmente cambiato.*

Spero soltanto che se ne sia andato. Che sia in viaggio, che viva e ami e sia amato, altrove.

Mi riaffiorano agli occhi le lacrime, ma le scaccio via, in preda dalla nausea. Ho fatto quello che andava fatto, giusto? Potrei addirittura averlo salvato da un destino peggiore.

Ma non importa quanto spesso io me lo ripeta, non sento che sia vero.

Ho bisogno di affrontarlo e dirgli tutto. Tutto ciò mi scava un buco dentro, e se ancora non è venuto a cercarmi vuol dire che non lo immagina nemmeno, mentre è giusto che lo sappia.

Non ce la faccio più ad andare avanti così.

Entrando in paese, corro il rischio e passo davanti alla mia vecchia casa. In giardino sono sparsi vecchi quotidiani, le erbacce prosperano e ci sono ancora i secchi straripanti di spazzatura.

Martin vive ancora qui? Non ci sono automobili parcheggiate nel vialetto. Dopo la morte della nonna, una settimana fa, gli ho scritto una e-mail e ho sperato di non ricevere risposta. Mi ha detto di fargli sapere che piani avessi.

Ma non l'ho fatto.

Glielo dirò una volta che sarò andata via. Solo allora potrà venire a prestare i suoi omaggi. Non si è fatto vedere da lei per anni, grazie al cielo, e ora non sta certo piangendo disperatamente la sua morte. Questo lo so per certo.

Continuo a guidare senza sapere dove sto andando, ma quando davanti a me compare il Cove, mi fermo nel parcheggio. Ho sentito dire che stanno per demolirlo. Qualcuno mi ha pure spedito un invito a una festa commemorativa qualche tempo fa, ma ovviamente non ho nemmeno pensato di partecipare.

Io, lì, nei pressi della Notte del Diavolo… no, non si può fare.

Individuo un paio di macchine nel parcheggio altrimenti deserto e mi fermo in uno spiazzo vuoto appena delimitato da erbacce che hanno spaccato il cemento. Le linee bianche dei posti auto sono sbiadite.

Spengo il motore, scendo dall'auto e mi infilo le chiavi nella tasca dei jeans, mi guardo intorno e cerco un modo per entrare.

Oltre la ruota panoramica c'è il mare, nell'aria si sente la salsedine, passo davanti alle biglietterie e mi dirigo alla nave pirata. La vernice gialla e marrone è scolorita e da lì si vedono le viti piene di ruggine. Un inquietante sentore di morte aleggia sul parco e mi fa raggelare.

Torno quasi a sentire la musica nell'aria di quella sera, mentre mi avvicino a dove ci eravamo seduti.

Un pugno mi stritola il cuore. Mi manca. Non avevo capito quanto mi avrebbe fatto male e quanto a lungo il suo ricordo mi sarebbe rimasto dentro.

«Be', certo che non ci stai», si oppone un tipo, «perché non appena capisci cosa voglio, tu decidi di volere l'esatto opposto».

Giro la testa e mi rendo conto di non essere sola.

«Sei un tale bugiardo», dice lei. «Non è affatto vero. Questo posto non ha senso, e anche con Kai abbiamo detto la stessa cosa».

Kai?

Alla fine individuo un trio che cammina vicino alle macchine a scontro e mi nascondo dietro a uno dei padiglioni per non farmi vedere.

Michael Crist porta un rotolo di carte che hanno tutta l'aria di essere planimetrie. È in compagnia di due donne, una mora e l'altra castana.

Cerco di aguzzare la vista. Quella dai capelli neri ha l'aspetto familiare, ma non penso di conoscerla di persona.

«Qui non si può costruire una marina», si rivolge a Crist. «Gli ospiti non avrebbero accesso alla spiaggia. Ci sono solo rocce lì, ricordi? E quando soffierà il vento da nord-ovest, nessuno apprezzerà un posto in prima fila in balia dei cicloni, la neve e la pioggia. Tutta la costa è in fase di erosione, e prima o poi arriverà anche al tuo cazzo di campo da golf».

Reprimo a fatica un sorriso. Non ho mai sentito nessuno parlargli in quel modo.

Mi piace questa tipa.

«Ci vorrà un migliaio di anni», si lamenta, e poi guarda l'altra donna. «Alex, mi dai una mano?»

«Oh, no». Continua a picchiettare sullo schermo del telefono. «Non voglio mica interrompervi».

Michael scuote la testa, si fa strada attraverso il parco e ritorna al parcheggio. Indossa un abito nero e sembra ancora più bello di quanto non fosse già al liceo.

Non ho seguito la sua carriera di basket, ma so che gioca ancora a livelli alti.

Se lui è qui, vuol dire che il resto del gruppo non è molto lontano.

Chi sono quelle donne, però?

«Devo parlare con Kai», bofonchia.

«Sì, corri tra le braccia di papà», risponde la donna dai capelli neri, «perché io sto dicendo cose troppo sensate».

Lui alza gli occhi al cielo senza fermarsi, e le due donne lo seguono.

Sembra che abbia in programma di comprare il posto. Per farci un campo da golf? Lei ha anche menzionato ospiti, perciò forse si tratta di un hotel particolare.

Mi pervade una sensazione di perdita e non so perché. Non ne ho alcun diritto.

Ci ho passato una bella serata e, finché il posto sarà in piedi, mi sembrerà che non sia tutto scomparso per sempre.

Resto lì in attesa per un altro minuto, a guardare oltre la ruota panoramica, verso Cold Point. Sono quasi tentata di farci un giro, ma mi hanno quasi beccato. È ora di andare.

Mi dirigo di nuovo al parcheggio, tiro fuori il telefono per controllare l'ora ma, una volta vicino all'auto noleggiata, vedo che qualcuno è seduto sul cofano.

È la donna dai capelli castani, il top bianco troppo corto per coprirle la pancia. Mi fissa con gli occhiali da sole poggiati sulla punta del naso e con la bocca a papera dalle labbra color prugna.

Mi fermo e mi guardo intorno. Le altre macchine sono andate via e non vedo né Michael né l'altra tipa.

«Salve». Avanzo verso la macchina esitante. «Non avevo cattive intenzioni, stavo soltanto dando un'occhiata in giro».

Sembra che ormai siano loro i proprietari del lotto. E se così fosse, ho compiuto un'infrazione?

Ma lei si limita a rivolgermi un sorriso abbozzato. «Tu sei Emory Scott».

Aggrotto la fronte.

«Ti ho vista una volta in foto», mi spiega.

«E tu chi sei?»

«Alex Palmer». Incrocia le gambe e si poggia su una mano. «Un'amica di Will Grayson».

Mi irrigidisco, abbasso lo sguardo e scruto il suo fisico, rendendomi conto che nessuno ha "amiche" con quell'aspetto lì.

«L'ho visto», mi prende in giro.

«Cosa?»

«Quello sguardo di chi valuta l'avversario prima della competizione, senza scordarsi di giudicare un po'», dice, piegando il collo in modo sbarazzino.

Competizione? È questo che rappresenta?

Rido, cercando le chiavi in tasca e mi dirigo allo sportello del guidatore. «Non ti stavo mica guardando in quel modo».

«Mi stavi guardando tanto per guardare, dunque?»

«Già». Metto le chiavi nella portiera e la apro. «Tutto lì».

«Sei tornata per sempre?»

«No».

«Sei in visita?»

«Sì».

«E hai fatto un salto qui al Cove?», insiste. «Perché?»

«Non sono affari tuoi». Resto in piedi fuori dalla macchina e continuo a fissarla. «Ti togli dalla mia macchina?».

Guarda che tipa invadente.

«Mi serve un passaggio», dice. «Se non ti spiace».

«Scusa?»

«Un passaggio?». Me lo ripete come se fossi completamente idiota.

«Mica sono un taxi», ribatto.

E poi non la conosco.

«Sei un peperino», scherza. «Me lo aveva detto».

Glielo aveva detto chi? Will le aveva detto che sono un peperino?

Be', se è la cosa più brutta che aveva da dire, sono stata fortunata.

Apro la bocca, muoio dalla voglia di chiederle di lui.

È in città? Sta bene?

Ma la richiudo subito, sapendo che è suo amico e non mio.

Scende dal cofano, resta vicino allo sportello, mi guarda. «Mi dai un passaggio e offro io pizza e margarita», dice.

Pizza e margarita? Ma sta scherzando?

«Che cosa vuoi da me?», chiedo.

Non mi conosce, e non credo nemmeno per un istante che non ci sia sotto qualche trappola.

Ma alla fine, qualsiasi persona io incontri, credo sempre che sia pronta a dare del suo peggio. Perciò...

«Non lo so», mi dice, addolcendo il tono. «Ma hai mai la sensazione che ti serva qualcosa, pur non avendo idea di cosa sia?»

«Tipo un drink, una spalla su cui piangere o saltare su un aereo e vedere un posto nuovo?», riprende. «Ma poi nessuna di quelle cose è quella giusta, e ancora non riesci a capire di che cosa hai bisogno...».

Quelle parole si intonano a me più di quanto lei possa immaginare. La sola differenza è che io so di cosa ho bisogno. È solo che non posso averlo.

«Be', quando prima ti ho vista nel parco», mi dice, «e ti ho riconosciuta, ho capito che l'avevamo trovata».

Avevamo?

Perché mai avrebbero dovuto avere bisogno di me?

«Sticks è ancora il miglior locale», cantilena. «Fanno la pizza migliore».

«No», scuoto la testa. «Là no. Non voglio...».

«Essere vista?».

La pizza è un'ottima idea. E pure i margarita. Al confronto la mia stanza solitaria d'hotel mi mette tristezza soltanto a pensarci. Però...

«Non voglio incontrare nessuno», le dico. «Grazie lo stesso».

Sostiene il mio sguardo per qualche istante. «Non è in città, in questo momento. Se è questo che ti preoccupa».

La guardo abbastanza a lungo da confermare il suo sospetto. Si gira e raggiunge prima lo sportello e poi il posto del passeggero.

Non è in città. E dov'è?

Ma non è affar mio. Per niente.

Mi siedo, la vedo allacciarsi la cintura. Accendo il motore, un poco stranita, ma ho la sensazione che non le piaccia sentirsi dire di no, e non sono esattamente una patita di confronti.

«Dove vivi?», le chiedo.

Posso darle un passaggio a casa, almeno.

Si tira su gli occhiali e dice: «Prima i margarita».

L'indomani mattina lei aveva trascinato il mio povero culo ancora ubriaco all'aeroporto per non farmi perdere l'aereo. Avevamo iniziato da Sticks ed eravamo arrivate in taxi a Meridian City, dove avevamo continuato a bere al Realm, per poi rovinare nella mia stanza d'hotel.

Odiavo lei, il suo corpo straordinario e la sua bella faccia e tutte le volte che non potevo fare a meno di pensare che lui l'aveva toccata e l'aveva abbracciata. Eppure non riuscivo a odiarla del tutto, perché era una persona splendida, a dispetto della vita non splendida che aveva avuto.

Mi ero risvegliata con un mal di testa lancinante e l'avevo odiata ancora di più per i postumi della sbornia, ma... mi aveva chiamato, scritto messaggi, nel corso dei mesi si faceva sempre sentire finché non mi ero convinta che fosse davvero una brava persona.

Finché non ero ricordata che era l'amica speciale di Will, e che io le stavo tenendo nascosto un segreto per il quale mi avrebbe odiata.

Will era fermo nell'atrio e mi fronteggiava, gli occhi in fiamme; io volevo soltanto portarmelo in camera, chiudere la porta e tenerlo stretto per sempre, ma sapevo bene come sarebbe finita quella sera.

Io non avrei ceduto e me ne sarei andata.

Spinsi via Alex e mi diressi alla porta, ma lei mi riprese e mi gettò a terra.

Caddi, il mio corpo travolto dal dolore mentre riprendevo fiato e guardavo in alto dal pavimento di marmo.

Non volevo perdere un altro istante. Mi rialzai di scatto, mi scagliai contro di lei, pronta a falciarla in due se avessi dovuto, perché...

Perché la sola persona per la quale avrei mai combattuto era me stessa.

Capitolo 24

Emory

Nove anni prima

Ripiegai lentamente la cravatta e la richiusi nella bustina di plastica, assieme al braccialetto che autorizzava all'accesso al Cove per tutto il giorno e alla scatola vuota e schiacciata di Milk Duds che lui mi aveva preso al cinema.

Tolsi l'aria dalla busta e la sigillai con le lacrime che si affacciavano al bordo dei miei occhi, quindi la riposi in un barattolo di caffè vuoto che chiusi, per poi seppellirlo due metri sotto terra

Non potevo tenerlo con me, ma non volevo nemmeno disfarmene. Forse, un giorno, avrei riportato alla luce la mia piccola capsula del tempo e sarei stata capace di ridere su quanto poco, a distanza di anni, significasse tutto ciò.

Almeno speravo.

Alla mia destra rombò un motore. Da dove ero accucciata, vicino alle fondamenta del gazebo, vidi Damon che parcheggiava la BMW nel vicolo vicino a Sticks.

Saltò fuori dall'auto ed entrò dentro. Il locale pullulava di vita.

Quel pomeriggio, mio fratello era tornato a casa rimanendovi poco tempo, e mi aveva trovata esattamente come gli avevo detto che mi avrebbe trovata: con i compiti fatti e la cena già pronta. Non aveva pronunciato più di un paio di monosillabi durante la cena, si era fatto una doccia e si era subito rivestito per iniziare un altro turno.

Quella sera avrebbero avuto bisogno di tutto l'aiuto possibile e perciò gli toccava fare gli straordinari. Grazie al cielo.

Mia nonna mi aveva assicurato di stare bene e, visto che con il telefono potevo controllarla in diretta webcam, uscii e percorsi la poca strada che mi separava dal villaggio per riuscire a concludere qualcosa.

Ma prima dovevo occuparmi di una cosa.

Mi girai di nuovo verso la buca. Riuscivo a malapena a vedere il terreno davanti. Presi la piccola pala da giardinaggio e iniziai a riempirla di terra. Stavo facendo la scelta giusta, e grazie a Dio quel mattino Will aveva usato quelle parole orrende. Ero in procinto di cedere, e avevo bisogno del dolore per continuare.

Speravo davvero che mi rimpiazzasse.
Quella sera stessa.
Avrebbe danzato con lei, le avrebbe infilato le mani sotto ai vestiti e l'avrebbe amata alla follia, perché dopo una cosa del genere io non sarei più riuscita a guardarmi indietro. Mi avrebbe spezzato completamente il cuore, e non ci sarebbe stato più niente in grado di tenermi aggrappata a lui.
Gettai da parte la pala, raccolsi il resto della terra con le mani e finii di metterla nella buca, coprendo il barattolo da caffè e premendo con i palmi per compattarla. Presi una tavola nuova di zecca e la allineai a quella adiacente, e con la pistola sparachiodi la assicurai alla struttura. Agii velocemente, tutti gli otto pali si rialzavano dai sostegni intorno mentre il pavimento tornava intatto, visto che avevo tagliato ogni tavola della misura giusta.
Un altro rombo si diffuse nell'aria e rialzando lo sguardo vidi Damon che accendeva una moto con Winter Ashby in piedi davanti che si allacciava il casco.
Mi tesi, in procinto di chiedermi che avesse intenzione di fare con quella ragazza.
Ma quando lei montò in sella dietro di lui, Damon girò la testa e, per la prima volta, vidi dipinta sul suo volto un'espressione che mi era del tutto nuova.
Tenerezza.
Lei gli cinse i fianchi con le braccia e si lasciò sfuggire un gridolino, mentre si allontanavano dalla piazza a velocità di fuga scomparendo giù per la via.
Risi appena, pensando che dovevo anche io aver fatto un verso simile la sera prima, sulla nave pirata.
Anche io avevo adorato quella sensazione, Winter Ashby.
Non era merito della corsa in moto, tesoro. Non era affatto merito della corsa.

Ore dopo, la piazza era vuota e silenziosa e mi diressi per la seconda volta a casa, di nuovo percorrendo la scorciatoia attraverso i giardini privati e le viuzze, per andare a controllare mia nonna e a prendere quello che mi serviva.
Avevo le mani coperte di segatura e le infilai nella tasca della salopette di jeans, intanto il vento s'infiltrava fra la lana del maglione.
«Su», gridò qualcuno.
Mi arrestai, quasi arrivata alla porta sul retro, poggiai a terra la borsa degli attrezzi e guardai dalla finestra dentro la casa.
Lampeggiavano luci rosse e blu: smisi di respirare, mi affrettai ad aprire. Entrai e mi precipitai in cucina, lasciando cadere la borsa sul tavolo e dando un'occhiata alle scale prima di dirigermi alla porta d'ingresso.

Sulla veranda c'era mio fratello in uniforme e degli infermieri che stavano caricando mia nonna su una barella nel retro di un'ambulanza.
«Grand-mère!», gridai, scendendo di corsa le scale. «Grand-mère!».
Chiusero gli sportelli. Assieme a lei era salito un tipo con i pantaloni blu scuri e la maglia celeste.
Picchiai sullo sportello, ma il tipo mi rivolse a malapena uno sguardo distratto prima di tornare a badare alla nonna.
Mi girai e affrontai Martin. «Cos'è successo?».
Le avevo tenuto gli occhi addosso quasi per tutta la sera. Prima ero persino tornata in casa qualche minuto per vedere se avesse avuto bisogno di qualcosa, e stava bene!
«Si sono abbassati i livelli di ossigeno». Scese un paio di gradini con le mani in tasca. «Ho chiamato l'ambulanza quando sono venuto a casa in pausa pranzo. Entra dentro».
«No, dobbiamo andare con lei».
«Per questa sera non si sveglierà», mi disse, «ed è in buone mani. Andremo domattina prima della scuola».
Dietro di me sentii accendersi il motore. Mi girai disperata.
No.
«Sta bene, Emmy».
Non mi piaceva il suo tono di voce. Perché mai era così calmo?
«Grazie, Janice», disse alla guidatrice che ci stava facendo un cenno di saluto con la mano. «Ringrazia anche Ben».
L'ambulanza si allontanò e feci per seguirla.
«Muovi un altro muscolo», mi avvisò, «e non la faccio più tornare».
Mi fermai, inghiottendo il groppo che si era formato in gola.
«Entra subito dentro», ordinò.
Rimasi ferma là, sentendo prima i suoi passi e poi il cigolio della porta che si apriva. Scossi la testa. Volevo correrle dietro, ma lui mi avrebbe riacciuffata.
Chiusi gli occhi, il peso degli anni e dei giorni immediatamente precedenti insostenibile, poiché Will mi aveva dimostrato quanto potessi essere felice se le cose fossero state soltanto un poco diverse, il che aveva reso tutto più difficile da sopportare.
Ero stanca.
Quasi non riuscivo a stare in piedi. Mi sentivo davvero stanca.
Mi calò una tenda davanti agli occhi. Il cervello fece il riepilogo di rabbia, ira, dolore, tristezza e disperazione che avevo già provato migliaia di volte.
Ma in quel momento arrivai a una conclusione alla quale non ero ancora arrivata.
Niente aveva senso.
Martin, la mia casa, la paura… queste cose accadevano, e talvolta eri proprio tu la persona alla quale accadevano.

Entrai in casa e chiusi la porta, senza sentirmi tesa o apprestarmi a cercare riparo, poiché non sarebbe servito a nulla.

«Questo era per ieri sera», disse, quando entrai in cucina e lo vidi che si toglieva la giacca. «Si tratta soltanto di un avvertimento».

Sbattei una sola volta gli occhi, continuando a fissarlo. «Sei stato tu a ridurla così».

Non era una domanda. La risposta la sapevo già.

Afferrò il dorso della sedia e le nocche gli sbiancarono.

«È il solo modo che hai di controllarmi», gli dissi. «Se muore, non ci sarà più nulla a trattenermi qui».

«E senza di me, sarebbe in un ospizio o in una casa di cura, dimenticata e sofferente».

Eravamo ai lati opposti del tavolo, a fissarci a vicenda con aria di sfida. Cosa voleva da me?

Era davvero quello tutto ciò che aveva? Agiva come se mi odiasse, ma sarebbe stato all'improvviso felice se non avessi vissuto più lì?

Mi avrebbe fermata al momento di andarmene via?

«Ieri sei fuggita via», disse. «Ti hanno vista al ballo, e ti hanno vista al luna park». Raddrizzò la schiena, alzò il mento e strinse le labbra. «E so che sai cos'è successo alla cripta».

Dunque, si era sbarazzato della nonna quella sera per farmi vedere quanto rumore potesse fare se lei non c'era.

Mi doleva la mandibola tanto stavo serrando i denti. Le persone che mi spingevano. Le persone che mi strattonavano. Le persone, le persone, le fottute persone…

Gli avevo detto che doveva avere a che fare con me. Gli avevo detto che la colpa era la mia.

Gli avevo detto di lasciarmi in pace e di smetterla di provocarmi e di spintonarmi. Glielo avevo detto e ridetto. Nessuno mi ascoltava mai.

Mi andò il sangue al cervello. Qualcosa mi stava squassando la pelle dall'interno con gli artigli. Mi sfregai gli occhi.

«Prenditela con me», sbottai, «ma lei lasciala in pace».

«È così che me la prendo con te», rispose, con il sorriso che gli danzava dietro gli occhi. «E fai attenzione, perché posso ancora fare diverse cose…».

Cacciai un urlo, vedevo rosso, ero troppo furiosa perché m'importasse ancora qualcosa, gli occhi pieni di lacrime. Agguantai il tavolo della cucina e lo spinsi con forza, gli attrezzi nella borsa sferragliarono toccandosi l'uno con l'altro, e bloccai mio fratello contro la credenza.

Grugnì mentre il tavolo gli schiacciava le gambe. Allungai una mano e presi dalla borsa un martello, ma lui nel contempo tirò via il tavolo e lo rovesciò a terra con tutto il resto degli attrezzi.

«Stupida piccola troia!», gridò.

Alzai il martello ma lui allungò il braccio e mi afferrò il polso, picchiandomi con l'altra mano sulla faccia. Persi la presa e il martello mi sfuggì di mano.

Mi bruciava la guancia, ma riuscii a divincolarmi e a mollargli una ginocchiata tra le gambe.

Smettila.

Basta.

Si divincolò e gli piantai tutte e due le mani sul petto, facendolo cadere a terra. Le lacrime mi offuscavano la vista. Mi girai e uscii di corsa da casa.

«Emory!», mi ruggì alle spalle. Piangendo uscii dalla veranda, attraversai il giardino e mi allontanai quanto più velocemente possibile.

Superai il paese ed entrai nella foresta, sentendo l'eco delle sue urla alle mie spalle farsi sempre più fievole. Provava a cercarmi ma non ci riusciva.

«Emory!»

Mi tuffai tra gli alberi coi rami che mi frustavano la faccia e, quando le luci del paese scomparvero e la schiena mi grondava di sudore, mi aggiustai gli occhiali.

Le lacrime mi si erano asciugate in volto, mi dolevano le gambe e avevo una fitta al fianco. A poco a poco rallentai finché la corsa non divenne una camminata.

Avrei dovuto recarmi alla cattedrale. La chiave l'avevo in tasca e, se non mi avesse fatto male tutto, avrei persino riso di quanto fosse diventato subito utile quel rifugio, anche se, a quanto pareva, ero sopravvissuta per anni senza.

Strizzai gli occhi sempre più dolenti.

Cosa potevo fare? Mi avrebbe uccisa.

O peggio.

Mia nonna a quel punto doveva essere arrivata in ospedale. Volevo andarci, anche solo per stare seduta in sala d'attesa finché non me l'avessero fatta vedere. Ma l'ospedale sarebbe stato il primo posto dove mi avrebbe cercata e, visto che ero minorenne, avrebbe potuto portarmi via di peso senza che nessuno potesse opporsi.

Dio…

Continuai a camminare, sentendo le macchine correre oltre gli alberi lungo la strada, e anche se non guardavo avanti sapevo dove mi stavo dirigendo.

Era il punto più lontano dove potessi arrivare.

Attraversai il ponte sul fiume minuscolo e impetuoso, risalii il pendio che portava alle scogliere dov'erano le ville. Dei Fane, dei Crist, dei Torrance, degli Ashby, e bla, bla, bla.

In men che non si dica, stavo percorrendo il viale tranquillo e poco illuminato dalle sparute lanterne a gas appese alle mura esterne e ai cancelli.

Will non viveva lì. La sua famiglia possedeva la fortezza dall'altro capo del paese, vicino al liceo, sopra le colline. La casa gigantesca che incombeva su tutti noi.

Avrei dovuto andarci quella sera che voleva portarmi a guardare un film a casa sua. Vedere quel posto da dentro avrebbe di sicuro messo a posto il mio stupido cervello, avrebbe concretizzato la mia decisione prima che fosse troppo tardi.

Esserci stata a letto rendeva soltanto tutto più doloroso.

Seguii la strada superando le abitazioni e la quieta e deserta St. Killian, poi tagliai attraverso la foresta, andai oltre la Bell Tower e arrivai al cimitero.

Non avevo idea di che ora fosse, ma erano rimasti solo i resti di qualsivoglia festa avessero fatto i Cavalieri poco prima. Non doveva essere più tardi di mezzanotte o l'una, e St. Killian ormai era buia. Non erano più alle catacombe.

Vagai per il cimitero, vedendo il danno che avevamo fatto alla cripta e la tomba da poco scavata di Edward McClanahan riempita di nuovo, visto che non si sarebbe più spostato da lì. Mio fratello non avrebbe più ottenuto la tomba a prezzo scontato.

Ma la tenebra copriva ogni angolo del cimitero, la luce della luna era a malapena visibile attraverso le nubi.

Era silenzioso.

Vuoto.

Privo di vita.

Era per quello che mi ero recata lì? Sapevo che quella sera avrebbero organizzato lì una festa. Stavo forse cercando lui?

Camminai tra le lapidi, muovendomi silenziosamente sull'erba, notando a stento il rombo attutito che a mano a mano diventava sempre più udibile.

Guardai avanti e mi fermai.

Un'auto nera opaca veniva avanti lenta lungo il vialetto, i fari spenti e il guidatore invisibile attraverso i vetri oscurati del parabrezza.

Il mio cuore perse un battito e feci un paio di passi indietro, riparandomi dietro un'alta lapide.

Senza accelerare, accendere le luci o accennare a fermarsi, l'auto proseguiva imperterrita lungo il viale nella mia direzione, finché non fu abbastanza vicina da lasciarmi intendere che dentro non ci fosse mio fratello.

Il veicolo si fermò e dopo un istante vidi aprirsi il bagagliaio e un uomo scese dall'auto. Aveva il cappuccio nero della felpa calcato bene sopra la testa, e fece il giro della vettura.

Ma chi era? Il cimitero era chiuso.

Certo che quella chiusura significava poco, visto che il terreno era coperto di bicchieri rossi usa e getta, candele e altre cazzate. Forse era l'addetto alle pulizie.

Aprì il bagagliaio, tirò fuori qualcosa, e intravidi dei piedi che pendevano.

Mi si gelò il sudore sulla nuca. Ma che...?

Sollevò il corpo e se lo caricò sulle spalle. Dal telo ricadevano fuori lunghi capelli neri giù per la schiena, le lunghe gambe nude per via dell'abito succinto che indossava.

Cercai di guardare meglio, e vidi che si trattava di un abito nero senza spalline, come quello di una ballerina.

Era morta? Mi coprii la bocca con la mano, resistendo all'impulso di fuggire che aveva preso il sopravvento nelle mie gambe. La paura però mi paralizzava sul posto.

L'uomo percorse il tratto fino al prato, si piegò e gettò il corpo a terra, vicino alla tomba di McClanahan.

Infilai una mano in tasca senza staccargli gli occhi di dosso mentre tornava alla macchina e prendeva dal bagagliaio una pala.

In tasca però il telefono non c'era. Sentii la sagoma della chiave, ma niente telefono. Cercai nell'altra ma non ebbi successo.

Merda.

Non avevo idea se volevo chiamare qualcuno o riprendere la scena, ma comunque non potevo fare nessuna delle due cose.

Tornò alla tomba e iniziò a scavare. Mi tenni ai bordi della lapide e restai a guardarlo.

Chi era mai? Era pazzo o soltanto stupido? Vivevamo sulla costa. Bastava prendere una barca, appesantire il corpo in qualche modo e gettarlo in mare.

Sbattei gli occhi, ricordando. Non era che avessi mai pensato a una cosa del genere.

Il vento aumentò, soffiandole via il telo da sopra la faccia e quando la vidi mi si seccò la bocca. Non aveva un aspetto familiare, ma non ero abbastanza vicina da poterlo affermare con sicurezza. A prima vista sembrava avere più o meno la mia età, ma il modo in cui la pelle era raggrinzita in alcuni punti raccontava un'altra storia.

Mi guardai intorno, sperando che il guardiano stesse facendo il suo giro o che sarebbe tornato qualche ragazzo a festeggiare, ma in quel momento nel cimitero eravamo soli.

L'uomo andò avanti a scavare per qualche minuto e poi si fermò, le spalle curve mentre fissava il cadavere quasi in trance.

E d'improvviso divenni lui, ed ero in piedi dov'era lui. Avevo appena ucciso qualcuno, e mi stavo sbarazzando delle prove.

Alzò lo stivale nero e lo poggiò lentamente sul collo della donna spingendo giù, nel guardarla scoprì i denti.

Rabbia.

Era arrabbiato.

E anche se la mia testa mi stava dicendo in ogni modo che stavo guardando una cosa orribile, non riuscivo né a scappare né a distogliere lo sguardo.

Avrebbe potuto essere un serial killer. Uno stupratore che aveva zittito la sua vittima per sempre. Un predone di innocenti.

E forse lei non era nemmeno ancora morta. Potevo fuggire, cercare aiuto e salvarle la vita. O quanto meno far finire lui dietro le sbarre.

Ma poi iniziò a piangere, tremando e singhiozzando, ed ero di nuovo nei suoi panni. Avrei potuto proprio essere lui, se avessi permesso a Martin di insistere.

Un qualche giorno, in un qualche momento del futuro, sarebbe successo. Avrei perso la testa e avrei combattuto fino allo stremo, finché uno dei due non avrebbe smesso di respirare.

Gli alberi vennero attraversati da una brezza che gli tolse di testa il cappuccio. Rabbrividii quando vidi lì in piedi Damon Torrance, con la pala in mano e un cadavere di donna ai suoi piedi.

Ispirai rumorosamente dalla sorpresa e, quando lui alzò gli occhi in direzione del rumore, i nostri sguardi si incrociarono.

Merda.

Mi si fermò il cuore. Non riuscivo più a respirare.

Gettò la pala a terra e s'incamminò nella mia direzione, caricando a passi pesanti giù per il pendio. Indietreggiai ma ero troppo impaurita per staccargli gli occhi di dosso.

Vidi qualcosa con la coda dell'occhio. Dietro di lui, la mano della donna ricadde a terra e mosse la testa.

«Si muove», sibilai, toccando la parete di una cripta con le spalle.

Si fermò a un paio di metri di distanza e restò a guardarmi.

Poi si volse, lentamente, guardando la donna da sopra la spalla. Agitava le dita e mi accorsi che aveva ancora le lacrime agli occhi.

Il vento continuava a imperversare tra le lapidi. L'odore delle sue sigarette mi raggiunse le narici e in quel momento pensai che mi sarebbe piaciuto essere lui.

Sarebbe riuscito a farla franca. Come ci comporteremmo tutti se riuscissimo sempre a farla franca? Forse ero fortunata anche solo per il fatto che non l'avrei mai scoperto. Forse quello fortunato era lui, perché riusciva a sfuggire al suo dolore.

«Chi è?», chiesi con tono gentile.

Le guardai i capelli. E poi guardai quelli di lui. Lo stesso nero corvino, così scuro che quasi riluceva bluastro nella luce della luna. La stessa pelle pallida e traslucida, come se fosse di marmo levigato.

Guardai il vestito che indossava. «È tua madre?», sussurrai.

Avevo sentito dire che all'epoca era stata una ballerina.

Si girò, guardingo e tuttavia tremante.

Provai a riprendere fiato. «Will è invischiato in qualche modo, Damon?»

Scosse la testa.
Si fece avanti e trattenni il respiro, chiusi gli occhi e mi preparai mentalmente.
Ma non mi sfiorò.
Mi venne soltanto vicino e restò fermo. Non sarei riuscita a muovermi se ci avessi provato. Mi girava la testa.
«Non litigheremo di nuovo?», mormorò.
Mi ci volle un momento a capire. Cercai il suo sguardo. «È più facile fare finta di avere il controllo di tutto quello che ci succede», ripetei le sue parole. «È così pacifico, lasciare che le cose succedano e basta».
Mi fissò e poi annuì. Mi sfiorò il volto e mi ritrassi, ma poi alzò la mano, per farmi vedere il sangue che aveva appena tolto.
Mi toccai anche io la faccia, sfiorando il graffio. Me l'aveva fatto Martin o me l'ero procurato durante la fuga?
«Will lo sa?», chiese, sfregandosi il sangue tra la punta delle dita.
«No».
Mi guardò fisso. «Visto che lui è la sola cosa pura che non è stata macchiata dallo schifo», ripeté il concetto che aveva già espresso sotto la doccia. «E noi tutti gli vogliamo bene proprio per questo motivo».
Rimasi immobile anche se dentro di me si andava schiantando tutto e mi doleva la gola, tanto stavo reprimendo le lacrime.
Magari i Cavalieri non erano quelli che pensavo e, anche se grazie ai soldi riuscivano a evitare le conseguenze delle loro azioni, non voleva dire che fossero del tutto immuni a ogni sorta di dolore.
Girò la testa per guardare di nuovo il corpo. «Ha iniziato a fottermi quando avevo dodici anni», sussurrò. «E dopo un po' la smetti di fingere di avere il controllo di quello che ti succede». Fece una pausa e si girò di nuovo verso di me. «E inizi a essere quello che succede a tutti gli altri».
Si girò di nuovo e tornò da sua madre, si accucciò vicino al suo corpo con la testa girata nella mia direzione, e le poggiò la mano sul collo.
Restai a guardare mentre stringeva le dita, sempre più strette, il bianco delle nocche che lampeggiava nel buio.
Alzò gli occhi e cercò il mio sguardo, restò a guardarmi mentre lo osservavo a mia volta. Serrai le dita, in preda all'istinto di fuggire. Ma…
Dio, volevo davvero essere lui. Volevo farlo anche io.
Mi piaceva quella sensazione.
Volevo uccidere, volevo stringere anche io le dita finché non mi dolevano, ma non mi mossi finché la madre non smise di dibattersi e tremare, una delle gambe riversa sul bordo della fossa.
Damon mi aveva tenuto gli occhi addosso tutto il tempo.
La parte di me che scoppiava sempre a piangere era scomparsa. Le lacrime non potevano risolvere nulla.
Chissà come, mi feci strada verso di lui, e qualche istante dopo ero

vicina alla tomba, mi tenni salda a terra col piede e lo aiutai a spingere il corpo della madre nella fossa. Quando il cadavere toccò il fondo e la terra le ricoprì le gambe, i piedi e le braccia, lui riprese la pala. Mi inginocchiai e lo aiutai con le mani a seppellire tutto di terra.

Non dicemmo una parola. Probabilmente nemmeno ci stavamo rendendo conto di cosa stesse accadendo o di cosa stessimo veramente facendo, ma ormai era troppo tardi. Anche se lo avessi denunciato per omicidio, ero comunque complice d'averlo aiutato a occultare il corpo. Era troppo tardi per arrendermi al panico.

E anche se temevo le emozioni dell'indomani, alla luce del giorno e a mente fresca, quella sera non riuscii a non aiutarlo a ricoprire di terra quella tomba. Volevo che lei morisse.

Quando l'avemmo coperta più possibile, Damon riportò il telo e la pala all'automobile e li ripose nel bagagliaio, e io calpestai la tomba per ricompattare il terreno.

Guardai l'erba intorno. Era un disastro. Probabilmente per ripulire la terra dall'erba usavano un soffiatore, ma non disponevamo di nulla del genere in quel momento. E se qualcuno se ne fosse accorto?

Improvvisamente una goccia di pioggia mi cadde sul viso. Alzai la testa per guardare il cielo.

Scese qualche altra goccia di pioggia e chiusi gli occhi, sorridendo.

Damon tornò indietro, mi aiutò a finire di ricompattare il terreno e poi mi spinse via, si inginocchiò e fece scorrere la mano sulla tomba, togliendo tutte le nostre impronte.

«La pioggia farà diventare tutto fango», gli dissi. «Forse non si accorgeranno che è stata di nuovo scavata».

Annuì. «Sali in macchina, sbrigati».

Dio, forse avrebbe ucciso anche me, ma non mi sembrava plausibile. Corsi dall'altro lato del veicolo, aprii lo sportello e salii a bordo della BMW.

BMW.

Quella macchina l'avevo già vista da qualche parte.

Scossi la testa.

Ma certo che l'avevo già vista. A scuola tutti conoscevano i veicoli dei Cavalieri.

Damon chiuse il bagagliaio e salì a bordo. La pioggia iniziava a picchiare sul tetto. Guardai fuori dal finestrino verso la tomba di McClanahan. Le gocce di pioggia, all'impatto, sollevarono lo sporco.

Non avremmo dovuto seppellirla lì. Come gli era saltato in mente?

Quella tomba era importante. Damon e i suoi amici la riverivano. Perché l'aveva messa proprio lì? Non era un modo di dissacrare la memoria di McClanahan?

Cioè, alla fine era una furbata. Nascondere un corpo dove nessuno avrebbe trovato strano che vi fosse un corpo, specie quella tomba, che era stata aperta e poi richiusa da poco e con buone probabilità nessuno avrebbe notato il trambusto intercorso. Ma avrebbe potuto vederci chiunque. Forse qualcuno l'aveva addirittura fatto.

Mi guardai intorno, esaminando i filari di alberi e i cespugli, alla ricerca di un qualsiasi movimento tra le lapidi e le cripte.

Mi ficcai in bocca il pollice e assaporai lo sporco che vi era rimasto sopra, sporco che avevo anche addosso sul maglione.

Guardai Damon, che non aveva ancora messo in moto la macchina.

Afferrò il volante, il labbro inferiore gli tremava mentre fissava il parabrezza con gli occhi pieni di lacrime.

«Non le volevo bene», disse, quasi tra sé e sé.

Ma il suo volto, deformato dalla tristezza e dalla disperazione, era solcato dalle lacrime.

«Non so perché mi sta facendo così male», mi disse. «Non le volevo bene».

«Le volevi bene», le dissi, ma non uscì che un sussurro. «Hai imparato da lei ad amare». Girai la testa e tornai a guardare fuori dal finestrino. «È così che è andata».

I miei genitori mi avevano cresciuta, ma anche Martin lo aveva fatto. Mi aveva modellata.

Non mi doveva meravigliare che non potessi dare a Will quello che voleva.

Le lacrime mi affiorarono infine agli occhi finché tutto divenne indistinto e non ci vidi più.

Damon accese il motore e partì, e non avevo idea di dove fossimo diretti, ma quando mi accorsi che entrava nel parcheggio della scuola, provai un po' di sollievo.

Non volevo andare a casa.

E conciata in quel modo nemmeno potevo. Avevo bisogno di trovare degli abiti puliti. L'orologio sul cruscotto segnava le 2:20 del mattino.

Damon fece il giro della scuola e si recò sul retro, quindi parcheggiò tra gli scuolabus e lo stadio coperto.

Spense il motore, allungò un braccio sul sedile posteriore, prese un cappellino da baseball e me lo tirò mentre si rimetteva in testa il cappuccio.

«Mettitelo», disse, «e andiamo».

Esitai, per la mia naturale predisposizione a fare domande e lamentarmi, ma… sembrava avere un piano, almeno, e del resto io, in quel momento, non riuscivo nemmeno a ricordare il mio nome.

Mi infilai il cappellino e uscii dalla macchina, seguendolo fino alla porta dove tirò fuori dalla tasca un mazzo di chiavi.

Non avevo idea di come facesse ad avere le chiavi della scuola, ma non me ne importava nulla.

Damon aprì la porta e io mi diressi dentro, seguendolo nello spogliatoio degli uomini. Prese due asciugamani e mi portò in una enorme doccia con tanti soffioni, poi poggiò gli asciugamani su un divisorio.

Accese l'acqua, io mi guardai intorno.

Le ragazze avevano i divisori sotto ogni soffione. Almeno c'era un minimo di privacy.

«Togliti i vestiti», disse. «Presto».

Si tolse la felpa e iniziò a sfilarsi i pantaloni, io feci per aprire la bocca e protestare, ma poi ci ripensai.

Perlomeno non mi stava uccidendo.

Si tolse gli abiti e io feci lo stesso, lentamente, come se avessi attivato il pilota automatico.

Mi sbottonai la salopette, sfilai il maglione da sopra la testa e gettai via tutto: scarpe, calzini e persino le mutandine, troppo impaurita di lasciarmi dietro delle prove.

Ci sistemammo ognuno sotto i rispettivi soffioni e ci lavammo, il sangue scorreva giù dal suo corpo nello scarico. Vidi che aveva un rosario nero sul collo che gli ricadeva sul petto. Lo portava sempre?

Chiusi gli occhi, tremando sotto il getto d'acqua fredda.

«Sai chi è mio padre, vero?», mi chiese.

Annuii.

«E certamente sai cosa ti succederà se provi anche solo a dire una parola di quello che è successo».

Aprii gli occhi e cercai i suoi, che incontrai attraverso i riccioli spiaccicati sulla faccia.

«Non ci penso nemmeno», mugugnai. «Non ho i tuoi soldi e non ne uscirei con la stessa facilità».

Mi soppesò per qualche istante e poi si chinò, per insaponarsi le gambe e poi le braccia.

Non riuscivo a smettere di tremare. Avevo lo stomaco chiuso e l'acqua mi scorreva sul taglio in fronte e mi bruciava.

«Forse un giorno ti restituirò il favore», disse rimettendosi in piedi. «Quando sarai pronta a occuparti di lui».

Lo sguardo gli vagò per tutto il mio corpo, che era coperto dei lividi e dei tagli che già aveva notato.

«Sono un punto in sospeso», sottolineai. «Perché prima non mi hai ucciso quando mi hai visto?».

All'improvviso sembrò assorto, come se ci stesse davvero pensando su.

«Tu perché non sei scappata quando mi hai visto?».

Aveva ragione. Mi ero intromessa volontariamente.

E perché? Per aiutarlo? Non mi stava nemmeno simpatico, e come facevo a sapere che mi stava dicendo la verità? Magari sua madre era la persona più buona del mondo.

Mi stavo giocando tutto e avevo soltanto la sua parola. E per cosa, poi?

Scossi la testa, cercando di schiarirmi le idee. «C'è una...», deglutii, portandomi la mano alla testa. «C'è una lacerazione profonda, oggi. Non so cosa mi sia preso».

Rimase a fissarmi in silenzio.

Abbassai lo sguardo, ricordando che sensazione avevo provato, a come lo avevo guardato e immaginato cosa si provasse a uccidere qualcuno che si odiava.

«Volevo osservarti mentre te ne disfacevi», sussurrai.

Rimase fermo in silenzio, come studiandomi o cercando di capire qualcosa, e poi sospirò, passandosi l'acqua su tutta la faccia.

Si schiarì la gola. «Ho una sorella», disse. «Si chiama Nik, ma la chiamano tutti Banks». Incrociò di nuovo il mio sguardo. «Se succede qualcosa e non riesco a essere lì per lei – se vengo arrestato per quello che ho fatto – devi andare a casa mia e aiutarla. Non ha nessun altro. È chiaro?».

Eh?

«E lo chiedi a me?» Lo guardai confusa. «Perché?».

Poteva contare su decine di altre persone.

Si limitò a girarsi e a spegnere il getto d'acqua, sollevò le braccia e si passò le mani sui capelli. «Non so bene chi altro mi avrebbe aiutato a sotterrare un cadavere», sussurrò.

Restammo lì fermi. L'acqua mi scorreva addosso e alzai lo sguardo, notando delle piccole cicatrici nell'interno delle sue braccia.

Neanche i suoi amici?

«Ha la tua età», disse. «Nessuno sa nulla di lei, e non chiedermi perché. Non ha altri che me. Me lo devi promettere».

Ci volle più di qualche istante, ma alla fine annuii. «Una sorella. Nik. Della mia età. Ho capito».

Sorrise, lievemente ma in maniera genuina, e poi prese gli asciugamani, venne a chiudere la doccia e me ne porse uno.

«Una lacerazione profonda...», ripeté tra sé e sé, mettendomi il braccio sulle spalle e tirandomi fuori dalla doccia. «Vieni. Andiamo a cercare Will».

Capitolo 25

Will

Presente

Era ovvio.

Era ovvio che lei volesse scappare, era quello che aveva sempre cercato di fare.

Ma invece di ferirmi, la cosa mi faceva solo incazzare. Anni prima avevo trovato delle scuse – che non ero abbastanza buono per lei o che avevo troppi scheletri nell'armadio perché lei potesse davvero volermi – ma ormai non avevo più alcun dubbio. Lei era un'egoista senza cuore, una perdita di tempo, come Damon mi aveva sempre detto, poiché mi respingeva. E perciò poteva anche andarsene subito a fare in culo.

Non avevo bisogno che mi salvasse nessuno, e di lei non avevo affatto bisogno. Punto.

Mi chinai e la strappai via da Alex, sentendo la camicia che si lacerava, poi la spinsi da parte, fuori dalle palle. Se stava per andarsene senza di me, allora poteva pure restare qui senza di me. Dannazione.

Si rituffò di nuovo, cercando di afferrare le sue provviste, ma la presi per il collo e le gridai in faccia.

«Se pensi di andartene da qualche parte, stai fuori», dissi.

Mi spintonò via, gli occhiali le caddero sul pavimento mentre Alex faceva per rialzarsi.

«Non ti sei mai chiesto cosa stessimo facendo io e Damon la notte che ci hai incontrato a scuola?».

Strabuzzai gli occhi e lei si mise a ridacchiare.

«Non vuoi neanche sapere cos'è davvero successo il giorno che ti hanno arrestato, vero?»

«Lo so cos'è successo», ringhiai.

Rise di nuovo, ma abbassò lo sguardo e vidi che le lacrime le affioravano agli occhi. «Sì, sai tutto tranne la mia versione della storia, e forse avresti agito diversamente e mi odieresti ancora per quello che ho fatto anche se sapessi ogni dettaglio, e forse mi lasceresti dire le cose che andrebbero dette, invece non vuoi farlo. E lo sai perché?».

Sentii dei movimenti al piano di sopra e capii che dovevamo nasconderci. Subito.

«Perché tu non vuoi occuparti per niente delle cose», bisbigliò. «Damon lo sapeva. Io lo sapevo. Lo sapevano tutti. Non avevi problemi, perché problemi non ne volevi. Hai sempre lasciato che fosse la marea a trascinarti; e *c'est la vie*».

Le strinsi la camicia tra i pugni.

«Eri il bambino che tutti proteggevano», proseguì. «Damon ha detto che non eri stato mai macchiato da alcunché, ed era quello che ti rendeva speciale ai nostri occhi. La tua qualità andava preservata».

Parlavano di me? Insieme? Alle mie spalle?

«Non ti è mai venuto in mente che potesse essere strano?», insistette. «Damon e io ci odiavamo. Che cosa potevamo mai fare quella notte? Come mai ero la sola persona a conoscere l'esistenza di sua sorella?».

Immaginai che stesse parlando di Banks, non di Rika. Nessuno di noi sapeva niente di Banks, almeno non fino all'anno successivo all'uscita di prigione.

Emmy sapeva di lei già alle superiori?

Sostenne il mio sguardo mentre le lacrime vacillavano nel suo. «Perché non ti sei mai posto queste domande?»

«Perché io...»

«Perché tu non vuoi conoscere le risposte» aggiunse, interrompendomi. «Se non sapevi ciò che stava succedendo, allora non dovevi nemmeno occupartene».

«Non è vero».

«Oh, giusto», sbottò. «Avevo dimenticato che tu, a differenza di noi comuni mortali, hai un modo tutto tuo di affrontare i problemi».

La fulminai con lo sguardo. Ma che cazzo stava dicendo?

Come faceva a sapere che facevo uso di droghe? Maledizione.

Il suo sguardo vacillò e si capiva che, vedendo la mia espressione, forse stava pensando che non avrebbe dovuto dirlo, ma la spinsi via, ogni muscolo mi bruciava ed era pronto alla lotta.

Alex la prese di peso e la trascinò verso le scale. «Statti zitta, Emory», sibilò a denti stretti. «Stiamo tutti soffrendo. Il mondo non ruota intorno a te. Dobbiamo farci forza».

Si liberò dalla presa e indietreggiò verso la porta, gli occhi le dardeggiavano dall'uno all'altra.

«Tu vatti a nascondere», disse ad Alex. «Spero che tornerai a casa tutta d'un pezzo».

Se ne stava andando. Stava per uscire da lì, per andare incontro a una probabile morte, perché nella sua testa l'orgoglio occupava così tanto spazio che non ne restava più per il buon senso.

Un tempo stava bene. Più o meno bene.

Ma non sarebbe resistita lì con noi due. Mi stava lasciando.

«E quando arriverà la squadra?», sussurrò Alex. «Non ce ne andremo dall'isola senza di te, e rallenterai solo la nostra fuga perché dovremmo tutti metterci alla ricerca del tuo cazzo di cadavere».

«Lui è stato mandato qui», ribatté Emory. «Se ci troviamo qui tutti, è solo colpa sua».

Si girò, prese la borsa e afferrò la maniglia. Alex la raggiunse e le tolse la mano dalla porta.

Emmy si dibatté e spinse via Alex, facendola cadere all'indietro. Inciampò e, ruotando in aria, atterrò sulle mani e le ginocchia…

Proprio ai piedi di Aydin.

Persi il fiato, alzai gli occhi e incontrai il suo sguardo.

Oh, merda.

Era fermo tra la tromba delle scale e la sala da pranzo. Alle sue spalle comparve Taylor. Rory e Micah erano immobili in cima alle scale a ridosso del parapetto.

Raddrizzai la schiena, tutti studiavano la nuova arrivata, io avevo comunque lo stomaco annodato. Lui mi avrebbe concesso di averne una, non di certo due. Non avrei potuto proteggerle entrambe.

Alex restò paralizzata per qualche istante, fissando la punta delle sue scarpe, poi lentamente rialzò la testa e lo guardò.

Lui la soppesò. Era vestito con una giacca nera e una camicia bianca senza cravatta. Non mi resi conto che stavo trattenendo il fiato, finché non sentii bruciare i polmoni.

Serrò la mandibola e lo sguardo gli si fece gelido. «Micah?», chiamò. «Rory?»

«Sì», rispose Micah da sopra le scale.

Aydin continuava a fissare Alex. «Voglio che perquisiate subito la casa e tutta l'area», disse.

I due restarono fermi per qualche istante e poi si divisero, partendo dal secondo piano.

Era stato facile giustificare l'arrivo di Emmy come se si trattasse di un episodio isolato – per alcuni, addirittura, un colpo di fortuna – ma avere lì anche Alex significava che non si era trattato di un incidente. Si stavano infiltrando, e ad Aydin piaceva ancora comportarsi come se lui fosse lì per sua scelta, e quella casa fosse il suo regno.

Si chinò e con delicatezza tirò su Alex, fissandola negli occhi e asciugandole col pollice il sangue che aveva sotto il naso.

Lei esitò per un istante, si liberò dalla presa, poi fece un passo indietro.

Aydin alzò la mano, restando a guardare il sangue che gli gocciolava giù dal pollice.

Poi la fissò una seconda volta e passò la lingua sul dito, leccandosi via il sangue.

«Alex», disse, deglutendo. «Palmer».

«Vi conoscete?», chiesi.

Come diavolo facevano a conoscersi? Lanciai un'occhiata ad Alex, che si limitò a restare ferma lì, le spalle diritte e la bocca chiusa.

«Quante altre persone ci sono?», le chiese. «E dove sono nascoste?».

Li guardai, detestando quanto lui apparisse calmo, perché sembrava che si aspettasse sempre quello che accadeva e che avesse già deciso come comportarsi.

Era la sola cosa che avevo imparato da lui. Far sembrare che tutto fosse sotto il suo controllo sortiva lo stesso effetto di averlo davvero, il controllo. Prendere una decisione e agire come se il piano fosse quello dall'inizio.

Quando lei non rispose, lui abbassò il mento e le rivolse un ghigno. «Non hai fatto questa cosa da sola», le disse. «Come hai fatto a trovare questo posto?».

Senza attendere la risposta, si avvicinò a Emmy, che era rimasta davanti la porta.

Piegò la testa per osservare il livido che le si andava formando sulla guancia. «Sembra che tu abbia trovato l'origine dei rumori oltre le pareti», le disse.

Lei non rispose, ma gli permise di prenderle il volto e di fargli girare il suo capo da una parte all'altra per esaminare le ferite.

Volevo staccargli la testa dal collo.

«Come fai a sapere che non sono stata condotta qui contro la mia volontà, come è successo a Emory?», chiese Alex.

Ma Aydin la ignorò e domandò a Emmy: «Perché state litigando?» Le rivolse un'occhiata. «Perché ve lo state litigando?».

Em tenne di nuovo la bocca chiusa, senza negare né confermare.

«Se lo si costringesse a scegliere, non sceglierebbe te», le disse. «Dovrai guardarti le spalle da sola. Abituati all'idea».

«Non c'è niente a cui io sia più abituata», disse Em a voce bassa ma in tono deciso.

Lui le ammiccò di rimando, segnalandole che approvava quella risposta.

Li fissai. Ma che cavolo stava facendo? Stavano forse facendo amicizia o qualche cazzata del genere?

Aydin abbassò le braccia e le guardò i piedi, notando le provviste di cibo sul pavimento. La guardò negli occhi per un istante, prima di afferrare il cappotto nero dall'appendiabiti dietro la porta e metterglielo sulle spalle.

«Taylor?», disse.

Questi avanzò di qualche passo. «Sì?»

«Tieni fermo Will», gli disse Aydin.

Mi tesi. *Cosa?*

Prima che riuscissi a girarmi, Taylor mi afferrò, fece scivolare le braccia sotto le mie e mi bloccò le mani sul petto.

«Che cazzo fai?», urlai.

Aydin aprì la porta, guardando Emory prima di chinarsi a raccogliere le provviste e dargliele.

Lei esitò, fece scorrere gli occhi da lui a me mentre mi dibattevo tra le braccia di Taylor. «Mi lasci andare?», gli chiese. «Dopo tutto quello che è successo?».

Riuscii a liberarmi di Taylor con uno strattone, la spinta all'indietro lo fece sbattere contro il candelabro.

Io avanzai.

«Vorrei tanto che non andassi via», le disse Aydin. «Ma se vuoi, puoi».

Lei mi guardò, io mi fermai, soppesando le possibili scelte. Se se ne fosse andata, aveva ragione Alex. Ci avrebbe soltanto rallentati perché avremmo dovuto cercarla e assicurarci che non fosse morta, ma non ero nemmeno più sicuro che me ne importasse qualcosa.

Maledetti. Michael e Kai e Damon e tutti loro. Se non fossero stati diretti da noi, non ci sarebbe stato nessun bisogno di tutta quella fretta. Non ero ancora pronto ad andare via.

Certo, dovevano soltanto arrivare e salvarmi.

Emmy mi fissava – forse per vedere se l'avrei fermata, oppure sperando che lo facessi –, ma io non volevo quello scontro con Aydin. Non ancora.

Perché lei non sarebbe andata via, a costo di doverli combattere tutti e soffrire per ogni osso del mio corpo che si spezzava.

Qualcosa le lampeggiò negli occhi. Sembrava lo stesso sguardo che avevo visto quel mattino di tanti anni prima al cinema. Come se volesse sciogliersi tra le mie braccia.

Come se non desiderasse davvero andare via, perché voleva restare con me.

Ma prima che potessi prenderle la mano, chiudere la porta e capire come avrei fatto a battermi con Taylor e Aydin per salvare tutte e due quelle donne, lui le si poggiò all'orecchio per sussurrarle qualcosa. Lei non mi staccava gli occhi di dosso.

Continuò ad ascoltare mentre lui continuava a bisbigliare, e tre secondi divennero dieci e poi, infine, abbassò lo sguardo come se stesse elaborando le parole di Aydin, quindi gli rivolse un cenno del capo.

Lui chiuse la porta, si tolse la giacca, la appese, e le prese dalle mani le provviste, poi mi rivolse un'occhiata celando un sorriso beffardo sul volto.

Mi raddrizzai.

Mi passò davanti e uscì dalla stanza seguito da Taylor, e io rimasi lì, a guardare, sconcertato da Emory che restava zitta.

Stava scappando via da me. Si era scontrata con Alex per potersene andare.

E ora restava lì?

Era perché lui aveva su di lei più controllo di quanto ne avessi io.

«Raduna le tue cose», dissi ad Alex senza staccare gli occhi da Em. «Dormi in stanza con me».

«Will…».

«Subito!», gridai per mettere a tacere le sue proteste.

Vaffanculo. La roba poteva anche radunarla dopo. La presi per mano e la trascinai sulle scale, lasciando Emory nell'atrio. Scomparvi nel corridoio attraverso l'ultima porta e poi sulla scalinata che portava al terzo piano.

Emory era al sicuro. Era ormai sotto la sua protezione.

Mentre percorrevamo l'ultimo corridoio picchiai sul muro con la mano.

«Senti, non so che diavolo succede», disse Alex, liberandosi dalla mia presa. «Ma quando ce ne andremo, lei verrà con noi. Potete sempre rimettere in discussione tutto una volta che avremo fatto ritorno alla civiltà. Quando fuggirò, tu e lei verrete con me».

Chiusi la porta a chiave e accesi le luci, riflettendo sulla eventualità di prendere il laptop e chiedere al mio contatto di intercettare Michael e gli altri per fermarli. Ma se volevo riportare in salvo Alex ed Emory sarebbero dovuti arrivare il prima possibile.

«Quando arriveranno?», le chiesi.

«Da un momento all'altro».

Mi infilai una camicia e andai alla finestra, chiusi le tende.

«Vuoi tornare a casa, vero?».

Le lanciai un'occhiata.

«Will…».

Iniziai a percorrere la stanza. Stavo a malapena nella pelle.

«I tuoi genitori…», riprese lei, ammorbidendo il tono. «Il modo in cui ne hai sempre parlato. Ti adorano. Tutto sommato, ti adorano». Si avvicinò. «Che ci fai ancora qui? Ti avrebbero davvero tenuto qui tutto questo tempo? Non mi sembra molto logico».

Avrei dovuto dirglielo. Non ero sicuro se avrei fallito o meno, e avevo bisogno di fare le cose a modo mio. Ci avevo messo troppo tempo e troppo impegno.

A casa volevo tornarci, eccome. Ma dovevo percorrere la mia strada fino in fondo.

Lei mi prese il mento e lo piegò verso di sé, immobilizzandomi. «Damon, Winter, Michael, Rika, Misha, Kai, Banks», elencò i loro nomi come se li avessi dimenticati. «Il tuo posto è a casa. Dai, non vuoi andartene da qua?».

Ma certo che volevo.

Perché cavolo pensava che non volessi andarmene?

Kai e Banks.
Winter e Damon.
Michael…
Quand'ero arrivato lì sapevo bene cosa avevo bisogno di fare, ma le parole di Alex continuavano a turbinarmi in testa, specie in quel momento. Specie messo davanti alla scelta che avrei dovuto compiere prima di quanto avessi immaginato.
Forse avevo soltanto paura.
Forse… una piccola parte di me non voleva andarsene per niente da lì. Non c'erano droghe. Non c'erano donne. Ero rimasto lontano dall'alcol senza troppi problemi. Non dovevo provare il mio valore facendo carriera, progetti e con le relazioni che stabilivo.
Dovevo soltanto sopravvivere. All'orizzonte, non c'era alcuna opportunità da cogliere, e quindi non avevo modo di mandare tutto a puttane.
Eravamo tutti sulla stessa barca.
E forse la cosa mi piaceva. Con la sobrietà arrivava la chiarezza, e avevo avuto tanto tempo per ripensare al passato. Mi sentivo imbarazzato. Volevo che tutti si fidassero di me. Che su di me facessero affidamento.
Ma ciò significava anche rischiare di fallire e, occasionalmente, forse non più di qualche minuto di fila, mi ero sentito felice di trovarmi in quel posto e di doverci rimanere per sempre.
Per quanto fosse incredibile, era tutto più semplice.
Mi diressi di nuovo alle scale che portavano alla mia stanza, portando una ciotola di stufato per Alex. Micah me ne aveva messo da parte, ma non abbastanza per entrambi, e non mi andava certo di mettermi a mendicare ad Aydin del cibo in più per Alex. Lei mi aveva detto di aver nascosto qualcosa da mangiare nei passaggi segreti, ma quello sarebbe stato il primo pasto solido che faceva da giorni. Io avrei mangiato soltanto una delle sue barrette energetiche.
Entrai nella stanza e sentii il rumore dell'acqua che cadeva dall'altra parte della tenda. Mi fermai a guardare la sua ombra attraverso il tessuto color crema.
Era in piedi nella vasca, chinata a lavarsi. Poggiai lentamente la ciotola sul tavolo. Mi si chiudeva lo stomaco a guardarla.
Era sempre stato facile perdersi dentro Alex. Non c'era bisogno di parlare né tanto meno di fingere. Non c'era bisogno di sedurla o di atteggiarsi.
Era il mio porto sicuro nella tempesta, e io ero il suo.
Guardai la sua sagoma muoversi mentre si lavava le gambe e le braccia. La sua mano passò sulla nuca e l'acqua scolò nella vasca.

Era la sola persona con la quale mi sentissi completamente al sicuro. La sola persona che non avevo mai avuto paura di deludere, perché l'unica cosa che si aspettava da me era che ci fossi.

Perché non riuscivo ad amarla? Andava d'accordo con i miei amici. Mi faceva ridere e la sua presenza mi era sempre di conforto. Sempre.

Si adattava alla mia vita alla perfezione.

Guardandola, serrai i pugni, quasi convinto che fosse necessario farlo. Dovevo entrare in bagno, prenderla in braccio e portarla a letto, sprofondargli dentro e poi...

Scossi la testa, sospirando.

Non ce la facevo.

Perché ogni volta che chiudevo gli occhi, in realtà io vedevo quella ragazza che mi faceva desiderare di essere migliore. Di essere qualcosa di più di quello che ero.

Io vedevo Emmy Scott.

Alex era come Damon. Mi amavano. Tolleravano il mio lato oscuro.

Erano troppo indulgenti, troppo permissivi.

Mi impedivano di sentirmi solo, ma Emory mi aveva insegnato che non avrei ottenuto con facilità tutto quello che volevo. C'erano cose per cui ci sarebbe stato bisogno di lottare, e il mondo era pieno del dolore di quella lotta. Solo che il mio scialbo stile di vita al liceo aveva fatto di tutto per tenermene all'oscuro.

Lei mi aveva fatto sentire un uomo.

Anche se le sue parole erano taglienti e la battaglia che le invadeva il cuore era come una sciabola conficcata nel mio, il suo sguardo bastava a darmi forza.

Un suo abbraccio era sufficiente a farmi sentire invincibile.

Quando chiudevo gli occhi vedevo una ragazza con gli occhiali troppo grandi per la sua faccia e udivo la voce più dolce e più esitante del mondo chiedermi se ancora avessi voglia di abbracciarla.

La sentivo sempre lì, tra le mie braccia.

Lasciando per un attimo lo stufato, premetti contro il pannello di legno sul muro che Alex mi aveva mostrato prima, e mi imbucai nel passaggio segreto, richiudendomelo poi alle spalle.

I ragazzi erano ancora svegli, sparsi per tutta la casa a fare ognuno una cosa diversa; ma quand'ero andato a prendere il cibo non avevo visto Emory.

Alex aveva detto di aver lasciato il suo borsone nel tunnel all'altezza della stanza di Emory, e anche se mi ero detto di voler solo andare a recuperare una barretta energetica, in realtà il mio scopo era assicurarmi che si trovasse al sicuro nel suo letto.

E che avesse chiuso la porta.

Sarebbe stata riportata sana e salva a Thunder Bay, ad affrontare il resto.

Mi incamminai nei vari tunnel, diretto all'ala est dove sapevo si trovasse la stanza di Emory, individuai il borsone per terra nella poca luce che filtrava dalle fessure nel muro.

Questi passaggi c'erano sempre stati. Era incredibile che Aydin non li conoscesse.

Ma Alex si era aggirata per giorni lì dentro senza essere notata, e perciò...

Lasciai a terra il borsone, udendo i gemiti di Emmy prima ancora di trovare il buco per spiare dentro la sua stanza.

Il mio cuore perse un battito, mi dimenticai immediatamente della borsa e spinsi il pannello, quindi mi arrestai sulla soglia della stanza, avvolta nelle tenebre. Mi accorsi subito che era sdraiata sul letto sotto le coperte.

Il suo respiro non era lineare, sembrava agitato e spezzato; mugolando, si contorceva sotto le lenzuola. Mi girai verso la porta, notai che aveva sistemato la sedia sotto la maniglia, poi guardai di nuovo il letto e feci un passo avanti.

Teneva il lenzuolo stretto nelle mani. Mi accostai, osservandola come avevo fatto quella sera che l'avevo accompagnata a casa dal luna park e l'avevo messa a letto. Indossava una canottiera e delle mutandine di pizzo viola che immaginai le avesse dato Alex. Il lenzuolo le ricadeva sotto i fianchi e il suo petto si alzava e si abbassava troppo velocemente.

Si lamentò e mi sporsi sul letto, mettendo la mano sul cuscino sopra la sua testa.

Attorno all'occhio le era venuto un livido. Vagai con lo sguardo sul resto del suo corpo, vedendo più lividi e ferite sulle braccia di quanti ce ne fossero stati in precedenza.

La caduta nel bosco, il piccolo incendio, il combattimento con Taylor e quello con Alex... Non riuscivo a resistere. Le feci scorrere la mano sui capelli, lisciandoglieli e liberandole il viso, mentre il suo incubo proseguiva e il suo corpo tremava.

Avevo amato Emory sin dal primo momento in cui le avevo messo gli occhi addosso quando avevo quattordici anni.

Me la ricordavo ancora seduta sulla sua bici fuori dal perimetro del parcheggio della scuola, mentre guardava me e i miei amici che quell'estate andavamo sullo skateboard.

Da quel momento in poi mi era parso di essere sempre consapevole della sua presenza e ogni cosa che facevo, la facevo sapendo che mi stava guardando.

Tutte le battute in classe. Tutte le liti in mensa. Ogni nuovo taglio di capelli e ogni nuovo paio di jeans.

Persino la Ford Raptor. Il mio primo pensiero, quando i miei genitori me l'avevano comprata, era stato come sarebbe stato vedercela sopra.

Quella stupida fantasia di lei che correva verso il mio fuoristrada dopo la scuola, sorridente e gongolante, che non riusciva a evitare di toccarmi da tutte le parti, perché io ero il suo fidanzato e, finite le lezioni, accompagnavo sempre la mia fidanzata a casa.

Odiavo il fatto che fosse sola. Era sempre stata sola, e non avrebbe dovuto esserlo, perché avrebbe dovuto essere al mio fianco.

Ma più passavano gli anni e più diventava rabbiosa, e più il bisogno di dimenticarla mi dava il tormento. E ormai volevo soltanto che tutta quella storia fosse finita.

Con lei non poteva migliorare nulla. Le cose potevano soltanto deteriorarsi.

Non sarebbe mai stata tra le mie braccia in un letto tutto nostro.

«Ti amo, Will», disse in un sussurro.

Mi immobilizzai, la mano ferma sulla tempia mentre la fissavo.

Cosa?

Le gambe quasi mi cedettero. La fissai a bocca aperta, strizzando gli occhi e provando a vedere se i suoi fossero aperti o se stesse ancora dormendo, ma…

Capii che era sveglia. Il suo respiro si era calmato e il corpo rilassato.

«Ti ricordi la notte che ti sei intrufolato in camera mia?», chiese, guardando ancora dall'altra parte. «Quando poi ti sei stancato di me e hai provato ad abbandonarmi?».

EverNight. La notte in cui avevo incontrato per la prima volta sua nonna.

Tirò su col naso. «Ti avevo avvisato che non ero una persona felice, e che c'erano tanti motivi validi per non farti entrare nella mia vita, ma…». Si zittì, in cerca delle parole giuste. «Il solo periodo in cui ho amato la mia vita è stato quando stavamo insieme».

Avevo ancora la mano sulla sua fronte, immobile.

Ora? Me lo stava dicendo soltanto in quel momento?

«Sono sempre stata la tua Em», bisbigliò. «Non importa cosa dicessi o facessi o tutti i modi in cui ho lasciato che la vita mi sopraffacesse, nel corso degli anni… quella sera è quando l'ho capito. Ti amavo».

Mi bruciavano gli occhi. Digrignai i denti.

«Puoi andartene e sopravvivrò. Sopravvivo sempre», disse. «Volevo soltanto che lo sapessi».

E così, come se nulla fosse, non riuscii più a ricordare perché lei, per me, fosse tossica, e volevo solo che lei prendesse il suo posto, lì dove avrebbe dovuto essere.

Accanto a me.

Tutto l'odio e la rabbia e la sensazione di perdita si sciolsero, volevo soltanto arrampicarmi sul letto alle sue spalle e restare lì per tutta la notte, ma sapevo bene che al mattino, quando i miei occhi si sarebbero riaperti, la luce avrebbe fatto male.

Tutto avrebbe fatto male.
Serrai il pugno. Il mio unico desiderio era rimanere lì, ma non potevo più permettermelo.
Ero libero da tutti i vizi, tranne uno: dovevo scuotermela di dosso. Avevo bisogno di scuotermela di dosso per poter fare ritorno a casa.
Me ne andai, troppo orgoglioso per prendere la strada che passava dietro le pareti. Aprii la porta e uscii, chiudendola dietro e lasciando lei al buio.
Quand'ero entrato in quella stanza, volevo sapere cosa lui le aveva detto – cosa le aveva sussurrato nell'orecchio davanti alla porta – ma non potevo restare là un istante di più, o per il resto della notte non avrei fatto che pensare a lei.
Mi amava.
Mi amava.
Il mondo mi ruotò davanti dandomi le vertigini.
Ma era solo un altro esempio di come tutti facessero di me quello che volevano, perché credevano che non me la sarei mai presa seriamente.
Voglio dire, Damon mi aveva quasi ucciso. Brutalmente, e in maniera così orribile, che ad oggi riuscivo a malapena a mettere un piede nell'acqua se non in una vasca da bagno, eppure non mi ci era voluto poi molto a perdonarlo.
A nessun altro la stavo facendo passare così liscia.
«Will», mi chiamò Aydin quando passai davanti alla sua stanza.
Mi fermai, raggelato.
Non avevo alcuna voglia di parlargli in quel momento, perché qualsiasi cazzata fosse fuoriuscita da quella bocca avrebbe finito solamente per incasinarmi di più il cervello. Avevo una voglia bestiale di una sigaretta. Speravo che Winter non fosse riuscita a far smettere del tutto Damon, altrimenti una volta a casa avrei dovuto iniziare a comprarmi dei pacchetti tutti miei.
Micah stava facendo scorrere il rasoio sulla gola di Aydin, che era seduto sulla sedia col capo reclinato.
Entrai nella stanza e alzai la mano per prendere il rasoio. Micah esitò giusto un istante, poi me lo passò e uscì dalla stanza.
Mi piazzai dietro Aydin e ripresi da dove aveva lasciato Micah. In quella casa, ero il più bravo a radere e per questo chiunque preferiva che me ne occupassi io.
«Pensi che saresti tu al comando», chiese Aydin, «se non ci fossi io?».
Strinsi il manico, dando un'altra rasata. Bastava premere un po' di più, e ci sarei stato veramente io al comando.
Lui lo sapeva.
Pensava anche di essere coraggioso a farsi radere da me, mi sarebbe stato davvero facile ucciderlo per proteggere Emmy e Alex.
«Sono geloso che i tuoi amici abbiano mandato qualcuno a prender-

ti». Ridacchiò, alzando lo sguardo. «I miei devono essersi dimenticati di me».

«Devi contornarti di gente che non ti dimentichi».

Gli passai la lama sulla mandibola, sentendomi addosso il suo sguardo.

«L'ho fatto», disse.

Intendeva noi? Non eravamo suoi amici. Non ancora, almeno.

«Richiedere l'obbedienza con l'intimidazione non incoraggia la lealtà», affermai. «La lealtà bisogna guadagnarsela».

Restò in silenzio mentre gli facevo il contropelo sul mento e sulla guancia. Aveva capito bene cosa volevo dire. Micah, Rory e Taylor non lo rispettavano. Lo temevano.

«Lo so», concluse. «Tu non riuscivi a convincerla di restare. Io ci sono riuscito senza alzare nemmeno una mano». Mi fissò. «Non ho alzato neppure la voce. *Questa* è lealtà».

Strabuzzai gli occhi.

«Tu possiedi il suo cuore, ma io sono entrato nella sua testa», insistette. «E una donna come Emory Scott, secondo te, a cosa dà più ascolto?».

Non avevo bisogno nemmeno di pensarci, a quale fosse la risposta. Mentre gli rifinivo il labbro superiore, avvertii un tremore alla mia mano.

«Quando finalmente fuggirete, pensi che Emmy verrà con te e la tua troietta?».

Mi raddrizzai di scatto, la lama serrata nelle mani.

Di certo non resta qui con te.

«Credo che quando fuggirò», gli risposi, «non mi porterò via soltanto le due ragazze».

Lui rise, togliendosi l'asciugamano dal collo e passandoselo sul volto. «È fenomenale», disse. «Mi è piaciuto un sacco quando ti ha preso per il collo. Sono tanti gli uomini che non sanno quanto potrebbe piacergli essere dominati. È una cosa davvero eccitante. Ti ha fottuto per bene. Credo che qui dentro abbia iniziato veramente a vivere».

Serrai la mandibola, usando tutta la pazienza che mi era rimasta per tenermi a bada.

Ci aveva visti nella serra. Ci aveva visti mentre lei mi scopava.

Poggiai il rasoio e uscii dalla stanza, ogni muscolo del mio corpo era in fiamme.

Non l'avrebbe avuta.

Mi diressi a passo di carica verso la stanza di Emmy, spalancai la porta e mi avvicinai al suo letto. Lei si ridestò di scatto e mi guardò nel cono di luce che entrava dal corridoio.

«Ma che stai facendo?», mi chiese.

Non dissi neanche una parola.

Presi i suoi occhiali dal comodino, feci passare le mie braccia attorno al suo corpo e la alzai, lenzuola e tutto, per portarla in camera con me e Alex.

Per niente al mondo, quella notte, avrei distolto gli occhi da lei.

Mi avvolse le braccia intorno al collo, senza smettere di fissarmi per tutto il percorso.

Cristo santo, chi l'aveva fatta venire lì? Stava mandando all'aria tutti i miei piani.

Capitolo 26

Will

Nove anni prima

Quando il rumore di un armadietto che veniva chiuso riecheggiò nel corridoio, mi portai la bottiglia alla bocca e sorseggiai un altro goccio di bourbon.

Figli di puttana. Che cazzo stavano facendo? Da quanto tempo andava avanti la cosa?

Lo avevo capito che qualcosa non andava.

Mi poggiai a una colonna di tappetini nella sala da wrestling, sentendo il rumore di un armadietto che si apriva in corridoio mentre *Apologize* risuonava dall'altoparlante.

Diedi un altro sorso, ricordando come le avevo rimboccato le coperte la sera prima.

Come un imbecille.

Dopo la lite a scuola, la sera ero uscito a festeggiare la Notte del Diavolo con i miei amici e avevo tutta l'intenzione di non pensarci più. Volevo soltanto strafarmi e vedere se avessi trovato qualcuna che avrebbe potuto farmi sentire meglio, perché lei mi trattava come una merda, ed ero stufo di inseguire quella ragazza – che sapevo essere la donna della mia vita – che non voleva avere nulla a che fare con me.

Non mi aveva mai corrisposto.

Tranne la sera precedente.

Ma poi era tornata in forma smagliante e si comportava come se mi avesse scopato per misericordia. Come se non fossi abbastanza per lei.

Così ero andato con i miei amici al cimitero a fare casino.

E poi eravamo andati da Pope a Meridian City.

E di nuovo altro casino e festeggiamenti.

Ma non importava quanto bevessi, non ero capace di dimenticarla. Ero tornato a Thunder Bay in taxi, ma anziché recarmi a casa, avevo camminato fino a scuola e poi raggiunto il nostro bus al parcheggio. Ero salito a bordo ed ero sprofondato nel sedile posteriore, ricordando cosa avessi provato la sera prima. Che bell'effetto mi avevano fatto il suo amore e il suo desiderio.

Ero rimasto là seduto a ubriacarmi sempre di più, con lei nella testa. E poi, affacciandomi dal finestrino, li avevo visti.

Lei e Damon. Che entravano a scuola.

Non ero sicuro di aver visto bene. Girava tutto. Ma alla fine ero sceso e li avevo seguiti.

Avevo chiuso gli occhi e tirato un respiro profondo, sentendo i loro passi che percorrevano il corridoio.

Non era stato difficile scovarli. In un edificio così vecchio – e deserto, vista l'ora – si era sentita l'acqua delle docce scorrere sin dall'ingresso. Mi ero sentito le gambe deboli e lo stomaco in subbuglio, quindi mi ero infilato negli spogliatoi e li avevo spiati dá dietro gli armadietti.

Nudi sotto la doccia assieme.

Avevo stretto la bottiglia tra le mani. Quella scena non dava adito a fraintendimenti.

Ecco perché se ne era andato via presto dall'hotel quella sera. Ed ecco perché lei non si sarebbe mai abbandonata del tutto a me.

Nessuno avrebbe mai scelto me al posto di Damon. O me al posto di Michael o di Kai. Rispetto a loro, tutti pensavano che io non valessi un cazzo.

Oltrepassarono la porta aperta. Damon sentì la musica e si fermò. Lei si arrestò al suo fianco, e io la guardai dalla testa ai piedi, vedendo i pantaloni neri della tuta tirati su fino alle ginocchia, la maglietta bianca stropicciata e i capelli bagnati. Lui indossava solo dei jeans, senza camicia.

«Te la sei scopata?», gli chiesi.

Damon non rispose. Entrò nella stanza buia e alla fine mi vide.

Emmy lo seguì.

«Davvero?» Damon piegò la testa, cercando di mettermi meglio a fuoco nel buio. «Non sono mica così scontato. E dai». Si avvicinò, e con un cenno disse a lei di farsi avanti. «Poi non è nemmeno così carina».

«Grazie», bofonchiò Emory.

Lanciai attraverso la stanza la bottiglia, che andò a infrangersi contro il muro. Mi scagliai contro di lui e gli diedi uno spintone.

Indietreggiò, ridendo. Em fece un passo indietro a sua volta e si fermò.

«Non è la serata giusta, Will», mi avvisò lui. «Non fare cazzate».

Avanzai di qualche passo, guardandola. «Da dove vengono tutti quei lividi?».

Abbassò lo sguardo.

Fissai Damon, scuotendo la testa. «Sapevo che eri una bestia, ma non fino a questo punto».

Ridacchiò, facendosi scorrere la mano tra i capelli, l'espressione spazientita. «Diglielo», disse a Emmy.

Spostai lo sguardo rapidamente dall'uno all'altra. Lei gli rivolse un'occhiata di preoccupazione.
«Diglielo», le gridò di nuovo Damon.
Figlio di puttana. Alzai il braccio e gli mollai un destro sulla mascella. Cadde a terra, grugnendo e toccandosi la faccia.
Non si meritava di sapere cose di lei che io ignoravo. Che andasse a fare in culo.
«Ti è piaciuto?», chiesi a Em. «È stato bravo?».
Quella sera, mi ero già insospettito a vederli tutti e due alla cattedrale. Da quanto tempo andava avanti quella cosa?
Le si riempirono gli occhi di lacrime. Sembrava completamente impotente. Si fece schermo con le mani, come se stessi per picchiarla.
Che cavolo sapeva di lei che io non sapevo? Era la mia ragazza, non la sua.
Mi doleva il torace e repressi la sensazione di bruciore agli occhi. «Ti ho detto che ti amavo ieri sera», dissi. «Non mi hai nemmeno sentito, vero?».
Si avvicinò. «Non rovinare tutto. Conservane un buon ricordo. Ti prego».
«Perché?», urlai, togliendomi il cappuccio e iniziando a sfilare la cintura mentre la costringevo verso i tappetini. «Se deve finire tutto, perché dovrebbe restare un buon ricordo? Non voglio provare la tua mancanza, nulla del genere!».
Mentre mi toglievo la cintura mi si riempirono gli occhi di lacrime. Mi strappai via la maglietta, la sentivo piangere.
«Roviniamo tutto per bene, una volta per tutte», le gridai in faccia. «Ricordami che per te sono stato solo una scopata!».
Le afferrai la faccia e mi ci tuffai contro, ma lei mi abbracciò. Era scossa dai singhiozzi.
«Io ti voglio», sospirò piangendo. «Non penso ad altro che a te».
La guardai. Mi tremava il petto, riuscivo a malapena a respirare.
«Ma non mi sopporti», sbottai. «Non riesci a fidarti di me, e non pensi che io possa essere diverso da quello che vedi, sei convinta che non sarò mai abbastanza per te. Vero?».
Se si fosse fidata di me, mi avrebbe detto che cazzo stava succedendo.
Chiuse gli occhi e scosse la testa.
Ma non ribatté a quello che le avevo detto. Non mi amava.
Damon mi tirò via da lei con uno strattone. «Sei ubriaco».
E allora?
«Che ci facevate assieme?», urlai, serrandogli il braccio intorno al collo e facendo cadere tutti e due a terra. Gli diedi un altro colpo in faccia. Gli scorreva il sangue dall'occhio.
Grugnendo mi scacciò, mi salì sopra e mi bloccò la testa con le mani. Lo afferrai per il collo e provai a strangolarlo.

«Non stavamo scopando!», gridò. «Preferirei infilare il cazzo in un secchio pieno di rasoi che scoparmela!».

Mi diede un altro pugno nello stomaco e io replicai dandogli una botta sull'uccello.

Spalancò gli occhi infuriato, ma non si piegò come pensavo che avrebbe fatto. Scoprì i denti e mi allungò un ceffone in testa. «Figlio di puttana. Ti va bene che mi hai mancato».

Mi afferrò i polsi e me li tenne fermi sul petto, usando tutto il suo peso per immobilizzarmi.

«È facile», dissi. Alla fine ero molto più grande di lui.

Mi diede una testata sul naso e grugnii, le lacrime mi invadevano gli occhi.

«Che cazzo, Damon!», urlai. «Merda!».

Mi dibattei nella sua morsa, ma non mi lasciò andare.

«Ti fermi, adesso?», mi domandò. «Non sono dell'umore giusto, stasera, e tanto meno lei. Abbiamo passato una serata infernale, il mondo non ruota intorno a te».

«Non ci ruota mai». Aprii gli occhi, guardandolo attraverso la foschia. Non ero il capo. Non ero il cervello. Non ero la passione soggiacente che metteva tutto in moto.

I miei amici senza di me non sarebbero stati più deboli.

Avevo una sola cosa che mi piaceva davvero. La sola cosa che mi spingeva a provarci. Una sola cosa che mi faceva sentire un uomo.

Damon incombeva su di me, guardandomi negli occhi. Anche lui era stravolto. Che cazzo era successo quella sera?

Abbassò la testa e mi liberò le mani. Eravamo tutti e due ansimanti.

«È successa una cosa brutta», sussurrò. «E non posso parlarne. Ma ricordati che sei il mio migliore amico».

Il suo respiro mi scaldava la bocca, e mi accorsi che stava reprimendo le lacrime. Socchiuse gli occhi, dibattendosi.

«Ho bisogno di te», bisbigliò. «Non immagini nemmeno quanto abbiamo tutti bisogno di te».

Mi morsi il labbro per tenere a bada le emozioni. Mi bruciavano gli occhi.

Le sue labbra gravitavano sulle mie e il caldo faceva girare la stanza. E poi… aprii gli occhi e la guardai. Era seduta sui tappetini e ci osservava. Si teneva le ginocchia strette al petto, senza battere ciglio mentre la bocca di Damon sfiorava la mia e, quando lui vide che non mi ritraevo, si insinuò nelle mie labbra, me le mordicchiò e infilò dentro la lingua.

«Senza di te non sorridiamo», mi sussurrò. «Senza di te lei non sorride».

Mi si indurì il cazzo, e quando fece scivolare la mano sui jeans per toccarmelo, lasciai andare un gemito. Emory spalancò la bocca e il suo respiro si fece pesante.

Non scappava via.

E ogni istante che non lo fermavo, ogni secondo che lei restava seduta lì senza nemmeno accennare ad andarsene, mi diventava sempre più duro.

Forse stava rivivendo la sera prima, o forse quella era l'ultima cosa che avrei potuto condividere con lei, ma i brividi mi percorrevano il corpo, alla vista di lei che ci osservava. Agguantai i capelli di Damon mentre lui si tuffava con la bocca sul mio collo.

«Cazzo», gemetti.

Chiusi gli occhi per un istante, fugando ogni preoccupazione e abbandonandomi. *Al diavolo tutto.*

Gli slacciai i jeans mentre lui sbottonava i miei, ma prima che potessi tirarglielo fuori per farle vedere quant'ero bravo con le mani, lui si lanciò in basso e me lo prese in bocca, aspirando lentamente ma con forza.

Gemetti. «Oh, mio Dio».

Gli intrecciai le dita ai capelli mentre muoveva su e giù la testa. Il fuoco nello sguardo di Emmy me lo faceva diventare durissimo. La fissai, la maglietta le ricadeva da una spalla, scoprendole la pelle, i capezzoli erano visibili sotto il tessuto.

Le piaceva.

Affondò le unghie nel tappetino sotto di sé. Sembrava arrapata, quasi come se volesse raggiungerci e aiutarlo a farmi quello che stava facendo.

Che guardasse pure.

Che sapesse com'era la bocca di qualcun altro sul mio cazzo.

Abbassai lo sguardo verso Damon, il sudore mi si raggelava addosso mentre, attraverso le labbra bollenti, si spingeva il mio cazzo fin giù, in fondo alla gola.

«Lei è bellissima», sbuffò, tornando su a riprendere aria, carezzandomelo e mordendomi la mandibola. «E odierà vederti felice senza di lei».

Mi sputai sul palmo della mano e la allungai per afferraglielo, già lungo e turgido, per massaggiarglielo a mia volta, gli restituii i baci, mentre ci spingevamo l'uno contro l'altro e il suo rosario mi sbatteva sul petto.

L'aria si scaldava e si riempiva di grugniti e gemiti, intanto che noi rincorrevamo l'orgasmo. Mi parve di sentire Em gemere a sua volta mentre ci guardava.

Volevo che si toccasse. Sperai che lo stesse facendo.

«Più stretto, amico», grufolò Damon contro la mia bocca.

«Fatti bastare questo, di stretto», risposi. «Non me la infili di certo quella mazza in culo».

Rise. «Giusto. Tu hai il cazzo più piccolo. Mettimelo tu in culo».

«Fottiti».

Rise e io sorrisi di rimando, spingendomi contro di lui. Il nostro rapporto era stranamente tornato alle liete offese da nulla.

Chiusi gli occhi, un fiume di sudore mi scorreva sulla schiena mentre con l'altra mano gli afferravo il collo e lo stringevo, entrambi emettevamo gemiti col fiato mozzo mentre spingevamo più forte, stringendoci sempre di più i cazzi nei palmi delle mani. La sborra saettò fuori dal mio un istante prima di lui.

Inarcai la schiena, gemendo.

Mugolai, gettai la testa all'indietro e ripresi fiato.

Mi bruciavano i muscoli, ma i brividi che mi percorrevano il corpo erano così belli.

Cristo santo. Ma che cazzo stava succedendo?

Damon si lasciò cadere su un tappetino al mio fianco. Avevo la mano piena del suo seme. Tenni gli occhi chiusi per un istante, rievocando lo sguardo di lei su di me.

Ma quando li riaprii, vidi che ci stava fissando con uno sguardo incantevole, colmo di dolcezza e al contempo disperato, le unghie affondate nelle cosce.

Le era piaciuto. Lo aveva odiato.

Si alzò dal tappetino, si inumidì le labbra e mi guardò decisa. «Ti vorrò sempre», disse con un tono tranquillo.

E poi se ne andò.

Rimasi a fissarla, il rapimento di qualche attimo prima era ormai un ricordo.

Lei non si sarebbe arresa, ormai era finita, non importava quanto lo volesse veramente.

Chiusi gli occhi e digrignai i denti, pentendomi di aver lanciato via quella bottiglia.

Non mi sarei rimesso di nuovo a inseguirla. Non era una di noi. Non si sarebbe mai battuta per me.

Ingoiai il groppo in gola e feci un respiro profondo, esalando poi fuori tutto il dolore che si era annidato nel ventre.

Damon si alzò in piedi e si tirò su i jeans. «Vado a fare una doccia», sospirò. «Di nuovo».

Capitolo 27

Emory

Presente

Non avevamo mai dormito nello stesso letto.

Era naturale, non avevamo mai avuto una relazione vera e propria. Solo momenti rubati e distanti nel tempo.

Lo guardai, sdraiato vicino a me, la testa girata, il petto che gli si alzava e abbassava e la luce del mattino che filtrava attraverso le tende, facendogli brillare la pelle e dando alle sue sopracciglia il colore del cioccolato.

Mi aveva portato lì la sera prima e mi aveva detto di mettermi a dormire; mi era venuto in mente di oppormi, ma poi avevo capito di non volerlo veramente fare.

Ero stanca. Lui era stanco. E allora al diavolo tutto.

Il mio braccio era steso vicino al suo e i nostri mignoli si sfioravano. Quasi volevo afferrarglielo, ma se mi fossi mossa si sarebbe mosso anche lui, e non ero ancora pronta al suo risveglio.

Voltai la testa a sinistra e vidi Alex rannicchiata dalla sua parte, con la faccia rivolta verso di me e le mani aggrappate al cuscino sotto la sua testa.

Indossava una delle magliette di Will e, anche se vederli assieme la sera prima e scoprire quanto fossero intimi mi aveva ferita, Alex mi piaceva. Mi piaceva tanto.

Non voleva farmi del male. Quello lo sapevo.

Non riuscii a non sorridere. Il suo naso era arricciato in punta, quasi come un punto interrogativo, e perciò riuscivo a vedere dentro le narici.

Non aveva un singolo pelo fuori posto in tutto il corpo. Non un singolo pelo.

Scossi la testa e mi misi a contemplare il soffitto, chiedendomi se non avrebbe dovuto farmi uno strano effetto ritrovarmi in un letto in mezzo al mio primo amore e alla sua amica, ma in qualche modo, rispetto al grande schema delle cose, risultava essere un pensiero stupido.

Mi girai e lentamente mi tirai su, scavalcai Alex e mi misi a guardare entrambi che ancora dormivano. Scivolai dietro la tenda della doccia, presi un panno per lavarmi e lo bagnai sotto il getto.

Poi lo strizzai, per togliere l'acqua di troppo, me lo premetti sul volto, chiusi gli occhi e concessi al caldo di insinuarsi sulla pelle a calmare il dolore che sentivo nella mandibola e sull'occhio, dove mi aveva colpito Alex la sera prima.

Un bagno sembrava proprio una buona idea, però non volevo ancora svegliarli.

Proprio in quel momento qualcosa mi sfiorò la gamba. Abbassai le braccia, riaprii gli occhi e vidi Alex che mi guardava seduta sul bordo della vasca.

«Scusa se ti ho svegliata», le dissi, riscaldando di nuovo il panno sotto il getto d'acqua calda.

«Non c'è problema».

Lo strizzai ancora e mi avvicinai a lei, per premerglielo sulla guancia, sul brutto livido che le stava affiorando sulla pelle.

Provò a prenderlo lei, ma la scansai. «Non sarei andata via senza di te», le dissi.

In caso ne dubitasse ancora.

Mi odiavo, la sera prima sarebbe stato più facile scomparire che affrontare le cose.

«E lui?», mi chiese. «Saresti andata via senza di lui?».

Mi avvicinai ulteriormente, piazzando le mie gambe come a circondare la sua coscia, mentre continuavo a premerle delicatamente il panno sulla faccia.

«La cosa migliore per lui sarebbe restarmi lontano il più possibile», le risposi.

Ma invece di provare a convincermi del contrario, sbuffò. «Sei proprio una vigliacca».

Mi tesi un poco, ma tenni la bocca chiusa, continuando a massaggiarle il volto col panno.

Non ero affatto una vigliacca.

«Emmy, dobbiamo riportarlo a casa», mi disse. «Aiutami. Lo so che lo amavi. Come si fa a non amarlo?».

Una risatina si fece largo oltre il groppo in gola. Era vero. Ero felice di non essere la sola persona al mondo suscettibile al suo potere.

Tutti lo adoravano.

«Quell'uomo, ieri sera, tutta la rabbia che ha cacciato fuori… non è veramente così», disse. «So che lo sai».

Lo sapevo? Ne aveva dovuta sopportare di merda. Lei forse aveva passato assieme a lui gli ultimi anni, e non lo aveva conosciuto alle superiori. Quella conversazione su Godzilla del giorno prima era stata il primo barlume del vecchio Will che avevo intravisto dal mio arrivo.

«Sai come batterti», asserì, quasi sorpresa.

Non ero sicura se stesse parlando della nostra scaramuccia nell'atrio o se mi avesse visto lottare con Taylor qualche giorno prima.
Scossi comunque la testa. «So solo come si torna in piedi».
«È metà della battaglia».
Mi esaminò il volto mentre continuavo a passare il panno sul suo.
«Kai ha un *dojo* a Meridian City», disse. «Lo sapevi? È lì che si allena la nostra famiglia».
La guardai negli occhi. Tra noi passò qualcosa di non detto. Giurai che si fosse trattato di un invito.
Ma se pensava che fossi la benvenuta là, era sorda, cieca e stolta. E comunque avevo un lavoro al quale tornare.
Almeno speravo.
Abbandonai il panno e mi sfregai gli occhi, dimenticando dove Will mi avesse messo gli occhiali la sera prima.
«Hai bisogno di un'altra doccia», mi disse.
«Parla per te».
Tre persone su un letto così piccolo... avevamo passato la notte a sudare.
Presi un pettine dal tavolinetto e iniziai a dirimere i capelli annodati.
«Micah e Rory sono tranquilli», la informai. «Taylor incute un po' di preoccupazione, ma nessuno oserebbe contravvenire agli ordini di Aydin, e lui ha detto che non ci devono toccare».
«Di non toccare te o di non toccare nessuna delle due?».
Aguzzai lo sguardo. «Cosa dovrebbe avere contro di te Aydin?».
Perché avrebbe dovuto proteggere me e non lei?
Si limitò ad alzare le spalle. «Niente. Neanche mi conosce».
«Sembrava conoscerti, però», ribattei.
Sapeva il suo nome. L'aveva riconosciuta.
Non aggiunse altro, ma intanto si sentirono le assi del pavimento scricchiolare. Ci girammo entrambi e vedemmo Will che si avvicinava. Una volta arrivato da noi, si fermò.
I suoi capelli erano un disastro, ma un disastro sensuale, e i jeans gli pendevano dai fianchi, il primo bottone era sbottonato. Restò fermo lì, gli occhi che vagavano dall'una all'altra.
Io stetti ferma, vestita soltanto con la canottiera e le mutandine, e Alex indossava una maglietta, ma era senza pantaloni.
«Che vita del cazzo», borbottò, scuotendo la testa e proseguendo verso le scale. «Usate pure la vasca, se volete. I vestiti sono nel cassettone», disse. «Vado a prendere la colazione. Restate qui tutte e due».
La porta si aprì e si richiuse. Mi allungai e aprii l'acqua.
«Se hai un piano di fuga», le chiesi, «perché non si sbriga a scappare? Ho sentito cosa ha detto, ieri. Non vuole andarsene».
Era curioso, no? Si poteva pensare che sarebbe rimasto estasiato all'idea di venir salvato, ma non sembrava essere affatto felice che lei fosse lì.

Non sembrava affatto felice che nessuna delle due fosse lì.

I prigionieri a volte si abituano a stare in cella, e hanno paura all'idea di uscirne. Lì avevano una casa, tre pasti al giorno, una routine da seguire...

E, alla lunga, una familiare disperazione era diventata migliore di un ignoto briciolo di speranza.

Ma Will non era così. Aveva una casa, degli amici, soldi e possibilità...

Ci stava sfuggendo qualcosa. Ci stava tacendo qualcosa.

Alex scosse la testa, guardandolo scendere le scale. «Non lo so», disse. «Ma se so qualcosa su Will, è che non bisogna mai darlo per scontato. Sa più di quanto sospettiamo, ed è più paziente di un alligatore».

Ormai erano passati giorni. Non mi ero fatta vedere a lavoro. Continuavo a non rispondere al telefono.

A quel punto dovevano aver denunciato la mia scomparsa. Martin era stato avvisato?

Non che gli importasse qualcosa ma, dovendosene occupare, si sarebbe sentito in ogni caso sotto pressione.

Non mi avrebbe trovata. La migliore possibilità che avevo era fuggire con Alex e, se necessario, trascinarci dietro Will quando sarebbe giunto il momento. Non mi piaceva il modo in cui Aydin l'aveva guardata ieri. C'era qualcosa sotto.

Nel frattempo, dovevo restare nelle sue grazie. Poteva volerci il tempo necessario al nuovo passaggio della squadra di rifornimento, e non volevo che mi rinchiudesse nello scantinato per non farmi vedere.

Will aveva voluto la stanza per sé per un po' – per farsi il bagno, immaginai – e Alex si era dileguata nei passaggi segreti per... fare qualsiasi cosa andasse a fare laggiù. Will mi aveva detto di tornare nella mia stanza e di restarci, tuttavia, come era ovvio, ignorai il suo consiglio e mi recai di nuovo nella serra alla ricerca degli attrezzi.

Ormai, non ne avevo bisogno per entrare nei tunnel, ma sarebbero potuti tornare utili per altri impieghi, come armi, o per scavarsi un nascondiglio, per fuggire...

Aydin, Micah e Taylor si stavano allenando in palestra, e non sapevo dove fosse Rory, ma quello era il momento giusto.

Varcai la porta della cucina, attraversai il terrazzo e oltrepassai la serra, sentendo il rumore della cascata dall'altro capo della casa e notando la sua umida nube nell'aria.

Com'era quel posto d'estate? Mi balenò in mente l'immagine di me seduta sul terrazzo con un libro, mentre l'acqua della cascata in lontananza continuava a cadere.

Quasi alzai gli occhi al cielo. Sarebbe stato meglio non restare in quel posto così a lungo.

Entrai nel capanno umido e vidi un piano da lavoro. Presi una chiave inglese arrugginita, un martello e un paio di cacciaviti, provando a farli entrare nelle tasche, finché non vidi la cintura porta-attrezzi che pendeva dal muro. Sorrisi, la afferrai e la sganciai.

Era perfetta.

Legai la cintura tutta chiazzata di ruggine intorno ai miei fianchi, piazzando il carico da un lato anziché sul davanti, perché odiavo il dover camminare con tutte quelle cose che mi sbattevano sulle cosce. Me ne ero resa conto anni prima lavorando al gazebo.

Presi dei chiodi e un paio di pinze, fermandomi a ripensare al piccolo gazebo. Il tetto era simile a un cappello delle streghe ed era stato costruito usando vecchi materiali che avevo recuperato da St. Killian molto dopo che era stata abbandonata. Volevo che sembrasse divorato dal tempo. Come se fosse stato lì da sempre, forse da ancor prima che venisse costruito il paese.

Non era stato il mio miglior lavoro, ma era il primo, e finirlo mi aveva dato più soddisfazione di quanto potessi immaginare.

Ci era voluto più tempo del necessario perché a un certo punto non mi era importato più di niente, compreso del mio lavoro. Erano passati mesi senza che ci mettessi mano, mesi in cui evitavo deliberatamente il paese per non dover passare accanto al gazebo, poi alla fine mi ero costretta a completarlo, tuttavia ultimandolo senza i lampadari, che avevo sempre sognato di utilizzare. Ma sarebbe stato troppo doloroso ricordarmi di lui tutte le volte che li avrei guardati.

Non volevo più costruire o progettare niente. Non volevo più fare niente per colpa sua.

Non importava altro che stare lì a subire il dolore di averlo perso.

Ma alla fine c'ero riuscita. Quando avevo ripreso a lavorare era stato perché, per l'ennesima volta, ero riuscita a rimettermi in piedi. Come i pregiati libri fotografici che collezionavo, il gazebo era un altro trofeo che avevo vinto per essere riuscita a sopravvivere un giorno in più.

Tuttavia, non lo avrei mai più rivisto. Ormai non esisteva più.

Uscii dal capanno attraverso l'erba bagnata, ma invece di dirigermi in cucina, feci una deviazione nella serra, togliendo la scala dal muro che avevo visto il giorno prima e piazzandola sotto il pannello rotto del tetto.

Salii su, mi sedetti in cima alla scala e iniziai a riagganciare la catena arrugginita usando le pinze per aprire l'anello e rimetterlo a posto.

Non me ne importava nulla di quel posto. Era come rifare il letto in una casa in fiamme.

Ma ero fatta così, e non avrei sprecato il mio tempo a piangermi addosso, aspettando che il cuore riuscisse a stare dietro alla testa, e se c'era qualcosa – come tenere le mani impegnate pur di sopravvivere a

Will Grayson, per quanto potessi sperare di tornare indietro – allora quel qualcosa avrebbe fatto al caso mio.

La calma nel caos.

L'unica altra opzione era perdere tempo a pensare alle cose che non avrei potuto cambiare. La sera prima non mi aveva detto che mi amava anche lui. Non mi ero aspettata che lo facesse, ma se avessi nutrito ancora dubbi al riguardo, ormai sapevo la risposta.

Il passato era morto.

Strinsi di nuovo la maglia della catena, tirando fuori del filo dal grembiule e rinforzandola in caso il peso della finestra la facesse di nuovo spezzare, poi scesi dalla scala e fissai tutto al muro. Provai, e le due ante si aprirono all'unisono, così le richiusi.

Venni investita da un'ondata di orgoglio, il piacere di aver risolto un problema: una sensazione così familiare da farmi sentire di nuovo quasi normale.

Quella era la parte di me che avrei mantenuto. Quantomeno, avevo trovato un tipo di lavoro che mi piaceva, e che sapevo svolgere bene.

Poggiai di nuovo la scala contro il muro e uscii dalla serra, lasciandomi alla sinistra l'aiuola con i serpenti nascosti sottoterra, e camminai per la casa, alla ricerca di qualche altro modo per ingannare il tempo.

Chi aveva costruito quella casa, e perché l'aveva fatto? Sembravano esserci pochi tocchi personali nell'arredamento. Non c'erano ritratti di famiglia, portagioielli né orologi con incisioni. Niente che potesse dare indizi della storia della casa, o neanche dove si trovasse, basandosi magari su libri seminati in giro. Non avevo nemmeno fatto una ricerca sui libri in biblioteca, per vedere almeno in che lingua fossero scritti. Ma lì tutti parlavano inglese, perciò…

C'erano forse altre Blackchurch? Dovevano esserci, giusto? In diverse parti del nostro pianeta… Dovevano esserci più di cinque figli che si comportavano male al mondo. L'idea di una qualche baita dispersa sulle catene montuose del Nepal o in qualche foresta pluviale mi distrasse. In tutta la Terra doveva esserci un vero e proprio esercito di teste di cazzo. Non ne avevo dubbi.

M'imbucai nel corridoio che portava in palestra e passai davanti alle due porte che erano sempre chiuse. D'istinto mi fermai e le aprii.

C'era una sala da ballo più piccola di quella che avevo visto dall'altra parte della casa. Salii sulla pista, notando le pareti rosse e le fila di lampadari dorati che le adornavano.

Uno dei lampadari era caduto a terra. Alzai gli occhi al soffitto ma nel buio non riuscii a vedere bene. Mi avvicinai alla finestra e aprii le tende, alzando polvere che mi invase subito i polmoni. Tossii e feci un passo indietro, riguardando il tutto nella luce che vi filtrava.

Che cavolo era successo?

La stanza era magnifica, piena di specchi, cristalli e intarsi, praticamente brillava di luce propria, e la sola cosa fuori posto era il lampadario rotto, con i vetri sparsi sul pavimento.

Il lampadario era più grande di me, poggiato su un fianco, con le gocce a forma di mandorla che pendevano giù. La luce del sole che entrava dalle finestre si rifletteva nelle schegge, proiettando minuscoli arcobaleni sulle pareti. Alzai la testa e scrutai di nuovo il soffitto.

I cavi erano stati recisi e il verricello elettrico, usato per abbassarlo a scopo di manutenzione e pulizia, era stato tagliato. Andai alla porta, premetti l'interruttore e le luci delle applique disposte lungo la parete si illuminarono.

Alzai di nuovo gli occhi e stabilii che i cavi di sospensione, grazie al cielo, erano intatti. Il lampadario doveva essere crollato giù quando lo avevano abbassato per pulirlo.

Dunque, doveva essere sufficiente rialzarlo.

Ma la fune del verricello era danneggiata.

Uno schianto simile, in quella casa, l'avrei udito. Doveva essere successo prima del mio arrivo. Forse tanto tempo prima. Quelle porte erano sempre rimaste chiuse, e quello doveva essere il motivo per cui gli addetti alla manutenzione non se ne erano ancora occupati.

Uscii dalla stanza e trovai nel seminterrato i pannelli con gli interruttori, quindi disattivai l'elettricità alla stanza, poi presi una corda, afferrai la scala dalla serra e tornai nella sala da ballo. Non volevo essere fermata, e la cosa bella di un posto così grande era proprio il fatto che non fosse facile imbattersi negli altri se non lo si desiderava.

Visto che il cavo del verricello era danneggiato, e che non c'era modo di rimpiazzarlo, controllai i contatti del lampadario per accertarmi che fossero ancora integri prima di utilizzare la scala e il trapano manuale recuperato nel capanno per bucare il muro vicino al camino.

Piazzai la punta e girai la manovella. Per forare l'intonaco ci sarebbero voluti pochi secondi con un trapano elettrico, ma non ne disponevo: eravamo praticamente tornati indietro nel tempo al 1898, bisognava lavorare la panna per tre ore per ottenere il burro e preparare dei biscotti che non sarebbero stati pronti prima di cena.

Mi bruciavano i muscoli.

Grugnii, sfilando la punta del trapano, infilando la vite a occhiello nel buco e avvitandola.

Girai e girai usando ogni briciolo di forza prima di arrampicarmi ulteriormente sulla scala, fino a dieci metri d'altezza. Arrivata in cima feci lo stesso sul soffitto, vicino all'attacco originario.

La scala dondolò: mi si fermò il cuore. Continuai a lavorare rapidamente, inserii la vite a occhiello e la avvitai e poi feci delle prove per accertarmi che sostenesse il carico.

Non era sufficiente a supporre che avrebbe retto il lampadario, ma un po' di peso lo avrebbe certamente sostenuto. Non mi bastava mai disegnare il progetto. Volevo anche prendere parte all'opera di realizzazione.

E adoravo lavorare da sola. Pensavo fosse il motivo per il quale al lavoro mi facessi assegnare i progetti più piccoli, i restauri individuali.

Tornai giù e legai la corda al lampadario, la riportai su per la scala, la feci passare nell'occhiello della vite sul soffitto e poi scesi di nuovo, poggiando la scala al muro e infilando la corda nell'altro occhiello.

Sul pavimento mi avvolsi la corda alla mano, puntai i piedi a terra e iniziai a tirare lentamente ma con forza. Le gocce traballarono e schioccarono sbattendo l'una contro l'altra, ma il lampadario non si alzò nemmeno un centimetro da terra.

Merda. Chissà che muscoli pensavo di avere quando mi ero fatta venire in mente una cosa del genere.

Doveva pesare due o tre quintali. Inspirai a fondo e riprovai, usando tutto il mio peso per tirare, ma non sembrava esserci modo. Anche se fossi riuscita a tirarlo su dal pavimento, non sarei riuscita ad andare oltre.

«Arrivo», sentii urlare Rory.

Sobbalzai. «Rory!», lo chiamai, lasciando cadere la corda e tornando in piedi. «Rory, puoi venire qui?».

Comparve davanti alla porta, a petto nudo e con gli occhi assonati perché si era appena svegliato.

Poggiò le mani agli stipiti della porta e alzò un sopracciglio, ma non mi chiese cosa stavo facendo. Secondo me non gliene importava nulla.

«Mi puoi aiutare?», chiesi, indicando il lampadario. «Per me è troppo pesante da...».

Lo sentii ridere e scomparve prima che riuscissi a finire la frase.

Idiota!

Se solo lui e Micah mi avessero aiutata, ci sarebbero voluti dieci secondi. Che altro aveva mai da fare?

Arricciai le labbra ed esaminai il lampadario in cerca di una soluzione. Esisteva sempre un modo per risolvere qualsiasi problema.

C'era sempre un modo per ottenere quello che volevo ottenere.

Oppure... sorrisi tra me e me. Mi si accese la proverbiale lampadina in testa. *Un modo di far fare a qualcun altro quello che ho bisogno che venga fatto.*

Mi chiesi...

Lasciai cadere a terra la cintura porta-attrezzi, uscii dalla sala da ballo e mi diressi in cucina, tirai fuori dalle credenze il burro, le uova, lo zucchero e tutti gli altri ingredienti che avevo memorizzato da mia nonna, quando era diventata troppo debole per continuare a preparare dolci. Adorava sentire in casa il caratteristico odore e voleva che facesse parte dei miei ricordi, in modo che quando avessi annusato l'aroma dei biscotti di zucchero e del dolce alla banana avrei ricordato i momenti felici trascorsi con lei e con mia madre.

Dopo aver preriscaldato il forno, presi un paio di teglie, una ciotola e iniziai a mescolare gli ingredienti per assemblare una mistura che sarebbe stata paradisiaca. L'odore mi faceva tornare in mente il mese di ottobre, quando solitamente mi recavo al mercatino degli agricoltori, con mio padre che rastrellava le foglie in giardino.

Misi le teglie in forno, presi una mela dalla fruttiera sul ripiano e la mangiai nell'attesa.

La cucina si riscaldò, riempendosi di deliziosi aromi, e di pari passo allo stomaco che borbottava potevo sentire i peli rizzarsi sulle braccia.

«Ma che diavolo è?», sentii infine Micah dire dal corridoio.

Tornai dentro e repressi il sorriso, infilandomi il guanto da forno proprio mentre suonava il timer. Tirai fuori una delle teglie e la lasciai a raffreddare, quindi piantai un coltello al centro e lo tirai fuori, per accertarmi che fosse cotta del tutto.

Entrò Micah, seguito da Alex e Rory. Il loro sguardo si posò sulla teglia. Si arrampicò sul piano come un gatto e provò ad allungare le grinfie. Inalò a fondo, chiudendo gli occhi. «Ma sono…?»

«Brownie?», Alex finì per lui la frase, era a bocca aperta.

«Hai fatto i brownie?», chiese Rory.

Alzai le spalle, tirai fuori una forchetta e la passai a Micah, che però incombeva sulla teglia e vi affondò subito le dita, quindi soffiò sul pezzo che aveva afferrato, prima di ingoiarlo in un boccone.

Rory restò a bocca aperta. Non aveva nessuna voglia di mostrare appetito, eppure non poteva farne a meno. Mi strappò la forchetta dalle mani e la affondò nei brownie. Erano tutti e due concentrati a mangiare, buone maniere zero… e senza alcun controllo.

Voglio dire, Cristo santo. Potevano benissimo preparare dolci ogni volta che volevano. Gli ingredienti c'erano.

Mi sbrigai a tagliarne un pezzo prima che li terminassero, e lo misi su un piatto proprio mentre entravano Aydin, Will e Taylor. L'aroma aveva ridestato anche la loro attenzione.

Porsi il piatto ad Aydin, sentendomi addosso gli occhi di Will, che era rimasto sulla porta.

Aydin sostenne il mio sguardo, compiaciuto, e provò a prenderlo, ma io lo ritrassi giocosa.

Rise e lo afferrò di scatto, tuffandoci immediatamente dentro la faccia.

Diedi un'occhiata a Will e mi girai, spensi il forno e cercai al suo interno l'altra teglia.

«Avresti dovuto aggiungere le nocciole», disse Rory.

Mi girai e mostrai loro la seconda teglia, la superficie della quale era costellata di nocciole.

Micah smise di mangiare e fissò l'altra teglia con la bocca sporca di cioccolato.

Allungò la mano, ma la tirai indietro. «Prima ho bisogno di aiuto con il lampadario».

Rory si coprì gli occhi, ma riuscivo a vedere il suo sorriso, perché aveva capito esattamente quale fosse il mio piano. Avevo vinto.

Se voleva i brownie con le nocciole…

Sospirò. «Micah? Taylor? Aiutatemi, vi prego».

Abbassarono le spalle, lasciando la stanza assieme a Rory, diretti alla sala da ballo.

Tagliai due pezzi dalla seconda teglia.

«Wendy e i Ragazzi Perduti», borbottò Aydin.

«E tu chi saresti? Peter Pan?», chiesi.

Ridacchiò. Passai una fetta ad Alex e spinsi l'altro piatto in direzione di Will.

Ma Will schizzò in avanti, dando uno schiaffo al piatto e alla teglia e mandando tutto a finire per terra.

Mi si irrigidì ogni muscolo del corpo. Era tutto spiaccicato sul pavimento.

Lo fulminai con lo sguardo.

«Non siamo mica sull'Isola che non c'è», disse, avvicinandosi. «Se lo fossimo, tu non saresti qui. Gli adulti non possono entrare».

Sentii un tuffo allo stomaco, ma non battei ciglio, anche se i miei occhi mi imploravano di farlo.

Si girò e uscì dalla stanza. Alex esitò un istante e lo seguì, dopo avermi lanciato un'occhiata di scuse.

Aydin mi guardò, ma non gli diedi occasione di commentare. Mi girai, ripresi la ciotola dal lavandino e cominciai di nuovo a miscelare gli ingredienti, tenendo impegnate le mani perché era l'unico modo che avevo di distrarmi.

Avevo capito. *Tu non c'entri nulla qui, perciò smettila di atteggiarti.*

La cosa non mi sorprendeva. Non mi dava nemmeno fastidio.

Avevo l'impressione che Aydin volesse dirmi qualcosa, ma era ora di mettere alla prova quello che mi aveva insegnato. Non mi era accaduto niente. Semmai ero io che accadevo agli altri. Eccetera, eccetera…

Quando se ne fu andato, misi in forno la seconda torta al cioccolato con le nocciole, lavai i piatti e mi preparai un sandwich che non mangiai, visto che Micah e Rory erano tornati in cucina e non avevo nessuna voglia di stare in compagnia.

«Ho messo il timer», dissi. «Quando suona, togliete la teglia dal forno e spegnetelo».

Probabilmente si stavano domandando perché mai ne avessi dovuto preparare ancora, ma me ne andai prima che potessero chiedermelo.

Non pensarci più.

Lui, che la sera prima mi voleva con sé, non c'entrava niente con i nostri trascorsi. Mi ero permessa di abbandonarmi a quell'idea, lasciando che la cosa assumesse più significato di quanto effettivamente ne aveva, lui che mi aveva preso in braccio e mi aveva portata via.

Non ero mai stata giusta per lui. Lo avevo sempre saputo, visto che Thunder Bay era la sua Isola che non c'è, e i Cavalieri erano la sua tribù, e io quel gioco lo avevo sempre odiato. Se c'era una cosa che non faceva per me, era il *divertimento.*

E lasciare quel posto non mi aveva fatto cambiare idea.

Entrai nella sala da ballo e vidi il lampadario appeso. Le luci gettavano un bagliore soffice sul pavimento. Avevano tolto i vetri e acceso l'interruttore. Mi tolsi le scarpe e feci un giro in quel grande spazio aperto, col capo inclinato a guardare verso l'alto.

Era per quel motivo che amavo progettare e costruire cose. Per aiutare le persone a sentire il mondo in loro possesso. Era una possibilità di spiccare il volo, e tutto quello di cui avevo bisogno era un pensiero frivolo e felice.

E ne avevo uno. Soltanto uno, al quale mi ero aggrappata per tutto quel tempo.

Vidi un giradischi vicino al camino. Mi avvicinai e rovistai nel cesto al di sotto, tra le dozzine di dischi accatastati dentro.

C'era di tutto, da Mozart a Bennie Goodman agli Eagles, però nulla del secolo in corso. Era probabilmente quello il lasso di tempo trascorso da quando nella casa ci aveva vissuto una famiglia.

Ne presi uno e lo poggiai sul giradischi, decidendo di abbracciare tutto quello che odiavo, inclusa quella canzone idiota. La puntina calò sul disco che girava, e *If you wanna be happy* di Jimmy Soul iniziò a risuonare nell'aria, scatenandomi immediatamente il sorriso, poiché mi faceva tornare in mente mia madre e mio padre che la ballavano in cucina quando non avevo che sette o otto anni.

Il mio corpo si muoveva, alzai le spalle e iniziai a saltellare in giro canticchiando. Mi librai per la stanza, la musica riempiva l'aria intorno a me e, per pochi preziosi istanti, il senso di colpa e tutto il resto scomparvero.

Che Will se ne andasse a fare in culo, per aver pensato che io a sedici anni avessi capito ogni cosa. Che se ne andasse a fare in culo per avermi chiesto di dargli ciò che non riuscivo a dare nemmeno a me stessa. Lui, Aydin e Martin erano tutti dittatori, e io non ero mai riuscita a udire il suono della mia stessa voce.

Mai.

E la colpa era soltanto la mia. Avrei dovuto dirlo ad alta voce. Avrei dovuto urlarlo. Odiavo doverlo fare, ed era solo colpa mia se ero sempre stata zitta.

Non ero un'adulta. Si sbagliava. Non ero mai cresciuta. Ero sempre stata un mucchio di foglie cadute soffiate via dal vento, che aveva permesso alle stagioni, ovvero a chiunque le incarnasse, di andare e venire a suo piacimento, di cambiarmi e di calpestarmi. E non mi ero mai battuta per niente.

Girai e volteggiai, con le lacrime che mi scorrevano sul volto, finché qualcuno non mi prese tra le braccia. Aprendo gli occhi vidi Micah che mi faceva ruotare. Gli avvolsi le gambe intorno ai fianchi.

Poggiò la fronte alla mia, sorridendo mite mentre iniziavo a ridere, e il sassofono della canzone risuonava in tutta la stanza.

«Se vuoi essere felice per il resto della tua vita», cantammo assieme, «non sposare mai una bella donna».

E girava e girava, e risi forte mentre lo abbracciavo stretto, e vidi che dalla porta ci stavano ammirando tutti.

Dovevano aver sentito la musica.

Dio, quanto non me ne importava nulla. Alzai il pugno chiuso in aria, entrambi a cantare a squarciagola il testo della canzone, come due perfetti idioti. Nessuno mi avrebbe più imposto come dovevo sentirmi. Non sarebbe mai più successo.

Nessuno poteva farmi sentire qualcosa che non sentivo. Ormai, ero io ad avere la situazione sotto controllo.

Ed ero pronta all'avventura.

Capitolo 28

Emory

Nove anni prima

Mio fratello si fermò davanti alla scuola, accostando al marciapiede e mettendo l'auto in folle.

Non avevo dormito neanche un minuto la notte prima, e anche se avevo la testa annebbiata e nulla mi sembrava nitido, non mi sentivo affatto stanca.

Sembrava come se la testa galleggiasse tre metri sopra il corpo, distaccata e in perenne ritardo.

«Sei molto carina, oggi», disse Martin.

Provai a sorridere. «Grazie».

Avevo stirato la gonna e la camicetta, mi ero pettinata i capelli e li avevo legati con una fascia, avevo fatto un bel nodo alla cravatta e per una volta avevo messo il costoso blazer blu avio che mi aveva comprato lui l'anno prima e che ancora mi stava.

«Spero di trovarti a casa quando torno dal lavoro».

Annuii. «Mi dispiace di tutto», dissi a bassa voce.

Sentivo addosso il suo sguardo, ma rimase in silenzio per un po'.

Poi il suo tono gentile riempì l'abitacolo. «Dobbiamo andare d'accordo, Emmy. Sono tutto quello che hai». Poi mi scapigliò i capelli e rise. «Voglio dire, sono bravo, no? Ti compro cose e ti concedo tutta la libertà che vuoi. Ti ho iscritta a questa scuola perché volevo che avessi il meglio. Ci provo, no?».

Annuii di nuovo. «Stasera ti preparo le pannocchie caramellate che ti piacciono tanto, va bene?».

Sorrise. «Mi sembra un'ottima idea».

Scesi dalla macchina, mi portai dietro la borsa e lo salutai con la mano prima di attraversare il parcheggio.

Non capitava spesso di fare pace con così poco sforzo, ma dopo esser rincasata la sera prima, non avevo nemmeno provato a mettermi a dormire. Mi ero fatta di nuovo la doccia, mi ero lavata e depilata, come se la nuova me stessa fosse una qualche sorta di brillante armatura.

Avevo ripulito la stanza, sistemato la cucina e preparato dei dolcetti alla cannella, lasciando che cuocessero in forno mentre, seduta al tavolo, finivo di fare i compiti. Mi ero messa persino a sistemare gli appunti su *Furore*, che avrei dovuto consegnare la settimana seguente.

Avevo preso la borsa a tracolla, mi ero vestita, e prima che Martin tornasse a casa e trovasse tutto perfetto, ero riuscita anche a mettermi il mascara.

Non sarei riuscita a scappare da quella situazione. E non potevo ucciderlo.

Dovevo sopravvivere, e mi ero resa conto con il passare delle ore che la lacerazione profonda di cui avevo parlato a Damon la sera prima non si sarebbe rimarginata.

Qualcosa si era disconnesso e tutti i ricordi della sua mano sulla mia faccia o del suo pugno nella mia pancia, subiti nel corso degli anni, erano come un lontano sogno fatto da qualcun altro.

Io non c'ero.

Non c'ero nemmeno in quel momento.

Le lezioni del mattino si succedevano e non ero nemmeno sicura che Will ci fosse alla prima ora, perché terminò prima che potessi rendermi del suo inizio.

Fissavo il banco, la scena nella sala da wrestling si ripeteva nella mia testa e qualcosa si andava gonfiando nel mio cuore, e lo strappava.

Ero felice che avesse i suoi amici. Lo amavano e Will meritava di non ritrovarsi mai da solo.

Ma odiavo anche l'idea che fosse qualcun altro, e non me, a farlo felice.

Volevo essere la ragazza che ero stata al luna park quel giorno, ma ormai quella persona non c'era più. Il peso aveva schiacciato ogni suo slancio, e non riuscivo più a ritrovare l'energia per riprovarci.

«Dio mio, non sono pronta per l'inizio della stagione di basket», disse Elle, poggiando il vassoio, in fila dietro di me. «Ci sono due settimane in cui si accavalla al football: saremo incasinatissime».

«Non io», borbottai, procedendo lungo la fila. «Stamani ho lasciato la banda».

«Cosa?».

Presi dei petti di pollo e della salsa, senza nemmeno girarmi a guardarla.

«Mia nonna sta male», spiegai serenamente. «Cioè, sta ancora più male. A casa in questo momento c'è bisogno di me».

Non mi ero nemmeno degnata di andare a parlare con la direttrice di persona. Le avevo mandato un'e-mail, sicura che mio fratello mi avrebbe dato il consenso purché mi dedicassi allo studio e ai progetti di architettura. Sarebbero stati un impiego migliore del mio tempo.

Meno tempo passavo a scuola, alle partite o sui pullman delle trasferte, e meglio era.

«Oggi vado a sedermi vicino a Gabrielle», disse all'improvviso. «Dobbiamo discutere di... un progetto».

Prese il vassoio e si allontanò, verso la cassa. Non alzai la testa e neanche risposi.

L'unica amica che avrei potuto avere...

Non me ne importava nulla.

Pagai, andai in un angolo della sala dove c'era un tavolo semivuoto, misi alle orecchie gli auricolari e accessi l'iPod che avevo nascosto in tasca.

Alzai per un istante gli occhi e incrociai lo sguardo di Damon. Sedeva a venti metri di distanza, a un tavolo rotondo con i suoi amici. Intorno a lui c'era il caos, ma come l'occhio del ciclone lui rimaneva calmo e tranquillo al centro, quasi come se le lacrime e la rabbia della sera prima non fossero mai scese.

Io ero rimasta in attesa che il senso di colpa iniziasse a mangiarmi viva, ma non era successo. La preoccupazione c'era, ma ormai non potevo farci più nulla e non sapevo se, potendo tornare alla sera prima, avrei fatto qualcosa in modo diverso. Lui aveva tanto da perdere e di carattere era abbastanza disattento e superficiale. Probabilmente il cadavere della madre pullulava di prove della sua colpevolezza.

In qualche modo mi sembrava di avere la situazione più sotto controllo se me ne fregavo del tutto.

Abbassai lo sguardo, aprii il latte e la salsa e iniziai a mangiare mentre *Army of me* mi risuonava nelle orecchie, ma a un tratto ci fu una vibrazione nell'aria e la musica cambiò.

Mi sfilai gli auricolari, alzai gli occhi e vidi Will in piedi sul suo tavolo.

I suoi amici stavano in piedi o seduti, e lo guardavano ridendo quando iniziò a muoversi a ritmo di un vecchio pezzo pop, facendo uno spogliarello con la giacca della scuola. La camicia e la cravatta sotto gli stavano da dio.

Un giorno sarebbe stato straordinario in giacca e cravatta.

Saltò giù dal tavolo e iniziò a muoversi per la mensa mentre tutti gridavano ed esultavano, e lui sembrava...

Risi tra me e me.

Sembrava Jean-Claude Van Damme ai tempi di *Kickboxer.*

Fatti un giro e magari lo scopri.

Il sorriso scemò, ma non riuscivo a staccargli gli occhi di dosso. Lo aveva fatto per me.

Gli aghi mi pungevano la gola, guardandolo danzare e adorando il sorriso che aveva dipinto sul volto.

Gettai di nuovo un'occhiata a Damon, vedendo che non mi stava più guardando. Aveva la testa girata e gli occhi fissi su un altro tavolo. Seguii il suo sguardo e mi accorsi di Winter Ashby ed Erika Fane sedute a mangiare, circondate da altri ragazzi.

Cosa ci faceva la sera prima con lei in moto? Forse avevano legato in un modo cui agli altri non capitava di legare, ma non ero un'idiota. Damon era uno che ti fotteva, abusava e sfruttava e non risparmiava niente a nessuno. Non sapevo che tipo di mire avesse su di lei, ma di sicuro avrebbe finito per farle male.

«Giù di lì!», gridò una voce.

Distolsi lo sguardo da Winter e tornai su Will, vedendo Kincaid che gli urlava qualcosa poiché era tornato in piedi sul tavolo. La musica dagli altoparlanti si interruppe e quando saltò giù da un altro tavolo con un sorrisetto beffardo, intorno risero tutti.

La nube che mi era calata sulla testa nelle dodici ore precedenti iniziò un poco a svanire e per un momento Will mi mancò.

Non avrebbe apprezzato un qualche gesto grandioso? Se mi fossi infilata nella sua stanza quella sera, se avessi frequentato la piscina tutti i pomeriggi, in attesa che si presentasse…

E se lo avessi chiamato?

Erika Fane portò Winter Ashby fuori dalla mensa, entrambe vuotando i vassoi prima di uscire, con gli occhi di Damon puntati addosso. Mi decisi a togliere lo sguardo da Will, mi rimisi gli auricolari e provai a finire il mio pasto.

Riuscivo a malapena a udire la musica mentre mangiucchiavo il cibo, ignorando le occhiate che mi sentivo addosso e le risate che provenivano dal suo tavolo.

La sala iniziò a svuotarsi, gli studenti pronti a dirigersi alla lezione successiva, ma proprio allora suonò l'allarme antincendio e scoppiò il caos.

Mi tolsi gli auricolari, i sibili e le luci lampeggianti degli allarmi sulle pareti erano assordanti. Feci una smorfia e mi alzai.

«Tutti in fila indiana!», disse un professore, e quando mi guardai in giro vidi Will e i suoi amici già diretti verso la porta.

Ma che cavolo era? Un incendio?

Lui mi fissò, ma io distolsi lo sguardo e feci il giro del tavolo.

Lasciando il vassoio dov'era, mi misi in fila e un professore ci condusse fuori mentre altri tornavano indietro per assicurarsi che tutti fossero usciti.

Il corridoio era pieno di studenti, tutti provavano a uscire dall'edificio e intanto gli insegnanti invitavano a mantenere la calma.

«Non correte!», disse qualcuno.

«Torna qui. Non puoi andare in bagno!», disse un'altra voce.

Sfilammo fuori, gli studenti subito a gravitare verso il confine del parcheggio, mentre all'interno dell'edificio le sirene proseguivano imperterrite a perforare l'aria.

Mi guardai attorno e vidi Will seduto sul muretto di mattoni davanti agli alberi e alle aiuole, i gomiti poggiati sulle ginocchia, lo sguardo fisso su di me.

Ai suoi fianchi erano sedute Victoria Radcliffe e Maisie Vos, invece Tori se ne stava con un braccio sulla sua spalla, mettendo in mostra le unghie dipinte da cento dollari mentre parlava con qualcun altro.

«Dov'è Damon Torrance?», sentii chiedere.

Alzai la testa e vidi il preside che si faceva largo tra la folla.

«Era nella sala mensa. Qualcuno ha visto dov'è andato?».

Scansionai la folla, cercando due teste bionde, e alla fine vidi solo quella di Erika, che stava parlando in modo concitato con un insegnante.

«È scomparsa anche Winter Ashby», dissi.

Kincaid mi guardò e poi cercò tra la folla. Arricciò le labbra e tornò a passo deciso verso la scuola.

«Perché rovinare i bei momenti che di sicuro sta passando, Emory?».

Girai la testa e vidi Maisie che si contorceva in una delle sue caratteristiche smorfie.

Tutto il suo gruppetto mi stava fissando.

«Ha solo quattordici anni», dissi.

E che cavolo!

Ma lei rispose inviperita. «Perché non ti togli dalle palle?».

Guardai Will mentre il corpo mi stava per andare a fuoco. Rimase seduto là a fissarmi, con un sorriso compiaciuto negli occhi, anche se cercava di tenermelo nascosto. Non batté ciglio nemmeno una volta.

Il loro sdegno era difficile da tollerare, sembrava un calcio in faccia, e in oltre due anni trascorsi in quella scuola non mi ero mai sentita così lontana, perché anche se non mi importava dell'opinione che avevano di me, m'importava di quella che aveva lui.

Mi voltai e me ne andai, la nube sulla testa che si rifaceva spessa, finché il dolore causato dalla voglia di possederlo non mutò in una dipendenza da dolore per tutti i miei rifiuti.

Dipendenza che da quel giorno in poi mi avrebbe nutrita e sarebbe continuata a crescere.

Distruggere me stessa e tutto quello che avevo mai amato e voluto divenne la sola cosa sulla quale potevo esercitare controllo.

Potevo ignorarlo in classe. Passargli davanti in corridoio senza nemmeno degnarlo di uno sguardo. Comportarmi come se non esistesse.

Fare finta di essere superiore e che loro non contassero nulla.

E così feci.

Il tempo passò, trascorsero le stagioni, lui andò all'università e l'anno dopo mi iscrissi anch'io.

Quello che all'epoca non sapevo, era che il male che ci saremmo fatti l'un l'altro era solo agli inizi.

Capitolo 29

Will

Presente

Micah fece cadere Emmy ai suoi piedi, le prese le mani e la fece girare prima di tirarla a sé e abbracciarla stretta. Ballavano e ridevano, e a me si appesantiva il petto, e tutto d'un tratto anche le braccia erano una tonnellata.

Non potevo fare a meno di sorridere tra me e me mentre la guardavo. Avevamo sentito tutti la musica e a uno a uno ci eravamo diretti alla sala da ballo.

Micah non era riuscito a resistere ed era gravitato subito verso di lei e, finché non l'ebbe presa tra le braccia, non mi accorsi che Emory aveva le lacrime sul volto.

Rideva ancora, certo, ed era uno spettacolo struggente, perché sapevo che ero stato io a farla piangere. Non importa quante volte mi fossi ripetuto che meritava di soffrire, non era nella mia natura permettere che accadesse.

Sarei stato completamente perso, in vita mia, se nessuno mi avesse concesso una seconda possibilità. C'erano sempre due facce della stessa medaglia, e si trattava sempre di una questione di prospettiva.

Ma scoprire che era stata lei a mandarci in prigione era stato quasi un sollievo. Finalmente qualcosa mi dava il permesso di odiarla, e non solo di provare risentimento perché mi aveva respinto.

Micah la fece volteggiare e lei seguì il suo suggerimento sulle punte dei piedi, tutti e due si misero a ballare un qualche ballo assurdo che andava di moda anni prima, facendomi sorridere ancora di più. Per pochi istanti mi sembrò di non essere più a Blackchurch. Eravamo amici che passavano un po' di tempo insieme e cercavano di divertirsi.

E all'improvviso mi mancò enormemente casa.

«Vai da lei», suggerì Alex.

Taylor, Rory e Aydin erano fermi a guardare, col divertimento stampato in faccia, e una parte di me voleva davvero andare da lei. Vederla così era una scena che sembrava appartenere a un altro mondo.

Ma anni di delusione e dubbio mi tenevano ancorato al mio posto.

«Ahi, ahi!», piagnucolò Emmy all'improvviso.

Alzai lo sguardo e la vidi inciampare, poi fu raggiunta da Micah che la tirò a sé, per non farle perdere del tutto l'equilibrio.

Lei sibilò, alzò la gamba da terra e vidi del sangue che le scorreva dalla pianta del piede.

Feci un passo avanti ma Aydin mi superò, dirigendosi al centro della sala. Mi fermai a guardarlo.

«Ahi», continuava lei, ma poi ridacchiò e guardò bene il pavimento. «Merda, c'erano ancora dei vetri».

Aydin guardò male Micah. «Pensavo che mi avessi detto di aver ripulito tutto».

«Ho ripulito tutto», si affrettò a spiegare.

Aydin prese in braccio Emmy, un paio di gocce rosse le scivolavano sul tallone, e il sangue mi ribollì alla vista di lei tra le sue braccia, al punto che provai un'ondata di nausea.

Porca troia. Se la mia testa si fosse decisa su una sola emozione da provare per quella ragazza, allora sarebbe stato magnifico. *La odio, ma è mia. Vattene via, ma non con lui!*

Mi passarono davanti e li seguimmo tutti. Nella testa avevo immagini delle mie mani al collo di Aydin. La portò su per le scale, nella sua stanza, la poggiò sul letto. Ci fermammo tutti sulla porta.

Avrebbe potuto portarla in cucina. Anche là c'era un kit di pronto soccorso.

Le alzò il piede e se lo poggiò sul ginocchio, forse per evitare che il sangue colasse sul tappeto, poi si chinò davanti a lei, prese il piede tra le mani, e lo stese sopra un panno.

«Sto bene», disse lei, provando a tirare via la gamba e a tenere da sola il panno.

Lui non la lasciava andare.

Alzò il piede ed esaminò la ferita, facendomi incazzare sempre di più. Era andata a finire su una scheggia di vetro. Era un architetto. *Ne aveva beccate di schegge in vita sua, brutta testa di cazzo.*

Aydin alzò lo sguardo, facendo un cenno col mento ai ragazzi. «C'è una bottiglia nella dispensa. Perché non andate a spassarvela un po'?»

«Cazzo, sì!» disse Taylor, dileguandosi.

Rory diede una pacca sulla pancia di Micah. «Festa in piscina!».

Lui rispose con una risata accorata e andarono tutti via, lasciando me e Alex da soli con Aydin ed Emory.

Guardai i ragazzi che scomparivano giù per le scale. Mi stava sprofondando lo stomaco. Di lì a un'ora sarebbero stati tutti ubriachi.

Aydin li voleva ubriachi.

Mi avvicinai, guardando entrambi, preparandomi al fatto che non sarei stato in grado di fermarmi.

«Voglio una bottiglia», disse scherzosamente Emory ad Aydin.

Lui la guardò con un sorriso sulle labbra. Senza staccarle gli occhi di dosso, allungò una mano verso il comodino e tirò fuori un'altra bottiglia e un bicchiere, quindi li poggiò a fianco della lampada.

Lei sorrise mentre lui apriva il bourbon e gliene versava due dita.

«Ecco qui», disse porgendole il bicchiere.

Riuscivo a sentire l'odore del liquido ambrato sin da là. La lingua assunse subito il sapore della cenere. Lui tornò a dedicarsi al suo piede.

Alex rimase vicino alla porta, e io volevo soltanto portare via Em da quella stanza e scappare assieme alle ragazze, anche se avevo i miei piani per Aydin, e non ero pronto a portarli a compimento in quel momento.

Sembrava che la decisione stesse sempre più sfuggendo al mio controllo.

Emmy poggiò le mani a coppa sul bicchiere e se lo mise in grembo, poi lo fissò. «Mio fratello con questa roba una volta si è ubriacato così tanto», disse, «che ricordo ancora oggi il sapore».

Aydin aprì coi denti una confezione di salviette antibatteriche, gli occhi dardeggiavano su di lei, poi si decise a toglierle il sangue dal piede.

«Non sono mai riuscita a capire perché mi odiasse così tanto», proseguì. «Cioè, da dove gli veniva tutta quella rabbia? Abbiamo avuto due bravi genitori, che non hanno mai abusato di noi. Nessuno ha mai agito con prepotenza nei suoi confronti». Guardò di nuovo il bicchiere. «Ma è sempre stato così. Da che ho memoria, ha sempre voluto che fosse tutto perfetto. Il mio taglio di capelli. Il modo in cui mi vestivo». Iniziò a respirare pesante mentre i ricordi si scatenavano nella sua testa. «C'era sempre qualcosa fuori posto, e non era mai contento. Tutto quello che facevo era sbagliato».

Si zittì, e io dimenticai che nella stanza c'erano altre persone, ricordando i suoi polsini luridi e lisi, i capelli sempre davanti agli occhi.

«Così ho smesso di parlare», riprese, quasi bisbigliando. «Gli attacchi d'ira divennero sempre più feroci e poi iniziarono le urla. Mi risvegliava nel cuore della notte perché avevo dimenticato di caricare la lavastoviglie o perché c'erano degli aloni sullo specchio del bagno». Il suo sguardo si faceva sempre più distante, come se ormai non fosse più lì. «Una sera a cena mi sono fatta la pipì addosso», disse. «Avevo quindici anni».

Feci una smorfia, immaginando che effetto potesse fare tornare a casa da scuola e immergersi in un simile scenario tutti i giorni.

«Mi resi conto che era malato, e che nulla mai gli sarebbe potuto andare bene», disse ad Aydin che nel frattempo le bendava il piede. «E così ho smesso di provarci. Gli abiti rimanevano spiegazzati e i capelli scompigliati, perché dato che mi avrebbe punita lo stesso, tanto valeva...». Cercò lo sguardo di Aydin. «Che andasse a farsi fottere».

Lo guardai, la stava fissando, lo spazio tra loro scompariva mentre lui le teneva la gamba, entrambi immobili.

«Non capitava quasi mai di vederlo ubriaco», continuò, «ma una sera gli era ancora rimasto un quarto di bottiglia e lui perse i sensi. La svuotai in una bottiglietta d'acqua e me la portai a scuola».

Ridacchiò, ma un alone di tristezza le attraversava il volto al ricordo di quella giornata. Quand'era stato? Magari quel giorno le avevo anche parlato. L'avevo presa in giro? Mi ero comportato bene?

«Lui credeva di averlo bevuto tutto. Non lo venne mai a sapere». Fece una piccola pausa e poi riprese. «È successo soltanto quella volta, ma è stata una bella giornata. Non sentivo più nulla. Nemmeno la costola fratturata».

Aggrottai il sopracciglio, pensando a Emory Scott che si scolava il bourbon durante la lezione di matematica o che attraversava la mensa, a quanto doveva essere stato facile per lei far tutto di nascosto, visto che nessuno la considerava mai.

Quel giorno aveva avuto più bisogno di quel bourbon che dell'aria per respirare. La capivo.

Dio, se la capivo.

Ridi e scherzi, non solo perché la tua testa e quello che c'è dentro sembrano più leggeri, ma perché quando sei ubriaco o strafatto è come essere in vacanza. Sei lontano dalla solita gente, dai soliti posti e dalle solite attività... non ci pensi più. È un taglio netto da tutto quello che ti assilla, che ti angoscia, che rende il mondo in cui vivi minuscolo e insignificante, e soprattutto ti allontana da tutti quelli che vogliono mutilarti. E quando sei fatto è proprio così. Non te ne fotte più di niente. All'improvviso è come se potessi vedere Machu Picchu dalla tua veranda, e non hai nemmeno dovuto metterti in viaggio.

Si ubriacava per tornare a volere bene a suo fratello.

Quello che la rendeva più forte di me, era il fatto che fosse riuscita a non diventare vittima di quella vacanza, lo aveva fatto una volta soltanto.

Chiuse gli occhi e si portò il bicchiere alle labbra, dall'espressione sul suo volto si capiva che stava fuggendo di nuovo. Mi avvicinai e le tolsi il bicchiere dalle mani, il liquido mi bagnò le dita mentre lo lanciai via.

Andò a sbattere contro il muro e si ruppe.

Non farlo. La fissai.

Avrei preferito mangiarmi le mani che vederla ridursi in quello stato. Se era questo ciò che era, sarebbe stato meglio vederla diventare quello che ero diventato io: una persona che aveva bisogno di farsi del male tutti i santi giorni per riuscire a sfoderare un cazzo di sorriso.

«Ripulisci tutto», mi ordinò Aydin.

Ma rimasi immobile. Non sapevo ancora cosa volevo farmene di lei, ma quello – qualsiasi cosa fosse quella che stava accadendo tra di loro – non doveva succedere. Non si sarebbe ritrovata al fianco di Aydin Khadir. Sarebbe venuta via con me.

«Non ti ha salvata all'epoca», le disse Aydin, «e non ti salverà adesso».

La guardò, e lei guardò me, e anche se sapevo che mi aveva detto la verità la sera prima quando era sdraiata nel suo letto, quando mi aveva detto di amarmi, sapevo anche che Emmy era una quercia. Le sue radici erano solide, e non sarebbe stato l'amore a salvare la situazione.

«Ti salverò io?», le chiese Aydin.

«Nessuno mi dovrà salvare». Continuava a tenermi gli occhi addosso. «Me ne occupo da sola».

«Ma certo». Finì, le poggiò giù il piede e poi si alzò, ripulendosi le mani. «Posso quasi riuscire a vederli. E tu?», chiese, mentre vagava con lo sguardo tra me e Alex. «Loro due assieme. Quanto sono belli? Lui che glielo infila come se l'avesse fatto un migliaio di volte, che la guarda negli occhi mentre lo fa...».

Mi tesi.

«Tutte le volte che si ritrovava da solo con lei, dentro di lei, che veniva e ti dimenticava», disse a Emmy. «Lo vedi anche tu, giusto?».

Figlio di puttana.

«Ma a noi non importa nulla», proseguì. «Giusto? Non ci importa nulla se andrà a finire nel suo letto non appena le cose si mettono male».

Tesi la mandibola, l'odore delle salviette antibatteriche mi pungeva il naso. Avevo il cervello in pappa. Non sapevo più come fare a ottenere quello che volevo e l'unico modo sensato sembrava quello di prendermelo e basta.

«Vai», mi disse Aydin, dardeggiando occhiate ad Alex alle mie spalle. «Prenditela. Voglio vedere com'era tra voi due. Tutte le cose che si è lasciata fare da te, perché per lei è facile dimenticare tutto e andare avanti». Poi fece un cenno a Em. «Noi staremo qui a guardare».

Ma prima che potessi reagire, mi prese e mi scagliò sul letto. Caddi, Emmy si lamentò e saltò via dal materasso mentre Aydin si scagliava su di me e mi affondava una ginocchiata nello stomaco. Mi afferrò il collo con una mano e mi teneva ferme le braccia con l'altra.

Chiusi gli occhi, il dolore mi percorreva la mandibola e tutto il lato del volto ma, dopo un istante, girai la testa per affrontarlo, pronto a quello che sarebbe seguito.

Fatti sotto.

Mi fulminò e si fece avanti, il suo respiro caldo sulle mie labbra. «Miei. Siete tutti miei. Tu non te ne andrai. Loro non se ne andranno. E quando arriveranno quegli stronzetti dei vostri amici, li impiccherò nel seminterrato per le caviglie, come fossero cervi morti».

Mi buttò giù dal letto, ma risalii prima che si buttasse sopra di me e mi affondasse un colpo nello stomaco, facendomi accucciare a terra.

«Will!» Alex si fece avanti.

Alzai la mano. «Resta dove sei!», le dissi. «Resta lì».

Ci volle qualche secondo ma riuscii a rialzarmi e lo affrontai. Non mi sarei dato per vinto facilmente. *So fare i giochi di squadra, ma sono forte anche da solo.*

Si avvicinò e mi mollò un secondo montante nello stomaco. Sentii in bocca il sapore della bile e mi acquattai di nuovo, senza respiro, con la testa che mi girava.

«Non hai quello che serve per essere me», sbottò, incombendomi sopra.

«Will», sentii chiamare Em.

E poi Alex. «Ma che cavolo stai facendo?», mi urlò. «Fai qualcosa!».

«Non può», le rispose Aydin. «Non riesce a comandare. Ciò che vedi adesso è tutto quello che riesce a essere. Ma non te ne accorgi?».

Mi rialzai e vidi che la stava fissando.

«Non te ne accorgi?», le urlò di nuovo.

Aydin picchiò e scalciò, e i miei occhi si riempirono di lacrime mentre il fuoco si impossessava del mio corpo. Mi fece di nuovo stramazzare a terra, mi prese a pugni in gola e rotolammo assieme sul pavimento. Non avrei reagito. Non ancora.

Non ancora.

Ma non mi sarei nemmeno fatto indietro. Era l'unico modo. Gli uomini come lui avevano bisogno di sentirsi al potere, se fossi stato incline alle suppliche come Micah non mi avrebbe mai rispettato.

Aveva bisogno di me.

Senza di me un bel giorno non sarebbe nemmeno stato in grado di legarsi le scarpe.

Mi colava il sangue dal naso e provavo un dolore insostenibile alle costole. Mi accorsi a malapena che le ragazze ci si erano avventate addosso, provando a dividerci, e rotolammo via, rispendendole ai loro posti. Serrando i gomiti, gli afferrai la mascella e lo spinsi via. Il sudore mi colava giù per la fronte. Lui respirava pesante, e il segno che gli avevo lasciato sulla mandibola era rosso e gonfio.

«Fammi divertire», disse. «Fammi guardare, e fai guardare anche la tua ragazza, così saprà esattamente quanto ti è mancata durante il tempo in cui non vi siete visti».

«Mi è mancata», gli sussurrai, a voce così bassa da far sentire solo lui. «Tante volte al giorno, in una serie di posti meravigliosi».

Mi fulminò con lo sguardo. «Vaffanculo!», urlò.

Scoppiai a ridere, nonostante il dolore. Stava cadendo a pezzi.

Era così. Per qualche motivo era geloso e io non sapevo perché, ma era così. Voleva me, forse? Voleva Alex?

«Fatti sotto», ruggii. «Colpiscimi di nuovo».

Fermati. Cazzo, basta. È ora.

Tirò indietro il braccio e mi preparai all'impatto, ma poi qualcosa saettò alle sue spalle e lo colpì alla nuca.

Si contorse, gli occhi invasi dal dolore, e cadde giù. Dietro di lui c'era Alex in piedi con una lampada in mano.
Rotolò a terra, sibilando. Le inchiodò gli occhi addosso. «Preparati a finire quello che hai iniziato, perché…».
Lei lo colpì di nuovo in testa con la lampada e lui ricadde a terra, col sangue che gli sgorgava dalla bocca. Si toccò la faccia.
«Alex…», dissi.
Merda.
Ma subito dopo la stessa lampada mi venne scaraventata sul naso e un dolore assurdo mi trafisse il cranio. Caddi a terra vicino ad Aydin e le ragazze si misero all'opera.
Gli occhi mi lacrimavano e non riuscivo ad aprirli, ma sentii che una di loro mi stava sfilando la cintura e, quando venni trascinato verso il muro, a malapena capii cosa stava succedendo.
Quando mi riebbi e fui in grado di aprire gli occhi, le mie braccia erano legate e non potevo muovermi.
Alzai lo sguardo e vidi che il mio polso destro era legato al tapis roulant con una delle cravatte di Aydin, e l'altro era legato al polso di lui con la mia cintura. Anche la sua mano sinistra era legata con una delle cinture al gancio che teneva ferme le tende.
Cacciai un grugnito, scuotendo le braccia. Fissai le ragazze.
«Che cazzo fate?», urlai. «Ma che cazzo!».
Si muovevano per la stanza, impegnate in chissà cosa, ignorandoci. Fissai Em che si rifiutava persino di guardarmi. Non ero io quello fuori controllo.
«Ehi», disse Micah, Rory e Taylor dietro di lui sulla porta. «Ma che cazzo succede?».
Emmy chiuse di botto la porta, mettendo una sedia sotto la maniglia.
«Fatela finita!», gridai.
Aydin si limitava a ridere, scuotendo la testa. Non si sentiva minacciato da loro.
Emmy si versò un altro bicchiere di bourbon e poi si tolse la maglietta, restando solo in reggiseno e con i pantaloncini tagliati di Rory.
Provò a guardarsi dietro le spalle, e da dove ero potevo vedere che una chiazza rossa le si stava formando dietro la schiena. Si era fatta male nello scontro? Mi tornò in mente che a un certo punto erano venute e dividerci, ma non avevo notato che fosse caduta.
Alex ispezionò la ferita mentre lei continuava a sorseggiare il bourbon.
«Sto bene», la rassicurò Em.
Ma Alex si girò su sé stessa, con uno sguardo infuocato ci soppesava come se volesse ucciderci. «Non va bene un cazzo!».
Si asciugò il sudore dalla faccia ed entrò in bagno, aprì il rubinetto mentre Emory scolava il bicchiere e se ne riempiva un altro. Restava

ferma lì in silenzio, e io continuai a scuotermi per tentare di spostare il pesantissimo tapis roulant, come se davvero potessi liberarmi. Che diavolo avevano in mente? Cosa avrebbero fatto? Avrebbero preso il comando e arruolato anche gli altri?

Emory ci guardò – o forse guardò solo me – attraverso gli occhiali ed esitò un istante prima di poggiare giù il bicchiere e sedersi sul tappeto davanti a noi, distante in modo da non poterla raggiungere.

Sostenni il suo sguardo.

«La volta che mi hai accompagnato a casa dalla partita in trasferta», disse, «e ci siamo fermati al Cove. Quella sera ho avuto un'idea».

Ripensava sempre a quella sera. Ripensava troppo a tutto. Sempre.

«Una parte di me ti resisteva perché non volevo trascinarti nella mia vita di merda», disse. «Ero imbarazzata, piena di rabbia e priva di speranze. Non sarei riuscita a darti nulla».

Alzai il mento e restai in silenzio.

«Ma un'altra parte di me ti resisteva per paura di barattare un abuso con un altro», spiegò. «Il modo in cui mi sopraffacevi, mi convincevi, come non mi lasciavi in pace quando ti dicevo di andartene. Come provavi a spaventarmi».

Le studiai il volto, gli occhi che non riuscivano a stare fermi. Non ero violento. Ero soltanto viziato e arrogante, ma non avevo mai voluto farle del male.

Abbassò lo sguardo e diede un altro sorso. «Ma non appena ci riflettevo, quel pensiero scompariva, perché ti volevo, e sotto sotto ero aggrappata all'idea di averti. Ne avevo bisogno». Alzò di nuovo lo sguardo. «Ma oggi mi chiedo se non avessi avuto ragione. Eccomi qui, di nuovo piena di lividi. Forse il tuo mondo è orrendo quanto il mio».

Scossi la testa, ma tutto quello che mi veniva per replicare moriva in gola.

«Che vuoi da me?», mi chiese, come se Aydin e Alex non fossero nella stanza. «Eh? Che cosa vuoi?», rincalzò in tono ancora più deciso.

Alex si accucciò dietro di lei, sbirciando da dietro la sua spalla, tutte e due sedute lì, con espressione di sfida.

«Chi mi ha portata qui?», chiese Emmy. «Chi ha pensato che il mio posto fosse qui con te? Damon, forse? Michael?»

«Forse è stato qualcuno che ti odia», ribattei. «Tuo fratello?».

Esitò. «E perché mai?».

Mi dibattei e mi spinsi su, usando la spalla per asciugare il sangue che mi colava sul labbro superiore. «Penso che il perché tu lo sappia».

Ci scambiammo uno sguardo, aveva capito perfettamente di cosa stavo parlando. Lei era la sua faccenda in sospeso. Era l'unica altra persona al corrente di quello che avevano orchestrato per mandare me e i miei amici in prigione tanti anni fa.

«Questo posto costa tanti soldi», argomentò.

«La sua nuova moglie ne ha tanti».

Davvero? Non l'avevo mai incontrata.

Ma ribattei: «Se pensasse che sono davvero una minaccia, risparmierebbe i soldi e mi ucciderebbe con le sue mani».

«Davvero? Nella sua testa, sono sicuro che pensa di amarti. Come Humbert Humbert». Poi alzai le spalle. «Forse vuole darti una lezione. Forse vuole solo farti soffrire».

Con mia sorpresa, un'espressione divertita le traversò il volto. «Perché mi vuole proprio tanto bene, giusto?».

Atteggiamento tipico di un violento. Non l'aveva mai odiata, proprio come la madre di Damon non aveva mai odiato il figlio, e nessuno di noi aveva mai odiato Rika quando l'avevamo derubata dell'eredità che le spettava, avevamo rapito la sua famiglia e le avevamo dato fuoco alla casa. Le menti malate vedono soltanto le proprie intenzioni, e tutto quello che fanno, tutto quello che avevamo fatto giustificava mezzi e fine.

Il sentiero che portava a chi eravamo veramente si snodava tortuoso. Era tutto giustificato dal fatto che nelle nostre storie eravamo sempre le vittime.

«Nessuno ci fa soffrire più delle persone che amiamo», si intromise Aydin.

Aveva il braccio poggiato sul mio, i pugni stretti l'uno contro l'altro mentre provavamo a liberarci. Guardai Emmy, lo spazio tra la pelle olivastra dei suoi seni e il suo ventre piatto. Potevo quasi sentirmela tra le mani.

Era così vicina. *Vuoi ancora abbracciarmi?* Sbattei gli occhi velocemente, provando a scacciare la tensione che mi montava all'inguine.

«Vuoi sapere cosa ho fatto per essere portato qui?», le chiese Aydin. «Il gesto orrendo che ho compiuto?».

Lo guardò. Anche se l'aria era gelida, un velo sottile di sudore mi copriva il collo e il petto.

«Ho rifiutato di sposarmi», disse. «Tutto lì».

Alex abbassò lo sguardo. Sembrava che all'improvviso volesse trovarsi da un'altra parte.

«E posso uscire quando voglio», continuò Aydin. «Devo soltanto acconsentire».

Non lo sapevo, ma la cosa non cambiava nulla. Avevo sentito parlare di Aydin ancor prima di venire qui. Lui capitava spesso a Meridian City e frequentavamo le stesse feste e gli stessi locali, solo che non ci eravamo mai presentati.

«Pensavi che avessi ucciso qualcuno?», disse prendendo Emory in giro. «Che avessi, che so, stuprato mia sorella?».

Forse, di tutti noi, era quello che aveva meno ragioni per stare lì, ma era anche quello capace delle peggiori cose, perché inquadrava perfettamente le persone subito dopo averle incontrate. Era successo con Rory, con Micah, con Taylor. Anche io mi ero trattenuto lì più a lungo del necessario, perché lui era difficile da manipolare.

«La mia futura moglie è bella e intelligente, viene dalla famiglia giusta», aggiunse. «Scelta tra mille, sposa e madre perfetta con la quale mettere su famiglia. E io ci sono stato… fino a una fatidica sera».

«L'artista…», disse Emmy.

Alzai lo sguardo e vidi che lui annuiva.

L'artista? Come faceva lei a saperne qualcosa?

«Cosa ha fatto?», domandò Em.

Fissò le ragazze e io seguii il suo sguardo. Emmy e Alex erano così belle che mi sembrava di essere tornato nella mia vecchia stanza, a casa dei miei genitori, rannicchiato nel letto mentre la luce del mattino riscaldava le lenzuola.

«Quello», rispose.

Il mento di Alex era poggiato sulla spalla di Emmy, e le fece scorrere le dita sui fianchi nudi, carezzandola.

«Questo?», lo stuzzicò Alex.

Aydin e Alex rimasero a fissarsi senza battere ciglio. Sentivo il pulsare del cuore nel collo. Andava sempre più veloce.

«Io l'ho vista solo dallo schermo del computer», disse, come in trance, «era come se qualcuno mi stesse squartando la pelle, facendo uscire la pressione che avevo dovuto subire tutta la vita». Il suo torace si abbassava e si alzava rapidamente. «E potevo finalmente respirare, vedere i colori e cazzate del genere. Mi sentivo arrapato e il mondo d'improvviso sembrava così diverso, perché…».

Deglutì quando Alex distese la mano sul ventre nudo di Emmy, toccandola con garbo e delicatezza. Em sembrava paralizzata, ma dopo qualche istante si rilassò e si abbandonò al tocco di Alex, invitandola a proseguire.

«Perché niente taglia più a fondo di una cosa bella», sussurrò Aydin.

Tagli… Andai con lo sguardo al tatuaggio che gli avevo fatto sulla spalla. Dei graffi incisi sulla sua pelle per sempre.

«Aveva questi occhi». Fissò Alex, impaurito e disperato. Come se il ricordo lo stesse ferendo. «Mi sembrava di poterla raggiungere attraverso lo schermo e toccarla, dal modo in cui mi guardava faceva scomparire tutto il resto. Non importava cosa avessi dovuto rischiare e cosa avessi potuto perdere», le disse, «dovevo averla».

Fissai Emmy, ricordando quanto pensavo che fosse testarda, mentre invece era soltanto razionale, e io non facevo altro che prendermela con lei. Facevamo parte di due mondi lontanissimi, i miei amici le avrebbero dato filo da torcere, io ero estroverso, mi piaceva stare in compagnia della gente, mentre lei preferiva stare da sola. Eravamo molto diversi.

Ma quei momenti, come quando l'avevo avuta tra le mie braccia al cinema, confermavano ciò che già sapevo.

Ne sarebbe valsa la pena.

«Quando finalmente riuscii a farmi coraggio per averla, lei era sopravvissuta senza di me», spiegò Aydin. «Mi ha fatto male. Io stavo lì a farmi a pezzi la testa, a impazzire, e lei... lei dava a tutti quello che era mio. Ero diventato soltanto un ricordo. Non contavo più nulla».

«E lei è una troia», disse Alex.

Aydin sostenne lo sguardo su di lei, mentre faceva cadere un elastico del reggiseno di Emmy dalla spalla, ed Emmy non la fermava. Respirava pesante.

«No», rispose Aydin. Fissò le ragazze e l'altro elastico del reggiseno venne giù. Alex le passò la mano sul resto del corpo. «Mette un piede davanti all'altro, fa quello che deve fare e vive onestamente. Non si deve vergognare di niente e può vivere a testa alta». La sua voce aumentava di volume. «È leale, si prende cura di tutti con sorrisi e abbracci, è una sopravvissuta, e risolve i problemi senza stare lì a pensare a ciò che ha perso».

Il suo sguardo si riempì d'orgoglio e si fece duro.

«È una cazzo di vichinga», disse. «E io non vorrei nessun'altra al mondo».

Mi sprofondò il cuore quando guardai Em, perché era tutto vero. Non m'importava di nessun'altra. Potevo anche restarci secco, ma era lei la donna della mia vita. In quell'istante non mi fregò più niente delle sue pecche, o se qualcun altro oltre me l'avesse toccata, o del fatto che eravamo entrambi i nostri peggiori nemici.

Era la mia ragazza, con tutta la sua anima malmessa e piena di cicatrici. Era stupenda.

Alex si alzò, il corpo rigido mentre indietreggiava, e anche Aydin si alzò, lo sguardo fisso su di lei.

Portandosi la sua mano e la mia alla bocca, aprì la cintura con i denti, e Alex cacciò un respiro così profondo che lo sentii da dov'ero, mentre continuava ad arretrare.

La cintura si allentò e io tirai, svincolando finalmente la mia mano sinistra, e poi mi liberai del tutto.

Aydin grugnì, incapace di liberarsi, e Alex sussultò quando strappò il gancio dal muro e si diresse verso di lei a passo di carica. Si rifugiò in bagno, ma lui la afferrò sotto le braccia e la caricò tra le sue.

«Toccami», disse sbuffando con la bocca a pochi centimetri da quella di lei.

Lei chiuse gli occhi e iniziò a singhiozzare. «Non ora», piagnucolò. «Non dopo tutto questo. Come potresti farlo adesso?».

Le affondò la bocca sul collo, tenendole la testa attaccata a sé e stringendo forte.

Guardai Emmy, gli occhi orlati dalle lacrime che non erano cadute. Si alzò e si allontanò, ma io mi feci avanti, fissando le spalle nude e gli elastici del reggiseno che le ricadevano flosci sulle braccia.

Corse via, ma la afferrai e nel giro di qualche istante ci ritrovammo nella doccia, in un caos di braccia e gambe. Aprii l'acqua, la bagnai tutta e la intrappolai, mentre la mia bocca andava a coprire la sua. Le infilai la lingua tra le labbra, carezzando la sua, e il caldo scendeva a cascata sul mio inguine mentre la spingevo contro il muro e continuavo a muovermi sulle sue soffici labbra carnose.

«Prendilo, Emory», disse Aydin là vicino a noi. «Lascia che ti tocchi ovunque».

La fissai, quasi divertito che Aydin pensasse di avere ancora un qualche potere su di lei. «Fa' che provi a fermarmi», la sfidai. Poi le dissi: «Sei pronta?»

«A meno che tu non debba dirmi di allacciare le cinture», sibilò lei, «chiudi quella bocca, Will».

Con un ghigno, le strappai via i pantaloncini e il reggiseno e la girai, abbassandole le mutande sulle cosce.

Mugolò e allungai le mani, afferrandola per la gola e togliendole gli occhiali per poggiarli sul portasapone. «Questo non è più un amore adolescenziale», le ansimai nell'orecchio, premendole le tette alla parete della doccia. «Questa non è una cotta. Questo è un uomo che è giunto finalmente al punto di mostrarti quello che può fare».

E poi le ripiantai di nuovo la bocca sulla sua e mi strappai via i jeans.

Capitolo 30

Will

Sette anni prima

Mia madre gridò qualcosa dal piano di sotto e udii voci maschili assieme a dei passi sulle scale.

Si spalancò la porta della mia stanza, alzai la testa e mi guardai dietro le spalle, dato che ero sdraiato a pancia in giù sul letto.

Sbattei gli occhi più volte, vedendo Kai in piedi sull'uscio, in pantaloncini kaki e a petto nudo.

«Che fai, torni e non ci avvisi?», si lamentò.

Mi faceva male la testa, mi girai su me stesso grugnendo. L'università non era proprio il meglio, per me. Non avevo mai provato simili postumi di sbornia.

Qualcun altro varcò la porta e subito dopo udii la voce di Damon. «Cavolo, pensavo che almeno avessi compagnia».

Entrarono tutti e due, e quando guardai l'orologio vidi che erano le 10:13 del mattino.

«Ma che cazzo, Will?», rimbrottò Kai. «Sono passati mesi. Se torni a casa, ci devi avvisare».

«Sono passate dieci settimane», ribattei, prendendo le sigarette sul comodino. «Durante le vacanze di Pasqua eravamo tutti insieme a Miami. Cristo».

Kai mi strappò la sigaretta di bocca prima che riuscissi ad accenderla, poi andò in bagno e aprì la doccia.

Gli diedi un'occhiataccia. «E poi sono arrivato soltanto ieri sera», sottolineai. «Ieri sera tardi».

Non avevo avuto il tempo di contattare nessuno. Erano tutti a casa già da un paio di settimane per le vacanze estive, ma non ero riuscito a decidermi a tornare prima che mia madre mettesse giù tutto il solito circo di sensi di colpa. A detta di mia madre, pareva che tutti fossero persi senza di me, e se non mi fossi fatto vedere – in modo da evitarle di doversi occupare ogni giorno di respingere Kai e Damon che venivano a cercarmi – lei mi avrebbe bloccato la carta di credito.

Ovviamente non diceva sul serio. Ero il suo figlio preferito.

Anche se ero riuscito a malapena a sopravvivere al mio primo anno a

Princeton e non mi andava proprio di affrontare quella conversazione. Odiavo deludere i miei genitori. La lettera del mio tutore incombeva sul comodino. Avevo saltato troppe lezioni e accumulato pure qualche insufficienza.

Era penoso provare a occuparsi di quelle cazzate. Non volevo andarci e avevo finito per restare in New Jersey anche dopo la fine delle lezioni, perché per me Thunder Bay era un posto dimenticato da Dio.

In autunno sarebbero stati due anni dall'ultima volta che l'avevo toccata, e le cose non sembravano affatto migliorate. Mi sfregai le mani sulla faccia e poi mi atterrò addosso qualcosa. Ululai quando Damon mi piombò sopra per tenermi immobilizzato al letto.

Aveva uno strano odore, una miscela di abbronzante e sigarette.

«Vai in spiaggia?», gli chiesi.

«Di nuovo, sì», disse. «Ci siamo già stati ieri, ma dall'ultima volta che le abbiamo viste in bikini, queste ragazze sono quasi tutte cresciute». Mi diede una pacca, urlandomi in faccia. «È tempo di raccolta!».

«Levati dal cazzo», gli dissi. Ma non riuscivo a non ridere. Era bello rivederli.

Forse, stando a casa, presto mi sarei sentito di nuovo umano.

Saltò via dal letto e Kai tornò con un bicchiere d'acqua.

«Ce l'hai uno spazzolino in più?», chiese Damon, diretto in bagno.

Non aspettò la risposta e iniziò a rovistare nei cassetti sotto il lavello. Trovò una confezione, la aprì e tirò fuori uno dei nuovi spazzolini che mi aveva comprato mia madre. Era sempre pronta a rifornirmi di tutto: in questo se la cavava egregiamente.

Presi il bicchiere d'acqua e lo poggiai sul comodino. Damon bagnò lo spazzolino e ci mise sopra il dentifricio.

«L'hai vista quella graziosa stronzetta di Fane ieri in spiaggia?», chiese a Kai. «Ora si dà pure delle arie. Dimmi che non ci sarà da spassarsela».

Kai fece una smorfia. «Cristo, sei proprio un fallito. Ma chi è l'universitario che torna a casa e continua a provarci con le liceali? E cresci».

«Be', pure tu la guardavi, ti ho visto, sai?», ribatté Damon, alzando il dito medio.

Dovevano averla vista in spiaggia il giorno prima.

«E poi guarda che è di Michael», sottolineò Kai. «Lui ancora non lo sa, ma non provarci nemmeno mentre lui non c'è».

Mi misi seduto, facendo penzolare le gambe dal letto e prendendomi la testa dolorante tra le mani. Non avevo nessuna voglia di sole e sabbia.

Non volevo neanche fare una passeggiata in paese, poiché sapevo che lei già era andata via per seguire i corsi universitari estivi in California, e che ormai stava facendo altro nella vita.

Kai prese il foglio vicino alla lampada e lo lesse.

I nostri sguardi si incontrarono e lo gettò via, rovistando tra le altre

cose che avevo sul comodino. Soldi, pillole in una boccetta senza etichetta. Una dose di cocaina.
Aguzzò lo sguardo e serrò la mascella.
Aprii il cassetto e ci buttai dentro tutto. Poi lo chiusi.
«Andate via», gli dissi, ignorando gli sguardi che mi rivolsero. «Devo farmi una doccia».
Damon si sciacquò la bocca e si diresse verso la porta, ma Kai restò lì. La sua espressione stava iniziando a darmi fastidio.
«Mi rivolgo a uno o a entrambi… sarete in prigione entro fine anno se non mettete la testa a posto», sibilò. «Io non posso essere Michael. Ho già abbastanza carne sul fuoco. Butta quella merda o la butto io», esclamò Kai.
Uscì dalla stanza sbattendo la porta. Strizzai gli occhi.
Era davvero sorpreso? La mia personalità vincente non era mica un dono di natura.

Diverse ore dopo, mentre Kai era a cena con i suoi genitori, Damon e io facemmo un giro al Cove per vederlo un'ultima volta. Il sole non era ancora tramontato, e io ero ancora sporco dalla spiaggia – c'era una sola cosa buona di tutta la giornata: mi ero sbarazzato dei postumi della sbornia.
«Questo posto è come una città fantasma», borbottò Damon mentre percorrevamo il parcheggio deserto diretti verso Cold Point. «Resterà aperto fino a settembre, ma quando torneremo a casa la prossima volta, sarà chiuso».
Guardai l'ingresso e le biglietterie, i cavi che tenevano la nave pirata. Nelle mie orecchie risentivo le sue risate di quella sera.
Mi doleva il cuore. Dio, quel vestito. Quel sorriso.
Emmy Scott felice era la cosa più bella del mondo.
«Anche tu sei come un fantasma», disse Damon.
Diedi le spalle al luna park, diretto verso le scogliere. «Sto bene», gli risposi.
Prima o poi sarei stato bene.
«No che non stai bene», ribatté. «Quella ragazza del cazzo…».
«Basta».
«Che si fotta».
«Ho detto basta».
Gli rivolsi un'occhiataccia. Ci arrampicammo su fino in cima, sulla roccia, a scrutare il mare grigio. Il faro di Deadlow Island era l'unica cosa che riluceva all'orizzonte e che scivolava nelle tenebre.
Era probabilmente una buona cosa, l'imminente chiusura di Adventure Cove. Tutto, a un certo punto, doveva morire.
Guardai giù, vicino al precipizio. In basso l'acqua si schiantava sugli scogli.

«Esiste qualcuna anche per te, lo sai?», lo presi in giro, sforzandomi di sorridere.

«Non ho mai detto che non esista». Soffiò il fumo fuori dalla bocca, gettando il mozzicone giù dalla scogliera. «Esiste una per me. Prima o poi la avrò, e ci farò dei figli, ma non permetterò che mi fotta del tutto – e neanche che chiunque provi a fottere Michael e Kai – nel modo in cui Emory Scott ti ha fottuto il cervello».

Sospirai, ripensando all'ultimo anno di superiori e a tutte le volte che mi era passata davanti come se non fossi mai stato dentro di lei.

L'orgoglio è una brutta bestia. Non potevo più farle il filo e riuscire a guardarmi allo specchio, così mi ero chiuso e avevo cercato di fare finta di niente, ignorandola a mia volta, e qual era stato il risultato?

Non riuscivo ancora a guardarmi allo specchio.

«Sarei stato perfetto per lei», dissi, gettando con un calcio un sasso giù dal precipizio. «Ero perfetto per lei».

«E lei non si è fidata di te», aggiunse. «È una stupida fighetta mocciosa e piena di sé, sempre lì a pensare di essere migliore degli altri».

Distolsi lo sguardo. Le sue parole mi facevano innervosire. Stava provando soltanto a comportarsi da vero amico. Provava a stare dalla mia parte.

Ma io volevo solo che la finisse. Emmy non era come la stava descrivendo lui.

Io potevo anche avercela con lei, ma nessun altro doveva azzardarsi.

Nel mio cuore, era ancora la mia ragazza.

«E tu passerai il resto della tua vita a dimostrarle che si sbagliava», disse. «A farle capire cosa si è persa».

Ma certo. Ci avrei provato.

Inalai un lungo respiro e girai la testa a sinistra e poi a destra, stiracchiando il collo.

Aveva ragione. Era ora che Will Grayson tornasse a vivere. Con o senza di lei.

«Andiamo alla Notte del Diavolo stasera», gli dissi. «Mi va di spassarmela un po'».

Ghignò, pronto come sempre.

Chissà quando l'avevo capito di preciso. Damon non mi aveva mai detto cos'era successo quella notte che li avevo trovati insieme negli spogliatoi; sapevo soltanto che si era imbattuto in Emory e che lei lo aveva aiutato.

Nel tempo avevo continuato a osservarla. La sua routine mi forniva tutte le informazioni di cui avevo bisogno, ma ero troppo cieco per capire. I lividi, i tagli e le ferite non potevano venire altro che da casa sua. Non aveva amici. Non andava da altre parti che a scuola, al cinema, o a svolgere qualche piccolo progetto in paese.

A meno che non frequentasse qualche club di lotta clandestina senza che io ne sapessi niente, era quel pezzo di merda a ridurla così.

Capivo perché non me l'avesse mai detto. Capivo perché pensava di non potermelo dire.Martin Scott era una delle poche cose che potevano metterci i bastoni tra le ruote, ed era anche l'unica che potevo picchiare.

«Vuoi farlo davvero?», chiese Kai con la voce esitante. «Picchiare un poliziotto è un reato serio, Will. Siamo d'accordo su questo, no?».

Era seduto sul sedile posteriore e io davanti, a fianco di Damon, che era alla guida di uno dei fuoristrada del padre.

Infilai i guanti. Nell'abitacolo risuonava *Fire up the night*. Attraverso il parabrezza fissavo l'agente Scott dall'altra parte della strada, a rompere le palle a una macchina piena di ragazzini che aveva appena fermato.

«Se non te la senti, vattene pure», gli risposi.

Non era una minaccia. Non avevo chiesto il suo aiuto, non mi serviva. Kai aveva tanto da perdere, e non lo avrei giudicato male se avesse deciso di tirarsi indietro. Anche io avevo tanto da perdere. Ma a me non importava nulla.

«Ma che sta facendo?», chiese Damon, gettando il mozzicone dal finestrino.

Martin Scott portò una ragazza alla sua volante, la fece sedere dietro, e salì davanti mettendo in moto. Lo stavamo seguendo da quando aveva iniziato la pattuglia alla stazione, e aveva fermato subito quella macchina di adolescenti che andava troppo veloce per le vie del paese.

«È River Layton», dissi, riconoscendola.

Aveva soltanto sedici anni. Ma che diavolo stava facendo?

Lasciando un ragazzo e una ragazza in macchina, si era allontanato con River nel suo veicolo, ma invece di girare a sinistra verso la stazione, o a destra verso le colline – cioè dove lei abitava, vicino a casa mia – aveva fatto una brusca inversione e preso la strada verso la costa e Falcon's Well.

«Seguilo», dissi.

Damon ingranò la marcia e uscì dal parcheggio, mettendosi sulle sue tracce.

Erano passate le dieci, e visto non ci sarebbe stata scuola per tutta l'estate, le strade non erano troppo affollate. In quel periodo dell'anno, le feste prendevano luogo quasi tutte sulla spiaggia, sulle barche di mamma e papà, o nei giardini con piscina.

Damon restò a distanza per non farsi notare, ma non così distante da perderlo di vista.

Rovistai nel borsone, lanciai a Kai la sua maschera argentata da paintball, tirai fuori quella nera di Damon e gliela passai, lasciando dentro quella rossa di Michael. Io ne infilai una bianca con la striscia rossa.

Davanti a noi si accesero le luci degli stop, e lo vedemmo girare verso un deposito. Pensai che di notte là non succedeva un bel niente. Perché ci stava portando quella ragazzina?

Damon accostò il veicolo al marciapiede e spense il motore. Scendemmo giù e calammo i cappucci sulle teste. Faceva troppo caldo per portare la felpa, ma era l'unico modo per eseguire quel piano.

I cappucci e le maschere ci coprivano e, con buone sperane, non ci avrebbero fatti identificare nelle inevitabili telecamere. Tutti avrebbero saputo chi c'era dietro quelle maschere, ma non avrebbero avuto modo di dimostrarlo.

Passammo gli alberi e i cespugli e ci dirigemmo al deposito, dov'eravamo stati centinaia di volte, sulla strada che portava alla vecchia fabbrica abbandonata.

Avevo già la schiena madida di sudore ed ero concentratissimo.

Era colpa di Martin. Era sempre stata tutta colpa sua, perché anche se non lo fosse stata, era una bella sensazione avere finalmente qualcuno a cui dare la colpa, mi faceva pensare di non essere io quello sbagliato. Era bello credere che mi aveva sempre respinto prima ancora che potessimo iniziare qualsiasi cosa, solo per colpa sua, e non perché non mi amava.

A ogni modo la aveva ferita, e ora che non era più sotto il suo giogo, io praticamente ero a piede libero.

Perlomeno, dopo quella sera, non si sarebbe più azzardato a toccarla.

Ci appostammo dietro gli alberi, al margine del parcheggio sterrato della fabbrica di scarpe in disuso, con le pareti di quel rudere alle spalle, quando lo vedemmo spegnere il motore e restare seduto al proprio posto, con la ragazza ancora dietro.

Mentre parlava muoveva la testa e gesticolava e lei restava immobile.

Alla fine, aprì lo sportello e andò ad aprire quello posteriore, salì e si mise seduto vicino a lei.

Mi si arrestò il respiro.

E quasi sorrisi. Ogni dubbio, ogni incertezza che avessi serbato al riguardo erano magicamente scomparsi.

Una volta finito con lui, la sua faccia sarebbe stata più brutta di un pugno di carne macinata.

«Non ha più Emmy da maltrattare», disse Kai. Si sentiva la rabbia modificargli la voce mentre si infilava anche lui la maschera.

Annuii, felice che avesse deciso di unirsi a noi. Mi serviva, eccome.

«Scommettiamo che mio padre protegge anche lui?», disse Damon, infilandosi la maschera. «Hanno così tante cose in comune».

«Andiamo a cambiare la sua vita per sempre». Partii per primo, puntando la macchina con le braccia alzate, i ragazzi al mio fianco.

Avrei tanto voluto che fosse lì anche Michael. Saremmo stati una squadra più compatta. Lo avremmo aggiornato al suo ritorno dal ritiro di basket ad Atlanta.

«Non vi fate sentir parlare», dissi tirando fuori il coltello. «Sussurrate».

Passai il coltello a Kai, che lo tolse dal fodero e lo piantò in uno pneumatico. L'aria fuoriuscì con un sibilo. Damon e io facemmo lo stesso a quelli posteriori.

River urlò quando lui la trascinò fuori dalla macchina. Gli piantai subito un destro sulla sua faccia di cazzo.

Tirammo fuori anche lui dal veicolo. Tossiva e sputacchiava, il sangue gli veniva giù a fiotti dal naso.

«Vattene a casa», ordinò Damon alla ragazza.

Lei ci guardò con un'espressione preoccupatissima, la faccia già umida di lacrime per quello che Scott stava provando a farle là dentro.

Non sapevo cosa. Ma potevo indovinarlo: *Sei minorenne. Potrei riportarti a casa, ma potrei anche non portartici e nascondere ai tuoi genitori che in macchina ho trovato droga e alcol. Basta che resti qui con me per un po' e non lo dici a nessuno.*

Gesù Cristo.

Lo colpii di nuovo.

E di nuovo, e di nuovo, prima di rialzarlo e dargli un calcio sulla nuca.

Figlio di puttana. Fottuto figlio di puttana.

Voleva fare male a River, come faceva male a sua sorella. Picchiarla, farla piangere…

O peggio.

Se avesse fatto qualcosa del genere a Emmy, lo avrei ucciso.

River scappò via verso la superstrada. Kai fece il giro della volante e finì di bucare l'ultima gomma. Aprii la portiera anteriore, prendendo a calci la radio e strappando via i cavi, mentre Damon distruggeva la telecamera sul cruscotto, gettandola a terra e saltandoci sopra.

Era possibile che l'avesse già spenta prima di far salire a bordo la ragazza, ma non volevamo rischiare che potesse chiamare i rinforzi.

Dalla tasca della felpa presi il cellulare e lo lanciai sul tetto della macchina a Damon, prima di prendere un pezzo di corda dall'interno dell'abitacolo.

Tornai da lui, gli misi un piede sulla schiena e lo spinsi giù a terra.

«Non venirci a cercare», sussurrai per camuffare la voce. «E non ti azzardare a toccare più un'altra donna. Né River Layton. Né Emory. Nessuna». Mi chinai e gli avvolsi la corda intorno al collo. «Se scopriamo che lo hai rifatto, la prossima volta non va a finire così bene».

Sussultò e grugnì. Lo girai, i suoi occhi si aguzzavano cercando i miei dietro la maschera.

Dibattendosi, si girò, cercò di rimettersi in piedi, ma un attimo dopo gli eravamo tutti addosso a riempirlo di pugni e di calci.

Feci un cenno con la testa a Kai e lo tirammo su in piedi, lo portammo nel deposito e lo legammo per i polsi, fissandoglieli sopra la testa a una trave d'acciaio.

Facemmo un passo indietro. Gli altri stavano probabilmente aspettando di darmi la precedenza. Damon prese il telefono e iniziò a filmare.

Feci una pausa. Era da stupidi documentare una cosa del genere, ma…

Mi leccai le labbra. Potevo ancora sentire il sapore del bourbon che avevo bevuto in macchina.

Volevo rivederlo. Volevo riviverlo. Volevo vederlo soffrire per sempre.

«Guardami bene», sussurrai.

Respirava pesante. Mi avvicinai e gli tolsi la cintura, poi la gettai a terra.

«Guardami», grugnii di nuovo a bassa voce.

Alzò gli occhi e incrociò i miei. Fui certo che mi ebbe riconosciuto.

Ma poi, lo stronzo sorrise.

«Pensi sia colpa mia?», chiese a voce bassa, di modo che solo io potessi sentirlo. «Spiegami: ti ha respinto ed è colpa mia?».

Serrai i pugni.

E poi rise, anche se aveva la bocca piena di sangue. «Io ne sarei stato felice», disse. «Sarebbe stato anche meglio se fosse rimasta incinta. Sarebbe stato fantastico avere un accesso diretto a tutti quei soldi, quel potere e quei contatti. Finalmente, sarebbe servita a qualcosa».

Restai immobile riuscendo a malapena a respirare.

Sputò, spruzzandomi addosso il suo sangue.

Non battei ciglio.

«Lei sapeva che sei un perdente», disse. «Che saresti rimasto il delinquente alcolizzato che sei oggi, inadatto alla sua vita».

Mi ribolliva il sangue sotto la pelle.

Sapeva chi eravamo e non me ne importava nulla. Le maschere e i sussurri erano per la telecamera, non per lui.

Aveva ragione? No, non aveva ragione. Lei non me lo aveva mai detto, ma sapevo che mi amava. Lo sentivo.

Era lui. Aveva fatto sì che si dimenticasse di me. Lui l'aveva spaventata.

«E questo è solo un promemoria», continuò, «che lei è andata via da tempo e senza di te sta bene, e che tu non sarai mai nulla più di quello che sei adesso. Per lei non sarai mai abbastanza».

Scossi la testa, con gli occhi che bruciavano.

Kai, dietro le mie spalle, si schiarì la gola. «Non possiamo restare qui per sempre, Will», sussurrò. «Datti una mossa».

Martin Scott continuò a sorridere, vedendo l'effetto che stava sortendo su di me.

«Non ti ha mai più guardato, vero?».
Smisi di respirare.
«Non ti ha mai più chiamato, da quando si è diplomata e si è liberata, giusto?».
Come faceva a saperlo?
Avrebbe potuto chiamarmi. Non c'era motivo di non farlo una volta che lui non faceva più parte della sua vita.
Rise di nuovo. «Non sarai mai abbastanza».
Caricai il braccio e con un grido gli schiantai il pugno in faccia.
Vaffanculo.
Mi scappò un singhiozzo, ma lo repressi subito.
Figlio di puttana.
Lo colpii di nuovo, sempre più forte, finché non smise di ridere e le nocche mi bruciavano come se avessero preso fuoco.
Le lacrime si fecero strada nei miei occhi e iniziarono a riversarsi giù, sotto la maschera. Mi girava tutto. Ripresi a picchiarlo.
Vaffanculo. Vaffanculo.
Arrivò Kai e gli intimò di non avvicinarsi mai più a una minorenne, io ripresi a calciarlo e a prenderlo a pugni finché non ebbi le mani madide del mio e del suo sangue, e non feci altro che scoppiare a ridere.
Finché lui non svenne e dovettero togliermelo di sotto le mani.
Gettammo il corpo sul ciglio della strada, ripulimmo il fuoristrada di Damon e usammo un telefono non rintracciabile per chiamare la polizia e dire dove l'avrebbero potuto trovare.
E non mi importava nulla se la cosa non avrebbe riportato indietro Emory. Lui se l'era meritato.
Se avesse avuto un minimo di buon senso, avrebbe tenuto la bocca chiusa. Sapeva che avevamo visto che aveva portato là River Layton.
Eravamo testimoni.
Lei da sola avrebbe potuto essere liquidata come una bugiarda.
Ma se parlavamo tutti e quattro, la musica cambiava.
Damon accompagnò Kai e poi me a casa.
«Vuoi andare a bere?», mi chiese.
Scossi la testa. Avevo di meglio nella mia stanza, ma non sarebbe stato d'accordo.
«Ci vediamo domani». Chiusi lo sportello, e lui si mise in cammino. Salii i gradini che portavano a casa: una villa a tre piani con cantina dei vini e un campo da basket sul retro.
Ero un ragazzo fortunato.
E un perdente del cazzo.
Aveva ragione, e niente sembrava migliorato.
Mi girai e mi incamminai, allontanandomi dalla macchina e stringendo il telefono nella tasca.
Non volevo rivederlo mai più.

Percorsi il vialetto e mi diressi sulla strada verso il paese, nella notte buia. Tirai fuori il telefono per cancellare il video. Non lo volevo più vedere.
Volevo cancellare tutto quello che mi riguardava, perché mi odiavo più di quanto mi odiasse lei.
«Ehi, amico!», chiamò qualcuno.
Alzai la testa, bloccando il telefono prima di aver finito, e rimettendolo via.
Bryce accostò, guardandomi dal finestrino aperto. In macchina aveva una ragazza. Mi affacciai dentro, forzando un sorriso e infilandomi le mani sporche di sangue in tasca.
Lui mi guardò, sospettando qualcosa. «Ti serve un passaggio?».
Scossi la testa. «No, ma grazie lo stesso».
Annuì, poco convinto.
Ma si rimise in marcia, e io tirai fuori le mani dalle tasche, nauseato da tutte quelle sensazioni.
Martin Scott aveva ragione. Erano passati due anni e io ancora pensavo a lei, mentre lei era rimasta impassibile. Non uno sguardo, non un cenno, non un sussurro.
Pensava davvero che non contassi nulla.
Continuai a camminare, superando il paese e il gazebo che aveva smesso di costruire, a quanto mi avevano detto l'ultima volta che ero stato a casa il Natale prima.
Non volevo vederla e non volevo vedere nulla che le appartenesse. Volevo soltanto far scomparire il dolore.
Prima di rendermene conto, arrivai a casa di Damon e salii le scale, e la domestica mi accompagnò davanti alla porta al terzo piano. Bussai.
Udii dei sussurri e dei movimenti, infine comparve. Con addosso solo i pantaloni del pigiama, appena uscito dalla doccia.
Strabuzzò gli occhi. «Sei qui per vedere la mia bara?», scherzò.
Guardai dietro le sue spalle e vidi il letto. «Sembra comodo».
Ci scambiammo uno sguardo di intesa, ma poi abbassò gli occhi, esitante.
Iniziarono a scendermi lacrime a fiotti. «Sono fottuto», dissi.
«Lo so». Annuì. «Ma anche se vieni da me, io non posso aiutarti».
Anche lui era fottuto. Il domani non sarebbe stato radioso per nessuno dei due.
«Aiutami soltanto per questa sera», sussurrai.
Tuffati, distruggi, mostrami come si smarrisce la strada. Solo per questa sera.
Si fece da parte e mi invitò a entrare, chiudendomi la porta dietro le spalle.
Un odioso drogato.
Almeno Sid sapeva suonare la chitarra.

Capitolo 31

Emory

Presente

Inarcai la schiena mentre Will mi stringeva il fianco e si spingeva contro di me, facendomi scivolare il suo cazzo dentro.

Mi riempiva completamente, tendendosi così caldo e spesso che mugolai: «Ah».

Girandomi la testa, mi coprì la bocca con la sua, mentre il vapore si espandeva nella doccia, mi strattonò i fianchi, ancora e ancora, scopandomi sempre più forte senza rompere il bacio.

Io gli leccai la lingua e assunsi il controllo, mi scostai e guidai la sua mano giù, in mezzo alle mie gambe.

Lui mi sfregò il clitoride, lento ma regolare, con movimenti circolari. «Io non ti amo», sussurrò al mio orecchio prima di mordermi il lobo.

«Lo so».

Strattonò via la mia mano dalla sua, sbattendola contro la parete e tornando poi alla mia fica, si spinse più forte, uscendo per poi entrare sempre più in profondità.

Chiusi gli occhi, gemendo.

Una mano prese la mia e strinsi le dita intorno a quelle sottili di Alex.

«Chiedimi scusa», ansimò Will.

«L'ho fatto».

Lui si tirò fuori, mi fece girare e io lasciai la mano di Alex mentre lui mi sollevava.

«Dillo», pretese.

Avvolsi le braccia e le gambe intorno a lui, che scivolava di nuovo dentro di me. «E poi cosa succede?», chiesi.

«Uhm?».

Lasciai una scia di baci sul suo viso, affondai le labbra sul suo collo e lo strinsi in un abbraccio.

«Quando avrai ottenuto quello che vuoi, ti fermerai», gli dissi, «e io non voglio che ti fermi».

I suoi fianchi si mossero mentre mi stringeva il sedere con entrambe le mani, io succhiai via l'acqua dalla sua pelle, mordicchiandola e tirandola con i denti.

Lui gemette.
«Non fermarti», ansimai. «Non ti amo più. Porti guai, lo hai sempre fatto».
«Ma non devo fermarmi, eh?», ridacchiò. «La rimpatriata di classe è l'anno prossimo e dirò a tutti cosa ti piace fare davvero quando il tuo naso non è sepolto in un libro. Dirò a tutti quanto ti piaccio e come ci divertiamo quando nessuno guarda».
Ricaddi indietro contro la parete, voltando la testa e poggiando la fronte su quella di Alex mentre gemevo. Non lo avrei mai ammesso, ma mi eccitava quanto mi desiderasse.
Aydin spinse Alex contro la parete accanto a me, lei guardava me e lui guardava lei, quasi immobile, tranne che per la mano che stava scivolando lentamente sotto la sua camicetta. Lei aveva il fiato corto, le sue labbra erano davvero vicine alle mie e in un attimo lui le aveva strappato via il reggiseno nero e lo aveva lasciato cadere sul pavimento della doccia, mentre l'acqua le inzuppava lentamente la camicetta.
Era lui il motivo per cui lei era qui. Era per questo che era venuta lei per Will, e non Michael. Era per Aydin. Lei era la sua artista e, durante le ricerche che aveva condotto per trovare Will, aveva scoperto che anche Aydin era qui.
Facendo scivolare la mano, Aydin risalì su per il suo stomaco e in mezzo ai seni mentre la camicetta le si incollava alla pelle, rivelando i cerchi scuri dei capezzoli attraverso il lino.
Lei non lo guardava e io premetti le labbra sulla sua fronte, cercando di calmarla. Era quasi come se avesse paura, e se sapevo qualcosa a proposito di Alex Palmer era che poche cose la spaventavano davvero.
Mi voltai di nuovo verso Will, strinsi la presa e lui inclinò la testa all'indietro, iniziando a perdere il controllo.
«Sto per scivolare», ansimai.
Lui mi sollevò. «Ti tengo».
Affondai la bocca nella sua, con i capelli bagnati attaccati al viso e al collo, e desiderai di nuovo trovarmi in quella sala da wrestling con lui e non essere più così timida. Lo avrei amato e sarei rimasta con lui tutta la notte, se avessi potuto viverlo da capo.
«Baciala sulla bocca», sentii Aydin dire.
Mi voltai e vidi Alex fissarlo. «Voglio baciare te in bocca».
Lui scosse la testa, l'espressione calma ma il fiato corto.
Si leccò le labbra. «Toccala sulla fica», sussurrò. «Come quella notte che ti ho vista dallo schermo. Fallo».
Con la mano le sfiorò il seno da sopra la camicetta, a malapena toccandolo; la bocca di lei si spalancò e dubitai che stesse respirando.
«Toccala», la implorò, gravitandole sulle labbra. «Scopala nel letto per me».

Lei deglutì. «No», sussurrò. «Faccio ciò che voglio quando voglio e nulla per il tuo piacere».

«Nulla?», chiese lui, toccandole le labbra con le dita. «Per lui sì, ma per me no?».

Lei sollevò lo sguardo su Aydin. «Con lui mi sento al sicuro. Con te mi sento una puttana».

La mascella di lui si tese e le sue dita si chiusero sul suo seno come un artiglio. I capezzoli si inturgidirono, facendo capolino dal tessuto come proiettili.

La testa di Will ricadde sul mio collo, respirando a fatica e gemendo, e capii che c'era quasi.

Ma il sangue mi ribolliva, l'orgasmo mi stava sopraffacendo: io c'ero già. Sussultai, stringendo la fica intorno a lui e trattenendomi a ogni spinta mentre il mio corpo si muoveva su e giù, urlando incurante di chi mi sentisse.

Una parte di me odiava Alex. Lei era bellissima, tenace, e tutto il resto che aveva detto Aydin in camera da letto. Era più amica di Will di quanto io fossi mai stata, e la parte peggiore era che era splendida sotto ogni punto di vista.

Doveva averne passate di tutti i colori, considerato il suo lavoro. Dovevano esserci stati giorni che l'avevano ridotta in lacrime, ma nessuno avrebbe mai potuto dirlo.

E poi c'era il resto di noi, feriti e pronti a usare questo come scusa per distruggerci da soli, mentre lei invece continuava ad andare avanti giorno dopo giorno, avvicinandosi sempre di più a ciò che voleva.

«E se io volessi *toccarti* un giorno?», sussurrai ad Alex, ma inclinai la testa verso quella di Will, stringendolo a me. «E se volessi cacciarli via e venire a letto con te, solo noi due?».

Will sorrise, baciandomi senza perdere un colpo.

Forse perché mi sentivo al sicuro con lei, e pensavo che lei meritasse di più di come Aydin la stava trattando, e volevo che lo sapesse.

La protuberanza nella sua gola saliva su e giù e Will si muoveva dentro di me. Entrambi gli uomini ci guardavano e ci sorreggevano.

Will mi mordicchiava un angolo della bocca e io intanto la fissavo, gocce d'acqua luccicavano sulla sua pelle.

«Cosa faresti?», chiese, le nostre teste di nuovo unite. «Se i ragazzi non ci fossero».

Non riuscii a nascondere un sorriso.

«Già, cosa faresti?», ansimò Will al mio orecchio.

Chiusi gli occhi, adorando quel controllo che mi stavano dando. «Non sarei capace di fermarmi», dissi a Will, abbastanza forte perché anche Aydin e Alex sentissero. «Chiuderei a chiave la porta, spegnerei la luce e mi metterei sopra di lei, succhiandole le tette, poi aprendole le gambe per stare lì nel mezzo, calda e comoda».

Il corpo di Will tremò mentre spingeva sempre più veloce, perdendo il controllo, e io voltai lo sguardo verso Aydin che aveva la mano nei pantaloni di lei, la sfregava da sopra gli slip. Alex teneva stretta la sua mano con le proprie, come se volesse fermarlo, ma non trovasse la forza.

«E poi cosa?», mi chiese Aydin, ma continuava a fissare lei, con la fronte corrugata per lo sforzo.

«La bacerei», dissi. «Se fossi al tuo posto adesso, e l'avessi sotto di me, la bacerei e la inspirerei e sentirei il suo corpo premuto contro il mio mentre la assaggio…»

«Ti piace assaggiare», mi stuzzicò Will, gemendo. «Fammi vedere. Fammi vedere cosa faresti con lei nella tua bocca».

La mia pancia si riempì di calore e lo sentivo trapelare ovunque, mentre lui scivolava dentro e fuori.

«Che sapore ha, Emory?», ansimò Aydin.

Lo guardai, i muscoli dell'avambraccio tesi mentre lavorava per lei, e gli occhi di Alex chiusi mentre il piacere prendeva il sopravvento.

«Caldo», mugolai. «È calda e morbida. Adoro la sensazione del suo clitoride contro le labbra mentre la lecco in mezzo alle gambe».

Aydin gemette e riuscii a vedere la protuberanza nei suoi pantaloni farsi più grossa, mentre la mano di Alex gli stringeva la spalla.

«Apri gli occhi», le disse. «Guardami».

Lei li aprì, sostenendo il suo sguardo mentre lui la stuzzicava con le dita.

«Lei apre le ginocchia», continuai. «E mi preme la bocca lì, perché le piace da morire».

«Sì», ansima lei, fissandolo mordicchiarsi il labbro inferiore.

Mi volto verso Will. «La lecco ai lati», lo stuzzico, facendo scivolare la punta della lingua sulle sue labbra e picchiettandogli il labbro superiore mentre lo guardo negli occhi. «E poi le prendo il clitoride, risucchiandolo nella bocca». Gli presi il labbro superiore con i denti e lo tirai, poi lo succhiai forte e rigirai la lingua, per giocare con lui.

Lui ringhiò senza fiato e io tesi le cosce, io lo cavalcavo e lui spingeva.

«La leccherei su e giù». Mimai i movimenti all'angolo della sua bocca. «E giocherei con lei per ore, leccandola a mano a mano che si scalda, perché a lei piace che le succhino la fica».

«Emmy», mugolò Alex, facendo cadere la testa all'indietro. «Cazzo, Emmy…»

«Ma, Dio, sai cosa vorrei davvero fare?», aggiunsi.

Will tremò. «Cosa?»

«Voglio scoparla», ansimai, mordicchiandogli la bocca. «Voglio farla impazzire, sfregando fica contro fica come animali e fottendola finché non sudo, così un giorno lui si ricorderà tutto quello che si starà perdendo quando sarà seduto come un re alla sua tavola da pranzo. Solo, sognando la sua piccola vichinga nuda a cavalcioni sulla sua sedia che scopa il suo uomo, perché mentre lui controlla tutto, lei controlla lui».

Alex urlò, avvolgendo le braccia intorno al collo di Aydin che tremava e veniva. La sua testa ricadde all'indietro, con il getto e il vapore che le accarezzavano il viso e lui le sostenne il capo, gravitando con le labbra sulle sue.

Gli occhi di Aydin luccicavano, si spostò sopra le labbra di lei, con l'aria di chi volesse baciarla e non riuscisse a trattenersi dal farlo.

Io mi muovevo su e giù sopra Will, schiantando la mia bocca sulla sua, senza provare alcuna vergogna o preoccupazione per la prima volta nella mia vita. Non mi importava cos'altro sarebbe successo, neppure l'idea che avrebbe potuto usare tutto questo contro di me. Mi sentivo bene, coraggiosa e su di giri.

Roteai i fianchi, sfregandomi e ricercando il mio orgasmo e poi finalmente… urlai, tremando e venendo, le cosce tese e la pancia consumata da un'ondata di brividi e tremori. Gemetti, reggendomi forte e intanto cominciavo ad avvertire il dolore provocato dal suo sbattere la mia schiena così forte contro la parete.

Ma lui non aveva ancora finito e io non gli avrei detto di fermarsi.

«Di' il suo nome», sentii Aydin dire a lei.

Io respiravo a fatica, percorsa dal calore in ogni centimetro del mio corpo.

«Di' il suo nome», le disse di nuovo.

Io mi girai, vedendolo mentre la sfregava ancora, cercando di farla venire di nuovo.

«Ti prego», la implorò.

«Will?», ansimò lei, con aria confusa e ancora sognante per l'orgasmo.

«Ancora».

«Will», disse lei.

Mi bloccai, sentendo anche Will rallentare.

«Ancora», le disse. «Ancora».

Cosa? I suoi muscoli si tesero e lo guardai, leggendo lo stesso dolore sulla sua fronte.

Lei lo guardò, cercando i suoi occhi. «Will», sussurrò.

«Gemi il suo nome», ringhiò lui, stuzzicandola con le dita.

Lei chiuse gli occhi, aveva il fiato corto e cominciava a venire di nuovo. Will si fermò ed entrambi li guardammo.

Cosa stava facendo Aydin? Quando ero io a fantasticare su di lei era diverso, perché volevo che lui la vedesse attraverso i miei occhi, ma cosa credeva di fare lui cambiando le carte in tavola? Non era la stessa cosa.

«Non ricordi il mio nome, di' il suo», la stuzzicò, velocizzando il ritmo. «Scava nella testa, e arriva là dove io non conto niente: lo hai già fatto un centinaio di volte e io ti ho sempre guardato venire, puttana».

Lei cominciò a piangere e lui si avvicinò a lei, muovendosi più rude sulla sua fica. «Forza, gemi il suo nome. Il suo cazzo ti piace così tanto».

Will si ammorbidì dentro di me e io ricaddi in piedi, improvvisamente fredda.

«Non lo scopavi soltanto», le disse Aydin. «Eravate intimi. Lui ci tiene a te».

Feci cadere lo sguardo e Will cercò di sollevarmi il mento, ma io mi scostai.

«Emmy», disse.

Erano intimi. Forse lui teneva a lei in un modo impossibile per noi due. Una fiducia perfetta.

Amici.

«Forza, dillo», la incalzò. «Will, Will, Will...»

Lei lo spinse, sbattendogli il palmo contro la faccia e Will lo spinse anche lui, prima di tirarsi su i pantaloni bagnati.

Aydin fece scivolare la mano dentro gli slip di Alex, ma l'aveva già tirata fuori prima che Alex potesse spingerlo via di nuovo.

Sollevò le dita luccicanti verso di noi, mostrandoci quanto era bagnata.

«Mentre tu eri qui dentro», disse a Will, «lei era triste e dispiaciuta».

I suoi occhi guizzarono su di me e Will restò immobile, mentre Alex si ritirava su gli slip.

«È chiaro come il giorno chi ha davvero sofferto durante tempo che siete stati separati», sputò fuori. «Lei non ti deve niente».

Non riuscivo a guardare Will negli occhi.

E una parte di me non voleva nemmeno fermare Aydin, non perché se la stesse prendendo con Will, ma perché riusciva a trovare sempre un modo per farmi sentire meno colpevole.

Era come se mi desse la carica, il che era un risvolto piuttosto strano degli eventi, perché quando lo avevo conosciuto ero stata certa che mi avrebbe incatenata al suo letto per il collo.

Forse, se fossi cresciuta con lui anziché con Martin, tutto il mio mondo sarebbe stato diverso.

Uscì dalla doccia, lasciando cadere per terra gli abiti bagnati e annodandosi un asciugamano intorno alla vita, poi tornò nella sua camera da letto. Anch'io lasciai lì i miei vestiti e uscii, scacciando la mano di Will quando cercò di afferrarmi.

Non ero arrabbiata. Non sapevo cosa ci fosse di sbagliato.

Volevo solo andare a vestirmi.

Avvolgendomi in un asciugamano, uscii dal bagno e mi diressi verso la porta, ma la voce di Aydin mi fermò.

«Emory, vieni qui», disse.

Lo guardai, vedendolo nel suo armadio che tirava giù vestiti dalle mensole.

Mi lanciò dei boxer rossi e una maglietta nera e io li afferrai al volo, pentendomi di aver lasciato il reggiseno sul pavimento della doccia.

L'acqua fu chiusa e Will e Alex uscirono dal bagno, cauti, con gli occhi su di me.

Gli occhi di Will caddero sulle cose che avevo in mano e poi tornarono su di me. «Vieni qui», ordinò.

Il mio sguardo scattò verso Aydin senza nemmeno pensarci.

«Non guardare lui», mi rimproverò Will.

Ma io restai nella mia posizione, sentendo la voce calma di Aydin.

«Fa' quello che vuoi, Emory», mi disse. «Va tutto bene».

Il mio cuore si scheggiò ancora un po' e distolsi lo sguardo, scuotendo la testa. Cosa avrei dato per sentire Will pronunciare quelle parole almeno una volta. O mio fratello.

Qualcuno che mi guidasse. Non avevo capito quanto mi fosse mancato tutto questo nella mia vita, da quando i miei erano morti.

Se Will mi avesse dato la libertà, lo avrei desiderato di più. Lo stesso valeva per Martin. Sarebbe bastato questo. Avrebbe dovuto solo lasciare che fossi io ad andare da lui. Come al ballo di inizio anno.

Ci avevo solo messo un po' di più per capirlo. Non mi buttavo a capofitto nelle cose. Aydin sembrava saperlo.

Dovevo concederglielo… ora capivo perché era lui l'alfa.

«Emory…», disse Will.

Non mi mossi.

Aydin si vestì e io presi i vestiti, le gambe pronte a tornarsene nella mia camera.

«Em…», disse di nuovo a voce più bassa.

Le lacrime mi riempivano gli occhi e sentii una bassa risatina provenire da Aydin. «Micah e Rory saranno sbronzi, ormai», disse a Will, «e tu te ne andrai senza l'unica cosa che vuoi».

Me.

Aydin si infilò la maglietta sopra la testa e incrociò il mio sguardo. «Sei successa tu a lui».

A me non era successo nulla. Io non ero una vittima, e quella sarebbe stata l'ultima volta che avrei esitato.

Mi infilai i pantaloncini e li arrotolai un paio di volte, Aydin uscì dalla stanza mentre gli occhi di Will sembravano scavare un buco nella mia schiena. Non avevo ancora indossato la T-shirt quando Will si precipitò impetuoso fuori dalla stanza, sbattendo la porta, e la mia testa scattò in cerca di Alex.

Si sentì un tonfo al piano di sotto e passò un attimo prima che lei scattasse, correndo loro dietro.

Io mi misi la T-shirt, mi tolsi l'asciugamano e mi scostai i capelli bagnati dal volto, quindi uscii dalla stanza. Guardai a sinistra e a destra, non vedi niente, però giunse alle mie orecchie il rumore di una colluttazione: mi sporsi dalla balconata e vidi all'ingresso di casa Aydin a terra che teneva stretta la testa Will.

Merda.

Alex si avvicinò di corsa, ma Will agitò la mano. «No», urlò. «Sta' indietro».

Lei si fermò e io corsi giù per le scale mentre Will e Aydin rotolavano, Aydin che lo strangolava e Will che cercava di prendere aria.

«Basta!», urlai.

Will finì sopra Aydin e scattò con la testa all'indietro, cercando di colpirlo con il retro del cranio, ma l'altro si spostò giusto in tempo. Entrambi si dimenavano, con i capelli scuri, bagnati e disordinati. Will si rigirava e cercava di afferrare il collo di Aydin.

Allungarono le gambe, ruzzolarono da un lato e un candelabro cadde, facendo rotolare le candele fino ai confini della stanza.

I due uomini lottavano, io mi portai le mani ai capelli, cercando di capire cosa fare. Will era bravo a lottare. Cosa stava succedendo?

E se non poteva battere Aydin, cosa gli era venuto in mente?

Basta. Quella sera, avremmo chiuso entrambi in cantina.

Corsi nel salotto e tirai giù dalla parete il fucile– sembrava una reliquia della Prima guerra mondiale – poi schizzai di nuovo nell'ingresso e intervenni calciando via Aydin da Will.

Lui ricadde per terra, ma prima che potesse fiondarsi di nuovo, puntai l'arma, sfiorandolo con la baionetta giusto sul collo.

«Basta!», urlai.

Avevo dimenticato gli occhiali nella doccia ma riuscivo comunque a vedere la fronte corrugata di Aydin.

Will si rialzò subito da terra, volendosi gettare di nuovo su di lui, ma Alex lo prese per i jeans e gli diede uno schiaffo in faccia.

Mi sforzai di non ridere perché la scena era a dir poco comica.

Uomini adulti…

Non ebbi il tempo di fare molto altro, però. Taylor, Micah e Rory arrivarono sulla scena, bagnati per la piscina, i loro occhi guizzarono tra noi tutti.

Alla fine, lo sguardo di Taylor si fermò su di me che avevo il fucile puntato su Aydin e, in un attimo, successe.

Will attaccò Taylor, Aydin si alzò in fretta da terra e si gettò su Will: un momento dopo Taylor mi aveva strappato dalle mani l'arma, l'aveva gettata a terra e mi aveva afferrato dietro la testa con una mano, dandomi un pugno nello stomaco con l'altra.

Le mie viscere sembrarono spingersi oltre la colonna vertebrale, un conato di vomito mi risalì per la gola e tossii, poi caddi in ginocchio.

Gli occhi mi si riempirono di lacrime mentre tutti, sfocati davanti a me, si dimenavano per separare Will e Aydin. Taylor mi fece alzare e mi sbatté contro le scale, stringendomi la mascella tra le dita e mettendosi su di me.

«È da tanto che lo aspettavo», disse tra i denti.

Il mio corpo era distrutto dal dolore, inspirai, cercando di prendere aria, ma l'interno della mia bocca si scontrava con i denti.

Poi lui fu trascinato via. Qualcuno lo aveva preso per la mano, piegandogli un dito all'indietro e facendo cadere in ginocchio, urlante. Sbattei le palpebre, sospirando. Aydin afferrò il fucile, lo puntò a terra per fare leva e fece ricadere la baionetta, tagliando il mignolo a Taylor.

Spalancai gli occhi mentre il sangue sgorgava macchiando il marmo, e tutti si fermarono. La loro attenzione era stata attirata ormai.

Taylor urlò, ma Aydin non perse tempo. Lo sollevò, se lo mise in spalla e si diresse verso il retro della casa.

«Portate anche Will», urlò.

Cosa?

Guardai Rory e Micah che sembravano entrambi incerti, ma poi Rory digrignò i denti e si mosse per primo, prendendo Will.

«No!» Io e Alex ci gettammo in avanti per reagire, ma Micah ci spinse via, a protezione di Rory.

Ma che cavolo...

Micah lo aiutò, entrambi facevano camminare a forza Will e seguivano Aydin, io e Alex chiudevamo la fila. Durante il tragitto presi il fucile, Alex invece afferrò un candeliere e con quel gesto mi fece riempire di sudore. Eravamo entrambe armate adesso; una goccia di sangue ricadde dalla mia lama e il dito di Taylor era per terra da qualche parte.

Perché Aydin lo aveva fatto? Taylor era il suo cagnolino.

«Aydin, ti prego», lo implorai.

Dove li stava portando?

Aprì la porta della cantina, scese le scale insieme ai ragazzi e noi li seguimmo, giù dai gradini di pietra li vedemmo gettare Will a terra, intanto che Aydin legava i polsi di Taylor e li appendeva a un gancio sopra la sua testa. Il sangue gli colava sul braccio e respirava a fatica, col volto contorto dal dolore.

Aydin, poi, si spostò verso Will, ma lanciò uno sguardo nella nostra direzione. «Tenetele ferme!», ordinò a Micah e Rory.

«No!» Brandimmo le nostre armi e loro si fermarono di fronte a noi, il confronto era giunto a un punto morto. Aydin si abbassò accanto a Will.

Lui era lì, col sangue che gli gocciolava da un angolo della bocca, gli occhi bassi, senza più progettare alcun contrattacco.

Che cazzo di problemi hai, Will?

Alex aveva ragione. Will poteva far fuori quei ragazzi. Cristo. Questo faceva più male del dolore nelle mie viscere. Non potevo guardare.

«Mi piaci», gli disse Aydin, slegando una corda. «Non credevo. La vita ha uno strano senso dell'umorismo, sai? Ti ho guardato con lei alle feste. Ti vedevo con lei al ristorante. E poi, guarda un po', ti presenti qui. Un nuovo prigioniero».

Lei. *Alex.*

Mi raddrizzai, un pensiero stava prendendo forma nella mia testa. Era strano che di tutte le persone al mondo, loro due fossero finiti nello stesso posto. Due uomini, entrambi che conoscevano Alex.

E uno, per questo motivo, odiava chiaramente l'altro.

«Ricordi quando mi chiedesti se potevo procurare altra roba, oltre ad alcol e sigarette?», domandò a Will.

E io sussultai. *No.* Era stato lui a portare qui Will. O per vendetta o per tenerlo lontano da Alex. Oh mio Dio.

Ma poi all'improvviso Aydin si voltò e alzò il mento, facendo segno verso di me, invece.

Cosa?

Sentii il mio cuore ricadere in basso, nello stomaco, e Will disse tra i denti: «Che figlio di puttana».

Avanzai, facendo cadere la mia arma. «Io?», dissi, ma conoscevo già la risposta. «*Tu* mi hai portato qui?».

Di tutti i nemici e di tutte le persone che avevano qualcosa da usare contro di me – se avessero conosciuto il mio segreto – alla fine il colpevole era un uomo che non conoscevo neanche.

Non aveva condannato Will a Blackchurch. Aveva introdotto me di nascosto per vendetta.

Gli occhi di Aydin caddero e strinse la corda intorno ai polsi di Will. «Voglio che tu sappia cosa si prova», mormorò. «A guardare l'unica donna che ti fa stare fisicamente male alla vista, perché la desideri troppo, che dona il suo tempo, la sua lealtà e il suo amore a un altro». Mi guardò. «Voglio che lui provi questo».

Alex fece un passo accanto a me, riuscivo a sentirla respirare.

«Allora perché non hai provato a sedurmi?», incalzai prima che lei potesse parlare. Cos'erano state tutte quelle stronzate da fratello maggiore?

Lui si limitò a ridacchiare. «L'unica cosa più potente del cuore è il cervello: era molto più utile entrare nella tua testa che nel tuo letto».

Scossi la testa. «O forse non volevi sottrarre me a Will, ma sottrarre Will ad Alex. Forse è lei quella che volevi ferire».

Alzò le spalle. «Come ti pare».

Nella stanza cadde il silenzio, a parte i tremori di Taylor. Lo guardai, non così preoccupata per lui, ma Aydin avrebbe dovuto aiutarlo. Richiudere la ferita o qualcosa del genere.

Mi portai una mano ai capelli. Mi aveva imprigionata lui qui.

Ma questo significava che mi aveva anche dato lui il coltello. Pensava che sarebbe stata una protezione sufficiente?

Il pavimento sopra di noi cigolò – così come il legno sulle pareti – e sentii del fumo nell'aria, ma poi irruppe un tuono sulle nostre teste, le luci tremarono e io brandii di nuovo la mia arma e aprii la bocca per parlare.

Ma Aydin lo fece per primo. «Voi due resterete quaggiù», disse a Will, «e se Micah e Rory sono intelligenti, faranno come dico io».

Si voltò verso i ragazzi ordinando loro: «Portate le donne in camera mia». Poi ci guardò. «Verrò a trovarvi tra un po'».

Io mi irrigidii.

«Magari avranno voglia di fare dell'esercizio stanotte», disse fissando Will. «Le porterò in piscina. Solo noi tre». La sua voce si abbassò, ma riuscivo comunque a sentire un sorriso nel suo tono. «Magari Emmy vorrà rivivere quella sua fantasia e usufruire di Alex, come d'altronde hanno fatto in tanti».

Urlai a pieni polmoni. «Will!».

Micah mi afferrò e io feci cadere il fucile, sbattendogli il palmo contro il suo dannatissimo naso mentre Alex scattava e prendeva Rory per un braccio, facendolo girare e sbattendolo contro la parete.

Diede una testata contro la pietra e io mi abbassai, recuperai la baionetta e corsi da Will.

Ma Aydin era lì, mi fermò e mi prese tra le braccia, avvolgendole intorno a me e tenendomi come in ostaggio.

«Wendy, Wendy», mi punzecchiò. «È vero, allora. Una ragazza vale davvero più di venti ragazzi, a quanto pare. Sono felice che tu sia nella mia squadra».

La sua bocca scese sulla mia, la sua barba e il suo sudore si sfregarono contro le mie labbra mentre si muoveva su di me, rubandomi il fiato.

Will.

Grugnii, con un groppo in gola mentre mi schiacciavo contro la sua camicia impregnata di sangue e cercavo di allontanare il viso.

Oh Dio.

E poi… sentii un sussurro – calmo, deciso e profondo. «Tu non sei Peter», diceva.

Aprii gli occhi in tempo per vedere Will in piedi dietro Aydin, le corde improvvisamente slegate. Facendo scivolare un braccio intorno al collo di Aydin, Will gli prese il polso, allontanandolo da me e tirandolo così indietro che Aydin urlò, spinto a terra. Con un solo veloce movimento, Will fece cadere il piede sulla giuntura tra il braccio e la spalla di Aydin e si sentì un *pop* nell'aria. Seguì il gemito di Aydin che riecheggiava nella cantina.

Guardai a bocca aperta Will che aveva appena messo in ginocchio Aydin in meno di due secondi, senza nemmeno perdere fiato.

«Ma che cavolo…», mormorai.

Io e Alex restammo lì mentre Will guardava Aydin dall'alto in basso, con un coltello seghettato in mano e la corda sui polsi spezzata.

Dove aveva preso quel coltello?

Fece un respiro profondo e raddrizzò la schiena, tagliando quel che restava della corda, ringuainò il coltello e se lo mise in tasca.

«Will…» Feci un passo avanti.

Lui scosse la testa, dicendomi di non parlare mentre guardava l'uomo a terra sul pavimento di mattoni.

Aydin cercò di attaccarlo, ma Will sbatté un pugno in basso che finì dritto sulla sua gola.

Strinsi gli occhi, incapace di fare altro che fissarlo e sbattere le palpebre.

Aydin sussultò, incurvandosi, troppo provato per parlare o persino respirare.

Will gli girò intorno mentre Taylor guardava e Micah e Rory restavano immobili, chiaramente confusi da ciò che stava succedendo.

«Sono stato in prigione», disse Will ad Aydin. «Una di quelle vere. Pensavi davvero che non avessi tutto sotto controllo qua dentro?».

Aydin alzò lo sguardo verso di lui, con una preoccupazione e una confusione che non gli avevo mai letto negli occhi.

«Ho aspettato», continuò Will. «Ero preparato a essere il più paziente possibile per assicurarmi che mi seguissi».

Si abbassò, restando su Aydin mentre gli afferrava il retro della testa e gli sferrava due pugni in faccia.

Dal naso di Aydin schizzò sangue e lui si ritrasse e colpì Will, allontanandolo e strisciando via, finché non riuscì a mettersi in piedi.

Erano faccia a faccia, si facevano grossi, e Aydin attaccò Will, gettandosi con tutto il corpo contro il suo stomaco. Ricaddero per terra e io mi protesi in avanti, ma Micah allungò un braccio, fermandomi.

«Voglio vedere», disse.

I miei occhi preoccupati guizzarono su Will. Il suo viso era arrossato e del sudore gli scorreva giù per la schiena; rotolò, colpì, diede ginocchiate, calci e tutto con una rabbia letale negli occhi.

Non stava subendo come aveva fatto da quando ero arrivata.

Questo era il vero Will.

Sanguinante e col fiato corto, diede un pugno nello stomaco di Aydin e si alzò, sferrandogli un forte calcio in testa.

«Sarebbe stato perfetto», ringhiò. «Lo sai? Fare squadra. Essere pari, ma non volevo batterti con la paura. Non volevo controllarti con la violenza».

Aydin cercò di rimettersi in piedi, ma continuava a ricadere per terra.

«Volevo essere importante per te», gli disse Will. «Se fossi stato importante per te, mi avresti seguito ovunque».

Seguirlo? Di cosa stava parlando Will? Perché voleva che Aydin lo seguisse?

«Sarebbe stato perfetto perché tu sei uno di noi», ansimò Will, accerchiando la sua preda, «ma a quanto pare non ho altro tempo da perdere con te. A quanto pare non avevo capito che anche tu avevi dei piani che mi riguardavano».

Cioè io... e il fatto che mi avesse portata qui.

Tirò su col naso, pulendosi il sangue dalla faccia.

«Rory». Col mento fece cenno verso la scorta di corda sul tavolo. «Micah, aiutalo».

Legarono Aydin che era troppo stanco per ribellarsi, a malapena scalciava e picchiava mentre lo legavano.

Will ci chiamò. «Alex», disse, facendo un passo indietro e guardandoli. «Emory».

Alex andò immediatamente al suo fianco, ma io restai ferma.

Un fuoco divampò dietro i suoi occhi. «Farò venire giù l'inferno e ridurrò questa casa in cenere, se fingerai per un altro secondo di avere possibilità di scelta!», urlò contro di me e indicò al suo fianco. «Adesso!».

Balzai, sentendomi pizzicare tra le gambe, e strinsi i denti, poi mi diressi verso di lui.

«Tutto questo tempo?», sussurrò Aydin. «Tutti questi mesi, tutte le lotte. Tutte le volte che hai perso, lo hai fatto di proposito?».

«Non hai quello che serve per essere come me», disse ad Aydin e il suo tono profondo mandò brividi lungo la mia schiena.

Oh Dio.

Aveva finto. Aveva finto ogni cosa. Aveva fatto il suo gioco per qualche motivo, portando tutti lentamente dalla sua parte, e aveva sopportato per mesi quella merda perché cercava la lealtà di Aydin, ma non voleva ottenerla con la forza.

Micah e Rory finirono e si avvicinarono, unendosi a noi mentre tutti guardavamo Aydin a terra.

Will torreggiava, davanti e al centro, imponente come una quercia e giuro che dovetti inclinare la testa all'indietro per ammirarlo lì, al mio fianco.

«Puoi venire con noi», gli disse Will. «Non voglio Dinescu, ma porterò te».

Alex era all'altro fianco di Will, con una punta di dolore negli occhi puntati verso Aydin.

Ma Aydin si limitò a ridere amaramente. «Uccidimi», disse.

Will restò fermo un altro momento ad assorbire la sua risposta, ma un tuono rimbombò di nuovo e io cominciai a fare qualche passo indietro, con tutti che lentamente mi seguivano.

I ragazzi si voltarono e corsero su per le scale, Alex trascinava i piedi, la distanza tra lei e Aydin inesistente mentre il calore dei loro sguardi cresceva.

«Tu volevi me», gli disse, allontanandosi da lui.

Lui annuì, con le mani legate a una tubazione arrugginita, seduto per terra. «Adesso voglio solo vincere».

Lei scosse la testa. «Hai già perso».

«Non ancora», rispose. «Io *so* dove state andando, dolcezza».

I peli sulle mie braccia si rizzarono e lei esitò per qualche attimo, le sue parole restarono sospese nell'aria, ma poi… entrambe ci voltammo, corremmo su per le scale e ci chiudemmo la porta alle spalle.

«Alex…»

«No», disse lei, riuscii a sentire le lacrime che teneva in gola. «Ho già dimenticato il suo nome».

Corremmo al piano di sopra e un pesante odore mi colpì mentre spingevo la porta per aprirla.

Annusai. «Che diavolo è?».

Sentendo agitazione, corremmo verso l'ingresso, ma delle fiamme travolgevano le tende alle finestre e ci costrinsero a fermarci immediatamente. Salivano fino al soffitto e si diffondevano sulle pareti.

«Oh, cavolo!», urlò Alex.

Cercai Will e lo vidi giungere di corsa dalla cucina con un estintore. Il calore mi cuoceva il viso e mi feci indietro per fare spazio a lui che cercava di spegnere le fiamme.

Quelle dannate candele dovevano essere state accese quando erano cadute.

«Will!», gridai.

Dovevamo uscire da lì. Tutto l'ingresso stava bruciando e io inclinai la testa all'indietro mentre tossivo attraverso l'arsura che avevo in gola, vedendo le fiamme allungarsi più in alto di quanto potevamo arrivare. Non si potevano fermare.

«Will!», chiamai di nuovo, ma lui stava spruzzando la porta e spegnendo le fiamme tutt'intorno allo stipite.

Alex schizzò davanti a me su per le scale.

«Che stai facendo?», le urlai, vedendo delle fiamme sui gradini.

«Il mio telefono satellitare!», urlò. «È nel passaggio segreto! Ci serve!».

«Alex, no!», gridò Will.

Corsi dietro di lei, ma poi sentii un tonfo verso la porta d'ingresso e mi fermai.

Alex si arrestò a metà delle scale, mi voltai: vidi Will immobile.

Un altro tonfo fece tremare le pareti mentre il fumo riempiva tutta la sala e io sbattei le palpebre nonostante il pizzicore, cercando di vedere chi stava arrivando dalla porta.

Doveva esserci la sicurezza nei paraggi. Avrei scommesso che doveva essersi acceso un allarme antincendio da qualche parte.

Un altro schianto e poi… la porta si spalancò, il fumo divampò fuori e vidi delle braccia e delle gambe nere che entravano nella stanza, tra le nuvole.

«Will!», urlò qualcuno.

Mi abbassai per terra, tirando Will con me in modo da poter respirare, ma anche…

«È la sicurezza?», gli chiesi, cercando di vedere attraverso il fumo.

«Non penso».

Sarei stata felice se lo fosse stata, ma c'era da dire che ci avrebbero anche potuto semplicemente trasferire in un'altra Blackchurch.

Volevo la mia arma.

«Will!», un'altra voce – anche questa maschile – lo chiamò. «Dove sei?».

Perché chiamavano solo lui e non gli altri?

«Will Grayson!», urlò poi una donna, tossendo.

Tesi l'orecchio, riconoscendo qualcosa di familiare in quella voce, e Will accanto a me trattenne il fiato.

«Oh mio Dio!», sussurrò.

Balzò in piedi, tirandomi con sé per il braccio. «Qui!», gridò.

Alex scese di corsa le scale mentre quelle figure vestite di nero si muovevano nel fumo. Scorsi tre uomini alti con una corda attorcigliata sul petto e dei borsoni da viaggio.

«Perché cavolo abbiamo portato la corda?», disse Kai Mori guardando Michael Crist. «Pensavo ci avessi detto che avremmo dovuto scalare delle pareti e cazzate del genere».

Michael semplicemente sorrise e prese Will per il collo, tirandolo a sé in un abbraccio.

Will si irrigidì come scioccato, ma dopo un attimo sospirò. «Siete venuti a prendermi alla fine, eh?»

«Sempre», disse un'altra voce.

Osservai Damon farsi avanti attraverso il fumo, rise e si precipitò a salutare, fronte contro fronte, il suo migliore amico.

Arrivò una donna, con la coda bionda poggiata sulla spalla e la sommità della testa coperta da un berretto da sci nero.

Erika Fane?

«Usciamo da qui, cazzo», disse. Poi guardò oltre la mia spalla e gridò: «Alex!».

Alex corse in avanti, mi superò e sprofondò tra le braccia di Rika. «Ce l'hai fatta», disse ridendo.

Erika annuì. «Ti eri preoccupata?».

Alex ridacchiò. «No. Certo che no».

Tutti cominciarono a precipitarsi fuori dalla porta, ma io e Alex esitammo, guardando dietro di noi attraverso la coltre di fumo, verso il retro della casa.

«Aspettate», urlò lei. «Ce ne sono altri sul retro!».

Tutti rientrarono, ma il fuoco si era diffuso in tutto l'ingresso, lanciandosi verso la cucina e a destra, verso la piscina.

Corremmo incontro alle fiamme.

«Emmy!», urlò Will.

«Emory Scott?», sentii Damon dire. «Alex, non ci avevi detto che era qui!».

Ma nessuno ebbe tempo di spiegare.

Scrutai attraverso il fuoco, cercando di trovare un passaggio, ma non riuscivo a vedere nulla. Non potevamo lasciarli lì a bruciare.

Io e Alex ci provammo, ci muovevamo a destra e sinistra cercando di passare, finché delle forti braccia non mi tirarono indietro.

«Prendila», ordinò Will.

Un attimo dopo venivo presa da un paio di braccia e poi gettata in spalla. Urlai, cercando di divincolarmi.

Sapevo camminare.

«E non metterla giù», ringhiò Will. «Non le piace essere cooperativa».

Figlio di puttana!

«Lev!», chiamò una voce.

E poi sentii qualcuno chiamare David e altri mormorii che nominarono Aydin e Misha.

Dove stavamo andando?

Lasciammo la casa, la pioggia mi schizzava sul corpo. L'ingresso si faceva sempre più piccolo e riuscivo a vedere sempre meglio l'edificio.

Il fuoco raggiungeva le finestre del piano di sopra, un bagliore aranciato riempiva le stanze dietro le tende e io fissavo l'ingresso, sperando che Aydin ce la facesse.

Aspettando di vedere qualcosa di lui.

Non volevo che morisse.

«Dalla a me», ringhiò Micah.

Fui tirata giù da quella spalla e mi prese tra le braccia Micah; a quel punto realizzai che era stato Michael a portarmi fino a lì.

Ringhiai contro di lui.

«Ce l'ho», gli disse Micah.

Michael annuì e corse via. Non appena se ne fu andato, Micah mi mise in piedi e, tenendomi per mano, corremmo insieme a tutti gli altri. Mi guardai indietro, oltre la spalla, ma inciampai.

La serra era separata dalla casa. Non che mi importasse dei serpenti, ma quello era un modo orrendo per andarsene, pcr qualsiasi essere vivente. Avrebbero dovuto essere al sicuro.

Corremmo tra i boschi e a malapena mi accorsi del freddo, sentivo solo i tuoni rombare sopra di noi e la pioggia che cadeva fitta.

«Dove siamo?», chiese loro Will.
«Non lo immagineresti mai», gli disse Damon.
«Quanto ci vorrà per arrivare a casa?», incalzò Will.
Tutti semplicemente risero, qualsiasi cosa questo volesse dire.
Correndo tra gli alberi, io cominciai ad ansimare e le gambe mi diventarono di gomma.
«Micah», lo implorai per farlo rallentare.
Ma lui continuava a tirarmi e poi lo vidi, in lontananza, tra gli alberi.
Strinsi gli occhi, cercando di scacciare via la foschia. Avevo bisogno dei miei occhiali. *Merda.*
Quello era… un treno?
Ci affrettammo oltre le pietre e le foglie, superammo il binario fino a un treno che si allungava alla mia destra e alla mia sinistra, a perdita d'occhio.
Aydin sapeva che c'era un treno? Dovevano saperlo tutti. Non avevamo corso molto, forse… dieci minuti?
Magari credeva fosse abbandonato.
Tutti entrarono in una carrozza al centro e io osservai quello splendido motore a vapore nero, vecchio ma ben restaurato. Delle tendine erano appese ai finestrini all'interno e il motore sbuffava a un ritmo regolare.
«Vai!», urlò Erika. «Vai adesso!».
Tutti salirono in carrozza e io mi guardai indietro ancora una volta in cerca di un segno di Aydin o Taylor.
«Io so dove state andando», aveva detto.
E neppure io dovevo fingere di non saperlo.
Tornavamo a Thunder Bay.
«Chiudete le porte!», urlò Michael e si appese oltre lo stipite, agitando la mano, probabilmente al conducente.
Ci stringemmo tutti dentro, una donna dai capelli neri prese il polso di Will e gli tagliò il braccialetto con delle tenaglie. Gli posò un rapido bacio sulla guancia e poi si diresse verso Micah e Rory, liberando anche loro dei braccialetti e poi gettandoli dal finestrino.
Il treno si mosse sotto di noi e io ondeggiai, ma prima che potessi guardarmi intorno o capire chi fossero le altre donne, qualcuno mi prese per il braccio e mi fece voltare.
«Hai esitato», ringhiò Will, con linee nere che gli ricoprivano il corpo per il fuoco. «Nella cantina… Hai esitato! Di nuovo! E stavi tornando indietro per lui, quando ti ricordo che non sei mai tornata indietro per me. Mai una volta!».
Sussultai, ricordandomi di quando pochi minuti prima mi aveva ordinato di andare da lui.
Lo aveva visto come se mi stessi schierando con Aydin.
Ma io mi stavo schierando con me stessa. «Will…».

«Dopo tutto quello che ci hai fatto, hai esitato!», urlò, col volto contorto dalla rabbia.

Tutti ci circondavano, in piedi e in silenzio, e sentivo il calore dei loro occhi come se io fossi un topo e loro dei serpenti che mi accerchiavano.

«Di che cosa stai parlando?», gli chiese Damon. «Cosa vuoi dire "con tutto quello che *ci* hai fatto?" Cos'ha fatto?».

Fissai Will e scossi lentamente la testa, implorandolo. *Non qui. Ti prego, non qui. Non adesso.*

Si raddrizzò e arretrò di un paio di passi, quindi mi intrappolò esattamente dove meritavo. Si preparava a gustarsi quel momento.

«Lei è il motivo per cui siamo finiti tutti in prigione sette anni fa», disse.

Capitolo 32

Emory

Sette anni prima (qualche mese dopo l'attacco a Martin Scott)

«Ehi», mi salutò Thea, entrando nella nostra stanza.

Alzai lo sguardo dalla scrivania e la vidi togliersi la parrucca di Mia Wallace, lanciarla sul nostro divano mettendo in mostra la siringa di adrenalina che mi aveva fatto attaccare al suo petto qualche ora prima. Il suo fidanzato avrebbe dovuto completare il travestimento alla *Pulp Fiction,* vestendosi da Vincent Vega, ma un'ora prima avevano litigato e io l'avevo lasciata andare alla festa da sola.

Che idiota.

«Ehi», replicai, sorridendo per il suo trucco sbavato ovunque. «Ti sei divertita?».

A giudicare dal rossetto sulla sua guancia, Vincent la aveva trovata e dovevano aver fatto pace.

Ma lei alzò le spalle. «Eh, non mi ricordo».

Risi, lei mi si avvicinò e avvertii il suo alito alla birra, che mi punse il naso. «Ma ti ho pensato». Tirò fuori una piccola zucca già intagliata, con una faccia sorridente senza denti. «L'ho rubata fuori da una confraternita tornando a casa».

Risi e la afferrai. «Grazie».

Cavolo, ero proprio fortunata in quanto a coinquilini.

Scossi la testa, mettendo la zucca sulla scrivania. Dopo essermi diplomata la primavera precedente, avevo convinto Martin a usare il mio fondo per il college per la nonna, perché stesse nella migliore casa di riposo che potessimo garantirle con quei soldi, tanto a me non sarebbero serviti. Grazie a una borsa di studio ottenuta con i fantastici progetti che avevo realizzato a Thunder Bay, dimostrando che si potevano rendere delle rovine ancora funzionali pur mantenendone il carattere, non avevo avuto bisogno del fondo per il college. Quello che non avevo potuto coprire con la borsa di studio, l'avevo compensato con dei prestiti. Fanculo.

Avrei voluto occuparmi io stessa di lei, ma lui aveva potere legale sulle sue cure e questo non sarebbe mai cambiato. Mi aveva dato ragione, quando gli avevo illustrato i vantaggi dell'avere finalmente la casa tutta per sé, per non parlare del rispetto e dell'ammirazione della gente che avrebbe pensato che avesse pagato lui per quelle cure di prima qualità, con il suo modesto salario da impiegato statale.

La chiamavo ogni giorno, mentre con lui non avevo più parlato da quando me ne ero andata. Avevo fatto un tirocinio a San Francisco in estate, mi ero intrufolata in paese a fine luglio per andarla a trovare, ma poi me ne ero prontamente andata di nuovo, per trasferirmi nel dormitorio.

«Saresti dovuta venire», disse Thea. «Per una volta, di' soltanto... "sì"». E poi mugolò ad alta voce: «Sì, sì, sì!».

Le feste e il divertimento non mancavano a Berkeley, ma nei due mesi da quando erano cominciate le lezioni, abituarsi a persone nuove e a nuovi ambienti si era rivelato più difficile di quanto pensassi.

Il che era stupido, perché credo nessuno avrebbe potuto dire che mi fossi mai veramente abituata a Thunder Bay, e lì ci ero cresciuta.

Avevo una specie di nostalgia di casa.

«Rovino tutto il divertimento», le dissi con un mezzo sorriso. «Credimi».

Tirai fuori un pacchetto di fiammiferi dal cassetto, accesi la candela all'interno della zucca e il suo caldo bagliore fece capolino dagli occhi e dalla bocca. Non ci era permesso accendere niente nei dormitori, ma nessuno lo avrebbe mai saputo.

Spensi la lampada della mia scrivania e il buio rese la candela tremolante un po' inquietante.

Thea si spogliò e poi si infilò l'accappatoio, prendendo un asciugamano e la sua pochette per la doccia.

«Buon Halloween», canticchiò, uscendo per andare a farsi la doccia.

Ma io dissi: «La Notte del Diavolo».

«Uhm?».

Girai la testa, vedendola stringere la maniglia della porta.

«Domani è Halloween», le dissi. «Stasera è la Notte del Diavolo».

«Come ne *Il corvo*?».

Scoppiai a ridere. Notte del Diavolo, Notte delle Marachelle, Notte degli Scherzi... Avevo dimenticato che il mondo al di fuori di Thunder Bay – e forse di Detroit – non ne aveva mai sentito parlare prima, se non nei film.

Lei si sporse, guardando l'orologio sulla sua scrivania. «Be', è l'una passata», disse. «Adesso è Halloween».

Cacciò fuori la lingua e se ne andò, uscendo in corridoio per andarsi a fare la doccia.

Touché.

Mi tolsi gli occhiali e mi sfregai gli occhi, e decisi che per quella sera potevo anche chiudere il libro. Legando gli appunti con un elastico di gomma, li gettai sulla scrivania e tolsi il coperchio della lanternina, per poi richiuderla.

La osservai. «Emory Scott ama Will Grayson», mormorai.

Le lacrime mi pungevano la gola.

Non gli avevo mai detto che lo amavo. Un vuoto si era diffuso dentro di me nel corso dei mesi e, anche se mi ero sentita più forte ogni volta che ero riuscita a non dedicargli alcuna attenzione durante il suo ultimo anno di scuola superiore – fiera di essere sopravvissuta a lui, a Martin e a Thunder Bay –, non mi ero mai sentita come se stessi vincendo.

Il desiderio era cresciuto e, se si fosse presentato lì quella notte, avrei lasciato che mi prendesse, lo avrei cinto con le gambe e non avrei smesso di toccarlo fino allo spuntare del sole.

Le mie braccia vibravano per il desiderio di stringerlo.

Guardai il Godzilla in cima ai cassetti sulla scrivania. Avevo fatto la cosa giusta, vero? Non avevo voluto che fosse a conoscenza di ciò che succedeva in casa mia.

Avevo dovuto allontanarlo.

Ma mi ero pentita di non essermi fidata. Qualunque cosa temessi di perdere, l'avevo persa in partenza. Avrei dovuto dirgli che lo amavo e che non era colpa sua e che forse, un giorno…

Forse, un giorno…

Mi asciugai gli occhi e presi il cellulare, tentata di chiamare o mandare un messaggio – forse per scusarmi, non lo sapevo – perché magari poteva essere a Thunder Bay quella sera. Magari era tornato da Princeton per festeggiare, anche se non l'aveva fatto l'anno prima, quando io ero all'ultimo anno.

O forse non era a casa e tutti gli altri portavano avanti la tradizione dopo che i Cavalieri erano andati all'università.

Volevo vedere la mia casa.

Entrando su Instagram, digitai #devilsnight e cercai sui tag più recenti per vedere che cosa avessero postato quella sera e…

Immagini e video mi assalirono all'improvviso, col cuore che cominciava a pulsare mentre le loro facce apparivano immediatamente, affollando la schermata.

Sorrisi, sentii caldo in tutto il corpo alla vista del suo sorriso in un post, e del suo bellissimo viso, un po' più magro di quanto ricordassi, con gli occhi che penetravano la fotocamera in un altro post ancora.

Colsi la maschera rossa di Michael, quella argento di Kai, Damon che baciava una bionda nella doccia, ma poi notai un video, dove sullo sfondo si vedeva mio fratello.

Presi gli occhiali, me li rimisi e avvicinai il cellulare alla faccia per studiare i particolari del filmato.

Che cos'era?

Dei ragazzi con cappucci e maschere nere picchiavano mio fratello, che aveva le mani legate ed era in una stanza buia. La luce del cellulare lo illuminava, col sangue che gli colava dalla faccia e i capelli scuri arruffati, madidi di sudore.

La mia testa scattò. *No, no, no…*

Guardai la porta, temendo che Thea potesse tornare, e presi gli auricolari, li attaccai al cellulare, cliccai sul post e alzai il volume.

«Ah!», ringhiò Martin, il viso contorto dal dolore.

Uno degli uomini in nero gli si avvicinò e io aguzzai le orecchie per ascoltare meglio, ma non riuscii a sentire che uno scambio di mormorii.

Dopo un minuto, udii la risata cupa di Martin e trasalii, ricordando bene quel suono.

Quel video risaliva a quando mio fratello era stato attaccato, qualche mese prima, in estate. Aveva cercato di dirmelo, ma mi ero rifiutata di rispondere al telefono, e mi ero fatta riferire i dettagli da mia nonna. Era stato ricoverato per più di una settimana, ma non me ne era fregato un cazzo. Era fortunato che non stessi pregando per la sua morte.

Uno degli uomini in nero, nel video, aveva perso il controllo; trattenni il fiato mentre lo vedevo prendere a cazzotti Martin, facendo cadere il pugno ancora e ancora sul viso di mio fratello, col badge argentato della polizia che risplendeva alla luce.

Dio.

Non avevo bisogno di vedere la sua faccia per scoprire chi fosse.

Un altro arrivò da dietro la fotocamera e cominciò anche lui a picchiare, mentre il primo ragazzo si voltava verso il telefono e…

Il mio cuore sprofondò quando lo vidi sollevarsi la maschera.

Will.

No.

Fece un occhiolino e girò la fotocamera, la bile mi risalì in gola. Cominciai a leggere i commenti.

Tantissimi. Il video era ovunque.

Ovunque. Tutti sapevano che era stato lui.

«Oh Cristo», sussurrai.

Uscii, scrollai la pagina e mi si presentò un video di Damon e Winter Ashby nella doccia insieme, che amoreggiavano; segnalai quel post su Instagram e chiusi l'applicazione

Lei era minorenne, che cazzo. Chi aveva postato quella roba?

Qualcuno era entrato in possesso del loro cellulare?

Il primo video era stato postato un'ora prima da un account fake e, a quanto sembrava, l'unico che non compariva mai nei filmati era Michael.

Estrassi gli auricolari e feci il numero di Martin, controllando l'ora. Era l'una passata qui, quindi le quattro del mattino a Thunder Bay.

Non rispose, perciò chiamai di nuovo, ancora senza ottenere risposta. Esitai un attimo e quindi provai con Will.

Anche lui nessuna risposta.

Dio, forse non era ancora sveglio.

Restai seduta lì, mentre il mio cellulare cominciava a vibrare a mano a mano che il mondo a casa si svegliava con quella notizia, e i vecchi compagni di classe volevano probabilmente essere i primi ad avvisarmi del video in cui appariva Martin.

Inspirai ed espirai. Sarebbe andato tutto bene.

Vero? Ne sarebbero usciti.

Ma, pur ripetendomelo, sapevo che non era vero. Chiunque avesse caricato quei video voleva un processo davanti all'opinione pubblica. Anche se ne fossero usciti senza condanne, un episodio del genere avrebbe potuto farli cacciare dalle loro scuole.

Avrebbe enormemente messo in imbarazzo le loro famiglie.

Michael.

Perché Michael non era in nessun video?

Chiunque avesse postato i video, era in possesso del loro cellulare. Michael doveva esserci per forza. Era praticamente il leader.

E lentamente un'illuminazione cominciò a prendere forma nel mio cervello. O li aveva postati Michael, o qualcuno che non voleva che lui venisse messo in imbarazzo.

O che la sua famiglia venisse messa in imbarazzo.

Respiravo a stento, troppi pensieri cercavano contemporaneamente di risalirmi dalla gola, e il mio cervello cominciava finalmente a capire.

Se qualcuno provvedesse, e diffondesse quei video nel posto giusto, non ci sarebbe modo di ignorare il loro comportamento, sai? Immagini che scandalo?».

Oh, no.

Chiusi gli occhi, esalando un solo respiro. «Cazzo».

Il taxi giunse a Thunder Bay ore dopo, riuscendo a stento ad andare a più di trenta chilometri orari, con tutta la gente che affollava le strade.

Sembrava martedì grasso, solo che nessuno sorrideva.

Telecamere, troupe dei notiziari... Will sarebbe stato al centro di tutto questo: suo nonno era un senatore. Entrammo in paese, Sticks era pieno di gente e i marciapiedi erano affollati. Tutti volevano essere nell'occhio del ciclone, c'erano persino dei ragazzini.

Era tutta colpa mia. Dio, cosa avevo fatto?

Non ero riuscita a contattare nessuno e nemmeno mi ero fermata a ragionare su cosa portarmi via. Mi ero semplicemente vestita e avevo tirato fuori Thea dalla doccia, per farmi accompagnare all'aeroporto visto che lei aveva un'auto.

Non ero riuscita a trovare un aereo prima delle sei del mattino del mio fuso orario, e ora a Thunder Bay erano le sei del pomeriggio. Ero riuscita a controllare le notizie sul cellulare durante lo scalo a Chicago.

Erano stati arrestati.

E a Martin probabilmente sembrava di essere in paradiso.

Mi guardai intorno; in mezzo alle strade camminavano persone che non riconoscevo. Deglutii un paio di volte, cercando di generare salivazione, ma volevo solo che lui fosse fuori. Che fosse a scuola, dove doveva essere.

Will.

Ma poi sentii l'odore.

Il fuoco.

Voltai la testa e, guardandomi intorno, il mio sguardo si fermò sul nastro giallo in cima alla collinetta.

Il mio stomaco sprofondò.

«Si fermi», ansimai.

L'autista continuò a guidare.

«Si fermi!», urlai, scavando in tasca per prendere i soldi.

Il taxi si fermò, fuori la gente parlava e gridava. Io gettai i soldi sul sedile anteriore, balzai giù dall'auto e corsi per strada, in mezzo alla folla.

Alzai lo sguardo e salii il lieve pendio: il legno era carbonizzato, il tetto crollato e detriti erano ovunque.

Il mio gazebo.

Perché… chi…?

Girai in cerchio, guardando verso la città e notando il legno che sprangava quella che era una vetrina di Fane, il negozio di gioielli.

Cosa cavolo era successo lì, la notte prima?

Le lacrime mi inumidirono gli occhi, ma le asciugai prontamente e riscesi la collina, attraversai la strada e mi spinsi oltre la folla di persone, finché non fui assalita da un principio di attacco di panico.

Lo avevo costruito io. Nient'altro sembrava bruciato. Perché?

Come se avessero voluto cancellare me dalla città.

Cominciai a correre, girai a destra in una strada più calma e mi affrettai verso la stazione di polizia.

Spalancai la porta, mi feci spazio tra tutte le persone all'interno, superai la divisione e mi diressi verso gli uffici sul retro.

«Emory!», ringhiò qualcuno.

Ma lo ignorai, probabilmente un poliziotto che voleva dirmi che non potevo entrare così come se niente fosse.

«Emmy!», urlò un'altra persona.

Feci perno sui talloni, sbattendo le mani contro la doppia porta e gettandomi verso la scrivania di mio fratello.

Era vuota. Guardai Bryan Baker che tornava alla sua postazione con un caffè.

«Dov'è?»

«In bagno», disse, bevendo un sorso. «Siediti».

Io scattai, tornai verso la hall e mi diressi verso il bagno degli uomini.

Il sudore mi copriva la schiena e respiravo a fatica, ero pronta a esplodere. Quello non era il suo giorno fortunato. Non avrebbe vinto.

Martin era in piedi all'orinatoio e il resto della stanza sembrava vuoto.

Lo fissai mentre girava lentamente la testa, squadrandomi.

Tuttavia, non sembrò sorpreso di vedermi.

Una cicatrice si tendeva sulla sua mascella ogni volta che muoveva la bocca. «Mi hai deluso», disse, voltandosi di nuovo. «Ci sono state tantissime ragioni per farti riportare il culo a Thunder Bay, e tu sei tornata per questa». Tirò su la zip dei jeans e si allacciò la cintura. «Quando sono finito in ospedale l'estate scorsa non sei tornata. Per me mica sei tornata…»

«Lasciali andare», pretesi.

Lui semplicemente ridacchiò, girandosi e dirigendosi verso il lavello.

Aprì il rubinetto, si spruzzò del sapone e se ne ricoprì le mani.

Io feci un passo avanti. «Quel video è falso», dichiarai, restando calma. «Qualcuno ha inserito dei ritagli delle loro facce. Dopotutto, chi sarebbe così stupido da mostrarsi mentre commette un crimine così efferato?».

Lui inarcò un sopracciglio, ascoltando la storia che avevo architettato durante il volo.

Incrociai le braccia sul petto. «Voglio dire, perché indossare delle maschere? I Grayson, i Mori e i Torrance pagheranno per qualsiasi esperto di cui avrai bisogno per supportare questa teoria, e sono certa che saranno molto grati per la tua volontà di sostenere le loro famiglie».

Si sciacquò le mani, con un sorriso che giocherellava sulle sue labbra. «E Griffin Ashby?», mi incalzò. «Dovrei ignorare la giustizia che chiede per sua figlia?»

«Sua figlia ha sedici anni», ringhiai a bassa voce. «Non dodici. Quella legge è ridicola. Damon non l'ha obbligata».

Nessuno lo pensava. Dal video era evidente.

Certo, era un po' viscido a volte ed era molto bravo nella coercizione. Forse se ne era approfittato. Winter era cieca, per cui…

Mio fratello di certo non era nessuno per assicurare giustizia a giovani ragazze.

«Le accuse non reggeranno». Mi avvicinai. «Otterrai solo una cosa: ti renderai un loro nemico».

Prendendo delle salviette di carta, si asciugò le mani e ascoltò, troppo calmo. Perché era così calmo? Anche se era una persona sicura di sé, a Martin non piaceva che gli rispondessi. Cosa stava succedendo?

«La città è a pezzi stasera», rifletté guardandomi con un luccichio negli occhi. «Hai visto per strada? I loro eroi sono morti. È bellissimo». Rise di nuovo, gettando le salviette nella spazzatura. «Ho chiuso ognuno di quei figli di puttana in una cella. Tranne Crist. La mia pazienza è stata ricompensata. Devo solo attendere ancora un po'».

Che cavolo significava? Sapeva chi aveva postato i video? C'entrava anche lui qualcosa?

«Dirò a tutti la verità», dissi. «Dirò a tutti cosa mi hai fatto. Will Grayson e Kai Mori saranno considerati eroi».

Lui fece un passo avanti e io indietreggiai, preparandomi, ma poi lui disse: «Vieni con me, Emory. Voglio mostrarti una cosa».

Mi superò, varcò l'ingresso del bagno e io non riuscii più a deglutire. Una paura fottuta si annidava nelle mie viscere.

Troppo calmo. Non era mai così calmo.

Mi girai e lo seguii fuori dalla porta, lungo il corridoio.

Non aveva battuto ciglio per nulla di quello che avevo detto. Voleva davvero far condannare il nipote di un senatore per averlo picchiato come si meritava?

Aprendo una porta sulla sinistra, entrò in una stanza poco illuminata e io mi fermai e guardai all'interno.

Vidi un divisorio di vetro e un tavolo, delle manette chiuse intorno a un paio di polsi.

Feci un passo avanti, e riconobbi Will, seduto al tavolo da solo e legato. Kai e Damon non si vedevano da nessuna parte.

Corsi al vetro, premendo le dita contro.

Aveva un aspetto tremendo.

Ma l'odore di bergamotto e cipresso blu aleggiava su di me, ricordandomi i tempi passati in cui lui era accanto a me.

Il mio petto si scosse osservando le borse sotto i suoi occhi, e il sorriso che non c'era più.

«Dirò a tutti che sei innamorata di lui», disse Martin. «Inventeresti qualsiasi cosa per proteggerlo. Sono certo di poter trovare testimoni che confermino che in un paio di occasioni eravate una sopra l'altro. Al Cove. Sullo scuolabus. Giusto?».

Fissai Will. Sapevo che qualcuno doveva averci visto quella notte a sfrecciare per il parcheggio.

«Tu hai prove delle *tue* accuse?», chiese Martin. «Testimoni? Foto?».

Chiusi le dita a pugno, Martin venne al mio fianco e lo guardai.

«Ha bruciato il tuo gazebo, Em». Il tono era piatto. Controllato. «Si fotte chiunque indossi una gonna, sniffa tutto quello che può entrare dalle sue narici e beve qualunque cosa gli permetta di dimenticare gli ultimi due anni», mi disse.

Strinsi i denti, fissando gli occhi su Will. *Alza lo sguardo.* Lasciami vedere i tuoi occhi.

«E vuoi comunque essere la sua puttana, brutta tr…»
Ringhiai. «I loro avvocati li tireranno fuori», dissi interrompendolo. «Tutta la città è dalla loro parte e chi non lo è, è dalla parte dei loro genitori. Nessuno vuole vederli pagare».
Ridacchiò e poi sospirò. «È di quelli più vicini a loro che non dovrebbero fidarsi».
«Cosa vuoi dire?».
Ma lui continuava a puntare gli occhi contro il vetro.
Cosa sapeva? «Chi ha caricato i video?», domandai.
Sorrise tra sé.
C'era sotto qualcosa. Era più grossa di un semplice coglione che era riuscito a entrare in possesso del cellulare. Guardai di nuovo Will. Era seduto sulla sua sedia, fissava il tavolo con lo sguardo vuoto.
Aveva bruciato il mio gazebo.
Mi odiava. Non voleva vedermi da nessuna parte in questa città.
Gli occhi mi si inumidirono, ma Martin mi porse una busta prima che avesse modo di notarlo.
La presi. «Cos'è?».
La aprii e tirai fuori un documento.
«Non posso occuparmene più», disse. «È tua adesso. Vuoi essere libera: sei libera. Prenditela».
Cosa? Scorsi il documento: la procura legale di mia nonna trasferita a me. Tutto quello che dovevo fare era firmare.
Quello era l'unico potere che aveva ancora su di me. L'unica cosa che mi teneva attaccata alla sua vita. Perché darmela?
«Allora dammi anche i miei soldi», gli dissi.
Non potevo prendermi cura di lei, altrimenti.
Ma lui fece solo una smorfia. «Non so di cosa tu stia parlando».
Scossi la testa. La casa di riposo costava più di settemila dollari al mese. Anche se avessi lasciato l'università e fatto tre lavori, non sarei mai riuscita a pagarla e a sostenermi da sola.
E non avevo abbastanza soldi per portarlo in tribunale. Solo Dio poteva sapere dove avesse nascosto il resto dei dollari che ancora non aveva usato. Erano persi per sempre.
Camminando verso il tavolo, prese un'altra busta. La aprì, ne estrasse il contenuto e lo gettò sul tavolo. Foto rovesciate, sparpagliate, tra cui riconobbi immediatamente le polaroid.
«Ho trovato la tua scorta dietro i libri sul comodino».
Alzò gli occhi incontrando i miei, e io restai lì, stringendo i documenti tra le mie mani perché non potevo stringergli il collo.
Prese una foto di me con i lividi che mi aveva lasciato sulle costole, quando quindici anni prima mi aveva presa a calci. «Sai, mi fa stare un po' male», disse. «Guardare tutto questo, tutto insieme, sembrerebbe quasi che tu abbia vissuto all'inferno».

Ci avevo pensato a fare le foto col cellulare. Indistruttibili grazie al Cloud e facili da inviare e ricevere.

Ma lui mi controllava il cellulare, perciò per un po' avevo documentato i suoi abusi con una vecchia Polaroid. All'inizio, quando pensavo di essere furba e di poterle usare un giorno, giusto nel caso mi fossi ritrovata a lottare per tutta la vita.

Ma avevo smesso di raccogliere prove quando avevo compiuto diciassette anni. A quel punto, avevo cercato di tenere duro con tutta me stessa.

«All'inizio mi sono rattristato, quando le ho trovate». Fece il giro del tavolo, prendendone un'altra e studiandola. «Ma ogni cosa ci offre un'opportunità, no?».

Strinsi gli occhi, accartocciando i documenti in un pugno.

«Non seguirò il tuo consiglio», disse, gettando la foto sul tavolo e mettendosi le mani in tasca. «Saranno accusati, ma il procuratore distrettuale proporrà un patteggiamento».

«Fottiti!», ringhiai. «Non patteggeranno un cazzo! Vinceranno».

«Credo quasi che tu lo voglia».

Contro di lui? Cavolo, sì. Qualunque altra cosa avessero fatto andava oltre il mio interesse. Avrei lasciato quel posto quella sera stessa.

Non avrei potuto tenere la nonna ad Asprey Lodge, ma avrei lavorato sodo per permettermi qualcosa di decente a San Francisco. Una cosa sola contava: eravamo libere.

Martin mi si avvicinò, tirò fuori il suo cellulare e premette dei tasti.

Poi me lo porse, ma non lo presi fra le mie mani, mi limitai a guardare in basso sullo schermo, dove vidi una persona con una maschera bianca e una striscia rossa – Will – che caricava indietro il braccio per lanciare lontano una bottiglia di liquore, con attaccato uno straccio infuocato, verso il mio gazebo.

La telecamera vacillò, ma sentii il vetro rompersi e poi le fiamme divampare ovunque, mentre lo zoom si allontanava per riprendere tutta la scena, e il mio lavoro veniva consumato dalle fiamme.

Distolsi gli occhi, guardai Will al di là del vetro.

«È finita», disse Martin. «È la fine di un'era. Patteggeranno. Non contesteranno le accuse. E tu mi aiuterai ad assicurarmi che non lo facciano».

Scossi la testa. Non sarebbe mai successo.

«Se ne andranno per un paio d'anni», continuò. «Giusto il tempo per me e i miei amici di prendere il controllo di questa città, dopodiché potranno tornare».

«E cosa ti fa pensare che non si opporranno?», lo incalzai, rivolgendogli di nuovo lo sguardo. «Sei di fuori di testa, cazzo».

«Perché se lo faranno», mi disse, avvicinandosi, «sarò obbligato a diffondere uno scandalo ancora più oscuro. Hanno esercitato violenza sulle ragazze a scuola. Le hanno assalite. Le hanno picchiate. Le hanno obbligate a scendere nelle catacombe per soddisfare i loro desideri perversi. Non sono ragazzi. Sono il male».

Risi sottovoce. Era davvero di fuori di testa. Potevo anche essere la prima ad ammettere che abusavano del loro potere, ma da quando avevo aiutato uno di loro a occultare un cadavere, avevo capito che le cose sono molto più complesse di come si mostrano. Prima, per me, tutto era o nero o bianco, poi ho capito che quella era solo la mia prospettiva. Avevo giudicato, perché riflettere era troppo difficile.

Non erano il male.

«Non si faranno avanti tutte le ragazze, ma ne abbiamo una agli atti». Camminò verso il tavolo e sparse i miei selfie come se fossero delle prove. «E sono certo che altre la seguiranno».

Guardai mentre spingeva un foglio sul tavolo e ci poggiava una penna sopra.

Lo presi e lo lessi.

«Lei firmerà quel foglio che attesta la validità delle sue accuse», mi spiegò e, cominciando a capire, smisi di respirare. «Anche se non dovesse esserci un verdetto, le sole accuse basteranno a distruggere le loro vite».

Scorsi la dichiarazione che illustrava nel dettaglio come i ragazzi mi avessero picchiata e obbligata a scendere nelle catacombe a St. Killian e…

E c'erano anche le foto per provare i loro abusi.

Oh Dio, avrebbe usato le mie foto come prove contro di *loro.*

«Vorrei che tu morissi», dissi, con le lacrime che mi velavano gli occhi.

«Ma io posso far sparire tutto, signor Mori», continuò. «E signor Torrance e signor Grayson. Hanno fatto una bravata. Sono giovani. Sconteranno la loro pena, usciranno e andranno avanti con le loro vite. Sarà come se non fosse mai successo. E la ragazza verrà accontentata. Posso farla tacere. Magari con una piccola donazione per addolcire l'accordo, che ne dice?».

Mi sforzai di mandar giù il groppo che avevo in gola. *No.* Poteva provarci, ma non sarebbe mai successo. Non gli avrei mai permesso di usarmi così.

«Voglio dire, questa in realtà è una benedizione», continuò. «Se parlasse, le cose si metterebbero molto peggio per i vostri figli».

«Vaffanculo».

«Firma».

«Vaffanculo!».

Mi prese per i capelli e mi ficcò la testa contro il foglio, attaccandomi la penna al viso.

Ringhiai, e mi allontanai dal tavolo.

«Firmalo e sarai libera», sputò fuori mentre indietreggiavo verso il vetro, con gli occhi in fiamme. «Non devi sentirti in colpa. Del resto, quello che c'è in quei video è solo una piccola parte di ciò che hanno fatto, Emory. Di come si sono approfittati delle persone di questo posto. Hanno lasciato che i loro soldi e i loro cognomi gli parassero il culo un sacco di volte».

Mi voltai di scatto, guardando Will seduto al tavolo. Dov'era il suo avvocato?

Non ti farò… Non ti farò del male. Tremavo dal pianto. Non ti farò mai più del male.

«Pensa a quante donne ha avuto», mi fece notare Martin. «A tutta la vita che ha sprecato come un fardello per la sua famiglia, senza mai fare o vivere per qualcosa di importante. Per qualcosa che non fosse se stesso. È stato preso, Em. Tutto quello che fa lui è prendere. Ti frega, ti fotte e poi si dimentica di te».

Chiusi gli occhi, pronta a coprirmi le orecchie.

«Meritano delle conseguenze. Sai che ho ragione. Hanno commesso dei crimini».

No. Se doveva succedere, sarebbe successo, ma io non avrei aiutato Martin a mandarli in prigione.

«Quei video non erano gli unici su quel cellulare, sai?», incalzò. «Se fossero stati poveri, sarebbero già stati in prigione una dozzina di volte».

Mi fermai, il cuore che mi batteva nelle orecchie.

Il cellulare…

«È questo che usavano per documentare i loro scherzi, vero?», chiese. «Un cellulare…».

Guardai verso di lui, con le guance inumidite dalle lacrime.

Lui alzò le spalle, fingendo empatia. «Se dovessero venire a galla altri video…» Emise un verso di disapprovazione. «Incendio doloso, aggressione, rapina, furto d'auto, effrazione, perversioni sessuali… Posso solo immaginare quei video che incombono lì, da qualche parte, e che non sono ancora stati postati».

Il mio stomaco sprofondò e io mi alzai, stando dritta di fronte a lui mentre lo fissavo a bocca aperta. Mi salì il vomito e mi uscirono quasi dei conati.

No.

Prendendo qualcosa dal tavolo, mi porse un altro foglio ancora e lessi l'assegno di più di trentasettemila dollari a mio favore.

«L'ammontare di ciò che resta», mi disse. «E hai la procura legale trasferita a te. Tutto quello che devi fare è firmare. Puoi prendertela e non dovremo mai più vederci. Potrai pagare per cure di prima qualità. E non sapranno nemmeno che sei tu quella nelle foto. La tua faccia non c'è e non sarà sulla dichiarazione ufficiosa che presenterò loro».

Fissai l'assegno.

Mi stava dando quello che volevo. Avrei potuto trasferire mia nonna in un posto vicino a me, pagarle le cure per tutto il tempo che le restava e non avrei dovuto interrompere i miei studi.

Misi il palmo sul vetro, sentendo un calore dove tutto il resto era freddo.

In fondo aveva ragione, no? Avevo sentito che Will si stava incasinando. Persino durante il suo ultimo anno di superiori avevo sentito che era strafatto tutto il tempo. Si sarebbe ripulito se non fosse stato obbligato a farlo?

Volevo solo studiare e occuparmi di mia nonna. Meritavo che mi accadesse qualcosa di bello, avevo lottato abbastanza e, se non mi fossi arresa e non avessi accettato, sarebbe finito in prigione comunque e anche per più tempo. Quindi Martin sapeva chi aveva postato i video? E se stava dicendo la verità e avesse potuto fare in modo che ne pubblicassero altri?

Strinsi quel sottile foglio di carta; tutto ciò che desideravo era a distanza di una firma.

Una firma che non avrei mai messo.

«Voglio solo la tua morte», sussurrai.

Lui restò fermo, calmo. «Sai com'è la vita dentro una casa di riposo da quattro soldi?», mi chiese infine.

Chiusi gli occhi, vedendo Damon Torrance con la mano avvolta intorno alla gola di sua madre e, porca puttana, potevo quasi sentirlo.

Volevo sapere cosa si provasse.

«A volte i pazienti hanno lividi che non dovrebbero avere e gli anziani restano nei loro stessi escrementi per ore», proseguì. «Per metà del tempo lei non sarà cosciente di cosa le stia succedendo, per cui non le importerà».

Il sangue mi ribollì e ogni muscolo dentro di me si tese.

«È un bluff», esalai. «Nemmeno tu saresti capace di farle questo».

Con la coda dell'occhio, lo vidi girarsi verso di me. «È stata trasferita stamattina», mi disse.

Mi voltai per guardarlo in faccia e poi urlai, colpendolo al petto con entrambe le mani e poi dandogli un calcio in mezzo alle gambe.

«Figlio di puttana!», urlai.

Lui cadde a terra e il mio corpo si mosse di propria volontà. Non potei fermarlo. Tirai indietro la gamba per dargli un altro calcio ma, quando lo colpii, lui si protese e la afferrò, facendomi cadere.

Mi teneva la testa e con una mano strinse forte una parte della pelle che mi ricopriva la pancia. Io urlai e attaccai, mordendogli il volto.

Lui gemette e io mi mossi, colpendolo sulla mascella, prima che lui mi prendesse per il colletto e mi schiaffeggiasse.

Tirando indietro la gamba, gli sferrai un calcio in testa, senza esitare affatto prima di farlo ancora. E ancora.

Un sapore di rame mi riempì la bocca; il sangue schizzava dalla sua mentre cercava di sedersi sulle ginocchia, ma ricadde di nuovo.

Non mi metterai mai più le mani addosso.

A differenza di Damon, io sapevo davvero come nascondere un cadavere.

Spostai la sedia dal tavolo e mi sedetti. Lacrime silenziose mi annebbiavano la vista e il sangue ricopriva i miei denti. Mi allungai a prendere la dichiarazione e poi la penna.

Premetti il pulsantino in cima alla penna, alzai lo sguardo per osservare Will attraverso il vetro.

Potevo raccontarmi tutte le storie che volevo per giustificare tutto questo.

Se non fossero chi sono, andrebbero comunque in galera.

Li stavo salvando. Se fossero venuti alla luce altri video le accuse sarebbero aumentate.

Avevano commesso dei crimini. E ce n'erano tantissimi altri di cui nessuno sapeva nulla.

Ma alla fine dei conti… tutto questo era sbagliato.

Scarabocchiai il mio nome in fondo alla dichiarazione che avrebbe convinto le loro famiglie ad accettare le accuse per non rischiare di subirne altre. La gettai sul tavolo, mi alzai, presi l'assegno e la procura legale, poi mi diressi verso la finestra mentre la vergogna mi faceva distogliere lo sguardo dal mio riflesso nel vetro.

«Alcuni di noi saranno sempre delle vittime», gli sussurrai. «Pioli su una scala che altri saliranno».

Will all'improvviso alzò lo sguardo e sembrò che stesse guardando dritto verso di me. Come se potesse vedermi.

«Alcune persone non possono fermare quello che capita loro», dissi. «Sono semplicemente nate nel posto sbagliato, nel momento sbagliato, vicino alle persone sbagliate».

Will meritava vendetta.

Lo avevo appena gettato sotto un autobus, ma lo avevo fatto per comprarmi gli ultimi giorni di vita di mia nonna.

«Ti aspetterò», gli sussurrai.

Sentii mio fratello alzarsi da terra, tirando su col naso e grugnendo.

Mi voltai senza guardarmi indietro e camminai verso la porta.

«Fa' buon viaggio», disse Martin con voce strozzata. «Non mi rivedrai mai più».

Spalancai la porta senza preoccuparmi di ripulirmi il sangue dal viso e lasciai la stanza.

Mi rivedrai di certo. Will sarebbe tornato a cercare entrambi.

Capitolo 33

Will

Presente

«Abbiamo fatto subire a Rika e Winter ciò che abbiamo fatto per niente!», ringhiai. «Abbiamo passato anni pensando che fosse per quei cazzo di video, invece sei stata tu! *Io* ho fatto questo ai miei amici. *Io* ti ho portato nelle loro vite».

Non me ne fregava un cazzo della storia che ci aveva appena raccontato. Sapevo che non era stata una sua idea. Sapevo che non aveva problemi con noi.

Semplicemente non gliene fregava un cazzo di me. Come aveva potuto lasciare che tutti pensassero che le avessi fatto quelle cose?

Mi avvicinai. «Hai idea di come sia stare in prigione?», le dissi mentre io e Alex eravamo in piedi nei nostri vestiti zuppi. Emmy abbassò gli occhi, con i capelli in faccia. «Avresti potuto fare qualsiasi cosa. Avresti potuto essere onesta e dirmi cosa avevi fatto. Saresti potuta venire da me, prima di firmare quel dannato foglio, e io avrei spedito tua nonna nella migliore casa di riposo del Paese!». La mia voce si faceva di nuovo dura mentre urlavo. «I miei genitori avrebbero pagato per la tua istruzione. Non era necessario che facessi tutto da sola!».

Erano passati anni. Se si fosse minimamente sentita in colpa per ciò che aveva fatto, allora sarebbe stata corrosa dai sensi di colpa. Ma no. L'avevo scoperto attraverso mio nonno che, ovviamente, sapeva che erano tutte stronzate. Non riuscivo a credere che sette anni prima lui, i miei genitori e i genitori di Kai non ce l'avessero detto, ma probabilmente sapevano che ci saremmo opposti e volevano che accettassimo la sentenza più leggera anziché correre rischi.

Tutti erano immobili intorno, in silenzio mentre il fischio del treno risuonava nell'aria, e io vidi il suo mento tremare e la gola spostarsi su e giù.

«Cosa? Vuoi piangere adesso?», la punzecchiai. «Vuoi piangere?».

Di nuovo?

Le avrei dato io qualcosa per cui piangere, cazzo. Capivo la posizione in cui l'aveva messa Martin. La comprendevo.

Ma Dio, era cieca? Non avrebbe dovuto far altro che parlarmene. Fidarsi di me. Chiedere aiuto, solo questo avrebbe dovuto fare!

«Guarda cosa mi hai fatto», dissi, avvicinandomi e battendomi il petto pieno di tatuaggi, che ritraevano casa e tutta la vita che avevo perso andando in prigione. «Mi hai trasformato in questo». Le urlai in faccia. «Tu!».

Lei sussultò, ma solo allora qualcuno mi tirò indietro e inciampai. Alzando gli occhi incontrai quelli di Micah.

Lui si frappose tra noi, con Rory che lo raggiunse, ed entrambi erano ora tra me ed Emmy, come a darmi un avvertimento.

Ma che cavolo… Alzai il mento, osservando i miei ragazzi – *i miei ragazzi* – che ora proteggevano lei anziché me.

Incredibile.

Scrutando in mezzo alle loro spalle, incrociai ancora una volta lo sguardo di lei. «Ti ho cercata», le dissi. «Nella mia testa, in tutti questi anni. Anche dopo che mi avevi scaricato come spazzatura e non sono riuscito a disinnamorarmi di te indipendentemente da quanto bevessi o mi drogassi, il mio cervello ti cercava sempre».

Lei restò immobile, senza vacillare, e mi fissava.

«Quando non c'era nulla a darmi un motivo per alzarmi dal letto, mentre i miei amici si innamoravano, facevano bambini e io mi sentivo così solo…», ricacciai le lacrime che avevo in gola e che non volevo lasciar andare. «Secondo te quale era l'unica cosa che mi faceva continuare a respirare?». Il mio tono si indurì, serrai la mascella. «Nel mio cervello, ti cercavo. Non ho mai smesso di cercarti».

E lei aveva lasciato che suo fratello dicesse alla mia famiglia che non solo non l'amavo, ma che l'avevo passata ai miei amici per abusarne come se non valesse niente.

Quando lei era tutto.

Indurii la voce. «Togliti dalla mia cazzo di vista», ringhiai. «E mi sta bene se vuoi scendere da questo treno di merda. Va', torna da lui».

Non ti cercherò più.

Lei restò lì un momento, gli occhi che schizzavano tra le persone nella stanza, probabilmente chiedendosi qualcosa di stupido tipo come avrebbe fatto a salvare il suo orgoglio.

Ma poi…

Si voltò e se ne andò, ancora vestita con la maglietta di Aydin, aprì la porta ed entrò nell'altro scompartimento.

Non appena se ne fu andata, gravò un silenzio di dieci tonnellate nella carrozza. Nessuno parlava.

Ma poi, dopo qualche istante, qualcuno mi voltò e mi lanciò le braccia al collo. Tutti gli altri mi erano intorno e Winter mi abbracciava.

«Stai bene?», chiese. «Cos'è successo lì dentro? Perché c'era anche lei?».

In quel momento non riuscivo a parlare. Riuscivo a malapena a respirare.

Misha mi trascinò via e mi avvicinò a sé, stringendomi fortissimo. «Cosa possiamo fare?», chiese. «Di cosa hai bisogno?».

E poi Damon. «Sei sicuro di stare bene?».

Alzai le mani, col sudore che mi fuoriusciva da tutti i pori e lo stomaco che si rigirava su sé stesso. Era l'emozione di riaverli tutti così vicini.

«Non posso». Indietreggiai, cercando di recuperare spazio. «Io... non posso adesso, va bene?».

Ma Michael mi strinse lo stesso. «Stai bene?».

Ringhiai, allontanandomi. «Non toccarmi». Scossi la testa, la stanza girava. «No».

«Va bene», disse togliendo le mani. «Mi dispiace».

Tutti si fermarono e si allontanarono, ammutolendo. Riuscivo a sentire i loro occhi su di me e gli sguardi che si scambiavano l'uno con l'altro, perché non capivano e io non potevo spiegare niente in quel momento.

Mi sfregai gli occhi, annusando l'odore familiare della cantina sulle mani: era per la corda con cui avevo legato Aydin.

Aydin.

Mi misi il naso tra le dita, annusai Blackchurch.

Non ero pronto. Dovevo essere ancora lì. Non sarei dovuto andare via.

«Devo fare delle telefonate», dissi, e mi voltai diretto alla porta. Eravamo a circa cinque carrozze dalla locomotiva. Sperai che Emmy si stesse nascondendo in qualche posto dove non dovessi averla davanti agli occhi, perché ero così arrabbiato che in quel momento avrei anche potuto strangolarla.

«Il tuo nome è sulla porta della cabina», disse Ryen, che finalmente parlò. «Ci sono dei vestiti».

Aprii la porta, invaso dal vento e dal rumore delle rotaie sui binari, ma Winter replicò prima che potessi passare.

«Perché l'avrebbe fatto?», chiese.

Mi fermai.

«Chi?», le chiese Banks.

«Martin Scott».

Lasciai che la porta si richiudesse, facendo ammutolire la stanza e restando così per un momento.

Winter continuò. «Se quello che ha detto Emory è vero, per quale motivo avrebbe dovuto lavorare tanto perché voi finiste in prigione? I soldi fanno la differenza a Thunder Bay. La vostra presenza o la vostra assenza non avrebbe cambiato la sua carriera».

Ascoltai, tutti in silenzio mentre quelle parole restavano sospese nell'aria.

Banks, che aveva capito tutto, commentò: «A meno che non lavori con persone che hanno potere. Persone che vi volevano in prigione».

Il mio stomaco si contorceva sempre di più.

«Hai sentito quello che ha detto», intervenne Kai. «Aveva dei piani anche per Michael. E poi niente. Michael non è mai stato accusato di niente».

«Perché Trevor non voleva mettere in imbarazzo la sua famiglia» disse Misha.

«Perché Evans Crist non voleva mettere in imbarazzo la sua famiglia», disse invece Rika.

Chiusi gli occhi, per niente sorpreso. I miei amici stavano capendo tutto senza sbagliare un colpo.

«Figlio di puttana», disse Michael. «Non si trattava di Will. O del suo odio per Will. Suo nonno era in corsa per essere rieletto quell'anno. Ha quasi perso per colpa di quella cattiva pubblicità».

«E Kai e Damon?», incalzò Banks.

Nessuno disse niente e alla fine parlai io: «Evans sapeva che Schraeder Fane aveva inserito Damon nel suo testamento». In quanto suo esecutore testamentario, sapeva bene com'era Damon in realtà. «Volendo dare Rika in sposa a Trevor, non gli sarebbe convenuto dividere la sua fortuna con Damon e, per estensione, Gabriel».

«E Katsu Mori fu obbligato ad abbandonare il consiglio di Mitchell & Young e di Stewart Banks», spiegò Rita. «Entrambi hanno aiutato a finanziare i progetti immobiliari di Evans negli anni successivi».

«Che mio padre non sarebbe stato incline a supportare se fosse rimasto nel consiglio, visto che odia tuo padre», disse Kai a Michael.

Ogni cosa tornava. Gli ultimi sette anni sparsi in un labirinto che aveva richiesto tutti noi per essere completato, ma finalmente ora tutto aveva senso.

La quantità di persone che ci aveva usato come marionette per i propri fini, e la quantità di tempo che avevo perso ignorando tutto questo e lasciandomi trasportare dalla corrente…

Volevo quasi tornare alle notti a Delcour in cui ce la prendevamo con Rika pensando che fosse tutta colpa sua. Com'erano semplici le cose, allora.

«Alex?», disse Rika. «Stai bene?».

Guardai oltre la mia spalla, rendendomi conto che Alex non aveva aperto bocca da quando eravamo saliti a bordo. Era appoggiata contro i finestrini, con le braccia conserte, e fissava fuori.

Dopo un istante, annuì senza contatto visivo. Le sue spalle, solitamente ritte e squadrate, in quel momento erano afflosciate in una snervante curva.

«Siete saliti a bordo solo in tre», disse Damon. «Dove sono gli altri due prigionieri? La nostra ricerca diceva che ce n'erano cinque».

Ma né io né Alex rispondemmo.
Osservai lo sguardo disorientato sul suo viso, completamente sconfitto.
Non lo avrebbe mai più rivisto.
Ma proprio allora, si raddrizzò, si schiarì la gola e fece schioccare le nocche. «Ho bisogno di allenarmi. Adesso».
«Rika o io?», chiese Banks.
Lei scattò verso la porta dove io ero fermo. «Vi prenderò entrambe».
Mi sorpassò e uscì dalla carrozza, seguita subito dalle ragazze, con la mano di Winter chiusa in quella di Rika mentre seguivano Alex.
Esitai solo un istante prima di aprire di nuovo la porta. «Devo fare quelle telefonate», dissi uscendo.
Ma la voce di Michael risuonò dietro di me. «C'è qualcuno in quella casa che verrà a cercarci?».
Ma non mi voltai né risposi. Aydin Khadir era il problema seicentocinquantatré e io ero solo al numero quattro.

Chiusi la mia quarta chiamata, posai il cellulare e mi alzai dalla sedia. Ero ancora nei miei jeans semi-bagnati, ma anziché dirigermi nella doccia o indossare il completo steso sul letto, mi voltai e guardai fuori dal finestrino.
La notte scorreva veloce, il mare all'orizzonte calmo e scuro mentre stringevo le dita in un pugno.
Martin Scott era un uomo morto. Meritava di marcire in una tomba senza nome in mezzo ai boschi, dove sarebbe stato solo e dimenticato.
L'inferno che aveva fatto passare a Emmy…
Ero arrabbiato e lei mi aveva deluso, non l'avrei mai più guardata in faccia, ma per quanto odiassi ammetterlo… forse potevo capire perché avesse pensato di non avere altra scelta.
Il suo unico sbaglio imperdonabile erano stati gli anni di silenzio.
Avrebbe dovuto farsi avanti e cercarci. Come si poteva vivere con quel peso?
Non volevo più che soffrisse. Volevo solo che uscisse dalla mia vita per sempre. Era ovvio ormai che non eravamo giusti l'uno per l'altra e che lei non era una di noi.
Io ero pronto a vivere.
Sentii bussare alla porta e mi irrigidii, quando immediatamente si aprì alle mie spalle.
«Ehi», disse Misha, e richiuse la porta.
Feci un respiro profondo. La sua presenza mi faceva sentire come se le pareti si stessero stringendo. Eravamo sempre stati uniti, nonostante la differenza di età, ma odiavo che fosse rimasto invischiato in tutto questo. Non gli erano mai piaciuti i drammi e odiava i miei amici.
Ero stato senza di lui a lungo. Troppo.

Mi voltai e lo studiai, vedendo la coda di un tatuaggio fare capolino sulla sua clavicola e l'anello che aveva al labbro brillare nella poca luce.

Spostava il peso da un piede all'altro. «Mi dispiace che ci sia voluto tanto per trovarti», disse.

Incrociai le braccia sul petto e tornai alla scrivania, ripiegando gli appunti che avevo preso durante le telefonate e mettendomi il foglio nella tasca posteriore. «Non stavo attendendo un vostro salvataggio, né me ne aspettavo uno».

«I tuoi genitori del cazzo», mormorò. «Loro…»

«Non mi hanno mandato loro lì», gli dissi.

I miei genitori non lo avrebbero mai fatto. Non sapevano più che pesci prendere cercando di capire cosa fare con me e lo nascondevano al resto della famiglia piuttosto bene, ma non si sarebbero mai arresi così.

«Nonno?», tirò a indovinare Misha.

«Non ha importanza».

Non ero pronto a parlare di Blackchurch e come ero arrivato lì finché non sarei stato certo che il mio piano avrebbe funzionato. Non ero ancora fuori pericolo e non volevo vuotare il sacco prematuramente.

Misha era lì come tutti gli altri, perché le cose erano cambiate, ma ci sarebbe voluto un po' prima di tornare alla normalità. Se mai ci saremmo tornati.

Ridacchiò debolmente. «Mi sembra di ricordare il tuo consiglio riguardo al non farsi tatuaggi che si possano vedere con un completo addosso», mi punzecchiò.

Incrociai i suoi occhi, il suo sguardo era sulle mie mani e fissava l'inchiostro nero che avevo aggiunto nell'ultimo anno, mentre ero via.

Ero ancora di quell'avviso, ma al diavolo. Mi ero annoiato là.

Si avvicinò, ma tenni lo sguardo distolto. «Tu ci sei stato per me – o hai provato a esserci per quanto te lo concedessi – quando Annie è morta. Mi dispiace che ci abbiamo messo tanto».

Le sue mani tremarono un po' e riuscii a sentire il dispiacere nella sua voce.

Ci volle un po' per tirare fuori quelle parole. «Sarei comunque tornato a casa», lo rassicurai. «Non preoccuparti».

Si sarebbe incazzato da morire quando avrebbe scoperto di chi era davvero la responsabilità. Non volevo che provasse alcun senso di colpa.

«Sei diverso», disse.

Annuii. «Sì, sono cresciuto».

«Vorrei che non avessi dovuto farlo».

Mi fermai e lo guardai negli occhi.

«Non hai mai capito quanto tutti avessero bisogno di te». Un sorriso si aprì agli angoli dei suoi occhi. «Te. Così com'eri».

Nessuno aveva bisogno di me. Ero sempre stato inutile.

Ma ora non lo ero più. Tre giorni dopo sarebbe stata la Notte del Diavolo, e Thunder Bay in quattro giorni sarebbe stata nostra, libera e sicura, se fossi riuscito a fare ciò che avevo in mente.
Misha aveva l'aria di chi voleva abbracciarmi o qualcosa del genere, il che era strano perché non era un tipo affettuoso, ma poi si voltò e camminò verso la porta della cabina, e la aprì per andarsene.
Volevo seguirlo, ma… invece presi il cellulare, preparandomi a fare un'altra telefonata.
Ancora per un po', nulla sarebbe stato normale con loro. Dovevo restare concentrato.
Ma poi sentii la voce di Damon. «Devo parlare con lui».
Alzai lo sguardo, vedendolo torreggiare su Misha e cercando di stringersi per passare.
«Sto cercando di uscire, se ti spostassi, cazzo», sputò fuori Misha.
Damon si spinse dentro, con Misha che inciampava fuori, ma io mi avvicinai a passi pesanti e afferrai la porta prima che Damon potesse chiuderla.
«Adesso non posso», gli dissi. «Parleremo più tardi».
«No…»
«Non posso». Lo spinsi fuori. «Per favore, amico…»
I miei battiti accelerarono, il sangue mi ribollì e il cervello mi rigirava in spirali fuori controllo. Avevo una scacchiera piena di pezzi e stavo giocando da entrambi i lati. Dovevo pensare. Non c'era tempo da perdere. Poteva arruffarmi i capelli più tardi.
«Porca puttana», ringhiò Damon. «Mi prendi in giro?»
«Non vado da nessuna parte», lo rassicurai, restando sull'uscio mentre lui mi guardava dal corridoio. «Ci vediamo domani. Ho bisogno di dormire».
Alzando gli occhi al cielo, rinunciò e si voltò, allontanandosi. «Bene».
Ma poi fui colto da un senso di colpa. «Aspetta».
Lui si fermò e si voltò, la maglietta bianca raggrinzita e i pantaloni neri in netto contrasto con i pallidi piedi nudi.
Sentii un sorriso tirarmi su gli angoli della bocca. «Allora, come si chiama?».
Un luccichio gli invase gli occhi. «Ivarsen».
Ivarsen. Il mio cuore si riscaldò un po'. Avevamo un altro bambino a scorrazzare in giro. Il figlio di Kai, Madden.
Degli aghi mi punsero la gola. Mi ero perso Winter che dava alla luce un bimbo.
«La prossima generazione, eh?»
«Muovi il culo e mettiti in pari», mi punzecchiò.
Già. Non vedevo figli all'orizzonte nel mio breve termine ma… magari un giorno.
Fece per andarsene, ma lo fermai.

«Dove siamo?», gli chiesi.

Lui incrociò di nuovo i miei occhi. «A nord del confine», disse. «Stiamo percorrendo la costa. Passeremo sotto Deadlow Island e arriveremo a casa in mattinata».

Quindi, in Canada. Dove cavolo avevano preso quel treno? E c'era un tunnel sotto il fondale marino tra Deadlow e Thunder Bay? Nessuno si avventurava verso la piccola isola oltre la costa della nostra città, oltre Cold Point, perché era circondata da una barriera corallina impenetrabile.

Era deserta, o almeno così credevo.

«Mi dispiace se ci abbiamo messo tanto a venire», mi disse. «Dovevamo trovare un modo per entrare senza essere rintracciati e una parte del percorso era in brutte condizioni».

Andava bene così. Non mi sarebbero serviti prima, ma questo non glielo avrei detto.

«Solo assicurati...» Mi fermai un attimo. «Assicurati che lei non salti giù dal treno, okay?».

Era testarda e non mi sarei meravigliato se si fosse buttata giù, date le parole che le avevo rivolto, ma ero arrabbiato. Non la volevo morta. E di certo non volevo che finisse di nuovo tra le grinfie di Aydin. In cinque brevi giorni aveva già avuto abbastanza influenza su di lei.

Damon lottò per trattenere una smorfia prima di voltarsi e andarsene e io chiusi la porta, dimenticando il cellulare che avevo in mano.

Trascinandomi verso il letto, feci scorrere una mano sul completo nero, e brividi mi percorsero la spina dorsale nel provare la sensazione a lungo dimenticata di toccare dei vestiti di prima qualità.

Poi notai la mia maschera, anch'essa poggiata sul letto. Mi allungai e la presi, la sua consistenza familiare mi riempì di ricordi e lanciò una scarica di eccitazione nelle mie vene per tutti i momenti che volevo custodire, nonostante quelli che volevo lasciarmi alle spalle.

Per un secondo, mi sentii come il vecchio me e mi soffermai sulla maschera bianca con la striscia rossa sul lato sinistro, improvvisamente pronto per mille nuove avventure.

Sorrisi. Cosa avrei fatto con Emory Scott quando saremmo tornati a Thunder Bay?

Capitolo 34

Emory

Presente

Bussai alla porta, certa che me l'avrebbe sbattuta in faccia, ma avevo bisogno di vestiti e non conoscevo abbastanza le altre donne per chiederli a loro.

Quando non ci fu risposta, bussai di nuovo. «Alex», chiamai.

Il suo nome era scritto sulla porta.

Ma comunque nessuna risposta.

Forse dormiva. Per nascondermi da tutti, mi ero seduta a un tavolo in ombra nella carrozza ristorante, che era vuota. Nel tragitto che avevo compiuto non avevo adocchiato alcun orologio, cellulare o computer da nessuna parte, perciò non avevo idea di che ore fossero. Potevo solo notare che era ancora buio.

Girando la maniglia, entrai nella cabina e un senso di paura mi colpì, ma non sapevo perché.

Poteva non essere sola.

E se fosse stata con Will?

Dentro di me sapevo che era una cosa ridicola, ma non potei fare a meno di pensarci.

La luce della luna trapelava dai finestrini, illuminando il poco spazio tra le tendine. Mi guardai intorno nella stanza vuota, poi mi chiusi la porta alle spalle.

La via era libera, così non persi tempo. Dirigendomi verso il suo armadio, lo aprii e tirai fuori dei jeans, una camicia di flanella e delle scarpe da ginnastica.

Mi servivano intimo e reggiseno, stavo quasi per lasciar perdere, ma poi aprii un cassettino nell'armadietto e notai biancheria di pizzo.

Una scarica di calore mi corse sotto la pelle.

Mettendo una mano dentro, toccai un corsetto nero, un po' arrabbiata per non aver osato di più con gli indumenti. Quando vivevo a casa mia, non volevo che mio fratello vedesse cose che non avrebbe approvato, e poi ero andata via e non avevo mai sperimentato, perché non avevo mai pensato che un giorno avrei trovato il pizzo interessante.

Senza pensarci, tirai fuori il corsetto e degli slip abbinati e li indossai, poi mi infilai velocemente i jeans e abbottonai la camicia blu.

Il fischio del treno risuonò di nuovo, guardai fuori dal finestrino, stringendo gli occhi nella notte. Come avrei voluto avere i miei dannati occhiali.

Mi infilai le scarpe e le allacciai, poi trovai la spazzola di Alex e mi districai i nodi che avevo tra i capelli. Aveva trucco e gioielli, era sempre preparata a ogni evenienza. Non la conoscevo come una di famiglia, ma credevo di averla inquadrata abbastanza.

Chiudendo l'armadio, lasciai la stanza e uscii dal vagone letto diretta verso le carrozze. Attraversai un corridoio di cabine più private e passai per una carrozza con i sedili rivolti verso i finestrini, e delle unità frigorifere con vino e champagne.

Il buio e un lieve oscillare sotto di me erano tutto ciò che mi accoglieva, mentre mi muovevo di carrozza in carrozza.

Dov'erano tutti? Dovevo trovare un cellulare per connettermi col mondo.

Non appena entrai nella carrozza successiva, però, alzai lo sguardo e vidi alcuni dei ragazzi.

Mi fermai. I candelieri sulle pareti di legno scuro illuminavano a stento l'ambiente e io osservai i loro volti, un po' nascosti dalla penombra, ma non vidi Will, Misha, Micah o Rory tra loro.

Michael era seduto su una poltroncina, gli occhi fissi sui miei mentre si portava un bicchiere alle labbra, mentre Kai guardava fuori dal finestrino con le braccia conserte e Damon era appoggiato al bancone del bar, con in mano un bicchiere di qualcosa dal colore ambrato. Non riuscivo a vedere i suoi occhi, ma sapevo che mi stava fissando.

Dopo Will, quello per cui ero più dispiaciuta era lui. Lo avevo visto uccidere una persona, lo avevo aiutato a seppellirla e lui non aveva mai detto a nessuno del mio coinvolgimento. Quando saremmo tornati a Thunder Bay, forse, avrebbe messo in atto la sua vendetta contro di me.

«Non volevo ferirlo», dissi. «Non volevo ferire nessuno di voi. Volevo solo proteggere lei».

Loro non si mossero né parlarono. Michael bevve un altro drink.

«Ho fatto un errore», dissi loro, sentendomi nuda mentre mi guardavano come fossi una preda. «Credevo di essere sola al mondo».

La mia voce si ammorbidì in un soffio ma, per quanto odiassi l'idea che mai, in un milione di anni, mi sarei sognata di implorarli, dovevo farlo. Meritavano delle scuse. Almeno questo.

«Mi dispiace», mormorai. «Mi dispiace davvero».

Kai si voltò e camminò verso di me. «Credi che questo cancelli tutto?».

Scossi la testa. «No».

«Pensi che potremmo mai fidarci che non farai di nuovo qualcosa del genere?»

«No».

«Ci hai dato in pasto ai lupi», ringhiò, lasciando intravedere i suoi denti bianchi brillare nella stanza buia. «Credi che le tue parole significhino qualcosa per noi? Le tue scuse? Le tue spiegazioni? Le tue giustificazioni?».

Mi sforzai di deglutire, tenendo la schiena dritta ma la bocca chiusa.

«Sei debole», disse Michael. «Non possiamo fidarci di te».

«Hai avuto anni per farti avanti», mi fece notare Kai.

Annuii. *Sì. Sì, è vero.*

«È stato difficile», mi disse Kai e riuscivo a sentire le lacrime nella sua gola. «Non ce lo meritavamo».

Il mento mi tremava e serrai la mascella per fermarlo.

«Will non se lo meritava», continuò.

Lo sapevo. Il solo pensiero di Will in una cella, circondato da persone crudeli, rinchiuso tra grigie mura…

«Non sei abbastanza per lui», disse Kai infine.

Io alzai lo sguardo, incrociando il suo nonostante le mie spalle volessero incurvarsi e sentissi il desiderio di ripiegarmi su me stessa.

Avevo fatto un errore. Non ero una brutta persona.

Non lo ero.

Mi voltai per andarmene, ma poi sentii la voce di Damon dietro di me.

«Abbiamo dato fuoco alla casa di Rika, Kai», disse.

Mi voltai e lo guardai mentre lui fissava il suo amico.

«Le abbiamo rubato tutti i soldi», continuò. «L'ho rapita e tu hai obbligato Banks a sposarti. Ho cercato di uccidere Will…»

«Abbiamo fatto degli errori», contestò Kai «che non faremo mai più».

«Parla per te», controbatté Damon. «Solo chi racconta la storia può decidere il ruolo del cattivo».

Una scarica elettrica mi corse sotto la pelle e quasi sorrisi, grata.

Avevano trovato la loro redenzione perché sentivano di avere le loro motivazioni.

Damon e Kai si guardarono, e anche se era a Kai che mi sentivo idealmente più vicina a scuola, perché era testardo e con una chiara idea di giusto e sbagliato, Damon era stato il mio salvatore in più di un'occasione quando la vita mi aveva dimostrato quanto sapeva essere grigia.

Erano yin e yang, e lo capii. Lo comprendevo, adesso.

«Ti farai perdonare», disse infine Michael, guardandomi negli occhi. «Starai a St. Killian con me e Rika».

«No».

«Sì», disse lui.

Voleva assicurarsi che non lasciassi Thunder Bay. Cosa avrebbe fatto? Mi avrebbe rinchiusa da qualche parte?

E poi feci una pausa, ricordandomi che poteva farlo. Viveva a St. Killian. Aveva delle vere segrete a sua disposizione. Nessuno mi avrebbe sentita urlare.

«Ho un posto dove stare», gli dissi, «a Thunder Bay».

I suoi occhi si strinsero su di me, non si fidava, ma probabilmente non voleva nemmeno avere a che fare con quella seccatura.

«Non lascerai la città», mi ordinò. «Pagherai il tuo debito».

Mi raddrizzai. «Non lascerò la città».

Annuì una volta mentre Damon beveva un sorso dal suo bicchiere e Kai mi fissava.

Spostai il peso da un piede all'altro. «Posso prendere in prestito uno dei vostri cellulari, per favore?».

Ma Michael si limitò a portarsi di nuovo il bicchiere alla bocca, poi farfugliò: «Prendilo dalle ragazze. I nostri ci servono».

Mi voltai e alzai gli occhi al cielo, poi cambiai carrozza. Tornai indietro da dove ero venuta, trascinandomi da una carrozza all'altra attraverso la cucina, il vagone ristorante, le cabine, una stanza con la scritta "William Grayson" incisa sulla porta e la carrozza lounge.

Non stavano usando i loro cellulari, ma almeno non aveva detto che non potevo usarne affatto. Per quanto ne sapeva, avrei potuto chiamare mio fratello e cercare aiuto.

Ma non lo avrei fatto.

Sarei stata più al sicuro se fossi montata su un aereo per la California non appena avessi messo piede a Thunder Bay, ma ora che tutte le carte erano scoperte io sapevo cosa fare.

Ero io quella che li aveva feriti.

Dovevo risolvere la cosa.

Per Will.

Anche se non mi avrebbe mai più voluta, glielo dovevo.

Lasciando la carrozza lounge deserta, notai movimento attraverso la finestra della carrozza successiva. Vidi una delle ragazze dentro, i ciuffi scuri le coprivano il viso mentre teneva Alex in una presa per il collo. Aprii la porta ed entrai nella palestra, notando un paio di tapis roulant, dei pesi e un tappetino da pugilato.

Erika Fane era sulla sinistra con le braccia incrociate sul petto mentre Winter Ashby era a cavalcioni su una panca alla mia destra.

Mentre lasciavo che la porta si richiudesse dietro di me, tutte voltarono lo sguardo, fissandomi.

Quella con i capelli neri, seduta sopra Alex, mi penetrò con i suoi occhi verdi e vidi Winter muoversi e voltare la testa per ascoltare meglio.

«Quelli sono i miei vestiti», disse Alex ansimando.

Io mi mordicchiai l'angolo della bocca. «Sì, lo so».

Lei si parò gli occhi e spinse via l'altra donna, quindi si alzò in piedi. Il sudore faceva luccicare la sua pelle e i suoi capelli corti erano tirati indietro in una coda bassa; camminò verso il tapis roulant e afferrò un asciugamano.

Erika si avvicinò, con le braccia ancora incrociate. «Alex ci ha raccontato». I suoi occhi ricaddero sul mio corpo. «Stai bene?».

Annuii. «Grazie per averlo chiesto».

Nessuno si era ancora interessato a me.

Erika lanciò un'occhiata ad Alex, che stava bevendo dell'acqua, poi guardò di nuovo me e mi oltrepassò. «Vi lasciamo da sole».

«No», disse Alex.

Erika si fermò e Alex chiuse la bottiglia, poi si voltò verso di me.

Chiazze di sudore macchiavano il suo top bianco, si avvicinò a me nei suoi leggings neri e con i piedi nudi, le mani sui fianchi e il fuoco negli occhi. «In quel momento, non sapevi davvero chi scegliere laggiù, vero?».

Sollevai il mento. «Ti infastidisce di più che avrei potuto scegliere Will o che avrei potuto scegliere Aydin?».

Le sue sopracciglia schizzarono all'insù, non mi sentivo soddisfatta per averla turbata ma neanche mi faceva male. Lei e Will continuavano a non capire che non era una scelta quella che stavo facendo tra i due uomini nella camera di Aydin.

Non riguardava affatto loro due.

Si avvicinò, fissandomi come se fosse giudice e giuria. «Gli hai spezzato il cuore».

«Non sminuirti così», ribattei, ricordandomi le provocazioni di Will. «Sono certa che hai saputo dargli tanto conforto in questi anni. "Nel suo letto, nella doccia, sulla spiaggia, contro la parete, sul cofano dell'auto e sul sedile posteriore"».

Lei ringhiò, puntando i suoi occhi contro di me, ma io mi lanciai e l'afferrai, spingendola via prima che potesse colpirmi. «Non ho intenzione di lottare con te».

«Non sta a te decidere!».

Mi urlò in faccia e io premetti i palmi contro il suo petto, spingendola nuovamente indietro.

«E tu non lotterai con me», le dissi. «Sono stanca di sanguinare».

Quello che era successo nella mia testa in quella casa era la stessa battaglia che avevo sempre combattuto. Una battaglia tra come avevo sempre visto il mondo e come avrei invece voluto vederlo. Dovevo cambiare tanto quanto Will.

Dovevo piacere a me stessa tanto quanto mi piaceva lui.

La fissai, sentendomi addosso gli occhi di tutte le altre nella stanza, e per quanto più o meno capissi il suo atteggiamento nei miei confronti, dato che vedendo lei e Will provavo la stessa gelosia che provava lei per Aydin e me, la sua idea di chi io fossi e cosa meritassi non era un mio problema.

«Farò ammenda per gli errori che ho commesso anni fa», le dissi, «ma ciò che succede tra me e Will non è affar tuo. Non me ne frega un cazzo se sei sua amica, sua madre o Dio. Non hai alcun diritto di provare risentimento nei miei confronti. Questa cosa non ti riguarda».

Un luccichio le comparve negli occhi e poi inclinò la testa, restando in silenzio per un attimo.

«Parli proprio come lui», disse infine, incrociando le braccia sul petto. «Ti è entrato in testa in fretta, a quanto vedo».

Lui.

Aydin.

Scosse la testa. «Proprio come un vero mostro della manipolazione...»

«Come un padre».

Non era affatto come pensava lei. Conoscevo Aydin a malapena e non volevo andare a letto con lui. Stava prendendo qualcosa di molto più complicato e lo stava riducendo alla sua percezione superficiale del mondo, in modo da poter capire qualcosa che era determinata a non voler comprendere.

Non volevo scoparmelo.

Lanciai un'occhiata alle altre prima di rivolgere di nuovo lo sguardo a lei. «Credevo di ricordare meglio i miei genitori, visto che avevo dodici anni quando sono morti», le dissi. «Non avevo mai constatato prima che avere una guida ti solleva un macigno dalle spalle. Non avevo capito quanto mi mancasse finché non ne ho avuta di nuovo una».

Aydin Khadir aveva dei piani. Mi aveva rapita, mi aveva messa in una posizione pericolosa e mi aveva manipolata. Ma le persone cambiano le persone e, per quanto lui non fosse un eroe, non potevo fare a meno di sentirmi un po' grata. Stavo morendo prima di svegliarmi a Blackchurch.

«Ero più al sicuro in una casa piena di criminali di quanto non lo fossi con mio fratello, e per questo ringrazio Aydin», dissi tra i denti, «perciò tu puoi anche spirare, ma non mi scuserò per aver visto qualcosa di buono in lui. Lo hai fatto anche tu, dopotutto».

Lei restò lì, muta, con un luccichio negli occhi, la mascella serrata e immobile.

Sempre forte. Era qualcosa che amavo di lei. Anche lui l'aveva resa così, dopo tutto. Anche se solo un po'.

«Adesso, per favore posso usare uno dei vostri cellulari?», chiesi.

Dopo un attimo, Erika si sporse e tirò fuori il suo dal portabevande della cyclette e me lo porse.

«Grazie», dissi, uscendo dalla stanza e lasciandole di nuovo da sole. «Te lo riporto entro un'ora al massimo».

Aprii gli occhi e fissai il soffitto, sospirando tra i due enormi corpi ai miei lati.

Fa troppo caldo qui. Porca puttana.

Guardai verso Micah, vidi il suo viso premuto contro il cuscino, e poi girai la testa verso Rory. I capelli biondi gli coprivano gli occhi e il suo braccio era dietro la testa. Entrambi erano senza maglietta, ma grazie al cielo avevano tenuto i pantaloni.

Dopo aver trovato una stanza e fatto una telefonata col cellulare di Erika, avevano bussato alla porta, insistendo per restare con me perché «quei piccoli stronzetti viziati, convinti che la loro merda non puzzi, non devono toccarti».

Come se Micah e Rory non fossero un po' viziati anche loro.

Era stata una cosa adorabile, però, e ora eravamo tutti accampati nel mio letto mentre la luna splendeva fuori e il treno vibrava sotto di noi.

Al diavolo. Avrei accettato tutti gli amici che potevo in quel momento. Mi piacevano.

Sedendomi, mi arrampicai sul corpo di Rory e scesi delicatamente dal letto, guardando i due bellissimi ragazzi e le loro figure dormienti. Un serial killer da una parte e il figlio di un terrorista dall'altra. Cavolo, i miei genitori sarebbero stati davvero orgogliosi.

Cosa avrebbero fatto quando saremmo arrivati a Thunder Bay? Non potevano tornare a casa. Qualcuno sarebbe venuto a cercarli?

Qualcuno sarebbe venuto a cercare Will?

Ancora con i jeans e la camicia, mi infilai le scarpe da ginnastica di Alex e le allacciai.

Lasciai la stanza, il vapore dei riscaldamenti annebbiava i finestrini, ma fuori riuscivo a vedere la pioggia schizzare.

Avevo bisogno di cibo. Non riuscivo a ricordare l'ultima volta che avevo ingerito qualcosa. Avrei dovuto mangiare quel sandwich che avevo preparato mentre aspettavo che i brownie si cuocessero, oggi.

Oggi… o il giorno prima? Doveva essere mezzanotte passata ormai.

Dio, avevo preparato i brownie ieri? Riparato il lampadario? Fatto l'amore con Will nella doccia? Sembravano essere successe così tante cose da allora.

La cucina era dietro, vicino al vagone bar, e non avevo ancora rivisto Will dal nostro confronto di prima. Né durante la mia ricerca di un cellulare, né quando lo avevo riportato a Erika un'ora dopo, né quella sera quando avevo sentito l'odore di cibo trasportato su un carrello lungo il corridoio e passato fuori dalla mia stanza, sfortunatamente senza fermarsi alla mia porta.

Era strano. Avevo fatto una sola telefonata. Per qualche ragione, pensavo avrei dovuto farne molte, ma dopo aver chiamato la mia azienda e lasciato un messaggio, assicurando loro che fossi al sicuro, ero rimasta lì seduta senza avere nessun altro da contattare.

Non ero di alcuna preoccupazione per Martin, mia nonna non c'era più e non c'era più nessun altro. Nessun amico. Nessun animale domestico da controllare. Nessun uomo che mi aspettasse.

Forse avevo un appuntamento dal dentista il giorno prima…

Percorrendo il corridoio, mi avvicinai alla porta della cucina, ma sentii un grido e mi fermai per un attimo.

«Oh», gemette qualcuno.

Non sapevo se era Erika, Winter o un'altra delle ragazze, ma crampi di fame mi flagellavano lo stomaco. Avevo bisogno di cibo. O di un drink al bar.

Camminando in punta di piedi lungo il corridoio, gettai una veloce occhiata attraverso la porta, vidi la schiena nuda di Winter Ashby, che era seduta sul tavolo di acciaio nella scura cucina, con le braccia avvolte intorno a suo marito.

«Ti amo», sussurrò mentre lui le baciava il collo.

Prendendogli il viso tra le mani, posò le labbra sulle sue, indugiando lenta e delicata prima di spostare i suoi baci sulle sue guance, sul naso, sulla fronte e sulle tempie.

Lui chiuse gli occhi e sorrise, col fiato corto, respirando eccitato come se fosse su delle montagne russe.

Il mio corpo si riscaldò, un po' intrigata dal vederlo così, ma non mi soffermai. Continuando oltre la porta, mi fermai alla fine della carrozza, guardando attraverso il finestrino e vedendo il bar pieno di persone. Kai e sua moglie, Michael ed Erika, e poi Alex. Will e suo cugino continuavano a non vedersi in giro, così come erano scomparsi altri due uomini che avevo visto dare una mano quando ci avevano salvati. Credo che Misha avesse una donna con sé quando eravamo saliti sul treno, ma non vedevo neanche lei.

La stanza era ancora in penombra, i divanetti e le poltrone color ciliegia caldi contro le pareti di legno e il bagliore ambra della luce.

Kai teneva la sua donna in grembo, sorridendo mentre lei gli sussurrava qualcosa all'orecchio e Michael si sporse oltre Erika, preparandole un drink e aggiungendo decisamente troppa tequila. Lei rise.

Il mio sguardo cadde su Alex che era seduta su una poltroncina con le gambe tirate su. Stava bevendo da un bicchiere e fissava il vuoto fuori dal finestrino.

Chiusi i pugni. Aydin poteva essere morto.

Non lo avrebbe mai ammesso, ma sapevo che era a questo che stava pensando.

Qualcuno si avvicinò alle mie spalle, ma non ebbi bisogno di girarmi per sentire l'odore di bergamotto.

«Sapevi di Aydin e Alex?», chiesi a Will, continuando a fissarla.

«Sapevo quello che lei mi aveva detto», disse. «Sapevo di lui. Ma non il suo nome».

«Lui la ama».

«Non può averla».

Voltai la testa, tentata di guardarlo negli occhi, perché la possessività delle sue parole mi spaventava. Ma lui continuò. «Non va bene per lei».

Guardai di nuovo verso di lei, vedendola come non ero mai riuscita a fare prima. Le coppie la circondavano, innamorate, e nonostante avesse Will a cui appoggiarsi, non l'avevo mai vista così persa.

«E io non vado bene per te e tu non vai bene per te stesso», continuai, «e Damon non va bene per il mondo e Martin non va bene per me...» Girai la maniglia, attraversando le carrozze. «Questo è il mondo, Will». Non si potevano chiudere fuori tutte le persone che ci deludevano. Per alcune di loro valeva ancora la pena di lottare.

Entrai nella carrozza bar con tutti gli occhi che si voltarono verso di me non appena vi misi piede, con Will che mi seguiva. «Dovremmo tornare indietro», dissi a tutti. «Tornare a Blackchurch».

«Cosa?», sputò fuori Kai.

Michael mi rivolse uno sguardo di rimprovero. «Prego?».

La porta si richiuse e io cercai di creare un contatto visivo con tutti loro. «Dovremmo tornare là e recuperare quelli che abbiamo lasciato indietro».

«Non possiamo tornare», disse Michael.

«Possiamo», annuii. «La locomotiva va anche all'indietro».

Lui alzò gli occhi al cielo, la moglie di Kai scese dal suo grembo e lui si mise in piedi. «Una squadra della sicurezza sarà già lì. Tornare metterebbe in pericolo Will».

«Prima di tutto, Aydin e Taylor sono una questione che abbiamo lasciato in sospeso», dissi loro. «Avete salvato Will con la convinzione che agli altri prigionieri non sarebbe importato. Invece sì, ve lo assicuro. E, seconda cosa, Taylor Dinescu può andare a farsi fottere, ma Aydin sarebbe un utile alleato. Abbiamo bisogno di lui».

«Tu hai bisogno di lui», ribatté Alex. «Aydin Khadir non ci merita. È questa la differenza tra te e me, Em. Io posso sacrificare quello che voglio per il bene degli altri».

«E cosa pensi che abbia fatto io?», controbattei.

Volevo Will più di quanto avessi mai voluto ogni altra cosa.

Solo non avevo voluto renderlo partecipe dello schifo che era la mia vita. Mi vergognavo. E avevo dovuto proteggere mia nonna. Avevo dovuto fare un cazzo di sacrificio.

Sostenni lo sguardo di Alex, percependo nei suoi occhi verdi il dolore che avevo sempre provato nei miei. Lei pensava che fosse facile per me, perché era una cosa facile da credere.

Ma in fondo lo sapeva.

Strinse le labbra e notai che cercava di deglutire, ma non ci riusciva. Dopo un momento, mandò giù il resto del suo drink e si girò sulla poltroncina guardando Michael ed Erika e posando il bicchiere vuoto sul tavolo. «Ti ricordi quel party in piscina a cui Michael e i ragazzi ti hanno portata quando ti eri appena trasferita a Delcour?».

Erika annuì, saltando giù dallo sgabello e andandosi a sedere sulla poltroncina accanto ad Alex.

«Aydin era lì quella sera», disse Alex. «Era andato a Yale con uno dei compagni di squadra di Michael e non ci vedevamo da molto tempo». Si fermò e io riuscii quasi a vedere quel ricordo rivivere dietro i suoi occhi. «Più bevevo, più lo odiavo e più diventavo audace».

Perché lo odiava? A Blackchurch avevo sentito solo pezzi di quella storia. Lui la voleva. Lo negava, a causa delle pressioni della sua famiglia. Lei sopravviveva senza di lui.

Alex guardò verso di me. «Ero in stanza con la sua ragazza al college, capisci?», mi disse. «Una notte ci siamo divertite un po' mentre lui ci guardava su Skype. È così che ci siamo conosciuti».

Divertirsi? Non riuscivo a immaginarlo. Non riuscivo a immaginare Aydin al college. A vivere la gioventù come un vero essere umano.

Ma riuscivo a immaginarmi lei. Che lo intratteneva. Che lo stuzzicava.

«Avresti dovuto vedere i suoi occhi». Alex chiuse i suoi per un momento mentre tutti ascoltavano. «Era come se stesse soffrendo o qualcosa del genere. Riuscivo quasi a sentire il suo respiro e il calore delle sue braccia». Aprì gli occhi, persa nei suoi pensieri. «E poi, qualche notte dopo, mi volle per sé, ma quando venne il momento, non ci riuscì e scelse lei».

Rimasi al mio posto mentre Will sprofondava sul divanetto alla mia destra.

Alex alzò le spalle. «Non fu un problema. Sapevo che lui non era mio. Non era un mio diritto».

Posando il bicchiere, sospirò e continuò, guardando Erika. «La notte del party in piscina, avevo sentito che non stavano più insieme e quando notai che, dall'altra parte della stanza, non riusciva a smettere di guardarmi, mi sentii forte», disse. «Ma non volevo che vincesse. Non ero un cagnolino seduto lì in attesa di attenzioni».

«Cosa hai fatto?», chiesi.

Ma fu di Will la voce che sentii dopo. «Hai lasciato che ti togliessi il top nella piscina».

Un altro uomo che le toglieva il top davanti a lui…

«E lui stava guardando», dissi.

Alex sollevò il mento, l'orgoglio copriva il dolore di qualche momento prima. «La vita va avanti», disse, «e il mio letto non era freddo.

Volevo che sapesse che non contava niente per me e che non mi vergognavo di nulla. Lui non esisteva».

E Aydin non poteva guardarla, ma non voleva più nemmeno la sua fidanzata. Fu mandato a Blackchurch per questo.

Lei fissò Will. «Tutti mi guardavano. Le tue mani su di me».

«E poi in piscina tutti si spogliarono», continuò Will.

Lo sguardo di Alex vagò. «E lui mi vide che ti guardavo, poi guardò te e vide che mi guardavi. Capì di aver perso».

«E tu cosa avevi vinto?», chiesi.

Credetemi, ne sapevo qualcosa del restare sulle proprie posizioni e non lasciarsi mettere i piedi in testa da nessuno, ma lei si era nascosta dietro Will per allontanare la solitudine e la disperazione.

Perché quando si concedevano vicendevolmente i propri vizi si sentivano accettati, e non dovevano affrontare la strada più ardua che avevano davanti.

Quella strada era inevitabile.

«Non tutti nascono sapendo che il loro percorso sarà lineare, Alex», sputai fuori. «Tu e Will siete uguali. Ve ne state seduti lì, sul vostro alto cavallo, a predicare "l'amore vince sempre" e stronzate del genere, e vi rifiutate di capire che a noi altri si possono presentare scelte impossibili, ma non significa che non siamo capaci di provare amore».

Il tono della mia voce si fece sempre più forte e mi guardai intorno per poi tornare su Alex.

«Fa schifo? Sì!», urlai, sentendo gli occhi di Will su di me. «Ma lo capite? So che lo capite. A volte buttarsi nell'incertezza è un rischio maggiore del restare con ciò che ci è familiare. Ci vuole tempo per sviluppare questo coraggio. Mi seguite?».

Tutti loro potevano fare quello che volevano, ai tempi della scuola superiore e anche adesso, a Thunder Bay, ad anni di distanza, perché Damon aveva ragione. Il ruolo del cattivo era solo una questione di prospettiva. Era facilissimo per loro giudicarmi, perché nelle rare occasioni in cui non erano loro a fare cazzate, ma anzi si trattava di qualcuno che non faceva parte di quella cerchia, allora venivano colti da questi eccelsi attacchi di bigottismo.

«Siete così ipocriti», ringhiai, guardandomi intorno nella stanza. «Tutti voi».

Mi sfogai e diedi un calcio al tavolo così forte che il vaso sopra si rovesciò. Alex si tese, un fuoco le si accese negli occhi.

Will restava immobile, freddo come il ghiaccio.

«Non siete abbastanza per me», dissi loro e mi voltai, diretta fuori dalla stanza.

Ma poi sentii la poltroncina cigolare e la voce di Alex dietro di me. «Voglio la mia camicia», esclamò. «Adesso».

Mi voltai, vedendola in piedi che mi sfidava con la mano tesa.

«E le mie scarpe da ginnastica», disse.
«Fottiti, Alex Palmer!», urlai, mostrandole entrambi i medi.
Lei scattò verso di me, ma proprio allora le luci si spensero, il treno sbandò e le rotaie sotto di noi stridettero e io volai contro la parete, per poi ricadere col culo per terra.
Trasalii. Ma che cazzo…
La luce della luna gettava un leggero bagliore nella carrozza e vidi Will muoversi sul suo sedile. Alex volò in avanti, cadendo a quattro zampe davanti a me. Uno dei ragazzi imprecò, una donna urlò.
Mi sfuggì un sospiro e mi guardai intorno nello scompartimento buio, intravidi Will seduto che si raddrizzava e Michael che scattava in piedi e prendeva il cellulare.
«Cos'è stato?», scattò Kai.
«State tutti bene?», chiese Erika.
Il treno si era fermato; io avevo alzato lo sguardo, trovando gli occhi di Alex nell'oscurità che mi guardavano come se volesse uccidermi.
Proprio lì, nel buio, mentre tutti erano distratti.
Il corpo di Will, anche se a tre metri di distanza, mi scaldava la pelle. Sentendo i suoi occhi improvvisamente su di noi, il mio cuore mi batté così forte nel petto che riuscii a sentirlo perfino nelle orecchie.
«Che succede?», chiese Michael.
Doveva essere al telefono, ma non distolsi lo sguardo da Alex.
«Okay, ci penso io», sentii Michael dire in lontananza. «Sì, stiamo tutti bene. Manda qualcuno a controllare il resto delle carrozze. Grazie».
Lo scollo a V della maglietta grigia di Alex era ben aperto di fronte a me, e mi permetteva di vedere il tunnel in mezzo ai suoi seni. Affondai le unghie nel tappeto.
«È scattato il freno di emergenza. Andavamo troppo veloci. Non ci vorrà molto per far attivare l'interruttore alla stazione di smistamento e ripartire».
Ma nessuno gli rispose. Qualcosa mi tirò e mi voltai, vedendo Will appoggiato allo schienale, le braccia sul retro del divanetto e gli occhi fissi su di me.
Alex mi prese il piede e io trasalii, voltando gli occhi verso di lei.
Lei mi fissava e lentamente… fece scivolare l'altra mano su per la mia caviglia, mi prese la gamba e mi sfilò la scarpa.
Un calore mi percorse le vene.
L'occhio del ciclone. L'occhio del ciclone.
Inspirai ed espirai delicatamente, calmando il mio respiro mentre mi poggiavo sulle mani e le lasciavo prendere l'altra mia gamba, sollevarla e sfilarmi l'altra scarpa.
La pioggia colpiva i finestrini e fuori, sotto la coperta della notte, la foresta era silenziosa; Michael accese una candela, tutti nella stanza fermi sullo sfondo mentre i peli sul mio corpo si rizzavano.

Erano tutti in silenzio.
Lì.
Riempiendo la stanza.
Guardandoci.
Alex mi strinse la caviglia.
«Non voglio lottare», mormorai.
Ma lei ribatté: «Voglio comunque la mia camicia».
Will non si mosse, ma lo sentii prendere fiato.
I battiti del mio cuore accelerarono e sentii i suoi occhi su di me e un calore divampare tra le mie gambe.
Non riuscivo a pensare a niente.
Né alla paura. Né al dubbio. Solo a quel momento.
Del poco che avevo con me, non c'era niente che ci tenessi a non perdere.
Lentamente mi alzai da terra, Alex mi imitò, ma non volli scappare.
Mi sbottonai la camicia.
«Pensi sia morto?», sussurrò Alex, accorciando la distanza tra noi.
«No». Muovevo le mani verso il basso, sganciando bottone dopo bottone. «Sai che non è morto».
Aydin aveva distrutto la sua vita per lei. Aveva uno scopo preciso, era troppo determinato per morire così.
Sfilandomi la camicia dalle spalle, gliela porsi e lei la prese, lasciandola poi immediatamente cadere per terra.
«Quello è il mio corsetto preferito», mi disse senza perdere il contatto visivo.
Deglutii, con lo stomaco che mi sprofondava. Riuscivo a sentire sei paia d'occhi sulla pelle nuda delle mie braccia e del petto.
Con lo sguardo fisso su di lei, cominciai a slacciarmi i gancetti, pensando a lei a petto nudo a quella festa e sentendomi in quel momento di fronte a Will come lei doveva essersi sentita quella notte in piscina di fronte ad Aydin.
Con gli altri che guardavano. Lì, senza tirarsi indietro.
Se questo l'aveva fatta sentire più forte davanti ai suoi amici, potevo farcela anch'io.
Per vedere fino a dove voleva arrivare.
Lei abbassò la testa e i suoi capelli mi accarezzarono lo zigomo mentre faceva scorrere le nocche sul pizzo in corrispondenza del mio stomaco. «Ti sta bene».
Slacciai l'ultimo gancetto. «Mi ci sento bene».
Esitando solo un attimo, forse chiedendomi se qualcuno mi avrebbe fermata, lo sguardo infuocato di Will intanto mi ricopriva la pelle; io aprii il corsetto, denudandomi, e me lo sfilai, sostenendo lo sguardo di Alex e porgendole il suo indumento.
Ma lei non lo prese. «E i miei pantaloni?», mi ordinò dopo.

L'aria mi pungeva sui capezzoli e la mia testa vagò. Michael Crist, Kai Mori, Erika Fane, Will Grayson mi stavano tutti guardando e…

Nove anni prima non avrei dato loro questo piacere. Ma in quel momento, il piacere era mio.

Potevano fottersi. Sapevo che tra me e Alex sarebbe successo.

Mi sbottonai i jeans e lei scivolò giù lungo il mio corpo, tirandosi i pantaloni a sé. Io respiravo a fatica e chiusi gli occhi mentre lei mi aiutava a sfilarli del tutto, poi, si alzò di nuovo e io la tirai a me, per gravitare sulla sua bocca, facendo scivolare le dita lungo l'orlo dei suoi pantaloncini a righe.

«Ah, è questo che pensi?», mi stuzzicò.

«Sì, è questo che penso».

Spinsi le dita giù per le sue gambe e poi le sollevai la maglietta.

Lei mi guardò negli occhi, ma prima che potesse preoccuparsi per me o per quello in cui mi stavo cacciando, gliela sfilai dalla testa e tirai il suo corpo contro il mio.

«Sì», sussurrai sulla sua bocca mentre con una mano le accarezzavo il viso, il collo e poi di nuovo la mascella, stringendola.

Chiudendo l'altra mano sulla sua nuca, le baciai la punta del naso e poi la fronte, quindi feci scorrere le labbra giù per le guance, assaggiando la sua pelle, morbida e dolce, e infine mi riempii lo stomaco di quel desiderio, che sapevo di non poter dominare.

Ficcai le dita dentro di lei, le mostrai i denti, ed entrambe ansimammo. Mugolò: «Emmy».

Ma io non volevo smettere. Affondai la bocca nella sua, coprendole le labbra e baciandola duramente, a fondo. I miei capezzoli si premettero contro i suoi e qualsiasi protesta morì sulla sua lingua, che intanto assaggiava la mia mandandomi, con il suo tocco dannatamente bagnato, una scarica elettrica lungo la pelle.

Volevo aprire gli occhi e guardare. Cogliere lo sguardo negli occhi di Will e sapere che stava viaggiando con me, in quel momento, ma al contempo sapere che mi stava guardando era già abbastanza.

Le mordicchiai il labbro inferiore, stringendolo tra i denti e poi le rigirai quello superiore con la lingua, incapace di smettere di baciarla.

Prendendole le mani, la forzai contro di me, mi calai gli slip e strappai i suoi. Entrambe nude, la tirai ancora una volta a me, con quasi ogni centimetro del suo corpo che toccava il mio e non riuscivo più a pensare.

Prendendo aria, lasciai ricadere la testa all'indietro e chiusi gli occhi, sentendo meglio la sua bocca sfiorarmi il collo e scendere sul mio petto.

Le strinsi la testa contro di me. *Dio, quanto lo voglio.* Volevo tutto. Volevo che Will mi vedesse come lo avevo visto io in quella sala da wrestling e che sapesse che volevo provare ogni cazzo di emozione.

Lui mi faceva sentire al sicuro, indipendentemente da quanto in alto fossimo, ecco perché non avevo mai paura di precipitare quando ero al suo fianco.

«Sei sicura?», mi chiese lei.

Abbassai di nuovo la testa, accarezzandole il viso mentre il suo respiro mi colpiva le labbra.

Aprii la bocca, ma prima che potessi dirle di continuare, sentii qualcun altro.

«Non fermarti», sussurrò una voce.

La bocca mi si seccò e il corpo mi pulsava di desiderio. Guardai oltre la sua spalla e vidi la moglie di Kai seduta per terra tra le gambe del marito, che ci fissava col fiato corto. Lui teso in avanti, con la mano sul suo collo e il pollice che le accarezzava la mascella. Entrambi ci stavano guardando.

Michael teneva Erika in grembo, lei poggiata con la schiena su di lui e anche i loro sguardi erano fissi su di noi. La mano di lui si era insinuata nella camicetta di lei.

E fu la fine. Ogni briciolo di esitazione o dubbio svanì completamente da me. Anch'io avrei voluto vedermi.

«Emmy...», cominciò Alex.

Ma io la agguantai per il retro del collo e la avvicinai, naso contro naso, fissandole la bocca e poi abbassando una mano, pronta a massaggiarle la fica.

Lei mugolò. «Emmy, dovremmo...»

«Non parlare», ringhiai contro le sue labbra. «Ti voglio».

Lei tremò sotto il mio tocco, con le lacrime che le riempivano gli occhi, e io la spinsi sul divanetto. Lei cadde di schiena, con i capelli castani che si sparsero sulla fodera mentre salivo su di lei, accarezzandole con le dita la fica e godendo della sua fottutissima morbidezza.

Lei si contorse, prendendomi la mano ma non scostandola, e sentii dei movimenti nella stanza. Respiri affannati e gemiti che venivano da qualche parte.

Mi trattenni dal guardare Will, non volendo che i nervi prendessero il sopravvento su di me, mentre le mani mie e di Alex vagavano ovunque. Le sue scivolavano lungo il mio corpo e le mie le accarezzavano la faccia; ero completamente su di lei e la baciavo sulle labbra.

I miei seni si sfregavano contro i suoi e la carne dura dei suoi capezzoli mi mandò brividi lungo la schiena, intanto continuai con i miei tocchi leggeri tra le sue calde cosce.

«Sto per leccarti», le dissi, muovendo le dita dentro di lei e stuzzicandole il clitoride.

Lei tremò. «No».

«Invece sì». Le presi il retro del collo e ruotai i fianchi contro di lei. Troppo calore e troppo sudore per resistere. «Apri, Alex. Apri le gambe per me».

La baciai, strofinandomi contro di lei, e i nostri gemiti si mischiarono a quelli degli altri nella stanza. Il suo fiato e la sua lingua mi scaldavano la bocca, così tanto che ero quasi sul punto di implorarle di farlo. Volevo succhiarla da morire.

Lei restò immobile per qualche attimo e poi... Le sue cosce si aprirono e io sorrisi, inarcando la schiena mentre lei si tirava su e mi stringeva un capezzolo tra i denti.

«Will?», ansimai, tenendo gli occhi chiusi mentre lei succhiava. «Voglio essere in uno dei tuoi video».

Mettermi in gioco come facevano loro, senza poter tornare indietro.

Alex gemette. «Sei sicura?», mi provocò. «Vuoi un video di te che mi scopi?».

Dio, sì. Abbassai la testa, catturando le sue labbra, con il suo sapore che mi infuocava il sangue.

Ma poi Will parlò. «Il treno ha già le sue telecamere, piccola», disse con voce esausta. «In alto a destra, dietro di te».

Guardai oltre la mia spalla, vedendo la piccola telecamera di sicurezza sul soffitto, con il bagliore della candela che si rifletteva nella lente. Stava già registrando tutto.

Alex mi leccò su per il collo, stuzzicandomi poi la bocca. «Leccami adesso».

Sì, signora.

Sorridendo, mi abbassai per un ultimo bacio, profondo e buonissimo, prima di spingerla giù sul divanetto e scendere piano lungo il suo bellissimo corpo.

Le baciai il seno, assaggiando la sua pelle con la lingua e succhiando quella carne soffice. Mi spostai sull'altro, e le massaggiai i fianchi, poi catturai il suo capezzolo tra i denti, morsi e succhiai.

Scivolando più giù, lei indietreggiò un po' per me, poggiandosi contro il divanetto mentre io mi stendevo sullo stomaco, piegavo le ginocchia, incrociavo le caviglie e alzavo i piedi all'indietro, posizionando la testa tra le sue gambe.

Esitando solo un attimo per dare un'occhiata, notai la moglie di Kai che si era spostata sul grembo del marito, in posizione *reverse cowgirl*, con una mano di lui negli slip di lei e tutti gli altri vestiti erano spariti. Lei non distoglieva lo sguardo da noi. Michael ed Erika si erano spostati, lei col sedere su uno sgabello mentre lui era tra le sue gambe, entrambi ci guardavano e lui le abbassava lentamente gli slip sulle cosce.

Will non si era mosso. Le braccia ancora poggiate sul retro del divanetto e il viso nascosto nell'ombra.

Fanculo. Fanculo tutto.

Feci scivolare la lingua sulla sua setosa fessura, sentendo la morbida, flessibile pelle della sua fica e, anche se volevo divorare ogni parte di lei, volevo anche che tutto ciò durasse per sempre. Volevo gustarmela lentamente.

Risucchiai il suo clitoride nella bocca, sentendone la piccola protuberanza indurirsi e accalorarsi. La mordicchiai ai lati, infilando le mani sotto le sue cosce e stringendola mentre la scuotevo con la lingua ancora e ancora, facendo con lei le stesse cose che mi piaceva che Will facesse a me.

Con avidità la risucchiai nella mia bocca, baciando alla francese la sua fica calda, mentre sentivo il mio stesso clitoride trillare come una maledetta campana.

Dio, quant'ero bagnata.

Mi abbassai, affondando i denti nella sua coscia, baciando e mordendo ogni posto che riuscivo a raggiungere.

«Emmy», urlò, intrecciando le dita tra i miei capelli e sfregandosi contro la mia bocca.

Alzai lo sguardo verso di lei, con le tette che facevano su e giù mentre mi scopava la faccia, e tenni duro, sentendo il suo corpo tremare: era il suo orgasmo che montava.

Del sudore brillava sulla sua fronte e tra i suoi seni, e la mia testa affondò, leggera e calda.

Tutto era caldo. Un pezzo di stoffa si strappò da qualche parte e sentii un urlo e un gemito, sorrisi, affondando di nuovo per succhiarla così forte che mi prese i capelli tra i pugni e ricacciò la testa all'indietro, lanciando un lieve e sensuale gemito.

«Ah!». Tremò e ansimò, venendo sulla mia lingua, e lo adorai. Dio, lo adoravo.

Avevo un cuore. *Potevo buttarmi e provare emozioni.* Ora lo sapevo.

Ero libera.

E ora era il mio turno. Risalendo, la leccai via dalle mie labbra e le sollevai una gamba, facendo scivolare la mia destra sotto, quindi misi il mio piede sinistro accanto al suo fianco. Tenendole la gamba con una mano e mettendo l'altra dietro per sostenermi, cominciai a sfregare la mia fica contro la sua, muovendomi su di lei veloce e animalesca, rincorrendo quel desiderio che conservavo in me.

«Oh, cazzo», sentii Kai ringhiare.

Mi sporsi all'indietro, roteando i fianchi e voltandomi giusto un pelo da un lato, in modo da poterla sentire tutta mentre i miei seni dondolavano seguendo il resto dei movimenti.

Guardai verso Kai e sua moglie, lei con gli occhi chiusi e la schiena contro il petto di lui, e lui con le dita dentro di lei mentre lei si inarcava all'indietro, cingendole il collo con il braccio.

Lui le morse l'orecchio e lei si voltò, affondando la bocca nella sua.

Erika era nuda di fronte a me, con le dita aggrappate allo sgabello mentre Michael le divorava il collo e da dietro scivolava dentro di lei.
Lasciai ricadere la testa all'indietro mentre io e Alex ci sforbiciavamo, la mia fica diventava sempre più bagnata mentre muovevo i fianchi ancora e ancora, sfregandomi sempre più forte su di lei.
Riprendendosi dall'orgasmo, mi strinse la coscia e cominciò a muoversi con me, seguendo il mio ritmo e io mi guardai intorno vedendo Will che continuava a osservarci, il pesante sollevarsi del suo petto era l'unico segno che fosse ancora vivo.
«Ti guarda come Aydin guardava me», disse Alex piano.
Le strinsi il seno, possessiva e famelica. «Questo non è per lui», sussurrai.
Riguardava solo noi. Lei sapeva che l'avevo vista e io sapevo che in me c'era qualcosa che non conoscevo ancora. Che potevo spingermi a un altro limite.
Ero più di quanto pensassi.
«Ah, Emmy», gemette mentre il nostro ritmo accelerava. «La tua fica è così calda. Scopami».
«Sì», mugolai.
Le mie tette tremavano e i miei capelli mi solleticavano la schiena mentre scopavo la sua fica e lasciavo che dei gemiti mi sfuggissero a mano a mano che arrivavano.
«Oh, Dio», ringhiò Michael.
Tutti ci guardavano, gli occhi di Michael ed Erika concentrati, e Kai e sua moglie respiravano a fatica, penetrandoci con lo sguardo mentre lui la penetrava con le dita.
«Sto per venire di nuovo», disse Alex.
Scossi la testa. «Non ancora».
«Oh, Dio». Chiuse gli occhi. «Più forte».
Mossi i fianchi più velocemente, il suo clitoride che si sfregava contro il mio facendomi correre il sangue tra le gambe; rilasciai un altro urlo, incapace di contenere il mio piacere.
«Cazzo, cazzo...», urlai.
«Emmy!».
«Non venire!», le ordinai, facendo dei cerchi dentro di lei e sentendo il suo calore mescolarsi al mio. «Voglio di più. Non ho ancora finito con te. Non ho finito».
Volevo venire per tutta la notte.
Ma c'eravamo già. Il corpo di Alex si irrigidì, ogni muscolo si tese e una goccia di sudore mi cadde lungo la schiena mentre il mio orgasmo esplodeva e un fulmine mi percorreva il corpo.
Urlai fortissimo, non mi importava se tutto il dannato treno mi avrebbe sentito. Dei tremori mi scossero il corpo e rallentai, ciocche di ca-

pelli sulla faccia, la pelle umida e un'ondata di soddisfazione che mi invadeva il corpo.

Dio, quanto era stato sexy. «Merda», mormorai.

«Non sono durato molto», sentii Michael dire. «Scusa, tesoro».

Erika ridacchiò, senza fiato. «Va tutto bene. Sono venuta». E poi dei suoni di baci. «Ti amo». «Ti amo anch'io», disse lui.

Aprendo gli occhi, abbassai lo sguardo su Alex, il suo stomaco saliva e scendeva facendo respiri profondi e mi chinai, poggiando la fronte sul suo petto.

Lei mi fece scorrere le mani sulla schiena, stringendomi.

Dopo un momento, la moglie di Kai venne, gemendo nell'oscurità della carrozza, e io sorrisi quasi, ma non ne avevo la forza.

Non avrei mai immaginato che avrei fatto qualcosa del genere, eppure non ne ero imbarazzata. Neanche un po'. Loro ci avevano seguito e ci eravamo spinti tutti oltre il limite.

Stavo per alzarmi e guardare Will ma, proprio in quel momento, qualcosa scivolò intorno al mio collo e fui tirata su, con un'irritante corda che mi stringeva la pelle.

Will mi premette contro il suo corpo e io inclinai la testa all'indietro, alzando lo sguardo su di lui, mentre lui si sporgeva, sfregando le labbra contro il mio orecchio.

«Non metterti troppo comoda», mi sussurrò con voce roca. «Non hai ancora lasciato la tua prigione».

Mi prese un seno, stringendolo come fosse di sua proprietà, e dei brividi mi percorsero il corpo mentre il treno cominciava a muoversi sotto di noi.

Il suo caldo respiro mi invase l'orecchio. «È ora che tu veda le catacombe».

Un fremito mi percorse la spina dorsale e i miei capezzoli si inturgidirono, mi voltai per guardarlo. «Non voglio più crescere», gli dissi. «Riportami a Thunder Bay».

Riportami all'Isola che non c'è.

Sono pronta.

Capitolo 35

Will

Presente

«Ti opporrai?», le dissi mentre David la guidava giù dal treno.

Lei fece una smorfia, con la corda che la notte prima le avevo messo al collo legata ora ai polsi. «Non smetterò mai», mi provocò. «Te lo prometto».

Un sorriso minacciò di comparire sulle mie labbra e feci un cenno col mento a David affinché la portasse via prima che potesse vedere quanto potere esercitasse ancora su di me.

La notte prima era stata assurda. Cosa mi stava facendo?

Era incredibile. Vederla così, viva come se fosse nella serra. D'un tratto mi accorsi che mi raccontavo un sacco di bugie per sentirmi meglio, tipo che l'avevo persa per sempre, in tutti quegli anni. Era tutto completamente falso.

Lei stava bene con noi.

Era nata per stare con noi.

Cosa non farebbero le persone se si sentissero abbastanza al sicuro da potersi lanciare a capofitto? Lei lo faceva. Non ne aveva bisogno, ma la parte migliore era che non credevo che lei ci pensasse affatto. Semplicemente, si lasciava andare.

Volevo così tanto avvolgere il mio corpo intorno al suo che mi trattenevo, perché sapevo che le avrei succhiato fuori la vita, tanto la desideravo. La sera prima, mentre le osservavo, il mio cazzo era diventato durissimo.

E Alex… Il modo in cui Emmy aveva preso il controllo su di lei era ancora di più una sorpresa, perché sapevo che Alex non ci era abituata. Era stato bellissimo vederla dominata, sedotta e controllata, in modo che potesse semplicemente godersela anziché sentire il peso di dover dare piacere agli altri, quando era decisamente ora che toccasse anche a lei.

Per fortuna, Emmy non sembrava ancora essersi risvegliata, anche se la notte era passata da ore. L'incantesimo non si era spezzato ed era ancora… divina.

Arrivammo a Thunder Bay verso le otto della mattina. Lev e David avevano l'ordine di portare Emmy a St. Killian e attraversarono i binari, seguiti da Misha e dalle ragazze. Gli altri restarono indietro con me, nella carrozza che si svuotava.

Notai un corriere fuori e aprii bocca per dire ai ragazzi che li avrei rivisti dopo poco, ma poi all'improvviso un pugno mi arrivò nello stomaco e mi piegai, a malapena notando Damon che si muoveva verso Kai e poi verso Michael. Sferrò un pugno sulla mascella di Kai e ne piantò un altro dal basso dritto nello stomaco di Michael.

«Ah!», ringhiò Michael mentre io trasalivo.

«Amico, che cazzo!», sbraitò Kai, massaggiandosi la faccia.

Alzai gli occhi su Damon, il dolore negli addominali come un nodo che si stringeva sempre di più.

Lui fece un respiro profondo, sistemandosi i risvolti della giacca del completo. «Preferirei non sorprendere più le mie sorelle in uno strambo, ebbro festino sessuale», affermò. «Intesi?».

Non attese una risposta. Voltandosi a labbra serrate, scese a passi pesanti dal treno mentre il resto di noi cercava di raddrizzarsi di nuovo.

Merda. Aveva visto tutto? Cazzo.

«Dimentico sempre che quelle due sono sue sorelle», disse Michael, massaggiandosi lo stomaco.

Kai cominciò a ridere, scuotendo la testa. «Merda...».

Tutti cominciammo a ridere, l'immagine di lui che si avvicinava e prontamente poi usciva si riproduceva a ripetizione nella mia testa. Come avevamo fatto a non vederlo?

Povero Damon.

Allungai una mano verso Kai. «Dammi le tue chiavi», gli dissi. «Vai con Michael. Io ho un paio di cose da sbrigare».

Lui annuì e fece cadere le sue chiavi nel mio palmo, prendendomi dietro il collo e abbracciandomi. «Benvenuto a casa», disse e lasciò il treno.

Era bello essere a casa. *Credo.*

«Porta Emory con te», dissi a Michael. «Rinchiudila di sotto. Tornerò presto».

«Okay».

Micah, Rory e io scendemmo dal treno e io presi la busta dal corriere, senza fermarmi neanche per un attimo mentre aprivo il pacchetto e ne estraevo un cellulare. Accendendolo, pigiai i pulsanti, col pollice sui numeri, ma...

Non ero pronto. Non volevo ancora affrontare il mondo e non sapevo bene cosa avrei detto ai miei genitori.

O a mio nonno, ai miei fratelli o agli altri amici...

Un passo alla volta...

Premendo il telecomando, vidi accendersi le luci posteriori di una

Porsche Panamera nera e tutti e tre vi salimmo, il mio corpo rabbrividì al contatto con l'auto.

Dio, era passato così tanto tempo. I sedili di pelle affondarono sotto il mio peso e annusai l'odore di veicolo nuovo, con un'euforia istantanea che mi calmava i neuroni.

Cazzo, che bella sensazione.

Messa in moto, colpii la frizione e alzai il volume della radio mentre una canzone nuova dei Thousand Foot Krutch cominciava a suonare, poi inserii la retromarcia, dando gas.

Uscimmo dal parcheggio, con la velocità e la musica che salivano mentre Rory faceva ricadere la testa all'indietro e chiudeva gli occhi, lasciandosi andare a un sospiro per la prima volta da quando lo avevo conosciuto. Micah era seduto accanto a me sul sedile del passeggero, con la testa inclinata fuori dal finestrino aperto, sorridendo e insieme sospirando, mentre il vento gli soffiava in faccia.

Quanto ci erano mancati quei piccoli piaceri: vento e libertà.

Ora mi serviva solo un cheeseburger decente e sarei stato davvero a casa.

Corremmo verso il paese, superammo il Cove, Cold Point e attraversammo i vari quartieri, dove un cartello "In vendita" era piantato nel prato della vecchia casa di Emmy. Il cortile era un disastro e sapevo che Martin Scott passava più tempo a Meridian City, vista la sua scalata nel servizio pubblico, ma diedi comunque una seconda occhiata, non aspettandomi di trovarla così. Emmy sapeva che la sua casa era in vendita?

Da quanto era sul mercato? Era una grande casa in un piccolo quartiere molto caratteristico. Ci sarebbe stato presto qualcuno interessato, se non c'era già.

Voltando a destra, superammo il paese e la cattedrale, poi girammo a sinistra verso le colline e oltre la mia vecchia scuola superiore mentre arrivavamo a casa dei miei genitori.

Avrei quasi voluto poter rimandare la cosa ancora un po', specialmente visto che non sarei uscito da lì facilmente con mia mamma, che si sarebbe lagnata di quanto fosse stata preoccupata, e mio padre, che mi avrebbe fatto il terzo grado su ogni minimo dettaglio finché non fosse stato soddisfatto. Ma se avessero scoperto che ero in città e non ero tornato alla base, sarebbe stato infinitamente peggio.

Non sapevo perché avessi portato Micah e Rory con me. Forse volevo che vedessero la mia vita lì. O forse mi aveva infastidito che avessero preso le sue parti il giorno prima e volevo anch'io del tempo con loro. Avevo lavorato troppo e troppo a lungo su di loro per perderli per colpa della mia piccola usurpatrice.

Tuttavia, un po' apprezzavo la loro lealtà verso di lei. Sarebbe potuta tornare utile.

Uscendo dall'auto, salimmo i gradini di casa mia. Tutto sembrava esattamente identico a come lo avevo lasciato più di un anno prima. Non avevo idea di dove fossero le mie chiavi e i miei vestiti a quel punto, ma immaginavo che gli altri avessero tenuto il mio appartamento a Delcour, per cui avrei dovuto avere una buona scorta di cose lì.

Girai la maniglia, la porta si aprì immediatamente ed entrando annusai il profumo dei fiori freschi che mia madre teneva sempre in casa.

L'ingresso era grande e in bianco, come a Blackchurch, ma mia mamma era un'arredatrice di gran lunga migliore. Tutto era leggero e arieggiato. Sorrisi mentre i ragazzi mi seguivano, guardandosi intorno.

«Sì?», sentii la voce di Meredith. «Chi è?».

La governante girò l'angolo, asciugandosi le mani su uno strofinaccio con i capelli tirati indietro in una coda così stretta che le sopracciglia quasi le arrivavano all'attaccatura dei capelli.

Sorrise, vedendomi. «Will!».

«Ehi». Mi avvicinai, dandole buffetto sulla guancia. «Qualcuno dei miei è a casa?».

Non volevo darle l'occasione di farmi domande.

Scosse la testa. «No. I tuoi genitori questa settimana sono in California per lavoro e non c'è nessun altro qui. Devo chiamare il signore e la signora Grayson?»

«No», mi affrettai a dire.

In realtà era perfetto. Non li avevo trovati, ma avevo questioni più urgenti che sarebbe stato meglio affrontare con loro fuori dai piedi.

«Farò loro una sorpresa», le dissi.

Lei guardò Micah e Rory e riuscivo a vedere che avrebbe voluto aggiungere altro, ma sapeva che non era un buon momento per chiacchierare. «Be', è bello rivederti».

«Sì, anche per me».

«Vuoi qualcosa da mangiare?»

«No», mentii, ricordandomi quanto adoravo i suoi intingoli a colazione. «Ma tornerò nei prossimi giorni. Fa' solo sapere ai miei genitori, quando torneranno, che sono in città e non ho intenzione di andarmene».

Sorrise. «Bene. Tua mamma ha bisogno del suo compagno di spinning».

Ringhiai tra me e me prima che lei mi facesse l'occhiolino e se ne andasse.

«Compagno di spinning?», ripeté Rory.

«Sta' zitto».

Micah rise fragorosamente e io alzai gli occhi al cielo.

Mi guardai intorno, con l'intenzione di andare in camera mia a prendere delle cose, ma non sentendomi in quel momento pronto a farlo.

«Ti servono vestiti o altro?», chiese Micah.

Non risposi. Camminai verso il tavolino accanto alla parete, invece, e aprii un cassetto, tirando fuori delle chiavi.

Le lanciai a Micah. «Prendete l'Audi e seguitemi».

Lasciammo la casa e loro montarono sull'auto di mio padre mentre io salivo su quella di Kai, tutti lanciandoci verso il paese e scivolando nei posti lungo il marciapiede di fronte al cinema. Avevo qualcosa da dare loro e altre faccende da sbrigare, ma non appena afferrai la busta e uscii dalla Porsche, alzai lo sguardo e vidi qualcosa di nuovo in lontananza.

Cosa...?

Le foglie frusciavano sugli alberi, il profumo di pizza che si spandeva da Sticks mi colpì, qualcuno mi notò e urlò «O Dio. Will! Sei tornato!». Non osai neanche guardare chi fosse.

Tenni gli occhi sulla sommità della collinetta, al centro del parco, nel mezzo del paese.

Da dove diavolo era saltato fuori?

Camminammo lungo la strada, con i ragazzi che mi seguivano nel parco e su per il pendio, il cuore che mi batteva forte mentre osservavo l'enorme, bellissimo gazebo in ferro battuto al posto di quello che avevo bruciato.

Come se fosse stato sempre lì. E quello di Emmy non ci fosse mai stato.

Dopo l'incendio, la città aveva ripulito i detriti, e quando un paio d'anni dopo ero uscito di prigione, costantemente evitavo il vuoto che incombeva alla mia sinistra, ogni volta che andavo da Sticks o al cinema o alla White Crown Tavern.

Stavolta ero stato via meno di un anno e mezzo e qualcuno aveva ricostruito un gazebo al posto del vecchio?

Qualcuno mi aveva rubato l'occasione di fare ammenda.

Non che avessi tanta fretta, né ero sicuro di volerlo, costantemente incazzato con lei com'ero, ma... non mi piaceva che l'opportunità di decidere da solo mi fosse stata tolta.

«Era questo il gazebo?», chiese Micah. «Credevo avesse detto che era stato bruciato».

Avevo dimenticato che l'avesse menzionato quella sera a cena. Non avevo intenzione di dare spiegazioni, soprattutto considerato che non avevo idea di chi avesse costruito quello nuovo, ma perché Michael o Kai non lo avevano fermato? Avrebbero dovuto immaginare che avrei potuto avere dei progetti per una sua ricostruzione, un giorno. O avrebbero dovuto immaginare che avrei *sicuramente* avuto dei progetti.

Alzai lo sguardo sulla struttura scura, circolare, con quattro rampe di scale, ciascuna al lato nord, sud, est e ovest che conducevano al patio, e il tetto aperto, i raggi che penetravano da ogni lato per unirsi alla sommità, lasciando entrare le foglie che cadevano dall'alto e la pioggia durante i temporali.

Dell'edera era avvolta tutt'attorno alle ringhiere, quasi come se il gazebo fosse sorto direttamente dalla terra.

Era piuttosto bello, a dire il vero. Io non lo avrei fatto meglio, per cui c'era almeno questa consolazione.

Be', merda…

Sospirando, scossi la testa e mi voltai, verso i ragazzi mentre rovistavo nella busta. «L'auto è vostra per il momento», dissi loro.

I miei genitori non avrebbero avuto opposizioni se l'avessi tenuta per tutto il tempo che mi sarebbe servito. Semplicemente non c'era bisogno che sapessero che non l'avrei tenuta per me.

Diedi a Rory un'altra chiave e indicai il cinema della mia famiglia dietro di loro. «C'è un appartamento in cima. Completamente arredato, il frigo è sempre pieno ed è tutto vostro».

I miei occhi si mossero tra lui e Micah e porsi a ognuno di loro un cellulare e un portafoglio.

La fronte di Rory si corrugò, confusa, mentre apriva il portafoglio e passava al setaccio la patente, le carte di credito e i soldi, tutto consegnato di fretta quella mattina alla stazione.

Alzò lo sguardo, tirando fuori la carta di credito nera con il suo nome sopra. «Non c'era bisogno che lo facessi».

«Non l'ho fatto io».

Le sopracciglia scure di Micah schizzarono in su e guardò Rory, poi me. «I nostri genitori?».

Non risposi. Avevo fatto tantissime chiamate la sera prima, ma non era stato un miracolo organizzare tutto come probabilmente sembrava a loro. Stavo meditando tutto da tantissimo tempo e io e il mio piccolo portatile nella mia stanza nell'attico avevamo messo in moto quella macchina settimane prima. Avevano un'auto, un posto dove stare, soldi, e non dovevano tornare dalle famiglie che li avevano nascosti per la vergogna. Era l'inizio di una nuova vita, ed era il minimo che meritavano.

«Fate quello che vi pare», dissi loro. «Restate. Andate. Scaricate soldi e documenti nel cesso».

Io volevo che restassero, ma dovevano volerlo anche loro.

«Concedetemi solo un weekend», dissi. «Valutate se vi va di costruirvi una vita qui».

Si guardarono, sapendo di poter andare ovunque, almeno per un po'.

Le loro famiglie avevano accettato di lasciarli in pace solo perché io – Graymor Cristane – avevo proposto l'accordo.

Ma non volevo forzarli a fare nulla che non volessero.

«Se resterete», feci notare loro, «se vorrete essere parte di ciò che siamo noi, i vostri genitori finanzieranno per voi l'acquisto di quote del nostro resort. Se no, nessun problema».

Potevano scappare da soli. O potevano scappare con noi.

«Thunder Bay è il posto dove non ci si deve nascondere», dissi loro.

Eravamo una famiglia. Ci avevano privato di ogni aiuto da tanto tempo ormai, ma noi non saremmo mai cambiati. Gli altri lo avrebbero fatto.

Avevo bisogno di sentire solo un sì da parte loro.

«Vi lascio pensarci su. Andiamo a casa di Michael», dissi, facendo loro strada verso le auto. «Abbiamo bisogno di cibo».

«Non ho nulla da contestare», disse Micah. «Sto morendo di fame».

E sorrisi tra me e me.

Se erano disposti a fermarsi per colazione, sicuramente non sarebbe stato un no netto.

Io non mi fermai. Li lasciai a St. Killian dove il cuoco aveva preparato la colazione, ma poi avevo visto il tavolo affollato da tutti, genitori, sicurezza e...

Il mio cuore sprofondò quando vidi delle testoline piene di capelli neri intorno al tavolo.

Bambini.

Il mio petto si squarciò. Non sapevo quale fosse Madden e quale Ivarsen, ma non potevo restare.

Semplicemente... non potevo. Scattai, montando di nuovo nell'auto di Kai e sgommando via, lasciandomi indietro i miei ragazzi ed Emmy, e passando il resto del giorno a occuparmi del miliardo di altre cose che dovevo fare, per non pensare a tutto ciò che mi ero perso mentre ero via.

Ma lo sapevo questo, no? Sia Banks che Winter erano incinte quando ero andato a Blackchurch. Sapevo cosa stava succedendo a casa.

Era così difficile vedere i loro figli per la prima volta. Dovevo essere con loro.

E non c'ero stato.

Dopo aver bruciato un migliaio di calorie a Hunter-Bailey dove la mia iscrizione era ancora valida – grazie, Michael – recuperai qualche vestito e altri effetti personali da Delcour, feci un salto in banca e scongelai i miei conti, feci altre telefonate, mi occupai di un paio di altri affari minori ed ebbi un breve incontro alla White Crown.

Quel posto era bello come sempre. La Bell Tower era ancora in rovina, il Cove era sempre placido in lontananza, e la tomba di Edward McClanahan era decorata con gingilli dall'ultimo pellegrinaggio fatto dall'attuale squadra di basket della Thunder Bay Prep. Guidai in giro a lungo, passando più volte davanti alla vecchia casa di Emmy, qualche volta davanti alla nostra vecchia scuola ed evitando completamente il ponte dove ero quasi affogato due anni prima.

Fu solo al mio cinquantesimo giro nel quartiere intorno al paese, col sole che tramontava e il crepuscolo che incombeva, che mi resi conto che era EverNight. *Man or Monster* suonava alla radio mentre le candele oscillavano sulle finestre, con le stanze al primo piano che appartenevano a teenager o bambini radiosi per la loro offerta a Reverie Cross.

Mentre la notte calava e il freddo mi trapelava nelle ossa, desiderai il calore e quell'odore che avevo addosso la notte prima.

Suo fratello sapeva che eravamo tornati? Non sarebbe stato difficile per lui scoprire dove si nascondesse.

Girai verso St. Killian.

Scalando la scogliera, con l'aria di mare che penetrava nell'auto, percorsi la strada asfaltata, superando la casa di Damon, la casa di Banks, la casa dei genitori di Michael e la casa della madre di Rika, sfrecciando tra i pilastri con le loro lampade a gas e fino a St. Killian.

Candele brillavano in ogni finestra e vidi dei movimenti tra le tende al piano di sopra mentre un mucchio d'erba stava al centro del vialetto, con un fuoco che divampava alto. La ghiaia scricchiolò sotto i miei pneumatici e mi fermai, poi uscii dall'auto.

Il vialetto era meraviglioso. Tutto il posto era bellissimo. Avevano fatto un ottimo lavoro.

Musica e risate mi accolsero non appena aprii la porta e sbirciai nella stanza da pranzo, il piano aperto molto ben preservato, eccetto delle pareti aggiunte qui e là per dare privacy ad alcune stanze.

Winter era seduta sulle ginocchia di Damon mentre lei e Alex ridevano di qualunque cosa Rika stesse parlando, il tavolo ricoperto di fogli, riviste, smoking – per il matrimonio, immaginai – snack e fiori. Banks e Kai dovevano essere andati a casa e Micah mi aveva scritto per avvertirmi che avrebbero passato la notte nell'appartamento.

Non avevo idea di dove fossero Misha e Ryen, ma probabilmente erano andati a casa di lui o di lei a Falcon's Well, non lontano da lì. Michael giunse dalla cucina con un vassoio di sandwich, divorandone uno mentre camminava.

Ma scivolai via prima che qualcuno potesse notarmi.

Sentii un lamento alle mie spalle e un fremito mi percorse lo stomaco mentre mi voltavo verso l'ingresso per dirigermi nella sala da ballo.

Le luci dei lampadari erano soffuse, le poltroncine e i divanetti erano sparsi per la sala e mi guardai intorno, finché non vidi un box con una testolina di capelli neri disordinati che faceva capolino.

Avvicinandomi, abbassai lo sguardo sul bimbo con gli occhi blu, le sopracciglia di suo padre e le ciglia di sua madre; il mento mi tremò: quanto era tenero, cazzo.

Abbassandomi, lo presi e lo tenni tra le braccia, sentendo il suo corpicino più leggero dell'aria.

Si udirono delle risate nella stanza da pranzo. Il suo fantastico odore di bebè mi dava il capogiro e fu come se degli aghi mi pungessero la gola quando le lacrime cominciarono a velarmi gli occhi.

Ero scosso da muti tremori mentre guardavo il suo bellissimo viso e le lacrime scendevano lungo il mio. Damon aveva fatto tutto questo senza di me. Se la stava cavando così bene, senza di me.

Avrei dovuto essere lì quando era nato il bambino. Avrei dovuto conoscere Madden.

«Ti porto a fare dolcetto o scherzetto l'anno prossimo, okay?», gli sussurrai. «Ti ci porterò ogni anno. Mi farò una casa mia e sarò a ogni partita di Michael e a ogni performance di tua madre e ti farò i regali più belli a ogni compleanno». Chinai la guancia sulla sua fronte, restando seduto lì. «Ti farò anche andare a dormire tardi quando, per uscire da soli, ti lasceranno con me».

Ivar, Mads e il bambino che Winter aveva in grembo in quel momento non avrebbero mai saputo che non c'ero stato.

Rimettendolo nel suo letto, premetti le labbra sulla sua testa e gli porsi il suo serpente di peluche, sorridendo tra me e me al ricordo del Godzilla che avevo dato a Em. Mi domandai se lo avesse ancora.

Dirigendomi sul retro della casa, scesi le scale fino alle catacombe, e notai che Rika aveva convinto Michael a non ricoprire gli scalini non allineati di pietra con altri di legno.

Quanto tempo era passato dall'ultima volta che ero stato lì? Da quella notte in cui Damon, Winter e io eravamo saltati dal ponte? Camminai sui pavimenti di legno massiccio, con finte fiamme che ondeggiavano sulle pareti nei loro portacandele e sapendo che c'erano una dozzina di stanze laggiù. Non sapevo con esattezza dove l'avessero messa, ma per iniziare provai con la prima stanza a cui ero giunto, e girai la maniglia.

La porta si spalancò e io entrai nella stanza buia, con la luce del corridoio che penetrava e rivelava il corpo sul letto, sotto le lenzuola.

«Will?», disse lei, voltandosi.

La guardai mentre si sfregava gli occhi, vedendo il reggiseno di pizzo nero sotto la salopette di jeans che aveva addosso, il sangue mi pulsò immediatamente nel collo e il cazzo si contorse, pieno di vita.

Cazzo. La adoravo con la salopette.

Osservai la sua pelle olivastra e i capelli castani che le ricadevano dalla testa sulle braccia. Il petto rotondo e le labbra rosee.

E la corda che quella mattina era intorno ai suoi polsi era tornata intorno al suo collo, con l'eccesso appeso tra i seni e dentro la salopette.

Sorrisi.

Mettendosi seduta, si spostò verso di me e io restai in piedi di fronte a lei con lo sguardo basso sulla *mia monella*, che non era cambiata neanche un po' rispetto a scuola, mi faceva incazzare e ancora mi eccitava.

«Micah e Rory staranno in un appartamento in città», dissi allungando una mano e accarezzandole una guancia col dorso della mano. «Vuoi andare con loro?».

Lei scosse la testa.

Mi spostai sull'altra guancia, accarezzando ciò che era mio e poi prendendole la mascella, stringendola delicatamente. «C'è del cibo al piano di sopra», mormorai. «Vuoi mangiare?».

Di nuovo, scosse la testa.

Le sollevai il mento, adorando il modo in cui giocava. Mi deliziava.

«Vuoi stare con me?», la provocai.

Lentamente, annuì.

Infilando una mano nella giacca, tirai fuori una scatolina e la posai sul comodino.

«Ti ho portato degli occhiali nuovi».

Ero riuscito a convincere il dottor Lawrence a contattare il suo dottore in California per ottenere l'ultima prescrizione dei suoi occhiali.

«Dove hai preso la salopette?», chiesi.

«L'ho trovata nell'armadio di Rika».

«E sei qui da sola, nonostante la porta non sia chiusa a chiave».

Non si mosse.

L'outfit, la corda, la disponibilità e l'attesa nel letto... Mi domandavo quando sarebbe tornata la lotta, perché sarebbe tornata, ma Dio, adoravo l'idea che non si affrettasse a tornare mia nemica. Scoparla quella sera in quel letto sarebbe stato fantastico.

Sollevandola, mi sedetti sul letto al suo posto e la accomodai sul mio grembo, cingendola con le braccia.

Il sudore mi raffreddò i pori e non mi sembrava di riuscire a respirare, con l'ultimo anno e tutto ciò che era successo nelle ultime ventiquattr'ore che mi facevano girare la testa.

Per cinque minuti, avevo bisogno di qualcosa a cui aggrapparmi.

Strinsi la presa, annusando i suoi capelli, dannatamente vicino all'assaggiarla. Se non si fosse presentata a Blackchurch, avrei davvero cercato la mia vendetta? L'avrei seguita fino in California per fargliela pagare?

E in che modo lo avrei fatto?

Avevo scoperto delle foto e delle bugie quasi due anni prima, dopo la morte del padre di Damon. Poi erano seguiti sei mesi di tentativi di scacciare la rabbia con viaggi per il mondo, fughe e bevute, prima di capire cosa dovevo fare. Fu allora che andai a Blackchurch.

Ero terrorizzato dal momento in cui l'avrei affrontata, perché persino dopo quel tradimento non volevo perderla.

«Sarei dovuta venire da te», disse infine. «Vorrei essere venuta allora a spiegarti tutto e ad affrontarti».

Mandai giù il groppo che avevo in gola, sapendo che non era tutta colpa sua. Non ero semplicemente una comparsa in tutta quella storia.

Sarei dovuto restare. Quando mi aveva rifiutato dopo l'incontro nell'ufficio del preside e l'avevo minacciata di poter avere chiunque, sarei dovuto restare.

Lei non aveva bisogno di un fidanzato. Aveva bisogno di un amico e io ero stato egoista e arrogante e viziato. Avrei dovuto essere qualunque cosa di cui avesse avuto bisogno, in qualunque momento. Non mi doveva il suo cuore solo perché io lo volevo.

Se mi fosse importato, sarei stato più paziente.

Gettandomela al lato, la lasciai ricadere sul letto e balzai in piedi dal materasso, poi uscii dalla stanza.

«Will...?».

Non posso. Adesso non posso. Chiusi la porta, presi la chiave dalla parete e la girai nella serratura, lasciandola dentro al sicuro.

«Will, no», urlò lei, colpendo dall'altra parte della porta. «Non andartene, ti prego».

Poggiai la fronte sul legno. In passato avevo desiderato disperatamente, milioni di volte, di sentirmi dire quelle parole.

«Will», chiamò ancora. «Resta con me».

Serrai con forza gli occhi, lottando contro l'impulso di spaccare la porta ed entrare in quel letto con lei.

«Resta con me», disse di nuovo.

Scossi la testa, cercando di schiarirmi le idee.

«Cosa farà se saprà che sei a Thunder Bay?», chiese.

Mi voltai e camminai verso le scale. «Lui lo sa già».

Ero stanco di quella vecchia storia.

Stanco di non averla. Stanco di Martin Scott. Stanco di non cogliere la vita per cui ero nato.

Era ora di finirla.

Ero pronto a nuove avventure.

Salii le scale e tornai in casa, chiudendomi la porta alle spalle mentre mi dirigevo verso la sala da pranzo.

Girando l'angolo, li guardai, tutti seduti a tavola, con Damon che si era fermato a metà di una frase e tutti che si voltarono a guardarmi.

«Hai una tata?», chiesi a Winter.

Ma invece rispose Rika. «Mia mamma lo è».

Bene. «Mettetevi qualcosa di nero», dissi loro, uscendo dalla stanza. «Andiamo».

«Perché?», urlò Alex. «Che succede?».

Ma io ero già lontano.

Dirigendomi verso l'auto di Kai, tirai fuori un borsone dal bagagliaio e presi una felpa nera, sfilandomi la giacca e sbottonandomi la camicia proprio lì, nel mezzo del vialetto. Mi misi la felpa nera, infilai la giacca e la camicia nel bagagliaio e indossai il berretto da sci nero mentre correvo di nuovo verso casa.

In pochi minuti, avevo tirato fuori dal garage la vecchia Mercedes G-Class di Michael, ci avevo caricato le scorte di cui avevo bisogno, avevo chiamato Kai e Banks e Micah e Rory e mi ero messo un paio di sandwich in bocca, mentre il resto di noi usciva verso le auto.

«Winter non viene?», chiesi a Damon mentre si sedeva sul sedile passeggero.

«Non ora che è incinta, no», disse. «Resta con...» e agitò la mano come se gli sfuggisse il nome. «Christiane».

Sua madre. Cioè, la vera madre di Damon.

E quella di Rika.

Sembrava che ora tollerasse la sua presenza per il bene dei bambini e per Rika, ma c'era ancora del rancore che non era sparito dall'ultima volta che ero tornato, a quanto sembrava.

Mi sedetti anch'io mentre Alex saliva dietro e mi allacciai la cintura, vedendo Michael cercare di attirare la mia attenzione dal finestrino della sua Jaguar.

Tagliai corto. «Seguimi e basta», gli dissi.

Non dandogli modo di contestare, corsi via nella sua G-Class con le scorte e con Alex e Damon, mentre Michael e Rika seguivano nell'altra sua auto.

Non ci volle molto per raggiungere il deposito, in genere abbandonato nel resto dell'anno, ma ora vibrante di attività col nome di Coldfield.

Com'era conosciuto nel mese di ottobre, quando si trasformava in un infestato parco a tema.

Era lì che facevamo festa alle superiori, la fabbrica abbandonata che diventava un cortile di gioco per dei ragazzini che volevano riparo dal meteo per loro, per trecento amici stretti e per qualche barile di birra.

Era lì che Misha andava a scrivere le sue canzoni e a perdersi, le volte in cui il dolore per la morte di Annie era troppo forte da sopportare.

Era lì che Damon, Kai e io avevamo picchiato il fratello di Emmy, ubriacandoci e facendomi sanguinare le nocche finché non riuscivo a sentire nient'altro quella notte.

Era lì che avevo scoperto di avere altro da mettere sul tavolo. Qualcosa che valeva tutto il nostro futuro.

«Cosa stiamo facendo qui?», chiese Michael mentre oltrepassavamo le file di avventori che attendevano di entrare.

Lamenti ed effetti sonori cigolanti riempivano l'aria mentre una nebbia aleggiava intorno e *Pumped Up Kicks* dei 3TEETH rimbombava dalle casse. L'odore di hot dog e popcorn mi risaliva lungo le narici e dei gridolini partirono alle mie spalle, quando degli attori piombarono su un gruppo di ragazze. Donne e uomini mascherati erano fermi tutt'intorno, tutti inquietanti e gelidi, osservando le persone in lontananza e cercando di spaventarle a morte.

Kai e Banks si affrettarono a raggiungerci e, guardando oltre il cancello, vidi Rory e Micah accanto al carrello delle bevande.

Non mi fermai. Mi diressi verso il deposito, con teloni e pareti costruite per creare varie camere e un tunnel. Micah e Rory ci seguirono.

Una fredda, umida oscurità regnava ovunque e schizzammo tra avventori che ridevano e urlavano agli attori sulle travi, cercando di acchiapparli.

Entrai in una stanza e tirai fuori dallo zaino un anello con quindicimila chiavi, trovai quella che dava accesso alle porte della sezione "Scienziato Pazzo" del parco. Oltrepassando le tinozze che ribollivano contenendo le più svariate parti del corpo, e delle lampade fatte di occhi, inserii la chiave nella porta, la aprii e feci entrare tutti dentro.

Michael restò indietro, con gli occhi stretti su di me. «Sei *tu* il proprietario di Coldfield? Proprio tu?».

Gli rivolsi un sorrisetto.

Avevo pagato ed era mio. Avevo aiutato a idearlo. Ma avevo assunto dei responsabili per occuparsi di tutto il resto. Vi avevo preso parte quando ne avevo avuto voglia, ma a quel tempo non ero di certo la persona più indicata per occuparsi degli aspetti economici, perciò avevo ingaggiato un team stagionale che lo facesse al posto mio.

E avevo fatto bene, visto che ero stato via tanto a lungo.

Entrammo nel corridoio e richiusi la porta dietro di noi, ne aprii un'altra e poi accesi la luce.

Pareti e gradini di pietra, come nelle catacombe, sprofondavano nel terreno mentre l'oscurità consumava ciò che giaceva al di sotto.

«Cos'è tutto questo?», mi chiese Rika.

Io feci un mezzo sorriso. «*Questo* è Coldfield».

Quello vero.

Facendo strada, mi pentii per un momento di non aver chiamato Misha: lo avrebbe adorato, ma non volevo che fosse coinvolto. Non in questo.

Scesi le scale, divincolandomi tra i tunnel mentre lanterne a luce elettrica illuminavano il nostro cammino, e il corso del fiume e il rumore del mare risuonavano contro le pareti che ci circondavano.

Un percorso si delineava di fronte a noi. Gettai il borsone in uno dei carretti con i contenitori di benzina che avevo fatto lasciare lì il giorno prima in una delle tante telefonate che avevo fatto.

Kai guardò le stanze e i tunnel che si aprivano in diverse direzioni. «Non posso credere che era tutto vero».

«Tu lo sapevi?», gli chiese Banks.

Ma fu Damon a rispondere, scrutando a destra e a sinistra: «L'ho sentito dire ogni tanto da alcune persone anziane, ma non conoscevo nessuno che ci fosse effettivamente stato».

«Cos'è questo posto?», mi chiese Rika.

Controllai le scorte nei carretti sui binari, assicurandomi che avessimo tutto ciò che avevo richiesto. «Ricordi quando abbiamo imparato che Thunder Bay è stata fondata negli anni Trenta?»

«Non è vero?», mi domandò Rika.

Scossi la testa. «No».

Era una bugia o un'informazione sbagliata.

«Duecento anni fa, il fiume sfociava in tre ruscelli anziché uno solo e i coloni costruirono dei ponti per attraversarli». Feci loro segno di sedersi. «Gli archi dei ponti erano radicati in profondità nella terra, creando ventuno camere – o cripte – tra gli archi, sottoterra».

Alex e Damon si sedettero nel primo carretto, mentre Kai e Banks nel secondo, Rika e Michael nel terzo e Micah e Rory nel quarto.

«I mercanti custodivano le loro merci quaggiù e c'erano persino taverne e negozi», continuai, controllando le loro cinture di sicurezza. «Nel corso degli anni, passarono di mano, diventando popolari tra contrabbandieri, criminali e pirati. Si nascondevano e vivevano qui, collegando tutte le cripte sotto i tre ponti con questi tunnel, in modo da poter andare ovunque in città senza essere notati».

«Cazzo», mormorò Damon. «È straordinario».

«Come lo hai scoperto?», incalzò Michael.

«L'ho cercato».

Rory rise mentre Micah sorrideva, entusiasta di tutto questo.

«È per questo che hai comprato il deposito», ponderò Alex.

«Una delle ragioni». Mi sedetti nel primo carretto con loro e allacciai la cintura. «E anche perché mi piacciono le case infestate».

«Ci sono altre entrate oltre a quella nel deposito?», urlò Damon dietro di me.

Mi guardai indietro oltre la spalla, sorridendo. «Sono ovunque. E ci sono ancora più cripte sotterranee a Meridian City tra Delcour e Whitehall».

«Che cosa?», sputò fuori Kai, ma sembrava più eccitato che arrabbiato. La sua casa in città, il Pope e il Sensou erano tutti nel distretto di Whitehall e aveva tantissime ragioni per utilizzare il sistema di spostamento sotterraneo se lo avesse voluto. Soprattutto se noi e le persone che lavoravano per noi erano le uniche a conoscerlo.

«Spostate la leva sul tre e premete il pulsante verde», urlai indietro. «Dopodiché, godetevi il giro finché non vedrete il mio braccio alzato. Allora, riportate indietro la leva e attivate i freni».

Una risatina sfuggì ad Alex mentre si muoveva entusiasta al suo posto nel sedile accanto a me. Mi venne in mente Emmy, a casa nelle catacombe, ma in realtà non c'era bisogno che fosse con noi.

«Andiamo», urlai.

Spingendo la leva sulla tacca numero tre, premetti il pulsante, le pompe sibilarono, e partimmo, percorrendo i tunnel a circa cinquanta chilometri orari.

Normalmente sarei andato un po' più veloce – avrei portato la leva sul cinque – ma per loro era la prima volta e non volevo perdere nessuno. Dondolando prima a sinistra e poi a destra, sentivo il vento soffiarci tra i capelli e Alex accanto a me rideva, mentre il tunnel davanti a noi incombeva nero e minaccioso. La presa delle rotaie abbracciava i binari, senza necessità di sterzo visto che non avevo ancora creato percorsi che portassero in altri posti della città.

Ma era nei miei piani.

«Dovremmo avere dei caschetti», urlò Damon.

Caschetti? Femminuccia.

«Per i bambini, voglio dire!», specificò. «Sai che li useranno spesso».

Annuii. Okay, aveva senso. Sarebbe stato uno spasso per i bambini, e quando sarebbero diventati adolescenti non saremmo riusciti a tenerli alla larga da questo posto.

Passammo sotto il letto del fiume, oltrepassammo altre cripte buie, sotto il paese, attraverso Old Pointe Road e notai la quarta luce rossa davanti a noi: ognuna segnalava una fermata e quella era la nostra.

Alzai un braccio, dando loro il segnale, e afferrai la leva, rallentando a poco a poco, di modo che Kai e Banks non mi venissero addosso causando un tamponamento a catena.

Fermandoci, con i freni che stridevano sotto di noi, urlai: «Premete di nuovo il pulsante!». I carretti si fermarono e tutti uscimmo fuori, ognuno imitandomi nel prendere i contenitori di benzina di plastica rossa.

«Stiamo per fare quello che credo?», chiese Kai.

Ma non risposi. Volevano che il Cove sparisse e non mi avrebbero lasciato occuparmene da solo. Tutti avevano vinto. E loro mi avrebbero aiutato.

Salendo su un marciapiede, entrammo in una porta e nei tunnel al di sotto del parco a tema. Quando il posto era aperto, i lavoratori che dovevano attraversare il parco usavano quei tunnel per evitare la folla e come modo per far funzionare gli automi, ma tutto era stato abbandonato da anni.

Mi guardai a sinistra e a destra, cercando per sicurezza occhi indiscreti. Non volevo colpi di sfortuna o testimoni. Il posto, tuttavia, era vuoto.

«Ehi, sono Rika», sentii Erika dire dietro di me. «Ho bisogno che andiate alla caserma dei pompieri e prendiate in prestito un camion. Portalo al Cove e attacca le pompe. Ci servirà. E fate presto».

Ci fu una pausa mentre chiunque fosse dall'altra parte le rispondeva.

«Grazie», disse e riattaccò.

Lanciai un'occhiata verso la nostra sindaca.

«Non posso commettere un incendio doloso *e* mettere a rischio la vita di impiegati pubblici di proposito, Will», spiegò. «Lev e David conterranno le fiamme».
Annuii. *Ottima pensata.* Quei due guadagnavano abbastanza da fare qualsiasi cosa chiedessimo loro.
Oltrepassai la ringhiera, salii le scale e camminai per il negozio. Pezzi di carta e polvere ricoprivano il pavimento. Uscii nel parco.
Le stelle punteggiavano il cielo notturno, l'aria di mare mi pungeva le narici mentre camminavamo per il parco e osservavamo la vernice e il legno rovinati, le barche a scontro e la silente ruota panoramica.
Un groppo mi ostruiva la gola e il cuore mi batteva come quella sera in cui era salita nella mia auto dopo la partita, o come in quella Notte del Diavolo in cui avevo distrutto tutto il suo duro lavoro, che era l'unica presenza di lei rimasta a torturarmi in quella città.
Non sapevo se mi avrebbe perdonato per questo, ma dovevo farlo. Dovevo sapere se vi fosse altro per noi, oltre questo.
«Perché lo stiamo facendo, Will?», chiese Banks.
Ma avevo finito di dare spiegazioni. «Perché lo dico io».
Avevo finito di vivere nel passato. Avevo un mondo pieno di domani da costruire, ed ero pronto a iniziare.
Guardai Michael e Rika. «Andate sul lato ovest». Poi Kai e Banks. «Oltre le altalene».
Tutti e quattro corsero a innaffiare tutto quello che potevano con il carburante che avevano e io camminai verso la costa, la nave pirata e Cold Hill con Alex e Damon.
«Sei sicuro che non sia una decisione impulsiva?», chiese Alex.
«Sei sicura che sia sobrio?», le chiese Damon invece.
«Zitti», mi lamentai.
Mi rendevo conto che le decisioni della mia vita potevano essere spesso giudicate discutibili, ma non tutte le cose folli che avevo fatto le avevo fatte perché ero ubriaco.
Solo alcune.
Ci affaccendammo tutti a svuotare i contenitori su giostre, cabine gioco e vecchi carretti di cibo, tenendo gli occhi aperti nel caso si presentasse qualche estraneo. Volevo solo che tutti si sbrigassero. Non mi sarei fermato. Volevo la sfida del non poter mai più tornare indietro. Volevo che il Cove sparisse.
Ma questo non significava che non fosse doloroso per me.
Serrai la mascella, girando per Cold Hill e le carrozze, una delle quali ci aveva ospitati una notte in cui lei mi aveva lasciato toccarla e baciarla.
La nave pirata dove era morta dal ridere, e dove io avevo capito di aver perso la testa quando avevo visto quella luce nei suoi occhi.
Anche Misha amava quel posto. Il che era probabilmente il motivo

per cui non l'avevo invitato quella notte. Avrebbe cercato di fermarmi.

E io avevo bisogno di farlo.

«L'ultima volta che abbiamo appiccato un incendio, ci hanno arrestati», disse Damon.

Il gazebo non era stato l'ultimo incendio che avevamo o che aveva appiccato, ma immagino che volesse rimuovere quello a casa di Rika e quello al Sensou.

«Non tornerò in carcere», lo rassicurai.

Gli lanciai un paio di torce e una ad Alex, gettando la mia tanica di benzina nella mischia.

«Sparpagliatevi e datene una a Michael e Kai», dissi, alzando la voce e urlando nella notte. «Accenderemo questo cazzo di cielo perché Michael Crist tra due giorni sposerà Erika Fane!».

Sorrisi, portandomi le mani alla bocca e ululando nella notte. Risa e altri ululati risuonarono per tutto il parco e sentii Rika gridare eccitata.

Accesi la mia torcia e guardai verso Alex.

«Sei sicuro?», mi chiese accendendo la sua. «So quanto significhi questo posto per te».

«È stata solo una notte», alzai lo sguardo sulla ruota panoramica. «Ho bisogno che la mia vita sia più di una notte».

Lanciai la torcia, guardandola cadere per terra e bastò solo un attimo prima che una fiamma divampasse e velocemente si diffondesse.

Il fuoco risalì fino alla ruota panoramica, accendendo la carrozza in fondo e il suo vecchio sedile di pelle, con le fiamme che arrivavano sempre più in alto, viaggiando di carrozza in carrozza mentre tutto il parco bruciava in un bagliore così forte che mi servivano quasi gli occhiali da sole.

Il vento soffiava e il calore del fuoco mi ricopriva il viso, così chiusi gli occhi, non sapendo se preferissi piangere o sorridere.

Michael Crist, Kai Mori, Damon Torrance e Will Grayson avrebbero avuto il loro resort sul mare perché eravamo sopravvissuti e avremmo costruito qualcos'altro che sarebbe sopravvissuto con noi.

Il calore si diffondeva sotto la mia pelle e non riuscii più a contenermi. Ero a casa.

Inclinando la testa all'indietro, cacciai fuori l'ululato più forte che potevo tirare fuori dalle profondità del mio stomaco e sentii gli altri – anche le ragazze – unirsi a me mentre i nostri fuochi ardevano e sibilavano dappertutto e tutto quel posto del cazzo era finalmente in fiamme.

Guardai Alex che aveva gli occhi chiusi e la bocca aperta, mentre il suo stupore risuonava nell'aria notturna. Risi, prendendole il collo e posandole un bacio umido sulla guancia.

Lei ridacchiò e tutti alzammo gli occhi sulle fiamme che risalivano, poi dopo qualche minuto guardai a destra, vedendo Lev e David arrivare nel parcheggio con il camion dei pompieri.

Avremmo lasciato il fuoco a fare il suo lavoro – giusto il tempo perché il posto fosse irrecuperabile – e poi avremmo cominciato a spegnere le fiamme.

«Aspettate», sentii qualcuno urlare. «Ehi, aspettate!».

Lasciai andare Alex e mi guardai intorno, vedendo Rika scrutare in lontananza, in fondo al parco.

«Che c'è?», corsi, fermandomi accanto a lei.

Lei si era chinata per guardare oltre le giostre. «Mi è sembrato di vedere qualcosa». Poi si voltò verso di me. «Sei sicuro che il posto fosse vuoto?».

Credevo di sì. Proprio in quel momento, vidi la porta del negozio da cui eravamo arrivati sbattere al vento e, se ci fosse stato qualcuno, si sarebbe sicuramente nascosto lì.

«I tunnel!», dissi. «Andiamo!».

Tutti corsero, tornando verso il negozio e poi sottoterra. Non avevamo senzatetto a Thunder Bay, ma non c'erano auto nel parcheggio e non c'era altro nel giro di chilometri. Se qualcuno era lì, era perché ci viveva.

«Avremmo dovuto controllare ogni angolo», ringhiò Michael. «Porca puttana».

Scorrazzando giù per i tunnel, corremmo fino all'ingresso del binario e io aprii la porta mandando Alex, Damon, Kai, Banks, Micah e Rory per la loro strada.

«I sedili si girano», dissi loro, senza fiato. «Ruotateli e tornate indietro come vi ho mostrato. È la quarta luce rossa».

Kai annuì e tutti si diressero verso Coldfield.

Damon guardò nella mia direzione, ma scossi la testa, sapendo già a cosa stava pensando. «Vai», dissi. «Io vi raggiungo».

Mi preparai a spingere dentro anche Rika e Michael dopo di loro, ma mi voltai ed entrambi erano fermi davanti a una stanza.

Chiusi la porta, mi avvicinai. «Cosa c'è?».

Sbirciai dentro: c'erano un letto, poster e graffiti sulle pareti, e una luce accesa.

«Misha non aveva detto di essere rimasto qui per un po', dopo Annie?», chiese Rika.

«Già».

Lei entrò, raccogliendo un sandwich o qualcosa di simile mezzo mangiato e lasciato nella confezione.

«C'è qualcuno qui», disse, stringendo il pane fresco.

O la luce era spenta quando eravamo arrivati o la porta era chiusa, perché all'andata eravamo passati davanti a quella stanza e non avevamo notato nulla.

Merda.

«Cazzo!», ringhiò Michael.

Corremmo su per le scale, le fiamme arancioni brillavano fuori dalle finestre del negozio e noi ci fiondammo nel parco, cercando di capire chi ci fosse.

Non potevamo lasciare che qualcuno si facesse del male.

E sarebbe stato fantastico non avere testimoni.

«So di aver visto qualcuno», disse Rika. «Forse una ragazzina».

«Una bambina?», chiesi.

Lei annuì.

«Merda! Lì!», urlò Michael indicando un punto.

Restammo immobili, prendendo fiato e guardando tra le altalene e la casa degli specchi, sopra la quale si ergeva una piccola figura.

Dio. Doveva essere a dieci metri da terra.

Vestita di nero, aveva una lunga treccia bionda poggiata sulla spalla e un cappellino in testa, ma non riuscivo a vederla abbastanza bene da riconoscerla.

«Tu!», le urlò Michael. «Vieni qui!».

Corremmo e la vedemmo voltarsi, quindi sparì via dal tetto.

Saltò giù, con i lacci delle sue scarpe malandate che si trascinavano sul suolo.

«Prendetela!», urlò Rika.

Michael puntò i talloni, partì verso la ragazzina e la afferrò per un braccio proprio mentre voltava l'angolo.

«L'ho presa!», gridò, stringendola tra le braccia.

Ma lei gli morse una mano e lui la lasciò, sibilando.

«Ma che cazzo…», ringhiò.

Lei corse, scivolando tra le cabine, oltre le montagne russe e sparendo nella foresta, nera come la pece.

«Merda!», sputò fuori Michael.

Ci fermammo, respirando a fatica, consci che ormai l'avevamo persa.

«Viveva laggiù?», ci chiese Rika. «Non avrà più di otto anni».

Le lanciai un'occhiata. «L'hai riconosciuta?»

«No». Scosse la testa. «Non è di queste parti».

Guardai tra gli alberi per un altro attimo e sentii Lev e David far partire le pompe per spegnere il casino che avevamo combinato.

«Che sindaco che sei», ridacchiai. «La piccola Newt di *Aliens* si nasconde nel tuo parco divertimenti abbandonato, e tu stai lì a provarti abiti da sposa».

Rika mi colpì allo stomaco e poi prese la mano di Michael, per controllare il morso.

«È un osso duro, eh?», scherzò, sorridendogli.

Lui si lamentò. «Tornerà. Non può andare molto lontano a piedi».

E fu quasi come se non gliene fregasse niente di quella stronza, ma volesse solo la rivincita.

Delle sirene fendettero l'aria intorno a noi e io mi guardai oltre la spalla: le luci di un'auto della polizia, che sfrecciava nel parcheggio.

Erano stati veloci.

Guardai Michael. «Andate. Presto!».

Mi rivolse un'occhiata preoccupata.

«Andate!», urlai sottovoce.

Non preoccupatevi per me. Non più.

Lui sostenne il mio sguardo, ma prima di poter controbattere, cominciai a camminare verso la biglietteria e il parcheggio.

Un solo poliziotto, vestito di nero con una giacca pesante per la fredda sera di ottobre, parlò alla radio mentre guardava tutt'intorno il parco e le fiamme.

Mi notò, smise di discorrere con chiunque stesse parlando e riuscii quasi a vederlo sospirare.

«Will Grayson», disse. «Il mio piromane preferito».

Mi tolsi il cappello e gli sorrisi. «Baker. Come sta la famiglia?»

«Cresce». Annuì, camminò verso di me, e io camminai verso di lui. «Mia moglie aspetta il bambino numero tre».

«È tuo?».

Inarcò un sopracciglio, con aria non divertita.

Io sorrisi di più.

«Mi costringerai ad ammanettarti?», chiese.

Scossi la testa. «C'è qualcuno che volevo salutare, comunque. Andiamo».

Capitolo 36

Emory

Presente

«Emmy, svegliati!», qualcuno mi chiamò, scuotendomi il corpo.

I miei occhi si spalancarono e sussultai, voltandomi. «Cosa c'è? Chi è?».

Non era la voce di Will.

Mi misi seduta, e mi sfregai gli occhi, poi qualcuno accese la lampada e sollevai lo sguardo. Erano Rory e Micah che camminavano per la mia stanza.

Mi allungai a prendere i miei nuovi occhiali e me li infilai. «Che succede, ragazzi?»

«Will è stato arrestato». Micah mi lanciò dei vestiti. «Ha appiccato un incendio al Cove».

Cosa? «Il Cove?».

Strinsi al petto i vestiti, cercando di dare un senso a ciò che mi stavano dicendo. Mi sentivo soffocare.

Aveva appiccato un incendio al Cove? E adesso era in prigione?

Figlio di puttana.

Ringhiai, schizzando giù dal letto. «Un giorno! Non è tornato in città nemmeno da un giorno ed è già finito in una cella, di nuovo!». Mi sganciai la salopette e mi infilai la camicetta nera a maniche lunghe. «Cavolo!».

Loro si voltarono e feci cadere la salopette, infilandomi i jeans e calzando le scarpe da ginnastica di Alex prima di legarmi i capelli in una coda alta.

In prigione… Le lacrime mi velarono gli occhi. *Non di nuovo.*

«Sapete chi lo ha arrestato?», chiesi.

«Non conosciamo questa città», scattò Micah, lanciandomi una giacca. «Damon proverà a farlo uscire, ma gli abbiamo detto di aspettare. Volevamo prima prendere te».

Scossi la testa. «Lo uccido. Ma che problemi ha?».

Tirai su la zip della giacca e uscii dalla stanza insieme a loro, salendo di corsa le scale.

Avrei dovuto lasciarlo lì. Questa era tutta colpa sua. Un infinito ciclo di responsabilità non prese, senza mai tenere a bada il proprio comportamento. Quella non era una scelta. Era un'abitudine, e io non avevo bisogno di queste stronzate nella mia vita.

Era un uomo? Sarebbe diventato padre un giorno? Sì, come no.

Aprii la porta con un calcio. *Figlio di…*

«Andiamo», dissi loro, correndo fuori dalla casa nel vialetto.

Damon era in piedi accanto a una G-Class che somigliava molto a quella che guidava Michael alle superiori, e non avevo idea di dove fossero tutti gli altri, ma lui mi vide e si raddrizzò immediatamente.

«Non esiste. Lei non viene», disse.

Gli presi le chiavi dalle mani e camminai verso il davanti dell'auto. «Lei guida, invece».

«Nah-nah. No».

Lo guardai da sopra il cofano. «Cosa hai intenzione di fare?», lo sfidai. «Io l'ho mandato in prigione. Tu hai cercato di ucciderlo. Vuoi davvero metterti a discutere con me, adesso?».

Se io non avevo alcun diritto, allora non ce l'aveva neanche lui.

Storse le labbra da un lato, facendo quello sguardo di chi valuta l'avversario prima della competizione, senza scordarsi di giudicare un po', ma tenne chiusa la sua bocca del cazzo.

Non mi ero comportata peggio di lui nei confronti di Will, perciò poteva anche piantarla.

Salimmo tutti in auto e io misi in moto, dando gas e girando nel vialetto. Martin ci sarebbe stato? Sapevo che non viveva né lavorava più in città, ma manteneva sempre una certa presenza lì, e se la polizia avesse avuto Will Grayson in una cella, questo lo avrebbe sicuramente fatto scendere dal letto anche a quell'ora.

Merda. Non volevo vedere Martin. Non avevo bisogno di affrontarlo. Avevamo chiuso noi due.

Will, sei un vero coglione.

Correvo per la città mentre Micah mi aggiornava su dov'erano andati tutti quella notte e cosa aveva deciso di fare Will. Fui tentata di sterzare proprio verso la cattedrale e scomparire, restare dove non potesse trovarmi, ma…

Sarei dovuta andare da lui anni prima. Per una volta ci sarei stata per lui. Almeno una, prima che tutto finisse.

Fermandomi davanti alla polizia, guardai dall'altra parte della strada e vidi dentro una figura dietro la scrivania, il quartiere silenzioso e senza un'anima.

«Ci serve un diversivo», dissi a Damon. «Idee?».

Fissò fuori dal finestrino, ignorandomi, ma poi… abbassò lo sguardo e sospirò, cedendo.

Girò la testa, parlando a Micah e Rory. «Scendete».

Cosa?

«Col cazzo», disse Rory. «Noi entriamo».

«Fate partire quelle auto», disse Damon a Micah, voltandosi, incrociando i suoi occhi e poi puntando ai veicoli parcheggiati in fondo alla strada dietro di lui.

La bocca di Micah si spalancò. «Cosa?».

Ma Damon non spiegò. Tirando fuori il cellulare, compose un numero e se lo portò all'orecchio. Suonava.

«Sindaco Fane?», disse scherzando a Erika, immaginai. «Due idioti stanno correndo per Thunder Bay. Può chiamare la polizia e dire a tutte le unità di dirigersi a est di Delphi?», chiese e poi specificò. «A tuuuutte le unità».

Sentii la voce di Rika all'altro capo. Non riuscivo a capire cosa stesse dicendo, ma suonava come un furetto arrabbiato.

«Non fare l'idiota», disse Damon, prendendosi il laccio della felpa. «Che altro hai da fare, comunque, tutto il giorno?».

Altre parole concitate.

«Col cazzo», mormorò, poi le disse qualcos'altro e lui rispose: «Sì, tua mamma...».

Riagganciò e poi guardò di nuovo Micah da sopra la spalla.

«Come facevi a sapere che sono capace di far partire un'auto senza chiavi?», chiese Micah.

«Perché sei uno che ha qualcosa da dimostrare a quel pezzo di merda del suo vecchio», ribatté Damon. «Tra simili ci si riconosce. Ora, tutti e due, sbrigatevi».

Lanciai un'occhiata allo specchietto retrovisore, vedendo entrambe le loro bocche arricciarsi in sorrisi. Già, a chi volevano darla a bere? Il pericolo piaceva anche a loro.

Damon prese un piede di porco da sotto il sedile e glielo porse, entrambi scesero dall'auto e corsero in fondo all'isolato.

In pochi minuti, dei fari si illuminarono dietro di noi ed entrambe le auto, una Mustang e una Jeep, ci passarono accanto, sparendo in fondo alla strada.

«Qual è il piano?», chiese Damon.

Fissai il poliziotto all'interno della stazione. «Non lo so».

Con mia sorpresa, un'eccitazione ribolliva nel mio stomaco e quasi sorrisi. Non avevo minimamente idea di cosa stessi facendo, ma sentii che poteva funzionare.

«Non appena sarò uscita dall'auto, scivola sul sedile del guidatore e assicurati che tutte le portiere siano aperte», gli dissi. «Ricevuto?».

Annuì e dopo un momento vedemmo due auto della polizia che uscivano dal parcheggio dietro la stazione e, non appena entrarono in strada, attivarono le sirene.

Erika aveva telefonato. Il terzo turno era sempre leggero, eccetto nella Notte del Diavolo.

«E via», dissi.

Si diressero nella direzione opposta a quella presa da Micah e Rory, verso Delphi, e io scesi dall'auto, alzandomi il cappuccio della giacca, ma poi mi fermai e lo abbassai di nuovo.

Martin avrebbe saputo che ero stata lì. Non c'era bisogno di nascondersi.

Mettendomi le mani in tasca, attraversai la strada e salii sul marciapiede, aprendo la porta e fiondandomi nella stazione di polizia.

Il corpulento agente, con i capelli a spazzola grigi e gli occhiali, alzò lo sguardo dal bancone e sorrise immediatamente nel vedermi.

«Germaine», lo salutai prima io. «Ciao».

«Emory Scott». Inclinò la testa, ricambiando il mio sorriso. «Wow, come va, tesoro?»

«Abbastanza bene», dissi. «Mio fratello c'è?»

«Ehm, no». Ridacchiò. «Ha ancora un ufficio qui, ma lavora a Meridian City, adesso. Non sai che è stato promosso capo della polizia? Sovrintende tutti i dipartimenti nel raggio di centocinquanta chilometri. La maggior parte del suo lavoro lo svolge lì». Fece scivolare dei documenti in una cartellina che posò in un cassetto. «Ma sarà qui in prima mattinata, ha un detenuto che non vede l'ora di visitare».

Trattenni un ringhio. Quindi sapeva che Will era lì.

«Tipico di Martin», scherzai, cercando di mascherare il disagio.

Almeno non si era trascinato in città apposta per occuparsene. La cosa mi stava bene.

«Okay, ripasserò in mattinata», sospirai, «ma nel caso non dovessi beccarlo, posso lasciargli un biglietto sulla scrivania?».

Mi allungai a prendere un bloc notes e una penna accanto al computer, ma lui mi allontanò.

«Portalo tu stessa», disse. «Conosci la strada».

Le mie sopracciglia si inarcarono. Davvero? Pensavo che avrei dovuto provare a sgattaiolare via mentre andava a portare lui stesso il messaggio, invece avevo un pass gratuito.

Oltrepassai il bancone, diretta alle doppie porte. «È nell'ufficio grande adesso?»

«Tipico di Martin, vero?», borbottò Germaine.

Già. Neanch'io credevo che Germaine avesse un'alta considerazione di mio fratello. Martin aveva solo trentaquattro anni e aveva scalato molto in fretta i ranghi di Thunder Bay e poi di Meridian City, scaltro nel giocare le sue carte, ma sospettavo che avesse trovato agganci forti lungo la strada. Germaine invece era sulla cinquantina e... era ancora relegato ai lavori d'ufficio.

«Grazie», urlai. «Mi ha fatto piacere vederti».

«Anche a me».

Spinsi le porte, trovando tutto il distretto vuoto, una radio che suonava da qualche parte e i computer in sospensione.

Facendomi strada verso le celle di sicurezza, presi un anello con delle chiavi dalla scrivania di Bruckheimer e alzai lo sguardo, guardando dritto nella telecamera all'angolo del soffitto.

Strinsi i denti. *Doveva funzionare.* Se avesse dato la caccia a Will, avrebbe dato la caccia anche a me, ora che ero stata vista, e sarebbe stato imbarazzante per lui.

Spingendo la porta, vidi Will nella cella, solo, con le braccia appese alle sbarre.

Abbassai lo sguardo, cercando la chiave, il cuore mi batteva nel petto. Dovevamo uscire in fretta da lì.

Non volevo sapere se in prigione avesse avuto una cella tutta per sé o se Kai o Damon l'avevano condivisa con lui. Volevo solo che uscisse.

Inserii la chiave nella serratura, con la mano che mi tremava mentre lui mi fissava, e la girai, aprendo la porta.

Ma Will la richiuse di nuovo. «Cosa pensi di fare?».

Porca troia. Girai di nuovo la chiave e aprii la porta, ma lui strinse i pugni sulle sbarre, tenendola chiusa.

«Ho un appuntamento con tuo fratello in mattinata», dichiarò.

Ma che cazzo… I miei occhi guizzarono su di lui e mi sistemai gli occhiali, volevo urlare contro quell'idiota, doveva proprio uscire da lì.

Tirai di nuovo la porta, non si mosse, gli ringhiai contro.

«Chi ti ha fatto uscire dalla tua stanza?», chiese.

«Will!», lo implorai. «Ti prego!».

Potevamo parlare dopo, cavolo.

Tentai di tirare di nuovo la porta, ma lui allungò una mano attraverso le sbarre e mi prese per i jeans, tirandomi lui a sé. La sua bocca si schiantò contro la mia e, per un attimo, mi persi in ciò che sentii.

Dio.

I miei nervi erano in fiamme. Volevo che uscisse di lì. Lo volevo lontano da Martin.

Lo volevo…

Lo volevo.

Sussultai mentre la sua lingua accarezzava la mia, e mi resi a malapena conto di ciò che stava facendo finché un'aria fredda non mi colpì il seno e la sua mano mi scivolò giù lungo i jeans, in mezzo alle gambe.

Mi massaggiò, sprofondando giù con la testa e succhiandomi i seni nella bocca attraverso quelle cazzo di sbarre.

«Ci beccheranno», dissi.

Lui non mi stava ascoltando, però. Tornò su e io gli strinsi la testa mentre era a un soffio dalle mie labbra e mi faceva scivolare le dita sul clitoride.

«Sono contento che tu non sia venuta a farmi visita in prigione», sussurrò. «Non sarei stato capace di fissarti attraverso un cazzo di vetro per due anni».

Lo baciai, sentendo la maledetta tortura delle sbarre tra di noi.

Mai più.

«Farmi scappare di prigione?», mi stuzzicò. «Ti impiccherà per questo».

Lo baciai ancora, ansimando. «Dovrà prima passare su di te, no?».

Lui sorrise, gli piacevano quelle parole. «Oh, sì».

«Ti prego, Will», tirai le sbarre. «Ti prego».

Lo baciai ancora, gemendo, e alla fine mi lasciò andare. «Si fotta. Andiamo».

Barcollai all'indietro, sistemandomi i vestiti, lui aprì la porta, mi prese per mano e mi tirò dietro a sé.

Corremmo verso l'area degli uffici, io lanciai le chiavi sulla scrivania di Bruckheimer e passammo dalla porta sul retro, per sfrecciare fuori nella notte.

Puntando i piedi, ci affrettammo ad attraversare la strada, con dardi di pioggia fredda che mi colpivano in testa mentre ci facevamo strada verso l'auto ferma.

«Salite!», urlò Damon. «Sbrigatevi!».

Saltammo sui sedili posteriori, sbattendo la portiera e Damon diede gas, partendo di corsa. Io indietreggiai nella terza fila di sedili per controllare se ci avessero visti, ma non c'era nessuno a seguirci. Un fulmine fendette il cielo, le gocce bagnavano l'asfalto.

Mi voltai di scatto, non più triste, intenerita o ansimante per Will. Ero arrabbiata. «A cosa cazzo pensavi?», ringhiai.

Dannazione. Forse mi ero fatta trasportare da quel bacio dentro, il sesso non era mai stato il nostro problema.

«Avevo un piano», spiegò.

«Ah sì?».

Lui si voltò e mi guardò. «Arriverà un momento in cui dovrò affrontarlo, Emmy», urlò. «Tanto vale che sia divertente».

«Ancora non sappiamo chi ti ha rinchiuso a Blackchurch!», urlai, sempre più arrabbiata. «Se ti cacci in altri guai, chissà cosa potrebbe accadere. Non hai imparato niente! Assolutamente niente. Non hai idea di come pianificare le tue mosse e tenere tutto sotto silenzio finché non arriva il momento di attaccare. Sei come un elefante in un negozio di cristalli. Quando crescerai? Quando dimostrerai di avere un po' di pazienza?».

Era tornato da una notte, cazzo, ed era già finito in prigione di nuovo.

Persi il controllo. «È per questo che non ti amo!», gridai.

E lui si voltò verso di me, con un cipiglio e uno sguardo che lo incendiavano.

Balzò sul sedile posteriore, spingendomi giù e mettendosi sopra di me.

«Cazzo, sì che mi ami», disse, risucchiandomi le labbra nella sua bocca. «Sei pazza di me e potrai anche non essere bionda, diciottenne e chiamarti Heidi, ma sei mia, cazzo, *monella*». Mi alzò la camicetta, mi abbassò il reggiseno e mi coprì un capezzolo con la bocca, succhiando forte. «E un giorno potrai ancora portare a passeggio i miei cani, se vuoi, ma io di certo ti abbasserò gli slip sulla mia scrivania e ti lascerò fingere che non ami ogni cosa che ti farò, proprio prima di firmarti un assegno». Mi strinse il collo e con l'altra mano cercò di strapparmi gli slip mentre mi baciava. «Non ti libererai mai di me».

Lo spinsi. «Will…»

«Mai».

Spinse il bacino contro le mie gambe, affondò la lingua nella mia bocca, ricoprendomi col suo caldo corpo e facendomi girare la testa.

Gemetti.

«Uhm…», disse qualcuno e sbattei le palpebre, notando che l'auto si era fermata. «Okay, wow. Mi… ehm… mi piacerebbe assistere, in realtà», urlò Damon, «ma Winter lo considererebbe tradimento se non c'è anche lei. Me ne torno a piedi a casa e, cazzo, sei in debito con me, Will».

Damon aprì la portiera, con la pioggia che cadeva pesante su di lui, e uscì, chiudendola di nuovo.

Colpii Will, e strisciai via da sotto di lui. «Vado a piedi anch'io».

Aprii la portiera posteriore, uscii dalla G-Class, e appena vidi che eravamo nel paese, corsi sotto la pioggia nella cattedrale.

«Oh, sorpresa, sorpresa», urlò Will dietro di me. «Eccola che scappa di nuovo».

Mi voltai. «Si chiama essere scaricato, Grayson! Osserva bene. Te lo mostro un'altra volta».

Corsi più veloce, gettando un'occhiata nella piazza del parco e notando un nuovo gazebo, dove prima si ergeva il mio.

Strinsi gli occhi. *Cosa…?*

Ma delle braccia mi strinsero e mi fecero voltare, Will mi prese in braccio. Battei i pugni contro il suo petto, sentendolo perdere l'equilibrio finché cademmo entrambi per terra, l'asfalto e i nostri vestiti zuppi mentre la pioggia ci scorreva sul viso.

Lo colpii di nuovo, portandomi gli occhiali sopra la testa. «Hai incendiato il Cove!», strillai.

Come aveva potuto farlo? Prima il gazebo e adesso? Era come se fosse determinato ad autodistruggersi e a non lasciare nulla che ricordasse noi.

Mi prese sul suo grembo, lì, nel mezzo della strada, con le persone sedute sotto il tendone della White Crown Tavern che trasalivano e si alzavano in piedi per vedere cosa stesse succedendo.

Lui si sedette e io gli stavo a cavalcioni, stringendogli il colletto.

Ma prima che potessi lottare, disse: «Ho ancora il bus».

Il bus.

Il nostro bus?

Mi fermai, osservando i suoi luccicanti occhi verdi come l'oceano, mentre sbatteva le palpebre e mi fissava.

«Non ho bisogno del Cove», disse contro la pioggia. «Ho bisogno di altri ricordi con te».

Respiravo a fatica, ma non potevo muovermi perché le lacrime mi riempivano gli occhi.

«Ricordi incontaminati, sopravvissuti a tutti gli anni in cui siamo stati separati», spiegò.

Tutti quelli che ci guardavano in lontananza sparirono, e mi soffermai sui suoi capelli arruffati in testa e sulle tempie, sulle gocce che precipitavano lungo le sue guance e sulle ciglia, e tutto ciò che desideravo al mondo era poter restare così a guardarlo per sempre.

«Ora con te voglio costruire qualcosa», mi sussurrò, il calore delle sue labbra sulle mie. «Creeremo Thunder Bay insieme, Em. Ti amo».

Ti amo.

Chiusi gli occhi e il mio viso cedette, gli occhi pieni di lacrime. Dio, ero esausta.

Così stanca che mi mancavano i giorni in cui Martin mi picchiava a morte, perché quelli erano anche i giorni in cui vedevo Will a scuola che rideva e giocava a basket con i suoi amici.

Il giorno in cui si era seduto accanto a me al cinema e aveva scherzato e la notte in cui mi aveva portato sulle montagne russe ed eravamo stati una coppia che si teneva per mano. Solo per un paio d'ore.

Scivolando via, mi sedetti accanto a lui, mentre le sue parole mi attraversavano giungendomi al cuore e mi chiedevo che diavolo di fine avremmo fatto.

«Sei venuta a cercarmi», disse.

Sì. Sì, l'avevo fatto.

Non avevo bisogno di cercare una scusa. Sapevo il perché.

«Non potevo più perderti», gli dissi, fissando la strada di fronte a me.

Feci un respiro profondo e inclinai la testa all'indietro, lasciando che la pioggia mi rinfrescasse la pelle mentre pensavo al mio futuro e a tutte le cose che avrei potuto fare senza di lui.

Cazzo, amavo Will Grayson. Volevo mangiare ogni pasto con lui, fare quella cazzo di maratona cinematografica di *Mission: Impossible* con lui e lasciare che mi mettesse incinta, quando lo avesse voluto.

Si alzò, torreggiando su di me. «Ti amo», disse di nuovo. «Ma ti lascio libera».

Cominciò a camminare. Il mio cuore si spezzò in due e scossi la testa.

No.

Non poteva lasciarmi libera. Non poteva andare avanti senza di me. Tutto quello che avevamo passato, tutto, significava qualcosa. Ogni cosa.

O no?

Non era così che sarebbe finita.

Niente era finito.

«Vuoi sposarmi?», chiesi, respirando a fatica col cuore che mi martellava.

Lentamente, mi misi in piedi e mi voltai verso di lui, vedendolo fermarsi.

Lui restò lì, immobile, senza voltarsi, ma andava bene così. Non ero certa che sarei stata capace di farlo se mi avesse guardata.

Dio, avevo la bocca così secca che non riuscivo a deglutire.

«Ti amo», dissi e riuscii a vedere con la coda dell'occhio persone che ci riprendevano con i loro cellulari, ma non mi importava. «Sono pazza di te e sono certa che a un certo punto ti ammazzerò, ma... Dio, ti amo così tanto e voglio che mi sposi». Altre lacrime mi percorsero il viso mentre le parole mi restavano strozzate in gola. «Sposami, Will Grayson». Corsi e lo abbracciai di schiena, cingendolo con le braccia. «Puoi sposarmi? Posso sposarti?».

Lo strinsi, poggiando la guancia sulla sua schiena e raccogliendo acqua sulle labbra.

Lui avrebbe riso. Probabilmente era spaventato o forse arrabbiato perché glielo avevo chiesto io anziché lasciare che me lo chiedesse lui, sempre che quelle fossero le sue intenzioni.

Merda...

Ma poi lui si voltò, mi prese in braccio e mi baciò, premendo le labbra sulle mie e facendomi indietreggiare verso un'auto parcheggiata.

Sentimmo delle risate intorno a noi e io lo cinsi con le braccia e le gambe, deliziata dalla sua forte bocca e dal calore del suo corpo.

Gemetti, baciandolo ancora e ancora. «È un sì?».

Lui ridacchiò e mi rimise a terra. Sbattei le palpebre nella pioggia, vedendolo rovistare nella tasca in cerca di qualcosa.

Tirò fuori la mano: teneva tra le dita un anello vittoriano vintage con un diamante a goccia e una fascetta di platino incastonata da altri gioielli e ornata da applicazioni sopra e sotto. Era come tre anelli in uno, ed era largo due centimetri.

«È molto antico», disse Will, infilandomelo al dito con mani tremanti.

«È della tua famiglia?»

«È tuo adesso». Incrociò il mio sguardo. «È tuo da quasi dieci anni».

Alzai lo sguardo verso di lui, con le lacrime che mi annebbiavano la vista. Me l'avrebbe chiesto anche lui?

Presi il suo viso tra le mani e guardai nei suoi occhi, con i nostri nasi che quasi si toccavano mentre tutta la nostra vita fino a quel momento mi scorreva nella testa.

La piscina a scuola e la sensazione del suo corpo al cinema.

I nostri corpi avvinghiati al ballo di inizio anno, e quando mi aveva presa in braccio per portarmi nel suo letto a Blackchurch.

L'inebriante odore del suo fuoristrada e la pioggia sul finestrino dell'autobus che ci nascondeva all'interno.

C'era tanto altro oltre alle litigate e al dolore.

«Io ti sposerò», sussurrai.

Lui annuì. «Era ora che lo capissi».

Cominciai a ridere, avvicinandomi e baciandolo, e si sentirono delle incitazioni dalla taverna.

Will ridacchiava contro le mie labbra. «Dobbiamo andarcene da qui», disse.

Gli presi la mano, tirandolo. «Andiamo».

Conoscevo un posto perfetto.

Calpestando pozzanghere, corremmo verso la cattedrale, voltammo a destra e attraversammo il prato tra la chiesa e il marciapiede.

«Dove andiamo?», urlò lui.

«A nasconderci».

Le porte principali dovevano essere chiuse a quell'ora, ma avevo scoperto anni prima che padre Behr non chiudeva mai davvero la porta dello scantinato di modo che il vecchio signor Edgerton potesse smaltire la sbornia da whiskey lì, anziché affrontare da ubriaco la moglie.

Ci fiondammo dentro, corremmo tra gli stretti corridoi e poi su per una rampa di scale entrando nella navata della chiesa. Condussi Will nella galleria e mi affrettai verso il davanzale, tirai via il pezzo di legno che avevo inchiodato lì anni prima e presi la vecchia chiave con la catenella e l'incenso.

«Che cos'è?», mi chiese Will, guardandosi intorno per controllare se ci fossero testimoni.

Ma non gli risposi. Lo condussi attraverso la porta, su per le scale di cemento, e infilai la chiave, aprendo la porta della stanza Carfax.

Mi guardai velocemente intorno, respirando il profumo muschiato di pioggia e legno.

Buia, nessun segno di vita e il letto era ancora lì. Non mi interessava nient'altro.

Chiudendo la porta, lasciai cadere la chiave e cinsi Will con le braccia, mordicchiandolo e succhiandolo veloce, perché ero affamata.

«Ti amo», ansimai, sbottonandomi i jeans e abbassandomeli giù per le gambe.

Lui mi sfilò la camicetta e gli occhiali mi caddero per terra insieme a essa. «Meglio per te».

Senza lasciare la sua bocca, mi spogliai di slip e reggiseno, completamente nuda mi sfilai l'elastico dai capelli e lui mi prese di nuovo tra le braccia.

Mi strinsi a lui e i miei freddi capelli mi ricoprirono la schiena, mentre lui ci conduceva verso il letto.

«Sbrigati», lo implorai.

Stavo pulsando. Lo volevo dentro di me.

Mi lasciò cadere sul letto, si tolse la camicia, si sfilò le scarpe e si spogliò del resto dei vestiti. I suoi addominali tonici e i tatuaggi neri mi fecero sfregare le cosce dal desiderio.

Mio.

Lui salì sul letto, mettendosi sopra di me, e io aprii le gambe mentre lui infilava una mano tra di noi, entrò dentro e spinse, affondando dentro di me. *Basta attese.*

«Ah», mugolai, inarcando la schiena.

«Non dormire stanotte», ansimò, spingendo i fianchi e parlandomi a un soffio dalla bocca. «Non spezziamo tutto. Non spezziamo l'incantesimo».

Mi rannicchiai contro di lui, con un calore che mi invadeva la pancia mentre gli divoravo la spalla, il collo e la bocca, insaziabile.

«Ti ho amato ieri notte», gli dissi. «E ti amo stamattina. Sarò sempre qui. Sarò sempre io domani e ogni giorno che seguirà».

Lui si sollevò, senza perdere minimamente il ritmo mentre fissava in mezzo a noi, guardandosi mentre entrava dentro di me.

«Mi dispiace per tutto», dissi.

«Anche a me, piccola». Mi baciò. «Sarei dovuto restare. Mi dispiace se me ne sono andato. Mi dispiace se ti ho lasciato, quel giorno nel corridoio della scuola».

Mi colpì in profondità e io alzai gli occhi al cielo.

«Io e te contro il mondo», sussurrò, prendendo velocità e spingendo più forte.

«Sempre», dissi.

E io mi tenni a lui mentre scivolava ancora e ancora dentro di me, spingendosi in mezzo alle mie gambe, entrambi persi per il resto della notte nel calore e nella frenesia dell'essere finalmente insieme.

Capitolo 37

Emory

Presente

Ore dopo, uno squillo squarciò il silenzio e spalancai le palpebre, sussultando per la luce che penetrava dalle finestre.

«Pronto?», sentii Will rispondere.

Mi girai e mi rannicchiai contro la sua schiena, cercando il calore della notte prima.

Mi aveva tenuta stretta tutto il tempo, tranne gli intervalli in cui ci svegliavamo per fare sesso; avrei ucciso chiunque lo stesse disturbando così presto. Non avevo alcuna intenzione di lasciare la stanza Carfax per tutto il giorno.

«Uhm, solo un attimo», disse e si voltò, tirandomi al suo petto. «Ehi, scusa se ti ho svegliata». Mi baciò sul naso. «C'è Rika al telefono».

«Per me?», mugolai.

Sentii il cellulare toccarmi la mano mentre cercava di passarmelo, mantenni gli occhi chiusi, e mi scappò uno sbadiglio, mentre il caldo gioiello sul mio anulare tintinnava contro il telefono.

Sorrisi, al ricordo di cos'era successo la notte prima.

«Pronto?», dissi.

«Ho sentito che ti sei fidanzata», mi punzecchiò.

Ma poi mi fermai. I video. La gente in strada ci stava riprendendo.

Fantastico.

«Possiamo vederci?», chiese. «Da sole?».

Da sole?

Lanciai un'occhiata verso Will che aveva gli occhi chiusi, ma col pollice disegnava cerchi sulla mia spalla.

«Dove?», chiesi.

«Carriage House a Meridian City».

«Adesso?»

«Tra un'ora», specificò.

Baciai le linee di uno dei tatuaggi sul petto di Will, incapace di impedirmi di sfiorare la sua morbida pelle con le labbra.

«Due», replicai.

Non ero ancora pronta a lasciarlo.

«Ci vediamo», disse.
Riagganciammo e io sorrisi, tornando sopra di lui e sentendo il suo corpo tornare in vita sotto di me mentre un sorriso si apriva sulle sue labbra.
Sì, lo sai cosa sta per succedere. Vieni qui.

Will voleva prestarmi la sua auto, ma poi avrei dovuto preoccuparmi di dove parcheggiare, così piuttosto presi un Uber per arrivare a Meridian City.
Scesi dalla Jeep Cherokee, alzandomi la zip della giacca di pelle marrone e guardando l'insegna di Carriage House, senza aver bisogno di sbirciare attraverso la vetrina per notare l'esposizione di abiti da sposa all'interno.
Sapevo cosa vendeva quel negozio. Cosa voleva da me?
Chiedere a qualcuno di fare quasi un'ora di viaggio per parlargli significava che era una cosa importante e io avevo già avuto drammi a sufficienza per il resto della vita.
Ero abbastanza certa che non fosse arrabbiata con me, visto che eravamo state nude nella stessa stanza due notti fa, ma questo non significava che fossimo amiche.
Ancora.
La Jeep ripartì, i suoni della città dietro di me riempivano l'aria mentre dei clacson suonavano in lontananza e i pedoni mi passavano davanti, a destra e a sinistra.
Abbassai lo sguardo sul mio anello e non riuscii a fare a meno di sorridere per quanto mi stesse alla perfezione. Come se lo avessi sempre indossato.
Diretta verso l'ingresso del negozio, mi lisciai i capelli, tirati su in una coda alta, e mi infilai le mani nelle tasche per allontanare il freddo dell'aria.
Chiusa la chiamata con Erika, mi ero connessa a internet e avevo cancellato la mia carta di credito e di debito, visto che non avevo idea di che fine avesse fatto il mio portafoglio da quando ero stata rapita a San Francisco. Poi avevo trasferito dei fondi dalla mia banca al conto quasi vuoto che avevo ancora a Thunder Bay ed ero andata in un negozio per comprare dei vestiti che mi bastassero almeno per qualche giorno.
Per fortuna, non avevo bisogno di un nuovo paio di occhiali perché a quello aveva già pensato Will. Ora avrei potuto vedere Martin se fosse venuto a cercarmi, tutto sotto la protezione di Micah e Rory, ovviamente, eppure, era come se l'evasione non avesse mai avuto luogo.
Sarebbe venuto a cercarmi? Will sarebbe stato pronto?
Aprii la porta ed entrai: il posto sembrava vuoto e vagai tra le vetrine.

Entrai nel camerino vedendo Erika sulla pedana in un meraviglioso abito di seta e lustrini, con un corpetto stretto e uno scollo a cuore che le definiva il corpo alla perfezione.
I capelli le ricadevano sulle spalle mentre si guardava da tutte le angolazioni. Feci un passo avanti e vidi Winter parlare sottovoce al cellulare mentre le sue dita si trascinavano su appunti che teneva in grembo. Strinsi gli occhi, vedendo le punte delle sue dita muoversi da sinistra a destra mentre parlava.
La moglie di Kai era comodamente seduta su una poltroncina bianca, che digitava qualcosa sul suo portatile. Dov'era Alex?
Mi schiarii la voce. «Ehm, ciao», dissi infine.
Tutte alzarono la testa, Winter smise di parlare e si voltò in direzione della mia voce.
Erika si girò, con gli occhi azzurri brillantissimi. «Ehi».
Era meravigliosa, quasi regale nel modo in cui indossava quell'abito.
Entrai, avvicinandomi a lei mentre tenevo stretto nella tasca il cellulare che mi aveva dato Will. Ero quasi tentata di scappare. Non me la cavavo bene nei gruppi femminili. Erika Fane mi intimidiva, persino alle superiori, e aveva due anni in meno di me.
Lei mi fissò dall'alto e mi ci volle un momento per raddrizzare le spalle e sostenere il suo sguardo.
«Allora…», disse, trascinando la parola.
Allora…
Ma continuava a fissarmi.
Dio, cosa? Le mie guance si scaldarono, mi chiesi se sarei stata messa al rogo per il sesso sul treno, per aver mandato i suoi amici in prigione o per aver fatto evadere Will la notte prima, ma poi lei mi prese la mano e ammirò il mio anello di fidanzamento, con il suo diamante a forma di fiocco di neve che luccicava alla luce.
Mi avrebbe detto che non ero abbastanza per lui.
Mi avrebbe detto che non si fidavano di me.
Ma invece mi chiese: «Sei felice?».
Sono felice?
Confusione, sollievo e poi… una risata mi riempì la gola e non riuscii a contenerla. Mi lasciai scappare una risatina, con le farfalle che svolazzavano nel mio stomaco.
«È tutto quello che volevo sapere», disse Erika, sorridendomi. «Congratulazioni».
«Grazie».
Be', era stato facile. Mi osservò con i suoi occhi caldi e sentii le altre due dire in coro: «Congratulazioni».
«Non siamo mai state presentate per bene». Mi porse la mano. «Erika Fane. Puoi chiamarmi Rika».
Le strinsi la mano. «Emory Scott».

La moglie di Kai mise da parte il portatile e si alzò, offrendomi la sua mano. «Nikova Mori, ma tutti mi chiamano Banks».

«Banks», ripetei. Ma poi mi ricordai. «Nikova», dissi tra me e me e poi a lei. «Nik? Sei la sorella di Damon?».

Lei sembrò sorpresa, annuendo. «Esatto».

E poi Rika intervenne di nuovo. «E anch'io, in realtà».

Cosa?

Ma lei agitò una mano. «È una lunga storia. Te la spiegheremo più tardi».

Lei e Banks non erano imparentate, però… o mi sbagliavo? Altrimenti quell'orgia sul treno sarebbe diventata ancora più eccessiva.

«Winter Torrance», si avvicinò piano l'altra ragazza, tendendomi entrambe le mani.

Gliele strinsi. «È un piacere conoscervi».

«E conosci già Alex», disse Rika, facendo un cenno dietro di me e tornando sulla pedana.

Mi guardai oltre la spalla, vedendola poggiata alla parete, con la borsa sulla spalla che ci guardava, quasi con l'aria di chi era in attesa di un invito.

Non l'avevo più vista da quando eravamo scese dal treno e non sapevo se le andasse di parlare.

Voltandomi di nuovo verso Rika, le dissi: «Stai veramente benissimo. È per un'occasione speciale?»

«È il mio abito da sposa».

Il suo abito da sposa?

Winter salì sulla pedana, passando le mani sul tessuto e poi toccando il viso di Rika. «È rosso». Sorrise. «Lo sento».

L'abito era senza spalline, di tessuto rosso, con un corpetto stretto e dei ricami dorati sul seno. Le calzava come se le fosse cresciuto sulla pelle e adoravo i lunghi capelli che le ricadevano sulla schiena.

Era un colore non convenzionale per un abito da sposa, ma ero davvero sorpresa? Perché non doveva fare quello che le pareva?

Rika all'improvviso fece un respiro profondo e abbassò la testa, con delle lacrime che le scendevano lungo il viso. «Meglio farlo adesso che lungo la navata, credo», ci disse, ridendo un po' mentre alzava di nuovo gli occhi, con l'aria completamente persa in un modo che me la faceva finalmente vedere in modo autentico. «Quante emozioni. Ho lo stomaco sottosopra. Lui mi fa sempre questo effetto, sapete?».

Potevo capirla. Indipendentemente da quanto ti credessi tenace, era la persona che custodiva il tuo cuore ad avere tutto il potere.

Banks parlò con una voce soffice. «Oh, è così dolce: lo ami così tanto che ti fa venire il voltastomaco».

Io, Rika e Winter scoppiammo a ridere.

«A essere onesta, sì», ringhiò scherzosamente Rika a Banks.

Si girò sulla pedana con l'abito che si aprì e la coda che strusciò sul pavimento.

«Lui è la mia vita», disse, «e non potrei essere più felice. Nulla ha valore senza di lui». Voltandosi, ci guardò, prese la mano di Winter mentre con lo sguardo vagava per la stanza. «Vi voglio bene, ragazze. Lo sapete? Amo peccare, ma non mi piace farlo da sola». Le tremava il mento. «Grazie per essere la mia famiglia».

Non ero certa che volesse bene anche a me, avendola conosciuta solo di recente, ma era inebriata dall'amore in quel momento, così gliela lasciai passare. Speravo di essere anch'io così felice il giorno del mio matrimonio.

Fece un respiro profondo e poi batté le mani. «Va bene, basta così!». Si asciugò gli occhi.

«Champagne per tutte e fate entrare i vestiti!».

«Cosa?», chiese Winter.

Ma prima che Rika potesse rispondere, furono spinti dentro due espositori di abiti e un vassoio di bicchieri riempiti di frizzante champagne dorato.

«Cosa sono?», chiese Banks a Rika.

Una donna portò il carrello verso Rika e lei prese un bicchiere di champagne. «Prendete il vostro preferito e andate a provarlo, così lei potrà prendervi le misure», ci disse Rika.

Guardai gli espositori su cui c'erano lunghi abiti che arrivavano al pavimento, neri, argento, bianchi e oro. Questo significava che voleva che anche noi indossassimo degli abiti? Come... sue damigelle?

«Rika, sono incredibili», disse Banks, guidando Winter verso i vestiti. «Sei sicura?».

Rika non rispose, abbassò solo lo sguardo su di me. «Spero troverai qualcosa che ti piaccia».

«Non credo...»

«Scegli», disse, tagliando corto la mia protesta.

Poi si voltò con il bicchiere in mano mentre la sarta controllava le misure.

Io mi voltai, guardando Banks e Winter valutare le scelte, sorridenti come adolescenti, anche se sapevo che entrambe erano madri, ormai.

Cosa aveva in mente Rika? Non potevo essere anch'io una damigella, perché avevo capito che era di questo si trattava. Avrebbe dato un abito solo alla sua cerchia, non a tutti gli invitati.

Eppure... Passai in rassegna gli espositori, vedendo Banks tirare fuori un abito nero e Winter trascinare le mani sui diversi tessuti.

Presi un abito a trapezio, dorato e luccicante, con le maniche lunghe e la vita stretta. Ma Alex mi bloccò, tirandone fuori uno argento, con lo scollo a V, le spalline sottili e dei ricami grigio scuro.

«Questo», mi disse.

Lo presi, senza riuscire a immaginare come potessi indossare dell'intimo al di sotto. Non era trasparente, ma era stretto e abbracciava praticamente ogni curva.

Banks e Winter sparirono nei camerini. Chiesi ad Alex: «Non dovresti provarne uno anche tu?»

«Ho già il mio».

Prendendo il vestito, mi condusse in una piccola stanza e aprì le tende bianche, richiudendole intorno a noi.

In pochi minuti mi ero tolta i vestiti, avevo infilato i tacchi e stavo provando il vestito, mentre Alex lo tirava su lungo il mio corpo e mi allacciava i gancetti sulla schiena. Sentii una sensazione sulla pelle quando mi toccò e mi intimorì l'idea che potesse essere preoccupata.

Il motivo lo ignoravo. C'erano troppe cose ormai, ma volevo parlarle. Non si erano ancora viste le ripercussioni dopo Blackchurch, e non avevamo avuto notizie riguardo a sopravvissuti.

Non aveva avuto una vera rottura con lui. Poteva essere morto.

«Pizza e margarita stasera?», scherzai.

Will sarebbe impazzito se fossi sparita, ma lui stava bene. Lei no.

«Devo lavorare», disse a voce bassa, allacciando l'ultimo gancetto.

Lavorare... Mi ci volle solo un attimo per connettere.

Aveva un appuntamento.

«No», dissi.

«Non c'è nulla di male in quello che faccio, Emory».

«È quello che hai detto a lui quando ha cercato di fermarti?».

I suoi occhi guizzarono sui miei e capii in quel momento che avevo toccato un nervo scoperto. Aydin avrebbe dovuto lottare di più, ma una volta ci aveva provato, no? L'aveva cercata.

Lei era in piedi, dritta, e io mi attorcigliai i capelli intorno al pugno, mi guardavo allo specchio e improvvisavo un'acconciatura.

«Siamo uniche nel nostro genere, lo sai?», le dissi. «Entrambe troppo testarde per il nostro stesso bene. Lui ti ha cercata, ma il tuo cuore era diventato d'acciaio e non c'era altro da fare se non mettere un piede davanti all'altro e proseguire senza ripensamenti, vero?».

La conoscevo perché conoscevo me stessa. Eravamo uguali.

Delle lacrime le velarono gli occhi e lei scosse la testa tra sé e sé. «Avrei voluto fare l'amore con lui almeno una volta».

«Perché non l'hai fatto?»

«Perché non voleva pagare per farlo», esclamò, con occhi pieni d'orgoglio.

Un dolore mi colpì al cuore.

Lasciai cadere la coda e la cinsi con le braccia, stringendola. Il suo corpo restò immobile per un attimo, ma poi la sentii sciogliersi e lasciò andare un singhiozzo sommesso contro la mia spalla.

La strinsi più forte, affondando il viso nel suo collo mentre anche lei mi stringeva tra le braccia.

Avevo perso così tanto tempo ad avere paura di tutto – provando rancore, lasciando che fosse l'orgoglio a guidarmi – ma lottando non avrei perso niente. Era questa la verità. Non avevamo che una sola possibilità. Si stavano distruggendo, come avevamo fatto io e Will, ma il peggio era che lei forse non avrebbe avuto un'altra possibilità con Aydin.

Io ero stata fortunata.

Ci stringemmo per un altro minuto e poi lei tirò su col naso e si ritrasse, asciugandosi le lacrime.

«Porca troia», sussurrò, squadrandomi da capo a piedi. «Gli verrà duro in tre secondi quando ti vedrà con questo addosso, lo sai?».

Risi, immediatamente immaginandomi Will che mi vedeva con abiti sensuali per la prima volta in vita sua. Avrei potuto sedermi molto lontano da lui al matrimonio e farlo soffrire.

Mi voltai e mi osservai, immaginandomi con i capelli sciolti e qualche boccolo. Mi sentivo bella.

«Tu e Will siete stati molto uniti», le dissi. «Migliori amici».

«Non hai nulla di cui preoccuparti, Em».

«Lo so». Non era quello che volevo dire. «Mi fido di te».

Incrociai il suo sguardo nello specchio mentre mi sistemava il vestito e mi controllava la vita.

«Devo chiederti di fare una cosa per me», le dissi.

Annuì. «Certo. Cosa?».

Aprii la bocca per dirglielo, ma poi sentii qualcuno chiamarmi fuori dal camerino. «Emory, tutto bene?»

«Mmm…» Guardai Alex e poi di nuovo le tende, rendendomi conto che in quel momento non c'era abbastanza tempo. «Ne parleremo più tardi», dissi ad Alex. Poi urlai: «Sì, arrivo!».

Uscimmo dal camerino, Erika era ancora sulla pedana, guardai Banks e Winter, entrambe nei loro bellissimi abiti da Oscar.

Rika mi sorrise. «Ti sta benissimo».

«Accorcerò giusto un po' l'orlo, credo», disse la sarta con lo chignon castano sulla testa e una blusa nera abbottonata fino al collo.

«C'è abbastanza tempo?», chiese Rika.

«Ce la farò».

Rika annuì e io mi avvicinai, passeggiando davanti agli specchi.

«È per il matrimonio?», le chiesi.

«Se ti piace».

Mi piaceva da impazzire.

La guardai raggiante. «Lo adoro».

I suoi occhi entusiasti guizzarono da me a Winter. «Te lo senti bene, Winter? Non è troppo stretto?»

L'altra donna, con i capelli di un biondo quasi bianco che le ricadevano su una spalla in onde meravigliose, si accarezzò l'abito bianco piumato con le dita e aveva l'aria di un cigno. «Adoro questa sensazione», disse, con voce sottile. «Quasi non voglio indossarlo. Non avrà un briciolo di pazienza con i bottoni e finirà a brandelli sul pavimento della camera da letto».

Banks rise e io la seguii. Come poteva una persona così tenera e gentile essersi innamorata di Damon Torrance, per l'amor del cielo?

Ma... dopo averlo visto completamente incantato nella cucina del treno, mi ero convinta anch'io che lei fosse esattamente il suo tipo.

Rika guardò Banks e Banks alzò le spalle, ansiosa di ammettere che il suo vestito nero, con le spalline che ricadevano ai lati delle spalle e un corpetto che le faceva quasi strabordare il seno, le piaceva. Aveva un'aria elegantissima.

«È perfetto. Hai fatto una scelta perfetta», disse a Rika. «È proprio da me».

«Bene». Rika annuì, guardandoci tutte con un sorriso malandrino sulle labbra.

«Perché ho un'idea».

Capitolo 38

Will

Presente

Io la uccido. Aveva tenuto Emmy per le ultime trentasei ore. Senza avvertimenti. Senza discussioni. Senza spiegazioni oltre al dire che aveva bisogno di un'ultima serata tra donne da single.

Non avevo parlato con Em perché Rika aveva sequestrato tutti i loro cellulari, nascondendosi a Delcour con Alex, Banks, Winter, Emory e Ryen dalla mattina prima.

Voglio dire, che cazzo! L'avevo appena ritrovata e una paura mi punzecchiava in un angolo del cervello, preoccupato che potesse cambiare idea sullo sposarmi se non le avessi ricordato sistematicamente quanto sexy sapessi essere.

Lev e David portarono delle confezioni di birra e le distribuirono, mentre Kai si lucidava le scarpe e Michael si sistemava i capelli davanti allo specchio.

Ce ne stavamo a bighellonare nel nostro covo a St. Killian, con i nonni e i genitori che urlavano al piano di sotto e discutevano prima di andarsi ad ammucchiare nelle limousine, mentre il sole era prossimo al tramonto, e le canzoni di DMX risuonavano dalle casse.

Micah prese una bottiglia di bourbon dalle mani di Rory, scolandone un sorso. Poi Damon prese Misha per il colletto, gli sistemò la cravatta e gli prese la testa per osservare la striscia tra i suoi capelli.

«Cosa...», ringhiò. «È blu? Che cazzo...».

Misha lo scacciò via e Damon lo lasciò andare, prendendo una birra e roteando gli occhi. «Guardati le spalle», gli disse.

Misha si sedette accanto a me e io detti un sorso alla mia bottiglia d'acqua.

«La vedrai tra un'ora», mi rassicurò.

Bevvi un altro sorso. «Rika avrebbe potuto avvertirci del fatto che si sarebbe tenuta le ragazze per tutta la notte».

«Ti dà modo di sentire la sua mancanza».

«Mi è mancata già abbastanza», ribattei, guardando Michael allacciarsi le scarpe e poi prendere la bottiglia di Kirin. «Non ho intenzione di sentire più la sua mancanza».

«Credi che se non vi vedrete abbastanza, avrà tempo per cambiare idea?»
«No».
Sì. Mio cugino era sveglio.
Gli feci una smorfia e lui mi sorrise, finendo la sua bottiglia di birra.
Kai camminò verso di noi, prendendone una per sé, ma poi si fermò, e mi guardò. «Ti dà fastidio?», chiese. «Non dobbiamo bere per forza».
La sua mano era rimasta ferma sulla bottiglia e i suoi occhi ricaddero sulla mia acqua.
«No», sospirai. «Voglio essere completamente presente per lei. Sto bene così».
Lui prese la bottiglia e la stappò, le goccioline come al solito ricaddero sui lati: la personificazione della gioia, ma non per me. La bile mi risalì lungo la gola al ricordo di come mi sentivo quando bevevo. Il tempo che si muoveva troppo veloce, lo svegliarsi in condizioni pessime e con la paranoia di dire la cosa sbagliata o di affrontare la situazione dopo che avevo fatto qualche cazzata.
Potevo fare di meglio con me stesso. Ero stanco della persona che ero stato.
Ma mi era concesso di avere un vizio.
Se Damon poteva bere di fronte a me, allora io potevo fumare davanti a lui. Schizzando via dalla sedia, tirai fuori un pacchetto dal taschino sul petto di Rory insieme al suo accendino e accesi una sigaretta, aspettando l'occhiataccia da parte di Michael perché stavo fumando in casa.
Ma niente. Era troppo impegnato a sorridere e scherzare con Kai.
«L'altra sera è stato divertente», disse Micah.
Em mi aveva aggiornato su cosa avevano dovuto fare per farmi uscire di prigione e, sorpresa sorpresa, aveva avuto ragione.
Il suo coinvolgimento alla stazione di polizia aveva cambiato le cose, perciò chiunque avesse il comando stava tenendo la cosa sotto nascosta per via di Emmy. Tuttavia, mi innervosiva non aver avuto ancora alcuna notizia di Martin.
«Finché non vieni preso, è uno spasso», risposi.
Presi un borsone che avevo poggiato sulla sedia, tirai fuori una maschera verde di Army of Two e anche una nera su cui erano dipinte delle strisce bianche per farla sembrare una mummia. Gliele porsi.
Micah mi guardò, con aria confusa.
«Per dopo», dissi. «È la Notte del Diavolo».
I loro occhi si spalancarono, ricordandosi di quello che aveva detto Emmy, e si scambiarono degli sguardi, ridacchiando sottovoce.
«Sembra che tu e i tuoi amici dettiate legge a Thunder Bay», disse Micah.

«Il contrario». Feci un tiro. «Non ci sono regole qui».
Rory lanciò di nuovo la maschera sulla sedia. «Qualcuno verrà a cercarci?»
«Non c'è dubbio».
Micah ridacchiò. «Oh, bene».
Forse non quella notte, ma qualcuno sarebbe venuto.
«Avete fatto il pieno?», urlò Michael e mi voltai vedendolo parlare con David e Lev.
Gli altri due annuirono. «Sì».
Michael ci guardò tutti. «Avete i cellulari carichi?».
Rispondemmo tutti affermativamente.
«I bambini?», chiese poi.
«Le tate ci raggiungono lì», rispose Damon.
Michael restò in piedi lì, tutto pronto e tutti i pulcini in fila, con le spalle tese.
«Tu sei pronto?», gli chiesi.
Lui fece un sorriso e un respiro profondo, rilasciando l'aria lentamente. «Sì», disse. «Andiamo».
Scendemmo tutti le scale, ognuno ridendo e chiacchierando, con i passi pesanti che mi ricordavano di ogni volta che avevamo corso come un gruppo unico: insieme e compatti.
Sprofondando nella notte, *Let The Sparks Fly* cominciò a risuonare dal cellulare di qualcuno e fui colpito da un déjà-vu, ripensando all'ultima volta che avevo sentito quella canzone. Rika aveva sedici anni, era in auto con noi e fu l'ultima bella notte che vivemmo per parecchio tempo.
Sassolini sotto i piedi e bottiglie alla mano, Kai inclinò la testa all'indietro per bere l'ultima goccia della sua birra e ci lasciammo la casa alle spalle.
«Niente auto?», chiesi, notando che tutti continuavano a camminare.
Michael scosse la testa. «Non ho bisogno di essere trasportato all'altare», annunciò. «Voglio arrivare in pieno stile, con i miei amici. È così che è cominciata ed è così che continuerà».
Kai lo prese per una spalla mentre entravamo in strada. «Sempre».
David e Lev uscirono in due SUV e si avviarono, nel caso avessimo avuto bisogno di mezzi di trasporto più tardi, ma noi sette camminammo per la strada buia, con il sentiero illuminato dal bagliore delle case che a mano a mano superavamo.
I fuochi bruciavano, l'odore di legno e spezie aleggiava nell'aria e le decorazioni di Halloween di ogni casa erano accese, con le fiammelle tremolanti all'interno delle zucche intagliate che mi facevano sempre sorridere.
Un ululato fendette l'aria e voltai lo sguardo, vidi Michael con le mani alla bocca, il suo grido risuonò in fondo alla strada e su fino agli alberi.

«Sto per sposare la piccola Rika Fane, stronzi!», urlò Michael e tutti lo seguimmo lanciando grida di battaglia nella notte.

«Whooo!», ci unimmo a lui.

Michael mi diede una pacca dietro la schiena. «Andiamo a prendere la mia donna».

Con le birre e le bottiglie in mano, camminammo per la strada vedendo i nostri vicini salire in auto e mettersi in marcia, mentre una Mercedes si accostava a noi, sbandando, perché occupavamo quasi tutta la strada.

«Farete tardi!», rise Bryce, sporgendosi dal finestrino del passeggero.

Michael tese le braccia. «Come se potessero cominciare senza di me!».

Bryce agitò una mano mentre continuavano ad avanzare e io mossi la testa a tempo di musica vedendo la bottiglia di bourbon passare dalle mani di Micah a quelle di Rory, mentre si parlavano sottovoce e ridevano.

«Sai che potrebbero cominciare senza di te se lei rinsavisse», gli dissi. «Ricordi quando abbiamo rapito sua mamma, rubato tutti i suoi soldi e incendiato casa sua? Quelli sì che erano bei tempi».

«Che cazzo dici?», sputò fuori Rory. «Stai scherzando».

Ma Michael rise, difendendosi. «Damon l'ha soffocata con il cloroformio, se l'è messa in spalla come un sacco di farina e l'ha portata in spiaggia!».

«Stavamo facendo conoscenza», ribatté Damon. «Sei solo geloso».

«Sono solo felice che la vostra "conoscenza" non sia andata oltre i vestiti, prima che tu scoprissi che era tua sorella», controbattei. «Te lo immagini?».

Damon mi agganciò il collo, e io risi iniziando il nostro stupido gioco di lotta.

«Comincio a credere che dovremmo prendere questa ragazza ed Emory e scappare», mormorò Micah a Rory.

Scacciai Damon e mi raddrizzai, sistemandomi il completo.

«Noi tutti la adoriamo», li rassicurai. «Moriremmo per lei e per ognuno di noi. Erika Fane è una donna fortunata».

«Sì, lo è», concordò Kai. Poi guardò Michael. «Stai bene?».

Guardammo tutti Michael notando una leggera patina di sudore sulla sua fronte e il suo respiro pesante.

«Il cuore mi batte all'impazzata», ansimò con una risatina nervosa, «come quel giorno che entrammo nella sua classe di matematica e la rividi per la prima volta dopo mesi».

Kai sorrise, stringendogli la spalla. «È una bella sensazione».

Cazzo, sì, lo era. Ed è una sensazione ancora migliore quando sai che lei prova le stesse cose.

Dio, Emmy mi mancava già. Due notti prima, era stata tutta mia, e mi era sembrato che un nuovo mondo si fosse aperto al mio cospetto: riuscivo addirittura a vedere decenni davanti a noi.

Sapevo che era la persona giusta per me.

Scendendo la collina, ci dirigemmo in paese, con Misha che passò a Damon il resto della sua bottiglia mezza vuota e Damon che si scolava felicemente il resto.

Adoravo vedere le loro interazioni degli ultimi giorni. Misha ora era figlio unico da quando Annie era morta. Nessuno di loro aveva un fratello e se il padre di Misha avesse sposato la madre separata di Damon sarebbero stati tecnicamente parenti.

Se ne erano dette di tutti i colori negli anni, ma un legame stava prendendo forma. Immagino che più si invecchi, più si realizzi quanto si abbia bisogno degli altri. Sarebbe stato bello per Damon avere un fratello.

La gente affollava la strada davanti a noi. *Light Up The Sky* risuonava da Sticks e nessuna automobile poteva passare visto che i ristoranti e la taverna erano zeppi di avventori. Ambulanti vendevano il miglior cibo che si potesse trovare in strada, con Graymor Cristane che quella sera pagava per tutti.

Al nostro arrivo, la gente guardava verso di noi; gettammo le nostre bottiglie nella spazzatura, e ci lanciammo nella mischia.

«Will». Arrivò Simon, prendendomi per mano e stringendomi per il collo.

«Ehi», lo salutai, abbracciandolo anch'io.

«Congratulazioni», disse qualcuno a Michael.

«Grazie».

Stand di cibo costeggiavano i marciapiedi, fornendo la cena e da bere, bottiglie di champagne venivano stappate in ogni direzione e la musica risuonava, l'intero paese illuminato dalle lampade a gas lungo i marciapiedi.

Sarebbe stata una cerimonia non convenzionale, vecchi amici e nuovi acquisti. Notai l'attuale squadra di basket con le loro giacche, tutti ammucchiati sul tetto e sul cofano di una Hummer, con quello davanti che mi fece un cenno col mento. Il capitano, immaginai.

Carino da parte loro. Essere presenti per noi come noi lo eravamo stati ogni anno per McClanahan. Qualcuno stava istruendo bene quei ragazzi.

Tutto il parco era stato ripulito, non c'era un'anima sul prato tranne le sedie posizionate per le nostre famiglie. Ci facemmo strada verso il gazebo. Misha si allontanò per raggiungere Ryen seduta in seconda fila e Micah e Rory si sedettero ai due posti riservati a loro. Damon e Kai cercarono le loro donne, ma io vidi solo Ivarsen con Christiane, Matthew Grayson seduto accanto a lei, e Madden tra le braccia di Katsu Mori seduto accanto a sua moglie.

I genitori di Michael erano seduti in prima fila, sua madre con un ampio sorriso gli mandò un bacio, mentre il padre guardava in basso, con un sorriso timido come se stesse aspettando il proprio momento.

Porca miseria.

Ma Michael sapeva cosa stessi pensando, e mi tirò a sé. «Più avanti», disse. «Non stasera».

«Lo so».

Lui e suo padre non erano mai andati d'accordo. Non dubitavo della lealtà di Michael e del suo interesse a vedere la questione risolta.

Ma questo non significava che non scalpitassi all'idea.

Diedi un'altra occhiata veloce alla folla. Dove diavolo era Emmy? Non avevo visto neanche Winter o Banks perciò non detti peso alla cosa.

Salimmo gli scalini del gazebo e guardai il tetto aperto, notando dei cristalli appesi alle foglie degli alberi sulle nostre teste.

Il cerchio nero in ferro battuto si estendeva per quattro metri e mezzo di diametro mentre dei rampicanti percorrevano le ringhiere su fino al tetto che a un certo punto si congiungeva. Ma lì, dove ci sarebbero dovuti essere dei pannelli come protezione dal sole e dalla pioggia, era invece aperto, di modo che si potessero vedere gli alberi.

L'officiante era in piedi giusto al centro, un giudice di mezza età con corti capelli castani e rossetto color borgogna.

Mi sporsi verso Damon. «Chi ha costruito questo gazebo?».

Ma lui alzò le spalle, senza guardarmi.

Non lo sapeva? Era stato lì tutto il tempo. Come poteva essere stato costruito senza che lui ne sapesse nulla?

Michael si mosse verso il centro, posizionandosi di fronte al giudice, si strinse la cravatta e noi lo raggiungemmo, mettendoci al suo fianco e aspettando Rika e il suo entourage.

Non vedevo l'ora di vedere Emmy. Rika pensava sempre a tutto, perciò sapevo che doveva averle trovato un abito, ma speravo che si fossero anche divertite. Volevo che le piacessero i miei amici. Erano una famiglia, erano importanti per me.

«Quindi sarai un Crist», Kai punzecchiò Michael. «O un Fane?»

«Sta' zitto», scattò Michael.

Kai e Damon risero. Di che stavano parlando?

Ma prima che potessi chiedere spiegazioni su quella battuta, la musica sfumò, il chiacchiericcio della folla si abbassò e tutti ci guardammo intorno, mentre i peli sulle mie braccia si rizzarono: era il momento.

«Michael», bisbigliò Kai.

Guardai Kai e tutti seguimmo il suo sguardo verso la strada e l'imbocco del sentiero che portava al gazebo.

Lei era lì e mi crebbe un groppo in gola e, per qualche assurda ragione, mi sentii scoppiare.

Merda.

Rika, vestita in un abito rosso, audace e fiammeggiante, guardò Michael che a sua volta la fissava, da venti metri di distanza, e lui si avvicinò alle scale.

Era diventata una donna bellissima. La pelle sulle sue spalle nude risplendeva alle luci delle lampade, con i lunghi capelli biondi che le ricadevano sulla schiena in morbidi boccoli. L'abito rosso, con strati di seta che le andavano dalla vita giù sulle gambe, la faceva apparire come la forza della natura che in effetti era. Ricami dorati decoravano il corpetto e grossi, lunghi orecchini d'oro quasi le toccavano le spalle.

La folla era tutt'intorno a lei, ma le lasciava libero il percorso.

Una musica di pianoforte e violini cominciò a suonare e Rika, senza togliere gli occhi di dosso a Michael, si incamminò verso di lui.

Vagai con lo sguardo, cercando Emmy, ma delle altre tre non c'era ancora traccia.

Michael era immobile. Il suo petto si espandeva e restringeva mentre la guardava, con un'aria quasi sofferente. La mascella di lei si tendeva sempre di più a mano a mano che si avvicinava e vidi delle lacrime luccicare nei suoi occhi, perché tutto quello era troppo.

C'era una volta una ragazzina che ci aveva conquistati e che correva insieme a noi tutta la notte.

Non era cambiata.

Lei salì le scale, senza avere bisogno di nessuno che la guidasse o che la desse in sposa, e prese la mano di Michael, sorridendogli.

«Ehi», disse lei.

E lui si chinò, tirando in dentro il petto mentre premeva la fronte su quella di lei, restando a un soffio dalla sua bocca.

Ma Kai lo ritrasse. «Manca poco, amico».

Rika e Michael risero, Michael vedendola leccarsi le labbra e non riuscendo a toglierle gli occhi di dosso.

Stringendole la mano, camminò insieme a lei verso il giudice, più che pronto.

Ma io feci un passo avanti, fermandoli. «Dove sono le ragazze?», sussurrai.

Rika si voltò verso di me, sorridendo come se avesse un segreto.

Poi i suoi occhi guardarono lontano e noi seguimmo il suo sguardo, vedendole tutte in piedi alla fine degli altri tre sentieri che conducevano al gazebo.

Cosa…?

Io mi voltai verso un sentiero, Kai e Damon presero gli altri due, e vidi Emmy lì con un abito argentato, con i capelli neri che le ricadevano intorno e gli occhi fissi su di me.

Winter era alla mia sinistra in un abito di piume bianche e Banks alla mia destra, vestita di nero.

Cosa stavano facendo?
Era…?
E poi… smisi di respirare, colpito da un'illuminazione.
Merda.
«Va bene per te?», sentii Rika mormorare.
«Vieni qui», sussurrò Michael e sentii un bacio. «Ti amo».
Ricordavo i progetti che faceva Rika a St. Killian sul matrimonio con Michael. Sulla scogliera sotto il cielo di mezzanotte, diceva.
Sentii un'eccitazione scorrermi sotto la pelle. Doveva aver avuto un'idea migliore.
Tutte cominciarono a camminare e Damon fece per raggiungere Winter, ma Rika lo fermò. «Vuole farlo da sola, Damon».
Lui si fermò mentre tutte si facevano strada lungo i sentieri verso di noi. Il corpo di Damon era teso ma i suoi occhi seguivano ogni suo passo. Era questo che Rika stava progettando. Era per questo che aveva rapito le ragazze.
Lanciai un'occhiata, vedendo Alex seduta accanto ai genitori di Kai, vestita di blu notte.
Il cuore mi batteva mentre sorridevo a Emmy che stava salendo le scale.
Era tutto vero? Stavamo davvero per farlo?
A malapena conscio della presenza degli altri, il mondo mi girava tutto intorno, e io allungai una mano, aiutandola a salire i gradini.
«Stavo pensando che questa volta potresti baciarmi», sentii Banks dire a Kai.
E poi Damon prese la mano di Winter. «Sei così bella che mi fanno male gli occhi», disse.
Io non riuscivo a deglutire tanto avevo la bocca secca.
Il suo vestito, il suo corpo, ogni sua curva… E chissà com'era la schiena. Porca puttana…
«Ti va?», mi chiese con voce calma, speranzosa.
Sentii l'anello sul suo dito e i miei occhi ricaddero sul suo seno. *Emory Scott. Cosa ca…?*
Lei mi prese il mento e mi obbligò ad alzare lo sguardo, cercando disperatamente di trattenere una risata.
«Ti va?», chiese di nuovo.
Annuii. «Sì. Per sempre, credo».
Lei si tolse l'anello e me lo porse per permettermi di usarlo per sposarla e poi mi prese il braccio, ricongiungendoci tutti al centro.
Damon cinse Winter con le braccia, stringendola al suo corpo e senza toglierle gli occhi di dosso, mentre Banks si reggeva a Kai, al suo fianco.
Erano gli unici già sposati, ma il loro primo matrimonio era stato piuttosto turbolento. Ero felice che fossimo tutti lì. Era perfetto.
«Benvenuti», disse l'officiante mentre la musica sfumava.

«Michael ed Erika…».

Ma poi… le luci si accesero sopra di noi e tutti alzammo le teste mentre il pubblico trasaliva e il giudice ammutoliva.

Emmy trattenne il fiato e io la guardai, notai il suo mento tremare e una lacrima all'angolo del suo occhio.

«Oh, Dio», mormorò.

Sembrava proprio amare i lampadari, eh?

Sollevando una mano, le asciugai la lacrima mentre la luce risplendeva sulla sua bellissima pelle.

«Michael ed Erika», ricominciò l'officiante. «Damon e Winter. Kai e Nikova. William ed Emory».

La guardammo tutti, mentre riempivo i polmoni d'aria e sentivo lo sguardo di Em su di me.

«Siete felici?», chiese il giudice.

E rilasciai il fiato, lasciandomi scappare una risatina e tutti, un secondo dopo, ci trovammo a ridere.

Il giudice annuì, non necessitando di un'ulteriore risposta. «Sono stata orgogliosa di vedervi crescere qui e sono entusiasta di vedere cosa verrà dopo».

Strinsi la mano di Emmy.

«Gli anelli, per favore».

Io stringevo quello di Emmy, Michael quello di Rika e Damon e Kai rimossero temporaneamente quelli delle loro donne.

Ma poi, le ragazze aprirono i palmi per rivelare gli anelli che avevano per noi.

Abbassai lo sguardo e vidi degli anelli d'argento con inciso uno stemma che non riconoscevo. Un teschio sopra un letto d'erba dove giaceva un serpente. Delle corna si aprivano dalle ossa su uno sfondo nero.

Mi guardai intorno, un po' confuso. Banks aveva lo stesso anello per Kai e non riuscivo a vedere quello di Michael o di Damon, ma immaginai che fossero uguali. Dovevo essermi perso qualcosa.

Mi piaceva, però.

«Che c'è?», sentii Michael bisbigliare.

«N… Niente», disse Rika. «Mi era sembrato di vedere qualcosa».

«Michael ed Erika?», continuò l'officiante. «Promettete che qualunque cosa farete, la farete uniti?».

Si sorrisero. «Promettiamo».

«Damon e Winter?», chiese poi il giudice. «Promettete di dare il vostro meglio all'altro?»

«Promettiamo», dissero, con voci forti e sicure.

«Kai e Nikova?».

Il cuore mi martellava dentro il petto e cominciai a sudare.

«Promettete che l'altro non sarà mai solo?», chiese il giudice.

«Promettiamo». Riuscivo a sentire un sorriso nelle loro voci.

«E William ed Emory?».
Abbassai il viso, guardando Emmy negli occhi.
Stavo per perdere il controllo, tanto ero nervoso.
«Promettete di credere nell'altro e di restare sempre insieme?».
Trasalii.
Cazzo, sì.
«Promettiamo», rispondemmo.
L'officiante si fermò per un momento, poi continuò. «Promettete di mettere la famiglia al primo posto?»
«Promettiamo», rispondemmo tutti.
«Promettete di non rompere mai queste promesse?».
Le sorrisi. «Promettiamo».
Tutti facemmo scivolare l'anello sulla mano dell'altro e l'anello si avvolse intorno al mio dito e al mio cuore allo stesso tempo.
«Michael ed Erika, vi dichiaro marito e moglie».
«Uuuh!», sentii qualcuno urlare e tutti ridemmo mentre Michael ed Erika si baciavano.
«Damon e Winter?», disse il giudice. «Vi dichiaro marito e moglie».
Lui le prese il viso e la baciò, continuando anche quando il giudice proseguì.
«Kai e Nikova, vi dichiaro marito e moglie».
«Vieni qui», disse Kai, posando la bocca su quella della moglie. Lei ridacchiò.
Banks ridacchiò. Io voltai la testa.
Le vene sul mio collo pulsavano mentre mi preparavo, ero pronto eppure mi sentivo come se stessi per avere un infarto.
Guardai Emmy negli occhi sussurrando: «Ti amo, piccola».
«Bene», mi disse. «Perché non è vero quello che ti ho detto nella serra: non prendo veramente la pillola».
Cosa? I miei occhi si spalancarono e mi bloccai per un momento.
Ma poi risi, chinandomi e baciandola prima che fosse il momento.
Al diavolo.
«William ed Emory», disse il giudice, schiarendosi la gola per darci un segnale per farci smettere di baciarci.
Ma prima che potesse dichiararci marito e moglie, un tuono squarciò l'aria in lontananza e mi scostai, aprendo gli occhi.
Cosa cavolo era stato?
Mi ritrassi da Emmy, urla e grida ci circondavano, cercai di capire da dove venuto quel suono.
E poi lo vedemmo. Oltre la cattedrale, lontano nel cielo buio verso Cold Point, una nuvola di fuoco e fumo si alzava verso il cielo come una bomba atomica.
Oh mio Dio.
«Cos'è stato?», urlò Damon.

«È vicino al Cove», dissi. Sapevo perfettamente dove fosse, e sapevo anche che poteva trattarsi di una sola cosa.

La gente cominciò a correre e io presi la mano di Em, mentre tutti ci precipitavamo fuori dal gazebo. Cercai i bambini, Misha, Ryen e Alex, ma poi qualcosa colse la mia attenzione e strinsi gli occhi, riconoscendo la ragazzina dell'altra notte al Cove. Ancora vestita con i suoi abiti neri e con il cappello sulla testa. Ci stava fissando.

«Ma che diavolo?», ringhiai. «Michael!».

«Cosa?».

Indicai le auto accanto al marciapiede di fronte a Sticks. «Prendila!».

Era questo che aveva voluto dire Erika quando aveva detto che credeva di aver visto qualcosa?

«Merda», esclamò.

Tenendo sempre stretta la mano di Emmy nella mia, mi affrettai insieme a lei attraverso la folla. La ragazzina si voltò e cercò di mischiarsi tra la gente, mentre un'auto cercava di uscire dalla strada e un carretto le bloccava la via di fuga.

Riuscì a infilarsi in un buco in mezzo al caos ma io mi protesi in avanti, prendendole il braccio giusto in tempo.

La tirai verso di me mentre dimenava le braccia e cercava di colpirmi.

«Lasciami!», urlò.

La cinsi con le braccia mentre si agitava e scalciava e con la testa mi colpì il naso. Il dolore mi penetrò la testa. Cazzo.

«Ehi, ehi», disse Rika, tirandola via dalla mia presa. «Va tutto bene. Nessuno ti farà del male».

Si inginocchiò nel suo abito rosso, guardando la ragazzina e stringendole le mani.

«Te lo prometto», le disse. «Nessuno ti farà del male. Vogliamo solo assicurarci che tu stia bene».

«Sto bene», ringhiò e cercò di divincolarsi. «Lasciatemi!».

Damon la prese, tenendola ferma.

Rika lo guardò. «Lasciala».

Lui corrugò la fronte, ma lo fece e Rika le sorrise, cercando di calmarla. «Ti ho vista guardare il matrimonio», disse mentre la gente correva da ogni parte intorno a noi. «Ti è piaciuto? Mia madre dice che avrei dovuto indossare un abito bianco».

La ragazzina la guardò male, ma non si mosse, facendo solo scorrere gli occhi sugli orecchini e i capelli di Rika.

Mi passai una mano sulla faccia. *Cristo.* Non avevamo tempo per questo. Il Cove era esploso, i cittadini erano impazziti, la maggior parte già pronti a partire per andare a vedere di persona l'entità del problema... com'era possibile che quella ragazzina fosse stata casualmente al Cove l'altra notte e lì quella sera? Doveva esserci una connessione.

«A me piace il rosso, però», la stuzzicò Rika. «A te piace il rosso?».

La ragazzina la fissò e, dopo un attimo, allungò una mano e toccò l'orecchino di Rika, affascinata.
«Sai cos'è successo al Cove, tesoro?», chiese Rika.
La ragazzina si guardò intorno, con la paura negli occhi.
Rika inclinò il mento verso di lei. «Va tutto bene».
La ragazzina deglutì, cercando le parole. «No. Me ne sono andata la notte che siete venuti ad appiccare l'incendio».
«Mi dispiace per quello», le disse Rika. «Non sapevamo che tu vivessi lì».
«Avevo già lasciato il mio nascondiglio quando siete arrivati voi», spiegò. «Quando erano arrivati gli uomini dal mare attraverso i tunnel un paio d'ore prima».
I miei occhi guizzarono su quelli di Michael, vedendo Micah, Rory e tutti gli altri unirsi a noi.
«Gli uomini?», chiese Rika.
La ragazza annuì.
«Com'erano?», le chiese Rory.
«Uno somigliava a lui». La ragazza indicò Michael. «Ma con i capelli più scuri».
Capelli scuri e occhi color nocciola.
Aydin.
«L'altro era ferito», disse. «Alla mano».
Taylor.
«Come ti chiami?», chiese Rika.
Ma la ragazzina guardò un'altra volta tutti noi che eravamo in piedi davanti a lei, poi si divincolò dalla presa di Rika, si infilò velocemente tra Alex ed Em e si gettò nella folla.
«Aspetta, no!», urlò Rika mentre anche Banks la richiamava.
Ma se ne era andata.
Non aveva importanza.
Guardai Micah, Rory, poi Em. «Aydin e Taylor», dissi.
Loro annuirono.
Il treno era passato sotto Deadlow Island. Non sapevo come fossero riusciti ad arrivare così lontano o se avessero ricevuto aiuti esterni, ma quel tunnel poteva essere connesso a Coldfield e ai tunnel del Cove.
Michael scosse la testa. «Due notti fa…»
Erano lì già da due giorni.
Figli di puttana.
«E hanno appena annunciato la loro presenza», disse Kai, fissando la nuvola nera che si dissipava nell'aria verso la costa.
La città brulicava davanti a noi, alcuni montavano in auto, altri discutevano animatamente.
«Toglietevi questi vestiti», disse Michael alle ragazze. «Ci vediamo tutti a Coldfield tra trenta minuti! Forza!».

Capitolo 39

Emory

Presente

Lev e David portarono tutti a casa con i SUV e, dopo esserci cambiati i vestiti e aver lasciato al sicuro i bambini e le nonne nella tenuta dei genitori di Kai, sotto le cure di Katsu e Vittoria, ci infilammo le giacche e corremmo per la superstrada buia. Mi misi anche un paio di guanti di pelle nera che mi aveva prestato Banks, visto che faceva freddissimo.

Ma ero abbastanza certa che l'avesse fatto perché non voleva che lasciassi impronte.

Non contestai. Aveva più esperienza di me in queste cose. La sera prima le ragazze mi avevano aggiornata su tutto quello che mi ero persa nel corso degli anni – il Delcour, il Pope, il Pithom, Evans Crist, Gabriel Torrance e tutto il male (e il bene) fatto dai ragazzi nella loro sete di vendetta.

E Trevor. Sapevo che era morto, ma non i dettagli della sua dipartita. Avrei dovuto essere spaventata. Era tanto da elaborare.

Ma non riuscivo a contenermi. Qualcosa ribolliva in me mentre Will guidava e non riuscivo a credere come non mettessi minimamente in conto la possibilità di scappare. Anche mentre la paura mi annodava lo stomaco, non volevo essere in un nessun altro posto.

Sentendo che mi guardava, mi misi il berretto da sci nero e guardai verso di lui, con la sua felpa nera e le vene sulle mani tatuate che sporgevano, mentre stringeva il volante. I suoi occhi si rivolsero di nuovo verso di me e aprì e chiuse la bocca.

«Smettila di guardarmi», dissi, rivolta in avanti. «Vengo con te e non puoi fermarmi».

Sapevo che era preoccupato per il casino in cui mi stava cacciando, ma stava dimenticando che quel casino era anche mio. Non sarei più scappata.

Arrivammo a Coldfield che pullulava di gente. L'esplosione giù a Old Pointe Road aveva tirato fuori la gente dalle case anziché farcela barricare dentro. Will non si preoccupò neanche di cercare un parcheggio. Accostò dietro a due auto, bloccando loro il passaggio, e spense il motore.

Un altro SUV accostò dietro di noi e tutti scesero dalle auto.
Io e Will camminammo verso il retro del veicolo e aprimmo il portellone posteriore. Lui afferrò un borsone, distribuendo a tutti le loro maschere, ma nessuno le indossò, semplicemente se le agganciarono alle cinture.
Misha e Ryen arrivarono correndo, in abiti normali, pronti a far festa.
Will strinse gli occhi alla vista di suo cugino, e si bloccò. «Che stai facendo?».
Ma Misha si abbassò, tirò fuori dalla borsa una maschera nera con una striscia blu. «Questa è di qualcuno?».
Will abbassò gli occhi. «Non c'è bisogno che venga anche tu, amico. Non c'è bisogno che tu sia coinvolto».
Misha lo guardò intensamente. «Sì, invece».
Si agganciò la maschera alla cintura e rovistò nella borsa, tirandone fuori una bianca per Ryen.
Will li osservò e un sorriso si formò lentamente sul suo viso, vedendo il cugino gettarsi nella mischia insieme a tutti. «Il mio branco», disse, strozzato da finte lacrime, «è diventato più grande».
«Sta' zitto», gli disse Ryen.
Misha rise, tutti e tre lo seguirono per quel riferimento a *Una notte da leoni*.
Misha e Ryen si allontanarono. Non li conoscevo molto, ma sapevo che Misha non era un Cavaliere e non era il tipico ragazzo ricco di Thunder Bay. Will era la sua famiglia, però, e lui era lì per la sua famiglia.
Will prese un'altra maschera ancora, gialla, con del sangue intorno alla bocca e agli occhi.
«Forse stanno cercando di distrarci», gli disse Michael. «Ci attirano lì così possono distruggere la città mentre noi giriamo in cerchio».
«Non hanno nulla da guadagnarci», gli disse Will. «Se hanno una questione in sospeso, è con noi. Vogliono affrontarci. Trovarli non sarà difficile».
Poi mi porse la maschera.
«I veri mostri non indossano maschere», lo schernii.
Lui alzò le spalle. «I veri mostri possono anche non preoccuparsi di essere riconosciuti. Niente maschera, niente divertimento per te».
Oh, il mio uomo che dettava legge. Cavolo, mi eccitava.
Allungai una mano e presi una maschera nera abbinata alla sua bianca, entrambe con una grossa striscia rossa a sinistra.
«Mi piace questa», dissi.
Lui sorrise ed estrasse la sua, sbattendo il portellone e chiudendo l'auto.
«Potrebbe esserci anche Martin», mi disse mentre tutti entravamo a Coldfield per poter entrare nel Cove senza essere visti.

«O forse no», commentai.

Ma lui scosse la testa, facendoci strada in mezzo alla folla. «Per qualche ragione, non credo avremo la fortuna che in tutto questo non ci sia una connessione, Emory».

Una connessione…

Rallentai, pensando a Martin, Evans Crist, Aydin…

Chi aveva rinchiuso Will a Blackchurch? Ancora non lo sapevamo. Chi aveva qualcosa da guadagnarci?

Aydin e Taylor erano in città da due giorni. Perché aspettare così tanto prima di palesare la loro presenza? Cosa stavano facendo?

Come Micah e Rory, Aydin, Taylor e le loro famiglie potevano essere utili alleati di qualcuno.

Evans sapeva che Will era scappato e adesso…

Il mio petto cedette. Evans aveva rinchiuso Will a Blackchurch.

Evans era collegato a Martin.

Erano passati due giorni.

Due giorni.

Alzai gli occhi, guardando intorno a noi, vagando da maschera a maschera nel parco infestato.

Abbastanza tempo per organizzarsi…

Merda.

«Aspettate», urlai, poi voltai la testa e alzai la voce mentre tutti continuavano a proseguire. «Aspettate!».

Tutti si voltarono e mi fissarono e io mi affrettai a raggiungerli mentre Will mi veniva incontro.

«Sono qui da due giorni», dissi, mentre tutti ci accerchiavano. «Due giorni. Cos'hanno fatto? Si sono goduti il panorama?»

«Si sono preparati», ponderò Michael.

«No», gli dissi, guardandomi ancora intorno alla ricerca di pericoli. «Non sono soli».

Tutti trasalirono.

«Non sono arrivati qui senza aiuti», chiarii a voce più alta.

Gli addetti della sicurezza di Blackchurch li avrebbero rispediti a casa o in un'altra struttura. Erano scappati e arrivati lì in fretta con l'aiuto di qualcuno.

Una figura immobile catturò il mio sguardo e guardai di nuovo. Era in piedi in mezzo alla folla, mi fissava dritto intanto che la gente si dimenava confusamente intorno a lui.

Tutto il mio corpo si scaldò.

Indossava una maschera – da diavolo, dipinta di nero – e io lo fissavo mentre lui fissava me, col cuore che mi rimbombava nelle orecchie.

Coldfield continuava a vibrare intorno a noi, con persone che correvano, urlavano e ridevano mentre *Highly Suspicious* suonava dall'impianto audio.

«I loro genitori?», buttò lì Rory e Micah scosse la testa, incerto.
Ma risposi io per lui. «No».
«Cosa stai cercando di dire?», chiese Alex intervenendo.
Guardai Will. «È tutto collegato. Evans Crist ha chiesto l'aiuto di Martin per indebolire i vostri genitori mandando tutti voi in prigione, ma non poteva immaginare che vi sareste organizzati anche voi una volta fuori. In poco tempo siete diventati anche voi una minaccia di cui doveva occuparsi».
«Mio padre ha fatto un sacco di cazzate», intervenne Michael, «per le quali pagherà, ma sono anni che è calmo».
«Ma è attivo», ribattei. «E se avesse rinchiuso lui Will a Blackchurch per bloccarvi come aveva fatto con i vostri genitori anni prima?». Guardai tutti i ragazzi. «Non avete fatto passi avanti con il resort durante l'assenza di Will, dopotutto. Ha funzionato».
Guizzai con lo sguardo verso destra, vedendo di nuovo la figura.
O qualcuno che gli somigliava alla perfezione. Era anche vestito con la stessa giacca nera e la maschera da diavolo nero sotto il cappuccio.
Tornai con lo sguardo all'altro, notando che era ancora allo stesso punto di prima. Mi stavano fissando entrambi.
«E se fosse stato avvisato nell'esatto momento in cui Will è fuggito?», chiesi a Michael. «E se avesse arruolato i prigionieri rimasti e le loro famiglie e li avesse portati qui? E se Aydin e Taylor avessero dormito tutto questo tempo proprio in fondo alla strada, a casa dei tuoi genitori?».
Nessuno parlò. Gli ingranaggi giravano nelle loro teste mentre si scambiavano occhiate. Mentre affrontavano la possibilità che Aydin quella sera vincesse.
«Aydin non combatte mai, se non è sicuro di poter vincere», disse Alex piano. «Ha ragione. Non è solo».
Mi avvicinai, stringendo il nostro cerchio. «Probabilmente erano al matrimonio», dissi, indicando con gli occhi la folla. «Ci hanno seguiti per tutto il tempo».
Mossi gli occhi verso sinistra, vedendone un altro. E un altro.
Lentamente ci ritrovammo in mezzo a una moltitudine di diavoli, che scivolavano attraverso la folla ignara e ci circondavano come un esercito; il nostro gruppo evitava i loro sguardi, con la consapevolezza chiara su tutti i nostri volti di essere ormai stati presi.
«Le maschere», mormorai. «I diavoli. È così che quelli del loro gruppo si riconoscono».
«Merda», sussurrò Rika, vagando con lo sguardo per il parco a tema.
In undici, più Micah e Rory, eravamo abbastanza per battere Evans Crist, ma potevamo non farcela se Evans aveva le famiglie di Aydin e Taylor a supportarlo. E se avesse avuto anche Martin e le forze di polizia?

Eravamo fottuti.
Rika mi prese la mano e mi tirò verso il deposito, con tutti che ci seguirono mentre ci ammassavamo dentro, affrettandoci attraverso un labirinto di tunnel bui. Scivolammo oltre una parete di scena, dietro la quale gli attori trasalirono quando li beccammo che infilavano le mani attraverso dei buchi per afferrare gli avventori e spaventarli.
Rika si tolse il cappuccio e si sganciò la maschera. «Emmy, scambiala con me».
Prese la mia maschera e se la agganciò alla cintura.
«Alex, scambiati con Banks», le disse.
Restai immobile. «Danno la caccia a tutti», commentai.
Non aveva senso nascondere la mia identità quando anche lei era in pericolo.
Ma controbatté. «Non Aydin e Taylor. Loro cercheranno prima voi due».
Okay, forse. E se c'era anche Martin, sarei sicuramente stata il suo bersaglio.
Mi tolsi la giacca e gliela lanciai, presi la sua felpa e mi infilai il cappuccio sulla testa, Alex e Banks fecero lo stesso.
«Passate sottoterra», disse Will a tutti. «Em e Alex andranno con Rika e Michael».
Sottoterra?
Ma prima che potessi fare domande, intervenne Ryen. «Non dovremmo dividerci».
«Ci muoveremo più facilmente e più velocemente così», le rispose.
Gli presi il volto tra le mani e lo baciai, già senza fiato. «Voglio venire con te».
Lui mi accarezzò una guancia. «Ci vediamo al Cove. Devo allontanarli dalla città. Voglio solo dare modo a voi tutti di scappare prima che ci raggiungano».
Indossammo le maschere e ci infilammo di nuovo i cappucci per coprirci i capelli.
«Voi due, andate con Kai e Banks», disse Will a Misha e Ryen. Poi fece un cenno col mento a Rory e Micah. «E voi restate con Lev, Damon e Winter».
Loro annuirono, indossando le loro nuove maschere. Mi veniva quasi da sorridere. Will aveva pensato proprio a tutto, eh?
«Seminateli», ci ordinò. «Ho lasciato la porta aperta. Passate sottoterra. Raggiungete il Cove».
«Sì», dissero tutti, uscendo di nuovo nel labirinto. Damon e Winter furono i primi, per avere un vantaggio.
Ma prima che potessi andarmene, Will mi prese, mi strinse tra le braccia e mi sollevò la maschera, e mi baciò profondamente. Per il contatto con la sua lingua mi uscì un gemito.

Ti amo.

«Non farti male», sussurrai contro le sue labbra.

Annuii.

Lui mi guardò negli occhi. «Ti sposerò».

E poi mi abbassò la maschera e mi fece uscire dal nostro nascondiglio.

Già, non avevamo completamente concluso la cerimonia e io volevo quella conclusione più di ogni altra cosa.

Rika mi prese per mano, spingendomi dietro Michael e Alex, e io voltai la testa di scatto, vedendo Will andare nella direzione opposta.

Sparì dietro un angolo e io trattenni il fiato, con una sensazione terribile che mi si annidava nello stomaco.

Merda.

Non mi piaceva affatto quella situazione.

Camminammo attraverso la Casa Infestata, dirigendoci verso l'area dello Scienziato Pazzo mentre Rika mi aggiornava velocemente su come Will avesse acquistato Coldfield come copertura per… be', Coldfield, il sistema di trasporto sotterraneo che aveva scoperto. Avevo sentito del parco a tema infestato che era stato eretto a Thunder Bay negli ultimi anni, ma non c'ero mai stata.

Non vedevo l'ora di vedere la città sotterranea.

Ci muovemmo il più in fretta possibile, cercando di non attirare l'attenzione, ma non riuscii a capire dove fossero andati gli altri finché non vidi Damon afferrare un lenzuolo insanguinato e gettarlo su Winter, prendendola poi in braccio come se fosse stata la sua ultima vittima.

Lei doveva aver detto qualcosa, perché le labbra di lui si mossero, sussurrandole qualcosa e poi la stuzzicò in mezzo alle gambe prima di scomparire in un tunnel.

Non c'era traccia di nessun altro e tenni gli occhi ben aperti mentre ci muovevamo di soppiatto nella Casa delle Bambole, con la nebbia che aleggiava intorno ai nostri piedi mentre l'oscurità incombeva tra le travi sul soffitto.

Superai manichini con pelle verde putrescente, tagli di capelli anni Cinquanta e abiti retrò; le giunture sui loro corpi erano delineate in nero per farli sembrare delle marionette, ma mentre camminavo, guardandomi a destra e sinistra, un manichino prese vita e mi saltò davanti alla faccia. Urlai e alzai le mani per colpirlo, ma mi bloccai e poi corsi in avanti.

Mi guardai oltre la spalla: il manichino era tornato al suo posto, pronto per la prossima vittima, immobile in una posa inquietante; poi, non appena voltai lo sguardo in avanti, notai che qualcuno si era messo in mezzo al nostro percorso, una figura scura con una maschera da diavolo.

Alex, Rika, Michael e io ci fermammo, vedendone un altro davanti alla via di fuga. Probabilmente non sapevano dove fosse l'ingresso per Coldfield, perché non sarebbero stati così intenzionati a fermarci se avessero saputo di poterci seguire fin lì, ma ce n'erano molti fuori e probabilmente molti altri che non avevo visto.

«Andiamo!», urlai.

Voltandomi, corsi tra le case, giù per un tunnel e poi su una scala traballante, con Alex e Rika che mi seguivano e Michael che teneva d'occhio le retrovie.

Corsi lungo il piano di sopra e spinsi una porta, trovandomi sul tetto del deposito. Macchine per la nebbia e luci stroboscopiche facevano il loro lavoro, riversandosi sulla festa al di sotto mentre decorazioni, mietitrici e angeli cattivi si muovevano gettando la loro ombra inquietante sul cortile.

C'erano alte tende che proteggevano i materiali dalla pioggia, io afferrai la mano di Alex, con Rika e Michael che correvano dietro di noi, e sfrecciammo dall'altra parte del tetto. Se fossimo riusciti a prendere l'uscita antincendio velocemente, li avremmo seminati e avremmo potuto raggiungere Coldfield.

Guardai a sinistra, però, e mi fermai immediatamente, ansimando mentre raggiungevo il bordo e osservavo la buia distesa sotto di noi.

«Emmy!», ringhiò Michael. «Che stai facendo?».

Non potei fare a meno di sorridere mentre guardavo la labirintica foresta di sotto, con lupi che ululavano e gufi che bubolavano dalle casse, mentre un autobus giaceva in mezzo a quell'attività dietro il deposito, con una spaventosa luce rossa che irradiava da dentro.

Il nostro autobus. Mi aveva detto la verità. Lo aveva tenuto.

Mi si strinse il cuore per quel suo pensiero.

«Emory!», ringhiò Michael di nuovo e sussultai, mi girai e vidi Rika già all'uscita antincendio, prima scese lei e dopo lui.

Alex corse verso di me e mi prese per mano, tirandomi, ma poi una figura scura si mosse tra le tende, mi colpì al petto e volai all'indietro, cadendo col sedere a terra.

Il mondo si ingarbugliò alla mia vista e mi ci volle un attimo prima di respirare. Ma poi sbattei le palpebre e vidi la figura lottare con Alex e stringerle il collo.

«Ehi!», sentii Michael urlare.

Mi rialzai in un baleno, Alex sfilò la maschera e Taylor la affrontò. Con una gamba, Alex agganciò quella di lui e gliela strattonò, entrambi finirono sul pavimento.

Taylor cadde di schiena e Alex gli si schiantò sopra. Lui ringhiò, tirando indietro una mano e schiaffeggiandola dritto in faccia.

Lei trasalì, accasciandosi da un lato ma, prima che lui potesse mettersi sopra di lei, gli lanciai un calcio dritto in mezzo alle gambe.

Lui urlò, curvandosi, e io mi gettai sul suo corpo, con i suoi capelli sudaticci che gli si attaccavano alla fronte, per colpirlo in faccia. Sussultò, cercando di difendersi, e io lo colpii così forte che un dolore percorse il mio polso e l'intero braccio.

Qualcuno mi portò lontano da lui, il respiro mi rimbombava nelle orecchie mentre respiravo nella mia maschera, quasi me la tolsi, ma sapevo che tutta l'area era connessa a telecamere di sicurezza, perciò la tenni su.

«Forza», scattò Michael, prendendomi per la mano e tirandomi.

Corremmo tutti, diretti verso un lato dell'edificio, giù per la scala antincendio e di nuovo al piano terra.

Le persone ci passavano davanti veloci, dirette verso il palco, intanto che il presentatore cominciava lo spettacolo, e *Devil Inside* rimbombava dalle casse.

Sollevai gli occhi, vedendo diavoli mascherati dirigersi verso il lato dell'edificio, seguendoci.

«Muoviamoci!», urlai.

Ma poi i miei occhi colsero qualcosa e mi fermai, riconoscendo Martin.

Era fermo all'ingresso, dall'altra parte della zona ristoro, con addosso dei jeans, un pullover nero e i capelli neri perfettamente pettinati.

Mi fissava con la mano in tasca. Si intravedeva dallo sguardo un sorriso che non trapelava dalle labbra.

Mi sentii pizzicare la spina dorsale, cogliendo il tono di sfida nel suo sguardo.

«Emmy!», urlò Rika. «Emmy, andiamo!».

Lui mi fissava.

Non riuscivo a muovermi.

I polmoni soffocati, un piede pronto alla ritirata e un altro in attesa di caricare e picchiarlo finché non mi fossero sanguinate le mani.

Un urlo mi si era bloccato in gola.

Non riesco a muovermi.

Poi, una piccola mano scivolò nella mia, la pelle fredda, sporca di terra e lerciume.

Abbassai lo sguardo, deglutendo nel vedere la ragazzina che mi guardava.

Chi…?

«Andiamo», sussurrò.

Capelli biondi, aveva forse otto o nove anni, era tutta vestita di nero eccetto la canottiera bianca che vedevo fare capolino da sotto il suo maglione. Un cappellino nero in testa e una treccia che le ricadeva sulla spalla, sorrise e mi tirò. La seguii, guardando Michael e Rika in cerca di una risposta, ma restarono anche loro a guardarla a bocca aperta, con aria ugualmente confusa.

Mi lasciò e scattò in avanti, si abbassò e s'infilò oltre un telo che copriva un cunicolo sotto il deposito. «Da qui!», urlò.

Esitammo solo un attimo prima di seguirla, con Michael che ci fece andare avanti per guardarci le spalle.

Strisciammo dietro alla bambina che ci faceva strada, affondando mani e ginocchia, sentivo la terra fredda che mi passava attraverso i jeans. Tutti ci guardavamo indietro per controllare se ci stessero seguendo.

«Sei sicura di sapere dove stai andando?», chiese Michael.

«Questa città è mia», controbatté lei.

Lui si fermò a ridere, nonostante la fretta che avessimo; non avevo neanche tempo per chiedermi da dove spuntasse quella ragazzina, né se ci stesse davvero conducendo in salvo.

In quel momento, non avevamo scelta.

Fermandosi, si alzò e spinse una tavola; tutti scivolammo nel deposito e di nuovo eravamo nell'ala dello Scienziato Pazzo.

Non appena fummo tutti dentro e riconoscemmo dove ci trovavamo, Michael prese la ragazzina, se la mise in spalla e corse, noi lo seguimmo.

«Santo cielo, so camminare!» Si alzò e tese le mani. «Ehi!».

Ma lui non si fermò e proseguimmo nel laboratorio, nessuno ci inseguiva, aprimmo la porta e ci fiondammo dentro. Michael portò la bambina nel tunnel, seguito da Rika e Alex, ma io mi fermai. Avevo sentito qualcosa.

Guardai all'indietro, oltre la porta del laboratorio chimico, e posai gli occhi su un gruppo di figure vestite di bianco nell'altra stanza. Erano ferme come statue, con buchi neri al posto degli occhi e sembrava che mi stessero guardando.

Avvertii qualcosa strisciarmi sulla pelle, la paura mi invadeva e i miei piedi mettevano radici e affondavano nel suolo.

Immobile, fissai i loro volti, consapevole.

Lo percepii.

E poi… uno voltò la testa e il cuore mi balzò in gola. Urlai, sapendo che poteva non essere uno di loro, ma magari sì. Merda.

Scivolai nel tunnel, chiusi la porta e corsi dietro agli altri, inciampando su un sasso perché non riuscivo a smettere di guardarmi indietro.

Barcollai, mi raddrizzai e corsi verso i binari.

Micah, Rory e Lev erano nel carretto davanti, con le cinture già allacciate, e io ebbi a malapena il tempo di riprendere fiato prima che partissero. Il carretto sfrecciò sul binario.

Erano rimasti solo altri due carretti: sperai che significasse che tutti gli altri erano già scappati.

Loro si allacciarono le cinture, Michael mise in moto il carretto e io mi guardai indietro, sentendo la porta aprirsi in fondo al tunnel.

Will…

Ma qualcuno mi prese e mi spinse a sedere.

«Will!», urlai, sentendo la cintura di sicurezza su di me. «Michael, no!».
«Sbrigati», gli urlò Rika con la ragazzina sulle ginocchia. «Vai!».
Il carretto partì, il mio collo scattò all'indietro e io girai il mio sedile, vedendo le luci dietro di me farsi sempre più piccole.
«No!», gridai.
Era rimasto un carretto solo. Se qualcuno avesse visto dove eravamo andati – se quel fantasma non era un attore e aveva visto dov'ero diretta – Will non sarebbe mai arrivato al Cove.
Mi coprii il viso con le mani mentre il vento mi frustava il corpo.
Non ci saremmo mai dovuti dividere.
Le lacrime mi riempivano gli occhi.
Dopo una curva probabilmente passammo sotto il fiume, perché dall'alto delle gocce d'acqua mi colpirono, poi sfrecciammo di nuovo in su, con delle luci che segnalavano periodicamente il nostro percorso.
Michael rallentò e mi tenni forte, vedendo che ci avvicinavamo a una fermata. I freni stridettero e tutti si strapparono via le cinture.
«Will», urlai loro, slacciandomi la cintura. «Abbiamo lasciato Will! Aydin era lì!».
Sapevo che era lui nel laboratorio.
Li seguii, uscendo dal carretto sul marciapiede.
«E se Will non riuscisse a superarlo?», chiesi. «Dobbiamo tornare indietro».
Michael tirò su Rika e la bambina. «Will voleva che tu fossi lontana da lì. Noi restiamo insieme».
«No!».
«Non fallirà», mi disse Rika, guardandomi seria. «Non fallirà, Em. Lui sarà qui».
Mi fermai, sostenendo il suo sguardo. Non potevo non tornare indietro per lui.
Non potevo….
Ma la ragazzina mi tirò la mano. «Vieni!», urlò.
Io piantai i talloni per terra, ma prima di poter contestare, Michael la afferrò per le spalle e la fece girare. «Non così in fretta», disse. «Chi sei? Dimmelo e sbrigati».
Lei si raddrizzò, serrando la bocca.
«E perché vivi qui al Cove?», la incalzò.
La ragazzina si mosse, cercando di scappare, ma lui la afferrò e la strinse.
Io gettai un'occhiata verso il tunnel, ma ancora non sentivo altri carretti avvicinarsi.
Non sapevo chi fosse, invece sembrava che loro l'avessero già vista.
«Athos», rispose lei infine. «Il mio nome è Athos».

Come il moschettiere?
«E il tuo cognome?», domandò Michael.
«Non ce l'ho».
Lui corrugò la fronte. «Ce l'hai. Non sei nata qui, ragazzina».
«Forse sono stata mandata qui per studiare la vostra specie».
Alex rise e guardammo la ragazzina prendere la mano di Rika e indietreggiare, gravitando vicino alla donna e lontano da Michael, con un cipiglio sul viso.
Lui si alzò, ricambiando lo sguardo torvo. «Cosa?»
«Ho visto che alla vostra specie piace fare delle cose strane alle donne in una caverna sulla spiaggia...», gli disse.
Rika trasalì, coprendosi la bocca, ma colsi il sorriso che celava, Alex invece rideva a crepapelle.
«Cos'hai visto?», chiese lui con occhi spalancati.
La ragazzina guardò Michael da capo a piedi. «Pff!».
Lui scosse la testa e la strinse, mettendosela di nuovo in spalla. «Andiamo!».
«Hai paura che ti scapperò di nuovo?».
Corremmo attraverso il tunnel buio, fatto di cemento, con stanze e porte. Sfrecciando su per le scale, entrammo in un vecchio negozio, a lungo chiuso insieme al Cove, e uscimmo nel parco con la ruota panoramica che incombeva in lontananza.
«Lotteremo pur di uscire di qui», mi disse Michael mentre correvamo, «cercheremo mio padre e ci occuperemo sia di lui che di Scott».
Occuparsi?
«Va bene per te?», mi chiese.
Respiravo a fatica, e mi resi conto che a un certo punto avrei dovuto accettare l'offerta di Alex di allenarci al dojo di Kai, dovevo mettermi in forma. «Intendi ucciderlo?».
Sorrise. «Stavo pensando a un'isola accessibile solo tramite treno».
Blackchurch. Voleva rinchiudere mio fratello e suo padre a Blackchurch.
Sorrisi. «Posso conviverci».
Damon, Winter e tutti gli altri schizzarono fuori da dietro a una cabina di gioco con un paio di altre figure mascherate: sicurezza extra, supposi. Ci aspettavano. Sia Damon che Banks tenevano Winter per le mani, correvano insieme.
«Ti tengo, piccola», disse lui.
«Dov'è Will?», chiese Misha, guardandosi intorno.
Non lì, questo lo sapevo. Tirai fuori il mio cellulare e sbloccai lo schermo, pronta a fare il suo numero, ma poi notai delle persone davanti a me e rallentai, scorsi Martin e una squadra di uomini e donne che camminavano nel parco, con gli occhi già su di noi.
Oh, no.

Ci fermammo tutti mentre loro ci bloccavano l'uscita e io scandagliai la zona di nuovo, continuando a non trovare Will tra di noi. Come aveva fatto Martin ad arrivare lì così in fretta? Come faceva a sapere dove eravamo diretti?

«Spostati», sentii Michael dirgli.

Eravamo preparati all'idea di dover affrontare Aydin e Taylor, ma questo?

Merda.

Michael fece un passo avanti per affrontare Martin, e tutti gli altri gli stettero dietro. Io mi unii a lui, rifiutandomi di nascondermi.

Martin mi guardò. «Non dovevamo rivederci mai più», disse, facendo un passo verso di me, con un tutore agganciato alla spalla. Tutti quelli ai suoi ordini erano armati e pronti a partire.

Fui travolta dai ricordi, sentendo quasi le stesse parole che mi aveva detto l'ultima volta tanti anni prima alla stazione di polizia.

Sembrava ieri.

Allungò una mano e prese la mia, con Michael che si mosse, pronto a scattare se mi avesse fatto del male.

Serrai i denti, la melma della sua pelle penetrava nella mia.

L'occhio del ciclone. Mi ripetei in testa le parole di Aydin.

Martin guardò il mio anello. «Non sono stato invitato».

Chiusi il pugno e lo allontanai delicatamente. «No, infatti».

L'occhio del ciclone…

«Lo sanno». Alzai il mento. «È troppo tardi».

Tutti lì sapevano della nostra bugia e del suo coinvolgimento nel mandarli in prigione.

Ma lui si limitò a sorridere, poi ridacchiò, e un brivido mi risalì lungo la schiena. «Credi che questo mi spaventi?», chiese. «È poca cosa rispetto alle decisioni che ho dovuto prendere in seguito. E non sono l'unico che ha da perderci, se cado».

Cosa significava? Il mio sguardo guizzò dietro di lui. *Erano poliziotti?* Ne riconobbi un paio.

«Quegli agenti ci conoscono», dissi. «Credi davvero che lo faranno? Tutti loro?».

Farebbero del male a Michael Crist, Kai Mori, Damon Torrance e Will Grayson, senza parlare di Erika Fane?

Lui rispose con un cenno di disapprovazione. «Non sono agenti a quest'ora, Emmy».

E guardai di nuovo, osservando le armi e gli abiti borghesi. Non c'era traccia di distintivi.

Dei passi colpirono l'asfalto dietro di noi e guardai meglio, vidi Aydin entrare nel parco da dove eravamo arrivati. Lui ci scrutò, seguito da un gruppo di persone con delle maschere da diavolo, la zip della felpa nera chiusa fino al mento e i capelli lisci sulla fronte. Bruciava un fuoco nel suo sguardo, ci aveva bloccati da dietro e Martin ci bloccava da davanti.

«E ne ho ancora tantissimi dalla mia parte», disse affabile Martin. Poi urlò: «Evans?».

Scattai all'indietro, gli occhi che guizzavano da Martin alla persona che avanzava tra la folla, vidi Evans Crist avvicinarsi in un completo a tre pezzi color blu navy, con i capelli grigi acconciati da un lato.

Evans. Un tempo Martin lo chiamava signor Crist, ma a quanto pare, visto che stava assumendo potere, ormai si considerava un suo pari.

«Figlio di puttana», sputò fuori Michael.

Damon intervenne da dietro. «Siamo pronti quando lo sei tu», assicurò a Michael.

Michael annuì, ancora faccia a faccia con suo padre, entrambi della stessa altezza.

Evans guardava il suo figlio maggiore e non riuscivo a immaginare cosa stesse passando per la mente di Michael in quel momento.

Aveva ucciso Trevor. Avrebbe ucciso anche suo padre?

«Non dissi io a Trevor di postare quei video quando trovò il cellulare», disse Evans a Michael. «Ma dopo averlo fatto me lo venne a dire. Sapeva che mi avrebbe fatto comodo se Katsu, Gabriel e i Grayson avessero perso credibilità per qualche problema familiare ben orchestrato». Sorrise tra sé e sé. «Qualcosa è andato a mio favore, qualcosa no».

Katsu, per un po' di tempo, aveva perso il suo posto nel consiglio di due banche e tutti gli affari di Gabriel erano andati male. Ma il nonno di Will era rimasto senatore, nonostante la cattiva pubblicità.

«Ma poi noi siamo diventati più potenti», aggiunse Michael.

Evans annuì. «Rika è diventata sindaco, Kai ha dato nuova vita a Whitehall, Damon è l'erede di Rika, per non parlare del fatto che sta inserendo Banks nella politica nazionale...», disse, elencando tutte le sue preoccupazioni. «E Will ha scoperto Coldfield, e ora controlla il sistema di trasporto sotterraneo tra Thunder Bay e Meridian City. Voglio dire, se esiste un manuale di istruzioni per farmi sudare freddo, allora lo avete appena scritto». Ridacchiò. «Mi inchino a voi. Mi hai colpito, Michael. Vorrei averti avuto al mio fianco».

«Ma né io né te siamo stati fatti per questo», replicò suo figlio.

Evans scosse la testa. «No, hai ragione. Ma tu non puoi gestire tutto da solo».

Soppesai le armi e la mole del seguito di Aydin e Martin, sapendo bene che eravamo in inferiorità numerica. Non potevamo affrontarli con una spada e i pugni.

Non potevamo lasciare che si arrivasse a tanto.

Incrociai lo sguardo di Martin. «Lui ha influenzato la tua carriera e ti ha aiutato a salire dei gradini, ma adesso sta affondando», gli dissi. «Salvati».

«Ha fatto uccidere mio padre», implorò Rika, facendo un passo avanti.

Non l'avrebbe fatta franca. A meno che non ci avessero uccisi tutti, Martin era dalla parte dei perdenti.

Ma a quel punto Evans cominciò a ridere e guardò Martin, i due si scambiarono uno sguardo d'intesa.

Il mio stomaco si attorcigliò.

«Chi pensi abbia manomesso i freni?», chiese Evans a Rika. «Alterato i rapporti di polizia? Distrutto il veicolo prima che potesse essere ispezionato?».

Lei prese fiato per rispondergli, ma Michael la tirò indietro, mettendosi davanti al volto di suo padre. Una delle guardie si mosse dietro di loro, pronta ad afferrare la sua arma.

«Te lo prometto», disse Michael. «Non dirò a mia madre nulla di tutto questo quando non ci sarai più. Non dovrà mai saperlo».

«Non sta a te proteggermi, Michael», disse qualcuno.

Lentamente, ci voltammo. Le due figure mascherate ai lati di Kai che non avevo riconosciuto si abbassarono le maschere e si tolsero il cappuccio.

Christiane Fane era a sinistra, con le lacrime agli occhi, mentre Delia Crist, la madre di Michael, era a destra, con la frangetta di un color castano chiaro che le arrivava agli occhi.

Kai alzò le spalle, con aria dispiaciuta. «I bambini sono al sicuro», lo rassicurò. «Non ho potuto fermarle. Scusa, amico».

Dovevano averlo messo all'angolo a casa dei suoi genitori ed era riuscito a farli passare sotto il naso di Michael.

Christiane fece un passo avanti, senza togliere gli occhi di dosso a Evans mentre camminava dritto verso di lui, i capelli biondi – come quelli di Rika – tirati indietro in una coda bassa e la fragile, quieta figura dall'aria troppo minuta, persino per raccogliere una nocciolina.

Si fermò davanti a lui, incrociando i loro sguardi, e poi… lo colpì con la mano dritto in faccia, facendolo barcollare da un lato.

Il gruppo dietro di lui si tese e io strinsi i pugni, pronta.

Lui respirò a fondo, sbattendo le palpebre e con l'aria scioccata, e poi si raddrizzò, dritto di fronte a lei.

Lo schiaffeggiò di nuovo, sulla stessa guancia, ma l'unica parte di lui che si mosse questa volta fu la sua testa, che si girò da un lato.

La sua mascella si tese e non mi preoccupai che non gli stesse urlando contro cosa avesse fatto a suo marito, e tutti gli anni di tortura che da allora aveva patito. Lo colpì ancora e ancora e io quasi sorrisi.

Lui ringhiò dopo il quinto, risucchiando aria dai denti, era al colmo dell'ira. «Toglietemi questa stronza dai piedi», urlò infine a qualcuno.

Martin si affrettò ad afferrarla e noi facemmo un passo avanti, proprio mentre Christiane alzava la mano per schiaffeggiarlo di nuovo e

Damon tirava via Martin dicendogli: «Non toccarla». Poi Will si fiondò in avanti e prese Christiane per il polso, fermandola.

Il mio cuore sobbalzò. *Will.*

Con la maschera agganciata alla cintura e gli occhi gentili posati sulla madre di Rika, disse: «Dopo lo legherò e la farò divertire un po', d'accordo?».

Lei lo fissò, per un attimo sembrando quasi persa, ma poi si lasciò andare a un sorriso.

Si voltò, con le lacrime che le scorrevano giù dagli occhi mentre guardava per terra, e anche se Damon, Michael e io avevamo avuto tanti problemi con le persone che ci avevano cresciuto, non tutti i genitori erano dei nemici.

Damon le mise un dito sotto il mento e spinse, obbligandola ad alzare lo sguardo.

«Su la testa», sputò fuori. «E smettila di fare il coniglio. Sei mia madre, per l'amor del cielo».

Lui guardava di fronte a sé, ma lei guardava lui, con amore e affetto nei suoi occhi mentre lui le prendeva la mano e la riaccompagnava verso il gruppo.

Lasciandola accanto alla signora Crist, la madre di Michael prese l'altra sua mano, mostrandole solidarietà.

Evans sputò del sangue e poi si raddrizzò, sistemandosi la cravatta e facendo un respiro profondo. «È sempre stato questo il problema con voi ragazzi», disse Evans. «Non importa quanto possiate essere svegli o in quante occasioni abbiate dimostrato di essere giocatori scaltri e intelligenti, alla fine, la vostra ultima risorsa è sempre stata la violenza». Spostò lo sguardo da Michael a Will, mentre la sua minaccia di legarlo aleggiava ancora nell'aria. «Non siete mai riusciti a tenere l'attenzione focalizzata a lungo sul gioco. Amici e ragazze erano sempre più importanti e l'immediata gratificazione pesava di più, quando avreste dovuto capire che non ci si può fidare di nessuno. I Crist non costruiscono». Guardò Michael. «Noi vinciamo».

E avrebbero vinto anche quella volta. Eravamo in grande inferiorità. Evans e Martin avrebbero potuto spedirci tutti a Blackchurch quella notte stessa.

«Prendi tuo nonno, per esempio», disse a Will. «Nessun rancore, perché non siamo amici. Guadagniamo di più così. Insieme, abbiamo comprato il tempo per ritardare il vostro progetto del resort».

«Suo nonno?», ripeté Kai.

E proprio allora, una nuvola di fumo si sparse nell'aria e tutti guardammo tra gli agenti della polizia e scorgemmo il senatore Grayson spingersi via da una biglietteria e camminare verso di noi, fumando un sigaro.

Serrai la mascella.

Indossava un completo nero a tre pezzi con una camicia azzurra, e la catena dorata di un orologio da taschino gli ricadeva sulla giacca.

Non lo avevo mai visto da vicino prima, il che non era strano visto che viveva principalmente a Washington da vent'anni.

Ma lo riconobbi immediatamente.

Si fermò dietro Evans, facendo un altro tiro dal suo sigaro, con un'espressione calma e imperturbabile.

Merda. Guardai Will al mio fianco e il suo sguardo stoico mi rese nervosa. Se William Grayson senior in persona era lì, non poteva che essere un brutto segno.

Saremmo andati tutti a Blackchurch.

O peggio.

«Voi due?», chiese Michael, cominciando a capire tutto.

«Vecchi...» Damon fece un passo avanti. «Sarete morti molto prima di noi. Fatevi da parte con dignità».

«Calma», disse Kai tra i denti.

«Fanculo la calma», ringhiò. «Mi sono liberato dei miei genitori, ora devono fare la loro parte anche questi due. Fatevi avanti e affrontiamo la cosa oppure ridurrò questa città come in *Grano rosso sangue*».

Feci qualche passo in direzione del senatore Grayson. «Ha rinchiuso lei Will a Blackchurch?»

«Mmm...»

Il mio stomaco si attorcigliò mentre Evans sorrideva. Ora capivo a chi si fosse ispirato Martin per il suo sorriso.

Erano una squadra? Si erano sbarazzati di Will insieme?

«Bastardi», disse Michael.

Evans guardò il senatore da sopra la spalla. «Ti hanno detto di peggio».

«È vero», scherzò lui.

«Sono felice che tu sia venuto da me quando lo hai fatto», disse Evans, voltandosi, ma continuando a parlare con il senatore Grayson. «Sono felice che abbiamo potuto aiutarci a vicenda».

«Anch'io», disse il signor Grayson. «Ho imparato moltissimo».

«È suo nipote», contestai. «Perché?».

Il senatore spostò lo sguardo su Will. «Lui lo sa il perché».

Sentii Will avvicinarsi al mio fianco, lui e suo nonno bloccati nel loro sguardo reciproco. «Perché mi piacevano le feste», disse Will.

Il signor Grayson annuì. «Manchi di moderazione, sì».

«E perché non stavo concludendo molto».

«Nulla, si può dire».

Will si mosse verso suo nonno lentamente, con l'altro uomo che camminava verso di lui per raggiungerlo.

«Perché avevo bisogno di tempo per pensare», suggerì Will.

«Spero tu l'abbia avuto».

«E perché sono debole».
«Come un gattino appena nato», lo punzecchiò il senatore.
Will inclinò la testa e il signor Grayson alzò gli occhi al cielo. «Un cucciolo».
Will lo fissò.
«Okay, un cagnolino», propose il senatore, placando suo nipote.
Io li studiavo. Il loro bisticciare quasi caloroso. Cosa stava succedendo?
«Perché sono selvaggio», annunciò Will.
E il senatore Grayson sorrise, avvicinandosi al nipote. «Da non crederci».
«E perché ero fonte di imbarazzo».
Il signor Grayson scrutò Will, stringendo gli occhi, scettico. «Mai», rispose.
Io sospirai. «E allora perché lo ha mandato a Blackchurch?».
Per dei soldi del cazzo? Per il resort? Per ostacolare Graymor Cristane? Perché?
Il senatore Grayson sorrise, guardando suo nipote in modo affettuoso. «Perché me lo ha chiesto lui», disse.
E Will scoppiò a ridere ed entrambi, con gli stessi occhi verdi brillanti, si avvicinarono e si abbracciarono, ridendo e sorridendo, nel loro stringersi con complicità.
Il mio stomaco sprofondò. *Cosa?*
«Ma che cavolo...», scattò Damon.
Il volto di Evans si corrugò mentre guardava i due uomini.
Will gli aveva chiesto di rinchiuderlo a Blackchurch? Perché?
«Mi sei mancato», disse Will a suo nonno.
Il senatore Grayson sostenne lo sguardo di Will, lo fissò intensamente in volto, dopo tanto tempo lontani. «Mi sei mancato anche tu, ragazzo».

Capitolo 40

Will

Presente

Abbracciai di nuovo mio nonno, inalando il suo odore di sigaro e dopobarba. Un dolore mi serrava la gola mentre cercavo di contenere il mio sollievo. Cazzo se mi era mancato.

«Che cavolo sta succedendo?», scattò Damon.

«Will!», esclamò poi Banks.

Mi ritrassi da mio nonno. La sua presenza mi era di conforto, da sempre.

Era una costante. Affidabile come la marea e, anche se un giorno mi fossi ritrovato a dover dubitare di tutto nella mia vita, non avrei mai dubitato di lui. Lui era sempre nel giusto.

«Sei stato via troppo tempo», mi disse.

«Lo so». Lo lasciai andare. «Abbiamo tanto di cui parlare».

Più volte mi aveva chiesto di tornare da Blackchurch: una volta alcuni mesi addietro, e poi di nuovo un mese prima.

E di nuovo una settimana prima.

Ero il suo preferito. *Senza offesa, Misha.*

Guardò oltre la spalla i poliziotti fuori servizio che accompagnavano Martin. «Andate a casa, uomini».

Loro annuirono, alcuni lanciando una veloce occhiata al loro capo, ma sapevano che la protezione di un senatore batteva le minacce di un commissario.

«Figlio di puttana», ringhiò Evans mentre i suoi agenti si allontanarono e uscirono dal parco. Solo un paio di loro restarono col senatore.

Io contemplai la scena: Martin ed Evans che si rendevano conto del doppio gioco operato, sotto i loro occhi, ai loro danni.

«Non ci si può fidare di nessuno, eh?», nonno schernì Evans.

Cercai di togliermi un sorrisetto dalla faccia mentre guardavo il padre di Michael, ma non ci riuscii. «Sembra che i miei piani a lungo termine siano stati un po' più lunghi dei tuoi».

Credeva che mio nonno si fosse unito a lui, che mi avesse rinchiuso a Blackchurch per fottere Graymor Cristane e che si fosse inserito per proteggere la loro eredità finanziaria, ma non si era reso conto che io ero l'eredità di mio nonno e William Aaron Paine Grayson senior avrebbe sempre messo la famiglia al primo posto.

In verità, quel piano d'azione era stato messo in moto molto tempo prima.

«Che cavolo sta succedendo?», caricò Michael verso di noi, guardando dritto mio nonno. «Lei lo sapeva? Sapeva del ruolo di mio padre in tutto questo?»

«Lo sapeva Will», rispose.

Io mi voltai e guardai i miei amici, tutti che mi fissavano con un misto di furia, confusione e disagio.

Non volevo guardare Emmy, ma lo feci, affrontando la mia quasi-moglie con la verità che le avevo nascosto fin dal momento in cui era arrivata a Blackchurch.

«Mi sono rinchiuso da solo a Blackchurch», le dissi e poi vagai con lo sguardo sul gruppo. «Per farmi... degli amici. Per vedere se fossi riuscito a trovare altri come noi – figli che avevano bisogno di un tetto e di qualcosa per cui lottare».

Micah, Rory e Aydin erano nella mia visuale e non avevo idea di dove fosse Taylor. Quando ero riuscito ad arrivare ai tunnel, tutti i carretti erano andati e mi ero reso conto che Aydin o qualcun altro doveva averli seguiti attraverso i tunnel, con un carretto o a piedi. Ero montato sul mio fuoristrada e mi ero precipitato al Cove.

«E non ti è venuto in mente di dire anche a noi del tuo segreto?», attaccò Winter. «Eravamo preoccupati».

«Pensavamo che per te fosse finita», aggiunse Damon. «Finita per sempre!».

Li fissai tutti, capendo perfettamente le loro parole. Comprendevo perché fossero arrabbiati.

Lo sarei stato anch'io.

Ma...

Abbassai lo sguardo, assalito di nuovo dai miei vecchi, inquietanti dubbi. «Temevo che avrei fallito», dissi a voce bassa.

Non potevo prendermi un impegno assicurando a tutti loro che avrei trionfato, quando sapevo che era perfettamente possibile che non andasse così. In quel modo non li avrei scossi. Si sarebbero aspettati che fallissi.

E dimostrare loro che avevano ragione... non ce la facevo. Reclutare Micah e Rory non era l'unica difficoltà a Blackchurch. Mi stavo anche mantenendo sobrio.

«Siete tutti più forti di me». Alzai lo sguardo. «Lo siete sempre stati. Non riuscivo più a guardarvi negli occhi. Non riuscivo a guardarvi in faccia. Perciò, quando mio nonno mi raccontò delle foto e del falso rapporto della polizia che ci aveva costretto a patteggiare prima di andare in prigione, cominciai a scavare. Perché Martin l'aveva fatto?»

Lanciai una veloce occhiata oltre la mia spalla, vedendolo lì, immobile. «Chi poteva essere quella persona che, aiutandolo a mandarci in prigione, avesse tutto da guadagnare?».

Scrutai di nuovo i miei amici, lasciando che i miei occhi vagassero da Damon a Kai e poi a Michael.

«Sapevo che mi avreste aiutato», dissi loro. «Sapevo che avreste fatto qualsiasi cosa vi avessi chiesto».

«Perciò sei andato a Blackchurch in cerca di reclute?», chiese Kai, indicando Micah e Rory. «Per aggiungere loro al piatto?».

«Per *avere* un piatto», ribattei. «Dovevo ripulirmi e avevo bisogno di fare qualcosa completamente da solo. Dovevo andare da qualche parte dove potessi trovare persone potenti che avevano bisogno di noi». Incontrai gli occhi di Michael. «Avevamo bisogno di loro se volevamo affrontare tuo padre e Martin Scott, e vincere».

«Eppure», si intromise Evans, «io ho Khadir e Dinescu».

«Non hai niente», disse Aydin facendo un passo avanti. «Io non seguo nessuno».

Schioccò le dita e il suo gruppo con le maschere da diavoli si allontanò.

Mi guardò. «Sono qui solo per divertirmi».

Sostenni il suo sguardo, sapendo che era lì per molto più di quello.

Riequilibratasi la minaccia, Michael si lanciò in avanti, prese suo padre per il colletto e tirò indietro un pugno, colpendolo poi dritto in faccia. Evans ricadde da un lato, inciampando, ma Michael lo sostenne e lo rimise in piedi, non lasciando mai la presa.

Accanto a me, Damon rise.

Michael si avvicinò al volto di suo padre, e ringhiò a voce alta: «Un giorno, io e te avremo un confronto serio», gli disse. «Ti darò qualche anno per riflettere su ciò che vuoi dirmi. Adesso, cammina fino all'auto. Non permetterò che mia madre ti veda essere trascinato».

Il petto di Evans saliva e scendeva in profondità, la paura scritta sul volto, e io ero certo che si distruggesse il cervello pensando a come sarebbe riuscito a tirarsi fuori da quella situazione.

Ma qualcuno arrivò e lo afferrò, obbligandolo a uscire dal parco, intanto che il resto degli agenti si muoveva con lui.

«Da qui in poi me ne occuperò io», mi disse mio nonno. «Chiama Jack se vuoi che vengano a prendere anche l'altro».

«Grazie, nonno».

Il suo assistente era stato affidabile tanto quanto lui, restando costantemente in contatto con me a Blackchurch e tenendo mio nonno informato.

Mi fissò e mi sorrise. «State attenti. Tutti», disse. «Sono alla taverna, se avete bisogno di me».

Annuii, vedendo lui, Evans e tutti gli agenti uscire dal parco. Mi

voltai verso il nostro gruppo, c'erano solo Aydin e Martin di cui occuparsi.
Micah camminò verso di me. «Ti serviva il potere delle nostre famiglie, allora?», chiese. «La protezione delle loro conoscenze e il loro investimento nel vostro resort? Ci hai usati per le nostre famiglie?»
«Tu non vuoi usarmi per la mia?», rilanciai. «Vi ho chiesto di concedermi tempo fino alla fine del weekend. Io vi ho scelti. Ora sta a voi scegliere noi».
Avevamo davvero bisogno di loro, ma non avrei mai invitato nessuno che non credessi onestamente che potesse appartenere al nostro gruppo. Micah Moreau e Rory Geardon erano miei amici, ed ero certo che in breve tempo anche Michael e tutti gli altri li avrebbero considerati tali.
Mi voltai verso Aydin, preparandomi. «Vattene».
Lui guardò oltre la mia spalla. «Lui potrebbe essermi utile».
Martin Scott?
Ad Aydin Khadir non interessavano soldi, potere o affari. La sua soddisfazione nella vita derivava dal giocare con le persone, e mettere le mani su Scott avrebbe avuto un triplice risultato: avrebbe tenuto me all'erta, Emmy prigioniera e Alex nella sua vita.
«Te lo chiederò un'ultima volta», dissi a denti stretti. «Vattene».
Em mi si avvicinò, mettendosi al mio fianco e di fronte a lui.
A Blackchurch lui l'aveva usata. Eppure, l'aveva anche guidata come nessun altro aveva fatto.
Solo per questo lo avrei lasciato andar via da lì sulle sue gambe.
Lui incrociò gli occhi di lei e un qualcosa che non riuscivo a definire si fece largo nei suoi occhi. «Hai paura, Emory?», le chiese.
La sua voce restò ferma e calma come il suo corpo. «Io sono l'occhio del ciclone. E tu?».
Lui voltò la testa, guardando Alex, e un desiderio si distese tra loro così forte che riuscivo quasi a sentirlo vibrare nel terreno.
«Io sono il ciclone», mormorò.
Alex restò con i piedi ben saldi, Aydin immobile, come una bomba a orologeria, e vidi con la coda dell'occhio qualcuno muoversi, ma prima che potessi identificarlo, Winter aprì bocca. «Pistola», disse col fiato corto. «Ho sentito un caricatore».
Guizzai con gli occhi su Aydin, un accenno di sorriso sulle sue labbra, e poi Martin fece per prendere la sua pistola dalla fondina, e mi voltai, sapendo che l'inferno stava per scatenarsi.
«Lev, prendi la ragazzina!», urlai. «Adesso!».
Lev prese la bambina e corse via, tutti si aprirono a ventaglio mentre fronteggiavamo Martin e Aydin, con alcuni che si voltarono per affrontare la scorta di Aydin.
Guardai Em. «Nasconditi».

«Stai scherzando?», urlò lei.

E poi corse, piazzando un piede dritto nel petto di Martin, facendogli cadere la pistola di mano mentre piombava a terra.

Tutto rovinò nel caos.

Urla e colpi riempivano l'aria. Qualcuno gettò a terra Winter e lei gli diede una ginocchiata dritto nelle palle mentre Damon la raggiungeva, togliendole l'uomo di dosso.

La pistola di Martin sferragliò sull'asfalto e lui fece per recuperarla, ma Em la calciò via. Ero pronto a tuffarmi, ma lei gli saltò addosso con una furia negli occhi mentre lo cingeva con le braccia e le gambe, e lottava.

Mi voltai verso Aydin che mi aspettava, pronto e ansioso.

«Me ne andrò con una di loro», mi informò.

Caricai verso di lui. «Non te ne andrai affatto».

Hai avuto la tua occasione.

Gli sferrai un pugno dritto in faccia, cadde a terra, mentre tutti intorno a noi lottavano e ringhiavano. Mi venne in mente Winter e mi volli assicurare che stesse bene. Forse qualcuno aveva una pistola ed era pronto a usarla su di noi? Lev era riuscito a fuggire con la bambina?

Dov'erano le due mamme? Cristo.

Aydin mi travolse e si mise sopra di me, schiacciandomi a terra con un pugno alla mascella che mi fece tagliare l'interno della bocca con i miei stessi denti.

Qualcuno urlava e altri imprecavano, il sangue di Aydin che gli colava dal naso sulla mia mano.

Lottammo e ci prendemmo a pugni e calci, poi mi prese per il colletto, mi sollevò e mi sbatté contro l'asfalto. Le orecchie mi ronzarono e un dolore mi percorse il cranio.

«Cazzo», grugnii, scaraventandolo via da me.

Alzandomi in piedi, gli diedi un calcio in faccia, vedendolo volare all'indietro e poi mi fiondai addosso a lui da dietro e gli strinsi il braccio intorno al collo.

Stringendolo forte, mi guardai oltre le spalle e vidi Emmy per terra, il suo cappuccio nella presa di Martin che la prendeva a schiaffi.

No.

Allentai la presa e Aydin si incurvò in avanti, lanciandomi sull'asfalto, oltre il suo corpo, mi si avvicinò e mi diede un calcio in faccia.

Un fuoco mi esplose in corpo, la mia vista si sfocò e, prima che me ne rendessi conto, lui calciò ancora e ancora, mettendosi a cavalcioni su di me e prendendomi a pugni.

Il sangue mi riempì la bocca, non riuscivo ad aprire gli occhi, ma gli afferrai la felpa e lo strattonai da un lato, ci ritrovammo entrambi a rotolare per terra; la nostra lotta diventò un casino di pugni e dita che premevano contro i relativi colli.

Ma poi qualcosa fendette l'aria risuonandomi nelle orecchie, e sobbalzai. Anche Aydin si fermò.

Era stato… un colpo di pistola?

Aydin mi fissò, gli occhi furenti divennero confusi. Voltò la testa per guardare meglio e io seguii la sua visuale: c'era Alex in piedi.

Tutto si fermò.

La lotta si arrestò e le urla e i gemiti si acquietarono mentre il suo maglione nero si scuriva a causa di qualcosa di umido sul suo petto, notai un buco nel tessuto.

Tutto dentro di me si infranse in mille pezzi.

Oh mio Dio.

Guizzai con gli occhi verso Martin, che giaceva a terra con la pistola in mano puntata verso Alex. Emmy era sulla sua schiena, si era allungata per prenderla, ma non aveva fatto in tempo.

Lanciai via Aydin e mi gettai verso Martin, gli calciai via di mano la pistola e poi gli feci ricadere il mio stivale dritto in faccia.

Tirai su Emmy e mentre feci per andare da Alex, vidi Aydin anticiparmi e stringerla tra le braccia mentre cadeva al suolo.

I suoi occhi si muovevano, ma non sbatteva le palpebre, come sotto shock. Un rivolo di sangue le colava dalla bocca, mi portai la mano ai capelli, sperando che quel sangue venisse dalla lotta e che lo sparo non avesse colpito i polmoni.

«Chiamo un'ambulanza!», urlò qualcuno.

Tutti corsero verso di lei, intanto che Aydin premeva la mano sulla ferita, facendo pressione e respirando a fatica, con gli occhi che gli si riempivano di lacrime. Ma senza smettere di cullarla.

«Guardami», disse mentre si strappava una parte della camicia per coprire la ferita. «Concentrati sul mio viso».

La ferita era tra la spalla e il petto, accanto all'attaccatura del braccio.

«Picchietta con le dita il ritmo di una canzone, fallo per me, okay?», disse lui, senza fiato.

«Preferirei concentrarmi solo sul tuo viso», sussurrò Alex, alzando una mano e toccandogli una guancia.

Lui rallentò, incapace di guardarla, mentre una lacrima gli colava dal mento.

«Tranne i capelli», scherzò lei, «sembri far parte di una band K-Pop, Aydin».

Gli occhi di lui guizzarono su di lei, per la prima volta nella sua vita senza sapere cosa dire.

Poi, scoppiò a ridere. «Credevo che odiassi i capelli alla Pompadour», contestò.

«È così».

Lui rise di nuovo, alzandole la testa. «Mi porterai tu a tagliarmi i capelli, allora», disse abbassando la testa e stringendola. «Qualsiasi cosa ti renda felice. Farò tutto quello che vuoi».

Gli scappò un singhiozzo, poi si scosse e cercò di mettersi in piedi insieme a lei, ma Kai scattò e la prese tra le braccia.

«Lasciala», disse.

Kai la portò via e tutti lo seguirono verso il parcheggio.

«L'ambulanza sta arrivando», disse Damon.

«Aspettate». Aydin la seguì.

Ma io mi voltai e gli diedi un pugno, facendolo volare per terra. «Fottiti!», dissi.

Riuscivo a sentire Kai dire: «Stai bene? Alex, parlami. Resta con noi».

La scorta di Aydin ci circondava, ma lui rimase per terra, non privo di sensi, ma privo di qualsiasi desiderio di lotta con cui fosse arrivato. Restò seduto lì, guardandola mentre del sangue gli colava sul viso.

Controllai i miei amici, tutti interi, anche se Banks zoppicava e Misha sorreggeva Ryen, con le labbra unite mentre si allontanavano. Un senso di colpa mi pervase.

Sapevo che tutto questo non era colpa nostra. Volevamo solo una fetta della torta. Era stato Evans a mandarci in prigione con l'aiuto di Martin.

Non avevamo voluto noi quella battaglia. Li volevamo solo entrambi lontani, perché altrimenti non saremmo mai stati al sicuro.

Ma mi faceva comunque male. Non volevo mai più vedere Emmy, Misha, Ryen o chiunque altro in pericolo in questo modo.

La guardai accanto a me, vedendo un po' di sangue sul suo viso, e velocemente glielo tamponai, cercando di rimuoverlo.

Ma lei mi fermò. «Dovevo lottare con lui», mi disse. «Adesso lo sa. Adesso sa che le sue minacce non resteranno più senza risposta».

E la tirai a me, stringendola forte.

Lei era come noi. Avrei anche potuto dire identica e, sebbene odiassi il pensiero di rischiare di perderla, non era un fiorellino.

E ora capivo perché Michael permettesse sempre a Rika di essere al suo fianco in ogni cosa che facevano. Voleva provare la stessa cosa.

Questo non significava che non potessi difendere il suo onore, però.

Era arrivato il mio turno.

«Vieni qui, figlio di puttana». Il mio obiettivo era Martin, ma quando mi voltai, si era appena alzato da terra e si era messo a correre.

Dove diavolo credeva di andare?

Corse verso l'ingresso, ma Damon si voltò, affidando velocemente Winter alla protezione di Rika mentre fronteggiava Martin, pronto a fermarlo.

Corsi verso di lui e Martin si fermò, cercando una via di fuga mentre si girava verso di me e poi di nuovo verso Damon, rendendosi conto di essere in trappola.

Andando nell'unica direzione rimastagli, perché era troppo stupido per gettare la spugna, si fiondò tra la ruota panoramica e il palazzo della manutenzione, probabilmente credendo di poterci seminare nascondendosi tra le giostre e le cabine da gioco.

Damon andò a sinistra ed entrambi partimmo alla carica dietro di lui nell'oscurità, con la costa che incombeva al di là della scogliera. Feci il giro della ruota panoramica, guardandomi a sinistra e a destra e poi lo vidi correre lungo Cold Point nel buio della notte.

Ringhiai, piantando i talloni e correndo così forte che avevo i muscoli in fiamme. Allungai una mano, con solo un metro e mezzo di spazio tra me e la scogliera che colava a picco sull'oceano, e lo spinsi, poi barcollò e cadde a terra. Quindi mi misi sopra di lui. Lo presi a pugni, rotolammo e lui finì a cavalcioni su di me, risalì e riuscì a scappare.

Io mi alzai, con l'oceano alle spalle, e lui mi fissò, girando la testa e vedendo Damon arrivargli da dietro. Era di nuovo in trappola.

I suoi occhi guizzarono sui miei e nel suo sguardo riuscii a vedere tutto.

La rabbia. Il disprezzo.

Vidi il momento in cui strinse le labbra, inspirò e i suoi occhi si fecero più acuti, cercando di studiare nella sua testa le mosse, per prendere la decisione.

Oh, merda.

Prese la rincorsa, e non ebbi modo di spostarmi prima che caricasse il suo corpo contro il mio, facendoci volare entrambi oltre il precipizio.

Il cuore mi salì in gola. *Emmy…*

Urla penetrarono l'aria e smisi di respirare, la mente talmente paralizzata dalla paura che avrei voluto urlare.

No, no, no…

Chiusi quasi gli occhi, ma poi mi rifiutai. Avrei guardato quello stronzo dritto in faccia, non concedendogli la soddisfazione della mia paura.

Era la fine.

Cademmo uno lontano dall'altro, ma tenni gli occhi fissi su di lui.

Ti amo, Em. Ti amo…

Sbattei contro la superficie. Un flash bianco mi comparve dietro gli occhi e ogni nervo del mio corpo sfrigolò come un cavo scoperto. Fluttuai, sentendo tutto sfumare, gli echi si ammorbidivano a mano a mano che vagavo, sempre più lontano.

Bianco, bianco… poi più niente.

Ma poi, all'improvviso, un dolore mi sconvolse il corpo, il collo e ogni legamento e spalancai gli occhi, facendo un respiro profondo.

Non era dall'aria che ero stato risucchiato. L'acqua mi riempiva la bocca e mi dimenai, vedendo l'oceano sopra, sotto e tutt'intorno.

Eravamo atterrati in acqua. Non sulle rocce.

Cominciavo a soffocare e non avevo tempo per controllare il mio corpo o dove fosse Martin. Dovevo respirare.

Calciando con le gambe e strisciando con le braccia, rispuntai in superficie, sputai acqua e tossii mentre cercavo di ripulirmi i polmoni. Finalmente riuscii a prendere una grossa boccata d'aria, e sentii le onde dietro di me. Mi voltai, ma non ebbi tempo di fare un altro respiro perché un'onda si schiantò su di me.

Fui spinto sott'acqua e trasportato dalla corrente, abbassai lo sguardo, vedendo l'abisso sotto di me.

Alzai gli occhi, riconobbi la luna attraverso l'acqua.

Un lamento era fermo nel mio petto, in cerca di uscita, ma non potevo liberarlo. Conoscevo quella sensazione.

Il peso del mattone di cemento intorno alla mia caviglia, la cinghia lenta e l'improvvisa spinta mentre venivo strattonato giù; non importava quanto duramente nuotassi, non potevo combatterla.

Nuotavo e nuotavo, lottando per raggiungere la superficie prima che le onde mi spingessero contro le rocce, ma poi qualcosa mi afferrò il piede e lo scalciai via, Martin si tirò su e agganciò il braccio intorno al mio collo.

Delle bolle si riversarono fuori dalla mia bocca mentre ringhiavo. Entrambi stavamo per affondare perché l'aria abbandonava i nostri corpi.

Lottavo e mi dimenavo. Che cavolo stava facendo?

In realtà, lo sapevo.

Non si sarebbe arreso e mi avrebbe portato a fondo con sé.

Mi voltai e mi contorsi, cercando di liberarmi dalla sua presa, ma senza una leva a cui aggrapparci non facevamo che andar giù.

Mi inarcai in avanti cercando di lanciarlo via da me, ma i miei polmoni si tesero, urlanti, e avrei solo voluto poter aprire la bocca e prendere aria, ma anche alzando lo sguardo non riuscivo più a vedere la luna.

Non vedevo niente oltre al buio e al freddo che ci copriva, ingoiandoci.

Em.

Tenni gli occhi sulla superficie che si allontanava sempre di più. Il mio corpo era parte delle profondità, ormai. Troppo in profondità per poter tornare a galla.

Come il SUV che si riempiva quando eravamo caduti nel fiume. Sapevo che era solo questione di pochi attimi.

L'aria non c'era più. Riuscivo a sentire la lotta per l'ossigeno nel mio petto e il fresco conforto dell'acqua.

Chiusi gli occhi. *Vuoi ancora abbracciarmi?*

Riuscivo a sentirla nella mia testa. *Ti amo, Will.*

No.

Spalancai gli occhi, sbracciandomi.

No.

Gettai la testa all'indietro, gli colpii il naso con il cranio e nuotai via dalla sua presa non appena la mollò.

Lui mi afferrò e io nuotai verso la superficie, ma non potevo andare lontano con lui che mi teneva. Mi stringeva il braccio e non riuscivo a scrollarlo via. La superficie era lì, se solo fossi riuscito a raggiungerla.

Doveva lasciarmi andare.

Passandogli dietro, gli presi la faccia. Aveva ancora la mano sul mio braccio e si rifiutava di lasciarmi.

Cazzo.

Affondai le dita nella sua pelle, esitando solo un momento, e poi... Girai le braccia e sentii il suo collo scoccare sotto le mie mani.

Le mani mi tremarono, mentre il suo corpo diventava floscio e cadeva via dalla mia presa, sprofondando sul fondo dell'oceano, le bolle che abbandonavano la sua bocca.

Lo guardai allontanarsi per un momento, assicurandomi che fosse morto, e poi nuotai con tutta la forza, un braccio dopo l'altro schizzando in superficie, e mi riempii i polmoni d'aria.

Tossii. Riprendendo fiato, ogni centimetro del mio corpo doleva. Guardai verso Cold Point.

Chiusi gli occhi. «Sono sopravvissuto», ansimai, cominciando a ridere. «Porca puttana!».

Come diavolo avrei fatto a tornare laggiù?

Nuotai con forza verso le rocce, cercando di battere le onde che sopraggiungevano, e mi arrampicai su un masso, quindi mi tirai su con le braccia indebolite.

Chiusi i pugni e tesi ogni muscolo, assicurandomi di essere tutto intero.

Guardando la scogliera notai delle figure scure e delle luci, ma poi vidi qualcosa che scendeva verso di me.

Saltai sulle rocce, facendomi strada verso la rupe e notai una corda con nodi per scalata.

Dove l'avevano presa?

Non esitai. Guardandomi indietro e assicurandomi che Martin fosse ancora sepolto sotto l'oceano, cominciai a scalare, aggrappandomi a ogni nodo con mani e piedi, mentre mi tiravo su un piolo dopo l'altro.

Emmy.

Mi faceva male tutto, ma non mi ero mai sentito così bene.

Sorrisi. Era finita. *Dio, era finita.*

Nulla poteva fermarmi. Né i miei arti esausti, né il freddo, né i lividi, né i tagli.

Avevo vinto, e la prima cosa che avrei fatto con lei quando l'aria si sarebbe scaldata sarebbe stata portarla fuori in mare con il Pithom, lo yacht a motore dei Crist. Volevo nuotare.

Raggiunta la cima, Micah e Aydin mi tirarono su dal precipizio e crollai, cercando di riprendere fiato.

La bambina di prima – quella che avevamo visto lì l'altra notte – si inginocchiò accanto a me, sorridendo. Credevo che Lev l'avesse portata via.

Ma ero contento che fosse lì, tutto sommato.

«Quella corda era tua?», ansimai.

Lei annuì e notai che aveva gli occhi di due colori diversi. Uno blu, uno marrone. «Ci sono tantissime grotte laggiù di cui nessuno sa nulla. Spesso mi metto a esplorare».

Dio. Chi era e da dove veniva? Ma comunque, mi stava bene non saperlo. Poteva sembrare strano alle altre persone, ma a me più nulla sembrava strano. Mi piaceva il mistero. Datemene quanto volete.

Guardai intorno tutti i loro volti. Kai, Michael, Misha, ma le ragazze probabilmente erano andate a portare Alex in ospedale.

«Dov'è Em?», chiesi a Damon.

Si guardò intorno e alzò le spalle.

Mi tesi. Era proprio accanto a me prima che inseguissi Martin. Non se ne sarebbe andata. Balzai in piedi e mi feci largo tra di loro, correndo di nuovo verso il parco e controllando la zona in cerca di lei.

Aydin era lì. I suoi seguaci erano lì. Martin ed Evans non erano più un problema.

Chi…

Tutti corsero accanto a me quando realizzammo la cosa.

«Taylor», dissi, guardando Micah e Rory. «Avete visto Taylor?».

Io non lo avevo visto, ma la bambina aveva detto di aver visto qualcuno con una mano ferita arrivare due notti prima.

L'aveva presa lui.

Corsi nel parcheggio e tutti mi seguirono ma, non appena arrivai lì, vidi un gruppetto di uomini vestiti di nero in piedi con un convoglio di auto e mi fermai.

Chi cazzo erano adesso?

Uno degli uomini, con la corporatura di un lottatore di wrestling e i muscoli che gli spuntavano fuori dalla maglietta nera, fece un passo avanti.

I capelli neri scintillanti luccicavano sotto la luce della luna e la barba sul suo viso era corta e curata. «Il signor Grayson?», chiese.

Aprii bocca per parlare, ma Micah si mise al mio fianco e mi poggiò una mano sul petto, fermandomi.

«Come ci hai trovati?», chiese il ragazzo.

Il tipo massiccio sorrise, con aria schiva. «Come se lui non sapesse sempre dove si trova, signor Moreau».

Micah rise amaramente, distogliendo lo sguardo.

E poi me ne resi conto. Stalinz mi aveva mandato dei rinforzi. Loro stavano con me.

«Dove le serviamo?», chiese il tipo.

Camminai verso di lui, aprii la portiera della sua auto ed entrai. «Seguiteci. Quando vi faccio segno di passare, tagliate la strada all'auto che stiamo inseguendo».

Avviai il motore, senza perdere un altro attimo. Damon, Micah e Rory salirono in auto con me e corsi via, fuori dal parco, girando a sinistra verso Falcon's Well e la scorciatoia per la casa di Evans Crist. Era l'unico posto in cui riuscivo a pensare che potesse andare. Se non era lì quella sera, non sapeva che Evans era stato preso.

Battei un pugno contro il volante. Nessuno – e intendevo proprio nessuno – si sarebbe più messo in mezzo tra noi.

Mai più.

Spinsi l'acceleratore proprio quando Damon afferrò il cruscotto per reggersi e mi diressi verso la scogliera, correndo lungo la corsia.

Se era riuscito a entrare dentro i cancelli di Crist, li avrei buttati giù e sarei entrato fin dentro quella cazzo di casa per riprendermela, porca puttana.

Altri due SUV di Moreau mi stavano dietro il culo come un convoglio e io corsi sopra gli avvallamenti della superstrada, superando le altre auto e un pick-up pieno di ragazzi usciti per la Notte del Diavolo.

E poi riconobbi le luci posteriori davanti a me, notando una delle auto di Evans: una Rover blu notte che sfrecciava per la strada.

Sorrisi. Cacciando il braccio dal finestrino, feci segno all'auto dietro di me di avanzare e rallentai solo un po', in modo da non dover frenare all'improvviso.

L'uomo di Moreau accelerò, superò la Rover, e girò lo sterzo, fermandosi con uno stridio sulla superstrada e bloccando il percorso di Taylor.

Taylor sbandò e il mio cuore si fermò per un attimo mentre finiva in un fosso, con l'auto che ondeggiava su e giù mentre sprofondava e le ruote che giravano sotto il veicolo bloccato.

Spinsi il freno, accostando a un lato della strada, con la ghiaia che si macinava sotto gli pneumatici mentre mi fermavo. Balzando fuori dall'auto, corsi verso la portiera del guidatore, la spalancai e tirai fuori Taylor, colpendolo con un pugno dritto in faccia.

Lo vidi cadere a terra, KO. «Ora è finita», ringhiai.

Spalancando la portiera posteriore, vidi Emmy sdraiata sul sedile, ma che cercava di alzarsi mentre si massaggiava la testa.

«Mmm», mugolò. «Mi ha colpito in testa».

Incontrò il mio sguardo, sbatté le palpebre e spalancò gli occhi appena mi riconobbe.

Vigile, saltò giù dall'auto e mi gettò le braccia al collo. «Ti ho visto cadere da Cold Point», pianse.

La strinsi forte, col profumo dei suoi capelli nel naso e le braccia a cingerle l'esile corpo.
«Sto bene», dissi.
Lei si ritrasse e mi guardò. «Stai bene?».
Io quasi risi. Non sapeva del Pithom e dell'incidente al fiume: in entrambe le occasioni ero quasi affogato come se quello fosse una specie di destino scritto per me.
Ma, quella sera, avevo vinto.
«Sì». Annuii. «Cadere è stato quasi una cosa positiva, ma te lo spiegherò dopo».
Mi abbracciò di nuovo e finalmente tirai un sospiro di sollievo, inondato da un senso di pace, perché era tutto finito.
«E Martin?», mi chiese.
Io deglutii, stringendola più forte. «Mi dispiace, piccola».
Fu tutto quello che riuscii a dire. Avevo ucciso suo fratello. Avrei preferito non doverlo fare, ma lei non era sua e lui non era suo. Eravamo noi la sua famiglia ormai e lui era una minaccia.
Era o lui o me.
«Non potrei mai perdere *te*», mi disse nell'orecchio. «Ho bisogno di te».
E io affondai il viso nel suo collo, sentendo che tutto aveva inizio. La mia vita. La nostra vita.
Avevamo vinto.

Capitolo 41

Emory

Presente

La polizia e l'unità di ricerca e soccorso recuperarono il corpo di Martin, ma non appena lo caricarono sulla barella dovetti distogliere lo sguardo.

Spezzato, morto e piccolo. *Dio, sembrava così piccolo.*

Non sapevo bene cosa stavo provando, ma non riuscivo a vederlo in quel modo. Sapevo che sarebbe stato o lui o noi. Non rimpiangevo nulla, perché lui aveva preso le sue decisioni e mi aveva condannata a una posizione in cui avevo dovuto scegliere, ma dopo una vita intera con lui, non era stata una decisione difficile.

Non c'era scelta.

Mi confondeva ancora il cervello, però, e tutto quello che vidi quando guardai il suo corpo fu il figlio dei miei genitori. Il fratello che avevo visto crescere.

Non riuscivo a credere che non ci fosse più.

Taylor era stato arrestato e Jack Munro si era messo in contatto con la sua famiglia, probabilmente per accordarsi sul trasporto di Taylor insieme a Evans verso una destinazione segreta, dal momento che Blackchurch era bruciata.

Micah e Rory erano rimasti alla centrale per rilasciare una testimonianza alla polizia, ma assicurammo loro che saremmo tornati la mattina seguente per aggiungere ulteriori dettagli.

Avevo la sensazione, con il nonno di Will presente in città, che non ci avrebbero messo troppo sotto torchio.

Aydin corse dietro di noi mentre uscivamo dall'ascensore in corridoio, vedendo tutti indugiare dietro la porta di vetro di un ospedale con le tende dentro chiuse.

«Ehi, come sta?», chiesi a Michael visto che lui, Damon e Kai erano in piedi davanti alla porta.

Ma Aydin ci sorpassò.

«Spostatevi», ordinò loro.

Michael incrociò le braccia, abbassando lo sguardo su di lui.

«Sono un medico», gli fece notare Aydin. «Posso essere d'aiuto».

«Ha la migliore assistenza medica che i soldi possano comprare», gli disse Michael. «Non abbiamo bisogno di te. Buonanotte».

Aydin restò lì mentre Damon e Kai affiancavano Michael e nessuno dei tre aveva intenzione di spostarsi di un millimetro.

Mi venne da farmi avanti e aiutarlo, ma una parte di me sapeva che avevano ragione. Gli importava di lei, ma gliene importava abbastanza? Per quanto tempo sarebbe rimasto? Alex non aveva bisogno di soffrire ancora.

Il petto di Aydin si espanse e si ridusse, gli ingranaggi giravano nella sua testa mentre affrontava il fatto che non avrebbe vinto in una lotta contro loro quattro.

Restai indietro con le ragazze mentre Will si univa allo scudo formato dai suoi amici attorno ad Alex.

Aydin si voltò, sembrando pronto ad andarsene, ma poi si fermò, rilasciando un sospiro. «E se la sposassi?», chiese.

Il mio cuore si fermò. Io e Rika ci raddrizzammo mentre il mio sguardo guizzava tra lui e i ragazzi.

Aydin si voltò, guardandoli in faccia. «Se prometto di sposarla, mi lascerete entrare?».

Gli occhi di Michael si strinsero. «No».

Non gli credeva.

«Vuoi sposarla comunque?», lo provocò.

Aydin lo aveva detto solo per attraversare quella porta, o era davvero serio?

Damon fece un passo avanti, prese Aydin per il colletto e gli piazzò un pugno dritto nello stomaco. Io trasalii, avendo visto abbastanza violenza per quella notte.

Aydin si accasciò in avanti, incurvandosi e grugnendo, ma Damon lo raddrizzò sistemandogli la camicia.

«Sì», ansimò Aydin. «Voglio sposarla comunque».

Trattenni un sorriso.

Kai caricò e sferrò un pugno in faccia ad Aydin, il quale si girò e trasalì.

«Cazzo», ringhiò.

Ma dopo un attimo, si voltò e li affrontò di nuovo.

«Vattene», gli disse Michael.

«No».

Michael lo prese per la camicia, la strinse forte e gli piazzò un altro pugno sulla mascella. Le braccia di Aydin restarono immobili lungo il corpo, a pugni chiusi, senza fare alcuna mossa per rispondere alla lotta.

Del sangue gli colò da un angolo della bocca mentre respirava a fatica e lasciava che il dolore lo attraversasse.

Lentamente, si voltò di nuovo e affrontò i ragazzi, sollevando il mento, pronto a riceverne ancora.

Sapeva cosa gli sarebbe successo se le avesse spezzato il cuore. Doveva saperlo, ormai, eppure era ancora lì.

Guardai Michael.

«Se lei dirà di sì», gli disse Michael, «e tu cambierai idea, ti uccideremo».

Sorrisi tra me e me.

Kai inclinò la testa. «Merita un grande matrimonio a tue spese». Lanciò un'occhiataccia ad Aydin. «Inviterai tutti. Le darai la festa più bella della sua vita e la onorerai davanti al mondo intero. Mi hai sentito?».

Annuì. Non doveva nasconderla. Non doveva vergognarsene.

«Si merita un abito bellissimo, un sacco di fiori e una cena servita a un sontuoso tavolo, con una band», lo informò Will, alzando un dito. «Non un dj. Sto pensando a un matrimonio di giorno. Al Boston Common, magari».

«Oh, bella idea», disse Damon, guardando Will, poi Aydin. «Mi piace».

Banks rideva dietro una mano, tutte noi divertite dal loro organizzare il matrimonio per lui.

«E la luna di miele», aggiunse Kai, «in un bungalow privato nella giungla balinese con un servizio di prima classe».

«E nuoterai nudo con lei», pretese Will. «E farete cene a lume di candela».

«Va bene», ringhiò Aydin, cercando di zittirli.

«E non la toccherai fino alla notte delle nozze», gli disse Michael.

Gli occhi di Aydin guizzarono verso di lui, raddrizzando la schiena. «Cosa?».

Restarono tutti in silenzio, fermi nella loro posizione.

Oh, cavolo.

«Non l'ho mai nemmeno baciata», ringhiò Aydin. «Voglio stringerla. Voglio…».

«Quando sarai suo marito», chiarì Michael.

Strinsi le labbra per trattenermi dal ridere. Erano adorabili.

Aydin ribolliva dalla rabbia e sapevo per certo che sarebbe andato tutto diversamente se fossero stati solo lui e Michael.

«Va bene», rispose infine.

Cominciò a muoversi intorno a Michael, ma Damon parlò. «E un'altra cosa».

Aydin si fermò. «Dio, che cosa?»

«Ci vediamo al Sensou domani sera alle dieci», gli disse Damon.

«Perché?».

Damon fece una smorfia. «Avere Alex significa essere uno di famiglia, e ci sono due modi per essere iniziato nella nostra squadra. Se vuoi essere dei nostri, o lotti o…».

«Damon!», esclamò Rika.

I ragazzi cominciarono a ridere e Damon si zittì, guardando Rika come un bambino di quattro anni che chiede «Cosa ho fatto?».

Li guardai tutti e quattro, confusa. Cosa stava per dire?

«Stavo solo scherzando», disse a Rika.

Scossi la testa, segnandomi mentalmente di chiedere spiegazioni su quella battuta in un secondo momento.

Mi spinsi via dal muro e mi infilai tra i ragazzi. «Prima noi», dissi ad Aydin. «Aspetta il tuo turno».

Entrai nella stanza di ospedale. Un'infermiera controllava i monitor di Alex, il mio sguardo cadde sul letto e la vidi. Tutti mi avevano seguita.

La sua spalla era avvolta dalle bende, il braccio era posato sul corpo e il camice e le coperte la tenevano al caldo.

L'avevano già operata, considerato che tra la polizia e il ritrovamento del corpo di Martin erano passate due ore.

Dovevo fare una foto. Si sarebbe incazzata a morte quando si sarebbe rivista con i capelli tutti flosci in quel modo.

Io e le ragazze circondammo il letto, vedendo i suoi occhi cominciare ad aprirsi, e io mi abbassai, odiando il pallore delle sue labbra. Alex ci metteva sempre del colore sopra.

«Solo qualche minuto, ragazzi», ci avvisò l'infermiera e se ne andò.

«Come stai?», chiesi mentre Will tirava la tenda per chiudere fuori la notte.

La testa di Alex si inclinò un po'. «Mi sento benissimo adesso».

Rika rise sottovoce, sporgendosi dall'altra parte del letto. «Sei un po' fatta, vero?»

«Sìììì», disse, lasciando trapelare una certa soddisfazione.

«Credo che Aydin in questo momento vorrebbe essere nudo in questo letto con te», le dissi.

«È così adoraaabile». Sbatté le palpebre, con aria stanca. «Hai visto che muscoli che ha quando si mette la maglietta? Da briiiividi».

«Cristo», borbottò Damon, voltandosi.

«Vorrebbe restare con te stanotte, ma lo vogliamo anche noi», dissi. «Potrà vederti domani. Se vuoi».

Non rispose niente, ma dopo qualche secondo, aprì gli occhi e fece un respiro profondo, sembrando più vigile.

«Fatelo entrare», ci disse. «Voi andate a svegliare quel giudice e completate il vostro matrimonio».

Scossi la testa. «No, possiamo farlo domani».

«Stanotte».

Lei incrociò il mio sguardo e io le tolsi i capelli dal viso, mentre Rika si sporgeva e le baciava la tempia.

«Ci vediamo più tardi», disse.

Ma…

«Andate!», ordinò. «E non lasciatevi... State via per almeno otto ore».

Ridacchiai, ma chiusi la bocca, non volendo obiettare oltre. Avevano cose da dirsi, doveva restare da sola con lui.

«Lo fate entrare per me?», chiese Alex mentre cominciavamo a uscire tutti.

«Lasciamo Lev proprio qui fuori», urlò Michael.

«Perché?», chiese Alex. «Sono in pericolo?»

«Lui è...», trascinai il pensiero, cercando le parole. «Uno *chaperon*, in realtà».

«Cosa?».

«Buonanotte!», canticchiammo, senza disturbarci a spiegarle.

Lo avrebbe fatto Aydin. Avevano una lunga notte davanti a loro, soprattutto considerato che l'ordine di Michael di non toccarla dipendeva completamente dall'abilità di Lev di competere con Aydin da solo. Voglio dire, aveva l'aria di un attaccabrighe, ma non ne ero certa.

«Può venire anche in pigiama, per quello che mi riguarda», disse Will al telefono. «La aspettiamo al gazebo».

Gli agganciai il braccio mentre chiudeva la chiamata col giudice, immaginai, e lasciammo tutti l'ospedale, con Rika che parlava a bassa voce con Michael.

Sapevo che era preoccupata per la bambina. L'aveva fatta portare da David a St. Killian per la notte mentre noi sistemavamo le cose al Cove e all'ospedale ma, se la conoscevo bene, un'idea le stava frullando per la testa.

Nel giro di dieci minuti, tutti e otto eravamo di nuovo di fronte al giudice, che stavolta indossava la sua tonaca nera sopra i jeans, e alzai lo sguardo su Will, soffiandomi via una ciocca di capelli dalla faccia.

«Puoi ancora scappare», scherzò.

«Magari dopo». Mi mossi nei miei jeans macchiati per simulare un ridicolo balletto, avevo la faccia completamente sporca. «Cioè quando potrai legalmente venirmi a cercare».

Mi passò Martin per la mente e anche i miei genitori, mia nonna e il fatto che non avessi una sola persona mia che stessi portando in questa nuova famiglia.

Arrivavo da sola, senza molto altro da offrire a quelle persone, ma l'indomani avrei cominciato una nuova vita con tutto ciò che avevo sempre desiderato.

Avevo dei fratelli a cui importava di me. Aydin, Rory e il bellissimo Micah, la cui gentilezza e presenza a Blackchurch mi avevano messa quasi immediatamente a mio agio.

Avevo una carriera, un'istruzione e la stanza Carfax. Avevo anche Will dietro di me... e davanti a me, pronto a prendersi un proiettile al mio posto, se fossi stata in pericolo.

Mi fidavo di me stessa ormai. Non sarei scappata, non mi sarei nascosta.

Le persone felici non temono la morte, perché dalla loro vita non vorrebbero niente in più di quanto già hanno.

Sorrisi, perché non avevo paura.

Finalmente ero libera.

«Okay», disse il giudice, tutti in piedi dove eravamo stati cinque ore prima, ora vestiti con abiti normali e qualche macchia di sangue qua e là.

«Michael ed Erika», disse. «Damon e Winter. Kai e Nikova. William ed Emory».

Will guizzò con gli occhi su di lei. «L'abbiamo fatta questa parte», le disse. «Può riprendere da dove eravamo arrivati?».

«Will…», lo rimproverai sottovoce.

Lui mi guardò. «C'è *Godzilla vs Kong* al cinema che ci aspetta».

Spalancai la bocca. «Di già? Non uscirà prima di settimane!».

Lui mi rivolse un'occhiata, come a dire «Ricordati con chi hai a che fare».

Risi, guardando il giudice. «Già, si sbrighi».

Mi sarebbe piaciuto essere una Grayson.

Si sentirono delle risate in tutto il gruppo e il giudice annuì. «Michael ed Erika… Vi dichiaro marito e moglie», disse loro.

Si baciarono e il giudice proseguì col gruppo.

«Damon e Winter? Vi dichiaro marito e moglie».

Mi morsi il labbro, avvicinandomi a Will, pronta.

«Kai e Nikova?», continuò. «Vi dichiaro marito e moglie».

Kai ringhiò prima di baciare Banks intensamente.

«E William ed Emory, vi dichiaro… marito e moglie».

Mi gettai su di lui e lo baciai intensamente, sussultando quando mi cinse con le braccia; l'anello al mio dito solidificava ciò che sapevamo non avrebbe mai potuto essere fermato.

Né nel laboratorio di chimica, né nel cinema, né durante la mia prima notte a Blackchurch, quando lui se ne stava nella penombra della cucina.

«Vivete per il vostro amore», disse il giudice, «amate la vostra vita e scatenate l'inferno».

Risi contro le sue labbra, sentendo le farfalle nello stomaco e il cuore che correva a un chilometro al minuto.

Si sentirono esultanze e battiti di mani per tutto il paese, con la folla che ancora bighellonava da Sticks e alla taverna, visto che era solo mezzanotte.

«Date inizio alla vostra avventura», ci disse il giudice.

«Grazie», risposi, voltandomi verso di lei.

Ci abbracciamo tutti, abbracciammo il giudice e notai Misha, Ryen e

Rory venirci incontro mentre scendevamo i gradini. Il nonno di Will lasciò un gruppo di uomini fuori del White Crow mentre si tirava via un sigaro dalla bocca e ci veniva anche lui incontro.

Non mi ero resa conto che fosse ancora lì.

«Congratulazioni», disse a Will, cingendo suo nipote in un grande abbraccio.

«Grazie», gli rispose Will.

Il senatore Grayson si mosse verso di me, prendendomi la mano e baciandomi sulla guancia. «Congratulazioni, tesoro».

«Grazie, signore».

Guardò Will. «Vi lascio organizzarvi, sistemarvi in casa e cose così. Parliamo tra un paio di settimane, okay?»

«Certo».

Si abbracciarono di nuovo, con Will che gli diceva: «Grazie per tutto».

«Ehi, amico», esclamò Micah, facendo un cenno verso Will.

Will incrociò il mio sguardo, guardando tra me e suo nonno. «Torno subito». Mi baciò sulla fronte.

Lo vidi dirigersi verso Micah, probabilmente per aggiornarsi su com'erano andate le cose con la polizia.

Guardai il senatore. «Un po' mi dispiace di aver velocizzato così tanto il tutto», dissi. «I suoi genitori non c'erano».

Era sembrato troppo perfetto quando Rika lo aveva proposto. Ma se lui avesse voluto un matrimonio con tutti i fronzoli, mi sarebbe andato bene farlo.

Il nonno alzò le spalle. «Mio figlio e sua moglie amano quel ragazzo da impazzire», scherzò. «Ti assicuro che saranno felici nel saperlo felice. E... potete sempre fare un'altra cerimonia, ovviamente. Credimi se ti dico che sua madre non si farà negare un ricevimento vero e proprio, quindi fatti trovare preparata».

Risi. Mi stava bene. Mi sembrava una bella idea, in realtà.

«Prenditi cura di lui». Mi toccò un braccio, sporgendosi. «Diciamo che è il mio preferito».

«Pff!», disse Misha, passandoci accanto, avendo chiaramente sentito.

Trattenni una risata, mentre il signor Grayson rivolgeva lo sguardo verso l'altro suo nipote. «Quello lì è come me», sussurrò. «Troppo come me».

«Per cui, ovviamente, non andate d'accordo», scherzai.

«No». Guardò Misha con un sorriso gentile. «Mi piace il suo stile, però. Ai miei tempi avevo una bellissima giacca di pelle nera».

Riuscivo a immaginarmelo. Quell'uomo doveva essere sull'ottantina, ma dimostrava cinquantacinque anni. Alto come Will, con dei bellissimi capelli fluenti.

«Grazie per essersi preso cura di lui, senatore Grayson», dissi.

«Quando io non ho potuto, voglio dire». Mi guardai indietro, vedendo Will stringere mani e sorridere, circondato dai suoi amici, dalla sua città e da tutte le possibilità che sarebbero arrivate. «Almeno ha avuto i suoi amici in tutti questi anni. A scuola non li vedevo di buon occhio, ma hanno davvero dato vita a qualcosa di incredibile, no? I primi Cavalieri saranno un emblema difficile da superare per le generazioni future».

Il Signore protegga tutti i figli che dovranno seguire le loro orme.

Ma poi, visto che non diceva niente, lo guardai, e notai che mi stava fissando e un sorrisetto sulle sue labbra mi voleva forse comunicare qualcosa.

«Non sono stati i primi», disse. «E, ti prego, chiamami A.P.».

A.P.?

Cosa?

Prima che potessi reagire, mi baciò di nuovo sulla guancia e si voltò, tornando verso la taverna. Io restai lì, immobile, mentre cercavo di ricordare dove avessi già sentito quel nome.

A.P., A.P.…

Qualcuno strinse la mia mano e io camminai verso Will, mettendoci tutti in posa per una foto mentre i miei piedi si muovevano contro la loro volontà.

E poi capii. Reverie Cross. Il miglior amico di Edward McClanahan e il fidanzato di Reverie Cross. Il sospetto che Reverie potesse non essere saltata. Il sospetto che Edward o il suo amico o entrambi…

Guizzai con gli occhi verso A.P., vedendolo chiacchierare con Banks, entrambi presi da un'intensa conversazione, e mi voltai verso Will, spalancando gli occhi. «A. P.?», sputai fuori, indicando suo nonno.

William *Aaron Paine* Grayson Senior.

Gli angoli delle labbra di Will si sollevarono. «Be', non ti annoierai mai con me, vero?».

Lo guardai a bocca aperta, ma poi mi scappò una risatina, non sapendo più come reagire, ormai, soprattutto dopo gli eventi di quella sera.

Dio. Dopo aver aiutato Damon a seppellire un corpo, essere stata rapita, fuggita su un treno e tutto quello che era successo quella sera, pensai che un misterioso omicidio vecchio di sessant'anni potesse aspettare un'altra sera o due.

Annoiarsi, aveva detto.

No, Will Grayson. Quello era un problema che io e te non avremmo mai avuto.

Capitolo 42

Emory

Presente

«Allora, la vuoi la luna di miele?», chiese Will, accarezzandomi un braccio mentre mi teneva stretta.

«Se anche tu la vuoi».

Il suo corpo fu scosso sotto di me da una risata. «Sembri davvero entusiasta».

Sorrisi, facendo scorrere una mano sulla sua camicia mentre eravamo distesi su una pila di tele per terra dietro il palco. Una passerella incombeva sopra di noi, cavi, corde e funi appese a ogni angolo e non ricordavo nemmeno di cosa parlasse il film della sera prima, perché tutt'e due le volte che avevamo provato a guardarlo, alla fine avevamo preferito guardarci l'un l'altra. Non riuscivo a togliergli gli occhi di dosso.

«Non muoio dalla voglia di andarmene di nuovo, quindi, se a te va di aspettare...» Mi rannicchiai contro il suo corpo caldo. «Adesso voglio solo te. La Torre Eiffel o le rovine Maya o qualsiasi altra cosa tu voglia organizzare sarebbero sprecate con me, perché non voglio nient'altro che questo».

Eravamo stati lontani troppo a lungo e ora mi sentivo come in astinenza.

Facendo scivolare la gamba sul suo corpo, con i miei jeans per terra da qualche parte e il mio reggiseno chissà dove, salii su di lui, che con le mani mi sfiorava le cosce per stringermi il sedere.

«Magari possiamo restare qui e fare un tour della Bell Tower e del cimitero», scherzai, baciando i tatuaggi sulle sue braccia e sul petto. «Fare arrampicate e qualche degustazione della migliore cucina che può offrire Thunder Bay». Gli morsi un capezzolo, tirandolo e poi leccandolo. «*Molte* degustazioni».

Lui tremò e sorrise, tirandomi su e baciandomi sulla bocca. Tutto ciò che volevo vedere del mondo in quel momento era davanti a me: lui sudato, lui bagnato, lui che camminava nudo dal nostro letto alla doccia, lui legato sotto di me...

Si mise le mani dietro la testa e io gli baciai il corpo e lo accarezzai ovunque.

«Voglio fare un'offerta per comprare la mia vecchia casa», gli dissi, mordicchiandogli il collo. Gli stavo dando la notizia cogliendo un suo momento di debolezza. «Non dobbiamo viverci. È solo che non sono ancora pronta a perderla».

Quando avevo visto che era in vendita, dopo aver provato gli abiti, avevo mandato Alex dall'agente immobiliare di modo che mio fratello non sapesse che l'acquirente ero io. Potevo sempre venderla. Semplicemente non volevo perderla prima di essere pronta.

Lui mi fermò, abbassando lo sguardo mentre i suoi pollici disegnavano cerchi sul mio viso. «Racchiude così tanti brutti ricordi, Em».

Lo sapevo. Ma…

«Non voglio dargli questo potere», dissi a mio marito. «Quella è la casa della mia famiglia. Mia nonna è cresciuta lì. E anche mia madre e pure io».

Quella casa non era solo Martin. Era molto di più.

Lui mi guardò negli occhi e dopo un attimo annuì. «Okay».

Mi abbassai e lo baciai sulle labbra, un bacio morbido, lento e profondo mentre mi sfregavo contro i suoi jeans.

Lui trasalì, ridacchiando. «Oh, piccola. Per quanto non voglia farti rivestire, ho bisogno di mangiare». Ringhiò, ma io continuavo. «Vuoi restare qui? Vado a prenderci del caffè e dei bagel o qualcosa del genere».

Quando sentii parlare di bagel, il mio stomaco brontolò.

Merda. Avevo davvero bisogno di mangiare, ma non volevo che mi lasciasse.

«Vengo con te», dissi, abbassando lo sguardo su di lui.

«Sì?». Lui si raddrizzò e mi baciò sulle labbra. «Va bene, andiamo».

Ci rimettemmo i vestiti della sera prima, ero anche piuttosto ansiosa di andare all'ospedale a controllare Alex e di verificare dalla polizia che non ci fosse nulla in sospeso per quanto riguardava Martin.

Non avevo ancora ben realizzato, a parte quel piccolo colpo al cuore, quando ripensavo a loro che cadevano dal precipizio. Dovevo essere devastata, giusto?

Per qualche ragione, non lo odiavo.

Ma c'era di nuovo una lacerazione profonda e le mie emozioni erano ingarbugliate e confuse. La sua fine non poteva arrivare altrimenti.

Uscimmo dal cinema e chiudemmo tutto. Will mi prese la mano e mi condusse oltre Sticks, al negozio dei bagel, ma io guardai verso il gazebo e vidi Damon a cavalcioni sulla ringhiera che staccava le luci che erano state posizionate per la cerimonia.

Mi fermai e guardai Will. «Puoi prendere un tavolo? Arrivo tra un minuto».

Lui seguì il mio sguardo, vide il suo amico in cima alla collina, poi tornò su di me. «Certo».

Mi baciò e se ne andò, io mi misi i capelli dietro le orecchie, e attraversai la strada correndo.

Foglie arancioni e verdi cadevano dagli alberi e il freddo nell'aria mi pungeva il naso, ma ecco lì Damon, con una maglietta nera e senza giacca mentre il vento soffiava tra i suoi capelli neri.

I lampioni erano pieni di decorazioni e la gente andava al lavoro in costumi di Halloween.

Mi fermai, guardandolo e osservando quel bellissimo lavoro, la struttura, le solide fondamenta e fra gli alberi i luccichii dei lampadari di cristallo che si muovevano al vento.

«Avevo preparato dei progetti per un gazebo uguale a questo», gli dissi. «Ma con il marmo al posto del ferro battuto».

Lo guardai con il fare di chi sa tutto e lui mi rivolse solo un'occhiata, restando in silenzio.

«Mi piace il ferro battuto», dissi. «È stata un'ottima scelta».

Aveva trovato il mio schizzo e lo aveva costruito. Quello che avevo disegnato dopo aver perso la passione per il primo gazebo, che avevo progettato di fretta e furia anziché con il cuore.

Balzando giù dalla ringhiera, si abbassò, raccolse qualcosa e la lanciò da un lato, dritta nelle mie braccia.

Presi il barattolo di caffè, riconoscendo il contenitore giallo mostarda.

«Lo abbiamo trovato mentre scavavamo le nuove fondamenta», mi disse.

Lo aprii, trovando ciò che sapevo che vi avrei trovato. Una busta di plastica con la cravatta, il braccialetto per l'accesso al Cove e la scatola vuota di Milk Duds del primo appuntamento con Will.

Mi venne un groppo in gola. «Grazie».

Lui scese le scale e camminò verso di me, alzando entrambi lo sguardo sul bellissimo lavoro che aveva fatto.

«Grazie per questo. È meglio di quanto immaginassi».

«Be', ammettiamolo», replicò. «L'altro gazebo era da principianti».

Ridacchiai. *Be', grazie.*

Un sorriso si formò sulle sue labbra mentre soppesava il suo lavoro. «Questo è quello in cui hai messo il cuore. Mi è piaciuta l'idea dei lampadari».

Volevo chiedergli perché l'avesse fatto. Perché avesse perso tempo e sforzi, ma sapevo che mi avrebbe risposto solo con un commento frivolo. Forse sentiva di dovermi qualcosa dopo che lo avevo aiutato quella notte al cimitero, o forse si sentiva in colpa per l'incendio.

«Ho provato a fermarlo», mi disse, abbassando lo sguardo su di me. «Più o meno. Comunque, mi dispiace».

In tutta onestà, quello era stato il minor male che ci eravamo fatti io e Will. Adoravo il nuovo gazebo.

Richiusi il contenitore, troppo spaventata per alzare gli occhi, e dissi: «Mi hai dato tu la chiave della stanza Carfax, vero?».

La BMW con cui avevamo lasciato il cimitero era la stessa fuori da casa mia la notte in cui avevo ricevuto la chiave. Era lì che avevo lasciato i progetti per il nuovo gazebo. Lui li aveva trovati lì.

Alla fine, annuì. «Come qualcuno, tempo prima, l'aveva data a me».

«Come facevi a sapere che lo avrei capito?».

Avrebbe potuto lasciarmi un biglietto che mi indirizzasse verso la cattedrale.

Ma lui alzò le spalle. «Ero in chiesa tutti i mercoledì. Qualche volta ti ho vista lì». Mi guardò. «Dopo aver notato i lividi nella doccia, ho pensato che il destino stesse cercando di dirmi qualcosa».

Così me l'aveva consegnata quando non ne aveva più avuto bisogno. Come avrei dovuto fare io. Nove anni ed ero ancora in possesso della chiave.

Essere a conoscenza di quel mistero di Thunder Bay mi aveva fatto sentire parte di quella città anche molto dopo averla lasciata. Non ero riuscita a rinunciarvi.

Ma forse era giunto il momento.

«Mi ha aiutato nell'ultimo paio d'anni a casa», mormorai. «Grazie».

Forse non sarei sopravvissuta se non avessi avuto quel posto, dove mi sentivo al sicuro. Anche se lo avevo usato raramente.

Cominciò ad allontanarsi, ma io lo fermai. «Devo dire a Will di quella notte», dissi. «Volevo solo avvisarti».

La sua schiena si irrigidì e non si voltò a guardarmi, ma sapeva di cosa stavo parlando. Non potevo tenere nascosto a Will il fatto che lo avessi aiutato a occultare un cadavere.

Damon sospirò. «Apprezzo l'avvertimento. Sarò pronto quando verrà a picchiarmi».

Risi. «Tieni Winter vicina. Non ti picchierà se hai intorno una donna incinta».

Scosse la testa e continuò a camminare. «Mi farà picchiare da lei», borbottò.

Dopo uno splendido mese in cui eravamo stati perfettamente felici, accucciati nella mia vecchia casa, con un materasso per terra e take-away cinese, e a malapena avevamo lasciato il letto o avevamo visto qualcun altro, prendemmo finalmente possesso della casa di Christiane Fane sulla scogliera.

Lei si trasferì da Matthew Grayson e, anche se non avevamo bisogno di così tanto spazio, Will fece delle giuste osservazioni. I nemici sembravano essere un pericolo costante per Graymor Cristane e la nostra famiglia aveva bisogno di più protezione di quanta potesse offrirne un quartiere vittoriano.

Per non parlare del fatto che i nostri figli, un giorno, avrebbero voluto essere vicini ai loro amici. Kai e Banks avevano casa Torrance quand'erano in città, Damon e Winter avevano la vecchia casa degli Ashby, Michael e Rika avevano St. Killian e noi eravamo nella vecchia casa di lei; l'aveva acquistata la società per poi girare l'atto a Will. Eravamo tutti sulla stessa strada, lungo la placida, inquietante scogliera di Thunder Bay.

Ero felice e durante i mesi delle festività, in cui avevo visto la neve e vissuto il primo giorno caldo di primavera, non ero riuscita a smettere di sorridere. Il dolore del passato era ancora lì, ma non era più così forte.

Micah e Rory avevano deciso di sfidare il pericolo, invece, e si erano presi la mia casa in città. Micah adorava la vita semplice. La famiglia sua e quella di Rory erano felici del capitale che loro due valevano e li lasciarono in pace.

«Tesoro, ho bisogno di te!», chiamò Will dal piano di sotto.

Mi morsi il labbro inferiore per contenere il sorriso mentre la mia mano tremava.

Guardai il terzo test di gravidanza che avevo fatto quella mattina, con un grosso segno rosa a forma di più.

Non c'era da meravigliarsi che mi avesse messa incinta anzi, ero sorpresa che non fosse successo prima, considerato quanto tempo mi stava sopra.

Avvolgendolo nella carta igienica, lo ficcai nel cestino e alzai lo sguardo, ravviandomi i capelli allo specchio e incapace di nascondere il mio gigantesco sorriso.

William Grayson IV.

Mi sfuggì un gridolino e poi mi misi una mano sulla bocca, non ancora pronta a dargli la notizia.

Winter era entrata in travaglio un paio d'ore prima e Will stava cercando di svegliare Ivarsen e Madden dai loro pisolini per poter andare all'ospedale. Quella notte avevamo fatto loro da babysitter per dare una tregua ai genitori.

«Per favore, tesoro!», urlò con tono stressato.

Risi tra me e me, uscendo dal bagno e scendendo le scale con il beagle di Will, Diablo, che mi scorrazzava dietro. Trovai Will nell'ingresso e lo vidi prendere Ivarsen per un piede e tirarlo per potergli infilare un calzino.

Risi.

Il bimbo di venti mesi ridacchiava, trovando la cosa molto divertente, mentre Madden stava lì accanto a guardare la scena.

Mi infilai la borsa e presi quelle dei pannolini che avevamo già riempito con snack, bibite e giocattoli, uscii di casa con in braccio Madden e lo caricai in auto. Will poteva cavarsela con Ivar. Avrei giurato che il bambino sapesse che Will si sentiva in debito con lui per il tempo perso e adorava fargliela pagare.

Assicurai la cintura del seggiolino di Madden, dandogli una raffica di baci mentre un sorridente Will portava fuori Ivar, col bambino che scalciava e lanciava urletti.

Con la camicia macchiata di succo di frutta, Will aveva l'aria di chi avrebbe preso a pugni Damon non appena lo avesse visto, perché la monelleria di Ivar era completamente colpa sua e non di Winter.

Mi misi al posto del guidatore, spostando i libri di Will dal sedile del passeggero e lasciandoli cadere per terra dietro di me.

In aggiunta ai rischiosi investimenti immobiliari della società, alla fondazione del resort e agli aiuti con l'organizzazione umanitaria di Winter, Will aveva cominciato l'università.

Non era entusiasta di tornare a scuola e stare con persone più giovani di lui, ma voleva fare qualcosa di più con la sua vita, oltre a ciò che aveva con i ragazzi.

Perciò aveva stretto i denti.

E lo amavo per questo. Non ero sicura se volesse essere un avvocato, un veterinario o chissà cos'altro, ma un giorno lo avrei visto bene a capo di una casa editrice.

Il che sarebbe tornato utile perché non sarei stata io ad aiutare William IV con i compiti di letteratura.

Era a Will che quella roba veniva facile.

Finì con Ivar e aprì la portiera del passeggero, scivolando sul sedile.

«Perché ridi?», chiese, allacciandosi la cintura.

Spensi il sorriso. «Scusa. La smetto».

Lui ridacchiò e io gli passai una mano tra i capelli, facendolo rilassare. I ragazzi ci avevano tolto parecchie energie nelle ultime ventiquattr'ore.

«Cazzo, piccola», ringhiò nel sentire le mie mani.

Ma poi Ivar urlò dietro di noi: «Pazzo!».

E suonava molto come…

«Merda», mimò Will con la bocca, guardandosi indietro mentre entrambi spalancavamo gli occhi.

Corrugai la fronte. «Oh, ma dai. Lo sai che l'ha imparata da suo padre».

Noi non gli insegnavamo le parolacce.

«E quando Mads lo dirà a Kai?», replicò Will, preoccupandosi che Banks e Kai potessero dare di matto.

Scossi solo la testa. *Oh, be'*. «Se non ne fai un dramma, non lo sarà».

I bambini tendevano a non ripetere comportamenti per cui non ricevevano grandi attenzioni. E non è che si potessero proteggere quei bambini da Damon Torrance per sempre.

Sfrecciammo verso l'ospedale, forse un po' oltre i limiti di velocità, con Will che presentava per la prima volta i Disturbed ai bambini. Ivar faceva dondolare la testa, seguendo il ritmo della musica, ma il sempre calmo Mads restava seduto e osservava, in una posa che ricordava molto suo padre.

Sarebbe stato interessante vedere cosa avrebbe portato un'altra donna alla nuova famiglia, visto che Damon era convinto che il neonato fosse una femminuccia, ma non avevano voluto sapere il sesso.

Prendendo i ragazzi e le borse, corremmo nell'ospedale e salimmo al terzo piano, trovammo il corridoio affollato da tutta la famiglia, e Winter che urlava dentro la sua stanza.

Sussultai, rendendomi conto che non potevo più considerarmi solo una spettatrice delle sue peripezie. L'autunno seguente, se i miei calcoli erano corretti, mi sarei ritrovata io a fare quello che stava facendo lei.

«Ah!», gemette Winter dall'interno della stanza, la porta aperta quel tanto che ci permetteva di sentire.

«Come sta andando?», chiesi porgendo Mads a sua madre mentre Rika prendeva Ivar da Will.

Un altro gemito squarciò l'aria e un'infermiera ci passò davanti per entrare nella stanza.

«Dovrebbe essere a momenti», disse Alex, con una splendente pietra sul dito che luccicava mentre si teneva il cellulare all'orecchio.

Aydin era dovuto correre a Chicago quella mattina per una riunione, ma avrebbe presto preso un volo per tornare. Lui e Alex si erano assunti la maggior parte delle responsabilità di Evans Crist, stando entrambi molto spesso a Meridian City e adorando la cosa. A loro piacevano i rumori e l'attività frenetica della città.

Michael era seduto su una sedia accanto ad Athos, rapito mentre la guardava giocare al cellulare con delle enormi cuffie sulle orecchie.

Lui indicò qualcosa e lei lo scacciò, non volendo aiuto. «Papà, smettila».

Lui sorrise, questa volta guardando lei anziché il gioco.

Quando quell'inverno l'avevano adottata, le avevano detto che poteva chiamarli come più si sentisse a suo agio, ma le erano bastate poche settimane per innamorarsi del fatto che loro fossero i suoi genitori. Voleva che tutti sapessero che Michael e Rika erano il suo papà e la sua mamma.

E chi non lo avrebbe adorato? Aveva tutto quello che avrebbe mai potuto desiderare nella vita e di certo lo sapeva.

Erano loro i fortunati, però. Si erano trovati l'un l'altro.

«Cosa?», urlò Damon da dentro la stanza.

Ci fermammo tutti, guardandoci.

«È un maschio?», sputò fuori. «Siete sicuri?».

Facemmo capolino e strinsi le labbra tra i denti per trattenere una risata.

Un bimbo pianse, si sentì qualcosa muoversi, e poi sentimmo un ringhio giocoso di Damon. «E adesso che me ne faccio di te?»

«Damon!», lo rimproverò Winter. «Ti uccido. Farai meglio ad amarlo. Lo farai, intesi?».

Ci fu una pausa e incrociai gli occhi di Alex con i miei.

Dramma…

Io e Damon gestivamo l'impresa edile insieme, lui costruiva e io progettavo, perciò mi ero abituata al suo… tipo di humor.

Alla fine rispose: «S… Sì», balbettando e non suonando convincente. «Sì, certo, piccola. Ma, voglio dire, sei sicura che non ce ne siano altri lì dentro?»

«Damon!».

Will crollò contro la parete, tremando dalle risate, e io scossi la testa, protendendomi per prendere, dalle braccia di Rika, Ivar che si contorceva.

Lo misi a terra, tenendolo per mano mentre camminavamo e Will ci seguiva.

Un altro maschietto. Super divertente.

Guardai Will, che aveva il divertimento scritto in faccia, ma vedevo che le rotelle nella sua testa stavano girando.

«Sei triste?», chiesi.

«Perché dovrei?».

Alzai le spalle, poggiandomi alla parete; Ivar allungò le braccia verso di me e lo presi in braccio. «Ha due bambini più di te adesso».

«Non è una gara, Emmy». Will si mise accanto a me mentre lasciava che Ivar gli stringesse un dito con la mano. «Sto bene. Sto studiando adesso, comunque. Abbiamo tutto il tempo. Avremo la nostra famiglia e riempiremo tutte quelle stanze. Che ci vogliano tre, cinque o dieci anni».

«O otto mesi», proposi, sentendomi formicolare la pelle. «Settimana più, settimana meno».

Lui restò in silenzio per un momento e quando finalmente alzai lo sguardo, mi stava fissando, senza fiato.

«Dici sul serio?», mormorò.

Non riuscivo a contenere l'eccitazione. «Sei pronto?».

Lui mi strinse e mi baciò, ridendo contro le mie labbra. «Sarò sempre pronto per qualsiasi cosa riguardi te».

E dopo la lunga, difficile strada che ci era servita per arrivare lì, non potevo credere di più alle sue parole. Lo baciai; nessuna nuvola avrebbe più oscurato la mia felicità per un altro secondo.

Era sempre stata quella la nostra storia.

Vogliamo quello che vogliamo.

Grazie di cuore per aver letto *Mille ragioni per sfuggirti*. Il vostro supporto e incoraggiamento nel corso degli anni ha fatto andare avanti questa serie e spero davvero che vi sia piaciuta.

Un buon libro, per me, finisce come se ci fosse un nuovo inizio. Girate pagina per leggere l'epilogo, ma sappiate che si conclude con un mistero – o due – per assicurare ai lettori che il divertimento e gli intrighi a Thunder Bay possano proseguire.

Se vi piacciono le storie che si concludono in modo pulito, sentitevi liberi di terminare qui la vostra lettura.

Se siete eccitati di sapere cosa accadrà ai nostri personaggi, allora continuate e buona lettura!

Epilogo

Will

Dieci anni dopo

«Voglio guidare io», disse Em.

Allacciai la catena che partiva dalla parte inferiore del carretto, per assicurarci bene al binario, e tenni i freni tirati mentre i bambini si allacciavano la cintura.

Premetti il pulsante verde e accesi i fari. «Dovrei lasciar guidare vostra madre, bambini?», chiesi.

«No!».

Risi tra me e me, prendendo il caschetto, mentre Emmy si sedeva accanto a me nel carretto.

«Per colpa tua, ora dobbiamo mettere i caschetti!», le disse Finn.

«Siamo balzati via, una volta!», replicò Em.

«Papà, ti prego», mi pregò Indie dal sedile dietro di me.

Risi. Certo che non l'avrei lasciata guidare. Correva veloce quanto me, ma i bambini si sentivano più al sicuro con me al comando.

«Me lo ricorderò, Indie», Em rimproverò la nostra figlia maggiore. «Quando sarai abbastanza grande da poter guidare, forse non sarò così indulgente».

Guardai da sopra la spalla nostra figlia, gli occhi marroni dall'aria colpevole, mentre il nostro segreto restava solo per noi.

Ma Emmy notò qualcosa, e ci guardò avendo dedotto piuttosto bene. «Non l'hai fatto davvero», lamentò. «L'hai lasciata guidare questo coso?».

Alzai le spalle, voltandomi e sentendo l'altra nostra figlia, Finn, ridacchiare. «Ci arrivava, ai pedali».

«Ha nove anni!».

«Tu le hai permesso di tingersi i capelli!», le feci notare, come se fosse molto peggio. «Senza consultarmi, potrei aggiungere. Come faccio a essere ancora sposato con te?»

«Vendetta». Si girò di nuovo, guardando il binario davanti a noi e mormorando: «Rendermi infelice ti dà piacere».

Scoppiai a ridere, mi sporsi verso di lei e le presi quel bel collo, tirandola a me. Premetti le labbra sulle sue, incapace di fermare la bocca dallo spostarsi verso il suo zigomo, il naso e la fronte, sopra gli occhiali. Lei amava essere baciata e le sue palpebre si chiusero mentre si girava per sfregarsi contro la mia mano.

Dio, era davvero uno spasso. Felice, infelice, triste e sexy, e non avevo mai smesso di amare il fatto che fosse nella mia vita. La sua forza mi faceva sentire fortunato di essere una parte di lei e le sue debolezze tiravano fuori il meglio di me. Con lei mi sentivo all'altezza di qualsiasi cosa, come non mi ero mai sentito con nessuno.

E dopo dieci anni, due figlie e un figlio – e l'immensa gioia che avevamo provato nel farli – sapevo senza ombra di dubbio che ne era valsa la pena.

Sfregai il pollice sulla sua morbida guancia, annusandole i capelli. «Ti amo».

«Stiamo aspettando...», borbottò Indie Jones Grayson, rispondendo prima che sua madre potesse farlo.

Ridacchiai e mi allontanai. «Avete tutti allacciato le cinture?»

«Fatto!», canticchiarono.

«I caschetti?»

«Fatto!», urlò William II sovrastando la voce delle sue sorelle, dal sedile dietro quello di Em.

In realtà era William IV, ma Will ero già io e non ci piacevano né Willy, né Bill, né Billy, per cui tutti lo chiamavamo semplicemente II.

«Tenete stretti e al sicuro i vostri cellulari!», urlai, allungandomi verso il pulsante.

Premendolo, le pompe cominciarono a funzionare sotto di noi, spingendoci in avanti. In pochi secondi stavamo attraversando il tunnel, prima a cinquanta chilometri all'ora, poi a settanta.

«Più veloce!», gridò Finn.

Il carretto oscillò sotto di noi, facendo su e giù lungo il binario mentre un vento fresco ci soffiava in viso ed Em strinse le maniglie ai suoi lati, incapace di trattenere un sorriso.

Nel corso degli anni, avevamo risistemato tutto il percorso tra Thunder Bay e Meridian City, portando un'ora di viaggio in auto a quindici minuti. Normalmente avremmo usato un vagone della metropolitana, ma quando dovevamo solo spostarci da una casa all'altra all'interno della città, aggiungevo dei carretti e un binario secondario per viaggiare nei due sensi. Avevamo preso il tunnel per andare a pranzo a casa dei miei genitori e ora dovevamo tornare indietro, attraverso la città, sotto il fiume, per andare a St. Killian per la serata.

Sfrecciammo attraverso i passaggi poco illuminati, su per qualche pendio e di nuovo giù, con i nostri stomaci che sprofondavano e le assordanti risa e grida dei bambini dietro. Strinsi la coscia di Em avvolta nei jeans. Non c'è niente di meglio di una caduta libera.

Tranne una cosa, forse.
La guardai, con gli occhiali stretti in una mano, mentre teneva gli occhi chiusi e sorrideva.
Aveva allungato l'altra mano dietro di sé e teneva stretta la scarpa di II come se si stesse sorreggendo a lui.
Aveva solo cinque anni e le rare occasioni in cui lo lasciava viaggiare così la rendevano nervosa. Eravamo stati su quei cosi migliaia di volte, e non avrei mai messo i miei figli su qualcosa che ritenessi pericoloso. Lo sapeva.
Adoravo guardarla fare da madre ai nostri bambini, però.
Era sexy.
Sprofondammo, l'aria si fece fredda e capii che eravamo sotto il fiume, ma ci restammo solo pochi secondi prima di riprendere il percorso e così abbassai la leva, per far rallentare il carretto.
«Oh», dissero i bambini dietro di noi.
Ma il loro divertimento era appena cominciato. Anzi, il divertimento di tutti. Anche io ed Em avremmo giocato quella notte.
Raggiungemmo la fermata e tutti si sganciarono cintura ed elmetto. Uscimmo dal carretto e salimmo sul marciapiede. Diedi una mano alle bimbe, mentre Emory prendeva in braccio II. Lisciandomi la giacca e la cravatta, presi le mani delle piccole e le condussi verso le catacombe, su per le scale e nel grande ingresso della cattedrale.
Finn e Indie immediatamente si liberarono dalla mia presa e scattarono in avanti verso la porta principale, spalancandola.
«Quando sentite le campane, tornate subito davanti casa», urlai. «Immediatamente!».
«Sì», urlarono.
William II mi passò davanti, col viso sepolto nel suo tablet.
«Sto parlando anche con te», dissi.
«Ti ho sentito», canticchiò senza voltarsi.
Scossi la testa mentre uscivo dalla porta in giardino, vedendo i miei figli raggiungere la figlia di Kai, Jett, e alcune sue amiche. Gli occhi di II non avevano lasciato lo schermo.
«I bambini di oggi…», mormorai.
Em mi toccò la spalla, calmandomi ancora una volta per il fatto che mio figlio non avrebbe giocato a basket. «Vado a fare alcune telefonate prima di cominciare», mi disse, con una risata mozzata in gola. «Risparmia le energie per me. Sarà una grande serata».
«È una promessa?», dissi guardandola da sopra la spalla mentre entrava in casa.
Mi fece l'occhiolino e si voltò.
Scendendo le scale, guardai i bambini giocare: la figlia di cinque anni di Damon, Octavia, con i suoi soliti pantaloni da pirata, calze nere e una blusa con una finta spada sulla schiena. Meglio non informare

quella bambina che i pirati moderni sono molto diversi da Jack Sparrow. Doveva essere ciò che voleva essere.
Mi guardai intorno e non vidi i ragazzi, per cui Damon e Winter non dovevano essere ancora arrivati. Octavia era probabilmente venuta con Kai e Banks, visto che lei e Jett avevano più o meno la stessa età ed erano amiche.
Fui colpito da qualcosa che notai alla mia destra, mi voltai e vidi Madden seduto su un albero.
Completo nero, capelli neri e pelle di porcellana.
Teneva un libro aperto in grembo, ma gli occhi erano fissi sui bambini che giocavano.
O su una.
Mi arrampicai sui pioli di legno, raggiungendolo a circa cinque metri d'altezza e restai lì, mentre tornava con lo sguardo sul suo libro.
«Ehi», dissi.
«Ehi».
Ritirai il mio sorriso davanti alla sua serietà. Non credevo che potesse esistere qualcuno di più rigido di Kai, ma suo figlio vinceva il premio. Quanti undicenni si vestivano con pantaloni inamidati, giacche e non avevano mai un capello fuori posto? Con la riga un po' a sinistra rispetto al centro del capo, i suoi capelli brillavano al sole con un taglio perfetto, in contrasto col suo pallido incarnato.
«Dov'è tuo padre?», chiesi.
Alzò le spalle. «Da qualche parte dentro».
Lo guardai fissare il libro, ma i suoi occhi non si muovevano. Osservai di nuovo i bambini.
Non si univa mai a loro. Giocava sempre da solo.
O con sua cugina, Octavia. Era l'unica con la quale sorridesse.
«A cosa stai pensando?», gli chiesi.
Lui alzò le spalle.
«Va tutto bene a scuola?».
Annuì, ma continuava a non guardarmi.
«Domani sera pensi di andare a fare dolcetto o scherzetto con i tuoi amici?», incalzai.
Lentamente, scosse la testa. «Non mi piacciono molto le caramelle».
«Vieni a Coldfield, allora», gli dissi. «Posso trovarti un posto tra gli attori».
Era seduto accanto a me, vidi i muscoli della sua mascella serrarsi.
«O… magari azionare gli automi?», lo stuzzicai. «Qualcosa dietro le quinte?».
Lui mi guardò con la coda dell'occhio, ma non incrociò il mio sguardo.
Però non scosse la testa e decisi che preservasse il suo orgoglio.
«Passo a prenderti domani alle tre», dissi.

Lui annuì.
Bene. Forse non gli piaceva stare in mezzo alle persone, ma questo non significava che non potesse comunque trovare il suo posto nel mondo. Anni prima, gli insegnanti si erano dimostrati preoccupati perché temevano che potesse essere autistico o che potesse essere affetto dalla sindrome di Asperger. Non che questo influenzasse la sua istruzione. A scuola andava bene.
Ma al momento di interagire con gli altri, si allontanava sempre dal gruppo.
Era capace di socializzare in situazioni di cui gli importava, come quando si allenava con suo nonno o passava del tempo con Octavia. Si era rifiutato di andare da uno specialista e Kai non voleva costringerlo a incarnare il concetto di normalità che magari stava bene a qualcun altro. Voglio dire, bastava guardare noi, per esempio. Se noi eravamo il metro di misura della normalità ai nostri tempi, sarebbe stato meglio per Mads non cambiare affatto.
Cominciai a scendere, ma poi sentii la sua voce.
«Che cos'è *l'appel du vide*?», mi chiese.
Mi fermai e lo guardai, i suoi occhi scuri come pozze di pece.
«Dove l'hai sentito?»
«Ragazzi a scuola», mormorò.
Mi schiarii la gola e mi guardai intorno alla ricerca dei suoi genitori, sapendo che quel giorno prima o poi sarebbe arrivato, ma non aspettandomi che avrei dovuto spiegarlo a figli non miei. Lo aveva già domandato a Kai?
Glielo dissi. «È un'idea che ci lega, perché ci crediamo tutti».
«Come una religione?».
Esitai per un attimo, non sapendo se fosse corretto descriverla in quei termini.
Ma annuii. «Più o meno», replicai. «Michael, Rika, Winter, Damon, Emory, io, tua mamma e tuo papà… è così che abbiamo capito di non essere soli al mondo».
«Ne sono parte anch'io».
Strinsi gli occhi. «È quello che dicono i ragazzini a scuola?».
Lui distolse lo sguardo e lo diresse verso Octavia, sul prato. «Hanno troppa paura per dire qualsiasi cosa».
Ringhiai dentro di me. Era quello che temevamo. Mads poteva certamente fare una certa impressione da solo, ma anche i nostri nomi aiutavano a intimidire le persone.
Era fantastico che ci fossimo trovati e che avessimo costruito una famiglia, ma dall'esterno poteva sembrare… Be', non avevo idea di come potesse sembrare. Tutto quello che sapevo era che più sei potente e hai successo, più ti fai nemici e la gente cercherà sempre di buttarti a terra. I nostri figli avrebbero sentito delle storie su di noi. Proprio

in quel momento, qualcuno stava inventando storie sulle nostre attività, sulla Notte del Diavolo, sulle catacombe, senza ombra di dubbio. Avrebbero dovuto avere a che fare con il peso della nostra eredità.

O forse no.

«Tu puoi essere chiunque tu voglia, Mads», gli dissi. «Non dimenticarlo mai. Non guardare il mondo con gli occhi delle altre persone. Non con i miei, né con quelli di tuo padre, né con quelli di nessun altro».

Avevamo voluto costruire qualcosa di nuovo, qualcosa che sarebbe durato, ma avevamo sempre saputo che i tempi sarebbero cambiati e che i nostri bambini avrebbero voluto una realtà che fosse tutta loro. Mads avrebbe potuto rifiutare la nostra eredità, ma se invece un giorno la avesse desiderata, quella maschera gli sarebbe stata benissimo.

Nessuna pressione.

Mi rivolse un sorriso duro, il massimo che riusciva a concedermi, e gli sorrisi anch'io, poi scesi dall'albero.

Indie e Jett si sedettero su una coperta da picnic a chiacchierare, mentre Finn e II erano sdraiati sull'erba, incollati ai loro dispositivi elettronici.

Rivolsi un'ultima occhiata a Mads, vedendolo guardare Octavia che picchiava il tronco di un albero con la sua spada, e inclinai ancora di più la testa, finché non mi accorsi delle nuvole nere che toccavano quasi i rami degli alberi.

Tornai dentro, girando per casa in cerca degli adulti. Stavamo ancora aspettando Alex, Aydin, Micah, Rory…

«I servizi di emergenza resteranno a disposizione, se la tempesta tropicale Esme dovesse tornare», sentii Banks annunciare mentre mi dirigevo verso lo studio.

Entrai dalla porta, vedendola seduta dietro una scrivania con mensole di libri dietro e la lampada di ottone che gettava una luce soffusa sulla stanza.

C'era una telecamera di fronte a lei e l'uomo dietro l'obiettivo la osservava mentre registrava.

«Ma vi chiedo, se avete la possibilità di farlo, di restare in casa perché si prevedono forti venti», continuò Banks. «È in vigore un coprifuoco a partire dalle otto di questa sera e comprende anche i festeggiamenti per la Notte del Diavolo».

Sorrisi, incrociando il suo sguardo e vedendola vacillare. Indossava una blusa blu elettrico, i capelli scuri erano perfetti e le labbra dipinte di rosso.

«Vi prego di evitare le aree a bassa quota e a rischio inondazione e di tenere batterie e torce in posti facilmente accessibili», disse ai cittadini. «Non raccomandiamo un'evacuazione, ma per favore tenetevi informati sugli sviluppi della tempesta tramite i vostri commissari. Siate cauti e restate a casa».

Guardò dritto nella telecamera. «Grazie».

«E… stop», annunciò il suo assistente.

L'espressione impostata di Banks sparì e lei sospirò, alzandosi dalla sedia.

Abbassai lo sguardo, vedendo i jeans che aveva nascosto sotto la scrivania. Ridacchiai. Certe cose non cambiavano mai.

Fece il giro della scrivania e prese il suo cellulare.

«Avevamo detto di non parlare della Notte del Diavolo», disse il suo assistente, camminando accanto a lei.

Lei non rallentò il passo nell'uscire dalla stanza. «Sì, lo avevamo detto».

A quanto pareva, la parola *diavolo* innervosiva gli elettori, perciò il manager della sua campagna stava cercando di usare un altro nome.

Ma nessuna paura, vero? Banks faceva quello che le pareva.

Mi affiancai a lei, camminando. «Sai che nessuno a Thunder Bay resterà in casa stanotte, vero?».

Era la Notte del Diavolo, dopotutto.

«Ovvio che lo so».

Già. Come nostra rappresentante di distretto, doveva andare in onda e dire a tutti di stare in casa, giusto per poter poi affermare di aver eseguito il suo compito.

«Dov'è Kai?», chiesi.

«Si sta allenando col padre». Guardò il cellulare. «Sarà presto qui».

Feci il giro della ringhiera per dirigermi di sopra. «Sei proprio sexy nelle riprese».

Lei si voltò, camminando all'indietro verso la cucina mentre mi faceva l'occhiolino. «Qualunque cosa pur di essere eletta senatrice fra una settimana».

Ridacchiai, correndo su per le scale. La campagna era stata estenuante ma, con il sostegno di mio nonno, avevo grandi speranze.

Mi diressi in fondo al corridoio verso la biblioteca per aspettare Damon, perché sapevo che sarebbe stato il primo posto in cui sarebbe corso una volta rientrato; passai davanti alla camera da letto di Rika e Michael, così mi fermai e gettai uno sguardo all'interno.

Michael era in piedi a un capo del letto, i capelli bagnati e un asciugamano intorno alla vita, mentre Aaron, di soli sei mesi, dormiva sul suo petto.

Quando Rika era rimasta incinta l'anno prima, Michael era quasi svenuto. Erano stati così felici con Athos, con il resort e con il rendere St. Killian tutto ciò che era diventato, che avevano quasi smesso di provarci.

Erano immediatamente usciti a comprare tutto, ma il primo bagnetto del bambino doveva essere stato un incubo, immaginai. Avevano preparato la vaschetta, le creme e i giochi, e il bimbo aveva pianto e urlato tutto il tempo. Michael non lo avrebbe mai più rifatto. Contro gli ordini del dottore, aveva deciso di portare il bambino nella doccia con lui e da allora non aveva più pianto. Voleva solo stare tra le braccia del suo papà.

Guardai Michael dondolare avanti e indietro, cullando il bambino e guardandolo come se ancora non riuscisse a credere che fosse davvero lì.

Gli avevano dato il mio secondo nome. Io ero il loro preferito.

Non volendolo interrompere, feci un passo indietro e proseguii in fondo al corridoio. Aprii la porta, entrai e vidi Rika alla sua scrivania che strisciava le dita sui monitor alla parete, organizzando i suoi dati, o qualunque altra cosa stesse facendo.

«Ehi», dissi.

Alzò lo sguardo e cinguettò: «Ehi».

Camminai verso il divanetto e ci sprofondai sopra, sentendo le mie energie venir meno. Mi stavo facendo vecchio, era questa la verità.

«Come sta tua mamma?», chiesi.

Alzò lo sguardo su di me mentre sfogliava dei documenti sulla scrivania. «Sta bene. Lei e Matthew sono partiti per un road trip vecchio stile nel New England. Adora gestire il negozio con lui», ponderò. «Non ha mai avuto bisogno di lavorare. Sono felice che abbia capito quanto le piaccia».

Ero contento di sapere Christiane così soddisfatta. Viveva ormai da almeno dieci anni nella vecchia casa di Misha con suo marito – il padre di lui – e io ed Emory avevamo comprato la casa dei Fane. Tutti e quattro, Michael, Damon, Kai e io, vivevamo di fronte alla scogliera.

«Misha e Ryen sono ancora a Londra con i bambini», mi disse. «Credo gli piaccia tantissimo lì».

«Già. Non mi aspetto di vederlo tornare presto, questo è sicuro».

Loro avevano un maschio e una femmina e, visto che lui era un musicista e lei una interior designer, potevano andare ovunque.

«Ti manca?», mi punzecchiò Rika, passando di nuovo una mano sullo schermo.

«Sempre», dissi. «Ma lui non spreca neanche un secondo a vivere una vita che non vuole. È questo che mi rende felice. Anche se mi turba che la vita che vuole non sia qua».

Lei rise, prendendo i progetti per la ricostruzione del ponte a cui stavano lavorando Emory e Damon.

«Sarà qui quando conterà», mi assicurò.

Lo sapevo.

«Sono arrivati tutti?», chiese.

«Stiamo ancora aspettando Kai, Alex e…»

E poi urla e ruggiti fendettero l'aria come se sotto di noi ci fosse stato uno zoo e io sospirai.

«E Damon e Winter sono finalmente arrivati», conclusi.
Guardai la porta e contai i secondi, aspettandone solo cinque prima che Damon entrasse di corsa nella stanza, con Gunnar che sfrecciava dietro di lui.
«Voglio un abbraccio!», gridò il bimbo.
Damon sbatté la porta, ansimando e piantandoci il corpo contro come se fosse stato inseguito da un orso.
«Cazzo, ho troppi figli», disse senza fiato, rosso, e con i capelli scompigliati.
Trattenni un sorriso mentre i figli battevano contro la porta.
Lui trasalì. «Dove sono?».
Guardai Rika e Damon corse via dalla porta, dritto verso di lei.
Tirando qualche libro giù dagli scaffali, afferrò una scorta di sigarette e aprì il pacchetto.
«Rika, che diavolo!» Le rivolse un'occhiataccia. «Queste dovevano durare almeno un mese».
«Sono stata molto stressata», replicò lei. «E comunque, tu hai fumato quasi tutto l'ultimo pacchetto».
Scossi la testa, guardando Damon mettersene velocemente una in bocca. Si erano limitati a un pacchetto al mese e visto che eravamo sempre tutti più lì che altrove, e che Damon non si fidava del proprio senso di responsabilità, era Rika a conservare il pacchetto.
La porta dell'ufficio si spalancò e Fane Torrance, il terzo figlio di Damon, si precipitò all'interno.
«Voglio un abbraccio dalla macchina degli abbracci!», pretese il bambino di sette anni.
Damon si voltò, scuotendo disperatamente l'accendino. «La macchina degli abbracci deve ricaricarsi», mormorò con la sigaretta in bocca.
Rika lo sorpassò e prese in braccio Fane, mettendoselo in spalla. «Forza», disse al bambino. «Andiamo a cercare zia Banks per la tortura del solletico. Papà ha bisogno di una pausa».
Se ne andò, portando con sé il bimbo ridacchiante, e chiuse la porta. Damon fece un tiro, esalò e poi, avvicinandosi al divanetto, vi sprofondò sopra, accanto a me. Lasciò cadere la testa all'indietro e fece un altro tiro.
«Li amo veramente», disse, «ma non ho mai un momento da solo. Se voglio mia moglie, le devo tendere una cazzo di imboscata nella doccia».
«Forse *dovresti* starle lontano», gli feci notare. «Resta incinta ogni volta che le respiri addosso».
Lui ridacchiò e io sentii del movimento fuori, mentre i suoi bambini giocavano. Il più grande, Ivarsen, era poco più giovane di Madden. Gunnar era nato per secondo nel disperato tentativo di Damon di fare una femmina. Avendo fallito, aveva continuato a fare figli, procurandosi altri due maschi, Fane e Dag, prima che arrivasse finalmente Oc-

tavia. Winter aveva avuto cinque anni di benedetto respiro da allora.
«L'hai fatta sistemare, vero?», chiesi, prendendogli la sigaretta di mano e facendo un tiro.
«Perché?».
Ridacchiai. Si lamentava dei bambini nel suo letto e di tutto il tempo che non poteva avere Winter per sé, ma sapevo che in realtà sarebbe stato aperto a un altro paio di tentativi per dare a Octavia una sorella.
Si riprese la sigaretta e si alzò, camminando verso la finestra e osservando il cortile davanti.
Lo studiai, osservando il suo completo e i capelli disordinati. Il tentativo di far sembrare che avesse tutto sotto controllo, ma sapevo che la vita per lui era una casa costantemente rumorosa.
Ma sembrava giovane come ai tempi delle superiori.
La felicità dei bambini e di sua moglie, la casa e l'amore: aveva tutto scritto in faccia.
«Perché volevi così disperatamente una femmina?», gli chiesi.
Ho sempre pensato che fosse perché voleva una cocca di papà, ma non mi sembrava che la difendesse più di quanto non difendesse i maschi.
Ed era chiaro che, per quanto amasse i suoi figli, lui e Octavia erano due facce della stessa medaglia. Lei era l'unica ad aver ereditato i suoi occhi neri *e* i capelli neri, cosa che si diceva dovesse saltare una generazione.
«Non lo so», disse, guardando fuori dalla finestra. «Ogni volta che mi sono immaginato con una famiglia mia, un giorno, c'era sempre una bambina nella mia mente».
Si fermò, sorridendo per qualcosa che stava succedendo all'esterno.
«Voglio dire, guardale», mi disse. «Banks, Winter, Em, Rika... Le donne sono vulnerabili solo perché sono le ultime a cui viene insegnato a combattere. Voglio offrire al mondo una donna come loro».
Non avevo dubbi che lo sarebbe stata anche lei. I miei figli erano molto più pacati e ne ero grato. Eccetto Indie. Non pensava prima di agire, ed Em dava la colpa a me per questo, come se potessi controllare i miei geni.
Sentimmo il suono di un clacson e Damon fece un ultimo tiro, con ciò che restava della sigaretta.
«Micah e Rory...», annunciò e soffiò via il fumo.
Mi alzai. «Aspettiamo solo Alex, allora». Mi diressi verso la porta. «Vado a cercare mia moglie».
«Se ti serve privacy, la dispensa in cucina ha un fantastico angolino nascosto sulla destra», scherzò. «Sono certo che Dag sia stato concepito lì».
Me ne andai, sorridendo tra me e me.
Em preferiva le catacombe.

I dieci bambini si ammassarono nel pullman di lusso con tre tate, mentre Athos sarebbe rimasta con noi e la madre di Michael si sarebbe occupata di Aaron per la notte. Possedeva ancora casa Crist, ma lì ci stava raramente, preferendo piuttosto portare il bambino nel suo appartamento a Delcour.

Tutti gli altri bambini erano diretti in sicurezza a Meridian City, lontano dalla costa e dalla tempesta incombente, per trascorrere la notte a casa di Kai per un super pigiama party con giochi, film e dolcetti. Ci sarebbe stata Marina con Lev e David, perciò non avevo il minimo dubbio che i nostri bambini sarebbero stati al sicuro e strafatti di zucchero nel giro di un'ora.

Il sole era tramontato già da due ore, così guardai le luci posteriori del pullman sparire lungo il vialetto e poi sulla superstrada mentre la Bell Tower in lontananza rintoccava l'ora. Sorrisi, pensando a quanto amassi quel suono.

Dopo che le foglie fossero cadute nelle settimane successive, saremmo riusciti a vedere attraverso gli alberi le lanterne installate da Emmy quando aveva restaurato la torre anni prima.

Con la fiamma, sempre presente, per Reverie Cross sul campanile.

Il cancello si chiuse, le lampade che pendevano dai raggi in ferro battuto tremolavano e le foglie sugli alberi danzavano mosse dal forte vento. Mi sistemai la cravatta, sentendo le fiamme alla mia destra e alla mia sinistra.

Tirando fuori dal taschino una sigaretta, rubata dalla scorta di Damon e Rika, camminai verso una delle bocce di fuoco che giravano intorno a una fontanella d'acqua e mi sporsi, accendendomi la sigaretta.

«Sicuro che sia pronta?», chiese Damon dietro di me.

«Partecipa solo alla riunione», gli disse Michael. «Nient'altro».

Athos.

Lentamente, indietreggiammo tutti attraverso la porta principale, la chiudemmo e la bloccammo dietro di noi e io presi Emmy per mano, sentendo la mia vecchia cravatta della scuola intorno al suo polso come un braccialetto, quindi scendemmo tutti nelle catacombe.

Aveva indossato la mia cravatta in un sacco di modi diversi nel corso degli anni. Mi aveva sempre fatto battere il cuore pensare a come l'avesse conservata. Come l'avesse custodita sotto il gazebo per sopravvivere per sempre, perché una parte di lei non mi avrebbe mai lasciato andare.

Le strinsi la mano. La pioggia non era ancora cominciata, ma la cattedrale gemeva sotto la pressione del vento e io respiravo la terra e l'acqua a mano a mano che scendevamo sottoterra, con brividi che si spandevano lungo le mie braccia.

Un silenzio incombeva nell'aria, l'incertezza e la preoccupazione dell'ultimo mese che confluivano in quella notte. Dopo avremmo festeggiato, ma prima... gli affari.

«Se preferisci non presenziare», disse Michael avvicinandosi a Micah mentre viravamo verso il grande ingresso, con tutti che prendevano posto, fianco a fianco, al grande tavolo.

Ma io mi intromisi. «Per lui va bene», assicurai a Michael.

Strinsi la spalla di Micah, sentendo i suoi muscoli tesi. Era nervoso e non avrebbe dovuto esserlo. Micah e Rory erano parte della nostra famiglia. Non era solo e non si sarebbe nascosto. Si sarebbe seduto al nostro tavolo con orgoglio.

Michael prese posto al centro, il completo, la camicia e la cravatta completamente neri come Damon, mentre io e Kai avevamo optato per un po' di colore nel nostro outfit. Rika prese posto accanto a Michael, con un elegante top rosso senza spalline abbinato a pantaloni neri attillati e scarpe da ginnastica. Normalmente le donne si agghindavano molto di più per il conclave, ma quella notte, forse, ci sarebbe stato da correre.

Athos si sedette dall'altro lato rispetto a suo padre, con Kai accanto a lei e poi Banks, seguita dai posti vuoti di Aydin e Alex. Non erano ancora arrivati.

Presi posto accanto a Rika, Emmy era accanto a me, poi Damon e Winter e Micah e Rory.

Il freddo odore delle pareti di roccia e il luccichio del lampadario sul lungo tavolo di legno mi faceva sentire sempre come se fossimo stati quei vampiri fighi di *Underworld*, ma Emmy diceva che somigliavamo più ai Volturi.

«Dove sono Alex e Aydin?», sussurrai a Michael.

Lui scosse la testa. «Chiamali».

Erano le sette passate. Sarebbero dovuti arrivare ore prima. Non avevano figli, quindi non avevano scuse per quel ritardo.

Presi il cellulare, pronto a chiamare Aydin, ma proprio in quel momento arrivò Alex di corsa nel suo top nero, con gocce di pioggia che le avevano bagnato la schiena nuda e ciocche di capelli attaccate al viso. Indossava al collo la stessa collana indossata da tutte, con lo stesso stemma che ornava i nostri anelli, mentre il fantasma di un sorriso giocava sulle sue labbra.

Si sedette all'altro capo del tavolo, mento in su e respirando profondamente, mentre Aydin entrava dopo di lei, con un graffio sulla guancia e un sopracciglio inarcato.

«Dov'eravate?», le sussurrò Banks.

Lei scosse solo la testa mentre Aydin prendeva posto tra lei e Banks.

«Ho dovuto tirarla giù dalla barca, cazzo, perché voleva andare a spiare senza tutti voi».

«Alex», la rimproverò Kai.

Ma io mi limitai a ridere tra me e me. Avere una sua società di investimenti, essere nel consiglio delle due banche che erano appartenute al padre di Kai prima che andasse in pensione, essere socia del resort e dell'azienda di design di Damon ed Em, essere aiutante dell'organizzazione umanitaria di Winter per dare da mangiare a bambini affamati, e sempre in giro per supportare, all'evenienza, le campagne di Banks e Rika non aveva smorzato l'infantile istinto della nostra Palmer di combinare marachelle. Era ancora un bimbo sperduto, pronto a uccidere i pirati.

Ero felice che Aydin l'avesse fermata. Non avrei voluto doverla inseguire fino all'isola quella notte, con una tempesta in arrivo.

Ci sedemmo, guardando in fondo al corridoio e aspettando l'arrivo dei nostri ospiti.

Mi poggiai contro lo schienale della mia sedia, chiedendo a Micah: «Da quant'è che non li vedi?».

Lui mi guardò. «Ho cinque fratelli e tu sei stato il mio testimone. Questo risponde alla tua domanda?».

Sì. I Moreau erano leali al proprio nome, non l'uno all'altro. Quelli non erano i suoi fratelli. Noi lo eravamo.

L'eco di una porta che sbatteva in fondo a quel corridoio buio pesto ci fece immobilizzare. Guardai di nuovo di fronte a me mentre tutti si alzavano in piedi.

«Non provare a stringere loro la mano, Michael», disse Micah a voce bassa. «Devono guadagnarsi il nostro rispetto. Non rendergliela facile».

«Lo so».

«E non sono qui per mantenere lo status quo», fece notare Micah, dando a Michael consigli su come comportarsi con la sua famiglia. «C'è stato un cambio della guardia. Vogliono crearsi un'identità lontano dall'ombra di mio padre. Sta' pronto».

«Lo sono già». Michael si abbottonò la giacca mentre ciò che suonava come un esercito marciava lungo il corridoio avvicinandosi sempre di più.

«Vorrei quasi averti spedito a casa da tuo padre per farti formare», borbottai a Micah. «Ma penso che dovesse comunque passare l'attività al più grande».

Ci eravamo tenuti Micah e Rory. Si erano felicemente trasferiti tra la vecchia casa di Emmy, di cui ora erano proprietari, e Meridian City, ma sapevamo che suo padre prima o poi sarebbe morto e avremmo dovuto affrontare i suoi fratelli.

«Mio padre non avrebbe mai lasciato la sua società a qualcuno solo perché era il più vecchio», mi fece notare Micah. «L'avrebbe passata solo a quello che avrebbe saputo tenersela».

Un brivido mi percorse improvvisamente la schiena. Non mi piaceva come suonavano quelle parole.

I regolari passi sul pavimento di legno si facevano sempre più vicini e io raddrizzai la schiena, vedendo l'uomo di Damon, Crane, fare strada ai nostri ospiti.

«Eccoli qui», disse Micah.

Crane si spostò, mettendosi dietro il nostro tavolo mentre i sei fratelli di Micah – cinque fratelli e una sorella – entravano nella stanza, aprendosi immediatamente a V.

Lanciai una rapida occhiata ad Athos. Il suo respiro e la sua postura erano sicuri per i suoi diciotto anni, e per essere per la prima volta in una stanza piena di terroristi.

Cazzo.

Emil Moreau guidava il branco, continuando fino a raggiungere l'unica sedia di fronte a noi, mentre gli altri lo affiancavano.

Non era il maggiore. Avevo studiato con attenzione il dossier e li conoscevo tutti a memoria. Kaiser era nato per primo. Era il primo a destra e aveva capelli scuri e spessi, eretti fino a un paio di centimetri dal cranio. Poi venivano Valentin e Victor, seguiti da Hadrien, il penultimo figlio prima di Micah, e poi Eslem, l'unica donna, all'estrema sinistra. Erano in ordine di età dietro a Emil, e tenevano tutti le mani giunte dietro.

Tranne la donna. Lei teneva le mani davanti.

«Benvenuti», disse Michael, indicando la sedia. «Prego».

Emil si sedette, accavallando una gamba sull'altra, i capelli color ruggine con la riga a destra e pettinati all'indietro. Le guance pallide e scavate lo facevano sembrare un elfo. Posò gli occhi su Micah, soppesando il fratello minore dall'altra parte del tavolo. La tensione nell'aria cresceva.

«Ho sentito molto parlare di voi». Michael prese posto e così facemmo tutti. «Vogavate per Oxford prima di competere nelle Olimpiadi».

«E posizionarci sesti», aggiunse Emil, con un accento difficile da collocare.

Il loro padre era in parte francese e in parte siriano, ma venivano da una varietà di madri diverse. Solo Micah ed Eslem erano figli della stessa ragazza, serba.

E dico ragazza perché aveva sedici anni quando aveva dato alla luce Micah. Diciotto quando era nata Eslem, ma era sfortunatamente morta di parto.

«Ma alle Olimpiadi», incalzò Michael. «Vostro padre dev'essere stato molto orgoglioso».

«Lo è stato». Emil annuì, poggiandosi contro lo schienale. «Mio padre approvava i fallimenti. Significano solo che il nostro meglio deve ancora venire».

«Spero che sia ancora vero», gli disse Michael. «Ci ha fatto piacere fare affari con lui negli ultimi dieci anni».

Emil sorrise in modo secco e il mio stomaco sprofondò, capendo già che non sarebbe stata affatto semplice.

Micah possedeva una parte del resort, ma sapevamo tutti da dove venivano i soldi. Lo giustificavamo perché Stalinz Moreau non trafficava né droghe né donne. Nel corso degli anni ci eravamo abituati perché non aveva alcun interesse nel complicare l'accordo. Raccoglieva il suo dodici per cento, il suo nome non compariva da nessuna parte, e noi potevamo tenerci Micah e, per estensione, Rory. Vincevano tutti.

«Avete tollerato mio padre per il bene di Micah», disse Emil, «e perché ha investito in voi».

Michael fece un respiro, ma la sua faccia da poker crollò subito. «Non… è un segreto che fossero ben poche le cose su cui andavamo d'accordo. Ma siamo sempre stati capaci di lavorare insieme. Una mutua cooperazione era una buona cosa per i nostri affari».

«Buona, ma non la migliore», replicò Emil, con voce sinistramente calma. «Mio padre si stava facendo vecchio. Credeva di avere abbastanza soldi e aveva perso di vista ciò che stavamo costruendo».

«Cioè?»

«Un'eredità che sopravviva», rispose Emil. «Avrebbe dovuto farsi da parte secoli fa».

Micah si mosse sulla sedia e io feci scorrere lo sguardo sui volti dei suoi fratelli. Kaiser sembrava piuttosto rigido, Valentin fissava il pavimento, Victor fissava Winter, inclinando la testa come se fosse stata un pasto, e Hadrien ed Eslem avevano gli occhi distratti, ma ascoltavano.

«La vostra è una quota equa», disse Michael. «L'equità ci mantiene amici. Non vi piacciono gli amici?»

«Non siamo come nostro padre».

«Collaborativi?»

«Deboli», ribatté Emil, senza perdere un colpo. «Gli amici sono imprevedibili. I segreti, invece, hanno sempre un valore e la vostra famiglia ne è ricca, vero?»

«Come la vostra», rispose Michael.

Gli occhi di Emil guizzarono su Micah, alludevano a disprezzo e a una qualche promessa.

«Aumenteremo la vostra percentuale al ventiquattro percento», affermò Michael. «Questo ci manterrà amici».

«Credo che lei stia fraintendendo». Le labbra di Emil si serrarono in un sorriso. «Noi vogliamo la metà. La metà ci mantiene civili».

Sollevai il mento, cercando di non apparire turbato, ma i miei occhi schizzarono di nuovo verso la ragazzina perfettamente composta in fondo al tavolo di legno.

Credevo non avesse mai sbattuto le palpebre.

«So di cos'è capace la vostra famiglia», disse Emil, incontrando tutti i nostri occhi. «Ma con il dovuto rispetto, conoscevate i rischi del giocare con la mia. Forse sarete l'incubo del vostro paesino, perché qui siete voi a fare le regole, ma le dinamiche cambiano quando avete a che fare con altri che hanno il loro gioco. Voi, brave persone, non avete la forza necessaria a restare saldi a ciò che avete. E ce ne vorrà molta. Per vincere». Strinse gli occhi, focalizzandosi su Michael. «Fino a dove siete disposti ad arrivare?».

Scossi la testa, scoppiando in una risatina.

Tutti gli occhi si voltarono su di me.

«Non siamo gli unici a giocare», gli dissi. «Siamo i volti di sei famiglie. Contro una. Cosa volete veramente?».

Lui aveva persone al suo servizio. Noi avevamo una dinastia in divenire. Era davvero lì per fare di noi dei nemici? Forse non colpivamo le persone, ma avevamo il fegato per giocarcela con loro.

Ma poi il suo sguardo si spostò, posandosi sull'adolescente bionda accanto a Michael.

Smisi di respirare per un attimo, mentre un sudore freddo mi copriva la fronte. Victor, Kaiser, Valentin e Hadrien lo seguirono, con malizia nei loro occhi, mentre guardavano la bella ragazza dagli occhi di due colori diversi e i capelli raccolti in una morbida treccia.

Lo sguardo di Eslem, invece, restò fermo, imperturbato.

La studiai. I capelli nocciola, intrecciati via dal viso secondo una tecnica molto particolare.

Il cappotto che le arrivava molto più giù delle ginocchia e gli stivali che le salivano su, lungo i polpacci.

Era l'unica a indossare i guanti.

La voce dura di Michael mi sorprese. «Farete meglio a distogliere lo sguardo da mia figlia in 3… 2…».

Emil si limitò a ridere sottovoce, poi abbassò lo sguardo. «Potrebbe essere il volto della settima famiglia», disse a Michael. «Ci piace».

Ci piace.

Non voleva metà del resort. Voleva qualcosa dal valore molto più grande. Un posto per la sua famiglia nella nostra.

Guardai di nuovo Eslem, sempre con lo sguardo fisso sul tavolo di fronte a me, con un luccichio nei suoi occhi da ventenne.

Composta. Calma. E assolutamente vigile.

I miei polmoni si svuotarono e il cuore mi pulsava nel collo.

Era lei l'erede.

Era lei quella al comando. Non Emil.

«Mandatela a Deadlow Island stanotte per festeggiare con noi», disse Emil a Michael. «La riporteremo noi».

Michael si alzò e tutti balzammo subito in piedi.

Lui si abbottonò la giacca. «Festeggiamo la Notte del Diavolo a Thunder Bay».

Deadlow Island non era molto lontana dalla costa. Il suo faro era visibile dalla città, ma era circondata da un litorale frastagliato e non si poteva raggiungere facilmente. Soprattutto con una tempesta in corso.

Considerata la sua inaccessibilità, nessuno aveva mai pensato di costruirvi sopra, ma in qualche modo loro lo avevano fatto. Tra la costiera selvaggia e la foresta c'era una grande casa che i Moreau occupavano stagionalmente quando non dormivano a testa in giù appesi per i piedi.

Emil si alzò e i sei membri della famiglia Moreau si raddrizzarono. «Credo sarà sorpreso nel vedere dove la porterà stanotte la marea, signor Fane», disse.

Poi abbassò il mento in un piccolo inchino verso la figlia di Michael, con Valentin e Victor dietro di lui, nei quali occhi si leggeva un bagliore di cupa eccitazione. «Athos», disse, congedandosi.

Voltandosi, uno dopo l'altro, tutti se ne andarono con i tacchetti delle loro scarpe che picchiettavano lungo il corridoio verso l'ingresso da cui erano entrati.

Ma Eslem stette ferma al suo posto, restando nella stanza.

La vidi guardare Athos, mentre lei non si muoveva di un millimetro sotto il suo scrutinio, tenendo duro quanto poteva.

Chi voleva Athos? Tutti loro?

O solo uno?

Gli occhi marrone scuro di Eslem la osservavano e la sua presenza fu improvvisamente più imponente di quella dei cinque fratelli.

«Ci vediamo presto», sussurrò ad Athos.

Poi incrociò gli occhi dei genitori di Athos prima di girare sui tacchi e uscire dalla stanza.

Nessuno respirò nei trenta secondi prima che sentissimo la porta chiudersi con un colpo in fondo al corridoio, e Crane tornò per verificare che fossimo soli.

Michael si voltò e ordinò a Crane: «La voglio a Delcour, con tutte le entrate chiuse, e fai tornare immediatamente in città Lev e David».

«No!», urlò Athos.

«Il posto più sicuro per lei è con noi», ribatté Rika.

«Sono d'accordo con Michael», si intromise Damon. «Portala fuori città. Adesso».

«Credi che gliene fregherà qualcosa del fatto che sia la Notte del Diavolo?». Banks spinse indietro la sedia e fece il giro del tavolo. «Possiamo tenerla al sicuro stanotte, ma non possiamo impedire che tornino domani o il giorno dopo ancora».

«Non ho intenzione di nascondermi», disse Athos a suo padre, con una ciocca di capelli che le penzolava davanti al viso. «Non sono un premio da proteggere. Probabilmente sono un diversivo, così voi vi tenete occupati e vi preoccupate per me anziché proteggere ciò che vogliono davvero».

«La volevano all'isola stanotte», fece notare Kai. «È lei che vogliono e faranno a pezzi questa città pur di averla. Se non andremo a Deadlow Island, scateneranno l'inferno a Thunder Bay».
«Non andrò su quell'isola», disse Rika.
«Se ci vogliono lì, troveranno un modo per attirarci», le disse Alex.
«Deve stare sotto chiave», disse Aydin a Michael. «Una di quelle merde la mette incinta e non ti libererai mai più di quella famiglia».
«Ehi, sta' zitto, cazzo», ringhiò Damon per zittire Aydin.
Aydin sollevò il dito medio, e poi ci si grattò la tempia.
Athos alzò gli occhi al cielo in direzione dei suoi zii, restò salda e guardò suo padre. «Io resto», disse. «Cosa imparerò nascondendomi? È tua responsabilità insegnarmi a sopravvivere anche senza di te, sarà utile un giorno».
Michael la fissò e tutti intorno a noi ammutolirono mentre guardavamo Rika e suo marito essere i primi a trovarsi faccia a faccia col giorno che tutti temevamo, ma che sapevamo sarebbe arrivato.
Athos non poteva più essere protetta. Era una bellissima, giovane donna e l'erede di una famiglia potente che un giorno, quando noi non ci saremmo più stati, avrebbe guidato.
Aveva ragione. Doveva imparare.
Il groppo nella gola di Michael si muoveva su e giù e poi… lui si abbassò, sotto il tavolo, e prese una scatola, esitando per un attimo prima di darla alla sua Athos.
La aprì e tirò via la carta, estraendo una mezza maschera, rossa, come quella di suo padre. Solo che non era un elmetto di plastica da paintball. Era una leggera forma di cuoio che copriva la parte superiore del viso, lasciandole la bocca libera.
Il suo mento tremò e i suoi occhi corsero verso Michael.
«La Morte Rossa?», sussurrò.
Athos adorava Edgar Allan Poe.
Lui le sorrise, poi tutti ci abbassammo sotto il tavolo per tirare fuori le nostre maschere, dai nostri scompartimenti.
Le ragazze indossarono le giacche, Banks con una cintura di coltelli intorno alla coscia del suo jeans nero, Winter con la sua semplice benda rossa, Emmy con i suoi guanti con gli artigli e Rika con una katana dietro la schiena.
Non avevamo idea di che scherzo ci avrebbero tirato i Moreau quella notte, ma presi la mano di Em, guardai Athos mentre indossava la sua maschera e strinsi l'altra in un pugno, con lo stomaco in subbuglio dall'eccitazione.
Camminammo fino all'ingresso da cui erano appena usciti. La porta che conduceva alla foresta era solo a una trentina di metri di distanza e tutti ci infilammo le nostre maschere. Un calore mi percorreva le vene.
«O mi guardi le spalle», disse Michael.

«O sei al mio fianco», continuò Kai.
«O mi sei d'intralcio», concludemmo tutti.
«Sii Lilith», dissero le ragazze.
Athos si abbassò la Morte Rossa sugli occhi e tutti ci mettemmo in marcia mentre lei sussurrava «Mai Eva».

Compleanni

Michael Julian Crist: 30 agosto
Kai Genato Mori: 28 settembre
Damon Kirsan Torrance: 19 ottobre
William Aaron Paine Grayson III: 9 maggio
Aydin Markus Khadir: 16 ottobre

Erika Isla Fane: 5 novembre
Nikova Sarah Banks: 8 novembre
Winter Sutton Ashby: 19 gennaio
Emory Sophia Scott: 14 luglio
Alex Zoe Palmer: 16 dicembre

Grazie per aver letto fino a qui! Spero che la *Devil's Night Series* sia stata un'esperienza appagante per voi, e voglio ringraziare tutti i lettori per l'eccitazione, la pazienza e la passione mostrata per questo mondo negli ultimi cinque anni. Il vostro sostegno ha aiutato a dare valore a tutti noi che sentiamo davvero… l'*appel du vide*.

Ringraziamenti

Ai lettori: voglio ringraziarvi tantissimo per tutto l'aiuto e il sostegno dimostrato negli anni. Adoro stare online con voi, divertirci e socializzare, ma i social media hanno uno strano modo di risucchiarmi e, prima che me ne renda conto, si fa mezzogiorno! Non che sia tempo perso, in alcun modo, ma mi sono accorta che ho tanto più successo nel raggiungere i miei obiettivi e nel restare organizzata, quanto più sono disciplinata nella gestione del mio tempo. Grazie a tutti voi che avete sopportato i miei lunghi periodi offline. Comprendete che se una persona non posta costantemente qualcosa, non significa che non stiano accadendo grandi cose.

Grazie anche a voi che mi avete scritto questa primavera mentre ero offline per dirmi semplicemente quanto vi piacessero i miei libri e quanto «amaste il mio cervello», ah ah ah. Mi fa sorridere e mi aiuta a restare creativa. Non vedo l'ora di mostrarvi cosa vi aspetta.

Alla mia famiglia: a mio marito, per essersi assunto tante responsabilità nell'ultimo anno. I ruoli tra noi sono decisamente cambiati rispetto a quando ci siamo conosciuti e sono grata che tu sia qui a occuparti di così tante cose, perché io possa fare buon uso del mio tempo per il lavoro che amo. Probabilmente è ridicolo che io ancora non abbia idea di come funzioni la lavastoviglie che abbiamo comprato quattro mesi fa, perciò giusto per fartelo sapere… Puoi cominciare a farmi lavare da sola i miei piatti.

Il libro è finito!

E ad AydanCakes: mia figlia, la mia donnina dai calci potenti e dalle strane mosse di danza, proprio come sua madre… ti voglio bene. Grazie per essere stata straordinaria in questo periodo a casa durante la quarantena, sempre collaborativa nella didattica a distanza, e per avermi fatto vincere a *Uno* ogni tanto. Non mi batterai mai a *Scarabeo*, però, perché io sono la SCRITTRICE della famiglia. Yeah!

A Dystel, Goderich & Bourret LLC: grazie per essere così prontamente disponibili e per aiutarmi a crescere ogni giorno. Non potrei essere più felice.

Ai PenDragons: Dio, mi siete mancati. Ci sono stati tantissimi giorni, specialmente dopo un mese di quarantena, in cui avrei voluto disperatamente passare del tempo con voi. Avevo bisogno di stare con delle persone e apprezzo tanto che voi siate il mio posto felice. Grazie per avermi dato una tribù e per il vostro supporto alle storie che amo.

Ad Adrienne Rose, Tabitha Russell, Tiffany Rhyne, Kristi Grimes, Lee Tenaglia e Claudia Alfaro: i fantastici amministratori del gruppo Facebook! Non dirò mai abbastanza del tempo e delle energie che donate gratuitamente con lo scopo di creare una comunità per i lettori e per me. Siete altruisti, straordinari, pazienti e necessari. Grazie.

A Vibeke Courtney: la mia indie editor che passa su ogni mia mossa con un pettine a denti fitti. Grazie per avermi insegnato come scrivere in modo chiaro e diretto.

A Charlene Tillit: grazie per essere stata disponibile a controllare il mio francese! Mi hai dato un aiuto enorme.

A tutti i meravigliosi lettori che, specialmente su Instagram, creano grafiche per i libri e ci tengono tutti eccitati, motivati e ispirati… grazie di tutto! Adoro la vostra creatività e mi scuso se mi perdo qualcosa quando sono offline.

A tutti i blogger e bookstagrammer: siete troppi per nominarvi tutti, ma so chi siete. Vedo i post e i tag e tutto il vostro duro lavoro. Trascorrete il vostro tempo libero leggendo, recensendo e promuovendo e lo fate gratuitamente. Siete la linfa vitale del mondo dei libri e chissà cosa saremmo senza di voi. Grazie per i vostri sforzi instancabili. Lo fate per passione, il che non fa che rendere tutto ancora più straordinario.

A ogni autore o aspirante autore: grazie per le storie che avete condiviso, molte delle quali mi hanno resa una lettrice contenta in cerca di una meravigliosa via di fuga, e una scrittrice migliore nel tentativo di raggiungere i vostri livelli. Scrivete e create… e non fermatevi mai. La vostra voce è importante e finché verrà dal vostro cuore sarà sempre buona e giusta.

Fire night

Anche i cuori degli esseri più sfrenati hanno corde che non possono essere toccate senza che vibrino di emozione.

EDGAR ALLAN POE, *La maschera della morte rossa*

Per Z. King

Playlist

Devil's Playground, The Rigs
In Noctem, Nicholas Hooper
Into the Night, Julee Cruise
Overture (Il fantasma dell'Opera), Andrew Lloyd Webber
Seven Devils, Florence + The Machine

Nota dell'autrice

Fire Night è una novella bonus della *Devil's Night Series*. È ambientata circa dieci mesi prima dell'epilogo di *Mille ragioni per sfuggirti*. Tutti i libri sono interconnessi, perciò si consiglia di leggere i volumi precedenti, prima di iniziare questo racconto. Se scegliete di saltare *Il mio sbaglio più grande*, *Mille ragioni per odiarti* e *L'errore che rifarei*, siate consapevoli che potreste perdervi punti della trama ed elementi fondamentali della storia. Inoltre, se vi piacciono le moodboard di Pinterest, tutti i miei libri ne hanno una. Godetevi quella di *Fire Night*!

Buona lettura!

Pen

Kai

Ho sempre amato la casa dei miei genitori. Ero l'unico tra i miei amici che non si angustiava di stare in casa. La vita domestica annoiava e irritava Michael, e Damon voleva essere ovunque fossimo noi. Will era cresciuto in tranquillità, ma aveva bisogno di azione. Se non erano i problemi a trovarlo, se li andava a cercare.

Io, però, volevo stare a casa e, a distanza di anni, trovavo ancora confortante varcare la porta d'ingresso dell'abitazione in cui ero cresciuto.

«Ah!», un urlo rimbombò in lontananza.

Sorrisi e richiusi la porta alle mie spalle, riconoscendo il ringhio di Banks. Era nel *dojo* di mio padre; o stava vincendo o stava perdendo di brutto. Inspirai e assaporai il profumo di aria fresca e foglie, l'intera casa permeata dall'odore di erbe e piante che mia madre coltivava nel solarium vicino alla cucina.

Allungai una mano e sfiorai l'albero di filodendro e una palma di bambù mentre percorrevo il corridoio.

Mentre l'esterno della casa si fondeva con lo stile rustico delle altre abitazioni del quartiere, l'interno era notevolmente diverso. Il design ordinato, pulito e minimalista si adattava ai gusti di mio padre. Gli elementi naturali quali le piante, le pietre e la luce solare portavano l'esterno all'interno, il che aiutava durante i lunghi mesi invernali.

Lo stile giapponese privilegiava il bianco e la luminosità, ma l'influenza di mia madre era visibile. Pavimenti in teak scuro, tappeti e spruzzate di colore qua e là. Sembrava sempre di entrare in una grotta accogliente. I miei genitori erano abili nel trovare dei compromessi e io mi ero sempre sentito al sicuro qui.

Delle candele brillavano nelle loro applique sul muro, pronte per la Notte del Fuoco. Mancava ancora qualche giorno al Natale e, sebbene i miei genitori non avessero tutta questa fretta nell'assecondare la nuova tradizione natalizia di Thunder Bay, sapevano che Jett e Mads la adoravano, quindi avevano ceduto.

Sollevai le mani e soffiai aria calda sulle mie dita infreddolite, avvertendo la gelida presenza della fede nuziale.

«Nonna...», sentii Jett ridacchiare.

Sbirciai dietro l'angolo, poggiandomi allo stipite della porta e guardai mia madre scansarsi e ridere, mentre mia figlia le lanciava un pugno di farina, che aveva cosparsa su naso e guance.

Abbassai lo sguardo, osservando i piedi nudi di mia figlia che spuntavano dietro di lei, mentre si inginocchiava su uno sgabello e continuava a lavorare sull'impasto. Otto anni fa, avrei potuto infilarmeli in bocca. Cresceva troppo in fretta e desideravo che il tempo si fermasse.

Oppure, avrei voluto altri figli.

Questo finché non ero andato a casa di Damon, per poi scappare dalla porta d'ingresso dieci minuti dopo con un'emicrania. La loro tata beveva in pieno giorno e non potevo fingere di non capirne il motivo.

Osservai mia madre e mia figlia che lavoravano fianco a fianco, lieto che fossero felici. Mads era venuto qui con sua madre e la sorella, ma al momento non lo scorgevo da nessuna parte. Probabilmente era nascosto in cantina, a leggere. Aveva un cantuccio in cui nascondersi in ogni casa. Un angolo nel labirinto del giardino di casa. Un ripostiglio da Damon. La galleria di St. Killian. Vicino la finestra, dietro le tende di casa di Will.

Sebbene mi preoccupassi per lui più di quanto facessi con Jett, sapevo sempre dove trovarlo. Non avevo mai avuto timore.

«Devo andare in bagno», annunciò Jett, saltando giù dallo sgabello.

«Lavati le mani», disse mia madre.

Jett sgattaiolò nell'anticamera, si strofinò le mani infarinate sul grembiule e chiuse la porta.

Entrai in cucina. «Sei una brava mamma, sai?».

Lei mi guardò, le mani che indugiavano nella ciotola.

«Avresti dovuto avere una casa piena di bambini», aggiunsi.

Sorrise tra sé, lavorando l'impasto, io mi accostai a lei e le cinsi le spalle con le braccia. Con fare scherzoso, infilai il mento nell'incavo del suo collo.

«Mi sei bastato tu», disse.

«Forse sono stato anche troppo?»

«Oh, sì», mi schernì. «Decisamente troppo».

Ridacchiai, godendomi lo scherzo, anche se non stava mentendo. Il mio arresto era stato un inferno per loro e mi vergognavo già abbastanza per la delusione e la sofferenza che avevo causato, soprattutto perché ero il loro unico figlio. Mi odiavo per non aver saputo fare di meglio.

Abbassai lo sguardo sul piccolo ciondolo d'argento nascosto sotto il grembiule di mia madre. Santa Felicita di Roma. La strinsi più forte e lei si fermò, lasciandomi fare. Adorava essere nonna.

«Sono ancora nel *dojo*?», chiesi, scansandomi e spiluccando uno spicchio di mandarino dalla ciotolina che probabilmente era la merenda di Jett. Me lo portai alla bocca.

«Da due ore», rispose mia madre. «Va' a vedere se è ancora viva».

«Mia moglie riesce a tenere testa a quel vecchio».
Mi avviai verso il corridoio, avvertendo lo sguardo di mia madre su di me. Mi fermai e lanciai un'occhiata oltre le mie spalle, scuotendo la testa. «Non farci caso, sapevo fosse stupido nel momento in cui l'ho detto».
Rise, entrambi consapevoli che non avevamo ancora conosciuto qualcuno che tenesse testa a mio padre.
«Vieni stasera, no?», chiesi.
Vidi il suo petto afflosciarsi sotto un pesante sospiro e mi guardò con occhi socchiusi. «Voglio una serata tranquilla, grazie».
«Che intendi? Sarà una serata tranquilla».
Lei inarcò il sopracciglio e io trattenni una risata.
Va bene, va bene.
«Forse», aggiunse lei, tornando al suo lavoro.
Scrollai il capo e mi voltai, sorridendo. Sarà meglio che questa serata sia *davvero* tranquilla.
Mi diressi verso il corridoio, oltrepassai la porta scorrevole e uscii nel giardino roccioso. Gli alberelli in miniatura, i cespugli e lo stagno coperto di neve creavano un'oasi di pace all'aria aperta, al centro della casa.
Io e Banks avevamo creato qualcosa di simile nella nostra abitazione a Meridian City, cosa che si era dimostrata un'impresa, considerando che lei preferiva la vegetazione selvaggia e il labirintico giardino di casa nostra. Io preferivo un paesaggio più armonioso, come quello in cui ero cresciuto.
Le nuvole incombevano basse, promettendo altra neve per stanotte, e potevo sentire l'odore del ghiaccio nell'aria. La Notte del Diavolo l'avevamo nel sangue, ma iniziavo a preferire la Notte del Fuoco. Adoravo questo periodo dell'anno.
Mi accostai alla porta, aprii il pannello e li individuai subito al centro del *dojo*, scivolai silenziosamente all'interno, chiudendo il *fusuma* alle mie spalle.
I festeggiamenti in città erano già cominciati e avremmo fatto tardi, ma il mio cuore si infiammò e non riuscii a interromperli. Mi piaceva osservare Banks e mio padre. Adoravo vederla passare del tempo con i miei genitori.
«Mi stai guardando», disse mio padre, intercettando il suo calcio.
Lei caricò, dei capelli che si erano liberati dalla coda di cavallo le vorticarono davanti agli occhi e il sudore copriva il petto e il collo di mio padre.
Bloccò un pugno e avanzò nella sua direzione. «Smettila di guardarmi», abbaiò.
Lei indietreggiò, quando avrebbe dovuto girargli intorno per guadagnare tempo.

«Se mi guardi, non vedi», le disse. «Devi vedere tutto».

Lei grugnì, sferrò un pugno seguito da un calcio alto, che lui intercettò e respinse senza nemmeno aggrottare le sue severe sopracciglia scure. Mads gli assomigliava ogni giorno di più.

Incrociai le braccia sul petto, restando all'ombra della trave che si estendeva fino al soffitto, e guardavo mia moglie incespicare di lato, respirando affannosamente, esausta. Ci allenavamo nel Sensou diverse volte la settimana. Era in gran forma. O avrebbe dovuto esserlo.

Mio padre le si accostò, vestito con pantaloni larghi e neri e il sudore che gli imperlava i capelli brizzolati sulla fronte. L'aiutò a sollevarsi e la fissò. «Chiudi gli occhi».

Lei mi dava le spalle e suppongo non gli avesse dato ascolto, perché lui lo ripeté. «Chiudi gli occhi», la esortò.

Lei restò ferma e, dopo un attimo, notai che aveva raddrizzato le spalle e il suo respiro era regolare. «Inspira», disse lui, imitandola. «Espira».

Un sorriso mi increspò le labbra, mentre alcuni fiocchi di neve attecchivano sul terreno fuori dalle finestre. Ricordavo quella lezione.

«Di nuovo», disse.

Inspirarono ed espirarono contemporaneamente, mentre lui aspettava che la mente di Banks si schiarisse. «Tieni gli occhi chiusi», aggiunse.

Le braccia le pendevano lungo i fianchi e continuava a respirare in modo regolare.

«Mi vedi?», domandò. «Mi stai immaginando davanti a te?»

«Sì», la sentii rispondere.

«Cosa vedi?».

Lei esitò.

«Cosa vedi esattamente?», specificò.

«I tuoi occhi».

«E...?»

«Il tuo volto».

La studiò per un attimo, poi riprese: «Allarga il campo. Ora cosa vedi?»

«La... la stanza intorno a te?», rispose.

Lui si avvicinò, smorzando il tono di voce. «Respira», sussurrò. «Cos'altro vedi? Fammi muovere».

Lei inclinò leggermente la testa, come se stesse guardando la scena nella sua mente.

«Le tue braccia e le tue gambe».

«E...?»

«I piedi», disse. «Si muovono».

Infine mio padre annuì, come se lei avesse finalmente visto ciò che lui voleva vedesse. «Se guardi troppo da vicino, non vedrai nulla. Hai capito?».

Lei annuì.
Aveva bisogno di vedere, ma non in modo specifico, come se tutto ciò che appariva nel campo visivo, anche nella zona periferica, dovesse essere in primo piano. Io vedevo loro, ma anche Frost, il gatto di mia madre, che respirava tranquillo sulla trave soprastante. Vedevo Banks e mio padre, uno di fronte all'altro, ma anche i fiocchi di neve che aleggiavano all'esterno.
«Apri gli occhi», le ordinò. Fece un passo indietro e si mise in posizione di combattimento. «Allarga il campo».
Prima ancora che potesse mettersi in posizione, lui avanzò di un passo e sferrò un pugno. Lei sollevò la mano e lo deviò, per poi schivarne un altro che arrivava.
Sorrisi.
Ed eccoli a darci dentro. Lei mantenne la posizione e in meno di un attimo, volarono ovunque pugni e calci. Braccia e gambe si scontravano e i grugniti riempivano la stanza, poi lui le afferrò la coscia e lei gli assestò un pugno nel fianco.
Si mossero, Banks si avventò su mio padre e lui fece lo stesso, i loro passi si incrociavano sul *tatami* mentre giravano l'uno intorno all'altra. Una mano bloccò un pugno, per poi intercettarne un altro.
Non riuscivo a capire chi facesse cosa, perché i loro movimenti erano velocissimi. Braccio alzato, polso contro polso e calci che volavano nell'aria soltanto per essere parati.
Sembrava una danza.
Il cuore mi batteva forte mentre scorgevo un sorriso lampeggiare sul volto di mio padre, e poi… Indietreggiò di un paio di passi, lei gli venne incontro con un pugno serrato, ma lui le afferrò i polsi appena in tempo, bloccandola. Sorrise e Banks rimase impietrita, fissava mio padre, mentre i loro respiri affannati riempivano la stanza.
Cristo. Si era fermato per primo. Lo aveva sfiancato.
Mi coprii il sorriso con una mano, il cuore gonfio di orgoglio. Presto, Mads e Jett sarebbero stati proprio così e, sebbene non prevedessi pericolo nel nostro futuro, sapevo che vi era una probabilità. Respiravo più serenamente, sapendo che la mia famiglia era preparata a ciò che sarebbe potuto succedere. Ma non stasera. Stasera si festeggiava.
La liberò, si raddrizzò, le si avvicinò e la prese per le spalle. Non si erano preoccupati della mia presenza, ma probabilmente mio padre sapeva che ero qui.
Il petto le sobbalzava su e giù, mentre cercava di riprendere fiato.
Lui abbassò lo sguardo. «Bene», disse con voce tenue.
Lei lo fissò, ma poi vidi che chinava la testa e serrava la mascella.
«Vai a divertirti, stasera», le disse.
Mi scostai dal muro e mi avvicinai a Banks, mentre lei si voltava e incrociava il mio sguardo. Aveva le lacrime agli occhi e distolse rapida

lo sguardo, mentre mio padre si dirigeva verso l'uscita, rivolgendomi un cenno quando mi passò accanto.

Le sollevai il mento e osservai il suo bel viso, imperlato da un leggero strato di sudore, e i suoi occhi verdi e brillanti. Lanciò un'occhiata a mio padre, Jett lo superò nel giardino roccioso e, al suo passaggio, salutò il nonno. Lui ricambiò.

«Sei molto fortunato, lo sai?», disse Banks, con la voce tremante. «È orgoglioso di te».

Le sfiorai il volto.

«Sei molto fortunato», ripeté e riuscii a sentire l'incrinatura nella sua voce.

La portai in casa, baciandole la fronte perché altre lacrime la scossero.

«È orgoglioso anche di te», mormorai.

La presi tra le braccia, stringendola forte, odiando i ricordi che non possedeva. Aveva sofferto senza i suoi genitori e avevo dato delle cose per scontate. Mio padre non era mai stato particolarmente affettuoso, ma era ben lontano da Evans Crist o Gabriel Torrance. Era un brav'uomo e lei aveva dovuto aspettare più di trent'anni per conoscere la sensazione di avere un vero padre.

«È orgoglioso anche di te, piccola», ribadii.

Affettuoso o meno, mio padre era sempre stato presente. Eravamo fortunati.

Jett si avvicinò, avvolgendoci le braccia intorno – per quanto poteva – e si unì all'abbraccio. Ridacchiai, stringendo le mie ragazze.

Un momento dopo, Banks si asciugò gli occhi e trasse un profondo respiro, indietreggiando leggermente. Abbassò lo sguardo su nostra figlia. «Mi aiuti a truccarmi?», domandò.

Ma io le fermai, dicendo a Jett: «Anzi, vai a chiedere alla nonna come si rinvasa un castagno. Devo aiutare mamma a fare la doccia».

«Kai…», mi rimproverò Banks.

Che c'è? La guardai sbigottito. *A cosa servono i nonni, allora?*

«Non senti freddo?», Banks strinse le braccia attorno alle mie, per riscaldarmi.

Inspirai l'aria frizzante della sera e sbuffai una nuvola di vapore, osservando la neve appesa ai sempreverdi e ai rami neri e spogli degli aceri, che si protendevano verso il cielo notturno.

«Lo adoro», dissi ascoltando, era passata un'ora ed eravamo fuori dalla casa dei miei genitori. «È tutto così tranquillo».

Abbassai lo sguardo su di lei, ammirando il poco tempo che aveva impiegato per vestirsi. Il suo abito rosso senza spalline scintillava, i suoi stupendi capelli scuri erano arricciati e appuntati di lato, sulla nuca. Era bellissima.

Sia lei che Jett si erano dipinte il volto, sembravano dei simpatici clown con gli occhi bordati da rombi bianchi e gioielli incastonati sulle punte. Le gettai addosso un mantello nero e lo legai, mentre lei rovistava nella tasca e si infilava dei guanti.

«Il freddo rallenta la diffusione delle molecole», spiegai. «Meno inquinamento. L'aria è più pulita».

E silenziosa. Per questo motivo preferivo l'inverno. Le stelle facevano capolino tra le nuvole e in lontananza si sentiva lo scroscio dell'acqua, anche se non ce n'era nelle vicinanze. La coltre ghiacciata che ricopriva la terra quella notte metteva del tutto a tacere il mondo, così che si riuscivano a sentire cose che normalmente non si avvertivano. Era quasi inquietante.

«Sta per nevicare», disse. «Meglio sbrigarsi».

Sì. «Mi sto godendo la quiete prima della tempesta», la stuzzicai.

Non mi stavo riferendo alla neve. Mia madre aveva ragione. Quando la famiglia si riuniva, il dramma era dietro l'angolo.

Mads uscì di casa, raddrizzandosi la cravatta nera sulla camicia e il completo nero, e Jett lo superò di corsa per accostarsi a me. La presi in braccio, aveva un vestito rosa e delle calze bianche scelti da sua madre, che non aveva mai indossato il rosa in vita sua. *Mai.*

Mi sorrise, i denti bianchi che spuntavano tra le labbra rosse.

«La Notte del Fuoco è la mia preferita», annunciò Jett, sollevando lo sguardo sulle lanterne sfarfallanti che fiancheggiavano il vialetto.

«Pronta per accendere altre candele?», domandai.

Lei annuì. «Possiamo andare a piedi?».

Aprii la bocca per dirle di no, consapevole che non sarebbe stata una passeggiata veloce, soprattutto con Banks in abito lungo e tacchi alti, ma...

Sua madre si strinse il mantello al corpo e disse: «Assolutamente sì».

Posai Jett a terra e la presi per mano, lei e Mads procedevano tra me e Banks e ci incamminammo.

La casa dei miei era dalla parte opposta della città rispetto a St. Killian, e anche se la passeggiata sarebbe stata gelida, non mi sarei lamentato di potermi godere la serata ancora per un po'. Speravo solo che Banks non si slogasse una caviglia durante il tragitto.

La luna splendeva nel cielo mentre attraversavamo la strada e passeggiavamo nel parco, la luce di altre lanterne ci mostrava la strada. Quella era la condizione di stasera. Niente luci elettriche. Non che fosse una legge o qualcosa che facevamo rispettare, ma tutto aveva un aspetto diverso alla luce del fuoco e non ricordavo chi di noi avesse stabilito questa regola, ma tutti sembravano concordare nel trovarla affascinante.

In men che non si dica, era diventata una tradizione. Non appena il sole tramontava in occasione del solstizio d'inverno, Thunder Bay era quasi interamente illuminata dal fuoco: candele, lanterne e falò.

Le voci trasportate dalla brezza e il coro che cantava in lontananza nella cattedrale riscaldavano il gelo nell'aria e le radici sopite sotto i nostri piedi. A sinistra, vidi i fuochi in paese, gran parte della città si godeva la festa e la parata e, lentamente, voltai la testa, scorgendo tutte le fiamme tremolanti che costellavano la città.

Niente era più magico di così, nemmeno la Notte del Diavolo, perché questa era la notte più lunga dell'anno. Era speciale.

La neve prese a cadere pesantemente intorno a noi, Mads e Jett ci fecero strada attraverso il ponte, i fiocchi che punteggiavano i loro capelli neri.

«Guardate!», Jett indicò oltre il parapetto, verso il fiume che scorreva sottostante.

Un piccolo rimorchiatore si dirigeva verso di noi, luci bianche ne decoravano l'esterno, e ce ne stavamo lì, mentre i bambini lo guardavano scomparire sotto il ponte, per poi correre dall'altra parte per vederlo riemergere.

Banks e io continuammo a guardare verso il villaggio, oltre il quale c'erano Cold Point, Deadlow Island e il nostro hotel, il Coldfire Inn. La musica, le luci, la città ammantata di neve... Inspirai a fondo, cingendola con le braccia, felice di restare in quel posto per tutta la notte.

«Amo la nostra vita», mormorò lei, fissando il fiume.

Premetti le labbra sulla sua tempia, chiusi gli occhi e la percepii anche io. L'assoluta serenità in quei rari momenti di calma. Sospirai, consapevole che a suo fratello sarebbero bastati tre secondi per mandare tutto all'aria stasera. Michael e Will forse ci avrebbero impiegato un po' di più.

Ci avviammo e attraversammo il ponte, percorrendo il tranquillo viottolo fino a St. Killian, il fuoco danzava nelle coppette lungo il vialetto e torce appese alle case fiancheggiavano il perimetro. Gli occhi di Jett si accesero di emozione.

Rika l'aveva fatto per i bambini, ma l'idea della Notte del Fuoco veniva da Winter.

«Ecco i ragazzi!», esclamò Jett, mentre la neve fioccava copiosamente.

Annuii, scorgendo i figli di Damon che correvano sotto le fronde degli alberi, giocando a nascondino nel buio.

«Va' a giocare», le dissi.

Corse via, nascondendosi dietro a un tronco, le sue lucide e nere Mary Jane che scalciavano la neve, mentre nuvole di vapore le uscivano dalla bocca, rivelando la sua posizione. Mads salì i gradini e si diresse subito su per le scale a sinistra, verso il suo nascondiglio preferito.

Banks si strinse a me, sfiorò le mie labbra con le sue e stette così per diversi secondi. «Devo parlare con Em e Rika, va bene?».

Annuii e la lasciai andare.
Salì la scala a chiocciola, il cui corrimano era ornato da sempreverdi e nastri, e io sollevai lo sguardo, vedendola scomparire nel buio tunnel sovrastante. Mi avvicinai, strappai un bocciolo di rosa dal bouquet sul tavolino e me lo appuntai al bavero.
Non erano ancora giunti gli ospiti, i candelabri erano spenti e l'albero non era illuminato. I bambini ridevano e urlavano all'esterno, mentre la neve fioccava dal cielo. Mi avvicinai alla finestra e li guardai giocare, prima che gli eventi di quella notte iniziassero.
Poi, sentii qualcosa sopra di me, guardai in alto e sgranai gli occhi quando vidi Octavia penzoloni dal parapetto del secondo piano.
«Tavi!», urlai.
Con una mano teneva una spada, con l'altra si teneva aggrappata, il visino segnato dalla rabbia. Perse la presa e cadde, io sussultai e tesi le braccia, afferrandola al volo. «Merda, ma che cavolo?».
La cullai, avevo il cuore in gola mentre stringevo il suo corpicino, le mie unghie scavarono nel cappotto nero e ricamato in stile piratesco, e nei suoi stivali di pelle.
Abbassai lo sguardo, scorgendo il suo broncio. «Stai bene?».
«Ti taglio la gola, cagnaccio!», premette la lama di plastica della sua spada giocattolo al mio collo.
Oh, Cristo. Alzai gli occhi al cielo.
La feci girare e me la gettai sulle spalle, dirigendomi in cucina.
«Sei proprio figlia di tuo padre», la punzecchiai.
Nessuna idea di cosa sarebbe potuto succederle. E nessun interesse a saperlo.
«Lasciami andare!».
«Neanche per sogno», replicai. «A cosa stavi pensando, eh?»
«Mi avvicinavo di soppiatto a quel farabutto», spiegò lei, dimenandosi e scalciando per sfuggire alla mia presa. «Voleva sottrarmi l'equipaggio!».
Varcai la cucina, scansando gli addetti al catering, e misi Octavia su un bancone, fuori dai piedi.
«Devi stare attenta», scrutai i suoi occhi neri. «Intesi?».
Inarcò le sopracciglia, accentuando la piccola cicatrice sull'occhio destro, causata da una caduta fatta a due anni.
«I tuoi genitori non sarebbero contenti se ti spaccassi il cranio». Mi avvicinai al frigorifero, agguantai un succo di frutta e ci infilai la cannuccia. «Tuo padre non potrebbe sopportarlo. Sai che tutti ti vogliono bene?».
«Non ho paura di niente».
Mi fermai e la fissai. Quel tipo di discorsi portava su una strada che conoscevo bene.
Tornai da lei ma, invece di darle il succo, lo posai sul bancone e pian-

tai i palmi delle mani ai suoi fianchi. «Guardami», dissi. «So che non hai paura. Ma paura e prudenza sono due cose diverse. Se ti succedesse qualcosa, tuo padre non ne uscirebbe vivo. Lo capisci?».

Appena cinque anni e mi fissava con espressione indifferente.

«Un vero capitano dà l'esempio», le picchiettai un dito sulla testa. «Un vero capitano usa la testa, capisci? Un giorno imparerai che la tua vita può cambiare in un attimo. La prudenza è intelligenza, e le persone intelligenti trovano sempre una strada migliore».

«Come si impara la differenza tra paura e prudenza?», chiese una voce.

Mi rimisi dritto e mi voltai, scorgendo Damon che indugiava sulla soglia. Non era ancora pronto per stasera; indossava dei pantaloni neri e delle scarpe lucide, i capelli erano sistemati, ma gli mancavano giacca e cravatta e aveva le maniche della camicia bianca arrotolate.

«Con l'esperienza», rispose quando io non lo feci.

Si avvicinò e io irrigidii la schiena, perché i nostri modelli genitoriali erano diventati un altro ambito in cui ci trovavamo in forte disaccordo. Con chiunque altro al di fuori della nostra famiglia non mi sarebbe importato, ma dal momento che i miei figli erano abituati a una forte disciplina, diventava sempre più difficile spiegare perché quelli di Damon potessero dondolarsi dalle travi.

«E con la guida di persone che ne sanno di più», contrattaccai, mentre lui prendeva in braccio sua figlia.

Osservò Octavia, inarcando un sopracciglio. «Persone che si sono arrese alle regole e hanno perso l'immaginazione, intende dire».

Serrai gli occhi. «Papà ti lascia attraversare la strada da sola?», le chiesi.

Lei bevve il suo succo di frutta, consapevole anche in tenera età che era meglio non farsi coinvolgere nei nostri stupidi battibecchi.

«Perché come ti ho detto...», lanciai un amaro sorriso a Damon, «sono le persone che ne sanno di più a guidarti».

«Come fai a stabilire chi vale la pena di ascoltare?», chiese lui a Octavia, ma in realtà stava solo cercando di mandarmi in bestia. «Non lo fai. Ascolti te stessa».

«E nel mentre», dissi, «non dimenticare di ricordare a te stessa che le scelte hanno delle conseguenze con cui dovrai convivere per il resto della tua vita. Con una guida, faresti scelte migliori».

«Come te?», Damon mi guardò, il nostro periodo in prigione non aveva bisogno di un promemoria per farmi capire cosa intendeva.

Stronzo.

Lui proveniva da una famiglia disastrata. Io da una buona. Eppure, entrambi eravamo finiti in prigione.

Dio, lo odiavo.

Voglio dire, mi sarei buttato giù da un ponte per lui, però...

Prese sua figlia e se ne andò con un sorriso compiaciuto. Combattei contro l'impulso di tirargli qualcosa in testa. Avevo appena salvato la vita di sua figlia. O almeno avevo evitato che si spezzasse qualche osso.

Ma, ehi, sarebbe stata *un'esperienza* per lei! *L'avrebbe fatta diventare grande!*

Lasciai la cucina, il profumo zuccherato dei biscotti alla vaniglia, dei macaron e altri dolci riempì la casa, mentre i camerieri trasportavano i vassoi nella sala da pranzo.

Madden si era unito a Ivar nell'accendere i candelabri e facevano entrambi il giro per la casa. Io mi diressi verso la sala da ballo, ma mi fermai, scorgendo nuovamente Damon.

Le luci erano state spente, delle candele brillavano sul pavimento rosso e dorato, mentre delle ghirlande festive di sempreverdi, del vischio e degli zuccherini drappeggiavano il caminetto sulla destra, in armonia con quelle avvolte al passamano della scala alle mie spalle. La pista da ballo era ancora vuota, al di fuori di mia moglie che volteggiava con suo fratello.

Indugiai, ripiegai le braccia sul petto e mi intenerii alla vista di loro due insieme. Va bene, va bene, non lo odiavo. Non potevo odiare qualcuno che la amasse. Lui le fece reclinare la schiena, per poi farla piroettare, lei gli rivolse un ampio sorriso, per poi scoppiare a ridere e gettargli le braccia al collo, mentre lui andava sempre più veloce. Sorrisi, guardandoli.

Lì accanto, Rika danzava con Jett, entrambe si guardavano i piedi mentre Rika portava il conto, guidando i passi della bambina. Il suo abito nero si gonfiava su un lieve pancione, ora di circa cinque mesi.

Le figlie di Will, Indie e Finn, piroettavano intorno alle due coppie, fingendosi ballerine, le piume nere tra i capelli di Finn mi fecero sprofondare lo stomaco in un ricordo. Sembrava ieri, io e Banks eravamo nella sala da ballo del Pope, a guardare la madre di Damon, vestita con le sue piume nere, che si muoveva sul pavimento come se fosse un fantasma. Un brivido mi percorse la schiena.

«Kai?», disse qualcuno.

Mi voltai e vidi Winter scendere le scale, tenendosi al corrimano con entrambe le mani. La raggiunsi, guidandola verso di me. «Sì, eccomi», dissi. «Hai sentito il mio odore?».

Come avrebbe fatto a capire che ero io, altrimenti?

Rise, accostandosi al mio fianco. «Mh-mh, hai un buon odore».

Sorrisi, riportando lo sguardo sulla sala da ballo. Mio figlio era scomparso e Ivarsen aveva raggiunto i fratelli; ci corsero davanti, indubbiamente verso la sala da pranzo e i dolci.

Dall'esterno giungevano le luci dei fanali, gli ospiti iniziavano ad arrivare.

«Octavia non vuole partecipare alla cerimonia di stasera», disse Winter.

«Allora non ci sarà nemmeno Mads».
«No».
Ecco perché me l'aveva detto, così da essere preparato. La notte, mentre gli adulti ballavano o prendevano parte ai festeggiamenti, i ragazzi andavano a vivere la loro avventura a teatro. Fino a mezzanotte, quando sarebbero tornati a casa per aprire i regali.
Winter aveva fatto un bel lavoro, rendendo speciale questo periodo dell'anno. Amava il Natale, ma aveva sempre ritenuto che quel giorno fosse agrodolce, perché significava che la stagione era praticamente giunta alla fine. Ora, iniziavamo a festeggiare al solstizio, felici di goderci altri giorni di gioia davanti a noi.
«È una bambina fortunata», riprese Winter. «Ci sono molte persone che le vogliono bene».
Annuii, scorgendo un'ombra al secondo piano. Mads si era nuovamente ritirato nel suo nascondiglio.
«È un'avventuriera», risposi. «Mads no. Può vivere di riflesso, tramite lei».
«E lei adora riuscire a trascinarlo ovunque», aggiunse. «Lui non si arrabbia mai con lei. I suoi fratelli non sono… così flessibili».
I suoi fratelli erano un guaio. Almeno Mads dava il buon esempio.
Gli altoparlanti si spensero quando l'orchestra finì di accordarsi e il silenzio permeò tutta la casa.
«Adoro questo suono», sussurrò Winter.
«Quale suono?»
«Gli spifferi di questo vecchio edificio che investono le fiamme», disse lei. «Li senti?».
Drizzai le orecchie; il vento ululava nei piani superiori e le sue raffiche facevano tremolare le fiamme. Mi si rizzarono i peli sulla nuca.
«Sembrano fantasmi», mormorò. «Tutto è più bello alla luce del fuoco, vero?».
Abbassai lo sguardo su di lei, le sue lunghe ciglia drappeggiavano occhi che non potevano più vedere nulla di bello, ma questo non significava che avesse perso qualcosa. Semplicemente, ora vedeva in modo diverso.
Voltandomi, presi la sua mano nella mia e posai l'altra sulla sua vita, guidandola verso la pista da ballo. «Aspetta».
Le sue labbra si arcuarono in un ampio sorriso e iniziammo a volteggiare, io la guidavo senza musica, mentre i capelli le ricadevano sul volto. Il suo abito nero si gonfiò dietro di lei e i nastri rossi nei suoi capelli svolazzarono.
«Sei piuttosto bravo», notò.
«Ne sei sorpresa?»
«Be'…», scrollò le spalle, senza dilungarsi.
Volteggiammo e danzammo sempre più velocemente, finché lei non

iniziò a ridacchiare, ma non perse mai l'equilibrio, più leggera dell'aria tra le mie braccia.

Immaginavo mi ritenesse eccellente soltanto nel combattimento, ma mia madre aveva cresciuto un gentiluomo.

«Non dare mai una spada a un uomo che non sa ballare», recitai Confucio, rallentando.

Lei aggrottò la fronte, respirando affannata.

«Perché?»

«Un'arma mortale non dovrebbe essere nelle mani di chi non ha vissuto».

Non si può parlare a nome del mondo, quando si comprende solo un punto di vista.

Mi fermai e la fissai, un'idea che prendeva forma. «Voglio che insegni a Mads e Jett a ballare».

Lei inclinò la testa.

Perché non ci avevo pensato anni fa? Credevo che ricevere una buona istruzione e imparare a difendersi li avrebbe resi più forti, ma avevo ancora tempo per incoraggiarli in ciò che li rendeva felici. Mads avrebbe odiato la danza, ma un giorno avrebbe potuto apprezzarne la conoscenza.

Dopo un istante, lei annuì. «Va bene».

Proprio in quel momento, si intromise Damon, prendendo la mano di sua moglie e cingendola per la vita. «Scusatemi».

Feci un passo indietro, lasciandogli spazio, e stavo per andare a prendere mia moglie, quando mi accorsi che si stava già dirigendo verso di me.

«Arrivano gli ospiti», annunciò. «Accendiamo il candelabro».

Oh, vero.

«Jett», chiamai, facendo cenno a mia figlia di avvicinarsi. «Indie? Finn?».

Gli ospiti cominciarono ad arrivare, Rika e Michael si posizionarono alla porta per accoglierli, mentre i guardarobieri prendevano giacche e guanti delle signore. Emory, vestita di verde, con i capelli raccolti in una coda bassa e i riccioli che le scendevano lungo la schiena, fece il giro del candelabro, distribuendo pennarelli e foglie di alloro a tutti i bambini.

Sparpagliandosi per il foyer, gli ospiti si spostarono intorno a loro, per vedere i bambini che scrivevano sulle foglie i propri desideri per l'anno nuovo con un pennarello argentato, per poi alzarsi e dare loro fuoco su una candela del candelabro.

«Perché le bruciamo?», chiese Gunnar, mentre Dag lasciava cadere la cenere della sua foglia in una ciotola di rame che Emmy teneva in mano.

«Per sprigionare il desiderio nell'universo», spiegò Indie.

«Be', l'anno scorso ho desiderato di essere famosa», ribatté la sorella, «e non si è avverato. Forse lo stiamo facendo nel modo sbagliato».

Sorrisi, guardando i bambini che, uno dopo l'altro, si alzavano e gettavano le loro foglie carbonizzate nel piatto.

«Non si è *ancora* avverato», sottolineò Winter.

Will aveva dato vita a questo rituale circa otto anni fa. Una nuova tradizione. Un modo per conservare la celebrazione nelle nostre vite e qualcosa di divertente per i bambini da ricordare e, forse, tramandare un giorno ai loro figli.

Il mio sguardo indugiò su Mads, lo vidi accostare la foglia alla fiamma, ma invece di darle fuoco, la ritirò. Se la infilò nella giacca e si voltò per aiutare Octavia, sostenendo la mano di lei mentre avvicinava la foglia alla fiamma.

Una figura apparve sulle scale e alzai lo sguardo, scorgendo Athos discendere con un abito argentato estremamente aderente, con una scollatura a V che difficilmente avrei fatto indossare a mia figlia a diciassette anni.

Il suo volto brillava sotto un trucco bianco e grigio che le bordava gli occhi, i capelli le pendevano lungo la schiena e aveva un paio di piccole corna fissate sulla testa, che la facevano assomigliare a un personaggio di *Sogno di una notte di mezza estate*.

Alex le aveva insegnato a truccarsi quando aveva dieci anni, ma purtroppo non era qui per subire l'ira di Michael stasera. Lei e Aydin stavano trascorrendo le vacanze con la famiglia di lui a New York, e mancavano anche Micah e Rory, che erano alle Fiji.

Misha e Ryen erano stati invitati, ma dubitavo si sarebbero presentati.

Michael si fece avanti, voltandosi per tenere gli occhi fissi su di lei mentre passava. «Lo indosserai per la cerimonia?»

«Per il ballo».

«Ne abbiamo già discusso», ribatté lui mentre lei continuava a camminare. «Più di ventuno anni, Athos».

«Per fortuna questo posto è di proprietà del mio papino».

Sbuffai, guardandola sparire nella sala da ballo.

Michael si passò una mano sul volto. «Non so nemmeno perché io ci provi». Sospirò e tornò a voltarsi. «Devo scegliere meglio le mie battaglie, perché più ne perdo, più lei diventa forte».

«Puoi dire di no, lo sai?».

Lui mi guardò come se fossi pazzo. «Non l'ho cresciuta affinché accettasse un "no" come risposta».

Oh, vero.

Mi sorrise, con sguardo malizioso. «Allora, gliel'hai dato?».

Inarcai un sopracciglio. «Non ancora», mormorai, evitando che Banks mi sentisse. «Posso contare su di te per una serata tranquilla, così da potermi godere mia moglie?».

«Perché lo chiedi a me?»
«Perché a ogni festività succede un casino», sbottai.
Lui assottigliò gli occhi. «Al Ringraziamento non è stata colpa mia».
«Per il Giorno dell'Indipendenza è stata colpa tua».
Incrociò le braccia sul petto, mentre i bambini finivano di accendere le candele. «E chi ha dato alla squadra di pallacanestro di Thunder Bay i camion di tuo zio lo scorso marzo, perché scaricassero letame sul Falcon's Well dopo aver perso il campionato?»
«Non io», replicai, osservandomi incurante le unghie. «Ho semplicemente lasciato le chiavi in giro, non le ho date a nessuno».
Lui sbuffò, mentre gli ospiti gremivano la stanza intorno a noi.
«E poi, non abbiamo perso», aggiunsi. «Hanno commesso un fallo e l'arbitro non l'ha visto».
«Be', la prossima volta che "lasci le chiavi in giro"…», disse, mettendosi di fronte a me e abbassando la voce, «ricordati che il sindaco ha urlato per venticinque minuti contro mia moglie al telefono».
Aprii la bocca per difendermi, ma non ne uscì nulla. Sì, va bene. Aveva ragione. Non era stato il massimo.
«D'accordo», ammisi.
Stasera mi sarei comportato bene, ma mi aspettavo lo stesso da loro. Niente drammi. Gli abitanti della città riempirono la casa, alcuni erano mascherati, altri si erano dipinti il volto, abiti e gioielli scintillavano alla luce delle candele. Li osservai con attenzione, concentrandomi sui loro occhi per vedere se riuscivo a riconoscere qualcuno al di sotto dei travestimenti.
Alcuni, ma non tutti.
Qualcosa mi innervosì. Non era una mossa intelligente, la gente continuava a entrare e nessuno controllava gli inviti. Non c'era altra sicurezza oltre a Lev, David e pochi altri che controllavano il perimetro e alla porta non c'erano guardie.
Non avevamo "invitato" problemi, ma più gli anni passavano, più questi ci trovavano. Più terreni, più immobili, più potere, più soldi… e quando ottieni qualcosa che vale la pena possedere, qualcuno prima o poi cerca di sottrartelo. Finora, eravamo stati fortunati. *Anche troppo.*
«Siamo pronti?», chiese Em.
Prima che potessi voltarmi per rispondere, una voce rimbombò per le scale. «Lotto 666, allora!».
Emmy trasalì e si voltò, tutti i nostri occhi seguirono il suo sguardo, scorgendo un uomo avvolto in un mantello e una maschera bianca che gli copriva metà del volto.
«Un candelabro a pezzi!».
Risi, accantonando la mia preoccupazione e riconoscendo subito Will. Michael scosse la testa, senza riuscire a nascondere un sorriso. I bambini ridacchiarono mentre Will scendeva le scale con passo velo-

ce, facendo svolazzare il suo mantello. «Alcuni di voi ricorderanno la strana vicenda de *Il fantasma dell'Opera*».

«Papà!», rise II.

Will fece una piroetta, guardando poi i bambini negli occhi. «Un mistero mai del tutto svelato».

E poi, al momento giusto, l'orchestra e l'organo ristrutturato sopra di noi intonarono la drammatica ouverture de *Il fantasma dell'Opera*, facendomi rizzare i peli sulle braccia. Il pavimento vibrava sotto le mie scarpe e il mio battito accelerò. Il sorriso di Winter non poteva essere più ampio di così.

Qualcuno doveva aver azionato il meccanismo, perché il candelabro si sollevò lentamente, salendo sempre più in alto verso il soffitto, mentre noi rovesciavamo la testa all'indietro per osservarlo.

Il movimento fece tremolare le fiammelle delle candele e i bambini iniziarono a correre, volteggiare e saltare per la sala da ballo. Li seguii dentro, mentre gli ospiti entravano dietro di me, alcuni si unirono a Michael e Rika sulla pista da ballo, altri presero un bicchiere di champagne dai vassoi che i camerieri facevano passare tra loro.

Emmy teneva la ciotola con le ceneri di alloro e la posò sul caminetto, accanto alla Menorah, per poi venire verso di me, il volto ancora illuminato. Adorava accendere il candelabro.

«La tua parte preferita...», riflettei, mentre si accostava a me, osservando la sala.

«Sempre», rispose, guardando il soffitto e i quattro lampadari elettrici, ora inutilizzati. «Vorrei fossero tutti illuminati con le candele».

«Troppo lavoro», spiegai.

«Affermativo».

«Il campanile è bellissimo», abbassai lo sguardo su di lei. «Mi piace ciò che hai fatto, o che ti sei rifiutata di fare, dovrei dire».

Lei fece spallucce. «C'è bellezza nella storia, non voglio che venga cancellata».

Trovai Banks sulla pista da ballo, la sua testa era vicino a quella di Rika, entrambe guardavano qualcosa.

«Qui l'ho baciata per la prima volta», dissi, facendo indugiare lo sguardo sulle spalle scoperte di mia moglie.

«Non lo sapevo».

«La Notte del Diavolo», il ricordo mi investì la mente. «Il mio ultimo anno».

L'ouverture terminò e l'impianto stereo entrò in funzione, diffondendo una melodia cantata, tenue e ammaliante.

Poi Emmy domandò: «Era nel confessionale con te quella mattina, vero?».

Riportai lo sguardo su di lei. «Come fai a saperlo?».

Sogghignò, come se lo avesse appena ricordato. «Ero lì quel giorno, l'ho incontrata».

«Tu vai in chiesa?», la presi in giro.

Lei si limitò a distogliere lo sguardo, un sorriso schivo sulle labbra. «Avevo le mie ragioni».

O segreti? Comunque, non erano affari miei.

«Il confessionale», riflettei. «È stata la prima volta in cui le ho rivolto la parola. Quel giorno mi ha cambiato la vita».

«Anche a me».

«Se solo avessi lottato di più per ottenere ciò che volevo...». Quel giorno era finito molto peggio di come fosse iniziato. «Non ci saremmo privati di anni di vita insieme».

«Anche io», aggiunse in un sussurro.

Banks mi adocchiava di tanto in tanto, con le sue labbra rosse e gli occhi scuri. Il calore mi pervase il corpo, nella mia mente si affollavano immagini di come sarebbe stata con indosso solo quel trucco.

«Devo ballare con lei», comunicai a Em, muovendo alcuni passi sulla pista.

Ma mi ritrovai davanti una giovane brunetta, un abito bianco che le lasciava le spalle scoperte. «Kai», cinguettò.

Mi fermai, notando che la mia allieva era molto diversa da come si presentava alle sue lezioni di aikidō il martedì e il giovedì. «Soraya», dissi, «sei splendida». La presi per mano e mi chinai, premendo la mia guancia sulla sua tempia per un rapido abbraccio. «Ci sono i tuoi genitori?»

«No», sorrise. «Sono rannicchiati davanti al caminetto, stasera».

«Buono a sapersi».

Cercai di aggirarla, ma lei riprese a parlare. «Grazie per gli incontri individuali della scorsa settimana», aggiunse. «Sono stati davvero utili».

Mi guardò con adoranti occhi azzurri, i capelli rossi e setosi le ricadevano sulle spalle. Potevo quasi sentire il ghigno di Emmy al mio fianco.

Oh, per favore. Questa ragazzina era... una ragazzina.

«Non c'è di che», dissi. «Hai praticato la lingua durante le vacanze?»

«Sì», afferrò un lembo del vestito e io abbassai lo sguardo, osservandola mentre sollevava lentamente l'orlo da terra. «La porto con me ovunque».

Mentre il vestito si alzava sempre di più, vidi dei segni neri che risalivano la pelle dorata della sua gamba.

«*Ichi*, *ni*, *san*», recitò, leggendo i numeri giapponesi impressi come promemoria sul suo corpo. «*Yon*, *go*, *roku*». Sollevò ancora il vestito, sopra il ginocchio e su per la coscia. «*Nana*, *hachi*...».

Il sudore mi imperlava la fronte e lanciai un'occhiata verso Banks, vedendo che ci osservava con uno sguardo fiammeggiante. «Merda», boccheggiai e scorsi Emmy che si copriva il ghigno con una mano.

«*Ku*», continuò Soraya, quasi sfilandosi il vestito. «*Juu*», disse infine.

Deglutii e feci tornare il mio sguardo su Banks, Rika era accanto a lei con gli occhi sgranati e pronta a sbellicarsi. Vidi che anche i ragazzi mi guardavano, le loro labbra si muovevano e, anche se non riuscivo a capire cosa dicessero, i loro dannati ghigni parlavano da soli. Abbassai nuovamente lo sguardo, cercando di non far cadere gli occhi sulla lunga gamba di Soraya. «Ah, b-bene…».

Lasciò ricadere il vestito. «So che il *dojo* è chiuso fino all'anno nuovo, ma ho lasciato la borsa nello spogliatoio». Si avvicinò e io indietreggiai di un passo. «Ci sarai questo fine settimana? Per le scartoffie o cose del genere? Potrei passare. Velocemente».

Da sola? Mentre io sono lì… da solo?

Dardeggiai lo sguardo verso Banks e, nello stesso momento, lei e Rika si passarono un dito sulla gola, in segno di minaccia.

Emmy sbuffò, afferrando un bicchiere di champagne da un vassoio di passaggio. «Questa l'ho già vista. Tale fratello, tali sorelle».

Maledizione. Non era colpa mia. Banks sarebbe stata incazzata per tutta la sera.

Elusi la ragazza. «Ci sarà mia moglie per tutto il giorno, domani, per occuparsi di alcune cose», le dissi. «Le dirò che devi passare».

E me la svignai.

Mentre cercavo di avvicinarmi a Banks, i ragazzi si lanciarono, tagliandomi la strada. «Qualcuno qui è nei guai», mi punzecchiò Will.

«Dacci un taglio». La ragazza aveva una cotta, e di certo non era un fatto che potessi controllare.

Provai a cercare mia moglie, ma le ballerine volteggiavano e non riuscivo a vedere oltre i ragazzi.

«Dannazione», mormorai, infilandomi le mani in tasca.

«Sì», aggiunse Michael. «L'hanno visto tutti».

«Zitto».

«Oh, merda», Damon ridacchiò sottovoce, portandosi il bicchiere alle labbra. «Il gioco si fa duro».

Eh? Vidi Banks, mentre Rika tentava di trattenere una risata e cercava, chiaramente, di dissuadere la mia donna, mentre lei lanciava occhiatacce all'adolescente.

«Vedi?», mi rivolsi a Michael. «Cosa ti avevo detto? Succede sempre un casino».

«Stai calmo», disse lui. «Banks si fida di te. Quindi, la regina degli adolescenti ha una cotta per il suo *sensei*».

«Si è impressa la sua guida sulle cosce…», mi sbeffeggiò Damon.

«E mia moglie porta dei coltelli fissati alle sue», sussurrai, consapevole della presenza dei nostri ospiti. «Merda. Guardatele». Feci un cenno verso le ragazze, Winter ed Emory si erano unite a loro. «Stanno architettando qualcosa».

Will e Michael ridacchiarono, senza però muoversi di un millimetro per bloccare la situazione.

«Sono più preoccupato per quella ragazza che per te», rifletté Damon.

Io ero più preoccupato che la notte che avevo programmato andasse in malora. Mia moglie si fidava di me, ma la infastidiva quando altre donne non si curavano del fatto che fossi sposato. Non che succedesse spesso, ma la vedeva come una mancanza di rispetto. In questo senso, lei e Damon erano più simili al padre di quanto avrebbero mai ammesso.

«Allontanatela da mia moglie incinta, per favore», disse Michael. «Sembra una bomba».

Esatto.

Feci per allontanarmi, ma Jett mi corse incontro e mi saltò in braccio, la acciuffai giusto in tempo. «Papà, andiamo a teatro adesso!», annunciò.

«Ci sono tutti?», chiese Michael alla signorina Englestat, che si avvicinò mano nella mano con Dag e Fane.

«Sì, signore», disse lei, senza fiato. «Athos è rimasta indietro e la signora Cuthbert tiene d'occhio Madden e Octavia. Tutti gli altri sono pronti».

I ragazzi di Damon lo strinsero in un abbraccio, ma Ivarsen passò oltre, i pollici che battevano sullo schermo del telefono.

«Ehi, fai il bravo», intimò Damon.

«Sono bravo in tutto», ribatté il ragazzo.

Ridacchiai. Albero? Ecco la tua mela.

«Buona caccia», posai un bacio sul naso di mia figlia e la strinsi forte. «Ci vediamo a mezzanotte».

Lei prese a dimenarsi. «Lasciami andare o Indie prenderà il mio posto!».

La feci tornare a terra. «Comportati bene».

Senza aggiungere una parola si precipitò verso il foyer e una delle tate la avvolse nel cappotto.

Non appena i bambini se ne andarono – per le ore successive si sarebbero aggregati agli altri bambini della città per i festeggiamenti al teatro, o per chiedere dolcetti in giro – la musica divenne più forte e intensa.

Cercai di nuovo Banks tra la folla, ma il mio sguardo si soffermò su un particolare. Qualcuno mi stava fissando.

Una maschera bianca integrale. Mantello nero. Vicino al camino. Sbattei le palpebre e mi voltai, cercando di ritrovare quel volto mentre il mio cuore saltava un battito.

Chi…?
Nessuno degli uomini indossava un mantello, sarebbe stato un travestimento eccessivo. Ma quando lo cercai di nuovo, non lo vidi. Un brivido mi scese lungo la schiena per il modo in cui era fermo lì, le cavità nere dei suoi occhi gelidi su di me.
«Meglio che tu vada», disse Damon.
Eh?
Mi voltai verso di lui, che fece un gesto dietro di me. Seguii il suo sguardo e scorsi finalmente mia moglie, indossava una maschera bianca che le celava occhi e naso e mi osservava mentre scivolava lentamente nell'ombra. Contrassi la mascella, alla sua provocazione il mio inguine fu invaso dal calore.
Non osare.
Presi a seguirla, dimenticando l'uomo con il mantello e la maschera. Scansai le persone sulla pista da ballo, muovendomi tra la folla e la raggiunsi, appena in tempo per afferrarle il braccio.
«Fermati», le sussurrai all'orecchio.
Lei si irrigidì, rifiutandosi di voltarsi verso di me.
«Non avevo intenzione di ucciderla», disse a mezza voce, fissando la giovane Soraya all'angolo della sala. «Volevo solo spaventarla un po'».
«È una ragazzina».
«Certo», si voltò, con aria di sfida. «Mi sembra di ricordare che io ero una ragazzina quando mi hai messo la mano sotto la maglietta».
Il ricordo di quella ragazza misteriosa tra le mie braccia nella torre campanaria tornò a investirmi. «La *tua* maglietta», precisai.
Non la sua.
Si voltò, i verdi occhi truccati mi trapassarono da dietro la maschera bianca. «Dico sul serio», aggiunse allontanandosi, come se fosse un qualcosa che non avrei mai potuto avere. «Tu non mi permetteresti di dare lezioni a qualcuno che flirta con me».
«E tu non mi lasceresti imporre ciò che ti è permesso o meno di fare», avanzai di un passo, mentre lei indietreggiava.
Dovevo ammetterlo, mi piaceva l'idea che fosse gelosa, ma allo stesso tempo non lo apprezzavo. Non volevo che fosse un sentimento derivato dall'insicurezza.
«Non ci credi?», domandai.
«A cosa?»
«Che tutto questo non finirà mai».
Voleva che *tutti* sapessero fossi suo, ma le avrebbe risparmiato un sacco di preoccupazioni se le fosse bastato che *io* sapessi di essere suo.
Mi avvicinai, un passo felpato dopo l'altro, mentre i miei occhi indugiavano sul suo petto, che minacciava di fuoriuscire dal vestito.
Credetemi, sapevo di essere suo.

L'uomo nel suo letto, ogni notte. Il padre dei suoi figli. Il suo compagno in tutto ciò che facevamo.

«Desidero darti una cosa», dissi.

Le coppie volteggiavano intorno a noi, nessuno dei due batté ciglio, mentre i suoi occhi brillavano nella luce fioca.

«Vieni qui, subito», intimai.

Lei non lo fece, continuava ad allontanarsi.

Mi ribollì il sangue. Non avevamo tutta la notte. C'erano delle cose che volevo fare prima che tornassero i ragazzi. «Mi stai facendo incazzare», dissi, puntando i piedi. «Sai che non mi piace fare scenate».

Ma l'avrei fatto se costretto.

Lei non me ne diede l'opportunità. Non appena raggiunse il limite della sala, si voltò e si tuffò attraverso le doppie porte, scomparendo. Mi precipitai all'inseguimento, incurante degli sguardi che incrociavo.

Entrai nella sala successiva, buia, c'era una coppia nascosta a pomiciare in un cantuccio e intravidi l'orlo del suo vestito rosso sparire dietro l'angolo. La inseguii e la vidi sgattaiolare su per le scale di servizio. Le corsi dietro, imboccai la scala a chiocciola, le pietre che mi scricchiolavano sotto la suola delle scarpe.

Raggiungemmo il secondo piano e lei cercò di svincolarsi fino al terzo, ma la afferrai per un braccio e la feci girare, bloccandola contro il muro.

«Come se tu potessi sfuggirmi», la provocai. «Non so nemmeno perché ci provi».

Una candela tremolò sulla parete e io la fissai negli occhi, le mie labbra aleggiarono sulle sue.

Si staccò dal muro, ma io la spinsi indietro e le sollevai il vestito, premendo la mano tra le sue gambe, le mie dita in fiamme mentre la accarezzavo dolcemente.

Cristo. Era nuda. Completamente nuda.

Rabbrividì, ma smise di opporsi e io sorrisi, adorando queste rare, ma piccole sorprese che mi regalava. Non indossare le mutande non era una cosa da lei.

«Che cosa stavate escogitando tu e le ragazze di sotto?», mormorai sulle sue labbra.

«N-niente».

Feci scorrere la mano lungo il suo interno coscia, sentendo il cazzo che si induriva.

Dio, non vedevo l'ora.

«Guardami, Nik».

Lentamente sollevò lo sguardo, incapace di resistermi quando usavo il suo vero nome.

«Voglio darti una cosa», dissi, la bocca secca dal desiderio. «Fruga nella mia giacca, tirala fuori».

Feci scorrere le dita lungo la sua pelle morbida, poi feci lo stesso usando le nocche, desiderando che ogni centimetro della mia pelle toccasse la sua. Frugò nel mio taschino e tirò fuori un fazzoletto, che avvolgeva un oggettino. Smisi di accarezzarla, ma non mossi la mano mentre lei scartava il regalo.

Un pettine d'argento giaceva nel fazzoletto, era ornato da un disegno e tre rubini che brillavano verso di lei.

«Era di mia madre», spiegai. «E di sua madre».

Era una delle poche cose che mia madre possedeva della sua famiglia. Mia nonna aveva dovuto darglielo di nascosto, dopo che era fuggita con mio padre.

I suoi occhi risalirono verso i miei e sperai che capisse il significato di quel cimelio.

«Le donne della famiglia lo tramandano alle figlie», aggiunsi. «Mia madre voleva dartelo di persona, ma sapeva che…».

Non riuscii a trovare le parole, ma lei abbassò lo sguardo, il mento tremante. Sapeva cosa stavo per dire.

Banks non aveva ricevuto molti regali in vita sua, e nessuno dai propri genitori. Una situazione del genere la rendeva nervosa, mia madre sapeva che sarebbe stato più facile se l'avessi fatto io.

Sollevò le mani e si sistemò il pettine nei capelli, per poi abbracciarmi.

Il suo naso sfiorò il mio. «Voglio uccidere chiunque cerchi di portarti via da me».

Allungai le mani sul suo sedere, avvertendo la cinghia delle lame stretta intorno alla sua gamba, e la sollevai tra le mie braccia. «Se mai ti lascerò, sarà perché sono morto».

Affondai la bocca nella sua, dimostrandole l'unica sicurezza di cui avrebbe avuto bisogno, e l'avrei fatto cento volte al giorno per il resto della mia vita se necessario.

Non aveva mai posseduto qualcosa che valesse la pena perdere, ma io mi sarei spezzato la schiena per darle di tutto. Dio, era fantastica.

Mi tirai giù la zip dei pantaloni, lo cacciai fuori e mi infilai dentro di lei, spingendomi a fondo proprio lì, nell'oscura tromba delle scale.

«Ah», gemette, tenendosi stretta, come se ne andasse della propria vita. «Ti amo, Kai».

«Ti amo anch'io», dissi in un soffio sulle sue labbra. «Non riesco a smettere. Non voglio smettere mai».

Pompai dentro di lei sempre più forte e più veloce, con frenesia, seppellendo il volto nell'incavo del suo collo, mentre lei mi abbracciava.

Sentii uno scalpiccio in lontananza, poi delle grida dal piano inferiore.

«Kai», gemette lei, cavalcandomi. «Mi sembra di sentire delle urla».

A chi importa? Non a me. L'intera casa avrebbe potuto prendere fuoco, ma in questo momento non mi sarebbe importato.

La guardai negli occhi. *Soltanto un autocarro potrebbe trascinarmi via da te.*

Damon

B*e', questa è bella.*

Un cavallo nero trottava nella sala da ballo, un cavaliere mascherato e avvolto in un mantello troneggiava su di noi, la musica si fermò, così come le danze, e tutti indietreggiammo, lasciandogli spazio.

Afferrai Octavia, attirandola verso di me. «Vieni qui».

Alcune urla si levarono nell'aria, mentre altri avevano la bocca aperta o ridevano per lo spettacolo.

Che diavolo era? Ammisi di non aver prestato attenzione ai dettagli, ma me lo sarei ricordato se Michael e Rika avessero parlato di un enorme mammifero che entrava in casa loro nel bel mezzo dei festeggiamenti. Dannata Athos. C'era lo zampino di Edgar Allan Poe.

Il cavallerizzo indossava una maschera a guisa di teschio e io sollevai Tavi tra le mie braccia, osservando come lo guardava con occhi lucidi dall'emozione. Il cavallo si fermò e tutti si zittirono, attendendo con il fiato sospeso, e l'aria fresca che si era portato dietro mi raffreddò la pelle.

«Il fantasma guarda dal palco numero cinque», disse, la voce che rimbombava. «Lo scorgerete, sebbene non sia vivo».

Octavia non mosse un muscolo, mentre tutti intorno riprendevano il suo messaggio con il telefonino.

«Portate la sua maschera alle fiamme del falò», intimò, girando in cerchio per farsi udire da tutti. «Il vostro tesoro vi aspetta, entro la fine della Notte del Fuoco».

E scattò via, uscendo dalla stanza, gli zoccoli del cavallo che battevano contro il pavimento di marmo. Un attimo dopo avvertimmo il veloce galoppo del cavallo che si allontanava nella notte.

Ridacchiai, sollevando lo sguardo sul viso di Octavia, ancora impressionata. Quando avrebbero mosso i primi passi nel mondo, i ragazzi avrebbero avuto un brusco risveglio e si sarebbero resi conto che nessun posto era come Thunder Bay.

Ma era giusto così. Se avessi fatto a modo mio, non avrebbero mai dovuto scoprire quanto il resto del mondo facesse schifo, in confronto a casa nostra.

«Palco numero cinque?», disse qualcuno. «Il teatro, quindi?».

La gente era irrequieta, le chiacchiere invadevano la sala, mentre i più giovani iniziavano ad andarsene, recuperando i cappotti, per decifrare gli indizi della caccia al tesoro.

«Forse intende il lotto numero cinque?», aggiunse un'altra persona. «Al cimitero? L'indovinello dice che il fantasma non è vivo, perciò...».

«Potrebbe trattarsi di una tomba?», commentò una donna.

«Ma "guarda" qualcosa», aggiunse un altro, rispondendo a un messaggio sul suo telefono. «Una statua? Situata, forse, in un punto panoramico?».

Gli ospiti lasciarono la sala, i più giovani si precipitarono nella notte, per essere i primi ad aggiudicarsi il milione di dollari in palio che avrebbero potuto usare per l'università o, poiché molti avevano già il college pagato, ne avrebbero potuto usufruire una volta laureati. La maggior parte di loro li avrebbe usati per viaggiare, per avviare una propria attività o li avrebbe investiti.

La metà degli invitati rimase, la musica, i balli e le conversazioni ripresero, mentre io posavo Octavia a terra e la tenevo per mano, ondeggiando insieme a lei.

«Perché non posso andare, stasera?», domandò.

«Perché la nostra famiglia ha organizzato la caccia», la osservai dall'alto in basso, lei salì sulle mie scarpe e si lasciò guidare. «Non sarebbe giusto se vincessimo noi, no?»

«Non sarebbe giusto in ogni caso».

Stai tenendo il broncio?

La osservai, divertito. «Per il tuo compleanno, fai regali o li ricevi?». Non giungendo risposta, continuai. «È la stessa cosa. La caccia è un regalo alla città, da parte nostra. Ci sono altri tesori che ti aspettano là fuori».

Spostai lo sguardo e scorsi Christiane incespicare mentre cercava di ballare con il marito, Matthew, il cui patetico portamento era quasi alla stessa altezza dell'atteggiamento ottuso del figlio. Perché le era saltato in mente di sposarlo? Aveva a malapena il coraggio di formulare una frase. Era silenzioso. Lei era silenziosa. Quella casa doveva essere una vera gioia. Come decidevano quando fare sesso? Si scrivevano dei messaggi?

L'immagine di loro che facevano sesso mi entrò nel cervello e trattenni un rantolo prima che mi sfuggisse.

«Dove sono?», sentii chiedere a Octavia.

Sbattei le palpebre, voltandomi verso di lei. «Dove sono, cosa?»

«I miei tesori».

«Devi scovarli», dissi. «E batterti per averli. Nulla viene regalato».

Storse l'angolo della bocca e quasi mi venne da ridere. Volevo che sognasse, ma i sogni potevano essere pericolosi. Nulla andava mai come si desiderava. Sarebbe stato più difficile di quanto credesse, e avrebbe fallito svariate volte prima di vincere. Non l'aveva ancora imparato.

E non era la battaglia a convincerti, ma la tentazione di mollare. Le serviva un po' di pratica. Smisi di danzare e frugai nel taschino, porgendole la pergamena che avevo preparato. «Sapevo avresti messo il broncio».

Prese la carta ripiegata e la srotolò, lo smalto nero sulle unghie era sbeccato, mentre guardava il mio regalo. Sussultò. «Una mappa del tesoro!».

Puntai il dito in alto. «È da qualche parte in questa casa, sopra di noi».

Lei fece dardeggiare lo sguardo per la stanza e, infine, rovesciò all'indietro la testa, scrutando verso il corrimano della buia galleria al secondo piano.

«Posso chiedere aiuto?», domandò.

Non si vedeva nessuno, ma entrambi sapevamo chi si celava lassù, immaginavo a chi si stesse riferendo. «Certo, fai pure».

Avevo segnato sulla mappa delle parole che avrebbe avuto bisogno di aiuto per leggere. Fece per svignarsela, ma andò a sbattere contro qualcuno, avanzai per afferrarla, ma l'uomo fu più veloce di me. La prese per le spalle e la rimise dritta, per poi raddrizzarsi.

Sollevai lo sguardo, scorgendo un uomo con maschera bianca e mantello indietreggiare, la osservò e si profuse in un inchino plateale.

«Milady», disse.

«Scusi», cinguettò lei.

Corse via, diretta verso le scale per andare ad arruolare il cugino. Ridacchiai, facendo un cenno all'uomo che mi passava accanto e ringraziando che mia figlia fosse tosta, ma anche educata.

Mi voltai a guardarlo, notando il mantello. *Un po' esagerato, ma va bene.*

Lanciai un'occhiata al piano di sopra, scorgendo un'ombra proiettata sul soffitto, mentre Tavi correva verso Madden.

Si nascondeva sempre durante celebrazioni del genere. Kai aveva provato a giustificarlo dicendo che non si sentiva a suo agio in contesti sociali, ma credevo fosse più una cortesia da parte di Mads. Erano gli ospiti a essere a disagio quando c'era lui.

Infilai le mani in tasca, aggirandomi per la stanza e osservando la mia donna che danzava con il padre di Kai, sua moglie assorta nella conversazione con alcune signore del club di giardinaggio. Incrociai lo sguardo di Rika, in piedi vicino al caminetto, che sgranocchiava un macaron al tè verde.

Vedendo che la osservavo, si bloccò. Inarcai un sopracciglio. *Un altro? Vuoi anche la torta? Magari due torte, Rika?* Esitò un attimo, per poi infilarsi il dolcetto in bocca, subito seguito da un altro. Mi mandò a fanculo e si allontanò, le guance da scoiattolo piene di cibo poco salutare per il bambino.

Risi, la stavo solo prendendo in giro. Anche Winter aveva avuto le sue voglie. Bisognava vivere al massimo.

Osservai di nuovo mia moglie, in questo periodo dell'anno l'amavo anche di più. Adorava la musica, il cibo e tutte le piccole cose. Non poteva vedere le luci, ma in un certo qual senso ci riusciva. Diceva che percepiva la casa diversa. Più calda, forse.

Adoravo che non le sfuggisse nulla, nemmeno l'odore della carta da regalo. Non mi era mai parso che la carta da regalo avesse un aroma, ma ogni inverno mi faceva accucciare sotto l'albero, inalando i regali. Aveva ragione, ora lo notavo.

Kai e Banks sgusciarono fuori dal loro nascondiglio e tornarono nella sala da ballo; i capelli di Banks le ricadevano liberi sulle spalle e Kai si raddrizzava la cravatta. Will faceva volteggiare Emmy sulla pista da ballo, ora più spaziosa, dato che alcuni ospiti se n'erano andati, e le sue risate riempirono la sala.

Poi vidi Matthew allontanarsi e attraversare il corridoio centrale, diretto alla sala da pranzo. Christiane non era con lui. Cercai subito di individuarla.

La scorsi mentre si allontanava nella direzione opposta ed esitai per un secondo, guardandola sparire nella sala accanto. Ero teso, qualcosa mi innervosiva, così come era successo sempre più spesso negli ultimi due anni.

Nei giorni, nei mesi e nel decennio trascorsi da quando avevo scoperto che la madre di Rika era anche la mia, avevo atteso ciò che ero sicuro mi avrebbe riservato: una delusione.

A un certo punto, avrebbe avuto una ricaduta. Si sarebbe dimenticata uno dei miei figli al negozio o al parco. La novità nell'essere una nonna amorevole, attenta e responsabile si sarebbe esaurita o avrebbe richiesto troppe energie per stare al passo, e così sarebbe piano piano sparita dalle nostre vite.

Nonostante la mia freddezza e gli anni passati a risponderle a monosillabi, nulla era comunque riuscito a scoraggiarla. Se non altro, era una persona paziente.

Con il passare del tempo, era successo il contrario. Invece di arrendersi lei, era stata la mia resistenza a perdere di vigore. Era difficile non amare la sua indulgenza nei confronti di Octavia; le confezionava quasi tutti i vestiti a mano, giacché non si trovavano abiti d'epoca di qualità nello stile che Tavi apprezzava che non sembrassero un costume da quattro soldi.

Era fantastica con Gunnar, sempre pronta a spulciare nei mercatini per trovare pezzi di ricambio da usare nelle sue invenzioni, e non le importava se Fane e Dag le distruggessero la casa, costruendo fortini in ogni stanza.

Si era rivelata di grande aiuto quando Winter era in ospedale per dare alla luce Octavia e uno dei cani di Kai aveva quasi staccato a morsi l'orecchio di Ivarsen, che aveva appena sei anni. Era rimasta nella stanza d'ospedale con lui, due piani più in basso, mentre io ero al fianco di Winter.

Non volevo reprimere l'orgoglio, anche se così mi sembrava di soffocare. Ma, sempre più spesso, iniziavo a odiare il dolore nello sguardo che cercava di celare quando la ignoravo. Prima non mi importava, ma qualcosa era cambiato.

La seguii, i miei piedi si mossero senza riflettere.

Spalancai la porta bianca, introducendomi nella sala successiva, una sala da ballo più modesta, buia e vuota. Lei era alla finestra, la luce della luna faceva risplendere il suo scintillante abito bianco e portava i capelli biondi tirati in uno chignon.

Me ne stetti lì, chiusi la porta alle mie spalle e la osservai. Era come se stesse attendendo qualcosa.

«Lo fai spesso», incrociai le braccia sul petto. «Abbandoni stanze piene di persone per stare da sola».

Lei non si voltò, si limitò a congiungere le mani di fronte a sé.

«Lo faccio così che tu possa seguirmi», rispose. «Ho intuito che non mi avresti parlato con altri attorno».

«Ritieni di conoscermi?».

Voltò il capo, incrociando il mio sguardo. «Tu non mi conosci», addolcì la voce. «Ci sono tante cose che vorrei dire, che aspettavo di dire».

Non mi mossi. *Bene, sentiamole, allora. Hai avuto anni per prepararti.*

Parte di me moriva dalla voglia di sentirle, se non altro per riaprire vecchie ferite e tornare a incazzarmi; incazzarmi abbastanza da ricordare perché la odiassi.

Mi aveva abbandonato. Ogni giorno, per anni.

Poteva anche essere una brava persona, ma cosa importava? Avevo bisogno di lei, ora?

No.

Si voltò del tutto, ma rimase alla finestra. «Ricordi l'orsacchiotto che ho regalato a Ivarsen per il suo primo Natale?».

Continuai a restare immobile. E a non rispondere.

Ma lo ricordavo, era piccolo, la metà di lui, con un nastro rosso legato al collo. L'aveva avvolto in una vecchia carta marrone tutte stropicciata, stretta da un fiocco impolverato. Ricordai di aver pensato che sembrava fuori posto tra le buste e le scatole eleganti degli altri regali che gli aveva comprato.

Abbassò lo sguardo e io cominciai a sentirmi teso.

Be', quindi? L'aveva rubato da strafatta? Voleva darlo a Madden? Cosa?

«Quell'orsacchiotto era tuo», disse. «Era tuo fin da quando eri un bambino».

Serrai la mascella.

La sentii deglutire, ma non si avvicinò. «Ho pensato a un modo per fartelo avere, insieme a tutti gli altri regali che avevo comprato per i Natali e i compleanni nel corso degli anni».

La fissai, senza battere ciglio.

«Il carillon che ho dato a Octavia, i camioncini che ho regalato a Fane, la barca telecomandata e i libri per Dag e Gunnar…».

Un groppo mi ostruì la gola, e cercai di ingoiare quegli spilli, ma non ci riuscii.

Erano tutti miei. L'immagine di quei giocattoli incartati, a prendere polvere in soffitta in attesa di un bambino che non li avrebbe mai aperti, mi balenò nella mente, ma la respinsi.

E allora? Da piccolo avevo avuto tutti i giocattoli che potessi desiderare. Se i soldi potevano comprarmelo, non ne facevo a meno. Non ne sentivo la mancanza.

«È colpa mia», fece un passo verso di me. «Ciò con… cui sei cresciuto non è colpa tua. Non è nemmeno colpa loro». Scosse la testa. «Non erano brave persone. Non potevamo aspettarci facessero cose buone, ma io, una volta, ero una brava persona e, anche se non sapevo quanto fosse brutto per te, sapevo che non era una cosa positiva».

Serrai i pugni.

Lasciò cadere nuovamente lo sguardo, vidi qualcosa luccicare lungo la sua guancia.

«Volevo morire», aveva la voce incrinata. «Meritavo di morire, stavo cercando di farlo».

Ogni muscolo del mio corpo si irrigidì.

«Dio, volevo che tutto finisse», sussurrò, le spalle che sussultavano. «Non avevo idea di quanto fosse brutto il tuo mondo, prima di tuo padre».

La sua immagine si fece offuscata; la stava mettendo in un bel modo. Con mio padre, era un buio inferno.

«Ero una ragazzina», si avvicinò. «Fino a diciotto anni, non sapevo nemmeno andare in bicicletta. Mi ha insegnato Schraeder. Mi sentivo al sicuro».

Le lacrime le rigavano il volto, al pensiero di quella adolescente, più giovane di quanto fosse Rika, terrorizzata da me.

Banks, Winter, Em, Rika… non mettevo in dubbio che sarebbero sopravvissute a ciò che aveva passato Christiane, ma ne sarebbero uscite ferite. Gravemente ferite, sia fuori sia dentro.

Al solo pensiero, la rabbia mi attanagliò lo stomaco.

«Rika è stata sola per tanto tempo», mormorò. «Tranquilla, mite, sempre con il naso premuto contro il vetro, cercando di osservare quel mondo in cui aspettava di essere invitata. Non aveva voce, perché io non ne avevo da darle».

Ricordavo.

«Gli anni si sono confusi tra loro», continuò, «e ogni momento di lucidità era come un coltello nel cervello. Non riuscivo a sopportarlo. Non riuscivo a sopportare di ricordarti. Ero talmente debole».

Conoscevo la sensazione. Le mie cicatrici ne erano la dimostrazione. Lei aveva le pillole, io le lamette. Ma, nel mio caso, non si trattava di debolezza, ma di prendere di petto la situazione. Dovevo fare qualcosa.

«Ma alla fine ha trovato la sua strada, vero?», chiese, senza aspettarsi una risposta. «Michael, Kai Mori, Will Grayson... tu. Avrei dovuto saperlo, che la vita avrebbe trovato un modo per prendersi cura di lei quando io non ci sono riuscita. Avrei dovuto aspettarmelo che vi sareste trovati». Un lieve sorriso le balenò sulle labbra. «Parla come se avesse diecimila soldati alle spalle, adesso. Sei stato tu a farlo, non io».

Rika aveva scoperto cosa non voleva diventare, vedendo ogni giorno in prima persona com'era una vita sprecata, proprio come avevamo fatto io e Banks a casa mia.

«Tu sei felice», disse. «Ed è stata Winter a farlo, non io».

Christiane aveva finalmente imparato ciò che avrebbe dovuto invece insegnare ai suoi figli: si è responsabili al cento per cento della propria felicità.

«Sono grata che le lezioni impartitele non le siano costate troppo», continuò, avvicinandosi. «E mi dispiace che le tue abbiano avuto un tale costo». Le tremò il mento. «Mi dispiace. Dio, vorrei poter tornare indietro e fare tutto diversamente. *Farei* tutto diversamente, anche se dovesse uccidermi».

Mandai giù il groppo in gola e, nel cercare di trattenere le lacrime, mi doleva la testa.

Lui l'avrebbe uccisa. Forse, lei avrebbe lottato, ci avrebbe provato. Avrebbe dovuto prepararsi per quando sarei stato abbastanza grande e avrebbe dovuto farsi aiutare dalle persone che mio padre temeva, ma forse sarebbe finita male lo stesso, e invece di avere una madre malata, io e Rika ci saremmo ritrovati senza.

Era stato sprecato fin troppo tempo.

«Sarò per sempre dispiaciuta, ma volevo sapessi che ti voglio bene», disse. «Ti ho sempre voluto bene e sotto l'albero c'è un altro regalo che quei bellissimi bambini non possono avere, perché è sempre stato tuo. Potrai aprirlo una volta che me ne sarò andata, o puoi non aprirlo mai, ma avevo bisogno di dartelo».

Fece per andarsene, si defilava come sempre, perché non voleva trattenersi più del dovuto, ma anche se da un lato ero curioso di sapere cosa mi avesse lasciato sotto l'albero quand'ero bambino, dall'altro non volevo che andasse via.

«Christiane», esordii.

Si fermò al mio fianco e la osservai, incerto se avessi lo stomaco per continuare. Non mi fidavo dei genitori, ed ero troppo grande per cominciare a farlo.

Ma non volevo più ferirla.

Forse, avrei potuto comportarmi come suo figlio, in fin dei conti. Forse no.

Ma potevamo provare a essere qualcosa.

«Perché non sai ballare?», chiesi.

Mi guardò, battendo le palpebre. Lei e Matthew sembravano due ragazzini delle medie alla loro prima festicciola. Pensavo fosse abile. Lei spostò il peso su una gamba, con aria incerta. «Non so fare molte cose, suppongo».

Il ronzio sordo della musica si diffondeva dalle pareti e riuscii a distinguerne la melodia quando mi voltai verso di lei.

Tesi la mano e aspettai, mentre lei mi fissava con espressione lievemente scioccata.

Infine, accettò il mio invito. L'attirai verso di me, la sua mano gelida si adattava alla mia, mentre le posavo l'altra intorno alla vita. Il mio cuore perse un battito, nel rendermi conto che per la prima volta tenevo mia madre tra le braccia.

Mi guardò, le rughe ai lati degli occhi rivelavano la sua età, ma lo sguardo era quello di una bambina.

«Seguimi», dissi.

Mi diedi una spinta e la feci muovere per la sala vuota, la musica appena udibile mentre volteggiavamo e danzavamo. La osservai, qualcosa mi ostruì la gola, facendomi male, ma non riuscivo a distogliere lo sguardo.

Non avevo bisogno di lei. Avevo creato una bella famiglia, con mia moglie e i miei figli, ma anche i miei amici. Avevo tutto.

Eppure, tenendola tra le braccia, mi resi conto di qualcosa che mi era mancato. Mi resi conto di quanto avrei voluto averla vicina, aggrapparmi a lei.

Alle volte, ero davvero stanco. Potevo chiedere aiuto, appoggiarmi ai ragazzi o sfogarmi con le donne, ma non lo facevo. Mai.

Volevo essere forte per loro. Non volevo che Banks mi vedesse di nuovo spaventato, o che Rika mi vedesse perdere la testa, incapace di gestire una situazione. Non volevo che i miei figli non mi considerassero uomo.

Non sapevo il perché, ma con Christiane non mi importava di non essere il più forte nella stanza. Dovevo ammetterlo, anche dopo i trent'anni, in un certo senso volevo ancora la mamma.

Una mamma sarebbe stata presente nei momenti di vulnerabilità.
La strinsi a me, la accompagnai per il pavimento, sentendola ridacchiare mentre volteggiavamo, i suoi piedi toccavano a malapena il suolo mentre mi muovevo.
Quanto era strano essere genitori. Per tanti anni non ero riuscito a mettermi nei suoi panni, e anche se sapevo che, fossi stato al posto suo, avrei fatto molte cose diversamente, riuscivo comunque a capire quanto potesse essere dura preoccuparsi per tuo figlio e vedere che un'altra donna lo stava crescendo.
Christiane, Natalya e Gabriel avevano sbagliato tutto.
Ma io ero ancora qui. Banks era ancora qui. E così anche Rika. Nonostante tutto, eravamo sopravvissuti ai nostri genitori.
Banks e Rika non li avevano mai biasimati. Negli ultimi dieci anni, io non avevo fatto altro che incolpare Christiane. I miei figli avrebbero potuto voltarmi le spalle così facilmente e fare lo stesso? Nonostante tutto l'amore che provavo per loro, potevano comunque odiarmi.
Rallentai il passo, un peso si posò sulle mie spalle e d'un tratto mi sentii particolarmente stanco. E spaventato. Voleva essere qualcosa di più, ma aveva fallito. Come facevo a sapere che non mi sarebbe successo lo stesso? Come potevo giudicarla, facendo l'altezzoso? Nessuno sapeva cosa ci avrebbe riservato il futuro.
Christiane alzò lo sguardo su di me, il sorriso che si affievoliva non appena ci fermammo, ma non dissi nulla. Indietreggiai lentamente, la lasciai e tornai nella sala da ballo, alla ricerca di Winter. La musica mi fischiò nelle orecchie e la vidi chiacchierare con Michael ed Emmy. Mi diressi verso di lei.
La presi per mano e la vidi sorridere, mentre riconosceva immediatamente lo stato d'animo in cui versavo, e mi afferrò entrambe le mani.
«Dov'è Octavia?», chiese.
«Caccia al tesoro con Mads», mugugnai, e senza riservare una parola o uno sguardo agli altri due, me la trascinai dietro. «Vieni».
Senza fare domande, lei si aggrappò a me che la guidavo nell'atrio, sotto il candelabro con i portacandele, fino alla porta delle catacombe.
Girai il chiavistello, la condussi all'interno e richiusi la porta dietro di noi, la presi subito in braccio e scesi le scale.
«C'è qualcosa che non va?», chiese, cingendomi il collo con le braccia.
«Ho bisogno di stringerti».
«Mi stai stringendo».
«Sai cosa intendo», dissi, posandole un bacio sulle labbra.
Non insistette oltre, lasciò che la portassi nei bagni e la rimettessi a terra. La luce delle candele si estendeva nelle catacombe, la Jacuzzi era già piena d'acqua, il vapore che risaliva in superficie.
Mi allungai per girare la manopola, i beccucci sul soffitto presero

vita e l'acqua si riversò nella vasca più piccola, in una ventina di getti diversi, quasi come una fontana.

Mi strappai di dosso giacca e camicia, facendole cadere a terra, seguite dal resto dei miei vestiti e poi mi concentrai su Winter. Slacciai il corsetto e le sfilai il vestito, prima di toglierle la biancheria intima, lasciandole solo i nastri tra i capelli.

Alla sua vista, un'ondata di calore mi percorse sottopelle e la attirai tra le mie braccia, sollevandola. «Vieni qui», mormorai sulle sue labbra.

Mi avvolse le gambe intorno ed entrai nella vasca più grande, l'acqua calda mi procurò brividi lungo tutto il corpo.

Mi sedetti, e lei con me, mentre gli zampilli scrosciavano intorno a noi. L'abbracciai e seppellii il volto tra i suoi capelli.

Lei si irrigidì, io mi limitai a stringerla più forte, cercando di tornare a sentirmi saldo. Odiavo avere dei dubbi e per la maggior parte del tempo riuscivo a tenermi abbastanza occupato da non preoccuparmi per i miei figli, ma non sapevo cosa stavo facendo, non più di chiunque altro. Potevo giudicare le persone che mi avevano cresciuto quanto volevo, ma io sarei stato il prossimo a essere sottoposto a giudizio.

«Damon...», sussurrò Winter, consapevole che qualcosa non andava.

«Non sono un buon padre», sbuffai un sospiro, stringendola a me. «Ivarsen non ha disciplina. Diventerà ingestibile. Fane è pedante, tutto deve essere perfetto. Gunnar ci farà saltare in aria con le sue invenzioni. Dag si rifiuta di mangiare verdura fin dal giorno della sua nascita e Octavia finirà in un cazzo di manicomio quando scoprirà che i pirati nella vita reale sono solo dei terroristi lanciagranate». Boccheggiai, non sopportando che dopo migliaia di anni non esistesse ancora un metodo comprovato per crescere i figli. «Non so cosa fare. Come diavolo posso sapere come si comporta un buon genitore?».

Ero ignorante com'era Christiane quando mi aveva concepito. Kai aveva ragione. Avrebbero avuto una vita migliore con una guida più assennata. Io stavo sbagliando tutto. Finalmente, le braccia di Winter mi avvolsero e premette le labbra sulla mia tempia, i seni a contatto con il mio petto.

«Un buon genitore ha figli felici», mi mormorò all'orecchio. «I nostri figli sono tanto felici».

Mi baciò sulla guancia e poi sulle labbra, con lentezza e dolcezza. Chiusi gli occhi, godendomi lo scroscio dell'acqua e la sensazione di lei.

«Sono tanto felici», ripeté. «E ti adorano».

Una fitta mi colpì allo stomaco e accennai un sorriso, incapace di trattenermi. *Mi adorano, vero?*

«Anch'io sono felice», aggiunse.

Indietreggiai un poco, guardandola mentre i miei pensieri tornavano a fuoco. Non succedeva spesso, ma era difficile non fare un confronto.

I figli di Kai erano educati e relativamente tranquilli. Athos era intelligente, ambiziosa, determinata. Will non aveva mai litigato con i suoi ragazzi. Facevano quello che veniva loro chiesto, e subito.

I miei ragazzi...

Trattenni quel pensiero, ricordando che Ivar aveva aiutato la madre a fare i pancake stamattina. I miei ragazzi sapevano essere davvero dolci, vero?

Gunnar era stato bravo nel ripulire, così che la mamma non scivolasse. Fane la aiutava a scegliere i libri per Dag e Octavia, descrivendo le immagini e la storia, così che sapesse cosa comprare. Erano bravi ragazzi. Inspirai e buttai fuori l'aria, allontanando le preoccupazioni, per il momento. Stavamo facendo un buon lavoro.

«Meglio?», sussurrò, per poi baciarmi la mascella e accarezzarmi il collo.

Chiusi gli occhi e annuii. «Non fermarti».

Si strusciò contro di me, io cominciavo a eccitarmi e le palpai il seno, ma poi un suono acuto oltrepassò il soffitto sopra le nostre teste e ci fermammo entrambi, sollevando lo sguardo.

«Era un urlo?», chiese lei.

Io gemetti. E ora, cosa stava succedendo?

Will

La baciai, le sue labbra erano rosse e calde, ma mentre le accarezzavo, le guance erano gelide. Ritirai la mano, la guardai attraverso l'intricata maschera di metallo argentato che le copriva la fronte. Gli occhi incollati su di me attraverso le due fessure.

Chinandosi, mi alitò sulla bocca e fece scivolare velocemente una mano nei miei pantaloni, afferrandomi. «Pensi che tua moglie abbia dei sospetti?», mi stuzzicò.

Sussultai quando serrò la presa, non m'importava di nulla in quel momento, se non di vederla completamente nuda, al di fuori della maschera sul volto.

Sogghignai, mordicchiandole il labbro inferiore. «Chi se ne frega?», ribattei. «Niente può tenermi lontano da te».

Emmy sorrise e affondò la bocca sulla mia, lasciò la presa su di me, così da potermi avvolgere le braccia intorno al collo. «Ti amo da morire», disse mia moglie. «Lo sai, vero?».

Annuii. «Ma puoi ancora prodigarti a dimostrarmelo».

«Lo farò», mi baciò ancora. «Prima, finisci di ballare con me».

Volteggiammo, la musica arrivava attutita al balcone del secondo piano dove stavamo ballando, il freddo e la neve ci penetravano nelle ossa, ma lei sorrideva a tal punto che non avevo intenzione di impedire un suo desiderio. Poggiò la testa sul mio petto, stringendosi a me.

Adoravo quando lo faceva. Avevo passato un sacco di tempo a pensare che non avesse bisogno di me, ma ora sapevo che ne aveva. Non si teneva a me, si *sorreggeva* a me.

Scrutammo la foresta, la maggior parte degli alberi aveva perso le foglie e la lanterna della torre campanaria era visibile attraverso i rami.

«Dov'è seppellita?», chiese Emmy.

Non avevo bisogno di chiedere di chi stesse parlando, la fiamma sempre presente per Reverie Cross tremolava in lontananza sul campanile. Era strano che avesse aspettato così a lungo per fare quella domanda, ma era ancora più strano che nessun altro l'avesse mai posta.

Non risposi e lei aggiunse: «Tuo nonno le voleva bene?».

Mi strinsi a lei. «Non gliel'ho mai chiesto».

Era un argomento che destava la mia curiosità, ma non riuscivo mai a introdurlo con lui. Forse ne sarei rimasto deluso se le risposte fossero state più noiose della mia immaginazione.

Forse temevo che le risposte avrebbero mutato i miei sentimenti nei suoi confronti.

«L'ha uccisa lui?», sussurrò Emmy.

«Non ho intenzione di chiederglielo».

Mai.

«Potrebbe essere l'unico a sapere cos'è successo quella notte», insisté lei.

Lo so. E non sarebbe vissuto tanto a lungo per raccontarlo.

«Nessuno sa dov'è seppellita, dunque?», chiese ancora.

«Non vicino a Edward», dissi. «È tutto quello che so».

La avvolsi tra le mie braccia, volendo sfruttare al meglio il tempo che ci rimaneva prima che i bambini tornassero a casa, e discutere di Reverie Cross non era esattamente ciò che avevo in mente.

«Allora, mi ami?», la incitai.

«Sono quasi certa di avertelo detto trentanove secondi fa».

Sbuffai. Volevo sentirmelo dire spesso e lei lo sapeva.

Rise e premette le labbra sulle mie. «Ti amo».

Mi soffermai sulla sua bocca, mi stavo congelando a morte lì fuori, ma la calda promessa del suo corpo mi fece eccitare.

«Voglio andare da qualche parte», annunciai.

Le catacombe, la dispensa, la stanza degli ospiti… ovunque.

«Voglio ballare ancora», piagnucolò.

Inarcai un sopracciglio. «E se ballassi *per me*?».

Oh, potrei vivere così.

Un sorriso malizioso le increspò la bocca, e si mordicchiò il labbro inferiore. «Prendimi».

Prima che potessi ribattere, si scansò, si alzò l'orlo del vestito e iniziò a correre. Fui percosso da una risata, mentre la guardavo sgusciare in casa con i tacchi alti, per poi scattare all'inseguimento.

Sfrecciando per il salotto, squittì mentre la seguivo e ci ritrovammo nel corridoio, verso le stanze degli ospiti. Ma poi, si fermò all'improvviso e urlò, la schiena rigida.

«Will!», gridò.

Il mio sorriso si spense e mi precipitai al suo fianco, afferrandola.

«Che c'è?».

Abbassai lo sguardo e vidi una pozza di sangue sul parquet, e un corpo disteso nel corridoio.

Trattenni il respiro e la feci indietreggiare. «Ma che cazzo…».

«Oh, mio Dio», si coprì la bocca con la mano.

«Che succede?», dal piano inferiore venne la voce di Kai e io mi sporsi oltre il parapetto per scorgerlo in piedi nell'atrio.

«Sbrigati», gli feci cenno di salire.

Mi inginocchiai e cercai di distinguere il volto dell'uomo al buio, ma era a faccia in giù e soltanto il lato sinistro era visibile.
Chi…? Che diavolo era successo?
«Tesoro, recupera una luce», le dissi.
Premetti le dita sul collo dell'uomo per controllare il battito, ma non sentii nulla. La luce illuminava finalmente il corridoio, mentre dei passi salivano le scale e tutti accorrevano alle nostre spalle.
«Che diavolo…?», disse Kai, fermandosi accanto al corpo. «Chi è?».
Io che ne so?
«È morto?», sentii la voce di Michael.
Non ne ho idea. Lo osservai, un giovane biondo con abiti normali e il sangue che gli usciva dalla testa. Non l'avevo riconosciuto e non era vestito per la festa.
«Chi è?», chiese Rika.
Scossi la testa.
Qualcuno ci sfrecciò accanto, mentre io frugavo nelle tasche alla ricerca di un documento, ma quando raggiunsi il suo giubbotto, la sentii. Esitai, la vena del mio collo pulsava.
Merda.
Lo voltai, scavai sotto il braccio ed estrassi la pistola dalla fondina. La tenni in mano, mentre la consapevolezza si faceva strada sul volto di tutti nello stesso momento. Gli unici a possedere armi erano Lev e David, e non si trattava di nessuno dei due.
«I bambini sono spariti!», gridò una donna.
Cosa? Scattai in piedi, mentre tutti si voltavano a guardare la signora Cuthbert.
«Quali bambini?», abbaiai. «Sono a teatro».
Con il mento, feci un cenno a Emmy, lanciandole il telefono. «Chiama la signorina Englestat». Era lei a controllare i bambini a teatro. «Falle contare i presenti».
Lei annuì, le mani le tremavano mentre componeva il numero.
«Mads e Octavia», mormorò Damon, il suo sguardo preoccupato incrociò il mio. «Sono rimasti qui».
Mads e Octavia… mi voltai di scatto verso la tata.
«Non sono nelle loro stanze», gridò.
Mi si rabbuiò il volto, quando capii che stava parlando di *quei* bambini.
Tutti si misero a correre.
«Tavi!», Banks si precipitò lungo il corridoio, verso le stanze che i ragazzi utilizzavano quando erano qui.
«Madden!», Kai si lanciò nella direzione opposta, il corridoio che si biforcava nella galleria dove suo figlio amava nascondersi.
«Madden!», chiamarono altre voci, mentre tutti si sparpagliavano.
Avevo la bocca secca. Mi abbassai di nuovo, questa volta controllai il

polso, ma non sentii nulla. Gli misi le dita sotto il naso, aspettando di sentire il calore del suo respiro.

Ancora nulla.

Altri passi salirono le scale e mi rimisi in piedi, ricostruendo varie ipotesi nella mia testa.

«È morto», annunciai.

«Non siamo stati noi», sentii dire a Lev, e alzai lo sguardo per scorgere lui e David in piedi in cima alle scale, senza fiato. «Non abbiamo visto nulla».

«Questo mi pare ovvio!», ringhiò Banks.

«La porta si apriva ogni dieci secondi per gli ospiti, Banks», urlò Lev. «Poteva entrare chiunque, ve l'avevo detto che serviva più sicurezza».

«Ma nessuno di voi voleva "guardie armate e un metal detector all'ingresso"», aggiunse David, citando Michael.

Lui l'afferrò per il bavero, spingendolo via. «Perlustrate la casa, andate!».

Damon, Banks e Michael corsero dentro e fuori delle stanze, cercando ancora.

«Mads!», chiamarono. «Octavia!».

Infilai la pistola dietro ai pantaloni e feci un gesto a Kai. « Afferralo per i piedi».

«Abbiamo bisogno della polizia», argomentò Emmy. «Non muovetelo».

«Non chiameremo nessuno finché non avremo trovato i bambini», disse Kai a denti stretti.

Non eravamo sicuri di come fosse successo; dovevamo scoprirlo prima di coinvolgere la polizia.

«Octavia!», gridò Damon, e avrei giurato di sentire il suo respiro affannoso da qui.

«Aspetta, le telecamere...», proruppe Rika.

Si voltò di scatto e corse nel suo ufficio, il computer impostato per accedere alle telecamere stradali e alla vidcosorveglianza della casa. Aveva una copertura di quasi ogni centimetro della città.

Io e Kai depositammo il corpo nella camera da letto di lei e Michael e chiudemmo la porta, per poi stendere il tappeto nel corridoio a coprire il sangue. Seguimmo gli altri, irrompendo nel suo ufficio.

«Torna indietro», le disse Michael.

Premette dei pulsanti e girò una manopola per riavvolgere il filmato, riproducendo gli eventi della notte. Non erano presenti telecamere all'interno della casa, ma coprivano l'esterno e il terreno. Immaginavo che la situazione sarebbe cambiata dopo stanotte. Michael avrebbe convocato la compagnia in mattinata, aumentando i sistemi di sicurezza.

Si fermò, vedendo Mads e Octavia uscire di corsa dalla porta laterale della cucina, correndo freneticamente, come se stessero scappando da qualcosa, ma…

Una macchina li stava aspettando. Il cuore mi balzò in gola. Due uomini saltarono fuori e, prima che i ragazzi si rendessero conto di ciò che stava avvenendo, li caricarono dentro e l'auto sfrecciò via.

«No», boccheggiò Damon.

«Che succede?», esclamò Winter.

Lui si limitò a stringerla a sé.

«Aspetta, aspetta, quello chi è?», Kai indicò il biondo seduto sul sedile del passeggero. «Ingrandisci».

Rika riavvolse di nuovo, cogliendolo mentre scendeva dall'auto per afferrare i bambini, e mise in pausa il video, migliorando l'immagine.

Banks gemette. «Ilia Oblensky».

Kai raddrizzò la schiena e respirò a fatica. Anni fa, Ilia lavorava per Gabriel Torrance. Banks lo fece espellere dal paese non appena ereditò il patrimonio del padre.

«Quello chi è?», Michael scrutò l'altro che era sceso dal SUV.

«Non saprei», rispose Rika.

Ma io fissai la testa bruna che avrei riconosciuto ovunque, perché la conoscevo bene. Mio Dio.

«Taylor Dinescu», sussurrai.

Tutti si voltarono a guardarmi, il mio trascorso a Blackchurch faceva pesare la sua odiosa presenza.

«Cristo, cazzo», mugugnò Damon. «Come avranno fatto a incontrarsi?».

Non ne avevo idea. Forse esisteva un gruppo Facebook per le persone che ci odiavano. Un senso di sconforto mi colpì, perché lo sospettavo. Lo sospettavo da anni. Lui era una questione in sospeso che avevo ignorato, e non avrei dovuto farlo.

Banks si voltò. «Kai?».

Seguii il suo sguardo e vidi Kai uscire dalla stanza con la furia negli occhi.

«È il mio turno», disse. «L'altra volta ho lasciato che te ne occupassi tu, non questa volta».

Prima che io potessi capire cosa intendesse, lui uscì dalla stanza e poco dopo tutti corsero dietro di lui. Al piano di sotto, il ballo continuava, ma invece di sgomberare l'edificio o inventare qualche scusa per i nostri ospiti, non sprecammo un solo istante.

«Dammi il tuo telefono», Rika disse a Banks.

Lei glielo porse senza fare domande, mentre noi ci precipitavamo giù per le scale. Le lacrime solcarono le guance di Banks, ma non emise alcun suono.

«Ti garantisco l'accesso alle telecamere stradali», disse Rika, battendo sul cellulare. «Hanno svoltato a destra fuori dal cancello circa novanta secondi fa, probabilmente diretti verso la città, ma teneteli d'occhio e accertatevene. Noi li seguiremo».

Banks annuì, Rika le restituì il telefono e tutti si affrettarono a varcare la porta d'ingresso, afferrando le chiavi delle auto lungo il tragitto. Ma io scorsi qualcosa e mi fermai. Mi sorpassarono tutti, svuotando il foyer, io però rimasi a fissare l'orologio a pendolo, la lancetta dei minuti ferma alle dieci e nove minuti.

Sollevando il polso, controllai l'ora e mi accorsi che in realtà erano le dieci e ventitré. Guardai di nuovo l'orologio.

«Che c'è?», Emmy tornò di corsa da me.

«L'orologio è fermo», non riuscivo a respirare. «Dieci-e-zero-nove. È quando Reverie Cross è morta».

Non credevo davvero a quelle stronzate, ma sapevo che Madden era l'unico che si rifiutava di accendere una candela durante l'EverNight. Era un po' strano.

Lei mi trascinò con sé e corremmo entrambi verso le portiere posteriori di uno dei SUV. Kai e Banks salirono davanti. Michael e Damon erano nell'altra macchina, con Winter e Rika. Kai inserì la chiave, fermandosi tutto d'un tratto.

Picchiettò sull'orologio digitale e mi sporsi in avanti, notando anche lì che erano le dieci-e-zero-nove.

«Ma che diavolo?», ringhiò Kai, ma non se ne preoccupò. «Quanto sono distanti?», chiese a sua moglie.

«Hanno appena raggiunto il villaggio», disse, guardando lo schermo. «Sbrigati».

Legammo le cinture e lanciai uno sguardo preoccupato a Emmy accanto a me.

«Non si tratta di EverNight», sussurrò.

«Assolutamente no».

Reverie Cross aveva avuto tutto l'anno per colpire e, pur sapendo che la fiamma accesa voleva dire che la mattina saresti stato al sicuro, non mi ero mai preoccupato di pensare a cosa sarebbe successo a chi non accendeva affatto una candela.

«Andiamo!», lo spronai.

Kai partì, schiacciando l'acceleratore, e ci lanciammo lungo il vialetto, i fanali di Michael che ci seguivano. Kai si lanciò sulla strada, le gomme che stridevano sull'asfalto coperto di neve. Ingranò la marcia più bassa e sfrecciò lungo la strada, oltrepassando case illuminate dai falò, dalle lanterne e dalle luci natalizie.

«Hai chiamato Englestat?», mi voltai verso Emmy, ricordando ciò che le avevo chiesto di fare.

«Sì, i bambini sono al sicuro». Annuì. «Banks ha mandato delle guardie al teatro. Resteranno lì fino al nostro arrivo».

Feci un cenno. *Bene.*

Semmai, erano più al sicuro lì. Tante persone, il posto blindato…

«Dove sono adesso?», chiesi a Banks.

Lei esitò, studiando lo schermo e cambiando punto di osservazione.

«Si dirigono verso Old Pointe Road», rispose alla fine, per poi guardare Kai. «Non saranno diretti all'hotel, vero? A Meridian City, forse?».

Lui scosse la testa, volgeva gli occhi a destra e sinistra mentre sfrecciava a quelli che sembravano un centinaio di chilometri l'ora. «Tieni gli occhi su di loro».

Fissai fuori dal finestrino, serrando così saldamente la mascella da farmi male. *Taylor Dinescu*. Dopo l'ultima volta che l'avevamo visto, quella sera al Cove, non ci eravamo più immischiati con Blackchurch. Ci eravamo scagliati contro di lui e la sua famiglia, mandandolo in prigione, perché meritava di starci. Non solo per ciò che l'aveva portato a Blackchurch, ma anche per miei motivi personali.

Aveva fatto del male a Emmy. Molto. E si era divertito a farlo, cazzo.

Quando sei anni fa lui riuscì finalmente a uscire, assunsi qualcuno che lo tenesse sott'occhio per un po', così da assicurarmi che non si facesse venire strane idee, ma sapevo che non meritava una seconda possibilità. Avremmo dovuto mandarlo via o occuparci di lui in via definitiva. Era lui quello con i soldi, non Ilia. Se me ne fossi occupato, ora non saremmo in questa situazione.

«Avrebbero potuto essere i nostri bambini», mugugnai, le lacrime che mi riempivano gli occhi.

«Sono i nostri bambini», rispose Em.

La guardai prendermi per mano. Non potevo immaginare cosa stesse provando Damon in questo momento. Non ne avrei mai avuto la piena consapevolezza, finché non fosse stato uno dei miei.

«Cosa è successo in quella stanza?», Banks chiese a Kai. «Se si sono lasciati dietro un cadavere, qualcosa è andato storto. Come abbiamo fatto a non sentire o vedere nulla?».

«Li troveremo», dichiarò Kai. «Mads è sveglio».

«Avrebbe potuto lottare», disse Banks, piangendo. «Avrebbero potuto fargli del male per farlo salire su quell'auto. Sei riuscito a vedere nel video se lo hanno colpito?».

Lui scosse la testa, ma non rispose.

Mi bruciavano gli occhi nel vedere per la prima volta Banks tanto spaventata. Voltai la testa verso il finestrino. Se fosse successo qualcosa a quei ragazzi, sarebbe stata la nostra fine… Avevamo pochi minuti. Pochi minuti prima che scomparissero per sempre.

«Guardami», le disse Kai, cercando di tenere gli occhi sulla strada. «Non oggi».

Banks annuì, ma sembrava ancora sul punto di scoppiare.

Sentii una cintura di sicurezza che veniva slacciata ed Emmy si spostò tutto d'un tratto sulle mie ginocchia, costringendomi a voltare il viso e posare i miei occhi su di lei.

Li chiusi. Ero stato io a causare questa situazione. E se un giorno fosse toccato ai nostri figli? In quale vita l'avevo trascinata?

«Guardami», mi scosse.

Aprii gli occhi.

«Non potremmo essere altrimenti», disse. «Non è colpa tua».

La fissai, tutti i dilemmi e le preoccupazioni che di solito ero bravo a nascondere giacevano in bella vista per lei. Intuiva sempre i miei pensieri. Mi conosceva bene quanto se stessa.

Non volevo essere qualcun altro, ma non volevo nemmeno che i ragazzi subissero le conseguenze delle nostre scelte.

La avvolsi tra le braccia e la guardai negli occhi. «Ti amo», sussurrai. «Grazie per avermi dato dei figli».

Un sorriso fece capolino. «Idem».

Mi tenni stretto a lei, il suo profumo e i suoi occhi mi ricordavano i nostri bambini e tutto ciò che amavo dello svegliarmi ogni giorno con loro. Avevamo il diritto di essere qui, e non avevamo chiesto nulla di tutto questo.

Tesi la mano verso il basso, afferrai i lati dello spacco del suo vestito e lo strappai fin su alla coscia, fornendo spazio di manovra alle sue gambe. «Andiamo a prendere quei figli di puttana».

Mi baciò, Kai si lanciava verso il villaggio ma d'un tratto schiacciò il freno.

«Ma che diavolo?», abbaiò.

Mi scostai da Em, strizzando gli occhi verso il parabrezza per vedere la strada gremita di gente, nonostante i bianchi fiocchi che cadevano fitti. Lanciai un'occhiata al teatro, scorgendo i due uomini di Banks appena dentro le porte, a sorvegliare i bambini.

Espirai, scrutando i costumi, le maschere e i fuochi che brillavano intorno al villaggio, mentre la musica suonava e la gente rideva. Babbo Natale era seduto in un gazebo, una fila composta da una dozzina di bambini in attesa di incontrarlo.

«La caccia al tesoro», ricordai. Ecco perché erano tutti in strada. Non avremmo potuto spianare meglio la strada a Taylor e Ilia per mettere in atto il rapimento. Un mucchio di attività in cui disperdere le loro tracce.

Guardai alle mie spalle e non scorsi gli altri. Michael doveva aver preso la strada lunga, immaginando in quali condizioni sarebbe stato il villaggio.

«Sorpassa la cattedrale», disse Emmy. «Prendi la via che scende a Old Pointe».

Lui suonò il clacson e fece lampeggiare i fari, mentre la gente si toglieva di torno con tutta la calma del mondo. Lentamente, la strada ammantata di neve si liberò.

«Kai, vai!», urlò Banks.

Sterzò, passando davanti al gazebo, a Sticks e alla White Crow Tavern, girò il volante e slittò dietro l'angolo.

Banks piagnucolava, reggendosi alla maniglia di sicurezza sopra il finestrino e potevo intuire che stava per dare di matto. Per ogni istante in cui quei bambini erano lontani dalle nostre braccia, aumentava la possibilità di non ritrovarli.

Non avevo idea di cosa stessero complottando Taylor e Ilia, ma se li avessero voluti uccidere, l'avrebbero fatto in casa. Era impossibile che avessero deciso di rilasciarli, però. Sarebbe stato un suicidio.

Immagini di gran lunga peggiori invasero la mia mente e mi si rivoltò lo stomaco: sapevo quel che succedeva ai bambini di tutto il mondo. L'orrore che poteva attenderci se li avessimo persi stanotte. Mi sfregai gli occhi, il sudore della fronte mi ricoprì la mano.

I fanali bucavano l'oscurità di fronte a noi, i fiocchi di neve vorticavano a terra e la pistola mi scavava nella schiena. Ero tentato di usarla.

Dio, quella sera ero tentato di spingere la nostra famiglia oltre quel limite.

«Fermati!», esclamò Banks. Indicò davanti a sé e tutti volsero gli occhi in quella direzione, scorgendo dei fanali posteriori in un fossato a lato della strada. Il cuore mi martellava nel petto, Kai si portò dietro al SUV e si fermò, non c'era bisogno di dire che tutti sapevamo si trattasse della stessa macchina.

Cosa diavolo era successo? I ragazzi…

Saltammo giù dall'auto, il freddo ci pungeva il volto mentre correvamo verso il SUV nero che era andato a schiantarsi.

Sollievo e paura mi assalirono al contempo.

Taylor era accasciato con la testa sul volante, il finestrino parzialmente abbassato. Saltai nel burrone e afferrai la maniglia della portiera.

«Figlio di puttana», urlai, allungando la mano oltre il finestrino per afferrarlo. Lui ondeggiò, aveva la faccia coperta di sangue, quella cazzo di macchina si era schiantata tra due alberi e non riuscivo ad aprire lo sportello.

«Octavia!», gridò Emmy.

Banks le fece eco: «Mads!».

Mi fiondai sul retro dell'auto per aprire il portellone, mi mossi sul sedile posteriore e raggiunsi quel pezzo di merda.

«Qui non ci sono», annunciò Banks, strisciando dietro di me.

Emmy ruppe il finestrino dal lato del guidatore proprio mentre io raggiungevo Taylor. Lui si voltò e tirò fuori una pistola, ma subito lei colpì l'arma, facendola cadere a terra; gli conficcò la mano sul collo, schiacciandogli la gola.

Ah, gliel'aveva insegnato Kai? Sembrava familiare.

Il sangue impastava i capelli di Taylor e gli colava lungo il viso. Lo afferrai, stringendogli la mascella.

«Dove sono?», urlai. «Che cosa ne hai fatto?».

Ma, in quel momento, lo vidi. Mi si rivoltò lo stomaco e trasalii, distogliendo per un secondo lo sguardo. Cristo santo, ma che cazzo? Un bulbo oculare gli pendeva appena fuori dalla sua cavità, e il sangue fuoriusciva anche dall'altro. Come era potuto succedere?

«Quel… quel…», annaspò, cercando di far uscire le parole. «Quel ragazzo è pazzo, ha ammazzato Gibbons».

Eh? «Chi?», abbaiai.

Sai una cosa? Non me ne frega. «Dove sono?», lo scossi, afferrandolo per il bavero.

E dov'era Ilia?

Emmy si scansò, lasciando spazio a Kai. Il padre di Mads afferrò Taylor insieme a me, ed entrambi facemmo pressione sul suo cranio. Gli piazzai il pollice tra il naso e l'occhio, pronto a scavare. «Parla, o ti caccio anche l'altro».

Lui chiuse la bocca ed ebbi appena il tempo di realizzare cosa stava facendo prima che mi sputasse in faccia. Kai ringhiò, lo afferrò e gli affondò il pollice nell'occhio, minacciandolo di accecarlo del tutto.

«Ahhh!», urlò lui.

«Dove?», intimò Kai.

«Il porto», gridò. «Il porto!».

Scesi dall'auto e presi per mano Emmy, tutti tornammo di corsa al nostro SUV. Lev e David accostarono e scesero dalla macchina; probabilmente avevano rintracciato il telefono di Banks.

«Il Pope», annunciò loro Kai, ma poi allungò una mano oltre Taylor e la ritrasse tenendo una maschera bianca.

Non era una delle nostre. Sembrava una maschera da fantasma. L'aveva riconosciuta?

Oppure…

Il mio stomaco ebbe un tuffo. *Erano alla festa.*

Cristo santo.

Kai gettò di nuovo la maschera in macchina, per poi dirigersi alla nostra, sbattendo la portiera. «Dodicesimo piano», disse.

«Sì, signore», rispose David.

Ottima idea. Questa volta non avremmo affidato Taylor alle cure di nessuno. Avevamo un posto dove nasconderlo, se fosse sopravvissuto. I due si affrettarono a prendere Taylor, mentre Banks si incollava al telefono. «Il porto», disse a qualcuno, probabilmente Damon.

«Uccidetelo se necessario».

E per favore, fatelo in fretta.

Aprii la portiera e feci entrare Emmy per prima.

«È stata una bella mossa, tesoro», le dissi, ripensando al trucco della sua manina sulla gola. «*John Wick*, giusto?»

«*John Wick – Capitolo 2*».

Annuii, precipitandomi dentro dopo di lei. «Ah, giusto».

Michael

«Ti tengo aggiornata», Rika disse alla madre al telefono. «Non preoccuparti». Ascoltò, poi annuì, lanciandomi un'occhiata. «Non appena sapremo qualcosa, sì».

Attaccò e mi passò il telefono. Lo misi in tasca, Damon guidava davanti a me, al suo fianco c'era Winter che si torceva le mani.

Udii il suono di una notifica e Damon picchiettò sullo schermo del suo cellulare.

«Che c'è?», chiese Rika.

«Banks ha scritto un messaggio», disse. «I ragazzi sono al porto».

«Sono con Banks?», proruppi.

Lui scosse la testa e premette sull'acceleratore, il motore che rombava sotto di noi.

«Non credo».

«Damon...», supplicò Winter. Le tremavano le ginocchia.

Lui le strinse la mano. «Non gli faranno nulla».

«Forse non ne hanno intenzione, ma dubito che quel cadavere al piano di sopra sia stato pianificato», sottolineò lei. «Qualcosa è andato storto, adesso avranno più paura».

Rika si allungò in avanti, posando una mano sul braccio di Winter.

«Se avessero voluto...», cominciai, ma evitai di dirlo a voce alta. «Avrebbero agito prima, a casa. Hanno in mente un riscatto o qualcosa del genere».

Winter fece una pausa, chinando il capo. «Oppure hanno intenzione di venderli», mormorò. «O li porteranno da qualcun altro».

Cristo. Chiusi gli occhi, gemendo. Eravamo tutti a conoscenza degli scenari peggiori, e nessuno di essi aveva un lieto fine per noi, se non avessimo raggiunto i ragazzi nei prossimi dieci minuti.

Detestavo che lei consentisse a quei pensieri di infittirsi, ma... ci teneva all'erta, immagino.

«Vai», abbaiò Rika. «Superalo».

Damon sterzò verso la corsia opposta, sorpassando un'altra auto, poi ruotò di nuovo il volante, sfrecciando in avanti, precedendola.

Presi nuovamente il telefono e composi il numero di Athos. Avrei dovuto chiamarla subito. *Merda.*

«Ehi», chiocciò lei, potevo sentire il chiacchiericcio delle sue amiche in sottofondo. «Non sto bevendo, ma potrei pomiciare un po'. E sto sollevando un polverone. Sei fiero di me?».

«Va' al teatro», sbottai. «Subito. È un'emergenza. Rimani lì finché non vengo a prenderti».

Calò il silenzio, mi aspettavo di ricevere delle domande, ma lei non si oppose.

La sentii deglutire. «Va bene», rispose sottovoce. «Ti mando un messaggio appena arrivo lì».

«Ti voglio bene», dissi.

«Anch'io ti voglio bene».

Riattaccammo e guardai Rika che era in ascolto, le sue spalle si rilassarono quando io annuii.

Tendevamo a non avere reazioni esagerate, e Athos lo sapeva. Se sembravo preoccupato, ne avevo un motivo, e lei doveva fare esattamente ciò che le era stato detto.

Rika allungò una mano e prese una giacca dalla terza fila di sedili, indossandola. Poi scavò sotto il sedile ed estrasse una lama. Le teneva in tutte le nostre macchine e in vari punti della casa per averne un facile accesso. Ma io posai la mano sulla sua, fermandola.

Ci guardammo negli occhi e scossi la testa. *No, non questa volta.*

Lei assottigliò lo sguardo, confusa.

«Non puoi dire sul serio», mormorò. «Sono sempre al tuo fianco».

Mi sanguinava il cuore, non volevo fare niente senza di lei. Era la ragione per cui eravamo ciò che eravamo. Tutto era iniziato con lei.

Lasciai cadere lo sguardo sul suo pancione, nostro figlio che si faceva vedere ogni giorno di più.

«Devi restare per lui», le dissi.

A tutti i costi.

«Ma Octavia e Madden…».

«Li troveremo».

Certo, c'era bisogno di lei. Ed era sempre desiderata.

Le toccai il volto, sollevandole il mento verso di me, l'espressione nei suoi occhi mi riportò a quella notte in cui aveva tredici anni e mi aveva urlato contro sul cofano della mia auto. «Ho aspettato troppo a lungo prima di vederci camminare come una persona sola», mormorai.

Amavamo Athos, eravamo stati fortunati, perché non mi importava se la madre l'aveva lasciata con la babysitter quando aveva sette anni e non era più tornata, né mi importava del padre che non aveva mai conosciuto. Era perfetta per noi.

Ma desideravo un'altra possibilità di essere padre.

Damon entrò nel parcheggio del porto, entrambi i lati erano fiancheggiati dalle scogliere e la neve si riversava nell'oceano. Rika annuì, sapendo che non sarebbe potuta andare oltre.

«Chiamo i soccorsi», mi sfilò il telefono di mano. «E la polizia non appena arriveranno».
Le presi il viso tra le mani e mi chinai su di lei, baciandola mentre Damon e Winter saltavano giù dalla macchina e dei fanali ci illuminarono da dietro. Kai e Will erano arrivati.
«Blocca le serrature», mormorai contro le sue labbra.
«Vai», mi baciò ancora, le guance rigate di lacrime. «Sbrigati. Riportali a casa».
Balzai fuori dall'auto, fiocchi gelidi mi sferzarono il volto e battei le palpebre contro la neve.
«Andiamo!», gridò Kai.
Iniziai a correre, lanciando un ultimo sguardo a Rika attraverso il parabrezza, ma lei era già al telefono, e si sporse dai sedili anteriori per bloccare le serrature.
Sfrecciammo giù per i gradini e raggiungemmo il molo, cercando qualsiasi segno di vita o movimento tra le barche e il mare aperto.
«Gesù, si sta mettendo male», disse Emmy, stringendosi al corpo il cappotto di Will e battendo le palpebre sotto la nevicata.
Un nero oceano incombeva all'orizzonte, l'oscurità inghiottiva ogni luce. Dio, non c'era niente, né una scia di una barca né una luce. Dov'erano?
Afferrai il telefono, ma trovai la tasca vuota. Avevo dimenticato che lo aveva Rika. Avevamo bisogno di altri occhi sulla città. Non sapevo dove Kai avesse preso le informazioni, ma potevano essere ovunque invece che qui.
«Signor Mori», chiamò una voce.
Ci voltammo tutti e i miei occhi scorsero un vecchio sul balcone del secondo piano dell'ufficio portuale. Doones aveva sui sessantacinque anni ed era l'ultimo lupo di mare di cui Thunder Bay potesse fregiarsi, quando ancora ci vantavamo della nostra zuppa di vongole e non delle degustazioni di vini e formaggi.
Kai si lanciò verso di lui, gridando: «Ha visto Octavia e Madden, stasera? Da che parte sono andati?»
«Non ho visto un accidenti», esclamò, il vapore che gli usciva dalla bocca, i capelli grigi e arruffati si incurvavano da sotto il berretto. «Sta arrivando una bufera di neve». Tese la mano, dicendocelo come se ci ritenesse tutti ciechi. «Un paio di giovanotti sono arrivati dal *Pithom* su un motoscafo».
Feci un passo in avanti. «Cosa?».
Il *Pithom*? Sono arrivati dal mio yacht?
«Il *Pithom* è ormeggiato alle Keys per l'inverno, non qui».
«No, è in navigazione a circa un miglio da qui», riferì. «Ma…».
Si sporse da un lato all'altro, come se cercasse qualcosa alle nostre spalle.

«Be', il motoscafo non c'è più, quindi devono essere tornati a bordo».

Non li aveva visti quand'erano tornati, il che significava che i bambini potevano essere con loro.

Dardeggiai lo sguardo verso Damon. «Hai la chiave?».

Si frugò nella tasca dei pantaloni ed estrasse un portachiavi, quello d'argento con l'impugnatura nera, facilmente riconoscibile. La scorsa settimana aveva preso il motoscafo della compagnia per cercare di sorvolare Deadlow Island con un drone, ma era un nostro segreto. Rika e Kai ci avrebbero fatto il culo se avessero saputo che stavamo spiando i Moreau.

«Andiamo», ordinò Damon a tutti noi.

Corremmo lungo il molo, la barca da regata rossa ondeggiava al solito posto e Doones ci gridava dietro.

«No, signore!», urlò. «La visibilità peggiora di minuto in minuto. Possiamo chiamare la Guardia Costiera».

«Non c'è tempo», esclamò Kai.

«Cazzo», sbottò Damon.

«A est, precisamente sud-est», disse Doones, «a giudicare da dove sono arrivati qualche ora fa».

Kai lo ringraziò con un cenno del capo.

«Te lo garantisco, Kai», ringhiò Will. «Devi dire a quel ragazzo di accendere una cazzo di candela d'ora in avanti».

«Sta' zitto», ribatté lui.

Salimmo tutti sulla barca, Em, Winter e Banks si sistemarono sulla panca posteriore, mentre Kai accendeva il motore. Damon si sedette accanto a lui, con Will al centro.

Misi un piede sull'imbarcazione, ma esitai. Mi guardai indietro e vidi il SUV nel parcheggio, Rika nascosta dietro i vetri oscurati.

Ci volle un attimo, ma sollevai gli occhi al cielo e sospirai. «Aspettate», dissi a denti stretti.

Non potevo lasciarla lì.

Risalii lungo il molo, saltai i gradini, l'aria gelida che mi pungeva i polmoni.

«Michael!», chiamò Kai.

Sentii le serrature delle portiere scattare un attimo prima di strattonare la maniglia.

Rika aggrottò la fronte, guardandomi con stupore.

Non avevo tempo per spiegare. La presi per mano e la feci scendere dall'auto, entrambi corremmo il più velocemente possibile nonostante i suoi tacchi. Non volevo cadesse, soprattutto nei mesi che sarebbero seguiti. Raggiungemmo il molo e la feci salire a bordo, la spinsi a sedere e avvolsi la mia giacca su quella che già indossava.

«Resta seduta», intimai.

Lei annuì.

«Vai, vai», Damon esortò Kai.

Kai premette l'acceleratore, le eliche sollevarono spruzzi dietro di noi e io mi aggrappai allo schienale del sedile di Damon, tenendomi stretto mentre sfrecciando lasciavamo il porto.

Il vento pungente mi sferzò i capelli e mi congelò la bocca, ma concentrai lo sguardo davanti a noi, cercando qualsiasi traccia dei bambini o dell'altra barca.

Come avevano fatto a prendere il *Pithom*? Perché?

La loro intenzione era di nasconderli nel mezzo dell'oceano per un tempo indeterminato, altrimenti perché avrebbero avuto bisogno di un'imbarcazione di così grandi dimensioni?

Il vento mi tagliava la pelle, mentre i pensieri si affollavano nella mia testa. Ilia era stato sul *Pithom* diverse volte nel periodo in cui lavorava per il padre di Damon, e Gabriel ci era stato parecchie volte con il mio.

Conosceva la barca e sapeva abbastanza di noi da avervi accesso, probabilmente. Sapevo che avrei dovuto vendere quello yacht del cazzo. Vi erano successe fin troppe cose e, invece di sbarazzarmene, per la stagione l'avevo mandato a sud per farlo ristrutturare. *Maledizione.*

«Che diavolo è successo in casa?», sentii Emmy chiedere. «E in macchina? Gli hanno strappato un occhio?».

Mi voltai. «L'occhio di chi?».

Fu Banks a rispondere: «L'auto che abbiamo visto nelle telecamere si è schiantata vicino a Old Pointe. Dinescu era in pessime condizioni», aggiunse.

«Allora rimane solamente Ilia», l'urlo di Will sovrastò il vento. «Lui non è in grado di tenere a bada Tavi *e* Mads».

«Se ha con sé Octavia, Mads li avrà seguiti», disse Kai.

Guardai Rika, lei e Banks tenevano le mani di Winter.

«Trovateli e basta», supplicò lei, il volto segnato dal dolore e le lacrime che le lambivano gli occhi. «Trovateli e basta, per favore».

Aveva sempre cercato di nasconderlo, ma potevo solo immaginare quanto si sentisse impotente. Mi voltai e mi inginocchiai davanti a lei. «Basta così», dissi, accarezzandole la mano. «Octavia deve vedere che non hai paura».

La barca sobbalzava sull'acqua e gli occhi mi lacrimavano per l'impeto del vento.

«Se fosse toccato ad Athos», disse, «saresti terrorizzato».

Tornai a guardare Rika, ci scambiammo uno sguardo.

«*Quando* toccherà ad Athos, *sarai* terrorizzato», aggiunse Winter.

Come se fosse solo una questione di tempo.

Serrai la mascella, non avevo bisogno di spiegazioni per comprendere le sue parole.

Aveva ragione. Mandavamo i ragazzi al *dojo* perché volevamo che fossero preparati, ma eravamo stati così arroganti da aver pensato che nessuno avrebbe mai avuto le palle di provare a fare qualcosa.

«La nostra vita genera nemici», affermò sottovoce.

Gli occhi di Rika si posarono sui miei, e dove di solito scorgevo forza e rassicurazione, ora vidi incertezza. Non ci eravamo mai tenuti lontani dai guai, ma che i nostri figli fossero in pericolo per una minaccia esterna non era mai accaduto prima d'ora.

E sarebbe successo ancora.

Cosa avremmo dovuto fare? Nasconderci? Renderci invisibili? Vivere in silenzio? Rintanarci?

Non sapevo come essere una persona diversa.

«Il *Pithom*», sentii Will annunciare.

Mi rimisi in piedi, voltandomi di scatto.

«Forse», aggiunse. «È difficile distinguere qualcosa nella tempesta».

Mi avvicinai a lui, lo afferrai per la spalla e scrutai oltre il parabrezza, scorgendo un lontano bagliore di luci violacee.

Damon si alzò dal sedile, pronto. «Grazie a Dio».

«Aspettate, quello cos'è?», domandò Banks.

Voltai il capo, seguendo il suo sguardo.

Mi avvicinai al parapetto e mi aggrappai alla fiancata della barca, riuscendo a stento a scorgere qualcosa nell'acqua.

«Lì, c'è qualcosa!», gridai a Kai, indicando. «Laggiù».

Kai virò la barca e ci avvicinammo, la piccola imbarcazione entrò nella nostra visuale. Ciuffi di capelli scuri e un completo nero divennero sempre più riconoscibili e Banks gridò: «Mads!».

«Oh, mio Dio», le nocche di Winter divennero bianche mentre stringeva la mano di Rika e raddrizzava la schiena. «Stanno bene? Sono feriti? Vedi Octavia?».

«Fermati, fermati, fermati!», lo esortò Damon.

Fissai lo sguardo sul ragazzo nella barca, cercando di capire se fosse ferito, se fosse vivo, se fosse ancora in pericolo…

Kai andava troppo veloce perché si fermasse di colpo. Girò intorno all'altro motoscafo più volte, rallentando e infine accostandosi a un lato.

La barca ferma nell'acqua dondolava da una parte all'altra, sulla scia della nostra. Mi affacciai e vidi Mads con un'esile sagoma al suo fianco. Delle strie di sangue gli rigavano il volto.

Merda.

Non vidi Ilia Oblensky da nessuna parte. Il mio stomacò si librò e affondò al contempo. Mi tremavano le mani, volevo disperatamente arrivare laggiù, perché se non li avessi presi in braccio, avrebbero potuto perdersi.

Prima che Will legasse tra loro le imbarcazioni, Damon saltò sull'altra barca, si inginocchiò e afferrò le spalle di Octavia, ma le braccia della piccola rimasero ancorate a Madden.

Banks afferrò il figlio, stringendolo a sé, ma lui non lasciò andare Tavi.

«State bene?», urlò. «Ti sei fatto male?».

Cercò di sollevargli il volto per osservarlo, ma lui si scansò lievemente. «Non è il mio sangue», disse a voce bassa.

«Octavia?», chiamò Winter.

Kai si abbassò e afferrò il volto del figlio, appariva calmo come al solito, le labbra erano arricciate e sigillate. Ilia Oblensky si era accasciato sulla plancia, sembrava che la vita stesse fluendo via da lui.

«Mads?», Kai tornò a guardare il figlio. «Stai bene? Cosa è successo? Di chi è il sangue?».

L'undicenne si limitò a fissare i genitori, le labbra incurvate come se fosse annoiato. Octavia si rannicchiò contro di lui, rabbrividendo. A parte le guance arrossate e i nasi intirizziti sembravano star bene.

Kai si alzò e rivolse la sua attenzione a Ilia, afferrandolo per il bavero. «Figlio di puttana», ringhiò. «Hai alzato le mani sul mio bambino».

Il respiro di Ilia si fece un rantolo e Kai esitò, lasciando vagare lo sguardo sulla sua figura. Lo liberò e gli strappò la giacca, la camicia nera era zuppa di sangue, i capelli biondi erano madidi di sudore e arruffati.

Restammo tutti immobili.

Kai gli aprì la camicia e io notai dei buchini, il sangue che zampillava da essi. Il colore scomparve dal volto di Ilia, stava per spegnersi. Gli restavano pochi minuti.

«Ha i polmoni perforati», annunciò Kai, voltandosi a guardarci. «Che cosa diavolo è successo?».

Si rivolse a Madden. «Mads? Cosa è successo?».

Kai lo sapeva. Tutti lo sapevamo. E Mads non aveva intenzione di rispondere a ciò che era già ovvio.

«È gelida», fu tutto ciò che disse.

«Octavia», disse Damon, cercando ancora di allontanarla.

Infine, la bimba alzò lo sguardo su di lui. «Papà».

Tese le mani verso il padre, che l'attirò tra le sue braccia, stringendola forte. «Stai bene?», chiese. «Ti hanno fatto del male?».

Scosse la testa, le trecce e i monili che aveva nei capelli scintillarono alla luce della luna.

Poi, la piccola allungò una mano da sopra la spalla, nella notte. «Il *Pithom*», disse indicando lo yacht, che diventava sempre più lontano all'orizzonte.

Le onde si sollevarono, investendoci con i loro spruzzi, e battei le palpebre contro la neve, accorgendomi che il mare si faceva agitato.

«Lo prenderemo», la rassicurò.

«Si sta allontanando», piagnucolò lei.

La portò sulla nostra barca e la posò sul grembo della madre. «Non preoccuparti».

Emmy, Will e Rika tornarono sull'imbarcazione, mentre io mi sedetti accanto a Ilia, riaccendendo il motore.

«Chiama un'ambulanza», gridai a mia moglie.

Lei acconsentì.

Non sapevo quanto potesse essere utile. Dovevo gettare quello stronzo in mare, proprio in quel momento.

Ma non potevo sottrarre questo piacere a Kai o Damon. Se i medici fossero riusciti a salvarlo, alla prima occasione lo avremmo dimesso direttamente dal dodicesimo piano.

Polmoni perforati.

Un occhio cavato dal bulbo. Un cadavere a St. Killian. Guardai di nuovo Mads, Kai era disperato nel vedere suo figlio spaventato o bisognoso, ma…

Kai si limitava a tenere il volto del ragazzo, tamponando il sangue e cercando di stabilire un contatto visivo.

«Stiamo bene», non disse altro.

Kai lo fissò, senza dubbio sollevato che i bambini fossero al sicuro, ma ancora inquieto.

«Riportiamoli in città», suggerì Banks al marito. «Stanno congelando».

«Vi seguo», dissi loro.

Kai condusse Mads sull'altra barca con Banks, lasciai che si allontanassero un poco prima di seguire la loro scia.

La testa di Ilia ciondolava, rimbalzando con i movimenti della barca, e nonostante fossi investito dall'aria gelida, il sudore mi imperlava la pelle.

Li avevamo trovati.

Le parole di Winter tornarono a galla nella mia mente.

La nostra vita genera nemici.

Noi l'abbiamo scelto, ma i bambini no.

Quali opzioni avevamo? Separare la famiglia? Smettere di costruire? Prendere strade diverse?

I bambini erano in pericolo, ma non avrebbero voluto tutto questo. Si adoravano tra loro.

Avevamo minacciato gli altri, ma non avevamo chiesto questo. Il comportamento altrui poteva costituire un problema per noi, ma non una responsabilità. Meritavamo ciò che avevamo, e non avrei insegnato ad Athos o a mio figlio che non meritavano di avere ciò che volevano. Le ultime cose che avrei insegnato ai miei ragazzi sarebbero state rintanarsi, nascondersi e scappare.

Ormeggiammo le barche, l'ambulanza già attendeva di caricare Ilia su una barella, ma ero quasi certo che fosse morto ormai.

O lo sarebbe stato presto.

Emmy parlò con la polizia, non ero sicuro di quale storia stesse raccontando loro, ma sapevano che non saremmo andati da nessuna par-

te. Se l'indomani avessero voluto rivolgerci delle domande, saremmo stati qui.
«Possiamo aprire comunque i regali?», cinguettò Octavia, la voce di nuovo allegra.
«Sì», rispose Damon, stringendola a sé.
La fece salire in macchina, Mads e Winter la seguirono, ma Kai rimase indietro, passandosi una mano tra i capelli.
Come al solito, si angosciava per ogni cosa e immaginavo quale fosse la sua preoccupazione.
Anch'io ero preoccupato, ma sapevo che ciò che gli passava per la testa era di gran lunga peggiore dei dubbi che avevo io nella mia.
Mi accostai a lui, Will e Damon ci raggiunsero.
«Cristo santo», mormorò Kai, aveva bisogno di schiarirsi le idee prima di salire in macchina.
«Non sappiamo nulla», gli rammentai.
Si agitava sempre, prima ancora di sapere se ci fosse qualcosa di cui preoccuparsi.
«"Quel ragazzo è pazzo"», disse.
Lo studiai. «Cosa?»
«È quello che ha detto Dinescu, con un occhio che gli pendeva dalla testa». Fissò lo sguardo dritto davanti a sé. «"Quel ragazzo è pazzo". Pensate che Madden abbia ucciso anche quel tizio in casa?».
Will e Damon rimasero in silenzio, ma sapevo cosa stavano pensando tutti. Eravamo terrorizzati, ma eravamo davvero sconvolti che l'avesse fatto?
«Credo che lui sia il motivo del loro fallimento di stasera», dissi a Kai, tenendo un tono di voce basso. «Non farlo. Non me ne frega un cazzo di ciò che è successo a quei pezzi di merda, e non dovrebbe fregare nemmeno a te».
Kai scosse la testa. «Michael...».
«La nostra vita genera nemici», affermai. «La nostra forza rappresenta una minaccia per la gente».
Feci vagare lo sguardo su di loro, stabilendo con tutti un contatto visivo. Per anni non avevo impedito loro di fare ciò che volevano, perché desideravo si accettassero per quel che erano, ma non avrei mai permesso a Kai di sentirsi come se avesse sbagliato in qualcosa, quando l'alternativa sarebbe stata che Mads fosse restato inerte e che i ragazzi fossero scomparsi per sempre.
«Non cambieremo», dissi loro.
Kai mi si avvicinò, quasi guardandomi torvo. «E tra altri dieci anni, quando un altro nemico o il figlio di un nemico, si presenterà per farci una bella sorpresa?»
«Tra dieci anni nessuno vorrà avere a che fare con tuo figlio», scherzò Will.

«Non è divertente», ringhiò Kai, incurante che gli altri lo sentissero. «Mio figlio…».

«Non se l'è andata a cercare», finii per lui. «Niente di tutto questo è colpa sua. Ha fatto quello che qualsiasi animale su questa terra farebbe se fosse in pericolo di vita».

Kai tacque, ma non feci un passo indietro. Sapevo cosa lo preoccupasse. Lo capivo. E se un giorno un bullo avesse fatto saltare i nervi a Mads? Se si fosse immischiato in una rissa e avesse causato più danni del previsto? E se tutto ciò che aveva imparato al *dojo* con il nonno lo avesse trasformato in qualcosa che non saremmo riusciti a controllare?

Ma non sarebbe successo niente di tutto questo.

Assolutamente no.

A Mads era stato insegnato *quando* combattere, così come gli era stato insegnato *come* farlo. L'unica cosa che mi innervosiva era che fosse migliore di me.

«Torniamo a casa, accendiamo quel cazzo di albero e rimbocchiamo le coperte ai nostri figli», dissi a tutti loro. «Con un po' di fortuna, ciò che è successo stasera si diffonderà a macchia d'olio e chiunque covi rancore verso di noi, ci penserà due volte prima di dare fastidio a noi o ai nostri ragazzi».

«Puoi dirlo forte», mormorò Damon.

Lui e Will si allontanarono, salendo in macchina, mentre io e Kai restammo a guardarci.

«Lo teniamo tutti d'occhio», gli assicurai. «Lo stiamo crescendo insieme».

Kai non era solo.

Serrò la mascella.

«Avrebbe potuto trovarsi a un milione di chilometri da qui, a vivere l'inferno proprio in questo preciso istante», sottolineai. «Stasera ha messo in salvo se stesso e quella bambina».

Insegnavamo ai soldati a uccidere le persone per risparmiare un nichelino su un barile di petrolio. Qualunque cosa avesse fatto o meno Mads stanotte, non aveva avuto scelta.

Infine, Kai abbassò lo sguardo e annuì, il petto gli si accasciò.

Mads era al sicuro, questo era l'importante.

Ci incamminammo verso le auto e salimmo a bordo.

«Qualcuno ha detto "regali"?», annunciai mentre allacciavo la cintura di sicurezza.

Octavia sussultò e strillò, dimenticandosi dell'incidente, l'attenzione rivolta alla promessa di tutto ciò che avrebbe trovato sotto l'albero.

Passammo a prendere Athos e il resto dei bambini e al ritorno Will si mise alla guida del pulmino. Tornammo a St. Killian e trovammo il vincitore della caccia a tesoro, in attesa, pronto a riscuotere il premio.

I bambini furono accompagnati al piano di sopra per fare il bagno e indossare il pigiama, mentre io e Rika avanzammo, consegnando la vincita a Tucker Adams e la sua ragazza, Amanda Leigh. David era rimasto al Pope con Taylor e Kai, Damon e Will trasportarono il cadavere fuori di casa fino a un furgone in attesa, così che Lev potesse consegnarlo al medico legale.

L'indomani, avremmo avuto un bel po' di casini da affrontare.

E da nascondere.

Un applauso, un brindisi con lo champagne insieme agli ospiti rimasti e la casa finalmente cominciò a svuotarsi dopo circa quarantacinque minuti.

Restai in disparte, a guardare i bambini che aprivano i regali – tranne quelli che avevano conservato per il giorno di Natale – e che giocavano con i balocchi, mostrando i loro nuovi gadget, ma accantonando i libri che ci assicuravamo fossero sempre presenti in ogni lista dei regali, nel caso si fossero interessati alla lettura.

Damon aveva un pacchetto avvolto nella carta marrone, lo osservava quasi con nervosismo, come se non fosse sicuro di essere pronto ad aprirlo. Octavia correva verso la panchina alla finestra per poi piazzarsi accanto a Madden. Si mise a colorare con i suoi nuovi pennarelli Crayola che i genitori si erano rifiutati di affidarle fino a quel momento, mentre Mads disegnava con le sue nuove matite e il suo blocco.

Lei scalciava le gambe avanti e indietro.

Avvolsi le braccia attorno a Rika, avvicinandola a me. «I bambini si riprendono subito, vero?».

Mio Dio.

Lei si mise a ridere. «Credo che Octavia sapesse ciò che il resto di noi ignorava».

«Cioè?»

«Non è mai stata veramente in pericolo».

Osservai i ragazzi, Mads probabilmente stava disegnando l'ennesimo uccello, mentre sua cugina lo imitava con un pennarello viola.

«Hanno recuperato lo yacht?», chiese Rika.

«Troppo maltempo», le baciai la testa e posai una mano sulla sua pancia. «Dovranno attendere domani mattina».

Mi chiesi se ci fosse qualcun altro a bordo o se i tre uomini avessero agito da soli.

Per quel che mi importava, speravo non lo trovassero mai. Quella barca era maledetta.

«Ha detto qualcosa?», domandò Rika.

Chi?

Lei adocchiava Mads e capii.

Sospirai. «Dubito lo farà mai».

Kai aveva dato di matto, ma non ero sicuro che il figlio se ne fosse accorto. Mads aveva un senso di empatia diverso dagli altri. Almeno per quello che avevo visto io.

Osservai la scena: carta rossa e dorata era sparsa sul pavimento, le fiammelle tremolavano sull'albero, i nastri rossi che pendevano sembravano bellissimi sullo sfondo della nevicata che ancora imperversava.

Domani ci sarebbero stati cibo e slittino, e forse un po' di calcio nella neve, perché se c'era qualcosa di cui eravamo consapevoli, ora, era che ogni momento passato insieme lo avremmo vissuto esattamente nel posto a cui appartenevamo. I dolcetti ricoprivano la tavola da pranzo, il fuoco ardeva nel camino ed Emmy mise un disco. Io sorrisi, stringendomi a Rika con la speranza di non dover mai più rivivere ciò che avevamo passato stanotte.

Se proprio dobbiamo, fa' che succeda tra qualche anno.

Il mio cuore non aveva ancora rallentato i battiti.

Athos cercò di sbirciare il disegno di Mads, ma lui si voltò di scatto, mentre lei gli scompigliava i capelli. La guardai camminare, avvicinarsi al davanzale della finestra dall'altra parte della stanza e issarcisi sopra. Sorseggiava il suo punch osservando tutti.

Il cuore ebbe un sussulto e le parole quasi mi soffocarono: «Tanti anni fa, ti ho vista che ci guardavi da quella finestra». Indicai dove ora sedeva Athos, ricordando la Notte del Diavolo di tanto tempo fa. «Cercavo di non percepire la tua presenza, ma desideravo che tu restassi».

Lei poggiò la testa contro di me.

«Ed eravamo qui, quando ti ho fatta entrare bendata», feci notare.

«Mi hai costretta, intendi dire».

Ridacchiai. Mi ero comportato proprio da stronzo.

Lo ero ancora, ma lei mi amava comunque.

Serrò le braccia attorno a me, ricambiando la stretta. «Volevo provare ogni genere di sensazioni, purché potessi farlo con te», disse. «A distanza di anni, ciò non è cambiato».

Neanche una virgola.

La musica suonava e i bambini ridevano, la maggior parte di loro ignara dei fatti di stasera, anche se Rika aveva messo al corrente Athos.

Avevamo creato la nostra vita, qui.

Una vita. Una possibilità.

«Nessuno può fermarci», mormorò. «Nessuno può dominarci».

La strinsi forte. «E non cambieremo».

Epilogo

Mads

Mi strofinai le orecchie, la frizione mi riempiva i timpani e faceva sì che il rumore della festa si attenuasse e sembrasse più lontano di quanto non fosse. Lo feci più e più volte e annegai le chiacchiere, i piatti che venivano sparecchiati al piano inferiore, le porte che si aprivano e si chiudevano…

Mi piaceva il rumore. La pioggia, gli uccelli, il vento. Ma non mi piaceva il rumore degli altri. Faceva sembrare la stanza piccola. Troppo piccola. Non riuscivo a pensare.

Dopo i regali e i dolcetti, mi ero rintanato nel bagno al piano di sopra, avevo chiuso la porta ed ero rimasto lì a strofinarmi le orecchie, a occhi chiusi, per un paio di minuti o forse più. Odiavo di averlo fatto.

Odiavo che fosse effettivamente utile.

Odiavo di dovermi nascondere per farlo.

Avevo odiato il modo in cui Ivar mi aveva guardato anni fa, quando mi aveva sorpreso a farlo.

Ormai avevo compreso la situazione. Sapevo che non sarei mai stato come lui e sapevo quali parti di me dovevo tenere taciute.

Seduto sul bordo della vasca, mi tenevo la testa tra le mani e ascoltavo il mio stesso respiro nelle orecchie, avvertivo il mio polso e, infine, sentii che tutto rallentava. Il mio cuore. Il mio respiro.

I miei pensieri.

Trassi un profondo respiro ed espirai lentamente, sentendo la fermezza e la calma fare ritorno.

Infine, mi misi in piedi e mi voltai verso lo specchio, lisciando i capelli da ambo i lati e spingendo la peluria di pochi millimetri dietro le orecchie. Domani avrei chiesto a mio padre di portarmi dal barbiere. Di solito ci andavamo un sabato sì e uno no, ma non volevo aspettare.

Spruzzai un po' di sapone nel palmo della mano, mi lavai nuovamente le mani e le asciugai, per poi passare le dita sul mio completo nero e pulito e raddrizzarmi la cravatta. Sentire i miei vestiti era un'abitudine che mi infondeva sicurezza, come se fossero un'armatura.

Uscii dal bagno e spensi la luce, mi diressi poi verso la camera dei ragazzi che condividevamo quando pernottavamo a St. Killian.

Dei tacchi batterono sul pavimento dietro di me e sentii la voce di mia madre. «Ho il pigiama».

Mi guardai alle spalle, fermandomi a osservare il suo abito. Mi piaceva quando mia madre si vestiva bene. Era bello.

«Sto bene», dissi.

Lei assottigliò lo sguardo. «Non vuoi dormire con qualcosa di più comodo?»

«Sto comodo».

Quando eravamo tornati, mi ero fatto una doccia e avevo indossato un completo nuovo.

Ripresi a camminare, ma sentii i suoi passi avvicinarsi. «Mads, io…».

Scossi la testa. «No, non venire», dissi, voltandomi verso di lei. «Voglio stare da solo».

«Io vorrei stare con te stasera», aggiunse lei.

Mi si annodò lo stomaco. Era l'ultima cosa di cui avevo bisogno. Sapevo che stava solo cercando di comportarsi come riteneva dovessero fare i genitori, o presumeva che necessitassi di qualcosa di cui non sapevo di aver bisogno, come una chiacchierata o qualcosa di simile. Non avevo bisogno d'aiuto.

«Sto bene», ripetei.

I suoi occhi erano increspati dall'apprensione e sapevo che, qualunque cosa avessi detto o fatto, si sarebbe preoccupata comunque.

Serrai i denti e costrinsi le gambe e spostarsi verso di lei, mi tuffai in un rapido abbraccio e le diedi due pacche sulla schiena, perché sapevo l'avrebbero fatta sentire meglio. «Sto bene», dissi ancora.

Mi voltai e mi diressi verso il corridoio, sospirai quando voltai l'angolo e lei non mi aveva richiamato né seguito.

Virai a destra, verso la stanza dei ragazzi, e vidi mio zio svoltare l'angolo del corridoio di fronte a me e arrestare il passo, incrociando il mio sguardo. Mi fermai anch'io.

Qualcosa di strano attraversò i suoi occhi neri, una via di mezzo tra divertimento e interesse, e io mi feci forza mentre avanzava verso di me. Mi piaceva zio Damon. Non cercava continuamente di parlarmi.

Di solito.

Lo osservai, irrigidii la spina dorsale quando si chinò per guardarmi in faccia, la puzza di sigarette mi riempì le narici.

«So cosa hai fatto», sussurrò, quelle parole aleggiarono tra di noi.

Lo fissai.

«Se mia figlia dovesse mai essere in pericolo, non esitare a farlo di nuovo», disse. «Capito?».

Restai in silenzio, ma sapevo di cosa stesse parlando.

La maggior parte delle persone non le capivo. Si comportavano come se ogni decisione nella vita fosse una scelta. Non avrei dovuto fare nulla stasera, quando erano arrivati quegli uomini?

Per questo avevo tenuto la bocca chiusa. I miei genitori avrebbero dato di matto se ci avessero perso, e lo avrebbero fatto comunque se avessero saputo come avevo fatto a fermarli. Mi avrebbero solo confuso. Non sapevo cosa volessero.

Ma lo zio Damon non mi avrebbe chiesto di rispondere a una domanda di cui già sapeva la risposta.

E non sembrava turbato.

«Hai una brutta sensazione per ciò che è successo stasera?», chiese.

Abbassai lo sguardo. La bugia avrebbe destato preoccupazione nei miei genitori, ma la verità li avrebbe inquietati.

«Sì, immaginavo», sorrise. «Se mai ne avessi, passa a trovarmi, capito?».

Ci volle un momento, ma annuii.

Lui si lanciò verso di me e mi posò un bacetto sulla guancia, prima di rimettersi dritto e continuare per la sua strada. Aspettai che superasse l'angolo, per poi tirare fuori il fazzoletto che avevo in tasca e ripulirmi la pelle dalle tracce di tabacco.

Infilai il panno nei pantaloni ed entrai nella camera da letto buia. Ivarsen e II erano dall'altra parte della stanza in letti singoli, Gunnar era nel letto accanto al mio, le coperte stropicciate intorno ai piedi. Dag e Fane erano nel loro angolino in soffitta, mentre le ragazze erano nella stanza accanto.

Mentre avanzavo verso il mio letto, notai un bozzo sotto le coperte. Mi avvicinai e scorsi dei lunghi capelli neri sparsi sul cuscino.

Octavia.

Mi fermai, avvertendo il suo odore. Sua madre aveva comprato uno shampoo solo per lei, e sembrava penetrare in tutto ciò che possedeva – e in tutto ciò che possedevo io, quando mi stava accanto.

Non ero abbastanza grande da ricordare la nascita di Jett, ma quando arrivò Octavia, fu la prima volta in cui sperimentai la presenza di un bambino. Perfetta, fragile, già amata da tutti, indipendentemente da come sarebbe diventata una volta cresciuta. Anch'io ero così una volta, prima che la gente mi conoscesse.

Serrai i pugni, scorgendo il livido sul suo braccio.

Tutti gli altri mi obbligavano ad andare qui e venire là e partecipare alle cose; Octavia lasciava perdere ciò che stava facendo o la persona con cui stava e veniva da me. Era bello.

Si agitò, inspirando e rigirandosi sulla schiena.

Le sfilai il cuscino da sotto la testa, che cadde sul letto, e lo misi di lato. «Sei nel mio letto».

Mi accasciai accanto a lei e poggiai la testa sul cuscino, contro la testiera.

Cercai nel taschino ed estrassi un paio di quadrati di carta da disegno e li ripiegai.

Si accoccolò al mio fianco, poggiando la testa sul mio braccio.
«Hai paura?», le chiesi, senza distogliere lo sguardo dal mio origami.
«Un po', prima», la sua voce tenue, così sottile, mi provocò una fitta al petto.
La mia mano rallentò un secondo e deglutii. L'avevano allontanata da me, portata fuori di casa e verso l'oceano durante una tempesta di neve. Ma forse non era spaventata da loro.
Lei aveva visto tutto.
Ogni cosa.
«Perché avevi paura?», chiesi, ma trattenni il respiro in attesa della risposta.
Lei si spostò, alzando lo sguardo su di me. «Tu non l'avevi?».
Non dissi nulla, continuai a lavorare sulla colomba, mentre il suo calore filtrava sul mio braccio attraverso il tessuto della giacca.
Un po'.
Mi schiarii la gola. «Non avere paura, non succederà più».
«Come fai a saperlo?».
Terminai l'uccello, e lo sollevai in alto, contro l'ombra della nevicata sul soffitto.
«Perché la prossima volta sarò più grande», dissi.
Mi voltai verso di lei, le misi la colomba sotto il mento e le spuntò un accenno di sorriso; le tirai su le coperte, rimboccandole.
«Troveranno il *Pithom*», affermai. «Non preoccuparti».
Tornò a rannicchiarsi, chiudendo gli occhi. «Non lo troveranno».
«Perché no?»
«Era il desiderio che avevo espresso con la foglia d'alloro», spiegò. «Una nave fantasma».
Una nave fantasma. Restai in silenzio, non volevo farla tornare con i piedi per terra.
Il *Pithom* era uno yacht con un sistema di localizzazione. Non sarebbe rimasto disperso a lungo.
«Un giorno la troverò», dichiarò.
Sì, va bene.
La osservai, le ciglia nere si allungavano sulla pelle pallida e quasi desiderai che accadesse. La sua immaginazione creava cose meravigliose, mentre io non ne avevo affatto. Non volevo che diventasse come me.
Le avventure nella sua testa sembravano provenire da un altro mondo.
Sollevai la mano per scostarle una ciocca di capelli dalla guancia, ma mi fermai, abbassando il braccio. Ingoiai il groppo in gola, mentre la fissavo. «Posso venire?», sussurrai.
«In mare non ci sono cose che ami, marinaio», mi punzecchiò con gli occhi ancora chiusi. «Niente uccelli».
Mi voltai dall'altra parte. *Ci sono gli uccelli.*

In realtà, non volevo andare da nessuna parte né a vedere il mondo. Mi piaceva stare a casa, in un posto dove non dovevo confrontarmi con le persone o conoscerne di nuove.

Ma se lei voleva andare…

«Posso venire?», ripetei.

Lei annuì, sbadigliando. «Mh-mh, ma il capitano sono io».

Trattenni il sorriso, guardandola addormentarsi. Nave o no, lei era il capitano di tutti e lo sapeva. Mi alzai e la strinsi nelle coperte, infilandole sotto il materasso per tenerle ferme.

Mi misi dritto e guardai Octavia, la colomba origami ancora infilata sotto il mento. Il livido violaceo sul braccio, provocato dalla mano dell'uomo, era scuro e visibile, anche alla fioca luce della luna che penetrava dalla finestra.

Serrai la mascella, strinsi la cravatta e mi lisciai nuovamente i capelli.

Hai una brutta sensazione per ciò che è successo stasera, aveva chiesto.

Avevo sempre brutte sensazioni. Quando la musica era troppo alta. Quando i cani di mia madre mi riempivano il letto di peli. Quando Marina preparava un piatto diversamente e io contavo che lo facesse sempre come piaceva a me.

Guardai Octavia dormire.

Quando mi sottraggono qualcosa, ho una brutta sensazione.

Sollevai la mano e ispezionai lo sporco sotto l'unghia. Lo estrassi usando il pollice e notai che era rosso. Sospirai, il cuore che mi martellava nel petto.

Presi il fazzoletto, mi pulii la mano e mi avvicinai alla finestra, frugai nel taschino e tirai fuori la foglia d'alloro. Non l'avevo bruciata.

Me la feci scivolare tra le labbra e poi in bocca, masticai la foglia e la inghiottii, il pizzicore lungo la gola mi raggiunse lo stomaco e un sapore pungente mi ricopriva la lingua.

Mi voltai per sedermi sulla sedia, mi sarei accontentato di dormire lì e tenere gli occhi aperti, ma qualcosa luccicò sopra di me e alzai lo sguardo. Una chiave pendeva dalla serratura della finestra, con un piccolo rotolo di carta infilato nella catena.

Mi guardai intorno nella stanza, chiedendomi a chi appartenesse. Mi avvicinai e sganciai la catena dalla serratura, tenendo in mano la chiave a mo' di scheletro ed estraendo il foglio dall'anello. Lo srotolai, lessi la nera calligrafia: «Le corde del cuore devono essere toccate per vibrare».

Strinsi gli occhi, rileggendolo. Non ero sicuro di cosa volesse dire. Forse non era nemmeno destinato a me.

Ispezionai la vecchia chiave arrugginita e il portachiavi, che sembrava un turibolo appeso per un'estremità. Mi fermai a riflettere. I turiboli venivano usati per spargere l'incenso durante la messa. La cattedrale del villaggio ne aveva uno enorme.

Mi si rabbuiò il volto. *Era un indizio.* Pensieri e teorie mi affollarono la mente.

Guardai Octavia da oltre le mie spalle, sapendo quanto le sarebbe piaciuta un'avventura. Una caccia. Questa chiave conduceva a qualcosa. Un tesoro, forse?

«Le corde del cuore devono essere toccate per vibrare», recitai ancora, cercando di comprenderne il significato.

Poi capii. *Nessuno è immune all'emozione, se si vibrano quelle corde.*

Nessuno.

Chiusi gli occhi, avvertendo il sangue sotto le unghie mentre avvolgevo le dita gelide attorno alla chiave.

Una notte, presto.

Mentre tutti dormono.

Scopriremo quale serratura apre quella chiave, Octavia. Domineremo la notte.

Ringraziamenti

Ai lettori: voglio ringraziarvi tantissimo per tutto l'aiuto e il sostegno dimostrato negli anni. Spero che questa chicca vi sia piaciuta e, anche se al momento non ho idee per completare altri romanzi in questo mondo, è sempre possibile in futuro. Augurate buona fortuna al mio cervello, forse può servire accendere una candela o intonare un bel canto ;)

Fino ad allora, c'è la *Hellbent Series* in arrivo, con un sacco di *standalone*, e vedremo la banda di Thunder Bay in altri contenuti bonus qua e là per divertimento.

Alla mia famiglia: non avrei potuto portare a termine ciò che ho fatto quest'anno senza mio marito. Grazie per esserci stato, per il tuo impegno e per avermi aiutata a fare le cose così da non dovermi preoccupare. Grazie anche a mia figlia! Se l'ufficio della mamma è dentro casa, è difficile che i bambini ci considerino "non disponibili" come se avessimo un lavoro regolare, quindi ti ringrazio per aver collaborato e avermi concesso il tempo utile per lavorare.

Indice